T0285292

Los enemigos de César

JOSÉ LUIS SÁNCHEZ IGLESIAS

Los enemigos de César

ALMUZARA

© José Luis Sánchez Iglesias, 2022
© Editorial Almuzara, s.l., 2022

Primera edición: julio de 2022

Editorial Almuzara • Colección Novela Histórica
Director editorial: Antonio Cuesta
Edición de Rosa García Perea
Maquetación de Miguel Andréu

www.editorialalmuzaracom
pedidos@almuzaralibros.com —info@almuzaralibros.com

Imprime: Black Print
ISBN: 978-84-11310-95-6
Depósito: CO-885-2022
Hecho e impreso en España —*Made and printed in Spain*

A la memoria de mi madre
que en el cielo cuida de Kira
la perrita de mi nieta Olaia

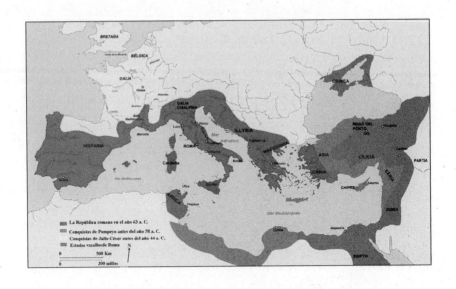

LA GALIA
EN EL AÑO
58 A. C.

Introducción

A mediados del siglo I a. C. Roma era la mayor potencia del área mediterránea. Sin embargo, la continua expansión y conquista, el crecimiento demográfico y económico y la crisis del modelo de Estado habían fragmentado la sociedad romana, aumentando enormemente la polarización social.

Entre los años 49 y 45 a. C., se produjo un nuevo conflicto militar protagonizado por el enfrentamiento personal de Julio César contra la facción tradicionalista y conservadora del Senado, liderada militarmente por Cneo Pompeyo Magno. Los enemigos de César intentaron destruirle políticamente debido a su creciente popularidad entre la plebe y al aumento de su poder procedente de sus logros en las Galias. Es por ello por lo que intentaron arrebatarle el mando de gobernador de estas provincias, para posteriormente juzgarle, desatándose una grave crisis política que inundó de violencia política las calles de Roma. Julio César respondió con el célebre cruce con sus tropas del río Rubicón, en dirección a Italia, dando así inicio a lo que se conoce como Segunda Guerra Civil, que pondría fin a la República romana.

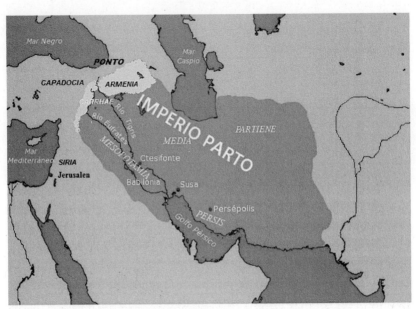

Imperio Parto   Año 54 a. C.

I

Canal de la Mancha
Año 54 a. C.

El *trirreme* se deslizaba veloz en el agua. Sus tres filas de remeros a cada lado la impulsaban con fuerza, apenas ayudados por el viento que soplaba lo justo para hinchar las velas. El *magister navis*, el capitán de la nave, miraba una y otra vez al cielo confiando que la pequeña brisa procedente del sur fuese aumentando para así poder dar descanso a los remeros que ya llevaban largas horas remando. Si no había suerte y el viento no aumentaba, la travesía del Canal podía hacerse muy larga, especialmente para los barcos mercantes que seguían al trirreme, mucho más pesados y lentos que este. Marco Cayo Gayo, el joven tribuno que en el castillo de popa acompañaba a su general, Cayo Julio César, pendiente de sus órdenes, miraba hacia atrás y observaba cómo el resto de la flota se iba rezagando. Casi un total de ochocientos barcos que transportaban las cinco legiones, más las tropas de caballería que Julio César había dispuesto para aquella segunda incursión en Britania, aunque muchos de esos barcos eran mercantes que transportaban suministros y equipamientos para las legiones. Julio César habló con el magister navis para que redujera un poco la marcha. No quería dejar atrás al resto de la flota y este transmitió la orden al *gubernatur*, al piloto, que a su vez la transmitió a los *decuriones*.

11

Estos cambiaron el ritmo de la boga de los *remigis*, los remeros, a uno más lento, lo que estos agradecieron.

A Marco Cayo Gayo no le gustaban los barcos. Él prefería la tierra firme y sobre su caballo encabezar la legión, pero con los pies bien asentados en la tierra. Se había incorporado a la *legio XIII Gemina*, décimo tercera legión gemela, creada por Julio César en el año 57 a. C., cuando recibió del Senado poderes procunsulares para gobernar las provincias de la *Galia Transalpina e Iliria* durante cinco años, gracias al apoyo de sus compañeros Cneo Pompeyo y Publio Licinio Craso, tal y cómo se habían comprometido a hacer. Las malas lenguas o los envidiosos enemigos de César comentaban que eran dos provincias muy buenas para alguien con una mentalidad guerrera que no tenía intenciones de gobernar pacíficamente, estando necesitado de bienes para pagar las fabulosas sumas de dinero que adeudaba, a decir de sus enemigos.

Fuese verdad o no, lo cierto es que la oportunidad se le presentó cuando los Helvecios, un pueblo galo, comenzó su emigración al oeste de las Galias. Con la disculpa de que se acercarían demasiado a la Galia Cisalpina, de la que también se había hecho cargo César a la muerte de Quinto Cecilio Metelo Céler, gobernador de esta provincia —los Helvecios pretendían asentarse en Pago Santón, al norte de Aquitania—, Julio César reclutó tropas pagadas con su propio dinero formando la *legio XIII Gémina* e inició las operaciones bélicas. Marco Cayo Gayo fue uno de los caballeros, pues pertenecía al grupo de los *équites,* que se apuntó a esta nueva legión y había alcanzado en poco tiempo, a pesar de su juventud, el grado de tribuno militar, gracias a su valerosa presencia en todas las batallas disputadas —y habían sido muchas —, pues de lo contrario habría tenido que esperar cinco años hasta conseguir el grado de *tribuno agusticlavius*, el mayor grado que podía lograr, al no pertenecer al grupo de los optimates. Marco miraba con orgullo el anillo de oro de los caballeros y la *agusticlavia*, especie de toga o de túnica con bandas estrechas que indicaban su condición.

¡No! ¡Decididamente no le gustaban los barcos! Se sentía en ellos prisionero sin poder depender de él mismo, a expensas de la diosa Fortuna para que el espolón de una nave enemiga no se incrustase en la suya y los hundiese, o que las flechas incendiarias no prendiesen el barco mandándolo al fondo del mar, o que una tormenta embravecida hiciese zozobrar la nave. Entonces pensaba en los remigis, todos ellos esclavos o prisioneros, encadenados al barco y con el que se hundirían irremisiblemente si este se iba al fondo. No, definitivamente no le gustaban los barcos y miraba una y otra vez a lo lejos intentando divisar la línea de la costa que anunciase la tierra firme. Pero esta todavía no se divisaba. Había oído decir que el brazo de mar que separaba la Galia de Britania, en su paso más estrecho, era de unas diecisiete millas y media, pero no sabía si Puerto Icio, desde donde habían partido, era el lugar más cercano a las tierras de Britania, ni tampoco dónde pensaban desembarcar. En Puerto Icio el general había dejado a su *legado* Tito Labieno, su mano derecha, para supervisar todo el suministro de alimentos y mercancías necesarias a las legiones que transportaban. En la primera incursión a Britania, realizada el año anterior, además de haberlo hecho con solo dos legiones, el suministro de estas había sido una de las principales causas del fracaso. Ahora el general no estaba dispuesto a cometer los mismos errores. Para ello se habían modernizado los barcos utilizando las mejoras tecnológicas de los Venetos, se había aumentado el número de legiones hasta llegar a cinco, más la caballería, y había confiado el suministro de sus ejércitos a su hombre de confianza.

Parecía que iban a tener suerte pues el *gobernatur* les hizo señas que ya se veía la costa en el horizonte. El lugar para el desembarco parecía más favorable que el elegido en la anterior campaña en Britania. En esta ocasión era una larga playa donde podría fondear toda la flota. Respirando profundamente Marco Cayo Gayo pisó tierra firme con gran alivio. Uno tras otro todos los barcos fueron atracando en la playa y los legionarios con rapidez fueron desembarcando. Temían un ataque de los britanos de la zona que, sin lugar a duda, avisados por sus vigías, habrían visto la llegada de tan impresionante flota. Pero quizá, por eso mismo, impresionados por el número de barcos que arribaban a sus costas no hicieron acto de presencia y los legionarios romanos fueron descendiendo de las embarcaciones sin el más mínimo contratiempo.

Una vez que César puso pie en tierra firme dejó a su legado Quinto Atrio a cargo de la organización y defensa de la playa.

Con diez cohortes y parte de la caballería, comandada por Marco Cayo, inició una marcha nocturna hacia el interior sin encontrar el menor atisbo de resistencia hasta que, cuando llevaban caminadas unas doce millas, el sexto sentido del general o la experiencia que tenían le hizo sospechar que los estaban esperando al penetrar en un frondoso bosque que atravesaba un riachuelo. No se equivocaron y, puesto que estaban preparados, pudieron rechazar el ataque de los britanos que anunciaron su embestida con grandes alaridos, cayendo sobre ellos sin orden ni concierto. Embadurnaban su cuerpo con *glasto* que les confería un aspecto azulado y llevaban el torso y las piernas desnudos. Todos tenían largos cabellos y enormes bigotes. Los legionarios romanos no tuvieron problemas en rechazar el asalto de los britanos y poner a estos en fuga, persiguiéndoles hasta un lugar fortificado en el interior del bosque donde se habían reagrupado. Pero no eran número para poner en apuros a los legionarios romanos y fueron derrotados nuevamente, dispersándose, no sin antes haber dejado tendidos sin vida un buen número de los suyos.

Un relámpago iluminó la noche seguido de un ensordecedor trueno preludio de una fuerte lluvia que comenzó a caer. El general decidió montar un campamento para pasar la noche y continuar la incursión al día siguiente. Terminado el campamento y establecidas las guardias los legionarios cayeron rendidos de cansancio. Había sido un día muy largo, agotador y lleno de emociones. Era curioso los largos que resultaban los días en aquellas latitudes, como ya habían podido comprobar en su primera incursión. Marco Cayo Gayo hizo una ronda alrededor del campamento para asegurarse que todo estaba en orden. El general no hubiese perdonado un descuido que les pudiese causar alguna sorpresa. Antes de meterse en su tienda a descansar observó que todavía había luz en el *praetorium*, la tienda que el general utilizaba como cuartel general. Este siempre era el último en acostarse y el primero en levantarse. ¿En qué momento descansaría cuando estaba en una expedición? ¿O es que no descansaba? ¿Acaso era un dios, como algunos habían comenzado a decir? El tribuno se dirigió a su tienda y se tumbó en el lecho. Él era un simple mortal y estaba agotado. No le costó ningún trabajo quedarse profundamente dormido.

Cuando el soldado encargado de despertarle le llamó todavía no había amanecido. Un *milite* de la última guardia tenía orden de despertarlo antes que los *buccinatores*, con el sonido de sus trompetas despabilasen a los demás. Seguía lloviendo y el vendaval que había estado azotando con fuerza toda la noche había derribado algunos árboles que, por suerte, no habían causado ningún daño. La mayoría de los anclajes de las tiendas habían resistido y solo alguna que otra había salido volando. Pero los daños por la tormenta eran insignificantes. El general ya estaba levantado pues ya había luz en el praetorium, y seguramente estudiando con los legados de las legiones el plan a acometer el día que comenzaba. Las trompetas habían llamado a diana a los legionarios cuando un jinete a todo galope cruzó el campamento y se detuvo ante él haciendo resollar a su caballo al tirar con fuerzas de las riendas.

—Salve, tribuno. Traigo correos urgentes para el general.

—¿De quién son? —preguntó Marco Cayo.

—El primero del legado Quinto Atrio, el segundo viene de Roma.

—Bien, yo se los llevaré al general. Dadle algo de comer y de beber y proporcionarle un caballo de refresco mientras espera instrucciones. —les dijo a los legionarios que estaban a su alrededor.

El tribuno cogió los correos y se encaminó al praetorium. Entró en la tienda y saludó con el brazo en alto. En su interior Julio César y sus legados estaban inclinados sobre una mesa de campaña trazando unos mapas.

—General, han llegado varios correos —y se acercó a Julio César mostrándoselos.

—Léelos tú —le contestó.

Marco Cayo quitó el sello del precinto del primer correo y desplegó el documento.

—El legado Quinto Atrio te saluda y desea los mejores auspicios.

—Salta los saludos y vete al grano.

—Quinto Atrio informa que se desató una terrible tormenta sobre la playa y destrozó los anclajes de los barcos, perdiéndose un número no menor de cuarenta naves y el resto han sufrido considerables daños. Pide instrucciones —resumió el tribuno.

Julio César dio un puñetazo en la mesa de campaña haciendo que esta se desarmase.

—¡Por todos los dioses! ¿Es que no puede salir nada bien en esta maldita tierra?

El mapa sobre el que trabajaban había caído al suelo y uno de los legados fue presto a recogerlo.

—Déjalo, de momento ya no nos sirve de nada —le dijo el general—. Hemos de regresar a la playa y reconstruir los barcos. Sin ellos quedaríamos aquí vendidos. Regresamos al campamento de la playa. Dad las órdenes oportunas.

Volviéndose hacia Marco Cayo le señaló el otro correo que el tribuno tenía en la mano.

—¿Qué dice el segundo correo?

Marco Cayo hizo lo mismo que con el primero, lo extendió y fue a leerlo, sus labios se abrieron, pero no salió ninguna palabra de su boca. Miró al general y otra vez el correo como para cerciorarse que lo había leído bien.

—¿Te has quedado mudo, tribuno? ¡Lee lo que dice!

—Vu...vu... hi... vuestra hija ... ha muerto —tartamudeó el tribuno—. No ha superado el parto... y el hijo que esperaba también ha muerto.

Julio César se acercó al tribuno y le arrebató el correo de la mano. Lo miró durante unos instantes y después lo arrojó lejos de él.

—¡Dejadme solo! —Les ordenó.

Los legados y el tribuno, cabizbajos y en silencio, extendieron el brazo como saludo y abandonaron el praetorium.

II

Frontera con el imperio parto

Cayo miraba al cielo donde el sol, en todo lo alto, hacía un alarde de su poder. A pesar de encontrarse protegido bajo los toldos de una de las tiendas sudaba copiosamente. Aunque todavía el invierno no les había abandonado, sin embargo, aquel día caluroso era el precursor que anunciaba el fin de aquella estación. Habían dejado atrás la provincia de Siria donde habían invernado y ahora el sol volvía a demostrar su poder en aquellas tierras de Mesopotamia bañadas por el Éufrates. Cayo Casio Longino, de unos treinta años, era el *cuestor* del ejército al mando de Marco Licinio Craso, al que se le había otorgado la provincia de Siria como procónsul, con la evidente intención por parte del general de iniciar la guerra contra los partos. A Julio César se le prolongaba su mandato en la Galia mientras a Cneo Pompeyo se le asignaba la provincia de Hispania. Ese era el acuerdo al que habían llegado los tres hombres, en aquellos momentos, los más poderosos de Roma. Craso se había puesto en marcha hacia Siria, la provincia que se le había asignado, con siete legiones, unos treinta y cinco mil legionarios, cuatro mil auxiliares y tres mil jinetes a los que se sumarían otros mil experimentados jinetes galos que, al mando de su hijo Publio Craso, habían dejado la Galia para formar parte del contingente militar de su padre. Marco Licinio Craso había partido de Roma sin el consentimiento unánime del Senado romano, pues no eran pocos los que se oponían a esta aventura, entre ellos Cicerón que afirmó que era *nulla causa*, sin justificación, sobre todo teniendo en cuenta que los partos tenían un tratado de paz firmado con Roma; o el *tribunus plebis*, Gayo Ateyo Capitón, quien se opuso enérgicamente a esta aventura llegando a llevar a cabo una execración pública contra el excónsul por su partida, proclamando que todos aquellos que siguiesen a Craso más allá del Éufrates «morirían engullidos por tremendas nubes negras».

Lo cierto es que eran muchos los que no entendían cómo Licinio Craso se embargaba en aquella aventura a sus sesenta años ya cumplidos y con impedimentos auditivos. Algunos en Roma opinaban que era la avaricia lo que le había llevado a embarcarse en esta empresa, pero sus partidarios afirmaban que Craso ya era un hombre inmensamente rico y que si lo hacía era para aumentar el erario público; otros opinaban que era la falta de popularidad lo que le había empujado a ello. Lo cierto es que el excónsul no tenía gran popularidad como comandante militar ya que su carrera se había visto eclipsada por Pompeyo y por las recientes victorias militares de César en la Galia. Aunque, a decir verdad, Craso había derrotado a Espartaco en la batalla del río Silario y había sido un factor clave en la victoria contra los populares en la batalla de la Puerta Colina. Sin embargo, Cayo Casio Longino tenía su propia opinión que no coincidía con ninguno de los argumentos que se debatían en Roma. Él, que conocía ya un poco a su comandante, creía que este había visto una buena ocasión para dar un buen empujón a la carrera política de su ambicioso hijo, Publio Licinio Craso, que ya había destacado en alguna de las batallas de la Galia bajo las órdenes de Julio César, esperando regresar a Roma cubierto de condecoraciones y rangos y así dar un buen impulso a su carrera política en la que pretendía llegar lejos. Para eso lo había hecho venir de la Galia con esos mil experimentados y valerosos jinetes galos. Pero a Casio Longino no le gustaba lo que hasta ahora había visto. Las legiones romanas habían cruzado el Éufrates y se habían apoderado de unas cuantas ciudades sin encontrar resistencia. Solo Zenodotia había presentado resistencia, teniendo que tomarse al asalto y sus habitantes vendidos como esclavos. Pero luego Craso había decidido retirarse a Siria a invernar, dejando unos ocho mil legionarios en las guarniciones de defensa, a la espera de que llegase su hijo con los jinetes galos. A Casio no le pareció acertada esta decisión y se lo había hecho saber al general.

—Así, lo que conseguimos, al perder el factor sorpresa, es que el enemigo se rearme y encontrarlo luego más poderoso y precavido —le había dicho. Pero el general no le había hecho caso.

—La decisión ya está tomado. Regresamos a Siria, a nuestros cuarteles de invierno y a la espera de que llegue mi hijo con la caballería gala —le había contestado.

Tampoco había hecho caso al ofrecimiento del rey armenio, Artasvades II, aliado de Roma y que ya le había enviado seis mil jinetes, cuando sus emisarios se habían presentado en el campamento romano para indicarle que el rey armenio le ofrecía avanzar por su territorio, mucho más accidentado que Mesopotamia, pero por eso mucho más complicado para que pudiese desenvolverse la caballería parta, los famosos y temidos *catafractos*, además de poner a su servicio dieciséis mil jinetes y treinta mil infantes. Casio creyó que el que tenía problemas de audición era él cuando escuchó, eso sí, muy amablemente, declinar la oferta que los embajadores armenios le ofrecían.

—¿General, lo has pensado bien? —le preguntó a Craso—. Es una oferta muy generosa.

—Roma no necesita la generosidad de ningún rey aliado para derrotar a los partos. Nosotros mismos nos bastamos y sobramos para ello —le había contestado.

Pero Casio Longino estaba seguro de que lo que su general había pensado y no había dicho es que no estaba dispuesto a compartir el botín y la gloria de aquel triunfo con nadie, porque estaba convencido que derrotarían a los partos con facilidad. Sin embargo, las noticias que traían los observadores, que había enviado para que le informasen sobre el enemigo, no eran tan optimistas. Le advertían que el enemigo estaba formando un poderoso ejército con el que ya había empezado a hostigar las fortalezas que habían conquistado antes de retirarse a invernar a Siria. Sin embargo, Publio Licinio Craso hizo caso omiso de estas informaciones y de las advertencias que los legados de sus legiones y su cuestor le hicieron. Por el contrario, sí prestó atención a los consejos que le dio el cacique árabe Ariamnes, que se había ofrecido como guía para conducirle por el camino más corto y mejor al encuentro del ejército parto. El árabe ya había prestado sus servicios a Pompeyo en las campañas orientales de este y ahora, nuevamente, ofrecía sus servicios a Craso, aportando a su ejército un contingente de seis mil jinetes. Los informes que Ariamnes le proporcionaba le mostraban un ejército parto desunido, débil y desorganizado, por lo que la mejor opción era penetrar hacia el interior de Mesopotamia por el camino más corto para enfrentarse cuanto antes al enemigo. A Casio Longino y a los legados de las legiones no les gustaba ese plan.

—Si hacemos caso al árabe deberemos penetrar en el interior de Mesopotamia, un terreno muy áspero en el que no podremos abastecernos de agua y en estos malditos y desolados territorios el agua es fundamental —comentó uno de los legados.

—Lo más sensato es mantener el ejército cerca del Éufrates, camino de Seleucia, pero sin alejarnos de él —comentó otro de los legados.

—Ariamnes dice que el ejército parto está debilitado y desunido, pero eso no concuerda con los informes que nos traen nuestros observadores —comentó Casio Longino.

—No, si el ejército parto fuese tan poderoso como dicen los observadores, su rey Orodes no nos hubiese enviado embajadores pidiendo la paz, como ha hecho. No, Ariamnes tiene razón. Le haremos caso. Disponed todo para ponernos en camino cuanto antes.

Los legados no dijeron nada. Eran soldados disciplinados y Publio Licinio Craso era su comandante. Le debían obediencia por lo que abandonaron el praetorium para disponerlo todo para la partida.

—General ¿has pensado por un momento que Ariamnes no tenga razón o que se pueda haber vendido al rey parto Orodes? —le preguntó Casio mientras apartaba la lona de entrada al pratorium disponiéndose a salir de él.

—Pompeyo confió en él y venció. ¿Por qué no he de hacer yo lo mismo? ¿Por qué se iba a vender al rey parto?

—Quizá porque Pompeyo le ofreció más que sus enemigos. ¿Le has ofrecido tú más que Orodes? —y sin esperar respuesta abandonó el praetorium. Había mucho que revisar y que hacer antes de la partida.

Ctesifonte, palacio real

Reclinado sobre un montón de cojines, mientras que varios esclavos movían lentamente unos abanicos de plumas para dar aire y unas esclavas masajeaban su cuerpo, el Rey de Reyes, Orodes II, se deleitaba con una copa de oro macizo en la que momentos antes otra esclava había escanciado vino. La tarde era calurosa y a pesar del trabajo de los esclavos con los abanicos no conseguían renovar el aire y refrescar la estancia, una de las muchas del hermoso palacio del rey parto en Ctesifonte. Un soldado penetró en ella anunciando la visita del hijo del rey, Pacoro, al que este había asociado al trono.

—Padre, ¿querías verme? —le preguntó apenas hubo entrado en la estancia. No parecía que le hubiese hecho mucha gracia aquella llamada. Orodes le hizo una seña para que sentase e indicó a la esclava que ofreciese una copa de vino a su hijo.

—Sí. Parece que se nos acumulan los contratiempos.

Pacoro alzó las cejas, unas cejas abundantes y casi unidas, de manera que parecían una única ceja. Pero no dijo nada. Saboreó la copa de vino de *pramnio*, un excelente vino tinto proveniente de la isla de Lesbos y esperó a que su padre siguiese hablando. Ya lo conocía y sabía que, como con todo, se tomaría su tiempo antes de explicarle para qué lo había llamado, interrumpiendo su solaz con una de sus concubinas favoritas.

—Parece que la zona noroccidental del imperio está dispuesta a darnos problemas otra vez, al igual que ya lo hizo con tu tío Mitrídates cuando, desde Siria, con un poderoso ejército, penetró en nuestro territorio.

Mitrídates fue hermano del rey Orodes, hijos ambos del rey Fraates III, al que los dos hermanos habían asesinado en el año 57 a. C. Orodes sería proclamado rey de los partos, mientras que Mitrídates ascendería al trono de Media. Pero la rivalidad entre ambos hermanos no tardó en estallar y Orodes expulsó a su hermano del trono teniendo este que escapar a Siria. Desde allí formó un ejército que penetró en territorio parto, pero el general Surenna, a las órdenes de Orodes, salió a su encuentro sitiándole en Seleucia del Tigris y, tras un prolongado asedio, capturó a Mitrídates que fue muerto por orden de Orodes. El Rey de Reyes hizo otra pausa y le dio un largo sorbo a su copa haciendo una seña a la esclava para que se la volviese a llenar.

—¿No te gusta este vino? —le preguntó a su hijo pues este apenas si había probado su copa —Es excelente.

Pacoro cogió su copa y le dio un largo sorbo. Quería acabar cuanto antes y volver a sus aposentos por lo que no quería dar motivos a su padre para que dilatase el encuentro.

—¿Quién está dispuesto a darnos problemas esta vez? —preguntó para que su padre se centrase en el tema.

—¡Los romanos! ¿Quiénes van a ser?

—¡Tenía entendido que habían dejado unos lugares fortificados en la frontera y se habían retirado a Siria! —exclamó Pacoro dando un último sorbo a su copa de vino.

—Sí, eso hicieron, pero solo para pasar el invierno. Ahora han regresado dispuestos a ocupar nuestro imperio. Ya han cruzado el Éufrates y siguen adelante. Cuentan además con el apoyo de Armenia. El rey Artavades es aliado suyo y les ha proporcionado seis mil jinetes… ¡Y no creo que sea la única ayuda que les proporcione!

—¿Y es muy numeroso el ejército romano? —preguntó Pacoro que había hecho una seña a la esclava para que llenase su copa. Aquello empezaba a pintar mal y se había olvidado de la favorita que le esperaba en sus aposentos.

—Unos treinta y cinco mil legionarios, más unos cuatro mil auxiliares y otros tantos jinetes entre los que se incluye una partida de jinetes galos que se han incorporado en el último momento. Eso es lo que dicen los exploradores que vigilan al ejército romano.

Pacoro resopló. Era una fuerza poderosa y ya conocían la eficacia de las legiones romanas. Aquello no pintaba nada bien. Temía que la tranquilidad de la que había venido disfrutando se le había acabado.

—¡Quizá deberíamos hablar con el general romano que manda esa fuerza y ver qué es lo que pretende! Tenemos un tratado de paz firmado con el Senado romano que no se puede romper así como así.

—Les he enviado varios embajadores para tratar de negociar con ellos ,pero ni siquiera se han molestado en recibirles. Dicen que no hay nada que negociar —contestó Orodes.

Pacoro meneó la cabeza. Aquello no tenía buena pinta. Lo último que deseaba en aquellos momentos era una guerra con Roma. Esta, una vez que iniciaba un conflicto, no lo daba por finalizado hasta que sometía a los pueblos que osaban hacerle frente. Y si derrotaban a sus legiones mandaban otras y otras y otras… hasta que vencían a su enemigo. Eso es lo que habían hecho con los pueblos que les rodeaban.

—¿Y qué vamos a hacer? —preguntó visiblemente preocupado.

—He mandado llamar a Surena.

El general Surena era un conocido y aclamado comandante armenio de caballería que había puesto su espada al servicio del rey parto Orodes II. De poco más de treinta años, era un hombre muy distinguido gracias a su riqueza y a su nacimiento en el seno de una noble familia armenia. Gracias a su coraje, valor y habilidades militares podía decirse que no tenía igual dentro de las fronteras del imperio parto, no pudiendo competir con él ninguno de los generales que estaban a las órdenes del Rey de Reyes. De tez muy morena y elevada estatura tenía además una belleza y una simpatía que hacía que nadie, fuese hombre o mujer, se le pudiese resistir, por lo que se había canjeado el fervor del pueblo, pero también la envidia y animadversión de los principales oficiales partos que habían visto como había ascendido hasta las más elevadas cimas de poder, resultándole imprescindible al mismo rey, que le había llenado de riquezas y esclavos, principalmente después de haber acabado con la vida del hermano del rey, Mitrídates, por orden de este. Pero tanto poder y fervor popular habían conseguido que el propio monarca, Orodes, llegase a desconfiar de él, de que tratase de arrebatarle el trono, como le decían su hijo y algunos de sus consejeros y empezó a maquinar la manera de acabar con su vida, no sin antes haberse aprovechado de sus servicios y de su brillantez como militar.

El hijo del rey, Pacoro, frunció el ceño al oír el nombre del militar armenio. Tampoco era de su agrado pues, como el resto de los nobles partos, tenía envidia del armenio, de su prestancia, de su buen hacer y del poder adquirido. Y no solo envidia, sino también miedo. Miedo a que el general Surena, aprovechando su autoridad y el fervor del pueblo, arrebatase el poder a su padre y por lo tanto a él.

—No me gusta Surena —dijo tímidamente esperando la reacción de su padre—. Ha adquirido demasiado poder y puede ser peligroso —continuó al ver que se padre asentía con la cabeza aprobando sus palabras.

—¡A mí tampoco me gusta! —respondió el rey.

—¿Entonces? ¿Por qué ofrecerle el mando de las tropas para enfrentarse al general romano? ¡No lo entiendo!

—Hijo, todavía tienes mucho que aprender —le contestó. —A Surena le voy a proporcionar únicamente un ejército de diez mil soldados, porque el resto de nuestro ejército me va acompañar a mí hacia Armenia. Voy a darle un buen escarmiento a Artasvades para que aprenda con quién puede y con quién no puede aliarse. La traición hay que pagarla y tiene un precio muy alto. Surena tendrá como única misión entretener al general romano y estorbar su marcha hasta que yo acabe con Artasvades y pueda hacer frente a los romanos.

El rey hizo una pausa y dio un buen sorbo de su copa haciendo una seña para que se la volviesen a llenar, así como para que le trajesen una bandeja con frutos secos. Le apetecían. Mientras tanto Pacoro escuchaba muy atento a su padre.

—Pero conozco bien a Surena —continuó hablando Orodes—. No se conformará con entretener a las legiones romanas. Querrá enfrentarse a ellas directamente y con todas sus consecuencias, con lo que lo más probable es que perezca en el empeño. De esa manera a nosotros los romanos nos resolverán un problema.

—¿Y si los romanos no acaban con Surena? —preguntó Pacoro.

—Surena no es de los que se rinden. ¡Antes prefiere la muerte! —respondió el rey.

—¿Y si consigue acabar con los romanos?

—¿Con solo diez mil hombres? Has olvidado que los romanos tienen siete legiones, cuatro mil auxiliares y cuatro mil jinetes. Es imposible.

—Surena ya ha realizado con éxito, en otras ocasiones, acciones que parecían imposibles. ¿Y si consigue acabar con los romanos? —repitió el hijo del rey.

—Entonces nos habrá resuelto un problema y ya resolveremos el suyo luego.

En ese momento un guardia entró en la sala anunciando que el general Surena había llegado y esperaba a que lo recibieran.

—¡Dile que pase! ¡No hagamos esperar a nuestro hombre!

III

Roma

Varios carros cargados de prisioneros traqueteaban lentamente por la Vía Flamminia camino de Roma. Acababan de dejar la vía Cassia después de cruzar el Tiber por el puente Milvio, a unas tres millas y medias de la capital de la república romana. Iban despacio pues la vía estaba llena de baches y agujeros que debían ir esquivando, no por consideración hacia la carga que transportaban, sino para evitar que alguno de los carros quedase atascado en cualquiera de los muchos baches que había o se pudiese romper el eje o alguna de las ruedas. En su interior un grupo numeroso de prisioneros, principalmente galos, se apretaban unos contra otros procurando amortiguar en lo posible los golpes que el traqueteo de los carros producía. El encargado del transporte intentaba meter prisa a los conductores de los carros. Quería llegar a la ciudad antes de que se hiciese de noche, pero estos se encogían de hombros. No podían hacer otra cosa si quería que los carros y con ellos la mercancía llegasen de una pieza al mercado de esclavos que había junto al templo de Cástor. Efectivamente eran prisioneros que iban a Roma para venderlos como esclavos; hombres jóvenes, con buena salud y fuertes, que sin duda podrían terminar sus periplos vendidos en el mercado, aunque cada día resultaba más difícil dar salida a los miles y miles de prisioneros que llegaban a la ciudad y convertirlos en esclavos. La guerra de las Galias estaba resultando una fuente inagotable de prisioneros que estaban inundando todas las ciudades de la República romana y principalmente su capital, Roma, por lo que los precios de los esclavos se habían desplomado y cada día resultaba más difícil obtener una buena suma por ellos. Pero estos que transportaban en esta ocasión parecían fuertes y eran muy jóvenes por lo que el mercader confiaba en poder venderlos todos y, quizá, si la diosa Fortuna le acompañaba, obtener un buen precio.

Nameyo era uno de los prisioneros que iba en uno de los carros. Un joven galo de larga cabellera rubia y ojos grises, de complexión muy fuerte, que, agarrado a uno de los barrotes del carro, intentaba que el traqueteo de este no le golpease. Era muy joven y no se acordaba de cómo había caído prisionero. Lo último que recordaba era ir montado en su caballo blandiendo su espada mientras atacaba, junto a sus compañeros, a la caballería romana. Su caballo debió de tropezar con unas raíces y jinete y cabalgadura rodaron colina abajo. Sintió un golpe muy fuerte en la cabeza y ya no recordaba nada más. Cuando despertó se encontraba encadenado junto a otros prisioneros en uno de los carros que se dirigían a Roma, según había podido discernir, pues Nameyo hablaba un poco latín, lo justo para entenderse con los invasores de su pueblo, no en vano había convivido con ellos desde su infancia.

Los carros, sin sufrir ningún percance, alcanzaron la *Puerta Fontus* en las murallas Servianas penetrando en la ciudad. Estas debían su nombre al rey Servio Tulio que las había mandado construir hacía ya varios cientos de años, con grandes bloques de tolva volcánica. Los carros continuaron por el *Clivus Argentarius* que era el nombre que recibía la vía por la que habían venido una vez entraba ya en la ciudad. Dejaron a su izquierda la *Basílica Porcia*, sede de los tribunos de la plebe, ya en el Foro romano y que debía su nombre a Marco Poncio Catón que corrió con los gastos de su construcción, allá por el año 184 a. C. También a su izquierda dejaron la *Curia Hostilia* y el *Comitium* y a la derecha el *Tullianum*, la prisión subterránea de Roma de la que se decía que nadie salía con vida.

Nameyo, con los ojos muy abiertos, miraba todo aquello que en aquellos momentos no sabía qué era, pero intuía que tenía una gran importancia para aquel pueblo. Los carros siguieron su camino, ahora ralentizados por la multitud que se agolpaba todavía en esa parte del Foro, a pesar de la hora tardía que era ya, a punto de anochecer. Dejaron atrás el *Senaculum* y el *lago Curcio*, y doblaron hacia la derecha una vez que atravesaron las *tabernas veteres* donde los cambistas de monedas ya estaban retirando sus puestos o cerrando sus tiendas, detrás de un enorme solar que antes ocupaba la *Basílica Sempronia* y donde Julio César había empezado a construir la basílica que llevaría su nombre, al igual que había iniciado la construcción de un nuevo Foro, a continuación del anterior, que se había quedado pequeño. Frente a la Basílica se encontraba el templo de Castor, en cuyo lateral se celebraba el mercado de esclavos. Aquel era el destino de los carros de prisioneros. Todavía no había muchos esclavos listos para venderse pues, la mayoría, llegarían durante el transcurso de la noche o a primera hora del día siguiente, antes de que se iniciase la venta. Sin soltarles las cadenas, los prisioneros descendieron de los carros y los situaron en una zona acotada donde tendrían que pasar la noche al raso. Les dieron un cuenco de agua y un trozo de pan duro como todo alimento y sujetaron las cadenas a unos postes que había dispuestos. Allí tendrían que pasar la noche como mejor pudiesen. Sería difícil conciliar el sueño, aparte de por la incomodidad del lugar y por el relente y el frío de la madrugada, por el continuo ajetreo de carros llevando más prisioneros para convertirlos en esclavos. Apretujados unos contra otros para darse calor, observaban cómo iban descargando más y más prisioneros hasta que, una vez que las primeras luces del día comenzaron a iluminar la mañana, llegó el encargado de la venta y empezó a establecer los lotes de esclavos para que los posibles compradores pudieran verlos con detenimiento. Ya los primeros rayos del día habían comenzado a filtrarse entre los edificios cuando los compradores empezaron a llegar observando los lotes de esclavos antes que el encargado de la venta iniciase esta.

Nameyo iba en el segundo lote que se puso a la venta y lo adquirió un hombre de mediana edad, no muy alto, más bien grueso, con prominente barriga y al que el galo ya había visto paseándose por el mercado, seguido de unos cuantos esclavos, observando con detenimiento los lotes de prisioneros. Su nombre era Cayo Junio, un adinerado hombre de negocios de Roma, dueño de una las más afamadas escuelas de gladiadores de la ciudad. Iba acompañado de otro hombre más joven que él, bastante alto, de complexión fuerte y que no pasaba desapercibido por la enorme cicatriz que le cruzaba la cara, dándole un terrible aspecto. Era este, que respondía al nombre de Craxo, el que le indicaba a Cayo Junio los prisioneros que debía adquirir y debía de ser el responsable de adiestrarlos una vez comprados. Cayo Junio, el *Lanista*, pues este era el nombre que recibían los dueños de las escuelas de gladiadores, había recorrido y observado con detenimiento todos los lotes de esclavos, apuntando los números de aquellos que su adiestrador, Craxo, le había ido indicando, por lo que pasaron toda la mañana en el mercado. Finalizada la compra, Craxo mandó a los esclavos que les acompañaban que montasen a los prisioneros adquiridos en un enorme carro que tenían dispuesto y despidiéndose de Cayo Junio dio la señal para que se pusieran en marcha.

Dejaron atrás el templo de Vesta, la arboleda de Vesta y la casa de las vestales y, cogiendo la *Vía Apia* abandonaron la ciudad por la *Puerta Capena*, a aquella hora muy concurrida pues muchos de los mercaderes que habían llegado a la ciudad antes del amanecer la estaban abandonando. La Vía necesitaba una buena reparación, también llena de baches y agujeros, que hizo que se repitiese la estampa del día anterior cuando llegaban a la ciudad, pero en esta ocasión el camino fue mucho más corto pues la escuela de gladiadores a la que se dirigían estaba tan solo a dos millas de la ciudad. Era un enorme edificio, aunque en realidad podría decirse que era un conjunto de edificios, unos pegados a otros, algunos de varias plantas, dejando en su interior un enorme patio en cuyo extremo había un gran círculo de arena rodeado de gradas, donde los gladiadores entrenaban y realizaban los combates, aunque el entrenamiento lo realizaban también en el resto del patio. Si bien Cayo Junio, el Lanista, solía vivir en la ciudad, sin embargo disponía en la escuela de unas cuantas habitaciones, cómodas y lujosamente amuebladas, con una amplia terraza desde la que podía seguir las evoluciones de los gladiadores y los combates que organizaba entre ellos, cuando algún patricio romano o algún rico empresario o terrateniente quería organizar unos juegos y contratar a algunos de ellos. El resto de los edificios estaban destinados a los gladiadores. En total había unos cincuenta gladiadores que habitaban los barracones en celdas o habitaciones de unos siete metros cuadrados ocupadas de cuatro en cuatro, excepto algunas individuales que ocupaban el maestro de adiestradores, varios adiestradores y algunos de los gladiadores principales o estrellas de la escuela. Otro de los edificios estaba destinado a baños, centro médico, letrinas, cocina y un refectorio donde comían todos juntos. Los gladiadores no eran los únicos que habitaban aquel complejo, sino que había también otro barracón destinado a los criados, esclavos que se ocupaban del mantenimiento de la escuela. Y un último barracón ocupado por los guardias que se encargaban de vigilar todo el recinto, pues tanto los gladiadores como los criados eran esclavos, sin libertad para abandonar el complejo.

Los gladiadores entrenaban seis días por semana a razón de unas nueve horas diarias. Eran entrenamientos muy duros, como pronto pudo comprobar Nameyo, aunque el primer día, al llegar y después de obligarles a que se diesen un buen baño y una buena comida a base de judías y arroz, los introdujeron en las celdas en grupos de cuatro. En la celda donde encerraron a Nameyo ya moraban un gladiador celtibérico llamado Liteno, y Sitalce, otro luchador de origen tracio; también metieron un prisionero nubio que se hacía llamar Kush. Aquella noche, por primera vez desde que lo habían hecho prisionero, Nameyo pudo dormir y descansar en el jergón que le habían asignado, libre de cadenas y sabiendo que, al menos en una temporada, viviría. Sabía que la vida de un gladiador era muy dura y su destino final, lo más probable, sería morir en la arena. Había oído decir que algunos gladiadores, muy pocos, conseguían sobrevivir y alcanzar su libertad entregándoles la *rudis,* espada de madera, símbolo de la libertad conseguida. Pero no eran muchos los que la conseguían y la mayoría moría en alguno de los combates que libraban o por las heridas sufridas en ellos. Claro que a Nameyo eso no le importaba demasiado pues, allá en la Galia, cada día que amanecía no sabía si sería el último de su vida. Era un guerrero y vivía por y para la guerra, no sabiendo qué día o en qué contienda caería abatido, pues eran muchos los guerreros que cada día perecían a manos de sus enemigos. Ahora bien, había algo que ansiaba más que la vida: la libertad, y si había alguna posibilidad de conseguirla haría todo lo posible para ello. Sabía que no era un mal guerrero, al menos eso decían de él, por lo que se emplearía a fondo para aprender todo lo necesario en aquella nueva etapa de su vida, sabiendo, como siempre había ocurrido, que podía ser la última.

A la mañana siguiente, no había amanecido todavía cuando el sonido de una trompeta anunció que un nuevo día iba a comenzar en la escuela de gladiadores. Liteno, el gladiador celtibérico ya veterano, les indico por señas a sus compañeros que le siguiesen. Les condujo hacia el refectorio donde en unas largas mesas había dispuestas un buen número de viandas para comenzar la mañana. «Hambre desde luego parecía que no iban a pasar» —pensó Nameyo y no estaba equivocado. El Lanista hacía una considerable inversión al adquirir prisioneros para adiestrarles como gladiadores, inversión que luego esperaba recuperar con creces, pero para ello sus nuevos gladiadores tenían que estar fuertes, bien alimentados y cuidados, de lo contrario no podrían rendir en la arena. Por ello podría decirse que, de alguna manera, los gladiadores eran un grupo privilegiado en cuanto a sus condiciones de vida, respecto al resto de la población, el populacho. Y la muerte les rondaba a todos por igual, a unos de una manera y a otros de otra.

Una vez que hicieron la primera comida a los nuevos aprendices de gladiadores los condujeron al patio de la escuela donde les dijeron que esperaran. El resto, los gladiadores que ya vivían allí, comenzaron una larga y agotadora jornada de ejercicios y combates. El entrenamiento al que eran sometidos los gladiadores a lo largo de la jornada era muy duro. Había que fortalecer y endurecer sus cuerpos, dotándoles de una gran resistencia pues los combates podían ser muy severos y alargarse en el tiempo. Una baja forma o poca resistencia eran el camino más corto para llegar a la derrota y, por lo tanto, en la mayoría de los casos, a la muerte. Era preciso, además de la habilidad para el combate, conseguir tener una gran resistencia y eso solo se podría conseguir con una dura y continua instrucción y adiestramiento. No era raro que alguno no consiguiese sobrevivir a tamaño esfuerzo y muriese sin haber llegado siquiera a combatir. Pero con ese tipo de bajas había que contar y amortizarlas con el resto.

Nameyo y sus compañeros contemplaban cómo se adiestraban los gladiadores que ya llevaban tiempo en la escuela cuando apareció el Lanista, Cayo Julio, acompañado de Craxo y varios adiestradores, junto a un grupo de esclavos que portaban todo tipo de armas: espadas, unas más cortas, otras más largas, tridentes, redes, escudos, etc. Eso sí, todas ellas tenían en común que eran de madera. Estaba claro que no les iban a permitir utilizar las de verdad. Las dejaron amontonadas en el suelo y los esclavos se retiraron. Craxo, el jefe de los adiestradores, les indicó por señas que cada uno cogiese el tipo de arma que desease. Los futuros gladiadores se acercaron al montón de armas de madera y cada uno fue empuñando la que le pareció. Era evidente que asían aquella con la que se encontraban más cómodos. Nameyo cogió un escudo rectangular curvado, el típico que usaban los legionarios romanos y también el *gladius* o espada corta y recta del legionario. Era de menor tamaño que la que utilizaba su pueblo, pero en algunas ocasiones, cuando durante la batalla perdió la suya, había tomado la espada de algún legionario y no se había desenvuelto mal por lo que podía decirse que, de alguna manera, estaba familiarizado con ella.

Una vez que todos los aprendices de gladiadores hubieron escogido sus armas el Lanista hizo una seña a Craxo y este les indicó que tenían que empezar a luchar entre ellos. Querían ver cómo se desenvolvían y las aptitudes que tenían cada uno. Estos no se hicieron repetir la orden y empezaron a combatir aunque sin demostrar mucho entusiasmo. A los más remolones los adiestradores que acompañaban a Craxo les golpeaban por detrás con unas varas que portaban obligándoles de esa manera a emplearse a fondo si no querían sentir en sus carnes el golpe de la vara. El combate se volvió violento y pronto algunos de los nuevos gladiadores quedaron tendidos en la arena, derrotados, a merced de su contrincante. Al ser las armas de madera no había peligro de que ninguno quedase herido de gravedad, a lo sumo dolorido por los golpes recibidos. Nameyo no tuvo problemas para deshacerse de los contrincantes que se le opusieron, junto a varios compañeros que también se habían deshecho de sus adversarios. El Lanista iba tomando nota pues a cada uno se le había asignado previamente un número e indicó a los adiestradores que le acompañaban que cogiesen ellos también las armas de madera y se enfrentasen a los aprendices que habían vencido. Ahí las cosas se complicaron para los nuevos gladiadores. Los adiestradores eran hombres avezados, que habían sobrevivido a muchos combates y en algún caso habían logrado su libertad, por lo que eran luchadores experimentados. No tardaron dar buena cuenta de los aprendices… aunque no de todos. Nameyo seguía resistiendo los envites del adiestrador que le había tocado de contrincante sin ser derrotado. Todos los demás ya habían finalizado sus combates y Nameyo seguía resistiendo y su oponente, bastante mayor que él, ya estaba empezando a dar muestras de cansancio. El Lanista hizo una seña a Craxo y este puso fin al combate, para disgusto y enfado del adiestrador que quería haber acabado con la resistencia de Nameyo. Los aprendices de gladiadores, sentados en la arena del patio, esperaban las deliberaciones del Lanista y del jefe de adiestradores, que reflexionaban sobre la categoría que designarían a cada uno de los aprendices según les habían visto combatir: unos serían *samnitas,* que tomaban el nombre del armamento utilizado por el pueblo homónimo, con un gran escudo oblongo, casco con visera, cresta y cimera de plumas, una ocrea o greba metálica en la pierna izquierda, una especie de brazal de cuero o metal que cubría en parte el hombro en el brazo derecho y una espada corta; a este grupo pertenecía Liteno, el gladiador celtibérico que estaba en la celda de Nameyo y que había visto entrenarse en la arena mientras esperaban que les designasen categoría. A Nameyo lo apuntaron como mirmillón. Los *mirmillones* se distinguían por su casco de bordes amplios con una alta cresta, que les daba aspecto de pez; llevaban túnica corta, cinturón ancho, armadura en su pierna izquierda y en su brazo derecho y el clásico escudo rectangular curvado del legionario romano; su arma era la espada corta y recta o gladius que usaban los mílices romanos, de donde los gladiadores toman su nombre; se cree que el estilo de su vestimenta y armas derivaba de los guerreros galos; en ocasiones luchaban con armadura completa. A Kush, el compañero nubio que estaba en su celda, le designaron al grupo de los *reciarios,* que vestían túnica corta o faldilla con cinturón y llevaban el brazo izquierdo cubierto con una manga, iban con la cabeza descubierta y armados de una red, un tridente (*fuscina*) y un puñal; la habilidad del *reciario* consistía en lanzar la red para cubrir a su oponente por la cabeza, inmovilizarle y clavarle el tridente a través de la misma; el puñal se utilizaba para matar a su adversario o para deshacerse de la red, cortando la línea que la sujetaba a su muñeca.

A varios prisioneros no les designaron a ningún grupo. Eran los que no habían demostrado ninguna aptitud para la lucha y los eligieron para formar parte del grupo de esclavos que se ocuparían del mantenimiento de la escuela. Finalizada la clasificación, el Lanista se despidió de Craxo y este, junto a los adiestradores, dividieron a los aprendices de gladiadores en varios grupos y cada uno de ellos comenzó el adiestramiento. A cada grupo se incorporaron varios de los gladiadores ya veteranos para iniciar el adiestramiento de los nuevos. Al grupo de Nameyo se incorporó Sitalces, el compañero de celda tracio. Este iba con el equipo de los gladiadores *tracios*: un pequeño escudo rectangular o *parmula* y una espada muy corta con hoja ligeramente curva o *sica*, con el objeto de atacar la espalda desarmada de su oponente; su indumentaria incluía armadura en ambas piernas, necesarias dado lo reducido de su escudo, protector para el hombro y brazo de la espada, túnica corta con cinturón ancho y casco con pluma lateral, visera y cresta alta.

Acercándose a Nameyo en un rudimentario latín y en voz baja le dijo:

—Creo que Tibaste, el instructor, no ha sido capaz de derrotarte.

Esperó para constatar si Nameyo había entendido sus palabras y, cuando comprobó que le había comprendido al ver como este asentía con la cabeza, continuó hablando en voz muy baja para que nadie pudiese escucharle.

—Ten cuidado con él. A los instructores no les gusta que los novatos les pongan en evidencia y Tibaste además es rencoroso. Te buscará las vueltas y te hará la vida imposible. Aléjate todo lo que puedas de él.

—Eh, vosotros, ¿qué cuchicheáis? Aquí no se viene a hablar sino a luchar, no sois mujerzuelas. Silencio o recibiréis una buena ración de latigazos cada uno —grito uno de los instructores.

Sitalces se alejó de Nameyo antes de que el instructor se enfadase más y llevara efecto las amenazas vertidas. Los instructores tenían la potestad de castigar a los gladiadores cuando consideraban que no hacían lo que debían y una ración de latigazos era uno de los posibles y más frecuentes castigos.

IV

Alejandría

El sol brillaba en lo alto del cielo haciendo que la ciudad, Alejandría, luciese en todo su esplendor. La ciudad, fundada por Alejandro el Grande, hacía unos doscientos setenta y siete años en una estratégica región portuaria en el delta del Nilo, sobre un poblado de pescadores llamado Rakotis, se había convertido, en pocos años, en el centro cultural de la Antigüedad, hacia la que volvían la vista todos los estudiosos y sabios del mundo conocido. La elección del emplazamiento fue muy afortunada pues estaba al abrigo de las variaciones que pudiera tener el río Nilo, y, por otro lado, lo suficientemente cerca de su curso como para que pudiesen llegar a través de sus aguas las mercancías destinadas al puerto, navegando por un canal que unía el río con el lago Mareotis y el puerto. Al este de Alejandría había varias islas y pantanos, donde desde el siglo VII a. C. se levantaron importantes ciudades como Canopo y Heracleión. El lugar estaba frente a una isla llamada Faro, que con el tiempo y las múltiples mejoras que se harían quedaría unida por un largo dique a la ciudad de Alejandro. En ella se encontraba el conocido faro como guardián de la ciudad, cuya torre cambiaba de color a lo largo del día: rosa nacarado al amanecer, inmaculadamente blanca al mediodía, roja a la puesta del sol, azul morado al anochecer y por la noche una negra columna con fuego en su parte superior.

Olimpo era un joven y bien agraciado médico de los que estudiaban y perfeccionaban su ciencia en el *Museion*, un enorme edificio de mármol situado en la calle mayor, una vía que atravesaba toda la ciudad de este a oeste con una extensión de unos 117600 estadios y una anchura de unos cien pies. Olimpo era griego, como la mayor parte de los habitantes de Alejandría y como Dinócrates de Rodas, el arquitecto que se había encargado del trazado de la ciudad, según lo que se llamaba un trazado hipodámico, que consistía en organizar una ciudad mediante el diseño de sus calles en ángulo recto, creando manzanas rectangulares a partir de una gran plaza.

Olimpo, desde que se había instalado en la ciudad para completar su aprendizaje en medicina, había quedado enamorado de ella. Dejó a un lado la Biblioteca, la famosa biblioteca, en la que pasaba buena parte de las horas del día ilustrándose con alguno de sus miles y miles de volúmenes guardados en la sala de almacenamiento, cuyas paredes estaban cubiertas de anaqueles con rótulos de identificación de los rollos a intervalos regulares y de cuyas borlas colgaban unos marbetes de madera con los nombres. Allí se guardaba todo el saber del que se tenía conocimiento, y se podía disfrutar de él en la sala de lectura, en donde la luz natural penetraba a través de una serie de ventanas que rodeaban todo el perímetro de la sala. Adherido a ella estaba el Museo, así llamado en honor de las nueve musas del pensamiento creador. Olimpo dejó atrás estos edificios y se internó en los jardines reales en los que las fuentes y las estatuas rivalizaban en belleza. El agua, que discurría de unas fontanas a otras, refrescaba el lugar y competía con el trino de los pájaros. Se detuvo a contemplar el fastuoso palacio real, también construido todo en mármol por los Ptolomeos, la dinastía reinante, que resplandecía bajo los rayos del sol de mediodía. Aristófanes, su maestro, le había mandado llamar a palacio y no sabía para qué, motivo que le tenía intrigado desde que se lo habían notificado. Aristófanes era el médico del rey Ptolomeo XII, conocido con el sobrenombre de «Auletes» por su afición a la flauta, pero también al vino, del que era un devoto seguidor. Olimpo llevaba ya el suficiente tiempo en Alejandría para conocer a sus gentes y saber que su rey no era ni muy considerado ni muy querido por su pueblo. Un levantamiento popular, propiciado por su hija Berenice, había hecho que su padre tuviese que exiliarse en Roma, donde acudió en busca de ayuda. El pueblo proclamó reina a Berenice mientras que su padre, Ptolomeo, se procuraba el apoyo de Roma, después de pagar a Cneo Pompeyo una gran suma de dinero y comprometerse a pagar a Roma un tributo en los años venideros. Con el apoyo de las legiones romanas de Pompeyo consiguió vencer a Archelaus, segundo marido de su hija Berenice, y recuperar el trono, que no el fervor de su pueblo, y menos cuando mandó ajusticiar a su hija, de eso apenas hacía un año. Olimpo más de una vez le había preguntado a su maestro Aristófenes, que tampoco parecía que tuviese demasiadas simpatías por el rey, por qué le asistía como médico.

—Paga muy bien y tengo muchos privilegios, como el de ser el maestro de medicina en el Museo. Y el trabajo tampoco es tanto. Vivo en el palacio con todas las comodidades y la seguridad que ello conlleva —le había contestado.

—¿Y si se produce otro levantamiento contra el rey, lo que no me extrañaría viendo su escasa popularidad? —le había preguntado Olimpo.

—¡Yo solo soy el médico! No me meto en política y nadie elimina al que un día puede necesitar para que le salve la vida.

Ya había llegado a las puertas del palacio y dado su nombre, precisando que acudía a una llamada del médico real. Un par de guardias le condujeron hasta una lujosa estancia adornada con esculturas y forrada de maderas de ébano y sándalo. Le dijeron que esperara y los guardias desaparecieron. No tardó en aparecer su maestro, Aristófanes, con una amplia sonrisa iluminando su envejecido y arrugado rostro.

—Me alegro de que hayas venido, Olimpo —le dijo dándole un caluroso abrazo— ¡Sentémonos! —y le indicó unos mullidos cojines y almohadones que había en un rincón de la estancia, frente a un enorme vano del que colgaban unos velos transparentes y que no impedían una impresionante vista del puerto real, aquel que tenía la familia real para su uso exclusivo. A lo lejos se divisaba el Faro de la ciudad. Aristófanes dio dos palmadas y unos criados aparecieron con varias copas que llenaron de vino y unas bandejas con frutos variados.

—Se vive bien en palacio —comentó una vez que los criados se hubieron marchado.

—Ya lo veo, como un rey y nunca la comparación fue tan acertada —comentó Olimpo.

Aristófanes rio la ocurrencia de su discípulo, casi atragantándose con el vino que en esos momentos estaba bebiendo.

—¿Te gustaría vivir aquí? —le preguntó una vez que hubo pasado el mal trago.

—¿Aquí? ¿Haciendo qué? Porque supongo que no admiten invitados de por vida si no hacen algo a cambio.

Aristófanes volvió a reír la ocurrencia del joven.

—Para eso te he mandado llamar —le dijo mientras cogía uno de los dátiles confitados que había en una de las bandejas y le indicaba a Olimpo que hiciese otro tanto—. Como sabes, desde hace años soy el médico del rey Ptolomeo… Bueno, en realidad puede decirse que de toda la familia real. Hasta ahora no era demasiado trabajo porque los príncipes y las princesas eran pequeños y están sanos. Pero el rey está muy mayor. El vino, al que es gran aficionado, está minando su salud a pasos agigantados, lo que hace que cada vez me dé más trabajo y tenga que estar más pendiente de él. Las princesas y los príncipes van creciendo y se van haciendo mayores. De hecho, el rey me ha confesado que ha nombrado como herederos suyos a su hija Cleopatra, que debe de tener unos quince años y a su hijo Ptolomeo, de los dos que llevan ese nombre, al mayor, de unos doce años. Tiene otra hija menor, Arsinoe, de catorce años. —Y acercándose a Olimpo bajó la voz y, casi en un susurro, le dijo—. Ya sabes que las dos hijas mayores del rey murieron, Cleopatra no se sabe muy bien cómo y Berenice mandada ajusticiar por su padre. Hay otro hijo todavía más pequeño llamado también Ptolomeo. Ya ves, la dinastía de los Lágida no es muy original a la hora de poner nombres a sus hijos.

Aristófenes dio otro sorbo a su copa de vino y tomó otra fruta confitada, antes de continuar hablando.

—Yo ya soy demasiado viejo. Todavía valgo como médico para el viejo rey, confía en mi ciencia y está a gusto conmigo. Pero no ocurre lo mismo con sus jóvenes hijas e hijos. Ellos no me ven con buenos ojos, me ven viejo y yo tampoco me encuentro cómodo atendiendo a todos esos jovencitos. He hablado con el rey y le he propuesto que otro médico ocupe mi lugar para atender a sus hijos. Le he dado mis razones y el rey está de acuerdo. Eso sí, quiere a alguien de toda mi confianza pues, aunque el nuevo médico vaya a ser el encargado de sus hijos, el responsable voy a seguir siendo yo.

Aristófenes hizo una pausa. Quería comprobar la reacción que sus palabras estaban produciendo en su discípulo. Este se había puesto muy serio intuyendo, sin duda, lo que su maestro estaba a punto de pedirle.

—¿Quieres ser tú el médico de los príncipes y princesas? —le preguntó —En nadie tengo tanta confianza como en ti y, puesto que yo voy a seguir siendo el responsable, con nadie me sentiría tan seguro como contigo. El trabajo no va a ser excesivo. Los príncipes y princesas son jóvenes y están sanos. Nada indica que te puedan causar problemas y si contraen alguna enfermedad nadie mejor que tú para saber cómo tratarla. Eres mi mejor alumno y, salvo por mi experiencia, diría incluso que mejor que yo. ¿No dices nada?

Olimpo tomó su copa de vino y le dio un buen sorbo. Lo necesitaba. En ningún momento, cuando aquella mañana se había dirigido feliz y risueño al palacio, se le había ocurrido pensar que podía ser el nuevo médico de los príncipes y princesas. Se había preguntado para qué lo querría su maestro, pero en ningún momento se le ocurrió pensar en eso. Y la verdad, no le disgustaba la idea, aunque la responsabilidad le atenazaba y empezaba a sentir un hormigueo por el estómago, seguramente nervioso, al pensar en ello.

—¿Tendría que dejar el Museo? —Fue todo lo que se le ocurrió preguntar.

—Sí. Tienes que vivir aquí. Ya tienes varias dependencias preparadas junto a los de los príncipes y las princesas para que puedas acudir rápidamente si te necesitan, a cualquier hora del día o de la noche. Pero podrás acudir al Museo a consultar lo que quieras cuando quieras. Desde el momento que aceptes, no solo tienes abiertas todas las puertas del palacio real sino también las del Museo y la Biblioteca.

—¡De acuerdo! ¡Acepto! —exclamó Olimpo después de dar un largo suspiro pues presentía que desde aquel momento su vida iba a dar giro sustancial. No sabía en qué dirección, pero a buen seguro que lo iba a dar.

Aristófenes se levantó, no sin esfuerzo, de los cojines en los que estaban. Ciertamente se le veía ya mayor por lo que la idea de aliviar su trabajo parecía que era buena. Olimpo le ayudo a hacerlo.

—Ves lo que te decía. Ya voy siendo muy mayor —le dijo—. Vamos a presentarte al rey para que dé su visto bueno y luego iremos a visitar a los príncipes y princesas para que los conozcas y te conozcan ellos a ti.

Olimpo asintió con la cabeza y siguió a su maestro por los pasillos del palacio de deslumbrante blancura. Cuando había llegado a palacio ya le había llamado la atención que por todas partes había estanques llenos de flores de loto blancas y azules. Ahora siguiendo a su maestro no podía por menos de quedar deslumbrado por los pavimentos de ónix o alabastro y las paredes recubiertas de ébano con colgaduras de púrpura de Tiro con adornos de oro, los asientos adornados con jaspe y cornalina, las mesas de marfil labrado, escabeles de madera de cedro, sillas cubiertas con sedas de Extremo Oriente que seguramente habrían llegado a través de la India...

Llegaron hasta una estancia en la que había apostados varios guardias que impedían el paso. Aristófanes habló con el jefe de la guardia y este penetró en la sala. No tardó en salir haciendo una seña a sus hombres que impedían el paso para que se hiciesen a un lado. El maestro y su alumno entraron en un aposento ricamente adornada en el que el rey, tumbado sobre un montón de cojines escuchaba la música que unos flautistas interpretaban para él mientras saboreaba una copa de vino y varios esclavos le daban aire con unos enormes abanicos de plumas. Aristófanes se inclinó ante el rey y Olimpo, unos pasos por detrás de él, hizo lo propio.

—Majestad, me alegro encontraros tan bien y con tan buen aspecto —le dijo.

—¿Este es el médico que has seleccionado para que se ocupe de la salud de los príncipes y princesas?

—Sí, majestad. Su nombre es Olimpo y es mi mejor alumno, como os dije. Nadie en Alejandría ni en todo el reino está más capacitado para encargarse de la salud de los príncipes y de las princesas.

—Espero que así sea. Me parece bien. Podéis retiraros.

Aristófenes volvió a inclinarse, al igual que Olimpo, y abandonaron la estancia.

—Bueno, ya tienes el beneplácito del rey. Ahora vamos a ver a los que serán tus futuros pacientes, aunque espero que no te necesiten mucho, pues será señal de que gozan de buena salud.

Continuaron caminando por los pasillos de palacio dirigiéndose al ala de la casa real donde estaban las estancias de los príncipes. Aristófanes se dirigió hacia una puerta donde un grupo de soldados montaba guardia. El anciano médico se dirigió hacia ellos y les dijo unas palabras que Olimpo, un poco más retrasado no pudo entender. Los soldados se hicieron a un lado empujando la puerta y Aristófanes y Olimpo penetraron en otra estancia donde dos niños, uno de ellos de unos doce años aproximadamente, y otro más pequeño se entretenían con unos juguetes. Aristófanes se dirigió hacia ellos y los dos pequeños al verle se pusieron muy serios y, dejando de jugar, dieron un paso atrás.

—Altezas, no os preocupéis. Hoy no vengo a haceros ninguna perrería —Y volviéndose a Olimpo, que como siempre se había quedado detrás de él, le comentó—. Lo cierto es que solo me ven cuando se encuentran enfermos y entonces siempre tengo que hacerles alguna jugarreta, por lo que no es mucho el cariño que me tienen. Es más, no volveréis a verme si no queréis y no os haré nunca más tomar hierbas o líquidos que sepan mal.

Se volvió hacia Olimpo haciéndole una seña para que se adelantase.

—Este es Olimpo, el nuevo médico. A partir de ahora será él el que se encargue de sanaros cuando enferméis.

Olimpo se adelantó e hizo una reverencia. Los príncipes lo escrutaron no sin cierto temor, pero no dijeron nada.

—Altezas, si no deseáis nada nos retiramos y os dejamos que sigáis jugando —les dijo Aristófanes haciendo una inclinación. Olimpo hizo lo mismo y los dos médicos se retiraron abandonando la estancia.

—Ahora vamos a que conozcas a las princesas. Supongo que Cleopatra estará con alguna de sus clases. Es una joven muy estudiosa, con gran curiosidad por todas las ciencias. A mí me tiene admirado pues no he conocido en toda mi vida una mujer igual.

Tiene conocimientos de literatura, música, ciencias políticas, astronomía, matemáticas y hasta de medicina, así que, si te descuidas, cuando le pase algo, será ella misma la que te indique la dolencia que tiene y cuál es el remedio adecuado.

—No será para tanto. No deja de ser una jovencita de... ¿cuántos años tiene? —preguntó Olimpo.

—Quince o dieciséis años, creo. Ya lo comprobarás por ti mismo. Además, maneja unos cuantos idiomas. Aparte del griego, se defiende bien en hebreo, sirio, arameo, y por supuesto el egipcio. Y lo último que le oí decir es que deseaba aprender también latín. Vamos, que con su edad todo un pozo de sabiduría.

—Habrá que tener cuidado con ella y con lo que se le dice —comentó Olimpo.

—No te preocupes es muy dulce y refinada y si tiene que decirte algo o poner alguna objeción a lo que le indiques lo hará con su dulce voz de la forma más amable y delicada que nunca hayas escuchado.

Habían llegado hasta otra puerta donde otro grupo de soldados montaba guardia. Aristófanes se acercó a ellos y les preguntó si la princesa Cleopatra estaba allí. Los guardias asintieron con la cabeza y entonces el médico les pidió que les anunciasen. El guardia que entró en el aposento no tardó en volver indicándoles que podían pasar. El anciano y su discípulo entraron en una amplia sala donde varias estanterías cubrían las paredes repletas de papiros. Frente a una mesa un anciano y una jovencita consultaban uno de esos papiros. Olimpo se fijó en la princesa que, al verlos entrar, había salido a su encuentro con una amplia sonrisa en la boca. No era muy alta y no podía decirse que fuese una belleza, pero sí lo suficientemente atractiva para ver cumplidos los deseos de cualquier hombre. La princesa se inclinó ante ellos antes que pudiesen hacerlo ante ella.

—¡Aristófanes! ¡Cuánto me alegra vuestra visita! Supongo que el apuesto joven que os acompaña es el nuevo médico que habéis elegido para mis hermanos y para mí. Ya nos lo ha comentado mi padre y me apena mucho que no queráis seguir cuidando de nosotros.

—Alteza —le interrumpió el anciano—, nada me gustaría más que seguir cuidando de vosotros, pero los años no pasan en balde y vosotros sois jóvenes, necesitáis de savia nueva que se ocupe de vuestra salud. Olimpo, ese es su nombre —y al decirlo lo señaló con la mano mientras este hacía una reverencia—. Es mi mejor y aventajado alumno. No encontraréis nadie mejor preparado y con tanta energía para ocuparse de los príncipes y princesas. Y además siempre contará con mi experiencia y mi apoyo, aunque estoy convencido que no lo necesitará.

—Bien, si esa es vuestra voluntad, que así sea. Olimpo, bienvenido a palacio —dijo dirigiéndose al joven médico con la mejor de sus sonrisas—. Procuraremos no daros mucho trabajo, por nuestro propio bien. Ahora nos vais a disculpar pues estamos en la mitad de una clase —Y dando media vuelta volvió a la mesa donde estaba el maestro que durante todo ese tiempo había seguido examinando el papiro sobre el que estaba inclinado, como si no hubiese sentido la visita de los médicos. Aristófenes y Olimpo se inclinaron ante la princesa y abandonaron el aposento.

—¿Qué te ha parecido? —le preguntó a su discípulo el médico— ¡Encantadora, verdad!

—Sí, realmente lo es.

—Pero no te engañes con ella, detrás de esa sonrisa y de esa dulzura hay una jovencita con un fuerte carácter que no se deja manejar, ni siquiera por su padre, al que adora. Bien, ya solo nos queda la princesa Arsinoe, una jovencita de catorce años que se está transformado en un hermoso cisne, pero con un carácter menos fuerte que el de su hermana.

Recorrieron todo el palacio, pero no fueron capaces de encontrar a la princesa. Ya desesperaban de hacerlo cuando uno de los criados les dijo que la había visto dirigiéndose hacia el embarcadero real. Hacia allí se encaminaron bajando por las escaleras que conducían hasta el pequeño muelle donde vieron una falúa que estaba a punto de soltar las amarras que la sujetaban a un noray. Aristófenes hizo señas a los que estaban en el barco para que esperasen mientras se acercaban a la pequeña embarcación.

—¿Ocurre algo, Aristófanes? —preguntó una jovencita que se asomó al verlos.

—Princesa, venía a presentaros al nuevo médico que se ocupará de atenderos.

—¡Subid a la falúa! —gritó la princesa.

—Alteza, yo soy de tierra firme. El mar me marea y me pongo muy enfermo —exclamó Aristófanes.

—Entonces que suba el nuevo médico —y dio por finalizada la conversación desapareciendo en el interior de la falúa.

Aristófanes se encogió de hombros e hizo señas a Olimpo para que subiese a bordo.

—¡No me puedes hacer esto! —le dijo a su maestro.

—¡Vamos, vamos! No hagas esperar a la princesa, no se vaya a impacientar —le apresuró Aristófanes. Olimpo subió por la escalerilla que habían vuelto a poner para poder subir a bordo de la falúa. El piloto dio las órdenes oportunas y el barco se puso en movimiento mientras el médico veía cómo su maestro desde el puerto les decía adiós con la mano.

—Así que tú eres el nuevo médico —oyó que decían a su espalda. Olimpo se volvió y se quedó sorprendido y ensimismado. Esperaba encontrar una chiquilla de catorce años y lo que estaba viendo era una atractiva mujer, espléndida mujer de una belleza inusual, con un hermoso rostro en el que destacaban los enormes ojos iluminados como dos luceros y un hermoso y escultural cuerpo que se adivinaba sobre un ajustado vestido de seda que se ceñía sobre él. Aquella hermosa criatura quizá pudiese tener catorce años, como decía Aristófanes, pero llevaba el rostro, el hermoso rostro de facciones perfectas y bien delimitadas, perfectamente maquillado y sus ojos, aquellos extraordinarios ojos cual luceros en una noche estrellada, afinadamente definidos con pintura.

—¿No me has escuchado? ¿O es que acaso eres duro de oído?

—Perdón... Alteza... ¿Decíais? —balbuceó Olimpo una vez que, no sin esfuerzo, consiguió sobreponerse a la impresión que le había causado la princesa.

—Te preguntaba si tú eres el nuevo médico.

—Efectivamente, alteza. Mi nombre es Olimpo y por decisión de vuestro padre y de Aristófanes, de ahora en adelante, voy a encargarme de vuestra salud y de la de vuestros hermanos.

—Ven, siéntate aquí y mientras contemplamos cómo se va alejando de nosotros Alejandría, la ciudad más hermosa del mundo, me cuentas cómo es que has llegado a ser nuestro médico. ¿A ti también te parece Alejandría la ciudad más hermosa del mundo? —le preguntó la princesa.

—No lo sé, alteza. No conozco ninguna otra ciudad, por lo tanto, creo que no puedo opinar. He oído decir que Babilonia es una hermosa ciudad, con unos espectaculares jardines colgantes, pero no sabría deciros. Lo que sí puedo aseguraros es que yo estoy enamorado de esta ciudad —«y a partir de ahora, de vos», estuvo a punto de decir, pero se contuvo a tiempo—... y no querría vivir en ninguna otra.

—Sí, he oído hablar maravillas de Babilonia y de sus hermosos jardines, pero creo que no podremos ir a verlos. He oído decir que la habita un pueblo salvaje y su rey es un hombre muy malvado. Me temo que de momento nos quedaremos con las ganas de verla. Además me han contado que Alejandro el Grande, el fundador de nuestra hermosa ciudad y que está enterrado en ella, murió después de haberla conquistado. ¿Has visto la tumba de Alejandro? —le preguntó mirándole con esos hermosos y deslumbrantes ojos.

—Sí, alteza, he visitado el espléndido mausoleo en el centro de la ciudad dentro del recinto sagrado del Soma, el santuario más conocido de toda la antigüedad y he visto el cuerpo de Alejandro dentro del sarcófago de vidrio en el que se colocó después de haber fundido el sarcófago de oro original en el que se encontraba.

—Sí, lamentablemente creo que fue mi abuelo Ptolomeo el que fundió el sarcófago para pagar con el oro a sus soldados, y fue castigado por ello por los dioses, muriendo ahogado en una batalla naval contra fuerzas rebeldes. Al menos eso es lo que a mí me han contado.

—Sí, yo también he escuchado esa historia.

—A mí también me encanta Alejandría. No puedo decir que yo esté enamorada de ella porque soy poco más de una niña y no sé qué es el amor, pero me encanta pasear por ella, aunque como tengo que ir siempre con una considerable escolta de guardias que van echando a todos no puedo disfrutar de ella. Por eso prefiero salir en esta falúa y verla alejarse y acercarse al atardecer cuando el sol empieza a ponerse, contemplar cómo los últimos rayos la iluminan como si toda la ciudad ardiese en un inmenso fuego producido por los dioses. Sí, me encanta esta ciudad y me gustaría poder vivir siempre en ella, aunque me temo que no podrá ser.

—¿Y por qué no vais a poder vivir siempre en ella? —preguntó Olimpo, aunque al momento se arrepintió de haber hecho esa pregunta.

—Soy una princesa y el destino de las princesas es el de casarse con algún rey o príncipe de algún bárbaro país e irse a vivir allí. Solo si fuese reina me podría quedar a vivir en Egipto y entonces sí, nada ni nadie podría alejarme de esta hermosa ciudad.

—¿Y no os agrada esa idea? —preguntó Olimpo mientras se deleitaba contemplando cómo los últimos rayos del atardecer descendían sobre la princesa e iluminaban todo su cuerpo, su maravilloso cuerpo que el vestido dejaba entrever. El espectáculo no podía ser más impresionante y joven médico agradecía a los dioses que le hubiesen obsequiado con semejante fiesta visual.

—¿Cuál de las dos? ¿La de casarme con algún rey bárbaro o la de ser reina de Egipto? —le preguntó la princesa.

Olimpo, fascinado con la contemplación de la princesa había olvidado la pregunta que había hecho y tuvo que pensar durante unos momentos hasta que recordó qué había preguntado.

—Las dos cosas alteza —contestó al fin. La princesa rio con ganas ante la respuesta del médico.

—La idea de casarme con algún rey o príncipe bárbaro e irme a su país no me seduce lo más mínimo. Reina no podré ser en circunstancias normales. Mi padre ha nombrado sus herederos a mi hermana Cleopatra y a mi hermano Ptolomeo, el mayor de los dos. ¿Has conocido a mi hermana Cleopatra?

—Sí, alteza.

—No me llames continuamente alteza. No me gusta. Déjalo para el resto de la gente. ¿Y qué te ha parecido mi hermana? Todos los que la conocen quedan rendidos ante sus encantos, según dicen.

—Solo la he visto un momento pues estaba recibiendo una clase. No puedo juzgarla. Me ha parecido simpática y agradable.

—Sí, eso dicen todos los que la conocen y quedan embelesados con su gracia y porte.

—A mí me parecéis vos mucho más encantadora que ella, mucho más agradable y por supuesto mucho más bella —contestó Olimpo y apenas lo hubo dicho se arrepintió de su atrevimiento y osadía. La princesa lo miró fijamente y sonrió.

—Gracias, eso que has dicho me ha parecido muy bonito y me ha gustado.

Olimpo suspiró aliviado y se propuso contener su lengua y ocultar o al menos refrenar su pensamiento.

Permanecieron en silencio durante unos minutos, observando cómo el sol se ocultaba tras el horizonte del mar, cambiando las tonalidades de este mientras el cielo parecía la paleta de un pintor donde se producía toda una mezcla de colores, predominando el añil, el rosa y el ocre.

—Pronto oscurecerá, alteza, deberíamos regresar al puerto —les dijo el piloto de la falúa que se había acercado a donde estaban ellos.

—Sí, de acuerdo, regresemos a puerto —le contestó y dirigiéndose al médico le preguntó:

—¿Te ha gustado el paseo?

—Sí, por supuesto que sí. No creo recordar haber contemplado ninguna puesta de sol tan maravillosa como esta.

—¿Te gusta navegar o tú también eres de tierra firme como tu maestro?

—Soy de tierra adentro, pero me encanta navegar.

—Entonces, si te apetece, te pediré en más ocasiones que me acompañes a navegar —le dijo la princesa.

—Estoy a vuestro servicio para todo aquello que necesitéis.

—No quiero servidores, de esos ya me sobran, tan solo quiero a alguien que disfrute con lo mismo que yo —le respondió poniéndose seria.

—Perdonadme, era eso lo que quería decir. He sido muy torpe con mis palabras.

Arsínoe sonrió.

—Me ha gustado tu compañía. Ha sido un paseo muy agradable. Lo repetiremos.

V

Corduba, Hispania Ulterior

El sol estaba ocultándose en las tierras que rodeaban la villa de T. Quineto Escápula, un rico hacendado cordobés, aunque de origen samnita, pero que llevaba mucho tiempo establecido en la campiña cordobesa donde poseía una gran cantidad de tierras de cultivo cuya dirección llevaba personalmente. Acababa de llegar a su *domus*, donde estaba refrescándose y aseándose, cuando uno de los esclavos le avisó que un jinete llegaba a todo galope por el camino que conducía a la casa. Escápula se colocó la mano a modo de visera para protegerse de los rayos del sol que se ocultaba e intentar descubrir quién era el que se acercaba. Su vista ya no era la misma y le costaba ver con claridad a larga distancia, pero le pareció que se trataba de su amigo Aponio, como él, otro rico hacendado cordobés con el que había compartido muchos momentos. Estaba en lo cierto, se trataba de Aponio y sonrió, todavía se podía fiar de su vista. Pero su amigo traía cara de pocos amigos y no parecía que aquella fuese una visita de cortesía. Un esclavo salió al encuentro de Aponio, para quedarse con el caballo que bufaba por los ollares y soltaba espuma por la boca, y que de un salto había descabalgado yendo a su encuentro.

—Te veo muy alterado, amigo mío —le dijo Escápula— ¿Ocurre algo?

—¿Algo?... ¿Algo? —repitió Aponio— Di mejor qué es lo que no ocurre... ¿Podrías darme algo de beber? Traigo la boca seca del polvo del camino.

—Amigo mío, perdona mis modales... Pero te he visto tan alterado que he olvidado las normas más elementales de hospitalidad —Y mientras lo decía hacía señas a los esclavos para que les acercasen unas copas de vino. Aponio dio un buen sorbo a la copa de vino y alargó el brazo al esclavo para que se la volviese a llenar.

—¿Mejor? —le preguntó Escápula cómodamente reclinado en un *triclinium* del *tablinium* donde habían entrado.

—Sí, ya mejor —contestó Aponio —El polvo del camino se me había metido en la boca.

—Pues cuéntame qué es eso que te tiene tan alterado —le dijo Escápula mientras le hacía señas al esclavo que estaba de pie con el cántaro de vino que lo dejase allí y abandonase la estancia. Imaginaba que lo que su amigo Aponio tenía que decirle no necesitaba testigos.

—Quinto Casio Longino ha vuelto a pasar por mi villa reclamando nuevos impuestos y tributos.

—¿Otra vez? ¡Pero si hace nada ya pasaron cobrándolos! —exclamó Escápula.

—¿Todavía no ha venido aquí? —preguntó Aponio.

—No, pero ya estuvo hace nada y la cantidad a pagar ya había aumentado considerablemente.

—¡Pues no tardará en hacerlo! Está recorriendo todas las propiedades, pueblos y aldeas obligando a todos a pagar nuevamente y cada vez aumenta la cantidad —comentó Aponio.

Q. Casio Longino, hermano de Cayo Casio Longino, uno de los lugartenientes de Marco Licinio Craso, con el que había partido para la conquista de la Partia, había sido nombrado *cuestor* en la *Hispania Ulterior* en el periodo de gobierno *in absentia* de Pompeyo Magno en Hispania. No parece que sus compañeros le reconociesen ningún talento militar ni prudencia política, ganándose la animadversión de los habitantes de la Ulterior, tanto nativos como ciudadanos romanos, a los que tenía ahogados con el cobro de impuestos, del todo punto excesivos.

—¡Esto no puede ser! —exclamó Quineto Escápula— Ese advenedizo se piensa que la Hispania Ulterior es su villa privada y puede explotarla a su antojo.

—Además está haciendo levas de soldados sin venir a cuento y sin que se lo hayan pedido de Roma —comentó Aponio.

—¿Tú crees que en Roma el Senado sabe qué está ocurriendo aquí? —preguntó Escápula.

—Sí, estoy convencido que sí —contestó Aponio —De hecho, Cicerón ya ha hecho algún comentario en ese sentido en el Senado, según me han informado.

—Entonces, ¿por qué no toman medidas para impedirlo? —preguntó Escápula— Sobre todo Cneo Pompeyo. Él es el encargado del gobierno de Hispania y, aunque lo haga estando ausente, eso no justifica que no se preocupe por lo que pasa aquí y consienta que el cuestor Casio Longino haga lo que le venga en gana.

—Las noticias que me llegan de Roma no son nada halagüeñas. No se han elegido a los cónsules que les correspondía, pues se les acusaba de intentar amañar las elecciones y se han formado dos bandos, uno partidario de los senadores más conservadores, los *optimates*, y otro a favor de aquellos que querían disminuir el poder del Senado, los *populares*. Lo cierto es que los partidarios de uno y otro grupo han organizado bandas callejeras que se enfrentan en las calles de Roma. Ahora mismo la ciudad es el lugar menos seguro del mundo.

—¡Pero en Roma está Pompeyo, algo tendrá que hacer! —exclamó Escápula que parecía muy sorprendido con todo lo que le estaba contando su amigo.

—Me temo que el general está más preocupado por sus asuntos familiares que por lo que pueda pasar en Hispania. Algunos dicen que está sumido en una gran tristeza pues ha perdido a su mujer y al hijo que esperaba. Otras noticias dicen que él apoya a uno de los grupos formados en la ciudad y que están causando el terror en ella; en fin, todo son rumores y no se sabe nada en concreto.

—Entonces, ¿qué podemos hacer? Porque lo que está claro es que no podemos permitir que ese advenedizo de Casio Longino siga enriqueciéndose a nuestra costa, a la vez que a nosotros nos va sumiendo en la pobreza.

—Es complicado, porque cuenta con las legiones que dejó formadas Pompeyo y que le son fieles. No se rebelarán contra él. Y con el respaldo de ellas no tenemos nada que hacer.

—¿Tenemos que conformarnos y aceptar que nos siga robando? —preguntó.

Aponio hizo una pausa mientras comprobaba que ya no tenía vino en su copa.

—Quizá se pudiese hacer algo, pero... es muy peligroso y arriesgado.

Quineto Escápula se levantó de su triclinium y cogiendo la jarra de vino se acercó al extremo del tablinium llamando a uno de sus esclavos. Cuando este llegó le dijo que les llevase otra jarra y les sirviesen la cena. Un grupo de esclavos apareció rápidamente preparando todo para la cena de los dos hombres.

—Te quedas a cenar aquí y luego al terminar, sin testigos, hablamos de eso que quizá pueda hacerse. —dijo Quineto Escápula.

—¡Pero se echará la noche encima y es muy peligroso andar por los caminos sin una buena escolta! —protestó Aponio.

—Pierde cuidado. Te quedas a dormir aquí y mañana, tranquilamente, vuelves a tu villa. El aposento de invitados está siempre preparado.

Los esclavos trajeron unas bandejas sirviendo como *gustatio* un *puls* con huevos rehogado con aceite de oliva y queso; como *primae mensae* unas codornices estofadas; y de postre unos pastelillos de trigo bañados en miel; todo ello regado con un *mulsum* de excelente calidad. Terminada la cena los esclavos trajeron unas palanganas para que los dos comensales se lavaran las manos y retiraron las *mappae* con las que se habían estado limpiando la boca. Escápula pidió que les dejasen una jarra de mulsum y mandó a los esclavos que se retiraran y no les molestasen.

—Bueno, estamos solos y nadie nos molestará. Ya puedes contarme eso que te ronda por la cabeza y que dices que es muy peligroso —dijo Escápula a su amigo. Este dio un sorbo a su copa de vino y cogiendo la jarra la llenó. Necesitaba armarse de valor y la lengua un poco suelta para decir lo que pensaba.

* * *

Ciudad de Roma

El tribuno Marco Cayo Gayo se removía inquieto en su cabalgadura. Estaba cansado y ya no sabía cómo colocarse en ella. Al frente de un grupo de jinetes que le servían de escolta habían cruzado toda la Galia y penetrado en la península itálica camino de Roma a través de la Vía Aurelia. Aun así, prefería el dolor de todo su cuerpo por tantas horas a caballo que embarcarse en un tirreme, como había tenido que hacer para volver a cruzar el canal de la Mancha y llegar al campamento que, el legado de César, Tito Labieno había establecido en Puerto Icio, desde donde habían partido a explorar Britania. Al día siguiente de la tormenta que había destruido parte de la flota con la que habían desembarcado en la isla y que habían dejado en la playa, César mandó llamar a Marco Cayo. El tribuno se presentó rápidamente en el praetorium.

—Tribuno, tengo un encargo especial para ti —le dijo después de corresponder al saludo que Mario Cayo había hecho al entrar en la tienda—. Elije una escolta de jinetes, los mejores y los que te ofrezcan más confianza y ahora mismo embarcáis para cruzar el canal y llegar a Puerto Icio. Allí le entregarás esta carta a Tito Labieno. Necesito que me envíe más barcos. —y le entregó una carta para su legado. César hizo una pausa y miró a su alrededor. Estaban solos en el praetorium.

—El segundo encargo es más delicado. Le llevarás esta carta al general Cneo Pompeyo que se encuentra en Roma. En ella le expreso mi pena y dolor por la muerte de su esposa, mi hija, y la de su hijo, mi nieto. Le dirás que su dolor es el mío, pero le vas a decir algo más, algo que no va escrito en la carta y que le transmitirás de viva voz. Le ofrezco en matrimonio, para continuar nuestra unión y las de nuestras familias, a mi sobrina nieta Octavia, mujer de gran belleza y dulzura. Esta parte del mensaje, que has de dar de viva voz al general, únicamente se lo has de transmitir a él y sin ningún testigo. Dile que, con esta unión, es mi deseo que nuestra amistad y la de nuestras familias siga en pie por el bien de Roma. Dile, también, que se tome todo el tiempo que necesite para dar una respuesta que yo esperaré ansioso. Mientras tanto, tú y tu escolta no os mováis de Roma a la espera de su respuesta. En cuanto la tengas regresas a darme noticias.

Julio César guardó silencio y observó detenidamente a Marco Cayo.

—¿Ha quedado todo claro, tribuno? —preguntó.

—¡Cristalino como el agua, señor!

—Bien, aquí tienes un salvoconducto que te permitirá a ti y a tu escolta viajar sin ningún problema hasta Roma. ¡Salve, tribuno!

Marco Cayo recogió el salvoconducto, saludó y abandonó el praetorium en busca de los hombres que formarían su escolta. Cabalgaron rápido, sin el menor contratiempo, cambiando de cabalgaduras cuando las que llevaban ya estaban extenuadas. El salvoconducto que César le había proporcionado les abría todas las puertas, de manera que pronto pudieron divisar las murallas servianas que protegían la ciudad. Antes de penetrar en Roma por la Puerta Fontus pudieron comprobar el estado de caos, inseguridad y desorden en que estaba sumida la ciudad. Bandas de desalmados y alborotadores se habían adueñado de ella. Durante el consulado de Domicio y Apio Claudio, año 53 a. C., ambos cónsules fueron acusados de corrupción, tras tratar de amañar las siguientes elecciones consulares y los cuatro candidatos que se presentaban acabarían procesados. Las elecciones se aplazaron seis meses, produciéndose un gran escándalo que fomentó la agitación callejera, creándose un verdadero estado de anarquía. Los clientes de Pompeyo comenzaron a pedir su elección como dictador, con el pretexto de acabar con la anarquía reinante. Estas voces fueron duramente criticadas por los constitucionalistas con Catón al frente, que apoyó a Milón, títere político de Cneo Pompeyo y como contrapeso a este. Clodio, viejo enemigo de Milón y hombre de paja de César y Craso, se opuso frontalmente a éste y respondió organizando bandas callejeras para impedir su candidatura y hacerse con el poder en Roma. Milón contrarrestó las bandas callejeras de Clodio comprando escuelas enteras de gladiadores, lo que desencadenó un estado de caos y violencia desmesurada, donde las bandas organizadas eran las dueñas de Roma, y en dónde las elecciones consulares se volvieron a posponer. El entendimiento de los tres hombres fuertes de la República, Pompeyo, César y Craso, parecía que se había roto tras la muerte de la hija de César y ahora, por medio de sus hombres, trataban de imponerse en la ciudad. En el fondo lo que subyacía era el enfrentamiento entre los poderosos senadores, los optimates, deseosos de mantener e incluso aumentar sus privilegios, y los populares, que pretendían recortar los privilegios de los anteriores. Pompeyo, que en un principio parecía decantarse por los segundos, junto a César y Craso, parecía ahora irse inclinando por los primeros, sobre todo después de ver como César era la estrella emergente entre el pueblo con sus victorias en las Galias.

Como pudieron Marco Cayo y su escolta consiguieron llegar a la espléndida casa de Cneo Pompeyo, situada en un extremo de la colina del Palatino, desde la que se divisaba todo el Foro, aunque tuvieron que sacar en más de una ocasión sus gladios para desanimar a algunos de los integrantes de las bandas callejeras que trataron de impedirles el paso. Un par de esclavos estaban abriendo el enorme portón que cerraba la casa del general y les cortaron el paso.

—Traigo un correo de Julio César para Cneo Pompeyo —les dijo Mario Cayo.

—El general no está en la casa —contestó el esclavo.

—¿Qué ocurre? —se oyó preguntar a una voz joven desde el interior. El enorme portón que los esclavos habían terminado de abrir le permitió al tribuno contemplar a la joven que había hablado y que se encontraba a punto de subirse a una litera.

—Unos soldados preguntan por vuestro tío, ama —le explicó el esclavo dirigiéndose a la joven. Esta se separó de la litera y se acercó al grupo de soldados que permanecían en sus cabalgaduras. Marco Cayo descabalgó y, dejando las riendas de su caballo a uno de los jinetes de su escolta, se acercó a la entrada de la casa.

—¿Para qué buscáis a mi tío? —preguntó la joven. Pero el tribuno no prestó atención a la pregunta que le hizo la muchacha, ensimismado como estaba contemplando a la hermosa joven que tenía delante. No recordaba haber visto una belleza igual, con largos cabellos rubios, recogidos en una coleta y que resplandecían al recibir los rayos de sol de aquel atardecer. Tenía un hermoso y agraciado rostro, en el que destacaban dos enormes ojos claros, de mirada profunda, capaces de hipnotizar a quien los contemplase. Y qué decir de su cuerpo, esbelto y escultural que se adivinaba bajo la túnica que lo cubría.

—Perdón… ¿Decíais? —consiguió balbucear Marco Cayo que sabía que la joven le había hecho una pregunta, pero su contemplación había anulado su entendimiento.

—Soy Pompeya, la sobrina de Cneo Pompeyo y os preguntaba para qué buscáis a mi tío.

Mario Cayo levantó el brazo derecho a modo de saludo.

—Mi nombre es Marco Cayo Gayo, tribuno de la decimotercera legión, Gémina, a las órdenes de Julio César. Soy portador de un correo de mi general para Cneo Pompeyo.

—Bien, dadme a mí el correo y yo se lo haré llegar a mi tío.

—Lo siento señora, pero no puedo hacer eso. Mis órdenes son muy claras y estrictas: tengo que entregar el correo personalmente al general Cneo Pompeyo. ¡A nadie más!

—Pues lo siento, tribuno. Mi tío no está en casa, ni siquiera está en Roma y no sé cuándo volverá.

—No importa. Esperaremos el tiempo o los días que hagan falta hasta que vuelva vuestro tío y le pueda entregar personalmente el correo.

—Bien, en ese caso os deseo suerte y que la espera sea corta.

Y la joven, dando media vuelta, se dirigió a la litera, se subió a ella y dio la orden a sus portadores que se pusieran en marcha. Marco Cayo y su escolta, que habían permanecido frente a la entrada de la casa, se apartaron a un lado para que la litera pudiese salir cómodamente.

—¡Señora! —exclamó el tribuno al pasar la litera junto a él.

La joven corrió la cortina que ocultaba el interior de la litera y se asomó.

—¿Queríais algo más, tribuno?

—¿Vais a salir por la ciudad tan solo acompañada por un par de esclavos? —preguntó Marco Cayo.

—Sí… ¿Por qué? No necesito a nadie más.

—La ciudad se ha vuelto muy peligrosa. Según hemos venido hemos asistido a un buen número de peleas, asaltos y trifulcas. Parece que el orden brilla por su ausencia. Me parece muy peligroso que salgáis con tan poca escolta que ni siquiera va armada.

—No me pasará nada. Ya estoy acostumbrada.

—Permitidme que mis hombres y yo os sirvamos de escolta.

Estaréis mucho más segura y nosotros no tenemos otra cosa que hacer que esperar a que vuestro tío regrese. Se nos hará más corta la espera.

—Os lo agradezco tribuno, pero no es necesario.

—Permitidme que insista. No me lo perdonaría si mañana me entero de que os ha pasado algo y no podría mirar a la cara a vuestro tío. Os lo suplico, permitidnos que os escoltemos.

La joven se encogió de hombros.

—De acuerdo, como queráis.

—Marco Cayo cogió las riendas de su caballo que uno de los jinetes sostenía y de un salto se montó en la cabalgadura que, al sentir de forma tan brusca el peso del jinete, relinchó poniéndose de manos. Pero el tribuno ni se inmutó. Era evidente que estaba acostumbrado a ello y eran muchos los años que llevaba montando a caballo, a pesar de su juventud. Dominó al caballo situándolo en paralelo a la litera y con un gesto indicó a sus hombres que se situasen en los flancos y en la parte de atrás de la litera. Nadie podría acercarse a ella sin consentimiento de los soldados. Se pusieron en marcha por el *Vicus Victoriae*, dejando atrás la colina del Palatino, atravesaron la *Vía Nova*, dejando a sus espaldas el templo de *Vesta* y atravesando el Foro, pasaron por las Tabernas veteres, el Senaculum y, a la altura del Tullanum, penetraron en el *Clivus Argentarius*. La actividad en toda esta zona era notoria y a veces tenían que ralentizar la marcha por la gran cantidad de gente. Solo cuando alguna de las bandas callejeras que asolaban la ciudad hacían su aparición, el espacio se despejaba de gente y todo el mundo desaparecía, incluidos los dueños de los puestos callejeros que presentían el peligro y con gran rapidez recogían sus negocios. Sin embargo, nadie se interpuso en su camino. La escolta de caballería que acompañaba a la litera desanimaba a cualquiera a obstaculizarles el paso. Dejaron a su derecha la *Basílica Porcia* y se encaminaron hacia la *Puerta Fortus* por el *Clivus Argentarius*.

—Señora… ¿vamos a abandonar la ciudad? —preguntó Marco Cayo alzando la voz para que la joven pudiese oírle bien pues el bullicio era considerable.

—Sí, tribuno. ¿Hay algún problema? —preguntó Pompeya después de haber separado la cortina que tapaba el habitáculo de su litera y ver por dónde iban.

—No, no hay ningún problema. Solo tenía curiosidad por saber a dónde nos dirigíamos.

—Vamos al Campo de Marte donde mi tío está construyendo un teatro. ¿Lo habéis visto?

—No, al menos no lo recuerdo.

—Os gustará. Ya está muy adelantado.

—¿Y venís todos los días? —preguntó Marco Cayo.

—Cuando mi tío no puede hacerlo, porque no está en la ciudad o sus obligaciones se lo impiden, soy yo la que se encarga de ir a revisar cómo van los trabajos. Yo le he dado algunas ideas y me gusta ver si se siguen mis consejos.

Habían cruzado ya la puerta y abandonado la ciudad cuando giraron hacia la izquierda y se adentraron en el campo de Marte. Al fondo ya se veían las obras del inmenso complejo que era el teatro de Pompeyo. Como pudo comprobar Marco Cayo no se trataba solo de un teatro, construido totalmente en mármol, el primero que se hacía entero con este material en la ciudad, sino que contaba con un enorme peristilo rectangular que se estaba decorando con estatuas en exedras, así como un espacio destinado para encuentros públicos. Marco Cayo acompañó a Pompeya durante todo el recorrido por las instalaciones del teatro, que ya estaba prácticamente terminado, escuchando, atónito, las órdenes que daba a los operarios, sorprendiéndose con el carácter y la energía de la joven. El tribuno cada vez estaba más embelesado con aquella muchacha de una belleza sin par y, por lo que estaba viendo, de un carácter inusual.

—¿Os gusta? —le preguntó Pompeya una vez que hubo finalizado la visita al teatro.

—Mucho, cada vez más —contestó Marco Cayo que no estaba pensando en el teatro sino en la joven sobrina del general.

—No entiendo, ¿qué queréis decir? —le preguntó la muchacha que se había quedado sorprendida con la respuesta del soldado.

—Quería decir… —titubeó Marco Cayo —que,…a medida que lo hemos ido viendo y escuchando vuestras explicaciones, me gusta cada vez más.

—¡Ah! —exclamó la joven que no pareció quedar muy satisfecha con la respuesta del tribuno.

—El sol ya se ha metido tras el templo de Bellona —comentó Marco Cayo —Creo que sería conveniente que regresásemos a vuestra casa.

—Sí, tenéis razón. Ya os habéis arriesgado bastante acompañándome. No quiero poner en riesgos innecesarios a vuestros hombres.

—No os preocupéis por mis hombres. Aunque jóvenes, están curtidos en la lucha contra los galos. Unas bandas de facinerosos no les van a asustar.

Pompeya regresó a la litera, no sin antes decir a los encargados de las obras que al día siguiente volvería y esperaba que estuviesen corregidas y realizadas las indicaciones que les había hecho. Se pusieron en camino regresando por el mismo lugar. En esta ocasión, ya empezando a anochecer, el gentío de gente que antes abarrotaba la puerta de entrada a la ciudad y el Foro había desaparecido y ahora las bandas de facinerosos actuaban más impunemente. Pero la presencia de la caballería que escoltaba a la litera desanimaba a cualquiera que quisiese interponerse en su camino. Sin ningún contratiempo llegaron a la casa de Cneo Pompeyo. Marco Cayo desmontó de su caballo para despedirse de la joven sobrina del general que había descorrido la cortina de su litera.

—Marco, ese era vuestro nombre, ¿verdad? —preguntó la muchacha.

—Sí, Marco Cayo Gayo es mi nombre completo.

—Quisiera agradeceros lo que habéis hecho por mí esta tarde. Me permitís que os invite a cenar.

—No tenéis que agradecernos nada. Ha sido un enorme placer acompañaros y serviros de escolta. Es más, los días que estemos en Roma, a la espera de vuestro tío, me sentiría muy honrado si me permitieses acompañaros cada vez que necesitéis salir por la ciudad.

—¿Entonces aceptáis mi invitación a cenar? Me gustaría que lo hicieseis.

—Si me permitís acompañaros cada vez que necesitéis salir, será un placer aceptar vuestra invitación.

—De acuerdo —contestó la joven y la litera penetró en la casa y, tras ella, los jinetes penetraron en la casa de Cneo Pompeyo. Pompeya habló con los esclavos y estos se hicieron cargo de los caballos de los soldados mientras otros esclavos traían unas palanganas y unas jofainas con agua para que todos pudiesen asearse. Marco Cayo indicó a sus hombres que cenarían allí, invitados por la sobrina del general y que acompañasen a los esclavos donde estos les dijesen. Mientras tanto él, después de haberse aseado, siguió a la joven al interior de la casa hasta el triclinium donde los esclavos estaban disponiendo todo para la cena. La velada transcurrió muy agradablemente y, sobre todo, deliciosa, pues los esclavos fueron trayendo exquisitos platos entre los que destacaba los salmonetes y el marisco, principalmente ostras y almejas, para terminar con unos ricos postres a base de pastelitos de nueces e higos, todo ello regado con un excelente vino rebajado con miel. Aunque Marco Cayo apenas se percató de los excelentes manjares que los criados iban llevando y sus ojos no podían dejar de admirar el hermoso rostro, el brillo de la mirada de sus ojos y la esbeltez del cuerpo de la sobrina del general.

—¿No os gusta la cena? Apenas habéis probado bocado. ¿Preferís otra cosa?

—No, no… Está todo exquisito. Simplemente es que no soy de mucha comida —mintió el tribuno para salir del paso. La muchacha se interesó por cómo era la vida en la Galia, las costumbres de sus gentes, de cómo era la vida de los legionarios allí… Cuando quisieron darse cuenta era muy tarde. El tiempo se les había pasado volando y Marco Cayo se disculpó mientras se levantaba del triclinio por haber permanecido hasta tan tarde.

—He abusado de vuestra hospitalidad. Espero que sepáis perdonarme —le dijo.

—¿Abusar de mi hospitalidad? Hacía tiempo que no disfrutaba de una cena tan agradable y en tan buena compañía —y al decirlo a Marco Cayo le pareció ver que la joven se ruborizaba.

Ya en el patio de la casa los jinetes que acompañaban al tribuno se encontraban montados en sus cabalgaduras, sujetando uno de ellos por las riendas el caballo de Marco Cayo, todos ellos con cara somnolienta. Parecía evidente que se habían quedado dormidos y los habían despertado. Marco Cayo se despidió de su anfitriona prometiendo regresar al día siguiente cuando la joven fuese a salir.

Aquella noche el tribuno durmió mal. No hizo más que dar vueltas en su lecho, pensando en la sobrina del general. La impresión que le había causado, tanto por su belleza como por su carácter, era muy fuerte y no podía quitársela de la cabeza. Y, cuando por fin, ya casi al amanecer, consiguió quedarse dormido, unos extraños sueños se apoderaron de él y en todos ellos aparecía la joven Pompeya. El día siguiente se le hizo eterno, esperando que llegase la hora décima, cuando Pompeya acudiría a su salida diaria para vigilar las obras del teatro de su tío. Ya a la hora novena no pudo esperar más y, acompañado de su escolta, se encaminó a la casa del general Cneo Pompeyo. La ciudad estaba igual de bulliciosa y peligrosa que el día anterior, pero nadie se atrevía a salir al paso del grupo de soldados ecuestres. Sin embargo, cuando llegaron ante el portón de entrada de la casa del general, antes de poder llamar, varios legionarios apostados ante ella le salieron al paso.

—¿Qué deseáis? —le preguntaron.

—Venimos a ver a la sobrina del general Cneo Pompeyo —contestó Marco Cayo sorprendido por la presencia de los legionarios.

—¿Eres el tribuno Marco Cayo? —le preguntó uno de los legionarios.

—Sí, efectivamente.

El legionario aporreó el portón y este empezó a abrirse. Marco pudo ver que había más legionarios en el patio interior.

—El general te está esperando —le dijo el legionario, haciéndose a un lado para que pudiesen penetrar en el patio, una vez que el portón se hubo abierto del todo. Dentro del patio otro de los legionarios cogió las riendas del caballo del tribuno una vez que este hubo descabalgado mientras otro legionario se dirigía a él.

—El general te está esperando. ¡Acompáñame! —le dijo y se dirigió hacia el interior de la casa cerciorándose que el tribuno le seguía. Penetraron a través del *vestibulum* al *atrium* y, cruzando toda la casa, llegaron hasta el jardín con peristilo que había al fondo. Allí, inclinado sobre uno de los rosales del parterre había un hombre grueso, ya mayor —Marco Cayo calculó que ya pasaría de los cincuenta años— al que el cabello le empezaba a escasear. El legionario que le acompañaba alzó el brazo a modo de saludo y le anunció.

—Salve, general. El tribuno Marco Cayo.

El tribuno hizo el mismo saludo mientras que el soldado se retiraba y abandonaba el jardín. Cneo Pompeyo se limpió de tierra las manos y salió al encuentro del tribuno que permanecía estático a la entrada del jardín.

—Bienvenido a mi casa, tribuno. Creo que sois portador de un correo de mi amigo Julio César.

—Así es, señor.

—Bien, pero antes de darme el correo permíteme que te agradezca el que hayas servido de escolta a mi sobrina Pompeya por las calles de Roma. Esta ciudad se ha vuelto muy peligrosa y mi sobrina es demasiado atrevida, no haciendo caso a mis órdenes de que no salga sin una buena escolta. Os estoy muy agradecido, aunque ahora, que ya estoy yo aquí, no es necesario que lo hagáis más veces. ¿Lo entendéis?...Y ahora, si me dais el correo de Julio César.

Marco Cayo le alargó un pergamino con el sello de Julio César. Cneo Pompeyo rompió el sello y extendió el pergamino. Durante unos momentos permaneció en silencio leyendo su contenido.

—No veo que sea tan importante como para que me lo tuvieses que dar personalmente, como me ha dicho mi sobrina —comentó enrollando de nuevo el pergamino.

—Es que no es el único correo —comentó Marco Cayo —Hay otro correo y este no viene escrito. Tengo que darlo de viva voz y solo y exclusivamente al general.

—Pues adelante, soy todo oídos.

—Julio César siente como propio el dolor que sentís por el fallecimiento de vuestra esposa, su amada hija, y de vuestro hijo, su nieto, como bien os indica en el correo que os he entregado, pero considera que por el bien de la República, vuestra amistad e intereses políticos han de continuar igual que hasta ahora. Considera que la mejor forma de sellar esa alianza entre vosotros es con un nuevo matrimonio. Por ello os ofrece para ello a su bella y dulce sobrina nieta Octavia, para que la alianza entre vuestras dos familias pueda continuar.

Cneo Pompeyo permaneció en silencio atusándose la barbilla mientras contemplaba una de las hermosas flores de su jardín.

—¿Tengo que daros una contestación ahora? —le preguntó al tribuno.

—No —contestó este—. Yo tengo que llevarle la respuesta a mi general en cuanto me la deis, pero podéis disponer de todo el tiempo que necesitéis. Yo mientras tanto esperaré en Roma vuestra respuesta.

—Bien… Entonces me tomaré un tiempo para contestar a mi amigo Julio César.

—Bien, señor. Yo esperaré encantado. ¿Podría pediros un favor, señor?

—Adelante. Veré si está en mi mano concedéroslo.

—Mientras permanezca en Roma, a la espera de vuestra respuesta, ¿podría escoltar con mis hombres a vuestra sobrina cada vez que salga por la ciudad?

—Mi sobrina no necesita la escolta de vuestros hombres para moverse por la ciudad. Para eso están los míos. Y, aunque mi sobrina es un tanto independiente y desobediente y no siempre hace caso de las órdenes que le da su tío, no es necesario que continuéis escoltándola,

—Claro que soy independiente. Son vuestras ausencias de la casa familiar las que me han obligado a serlo y por lo tanto a tomar mis propias decisiones que no siempre coinciden con vuestros deseos, tío. Eso no es ser desobediente.

Los dos hombres se volvieron al oír la voz de la joven Pompeya que se encontraba en la entrada del jardín.

—Soldado, ya habéis escuchado lo que os he dicho. Me tomaré mi tiempo y cuando tenga una respuesta os la haré saber.

El general abandonó el jardín dejando en él a los dos jóvenes. Marco Cayo se sintió un tanto culpable. No querría haber provocado un enfrentamiento entre tío y sobrina, aunque se temía que las relaciones entre ambos no parecían ser muy buenas.

—Siento haber provocado el enfado de vuestro tío —se disculpó.

—No lo sintáis. No tenéis la culpa. Mi tío está acostumbrado a mandar a sus soldados y nos trata a todos como si lo fuésemos. No tenéis la culpa de ello.

—De cualquier manera me ratificó en mi deseo de acompañaros por la ciudad para escoltaros cuando queráis salir.

—Y yo acepto. Me encuentro mucho más a gusto con vuestros hombres y con vos que con los legionarios de mi tío.

Durante una semana el tribuno Marco Cayo salió diariamente a acompañar a Pompeya por la ciudad en las visitas que esta tenía que hacer, bien al teatro que su tío estaba construyendo, al templo de Jupiter Capitolino, en la colina del Capitolio, al mercado a comprar o... simplemente a pasear. Las últimas veces los dos jóvenes ya habían prescindido de la escolta de caballeros que les habían acompañado desde el primer día a pesar de lo peligroso que era. Los dos jóvenes habían ido intimando, la atracción que sentían era mutua y cuando estaban lejos del alcance de miradas curiosas caminaban cogidos de la mano, entrelazando sus manos al igual que habían entrelazado sus cuerpos cuando habían tenido ocasión.

—¡Quizá haya suerte y mi tío demore mucho más la respuesta que tiene que daros! ¡No les pido otra cosa a los dioses! —le dijo Pompeya mientras contemplaba como el agua de un regato discurría sorteando las piedras que encontraba a su paso en el bosque a las afueras de la ciudad al que habían acudido a pasar la tarde, lejos de miradas indiscretas.

—Me temo que no puede demorarse mucho. Julio César espera la respuesta y una demora grande, sin justificación, lo consideraría un grave agravio.

—¿Y si le pido a mi tío que os reclame para formar parte de una de sus legiones? Estaríamos más cerca y podríamos vernos más a menudo —comentó Pompeya mientras acariciaba las manos de Marco Cayo.

—Las cosas no funcionan así. Yo me debo a la décima tercera legión, la Gémina y si quiero seguir en el ejército tengo que seguir en ella.

—¿Entonces, tendremos que seguir separados cuando te vayas? —preguntó Pompeya.

—¡No será por mucho tiempo! La Gémina no va a seguir siempre en las Galias. Julio César regresará, con él mi legión y yo con ella. Entonces tendremos todo el tiempo para nosotros. Confía en los dioses, ellos velarán por nosotros.

Pompeya asintió con la cabeza. Confiaba en que Marco estuviera en lo cierto y pronto pudieran estar juntos definitivamente. Pero los augurios no eran favorables. Aquel atardecer cuando regresaron a su casa un legionario le indicó a Marco Cayo que el general deseaba verlo. Le condujo al interior de la casa a presencia de Cneo Pompeyo que estaba revisando unos documentos.

—Tribuno, ya tengo la respuesta para Julio Cesar y como él hizo se la vais a transmitir de viva voz. Le vais a decir que me siento muy halagado con su proposición, pero que siento tener que declinar el ofrecimiento de casarme con su sobrina nieta. Tengo otros planes y entre ellos, de momento, no figura el casarme. Reitérale mi agradecimiento y a ti te deseo un buen viaje de vuelta. No es necesario que te despidas de mi sobrina Pompeya. Ya lo haré yo por ti.

Marco Cayo fue a protestar pero Cneo Pompeyo no le dio opción.

—¡Guardias! ¡Acompañad al tribuno hasta la puerta de la ciudad! Tiene un largo viaje por delante y no quiero que le ocurra nada en Roma.

Al joven no le quedó más remedio que obedecer, escoltado por un grupo de legionarios que le condujeron hasta donde se alojaba y les esperaban sus hombres. Sin tiempo ni oportunidad para despedirse de Pompeya inició un largo camino de vuelta hasta la Galia a dónde le habían informado que Julio César había regresado.

VI

Mesopotamia
Año 53 a. C.

El ejército romano, unos treinta y cinco mil legionarios, cuatro mil auxiliares y tres mil jinetes, a los que había que añadir los mil jinetes galos que Publio Craso, el hijo del comandante Marco Licinio Craso, había traído de la Galia, se movía despacio por un terreno abrupto y sobre todo seco, muy seco, en el que el sol causaba estragos y hacía que se consumiesen rápidamente, demasiado rápidamente, las raciones de agua que se habían repartido al inicio del día. A pesar de las observaciones en contra de algunos de sus legados y, principalmente, de los argumentos en contra de su cuestor Cayo Longino, que no veían con buenos ojos que el ejército hubiese dejado atrás el Éufrates y se adentrase en Mesopotamia, Marco Licinio Craso, el comandante en jefe de aquel ejército, se encontraba satisfecho. Su hijo Publio Craso ya se encontraba con él junto a los mil jinetes galos que había traído y se sentía seguro. No había porqué desconfiar de los informes del árabe Ariamnes que le había prometido seis mil jinetes y conducirles de la forma más rápida y segura hasta Seleucia. Si el árabe había servido bien en el pasado a Pompeyo, ¿por qué no le iba a servir igual a él? Todo lo contrario que el rey Artasvades II que le había enviado emisarios con una carta en la que le decía que si penetraba en Mesopotamia no podría enviarle los refuerzos prometidos, puesto que un poderoso ejército parto, al mando del rey Orodes, estaba invadiendo su reino. Le pedía que detuviese su avance por Mesopotamia y se uniese a él para hacer frente al rey parto y juntos poder derrotarle. «¡Disculpas! ¡Solo disculpas para no proporcionarme los refuerzos prometidos! —pensaba el comandante romano— Pero le daba igual. Ya arreglaría cuentas con el rey armenio cuando derrotase a los partos. Porque estaba seguro de que los derrotaría. Estaba convencido que lo haría y su hijo, con sus valerosos jinetes galos, sería parte fundamental en esa victoria».

La llegada de un explorador le hizo volver a la realidad y abandonar sus pensamientos.

—General, hemos divisado al ejército parto a unas pocas millas de aquí, cerca de la ciudad de Carrás.

El general se sobresaltó. ¿No le habían dicho los emisarios del rey Artasvades que los partos estaban invadiendo su territorio?

—¡No puede ser! —exclamó— ¡Será algún pequeño contingente de tropas que andan de exploración por esta zona!

—No, general. Es un poderoso ejército formado por miles y miles de soldados, con sus conocidos catafractos, que se dirigen a nuestro encuentro —respondió el explorador.

—¿Cuántos miles? —preguntó el hijo del general, Publio Craso.

—No lo sabemos a ciencia cierta, pues, por miedo a que descubriesen nuestra presencia y nos hiciesen prisioneros, no hemos podido acercarnos… pero muchos miles.

—¿Y dices que vienen a nuestro encuentro? —preguntó el cuestor Casio Longino.

—Sí, derechos a nosotros. Es como si supiesen exactamente por dónde avanzamos y dónde estamos.

—¡Y lo saben! ¡A buen seguro que lo saben! Ese traidor de Ariamnes nos ha vendido y traicionado diciéndoles por dónde veníamos —comentó uno de los legados.

—Nos ha traído a dónde nos querían los partos. Al mejor sitio para una emboscada —comentó Casio Longino. Marco Licinio Craso guardaba silencio. Aquello había sido algo inesperado, con lo que no contaba. Nervioso, frotándose las manos, iba de un lado a otro de la tienda.

—¡Padre!... ¿Qué hacemos? —preguntó visiblemente preocupado Publio Craso.

—¡Estoy pensando! —exclamó de una forma un tanto abrupta el comandante. Casio Longino ya iba conociendo a su comandante en jefe y sabía que le costaba tomar decisiones, por lo tanto aventuró una idea.

—Podíamos desplegar el ejército a la manera tradicional, con la infantería en el centro y la caballería cubriendo los flancos. Por muy numerosos que sean no serán tantos como nosotros y así podremos presentar batalla con ciertas garantías de éxito. Además —continuó hablando Casio Longino—, cerca de dónde estamos corre un pequeño arroyo. No es que lleve demasiada agua, pero si la suficiente para abastecernos. Podríamos avanzar hacia él, establecer allí nuestro campamento para que los hombres puedan descansar y así luego hacer frente a los partos con mayores garantías de éxito.

Los legados que estaban presentas asintieron con la cabeza. Les parecía la mejor solución. El propio comandante también asintió con la cabeza. Estaba de acuerdo.

—Voy a dar las órdenes oportunas —anunció uno de los legados.

—¡Espera! —exclamó Publio Craso deteniendo al legado que ya se disponía a salir de la tienda—. ¡Quizá no sea la mejor opción!

—¿Tú que propones? —le preguntó su padre.

—Enfrentarnos a los partos ya, antes de que puedan preparar bien su ataque. Formamos un cuadrado con doce cohortes en cada lado y así la defensa será más segura pues será mucho más compacta.

—Eso estaría bien su fuésemos desbordados por los enemigos... pero somos más que ellos. Es difícil que nos desborden. Además, nos quitaría movilidad para desplazarnos y responder a sus ataques —comentó Casio Longino. El resto de los legados asintieron con la cabeza pero ninguno dijo nada. El comandante se movió, de un lado a otro, negando. Era evidente que no le convencía los argumentos de su cuestor.

—No... Prefiero asegurar las legiones —y dirigiéndose al legado que permanecía a la entrada del praetorium le mando a cumplir sus órdenes para que formasen un cuadrado.

Al amanecer del día siguiente, cuando la avanzadilla del ejército parto tuvo ante sus ojos a las legiones romanas, estas ya habían formado un cuadrado con aproximadamente doce cohortes en cada lado, tal y como pudo apreciar el general Surena, que era quien comandaba aquel ejército de unos diez mil hombres, entre los que destacaban su caballería de catafractos. Sin lugar a dudas, el general Surena era el militar más apreciado entre los guerreros partos, lo que había provocado la envidia de muchos jefes, entre los que se incluía el príncipe Pacoro, hijo del rey Orodes y, presumiblemente, su heredero, e incluso la del propio rey. El general Surena era consciente de ello e intuía que la misión que el rey le había encomendado: hacer frente a las legiones romanas que habían penetrado en Mesopotamia camino de la importante ciudad de Seleucia, con tan solo diez mil guerreros, frente al imponente ejército romano que los superaba en efectivos, era una estrategia para librarse de él, pues el rey Orodes, con el grueso de su ejército, se había dirigido a Armenia para castigar y doblegar al rey Artasvades por haberse aliado con el general romano. El rey Orodes le había pedido que hiciese frente al invasor romano y cuando el general le argumentó que seguramente, según sus informes, les triplicarían en número, el rey le comentó que lo único que tenía que hacer era frenar el avance de las legiones romanas hasta que él, después de haber castigado al rey armenio, acudiese en su ayuda.

Pero el general Surena no era de los que guerreaban a la defensiva. Cuando lo hacía era para obtener la victoria... O perecer en el empeño, tuviese enfrente al enemigo que tuviese, y eso el rey Orodes lo sabía. Por lo tanto, el general parto preparó concienzudamente su enfrentamiento con las legiones romanas contando con la ayuda del árabe Ariamnes que, como siempre, se vendía al mejor postor. Este condujo a las legiones romanas hacia el interior de Mesopotamia, por la zona más desolada del desierto, alejados del rio Éufrates, sin poderse aprovisionar de manera adecuada de agua. Una vez que los tuvieron a la vista, cerca de la ciudad de Carrás, sin darles tregua, se dispusieron a atacarles. Previamente habían ahuecado sus tambores para que, al redoblar según avanzaban, diese la impresión de que eran muchos más. Y había surtido efecto pues los exploradores romanos habían creído que eran muchos más de los diez mil guerreros que en realidad formaban el ejército parto. Al llegar frente al ejército romano, dejaron caer las telas que cubrían sus armaduras para que el brillo de estas y el redoble de los tambores impresionaran y acobardara a los legionarios romanos. Pero no parecía que esta estrategia hubiese surtido efecto pues las legiones romanas estaban esperándoles, inmóviles, a pesar de su elevado número, esperando el ataque del enemigo. El general Surena dispuso el ataque de sus catafractos con la intención de romper las líneas enemigas, pero la lentitud de estos hacía que las líneas romanas se compusiesen rápidamente.

—Es inútil —comentó el general a sus lugartenientes —así nunca conseguiremos romper sus líneas. Avisad a los arqueros para que rodeen el cuadrado que han formado los romanos.

En el centro del cuadrado, formado por las legiones romanas, el comandante Marco Licinio Craso, acompañado de su hijo y de los legados, sonreía satisfecho. La estrategia de sus enemigos, aunque sorprendido en principio, no había asustado a sus legionarios y ahora veía satisfecho cómo sus hombres rechazaban una y otra vez a los temidos catafractos sin que estos consiguiesen romper sus líneas.

—Se retiran, padre. Han fracasado —comentó jubiloso Publio Licinio Craso.

—Pero su lugar lo están ocupando cientos y cientos de arqueros que nos están rodeando —comentó uno de los legados.

—No importa. Sus flechas se estrellarán contra nuestros largos *scutum* —respondió Marco Licinio Craso— No hay por qué preocuparse.

—Señor, ¿habéis oído hablar de los arcos compuestos que utilizan los arqueros partos? —preguntó el cuestor Casio Longino, pero no esperó la respuesta de su comandante— Las flechas salen con tal fuerza que atraviesan el escudo e incluso la armadura.

No le dio tiempo a explicar más pues una andanada de flechas cruzó el cielo con un terrible sonido y cayeron sobre los legionarios romanos. El número de estos era tan grande y estaban tan juntos que ninguna flecha se desaprovechó, todas hicieron blanco y un torrente de gritos y lamentos llenó la formación romana. Los escudos romanos eran grandes, pero no tapaban completamente al legionario y las flechas llegaban con tal fuerza que atravesaban el escudo e incluso la armadura. No tuvieron tiempo de lamentarse y reponerse pues, tras la primera andanada, llegó una segunda y una tercera...y así, sin interrupción, se sucedían una tras otra y todas ellas alcanzaban un blanco. Los gritos y lamentos llenaban la formación romana, tan solo interrumpidos por el silbido de las flechas cuando se acercaban.

—¡Señor, nos están masacrando! ¡Tenemos que hacer algo! —grito un legado con un brazo ensangrentado.

—¡Que salga la caballería tras ellos! —ordenó Marco Licinio Craso.

Pero no sirvió de nada. Cuando la caballería salía los arqueros de ese lado se alejaban, al estilo parto, es decir, sentados al revés sobre las grupas de sus caballos, sin dejar de disparar, mientras que el resto de los arqueros iniciaban un movimiento envolvente para aislar a la caballería enemiga, por lo que esta, con numerosas bajas, tenía que regresar sobre sus pasos. Varias veces lo intentaron y siempre con el mismo resultado.

—¿Pero es que nunca se les van a acabar esas malditas flechas? —preguntó en alto uno de los legados.

No, no se les iban a acabar. El general Surena se había hecho acompañar por un millar de camellos cargados de flechas para abastecer a sus arqueros. Era evidente que pensaba contrarrestar su inferioridad numérica con la baza de sus arqueros. Estos iban a ser el arma fundamental en esta batalla. El comandante romano mandó formar un *testudo* o formación de tortuga para intentar minimizar los estragos que las flechas partas estaban causando entre sus legionarios. Claro está que esto restringía la capacidad romana de combate cuerpo a cuerpo, que era en lo que Marco Licinio había pensado basar su estrategia para esta batalla. El general parto mandó entonces que sus catafractos pasasen a la ofensiva cargando contra los legionarios para romper las líneas romanas en diferentes puntos. Cuando los soldados romanos rompían el testudo para cargar contra los catafractos estos se retiraban y los legionarios eran recibidos por una lluvia de flechas pues los arqueros volvían a ocupar su lugar.

—¡Padre, nos están exterminando y sin poder combatir! —le dijo Publio Licinio Craso a su padre —No parece que se les vayan a acabar nunca esas malditas flechas. ¡Déjame que salga con mis guerreros galos contra ellos!

El comandante asintió en silencio y Publio Licinio Craso ordenó a sus guerreros galos que se dispusiesen a salir. Si los galos no habían podido acabar con ellos no lo iban a conseguir esos malditos partos. Abandonaron el grupo y poniendo sus caballos al galope se lanzaron contra los arqueros partos que, sin dejar de disparar sus arcos, emprendieron la huida, lo que provocó la alegría de la caballería gala que se ofuscó en su persecución, a pesar de las bajas que las flechas partas les estaban produciendo. De improviso y tras superar una pequeña elevación del terreno se dieron de bruces con los catafractos, que les estaban esperando mientras que los arqueros partos, dando la vuelta, iniciaron una maniobra envolvente para cortar la retirada de la caballería gala.

Publio Licinio Craso se dio cuenta demasiado tarde de la estratagema enemiga. No tenían escapatoria. Solo podían luchar para vencer…o morir. Y el resultado fue que toda la caballería gala, unos mil hombres, con su jefe al frente acabaron masacrados. El comandante de las tropas romanas no era capaz de vislumbrar qué había ocurrido con su hijo y la caballería gala. Se habían alejado demasiado de ellos y la nube de polvo que se divisaba a lo lejos les impedía ver qué es lo que ocurría. Eso… y las flechas enemigas que no cesaban de caer.

—Señor, no podemos permanecer aquí —le dijo el cuestor Casio Longino a su comandante en jefe—. Nos están diezmando. Tenemos que salir.

—Sí, vamos a acudir en apoyo de mi hijo. Ordena a los hombres que se preparen.

Casio Longino trasladó las órdenes de su comandante a las primeras *cohortes* de legionarios que iban a ser las encargadas de salir y avanzar hacia los enemigos. De pronto el silencio se adueñó del lugar. Los arqueros partos dejaron de enviar sus flechas y abrieron un pasillo en el cerco que habían establecido.

—¿Qué es lo que ocurre? —preguntó Marco Licinio Craso— ¿Por qué han dejado de disparar?

—No lo sé, señor —contestó uno de los legados con la mano encima de sus ojos protegiéndose del sol e intentando ver qué es lo que ocurría—. Los arqueros partos han abierto un pasillo y parece que se acerca alguien.

VII

El tribuno Marco Cayo y su escolta se dirigieron hacia Atuatuca
Tungrorum donde Julio César había acudido a socorrer a la guar-
nición mandada por Quinto Tulio Cicerón, que había conseguido
sobrevivir después de que quince cohortes romanas hubiesen sido
aniquiladas por Ambiorix, el líder de los eburones, pueblo galo
del noreste que se había sublevado debido al descontento existente entre los galos subyugados. Cuando Marco Cayo penetró en
el praetorium, el general estaba rodeado de sus principales hombres de confianza que le habían venido acompañando en su campaña en la Galia: Marco Licinio Craso, hijo de su compañero de
triunvirato y hermano de Publio Craso; Tito Labieno, cliente de
Pompeyo; Quinto Tulio Cicerón, el hermano más joven de Marco
Tulio Cicerón y al que Julio César había conseguido salvar en el
último minuto del ataque de los eburones, y sus primos Lucio Julio
César y Marco Antonio, primo segundo por parte de madre. Hasta
no hacía mucho este había llevado una vida un tanto disoluta y
disipada en Roma, teniendo que huir a Grecia para escapar de sus
acreedores. Allí, después de un breve periodo asistiendo a las clases
de los filósofos en Atenas aprendiendo retórica, fue convocado por
el procónsul de Siria para participar en la campaña de Judea, donde
destacó, obteniendo sus primeras distinciones militares. Después
participó en la campaña para devolver el trono de Egipto al rey
Ptolomeo Auletes, demostrando su talento como *prefecto ecuestre*,
destacando por su valentía y coraje que rayaba en la imprudencia.

Fue en Egipto donde conoció a la princesa Cleopatra, quedando impresionado por su personalidad, a pesar de sus apenas dieciséis años. La influencia de Clodio, del que era amigo de correrías por Roma, hizo que Marco Antonio se apuntara al partido de su primo segundo Julio César y este, viendo su brillante carrera militar, lo incluyó entre sus legados en la Galia, aunque no tardó en comprobar que su personalidad provocaba conflictos donde quiera que estuviese.

Julio César, al serle anunciada la presencia de Marco Cayo, despidió a sus legados ordenando que entrase rápidamente en el praetorium. El tribuno saludó a los legados, pues ya conocía a la mayoría y, sin demorarse, entró en la tienda.

—¡Salve, César! —saludó con el brazo en alto a la manera tradicional.

—¡Salve, tribuno! —respondió el general al saludo. —¡Mucho has tardado en regresar! Te mandé estando al inicio de la expedición de Britania y ya estamos de vuelta en la Galia.

—Me ordenasteis que esperase el tiempo que hiciese falta la contestación del general Cneo Pompeyo y este se demoró en la respuesta.

—No veo ningún correo —comentó el general.

—La respuesta, al igual que la pregunta, fue de viva voz. El general dijo que se encontraba muy honrado con la propuesta de matrimonio de vuestra sobrina nieta; os agradecía el ofrecimiento pero... lo declinaba.

Julio César asintió con la cabeza y se dirigió a una pequeña mesa donde había una cántara con vino, llenó una de las copas que había y se la ofreció al tribuno mientras llenaba otra para él.

—Me temo que el rechazo a ese ofrecimiento de matrimonio sea algo más que eso y suponga el final de nuestra alianza política —comentó el general después de haber dado un sorbo a su copa—. ¿Tú qué opinas tribuno? ¿Cómo fue acogida tu presencia en Roma como correo mío por parte del general? ¿Qué ambiente se respira en la ciudad?

—Me temo señor que no sería muy objetivo y la frialdad y descortesía con la que fui recibido por parte del general Cneo

Pompeyo pudiera deberse más a razones personales que a ser vuestro enviado.

El general arqueó las cejas manifestando de esa manera su sorpresa por las palabras de su correo.

—Creo que eso merece una explicación, tribuno.

—Efectivamente, señor. La situación en Roma es caótica y muy peligrosa para todo aquel que quiera aventurarse por sus calles. Cuando llegué a la ciudad el general Cneo Pompeyo no estaba en ella y fui recibido por su sobrina Pompeya. Pero como el mensaje era personal y solo se lo podía entregar de viva voz al general, tuve que esperar a que él volviese a la ciudad...

El tribuno relató a su comandante en jefe cómo la sobrina del general Pompeyo iba a salir por la ciudad tan solo acompañada por unos esclavos, cómo se ofreció a acompañarla y servirle de escolta con sus hombres. Cuando el general Pompeyo regresó a la ciudad fue a verle para entregar el mensaje. Fue recibido muy fríamente, casi descortésmente y aunque demoró en unos cuantos días su respuesta, no le autorizó a seguir viendo y acompañando a su sobrina, aunque esta se negó a obedecer a su tío y continuó viéndose con el tribuno. Durante ese tiempo la relación con Pompeya, la sobrina del general, fue afianzándose hasta el punto de que entre ambos surgió una relación sentimental. Cuando Pompeyo le dio la respuesta que acababa de oír, ni siquiera le permitió despedirse de su sobrina y fue escoltado por sus legionarios hasta las afueras de la ciudad.

—Sin embargo, no sabría deciros si la frialdad y casi descortesía con la que fui tratado fue tanto por ser vuestro correo o por la relación personal que tenía con Pompeya y que, evidentemente, a su tío no le gustaba —terminó diciendo el tribuno.

El general asintió con la cabeza.

—Me temo que se pudieron juntar las dos cosas. ¿Y decís que la situación en Roma es caótica?

—Sí, señor. Las elecciones consulares siguen sin poder celebrarse, como muy bien sabéis y tal escándalo ha propiciado la agitación callejera, llegándose a extremos inusuales. Se han formado como dos bandos, uno partidario del general Pompeyo, que aspira a que este se haga con todo el poder y se convierta en dictador y que… —el tribuno se interrumpió, como teniendo miedo de seguir hablando.

—Vamos tribuno, sin miedo. Has demostrado tu valor en combate frente a multitud de enemigos, no te vas a asustar ahora en decir lo que ocurre ante tu general. —le animó Julio César para que siguiese hablando. Marco Cayo asintió con la cabeza. Dio un sorbo a su copa de vino como para darse valor y continuó hablando.

—Ese grupo, apoyado por buena parte de los senadores, pretende que César abandone sus cargos como magistrado y vuelva a Roma antes de optar nuevamente al puesto de cónsul.

—Claro, y así poder acusarme infamemente de un montón de crímenes y delitos, según ellos cometidos durante mi primer consulado y poder juzgarme —comentó el general.

—Efectivamente, eso es lo que quieren. Luego está el otro grupo que os defiende y está en contra del general Pompeyo y de que este sea nombrado dictador. Ambos grupos parece que han contratado a facinerosos e incluso se habla de que han asalariado a grupos de gladiadores, escuelas enteras se comenta, lo que ha provocado tal desorden, anarquía y caos en la ciudad, que hace que la vida en ella sea imposible. Son muchas las voces, principalmente entre el grupo senatorial, que pide a Pompeyo que, apoyándose en sus legionarios, se convierta en dictador y acabe con el caos de la ciudad.

Marco Cayo guardó silencio dándole un último sorbo a la copa de vino.

—Gracias tribuno por tus informes. Han sido muy esclarecedores.

—¿Pensáis hacer algo al respecto? —Se atrevió a preguntar el tribuno, animado sin duda por los efectos del vino, pues de lo contrario nunca se hubiese atrevido a preguntar a su comandante en jefe qué es lo que pensaba hacer. Julio César sonrió.

—De momento, vamos a terminar la campaña de castigo que hemos iniciado contra los eburones y sus aliados, por haber osado rebelarse contra nosotros y acabar con quince cohortes de nuestros aliados y luego… ya veremos. Puedes retirarte, tribuno.

A la entrada del praetorium se cruzó con un correo que llegaba del Languedoc y que estaba entregando su despacho a Tito Labieno, uno de los legados de César.

—Señor, un correo del Languedoc —informó el legado a su comandante en jefe.

—Ábrelo, a ver qué dice —comentó el general.

El legado rompió el sello y escrutó el contenido del mensaje. Por la expresión de su rostro Julio César adivinó que no eran buenas las noticias que portaba.

—Señor, el jefe averno Vercingetórix se ha sublevado.

—Vaya, otra molestia más —comentó Julio César.

—Parece más grave que una simple molestia —comentó el legado —Está uniendo en la rebelión a todos los clanes y grupos desde el Languedoc hasta Narbona y hasta las fronteras de Massilia e incluso los pueblos establecidos hasta el Pirene, el Océano y el Rin.

VIII

Nameyo, día a día, se iba acostumbrando a la vida en la escuela de gladiadores. Era una vida dura; entrenaban con fuerza todo el día, de sol a sol, e incluso a veces por la noche si acudía algún posible comprador que quería ver en acción a los gladiadores. Pero Nameyo se encontraba satisfecho. La vida en la Galia también era muy dura. No conocía otra vida que la de guerrear, desde que había sido considerado ya un adulto, vistas sus notables aptitudes para la lucha, siempre con la incertidumbre cada vez que veía un nuevo sol si no sería ese su último día, pasando además hambre y frio. Había visto caer a muchos de sus compañeros de juegos infantiles que, como no podía ser de otra manera, eran juegos de guerra, preludio de lo que les esperaba. Por eso en la escuela de gladiadores se encontraba satisfecho. Comía todos los días y bastante bien y, debido a que se encontraba en pleno aprendizaje, no estaba en el grupo de los gladiadores que ya estaban listos para el combate y que eran mostrados a los posibles compradores que iban buscando un lote de ellos para organizar unos juegos. Sin embargo, ya había salido por la ciudad para pelear, no en combate de gladiadores, sino para enfrentarse a otros grupos que se habían hecho los dueños de la misma y estaban creando una situación de caos y anarquía en Roma. Hacía días que algunos patricios habían acudido a la escuela de gladiadores para comprar un buen número de ellos, pero no para organizar unos juegos donde los gladiadores se enfrentasen entre sí, sino para enfrentarse en las calles de la ciudad a otras bandas. Cayo Junio, el Lanista, se negó en un principio. Sus gladiadores tenían un prestigio que no podían dilapidar enfrentándose en peleas callejeras con otras bandas. Pero los patricios pagaban muy bien y otras escuelas con menor prestigio habían accedido a vender a algunos de sus gladiadores, los menos preparados o con menos aptitudes para el combate en la arena.

—¡Podíamos alquilarles los gladiadores que estamos adiestrando y todavía no están preparados! —sugirió Craxo, el adiestrador, al Lanista—. Obtendríamos un buen dinero y serviría para que los nuevos se fuesen fogueando en la lucha.

Al Lanista no le pareció mala la idea y se la ofreció al patricio que había acudido en busca de gladiadores. El precio, lógicamente era mucho menor, pues los gladiadores solo eran contratados por días y al final de cada jornada tenían que regresar a la escuela de gladiadores, siguiendo en propiedad del Lanista. El patricio que los contrataba era el responsable de que al final de cada día regresasen todos los gladiadores contratados o, en su defecto, entregar el cuerpo sin vida del que hubiese perecido en la pelea. De esa manera fue como Nameyo salió en varias ocasiones por la ciudad, formando parte de uno de los grupos que causaban altercados y se enfrentaban a otros grupos, formados también por gladiadores de otras escuelas o incluso por delincuentes. En sus enfrentamientos no había reglas y valía de todo. La cuestión era apalear y machacar a los contrincantes y Nameyo no entendía muy bien por qué los legionarios no aparecían para poner orden en la ciudad y acabar con aquel caos y anarquía existentes. Sitalces, el gladiador tracio, que había entablado una buena amistad con Nameyo, y que también formaba parte del grupo de gladiadores contratados, trató de aclarárselo.

—Son cuestiones políticas por el control de la ciudad y de toda la República. Un grupo apoya a un político y otro grupo a otro político. El que consiga derrotar al contrario se hará con el poder, en la ciudad y en toda la República.

—¿Y nosotros a quién apoyamos? —preguntó Nameyo. Sitalces se encogió de hombros.

—¡Qué más da! Nos han contratado para apalear a los que se nos pongan delante, sean los que sean.

Por la noche, al regresar a la escuela, alguno de los gladiadores regresaban muy magullados o con algún hueso roto y el Lanista consideró que no merecía la pena correr el riesgo de perder alguno de los gladiadores que prometían llegar lejos, por lo que al día siguiente a Nameyo no lo incluyeron en el grupo que saldría a recorrer las calles. El gladiador galo no lo sintió. Aquello no le gustaba pues se comportaban como delincuentes y actuaban como tales, por lo que se alegró de permanecer en la escuela adiestrándose por duro que fuera el adiestramiento. Además, había otra buena razón para permanecer en el recinto de la escuela de gladiadores. Durante las comidas, en la sala común, se había fijado en una de las esclavas que servían la pitanza. Era rubia, como él, con una hermosa cabellera dorada, que cuando el sol se reflejaba en ella, parecía una diosa. Era esbelta, con un hermoso cuerpo que se adivinaba debajo de la túnica sin mangas que lo cubría. Tenía unos hermosos y grandes ojos azules que parecían chispear cuando los fijaba en algo o en alguien y una hermosa sonrisa que siempre iluminaba su cara. Realmente era hermosa, como no había visto otra igual, ni siquiera en su tierra y desde que la vio por primera vez en el comedor, cada vez que la veía no podía apartar su mirada de ella.

Sitalces, el gladiador tracio que había hecho amistad con Nameyo, había observado como el galo se quedaba ensimismado cada vez que veía a la esclava germana y en la comida, cuando este apenas si había probado bocado por contemplar a la esclava, le dio un codazo.

—Amigo, vuelve a la realidad y come pues vas a necesitarlo para estar fuerte y resistente —le dijo.

—¿Quién es ella? —le preguntó Nameyo ya que Sitalces llevaba más tiempo en la escuela de gladiadores y conocía a todos los que en ella había.

—Olvídalo. Es fruta prohibida para ti —le contestó.

—¿Y eso por qué? ¿Acaso se la reserva el Lanista o Craxo para su uso personal? —preguntó Nameyo.

—¡Para el caso es lo mismo! —exclamó Sitalces a media voz para evitar que el resto de los gladiadores, que les acompañaban en la mesa, pudiesen escuchar lo que decía.

—¿Qué quieres decir? —preguntó Nameyo.

—Este no es el lugar ni el mejor momento para hablar de ello. Hay demasiados oídos pendientes de lo que se habla en la mesa para luego ir contándolo a los instructores. Ya hablaremos luego.

Nameyo no insistió. Terminada la comida volvieron al adiestramiento hasta que finalizó la jornada. Antes de la cena los gladiadores tenían un periodo de descanso que, aunque corto, les permitía permanecer en sus celdas, pasear o permanecer sentados en el amplio patio central de la escuela. Nameyo y Sitalces paseaban por el patio cuando el primero agarrando del brazo al tracio le preguntó:

—¿Qué querías decir durante la comida de la esclava rubia?

—¡Es mejor que te olvides de ella! ¡No es bocado para ninguno de nosotros! —le respondió.

—¿Qué quieres decir? ¡Explícate!

—Anneliese, ese es el nombre de la esclava germana en la que has puesto tus ojos, es una de las favoritas de Tibaste, el instructor que no fue capaz de derrotarte. Hasta ahora has tenido mucha suerte que no haya tomado represalias por aquel bochorno que le hiciste pasar, aunque con Tibaste nunca es tarde, pues suele rumiar su venganza de forma lenta y hacértelo pagar cuando estés más confiado y ya hayas olvidado el asunto. Es una mala persona.

Sitalces hizo una pausa para comprobar que no había nadie cerca que pudiese escuchar lo que estaba diciendo y se sentó en el suelo con la espalda pegada a una pared, de forma que podía ver todo el patio y a todos los que se acercasen. Nameyo hizo lo mismo.

—Aquí la mayoría de los que están son buenas personas y, si a veces no lo parecen, es porque todos tenemos que sobrevivir. Por encima de los demás está salvaguardar la propia vida y, si para ello tenemos que pasar por encima de los demás, lo hacemos, sin que eso signifique que nos guste. Sin embargo, hay unos cuantos que son malas personas. Hacen daño a los demás por el mero placer de hacerlo y el instructor Tibaste es uno de ellos. Si se da cuenta que has puesto tus ojos en Anneliese no se detendrá hasta que acabe contigo y puede hacerlo, por los dioses que puede hacerlo. Es uno de los instructores favoritos de Craxo, el jefe de adiestradores, y se comporta con él de forma servil y hace todo lo que este quiere. Cuando el Lanista no está, pues a veces emprende viajes de varios días, Craxo aprovecha para ausentarse de la escuela y es Tibaste el que queda al cargo de ella con todo el poder del mundo. Haga lo que haga, Craxo le apoyará y dará su visto bueno. No te conviene tenerlo como enemigo y desde luego, como se dé cuenta que has puesto tus ojos en Anneliese, date por muerto. No eres el primero que se ha fijado en la belleza de la germana y... ninguno de ellos está entre nosotros para contarlo.

Nameyo permaneció en silencio haciendo dibujos en la arena con un palito mientras que Sitalces se incorporaba poniéndose en pie. Los dos hombres habían permanecido sentados en el suelo mientras hablaban, alejados del resto de los gladiadores de la escuela.

—Ya es tarde. El sol ya se ha ocultado y está oscureciendo. Debemos regresar a nuestra celda —comentó el gladiador tracio.

—¡Sabes! —exclamó el galo mientras alargaba la mano para que su compañero le ayudase a levantarse— Allá en mi tierra nunca nadie me impidió nada. Cuando algo me gustaba lo cogía, sin pedir permiso y desde luego nunca me detuve ante nada solo por el hecho de que pudiese molestar a alguien.

—Amigo, ahora no estás en tu tierra. Eres un esclavo, pues eso es lo que somos, sujeto a los caprichos del amo. Y Tibaste para ti es como si fuese tu amo.

—¡Pero resulta que no lo es! El que me compró fue el Lanista, no el instructor...

—Para el caso como si te hubiera comprado el instructor...

El tracio dejó de hablar pues se acercaban un grupo de gladiadores que, al igual que ellos, ya se retiraban a sus celdas. Antes de entrar en la suya Sitalces retuvo por el brazo a su amigo.

—Yo ya te he advertido. Lo que hagas es cosa tuya, pero en este caso no te podré ayudar.

Nameyo asintió con la cabeza y tendió el brazo para saludar a su compañero.

—Y yo te lo agradezco. No te preocupes por mí. Todo estará bien.

Aquella noche Nameyo, que normalmente caía rendido en su jergón apoderándose de él el sueño con rapidez, tardó en conciliarlo. No estaba dispuesto a olvidarse de la germana al primer contratiempo que surgiese, por importante y peligroso que este fuese, sin haber por lo menos intentado acercarse a ella. Durante varios días se limitó a entrenarse con firmeza poniendo todo su empeño en ello, haciendo grandes progresos, lo que no pasó desapercibido para Craxo, el instructor de gladiadores, que no tardó en hablar de él al Lanista, de los progresos que hacía y de las grandes posibilidades que tenía el galo.

—Aunque creo que está preparado para enfrentarse a su primer combate, yo esperaría un poco a que se curtiese más. Aprende con facilidad y progresa a buen ritmo. Mejor que ningún otro. Creo, y no suelo equivocarme en mis apreciaciones, que en el galo tenemos una futura estrella de la arena.

El Lanista asintió satisfecho. Aunque tenía una buena escuela de gladiadores, quizá la de mayor prestigio de toda Roma, sin embargo, llevaba bastante tiempo sin tener una estrella entre sus hombres, uno que destacase por encima de todos los demás y fuese conocido en toda la República. El gladiador galo podía ser esa estrella que llevaban tiempo esperando.

—Pues cuídalo, no quiero que se malogre —dijo a su jefe de adiestradores.

—Pierde cuidado. Lo cuidaré como si fuese mi propio hijo —le contestó Craxo. Y lo haría, desde luego que lo haría. Después de todo el responsable de la adquisición de esclavos para que formasen parte del grupo de gladiadores era él. Aunque en conjunto tenían un buen plantel, sin embargo, les faltaba un número uno y Craxo, aunque el Lanista no le había dicho nada, estaba convencido que le consideraba a él en parte culpable de eso. El galo tenía todas las aptitudes para llegar a ser el más importante de los gladiadores del momento y él, por su propio interés, pondría todos los medios para que así fuese.

Sin embargo, Nameyo no se limitó únicamente a entrenarse con dureza, sino que con toda discreción procuró observar todos los movimientos que Anneliese realizaba, dónde iba, cuáles eran las obligaciones que tenía y cuándo estaba sola y era el mejor momento para abordarla. Así comprobó que Sitalces estaba en lo cierto. Cada cierto tiempo Tibaste, el instructor, acudía al pabellón de los esclavos y regresaba a su celda —era uno de los privilegiados que tenía una celda individual— acompañado de Anneliese. El rostro de la muchacha no denotaba ninguna alegría, caminaba tras el instructor con la cabeza gacha, hundida entre los hombros, el cuerpo inclinado hacia adelante y con pasos lentos, como si arrastrase un pesado fardo. No era la única esclava que tenía que complacer al instructor. Nameyo pudo comprobar que al menos otras dos esclavas se veían obligadas a acudir a la celda de Tibaste.

Bueno, ya se ocuparía en su momento del instructor —pensó Nameyo viendo las idas y venidas de la esclava—Por el momento lo más urgente era ver cuál era el mejor momento para acercarse a Anneliese sin verse sorprendido ni levantar sospechas. Nameyo, en el seguimiento a distancia que había hecho a la esclava germana, había observado que esta acudía a ayudar al médico al edificio que servía de enfermería cuando algún gladiador sufría algún percance; también se encargaba de dar masajes a los gladiadores pero solo a los instructores, siendo otras esclavas las que proporcionaban el masaje a los aprendices de gladiadores.

Aquella mañana Nameyo estaba entrenándose con su amigo el tracio Sitalces. Acercándose a él y casi en un susurro le pidió que le golpease con fuerza en la mano izquierda.

—¿Y eso por qué? —preguntó el tracio.

—¡Quiero que me lesiones esa mano! —le contestó Nameyo mientras con la mirada le indicaba el edificio de la enfermería en donde entraba en aquel momento Anneliese.

—¡Por todos los dioses! ¿Te has vuelto loco? ¿No tienes otra manera mejor y menos dolorosa de entablar contacto con ella? Eso sin mencionar que cómo te vea Tibaste te puede costar muy caro.

—¡Tú haz lo que te he dicho!

—Como quieras —Y Sitalces descargó con fuerza un golpe en la mano izquierda del galo que gritó al sentir el golpe. El instructor que dirigía el entrenamiento, al oír el grito del galo, se acercó a ver qué es lo que había ocurrido y pudo contemplar como por momentos la mano de Nameyo se iba inflamando.

—Vete a que te vean esa mano no siendo que te la haya roto.

Nameyo sujetándose la mano se dirigió al edificio donde se prestaba atención médica. El esclavo que cuidaba de los heridos estaba realizando una cura a uno de los gladiadores por lo que pidió a Anneliese que mirase a ver qué es lo que le ocurría al galo. La esclava germana, con la mejor de sus sonrisas, sujetó la mano de Nameyo y con gran cuidado fue moviéndola.

—¿Cómo te encuentras? —preguntó mientras seguía con gran cuidado y suavidad moviendo la mano del galo.

—Ahora ya mucho mejor. Desde que la tienes en tus manos se me está pasando el dolor, aunque...se me está produciendo otra herida.

—¿Otra herida? ¿Dónde? —preguntó asombrada y perpleja Anneliese.

—¡En el corazón! —exclamó Nameyo— Esa mirada tuya, con esos ojos tan hermosos me están perforando el corazón y no creo que tarden en hacer que sangre.

Anneliese se ruborizó y bajó la mirada pero siguió moviendo la mano del galo, ahora acariciándola, pero sin decir nada.

—¿Qué es lo que tiene el nuevo? —preguntó el médico que ya había terminado de curar al gladiador con el que estaba.

—¡Un fuerte golpe en la mano! Se le ha inflamado por completo —contestó la esclava.

—¿La tiene rota? —preguntó.

—No, creo que no, pero como está tan inflamada, no estoy segura.

—A ver, déjame que la vea.

El médico no fue tan cauteloso como la esclava y cuando movió la mano del gladiador este chilló.

—No, no parece que esté rota. De todas formas, es mejor que la observemos durante varios días. Durante este tiempo no podrás utilizarla y come solo vegetales. Ahora prepárale una infusión de ortigas y también un emplasto de árnica para paliar el dolor y bajar la inflamación.

El médico se alejó dejando a solas al gladiador galo y a la esclava germana.

—Espera aquí que voy a prepararte una infusión de ortigas para que baje un poco la inflamación y preparar el emplaste de árnica. —le dijo Anneliese.

—¡No me movería ni por todo el oro del mundo! —exclamó el galo.

La muchacha sonrió de una manera tan cautivadora que embelesó a Nameyo, pero no dijo nada, aunque para este fue mejor que el más eficaz bálsamo que le pudiesen aplicar para el dolor que sentía en la mano. La joven no tardó en volver con la infusión de ortigas y el emplaste para la mano. Nameyo fue a beberla pero se abrasó los labios.

—¡Por todos los dioses! Si me quieres abrasar no hace falta que me des esta pócima, mi corazón ya se está abrasando por ti —exclamó dejando el cuenco.

—No seas quejica. Un hombre tan valeroso como tú y protesta porque la infusión está un poco caliente. Tienes que tomarla así para que haga más efecto. Anda dame la mano que te aplique este emplaste.

Y cogiendo la mano del gladiador comenzó a aplicarle la cataplasma suavemente.

—Ya me siento mucho mejor, mi mano ya está mucho mejor. —le comentó Nameyo.

—Anda no seas mentiroso. El emplaste no ha podido todavía empezar a hacerte efecto.

—¿Y quién ha dicho que sea el emplaste?

—¿Qué si no podría ser? —preguntó la esclava.

—Tus caricias sobre mi mano y esa hermosa sonrisa que la acompaña. Eso es lo que hace que me sienta ya mucho mejor. Además, solo con verme reflejado en esos hermosos ojos ya me siento mucho más aliviado.

—¡Anda, anda! —exclamó la muchacha sin dejar de extender la cataplasma suavemente sobre la mano de Nameyo— No seas zalamero.

—¿Cuándo y dónde puedo volver a verte? —le preguntó Nameyo reteniendo la mano de la muchacha que ya había terminado de aplicarle el emplaste.

—¡Ya has oído al médico! Cuando baje la inflamación vuelves para que te vea esa mano. Yo estaré aquí y me podrás ver.

—Quiero verte a solas. Casi me he dejado romper la mano para poder venir a verte y concertar una cita contigo.

—¿Te has hecho eso para poder venir aquí? —preguntó Anneliese.

—Para poder verte, hablarte y concertar una cita contigo. Sí, para eso me lo he hecho.

—¡Estás loco!

—Sí, es posible, pero no voy a renunciar a verte y poder hablarte.

—¡Sabes que es muy peligroso, para ti y para mí! Lo sabes ¿verdad?

—Sí, ya sé que el instructor Tibaste se cree que eres de su propiedad. ¿Lo eres? Porque no debe apreciarte mucho cuando te comparte con otras dos esclavas.

—No, no lo soy, aunque me temo que él piensa que sí y varios gladiadores que pusieron sus ojos en mí lo pagaron con sus vidas. ¿Tú quieres pagar con la tuya?

—Deja que yo me preocupe de mi vida. Eso no va a pasar. ¿Cuándo podré volver a verte?

Anneliese guardó silencio por unos momentos mientras recogía el cuenco de la infusión que Nameyo por fin había podido tomar y el recipiente vacío del emplaste que le había aplicado.

—Vuelve cuando te haya bajado la inflamación. Entonces veremos.

El médico había regresado para mirar otra vez la mano del gladiador.

—Cuando te baje la inflamación vuelve por aquí. Mientras, no hagas nada con esa mano. Ya hablo yo con Craxo para decirle que en un par de días no puedes trabajar con esa mano. Él decidirá.

Nameyo asintió con la cabeza y dando las gracias al médico abandonó la enfermería, no sin antes haber lanzado una significativa mirada a la esclava germana.

Durante un par de días, Craxo, el instructor jefe de gladiadores, le liberó de la lucha con el resto de sus compañeros, pero no así del entrenamiento, duro entrenamiento que dispuso en su lugar, para que el galo no perdiese la forma física. Al segundo día la inflamación de la mano casi había desaparecido y Nameyo volvió a la enfermería cuando observó que la esclava germana estaba en ella. El médico, ocupado en atender a otro enfermo, le pidió a Anneliese que se ocupase del galo.

—A ver, enséñame esa mano —le dijo.

Nameyo extendió la mano y la muchacha se la cogió suavemente y la estuvo moviendo en todas las direcciones.

—Está mucho mejor, aunque todavía tiene un poco de inflamación. Pero desde luego no está rota. A ver qué dice el médico.

El galeno dejó un momento al enfermo que estaba atendiendo para ver la mano del gladiador.

—Tiene buen aspecto y desde luego no está rota. La inflamación que todavía tiene es debida al fuerte golpe que recibiste. ¿Con qué te diste el golpe? —le preguntó.

—¡Con una espada de madera! —contestó Nameyo sin dejar de mirar a la esclava que detrás del médico observaba atentamente.

—Pues aprende la lección gladiador. Si hubiese sido con una espada de verdad ahora no tendrías mano.

Y dirigiéndose a Anneliese le dijo que le preparase un emplaste de árnica y se lo aplicase.

—Durante un par de días ven aquí a que te apliquemos ese emplaste —le dijo al galo.

Anneliese no tardó en regresar con el emplaste y empezó a aplicárselo con cuidado acariciando suavemente la mano de Nameyo.

—¿Cuándo puedo verte? —le preguntó el gladiador.

—¡Ya has oído al médico! Tienes que venir durante un par de días para aplicarte el emplaste.

—Me refiero a verte a solas, fuera de aquí.

—¿Todavía sigues con esa idea? —le preguntó mientras le terminaba de aplicar el emplaste. —No puede ser. Es una locura y puede costarnos muy caro, sobre todo a ti. ¡No puede ser! —repitió la muchacha.

—Pues entonces, cuando se me cure la mano izquierda me lesionaré la derecha, y luego un pie, y luego el otro hasta que aceptes verme fuera de la enfermería.

—¿Serás capaz? —le preguntó la muchacha.

—Por verte y estar contigo soy capaz de cualquier cosa.

—Tienes que irte, el emplaste ya está aplicado. No puedes quedarte más tiempo.

El gladiador galo regresó durante un par de días para que le aplicasen el emplaste. El segundo día el médico le dijo que la mano ya estaba bien por lo que ya no era necesario que volviese. Una vez que el médico se hubo alejado Nameyo se acercó a la joven Anneliese dirigiéndose a ella casi en un susurro.

—¿Dónde y cuándo puedo verte? —le preguntó.

—No puedes, es muy peligroso.

—Entonces mañana estaré aquí con la mano derecha magullada o rota. Es difícil saber la fuerza con la que se ha de aplicar el golpe.

—Espera, no seas loco… Espérame al anochecer en la parte de atrás de la enfermería. Que no te vea nadie.

Nameyo sonrió y acarició suavemente la mano de la muchacha.

—Allí estaré.

IX

Marco Licinio Craso, el comandante en jefe de las legiones romanas, se colocó la mano sobre los ojos para ocultar el sol que le daba de frente e intentó vislumbrar qué ocurría. Efectivamente, los arqueros partos habían dejado de disparar sus arcos y sin acercarse habían abierto un pasillo por el que se aproximaban unos jinetes. Cuando la polvareda que habían levantado los caballos se disipó el comandante romano y sus hombres pudieron ver lo que uno de los jinetes partos mostraba orgulloso. Encima de una pica iba ensartada una cabeza humana. ¡Era la cabeza de Publio Licinio Craso, el hijo del comandante romano! Este palideció, su tez cubierta de polvo parecía una figura de cera, inmóvil, sin mover un solo músculo de la cara, pero sus labios permanecieron sellados, en silencio. Los arqueros partos comenzaron a chillar y reanudaron el lanzamiento de flechas, mientras que los catafractos comenzaron a realizar devastadoras cargas contra aquellos grupos de legionarios que habían roto la formación. El comandante en jefe, sacando fuerzas de no se sabía dónde, continuó animando a sus hombres para que no rompiesen la formación y resistiesen y eso consiguieron hacer, aunque a duras penas, con muchas bajas e incontables legionarios heridos. El sol se ocultó tras las dunas del desierto y... por fin los arqueros y los catafractos partos se retiraron. Habían conseguido sobrevivir a aquel primer día de combate. Pero con la llegada de la noche fue si como con la desaparición del sol también desapareciese el valor y la resistencia de Publio Licinio Craso, entrando en un estado de desesperación y apatía total, incapaz de tomar ninguna decisión ni de dar ninguna orden.

—Señor, tenemos que hacer algo. No podemos permanecer aquí toda la noche. Al amanecer los arqueros y los catafractos regresarán y acabarán con nosotros —le dijo Octavio, uno de sus legados.

Pero el comandante en jefe permanecía mudo, con la mirada extraviada, perdida en el horizonte que seguramente no veía. La depresión se había apoderado de él.

—¡No insistas! —le dijo Casio a su compañero— El general no te escucha. Su cuerpo está aquí, pero su mente solo los dioses saben por dónde cabalga.

—Pero no podemos permanecer aquí toda la noche. ¿Qué hacemos? —preguntó Octavio.

—¡Tomar nosotros el mando! —contestó Casio.

—Pero... ¡eso es traición! —exclamó asustado Octavio.

—No, cuando se hace porque el general está incapacitado. Y nuestro comandante lo está puesto que es incapaz de tomar una decisión.

—¿Y qué hacemos? —preguntó el legado.

—A unas pocas millas está la ciudad de Carrás. Tenemos que intentar llegar a ella antes de que amanezca y regresen los partos —respondió el cuestor Casio Longino—. Da las órdenes oportunas y que se haga en el más absoluto silencio.

—¿Y qué hacemos con los heridos? —preguntó el legado— Si intentamos llevarlos con nosotros nos retrasarán mucho la retirada y los partos nos alcanzarán antes de que hayamos podido alcanzar la ciudad.

—Tendremos que dejarlos aquí —contestó Cayo Longino— ¡Que los dioses nos perdonen y se apiaden de ellos!

Fue una noche muy larga para los miles de legionarios romanos que, en el más absoluto silencio, caminando rápido por el desierto, consiguieron alcanzar la ciudad de Carrás antes de que el sol despuntara por el horizonte poniendo fin a las tinieblas de la noche; una noche oscura, tenebrosa, con luna nueva que favoreció su huida hacia la ciudad, pero que propició que cuatro cohortes de legionarios, mandadas por el legado Vergunteyo, extraviaran el camino, alejándose de la ciudad. El amanecer les sorprendió en el desierto, sin lugar dónde refugiarse y los exploradores partos no tardaron en avistarlos. Los legionarios romanos combatieron hasta la extenuación pero nada pudieron hacer frente a la superioridad del enemigo que los aniquilaron sin consideración alguna. Lo mismo les ocurrió a los cuatro mil legionarios heridos en el combate, que no podían caminar y tuvieron que ser abandonados en el campo de batalla. Los partos no se apiadaron de ellos y los exterminaron sin compasión.

Cuando el general Surena fue informado que el grueso del ejército romano había conseguido refugiarse en la ciudad de Carrás con su comandante en jefe al frente estalló en cólera.

—¿Cómo es posible que los vigilantes no se hayan percatado de la marcha de las legiones romanas? —preguntó al capitán que le trajo la noticia— ¿Os que acaso estaban borrachos celebrando la victoria conseguida?

—Es algo imperdonable señor y los culpables ya han sido duramente castigados.

—Eso espero. Despliega el ejército en torno a la ciudad, rodeándola y esta vez no quiero errores de ningún tipo. Te haré a ti responsable y lo pagarás con tu vida si hay otro fallo parecido ¿Está claro?

—Meridianamente claro, general.

Cuando los legionarios romanos amanecieron al día siguiente, todavía agotados por la dura batalla sostenida y la huida en la noche hacia la ciudad de Carrás, vieron con estupor como el ejército parto había rodeado la ciudad. No era un cerco muy eficaz pues el ejército parto no era demasiado numeroso, pero indudablemente les ponía las cosas mucho más difíciles. El general Surena envió un mensaje aquella misma mañana destinado a los legionarios romanos. Les ofrecía una tregua para que pudiesen regresar a Siria, garantizándoles que no serían hostigados por su ejército. A cambio, pedía a los oficiales romanos que le entregasen a su comandante en jefe, Marco Licinio Craso y su segundo al mando, el cuestor Casio Longino. Los oficiales y los legionarios romanos cuando recibieron la propuesta del general parto no lo dudaron ni un momento.

«El general parto y su ejército podían irse al mismísimo Hades».

Esa misma noche los oficiales romanos organizaron un plan para abandonar la ciudad de Carrás y dirigirse a la ciudad de Sinnaca, una localidad al pie de las montañas armenias, un terreno mucho más accidentado donde los catafractos partos tendrían muchas más dificultades para maniobrar y desenvolverse. El problema iba a ser conseguir superar el cerco del ejército parto, pues aunque este no era total, engañarlos por segunda vez no iba a ser fácil. Para ello decidieron dividir sus legiones en dos grupos: uno al mando del legado Octavio con cinco mil hombres, que consiguió llegar a la localidad sin demasiados problemas, y el otro al mando del comandante en jefe, Publio Licinio Craso, que fue localizado y rodeado por el ejército parto. El legado Octavio con sus hombres tuvo que acudir en ayuda de su comandante en jefe para evitar que este cayese prisionero de los partos. Por su parte, el cuestor Casio Longino, al frente de quinientos jinetes y cinco mil legionarios, sin encomendarse a nadie y aprovechando la confusión reinante se dirigió a Siria. En realidad, podía decirse que era toda una deserción pues abandonó a su suerte a su comandante en jefe y al resto del ejército.

El general Surena estaba furioso. Por segunda vez se le habían escurrido de entre las manos y ya temía que la presa consiguiese escapar definitivamente. Había hecho castigar a los que él consideraba responsables de aquel desastre y buscaba por todos los medios paliarlo. De nada serviría su victoria del primer día si el grueso del ejército romano conseguía regresar y ponerse a salvo. Decidió hacer una nueva oferta de paz a los romanos. Les garantizaría el regreso a Siria sin ser hostigados por sus hombres si el comandante en jefe de las legiones romanas firmaba un documento comprometiéndose a que Roma firmaría la paz con ellos y no volverían a cruzar el río Éufrates.

—¿Qué decís general? El enviado parto está esperando una respuesta —le dijo el legado Octavio a su general.

—No, no firmaré ningún tratado de paz con el asesino de mi hijo —contestó Marco Licinio Craso.

—General, los legionarios están eufóricos por la propuesta parta. No entenderán una negativa. Me temo que podrían amotinarse —comentó el legado—. El resto de los oficiales les apoyan y quieren la firma del tratado. Tenéis que ir a parlamentar con el general Surena, de lo contrario... se amotinarán y os destituirán.

El general permaneció cabizbajo sin decir nada. En el exterior del praetorium se oían las voces de los legionarios pidiendo a gritos que se accediese a la firma del tratado de paz y que Publio Licinio acudiese a entrevistarse con el general parto.

—Señor, el enviado del general Surena se está impacientando —le dijo un tribuno, de nombre Petronio, que acababa de entrar en la tienda.

—De acuerdo, me entrevistaré con ese hijo de mala madre, asesino de mi hijo. Por todos los dioses, prefiero morir a manos de mis enemigos, a que acaben con mi vida mis propios hombres. Después de todo... ya estoy muerto.

El comandante en jefe de las legiones romanas, Marco Licinio Craso, acompañado del legado Octavio y del tribuno Petronio, a pie, acudieron al lugar fijado con el general parto para entrevistarse, sin demasiadas esperanzas en las promesas que este pudiese hacerles. Los romanos a pie, el general parto y los suyos a caballo, se encontraron frente a frente.

—No es posible hablar de igual a igual cuando tengo que mirar hacia abajo a mi interlocutor —exclamó el general Surena—. Traed un caballo al comandante romano para que así podamos hablar de igual a igual —dijo a uno de sus oficiales. Este regresó sujetando por las riendas un hermoso caballo negro. El general romano montó en él, pero el guerrero parto no soltó las riendas del caballo del general. El legado Octavio se acercó al jinete parto instándole a que soltase las riendas del caballo de su comandante. Pero el jinete parto hizo oídos sordos al requerimiento del legado romano, sujetándolas con más fuerza. El legado desenvainó su espada asestando un duro golpe al soldado parto mientras que gritaba.

—¡Señor, huid! ¡Intentan haceros prisionero!

Pero no pudo hacer más. Una flecha silbó cortando el aire y se clavó en su cuello, seguidas de varias más que cayeron sobre el tribuno Petronio y el resto de la escolta que acompañaba al comandante romano. Este intentó huir ,pero los jinetes partos le rodearon. Luchó bravamente, pero los partos le superaban en número y no tardaron en darle muerte.

—¡Idiotas! —gritó el general Surena al llegar ante el cuerpo ensangrentado de Marco Licinio Craso—. Lo quería vivo. Muerto no me sirve de nada.

Sin embargo, permitió que sus hombres descuartizasen el cadáver del general y se llevasen la cabeza y parte de sus miembros como trofeos. Las muertes del comandante en jefe y del legado Octavio dejaron al ejército romano sin liderazgo. Ninguno de los legados que quedaban vivos quiso asumir esa responsabilidad, seguramente temiendo por sus vidas. La opción que les dejaban los partos era la de rendirse incondicionalmente a cambio de respetar sus vidas. Tenían hasta el día siguiente para decidir. Una buena parte de las legiones decidieron aceptar la oferta del general parto mientras otros grupos, aprovechando la oscuridad de la noche, decidieron huir camino de Siria, pero no consiguieron llegar hasta allí, pues los partos, apoyándose en sus aliados árabes, los persiguieron y acabaron con todos ellos. Un triste final para uno de los ejércitos más poderosos jamás contemplado. Un desastre nunca visto que se saldaba con veinte mil legionarios muertos, diez mil prisioneros y la cabeza del comandante en jefe de ese ejército, junto con siete estandartes con las águilas romanas adornando una de las estancias del palacio del Rey de Reyes, Orodes II, donde, victorioso y satisfecho de su triunfo, había acudido el general Surena a informar del resultado de su expedición, entre los vítores de la multitud a su paso camino del palacio.

Mientras veían avanzar al general Surena al frente de sus tropas victoriosas, jaleados y vitoreados por el pueblo, con la cabeza del general romano y los siete estandartes arrebatados a las legiones romanas, el príncipe Pacoro se acercó a su padre hablándole en voz baja, apenas en un susurro.

—Padre, los planes no han salido bien. Los romanos no consiguieron acabar con Surena y ahora se ha vuelto más poderoso y por lo tanto peligroso para nosotros. Escucha cómo lo aclama el pueblo.

—Los planes han salido como pensaba —le respondió también en un susurro su padre—. Nos ha librado de una poderosa amenaza: las legiones romanas. Ahora nosotros, cuando las aguas vuelvan a su cauce, nos libraremos de él. Relájate y disfruta del momento.

Cuando la noticia del fracaso romano en Mesopotamia llegó a Roma, la decepción y la desesperanza se adueñaron de la ciudad. Muchos levantaron sus voces diciendo que ya lo habían anunciado y si consideraron que el desastre no había sido total fue gracias al cuestor Casio Longino, que había conseguido reagrupar y poner a salvo a diez mil legionarios, con los que pudo organizar y preparar la defensa en Siria ante un más que seguro ataque parto. Nadie puso en duda la actitud del cuestor acusándole de desertor al haber abandonado a su suerte a su comandante en jefe y a sus compañeros, y su encendida y exitosa defensa del territorio sirio le sirvió el reconocimiento y prestigio ante el Senado romano. Pero lo que parecía evidente, además de la humillación que habían sufrido las legiones romanas que habían perdido sus estandartes con las águilas, es que el equilibrio de poder que se había conseguido con el Triunvirato formado por Craso, César y Pompeyo, se había roto definitivamente y quedaba abierta la carrera entre los dos últimos por hacerse los dueños de la República.

X

Galia Trasalpina
Año 52 a. C.

La rebelión de Vercingétorix uniendo bajo su mando a los pueblos galos, a excepción de los *heduos*, a quienes su magistrado Diviciaco mantenía aliados de Roma, obligó a Julio César, que se encontraba en la Galia Cisalpina, a cruzar los Alpes encontrándose con que el caudillo galo invadía la Galia Trasalpina mientras que los habitantes romanos de la Galia sometida por César eran asesinados. Vercingétorix era hijo de Celtilo, líder de uno de los principales clanes arvernos. El pueblo arverno era una de las tribus más poderosas, con un territorio que se extendía desde el Languedoc hasta Narbona y hasta las fronteras de Massilia e imperaban sobre los pueblos establecidos hasta el Pirene, el océano Atlántico y el Rin. El general romano marchó con dos legiones a Narbona, capital de la Trasalpina, y envió al legado Tito Labieno al norte para someter a los rebeldes de la región. Los que iban a invadir la Trasalpina, comandados por Lucrecio, al ver que César los enfrentaría, retrocedieron en busca de Vercingetórix. Julio César aprovechó esto tomando las ciudades de las tribus rebeldes del sur de Galia, principalmente las de los *carnutes* y *alobogres*. Entonces, Vercingétorix decidió quemar todas las ciudades galas que fueran difíciles de defender para privar así de suministros a César. ¡Se presentaba una larga y dura campaña!

El tribuno Marco Cayo Gayo se encontraba en su tienda cuando un legionario entró en ella.

—Salve, tribuno —saludó el legionario brazo en alto—. El general solicita tu presencia en el praetorium.

El tribuno asintió con la cabeza, recogió lo que estaba haciendo y salió de su tienda dirigiéndose hacia la tienda del general. Al llegar a ella los legionarios que hacían guardia en la entrada le cortaron el paso.

—El general me ha mandado llamar —les dijo el tribuno.

Uno de los guardias penetró en el praetorium para regresar acto seguido diciéndole que podía entrar.

Julio César estaba sentado ante una mesa contemplando unos planos que tenía extendidos en ella.

—Salve, general —Saludó el tribuno— ¿Me has mandado llamar?

El general, sin levantar la vista de los planos, respondió al saludo de Marco Cayo. Parecía vivamente interesado en ellos. El tribuno esperó en silencio a que el general le hablase.

—Sí, Marco Cayo —respondió al fin el general, dejando los planos y acercándose a una mesita donde había varias copas y una jarra de vino— ¿Ese es tu nombre, verdad? —le preguntó ofreciéndole una de las copas que había llenado previamente.

—Sí, general. Ese es mi nombre y me siento muy honrado que lo recordéis —le contestó el tribuno.

—Me serviste muy bien en la misión de correo que te encargué —el general hizo una pausa y dio un sorbo a la copa de vino —Ahora tengo reservada para ti otra misión parecida a la anterior.

Julio César, con la copa en la mano, se acercó hasta una *sella*, sentándose en ella.

—Han llegado noticias que Cneo Pompeyo se ha desposado con Cornelia Metelo, la joven viuda de Publio, el desafortunado hijo de Craso, e hija a su vez de Cecilio Metelo Escipión, uno de mis mayores enemigos en Roma, lo cual viene a indicarme la deriva que está tomando Pompeyo.

Julio César hizo una pausa para dar un sorbo a su copa de vino.

—También me han llegado noticias de que Milón y Clodio se han enfrentado directamente en las calles de Roma, asesinando el primero al segundo. Parece que las cosas en Roma, lejos de irse apaciguando, cada vez se complican más y Cneo Pompeyo, hasta hace poco mi compañero, está maniobrando en mi contra aliándose con el grupo más arcaico y tradicional del Senado. Pero todos son rumores. ¿Qué ocurre, tribuno? ¿No te gusta el vino que te he ofrecido? —preguntó el general mientras se servía otra copa al observar que Marco Cayo tenía llena su copa.

—Sí, general. Es un vino excelente, de los mejores, sino el mejor que he probado. Pero solo bebo cuando ya estoy relajado en mi tienda y no tengo ningún trabajo que realizar —contestó el tribuno.

—Eso está bien. Me gusta la gente que pone el trabajo por delante del placer. Ya me gustaría a mí poder hacer lo mismo. Pero relájate y bebe. No encontrarás muchas ocasiones de deleitarte con un vino tan excelente como este.

Marco Cayo le dio un sorbo a su copa.

—¡Realmente es excelente! El general sabe elegir sus vinos —comentó.

—El vino es uno de los pocos placeres de los que podemos disfrutar en esta dura vida que llevamos. Por eso no hay que despreciarlo… Aunque tampoco convertirse en su esclavo. —Julio César hizo una pausa levantándose de la sella en la que se encontraba y se acercó al tribuno—. Quiero que vayas a Roma y te informes de primera mano de cómo está la situación allí, qué es lo que se cuece y cuáles son las aspiraciones de Cneo Pompeyo. ¿Sigues manteniendo relación con la sobrina del general Pompeyo? —le preguntó.

—Sí, nos comunicamos por cartas —contestó.

—Bien, ella puede ser una buena fuente de información sobre los planes y las aspiraciones de su tío y de lo que piensa este sobre el Senado y las decisiones que pueda tomar. Llévate una escolta de jinetes y mantenme informado de todo lo que descubras. Tómate el tiempo que necesites. Una buena información puede ser más valiosa e importante que la victoria en una batalla. Aquí tienes un salvoconducto mío que te permitirá llegar a todas partes. ¿Está todo claro? ¿Alguna pregunta?

—Muy claro, señor. Procuraré realizar con éxito la misión que me encomendáis.

—¡Pues que los dioses te acompañen, tribuno! —y dándose media vuelta volvió sobre los planos que tenía encima la mesa.

Marco Cayo saludó y abandonó el praetorium. No es que fuese precisamente de su agrado aquella misión. Prefería seguir con su legión y enfrentarse a los galos en la dura batalla, la batalla definitiva, que no creía que tardase mucho en producirse. Pero las órdenes de César no se cuestionaban. Se cumplían, sin más, y las suyas eran muy claras. Lo único bueno que veía en ellas era que podría encontrarse con su amada Pompeya, de la que ya llevaba separado bastante tiempo y a la que echaba de menos, al igual que ella a él, tal como le decía en sus últimas cartas. Menos gracia le hacía que se tuviese que servir de ella para obtener información sobre su tío, pero era la forma más segura y mejor de hacerlo. Y una orden de César era una orden, y solo cabía cumplirla. Se dirigió en busca de los jinetes que le servirían de escolta para que se preparasen. Antes de que rayara el alba del día siguiente se pondrían en camino.

En pocas jornadas y sin ningún contratiempo llegaron a Roma. El salvoconducto de Julio César les abría todas las puertas y les allanaba cualquier dificultad. Pero en Roma la situación había empeorado. Los enfrentamientos entre las diferentes bandas eran continuos, situándose en un lado como organizador Tito Annio Milón, que tomó partido por los seguidores de Pompeyo y el grupo de senadores tradicionales, los optimates. Frente a ellos se situó Publio Clodio Pulcro, hijo de una rica familia patricia. Había realizado el *Cursus Honorum* siendo amigo de Cicerón, al que sirvió en algunas ocasiones de guardaespaldas. Sin embargo, en diciembre del año 62 a. C., el escándalo durante los misterios de *Bona Dea* supuso una brecha insuperable en la amistad entre Clodio y Cicerón. El primero, vestido de mujer, ya que no se permitía la presencia de hombres durante la celebración de dichos misterios, entró en la casa de Julio César, en aquel momento *pontifex maximus*, cuando los misterios se estaban aún celebrando. En ese momento se especuló con que Clodio se había disfrazado así para intrigar con Pompeya Sila, la esposa de César, con quien tendría una relación. Fue descubierto y llevado a juicio, pero evitó la condena sobornando al jurado. Las violentas declaraciones públicas que hiciera Cicerón durante el juicio debieron originar el odio de Clodio hacia el orador y la ruptura de su amistad, incitándolo a buscar pronta venganza. Renunció a su rango patricial, siendo adoptado por un miembro de la rama plebeya de la familia, con la connivencia de Julio César, que nunca creyó que hubiese tenido una relación con su esposa, lo que no impidió que se divorciase de ella: «La esposa de César no solo ha de ser honrada sino parecerlo», había comentado cuando le preguntaron el porqué del divorcio. Clodio, tras conseguir la autorización del Senado a su renuncia patricial, consiguió el puesto de tribuno de la plebe, cargo al que no habría podido optar siendo patricio. Desde ese momento se convirtió en el brazo ejecutor de César con una serie de medidas que iban encaminadas a socavar el poder del Senado. Actuó contra Catón el Joven, enviado a Chipre como pretor para tomar posesión de la isla y del tesoro real, y contra Cicerón, confiscando sus posesiones, derribando su casa y sacando el terreno a subasta que el mismo adquirió. Tras la partida de César a la Galia, puede decirse que Clodio y las bandas de facinerosos controladas por él se adueñaron de Roma hasta que Milón también reunió una serie de grupos de gladiadores para enfrentarse a las bandas de Clodio. Los enfrentamientos entre los partidarios de uno y otro continuaron hasta que el 18 de enero del año 52 ambos grupos, encabezados por sus líderes, se encontraron en la *Vía Apia*, cerca de *Boavillae*. El enfrentamiento fue brutal y Clodio murió a manos de los seguidores de Milón. El tribuno Marco Cayo y su escolta acababan de llegar a Roma cuando vieron cómo los enfurecidos seguidores de Clodio establecían la pira funeraria de este dentro de la *Curia Hostilia*. Nadie se atrevió a oponerse y el fuego de la pira funeraria pronto se extendió por toda la *Curia Hostilia* ante el estupor de los senadores y de la plebe en general, entre la cual muchos gritaban enfervorizados y otros simplemente callaban.

—¡Por todos los dioses! —exclamó Marco Cayo al ver aquel espectáculo— ¿Es que nadie va a poner fin a esto?

El tribuno Marco Cayo envió a varios miembros de su escolta a casa del general Pompeyo con un recado para la sobrina de este, indicándole que estaba en la ciudad y quería verla. Los jinetes no tardaron en regresar acompañados de Pompeya y varios de sus criados armados con fuertes garrotes. Los dos jóvenes al verse se fundieron en un fuerte abrazo que a los miembros de la escolta del tribuno les parecieron interminables.

—No me habías dicho que fueses a venir —le reprochó Pompeya al joven tribuno al finalizar el largo abrazo.

—No lo he sabido hasta el último momento antes de partir. Como antes, ha sido un encargo especial de Julio César.

—¿También en esta ocasión traes un correo para mi tío? —le preguntó la joven— Porque si es así, tampoco está en esta ocasión.

—No, no traigo ningún correo para tu tío. Me temo que las relaciones entre Julio César y tu tío se han enfriado y deteriorado bastante. De hecho, el encargo que me ha hecho el general es que averigüe cuáles son las ambiciones de tu tío. Quiere saber cuáles son sus intenciones.

—Me temo que tu general trata de aprovechar nuestra relación para que te pase información sobre mi tío —le dijo Pompeya.

—En efecto, así es. Como puedes ver, no te oculto en qué consiste mi misión. Quiero que entre nosotros las cosas estén muy claras y lo que me cuentes, si es que me cuentas algo, lo hagas por tu propia voluntad.

—Pues me temo que esa información la vas a tener que obtener por otras fuentes. Pero no porque yo no te la quiera proporcionar, sino porque no la sé —respondió Pompeya—. Mi tío no me da explicaciones de sus actos ni me mantiene informada. No sé si hará lo mismo con mis primos. Supongo que, con ellos, como también son soldados, sí hablará de sus planes y de sus proyectos. Conmigo no. Ni siquiera me informó de sus intenciones de casarse con Cornelia Metela, la viuda de Publio Craso. Me enteré cuando me convocó a la ceremonia. Lo único que me pide es que revise las obras del teatro que está construyendo y para eso porque sabe que tengo mejor gusto que él y además no tiene tiempo. Sus hijos están en el ejército a su servicio y mi prima Pompeya bastante tiene con cuidar de sus dos hijos. Por lo tanto, la única que le puede ayudar con la construcción de su teatro soy yo.

—¿Dónde está ahora? —preguntó el tribuno.

—¿Supongo que ya estás al tanto de los terribles altercados que se han producido en la ciudad?

—Sí. Otra cosa es que tenga muy claro por qué se están produciendo.

—Pues el Senado ha mandado llamar a mi tío para que con sus legionarios ponga orden en la ciudad. Y creo que en eso está, así que supongo que durante unos días no lo veré ni sabré nada de él.

—Pues no voy a decir que me disguste. Así estarás más libre para poder estar conmigo, cosa que estando tu tío no creo que te lo permitiese —le dijo Marco Cayo mientras caminaba con ella cogidos de la mano seguidos de los criados de la joven y de la escolta de jinetes del tribuno.

—No, a buen seguro que no me lo permitiría. No parece que le hayas caído muy bien, aunque supongo que no es por ti, sino por ser tribuno de una de las legiones de Julio César y hombre de su confianza.

—Ya me lo imagino.

—No sé por qué, pero mi tío ha pasado de hablar maravillas de su exsuegro a no poder verle y lo único que dice de él es que hay que pararle los pies, que quiere acabar con la República y tiene que ser juzgado por los crímenes cometidos y por corrupción electoral.

—¿Crímenes cometidos? —preguntó extrañado el tribuno.

—Sí, por sus excesos cometidos en las Galias, aunque no sé a qué se refiere.

Los dos jóvenes regresaron a la casa del general Pompeyo y, aprovechando que este estaba ausente, la joven le pidió a Marco Cayo que se quedase a cenar con ella, a lo que el joven tribuno aceptó muy gustoso. Los días siguientes los pasaron juntos, aprovechando que Cneo Pompeyo estaba muy ocupado intentando cumplir con los deseos del Senado de Roma de poner orden en la ciudad. Y lo hizo a conciencia e implacablemente valiéndose de sus legionarios. Corrió mucha sangre por la urbe y el miedo se apoderó de muchos de los ciudadanos, hasta de los más valerosos. Ese fue el caso del mismísimo Cicerón. Los hijos de Clodio acusaron a Milón por la muerte de su padre haciéndose cargo de su defensa Cicerón, pero intimidado por los legionarios de Pompeyo que pululaban por el Foro, hizo una pobre defensa de su cliente y este fue condenado al exilio en Massilia.

Una vez que Pompeyo logró establecer el orden en la ciudad consiguiendo recuperar su vida cotidiana, sin sobresaltos ni disturbios, el Senado se planteó qué hacer con Cneo Pompeyo que se había convertido en el hombre fuerte de Roma. Marco Cayo tuvo que interrumpir sus paseos diarios con la sobrina del general una vez que este hubo vuelto a su casa, dedicándose a informarse de la situación política, manteniendo al margen a la muchacha, pues no quería ponerla en dificultades con su tío. Paseaba por el Foro y se acercaba al finalizar el día hasta el teatro de Pompeyo, que prácticamente ya estaba finalizado a falta de los últimos retoques y en donde accidentalmente había comenzado a reunirse el Senado, en la llamada *Curia Pompeli,* en un extremo del enorme peristilo que estaba detrás del frente de escena del teatro, pues la *Curia Hostilia* había sido pasto de las llamas —de forma fortuita o provocada— al incinerar el cuerpo de Clodio. Marco Cayo conocía a unos cuantos senadores favorables a Julio César que muy gustosos le proporcionaron toda la información que necesitaba.

Después de establecer el orden en la ciudad fueron muchos los seguidores de Pompeyo que reclamaban para este el título de dictador. Pero una parte de los senadores, entre los que se encontraba Catón, temían dar a Pompeyo poderes ilimitados que el título de dictador le proporcionaría, por lo que las discusiones en el Senado se hacían interminables.

—¡Dicen que algunos senadores quieren nombrar a tu tío dictador! —le comentó Marco Cayo a Pompeya en un encuentro que propiciaron durante la visita de la joven al teatro de su tío, para dar instrucciones sobre los últimos retoques que había que realizar.

—Sí, eso he oído comentar —contestó la joven.

—¿Y tu tío qué dice?

—A mí no me ha dicho nada, pero no cree que eso se produzca.

—¿Por qué razón? —preguntó el tribuno— Ahora mismo es la persona más poderosa de la ciudad. Hace y dispone a su antojo.

—Pero el Senado y el pueblo son reacios a volver a otorgar ese título después de la mala experiencia de la dictadura de Sila, con las proscripciones realizadas por este. Nadie quiere volver a aquellos tiempos. A un dictador no se le puede pedir cuentas por las acciones realizadas durante su cargo y mucho menos castigar. Además, está Julio César. Sus relaciones no parece que sean las mejores. Con sus triunfos en las Galias se está convirtiendo en un hombre con mucho poder y el Senado le teme. Y no creo que César aceptase de buen grado que mi tío fuese nombrado dictador. No sé. La situación es muy complicada.

Los dos jóvenes, acompañados de la escolta del tribuno y de los criados de Pompeya, regresaron dando un largo paseo hasta la casa de la joven.

—No puedo invitarte a entrar —le dijo la muchacha al llegar junto al portón de la entrada donde varios legionarios hacían guardia. Mi tío ya viene a cenar todas las noches y además también ha regresado Cornelia Metela, su esposa.

—¿Podremos estar juntos antes de que regrese a la Galia? —preguntó el tribuno.

—¿Cuándo regresas? —preguntó a su vez la joven.

—En un par de días —contestó el tribuno.

—¿Tan pronto? —preguntó la muchacha.

—Sí, es preciso que informe a César del cariz que están tomando aquí los acontecimientos y las decisiones y posturas que una buena parte del Senado está dispuesto a realizar valiéndose de tu tío y con respecto a él. César debe saberlo antes de que sea demasiado tarde.

—Pues entonces no desaprovechemos el tiempo hablando de política.

XI

Corduba, Hispania Ulterior

Los dos hombres ya habían terminado de cenar y Quineto Escápula había dado órdenes a sus esclavos que abandonasen la estancia después de haberles dejado una cántara llena de buen *mulsum*.

—Bien, amigo mío. Estamos solos y yo estoy impaciente por saber cuáles son las ideas que bullen por tu cabeza. Me tienes verdaderamente intrigado.

Aponio cogió su copa de vino y le dio un largo sorbo apurándola por completo y se tomó su tiempo mientras la volvía a llenar. Mientras, Escápula se revolvía inquieto en el triclinium.

—¿Estamos de acuerdo entonces que no podemos seguir así? ¿Qué no podemos permitir que Quinto Casio Longino administre la Hispania Ulterior como si fuese su finca privada a nuestra costa y con nuestro esfuerzo? —preguntó a su amigo.

—¡Claro que estamos de acuerdo! ¿O es que acaso hace falta que lo rubrique con mi propia sangre? —le preguntó a su vez Escápula.

—Pues quizá sea eso lo que tengamos que hacer.

—¡Por todos los dioses! ¿Vas a hablar claro de una vez? —le preguntó Escápula.

—Solo veo una solución para acabar con el atropello al que estamos siendo sometidos...

Aponio hizo otra pausa para dar otro sorbo a su copa de vino. Era como si necesitase armarse de valor para expresar con palabras lo que su mente estaba maquinando. Quineto Escápula en esta ocasión no dijo nada, sino que imitó a su amigo, dio un sorbo a su copa de vino y esperó.

—¡La única solución que veo es acabar con Casio Longino! —exclamó Aponio.

—¿Acabar con el cuestor de la Hispania Ulterior? ¿Te has vuelto loco? —preguntó Escápula— Eso es traición. ¿Te das cuenta? ¡Y la traición se paga con la vida! Además… Ese hombre tiene a su disposición varias legiones, las que dejó Cneo Pompeyo, perfectamente adiestradas. Hombres valerosos y curtidos en la batalla a los que resultaría imposible vencer. Por otro lado… ¿De dónde íbamos a sacar nosotros soldados para enfrentarnos a esas legiones? ¡Es imposible! ¡Una auténtica locura! Creo que el *mulsum* te está afectando al cerebro y no te deja pensar con claridad. ¡Olvídalo!

—¡Nadie ha hablado de enfrentarse a las legiones de Pompeyo que están a las órdenes de Casio Longino! —exclamó Aponio.

—¿Entonces de qué estás hablando? ¡Por los dioses! Habla claro pues no entiendo nada.

—Estoy hablando de acabar con la vida del cuestor. Solo con su vida, nada de enfrentarnos a las legiones que están bajo su mando.

El silencio se hizo entre los dos hombres. Tan solo el ladrido de algún perro lejano rompía el silencio que se había apoderado de la estancia.

—¿Asesinar al cuestor? —preguntó Quineto Escápula.

—Sí, acabar con su vida. Es su vida o la nuestra. Nos está esquilmando impunemente, comportándose con nosotros de forma cruel y despótica. Pero no solo con nosotros. Con sus soldados hace lo mismo. Los trata de forma cruel y miserable. Nadie moverá un dedo por él, nadie se alzará en armas para vengarle. Todos sentiremos un gran alivio cuando haya desaparecido.

El silencio volvió a hacerse entre los dos hombres. El perro había dejado de ladrar y ahora el silencio era total. Quineto Escápula comprobó que su copa estaba vacía y la llenó. Ahora el que necesitaba beber para asimilar lo que estaba oyendo era él.

—¿Has hablado con alguien más de esto? —preguntó.

—No, eres al primero al que he expuesto mis planes. Nadie más sabe de ellos, pero, si los llevamos adelante, necesitaremos que otros ciudadanos se unan a nosotros. Solos no podríamos hacerlo. Pero eso no creo que fuese ningún problema. La mayoría de los ciudadanos están hartos del cuestor y estarían gustosos de acabar con él.

—Pero se necesitarán hombres de total confianza, que se pueda contar con ellos sin riesgo a que nos traicionen.

—Sí, por supuesto. Pero no te preocupes por eso. Ya tengo en mente unos cuantos ciudadanos de total confianza. A buen seguro que estarán encantados de participar en este trabajo.

—¿Ya tienes un plan? —preguntó Quineto Escápula.

—Más o menos. Aunque de momento solo es una idea que habría que ir precisando y dándole forma hasta no dejar ningún cabo suelto.

Aponio hizo una pausa, dio un sorbo a su copa y miró intensamente a su amigo.

—¿Qué me dices? —preguntó.

Quineto Escápula permaneció en silencio jugueteando con la copa de vino que tenía en la mano.

—Habría que preparar muy bien el plan para que ningún cabo quede suelto y nosotros salgamos bien parados de él —dijo decidiéndose al fin a hablar—. No querría por nada del mundo acabar con la vida del cuestor, pero perecer también nosotros.

—No, yo tampoco. Hay que hacerlo de manera que nosotros salgamos incólumes del asunto —comentó Aponio.

—¿Ya tienes pensado cómo hacerlo? —preguntó su amigo.

—Dame unos días para que termine de perfilarlo, haga unas cuantas averiguaciones y luego te cuento.

—De acuerdo, pero no digas nada a nadie hasta que lo tengas rematado y lo veamos juntos. No me fío de nadie y, aunque muchos están contra Casio Longino y protestan de sus abusos y desmanes, algunos no tardarían ni un segundo en ir a contarle nuestros planes si con ello se piensan que pueden conseguir el favor del cuestor.

—Pierde cuidado. Sé lo que nos estamos jugando. Quiero acabar con la tiranía del *cuestor*, no que acaben con mi vida.

* * *

Roma. Escuela de gladiadores

A Nameyo le costó trabajo aquella tarde concentrarse en el entrenamiento y estuvo a punto de recibir varios golpes que le podían haber enviado de nuevo a la enfermería. Craxo, el jefe de los adiestradores, que estaba pendiente del comportamiento de cada uno se acercó a él.

—Galo, ¿qué es lo que te ocurre? Estás despistado. No estás a lo que hay que estar y eso en un combate puede suponer el final.

Nameyo asintió con la cabeza.

—¡No volverá a pasar! —exclamó.

—¡Eso espero! ¡Así que espabila!

Lo cierto es que a Nameyo el entrenamiento se le estaba haciendo eterno y parecía que aquella tarde el sol no se movía en el cielo, permaneciendo inmóvil en su trayectoria diaria hacia el horizonte. Era como si los dioses lo hubiesen clavado en el cielo permaneciendo fijo en él, impidiendo que alcanzase el horizonte, ocultándose tras él y dejando paso a las tinieblas de la noche. Nameyo esperaba ansioso que llegase la oscuridad para poder encontrarse con la esclava germana, Anneliese, tal y como le había dicho que harían. «Pero, ¿acudiría ella a la cita? ¿O simplemente se lo había dicho para que la dejase en paz?» Si era así y no acudía, él cumpliría su palabra y se lesionaría la otra mano para poder volver al médico y encontrarse con ella. La germana tenía que saber que nunca hablaba por hablar y cuando decía una cosa ni los dioses podrían impedir que la hiciese.

El sol por fin empezó a ocultarse tras el horizonte y el golpe en el gong anunciando el fin de la jornada de entrenamiento sonó para alegría de los gladiadores. El tracio Sitalces se acercó a Nameyo, hablándole en un susurro.

—¿Qué te ocurre amigo? Estás despistado, como en otra parte… Hasta Craxo te ha llamado la atención…y eso no es bueno.

—Sí, ya lo sé, pero es que la tarde se me ha hecho eterna. Creí que no iba a acabarse nunca —le contestó Nameyo, también en un susurro para impedir que alguien le pudiese escuchar.

—¿Y eso por qué? —preguntó el tracio.

Nameyo dudó en contestar y antes de hacerlo miró a un lado y a otro para cerciorarse de que nadie estaba cerca y podía escuchar lo que decía.

—He quedado en verme con Anneliese esta noche —dijo en un susurro.

—¿Qué has dicho?

—¡Lo que has oído! No hagas que te lo repita.

—¡Por todos los dioses! ¡Decidamente te has vuelto loco!

—¡Necesito que hagas algo por mí! —le dijo Nameyo.

—Ni lo sueñes. Ya te dije que aprecio demasiado mi vida y también la tuya para apoyarte en esa locura.

—Si me ayudas todo saldrá bien. Nadie nos descubrirá y no habrá nada que temer. ¿Me ayudarás? —preguntó el galo. El gladiador tracio dudó por unos momentos. Al final se decidió.

—¡Maldita sea! ¿Qué quieres que haga?

—He quedado con Anneliese detrás del edificio de la enfermería. Necesito que te quedes vigilando el tiempo que esté con ella por si alguien se acercase y nos avises, evitando así que nos descubran.

—Bien, por esta vez lo haré. Pero es muy arriesgado para todos. Si descubren que no estamos en la celda nos castigarán y el castigo puede llegar a ser la muerte. No te demores mucho con ella pues los compañeros de celda podrían extrañarse y avisar.

—No te preocupes. Solo será esta noche. Si la cosa va bien ya buscaremos otro momento en que nadie nos pueda echar en falta.

—Bien, si hay peligro imitaré el canto del cuco y desapareceré. —le dijo el tracio.

Al anochecer, tal y como habían quedado, Nameyo acudió detrás del edificio de la enfermería mientras que Sitalces trepaba a un árbol y, oculto entre el follaje, controlaba todos los accesos. No tardó en ver llega a la esclava germana que se tapaba la cabeza y el rostro con un pañuelo. Vio como los dos jóvenes se dirigían a unos arbustos cercanos ocultándose entre ellos. La luna nueva que había aquella noche contribuía a que la oscuridad fuese total.

—Bien, ya estoy aquí. ¿Qué es lo que quieres de mí? —le preguntó la muchacha mientras no dejaba de mirar a un lado y a otro temiendo que los descubrieran— Date prisa pues no tengo mucho tiempo antes de que noten mi ausencia.

Nameyo cogió las manos de la muchacha y las llevó a sus labios besándolas.

—Desde que te vi el primer día he quedado prendado de tu belleza. Tu mirada y la sonrisa que siempre alumbra tu bello rostro han penetrado en mí, de manera que me acompañan a todas horas. Quiero conocerte, estar contigo... amarte y cuidar de ti.

—¡Te has vuelto loco! ¡No puede ser! —exclamó la joven.

—¿Por qué? —le preguntó Nameyo —¿Es que yo no te atraigo?

—No se trata de eso...

—¿Entonces?

—Tibaste, el instructor, se ha encaprichado de mí y me considera como algo de su posesión...

—¡Pero no lo eres! —exclamó Nameyo alzando la voz.

—Chisss... Baja la voz. Nos vas a delatar.

—¡No eres de su posesión! —exclamó Nameyo bajando la voz.

—Pero él me considera como si lo fuese. Si nos descubriese acabaría contigo como ya ha hecho con otros y a mí me daría una tremenda paliza.

—No nos descubrirá. Deja que yo me ocupe de eso y también... que me ocupe de Tibaste. Me desharé de él y podremos estar juntos.

—¿Cómo? ¿Cómo te desharás de él?

—De momento no lo sé. Dame tiempo. Lo que tenemos que buscar ahora es otra hora en la que podamos vernos sin que nos echen en falta y podamos estar un tiempo juntos, si es que quieres estar conmigo.

—Dame tiempo. Lo pensaré y te daré una respuesta. Ahora es mejor que nos vayamos antes de que puedan echarnos en falta.

Nameyo sin soltar las manos de la joven que durante todo ese tiempo había mantenido entre las suyas la atrajo hacia él y la besó en la boca. La muchacha no correspondió al beso pero tampoco lo rechazó.

—Esperaré impaciente la respuesta —le dijo a Anneliese mientras la muchacha se desprendía de su abrazo y sonriéndole salía de los arbustos mirando con cautela a todos los lados, alejándose silenciosa. Nameyo también salió de los arbustos justo en el momento en que Sitalces descendía del árbol en el que se había ocultado.

—Vámonos a la celda antes de que los compañeros se extrañen de nuestra ausencia y avisen —le dijo el tracio a su compañero—. Normalmente nadie dice nada a no ser que la ausencia sea muy prolongada. El que más y el que menos aprovecha ese momento para desahogarse con alguna esclava o esclavo y de no coincidir que algún instructor aparezca por la celda por algo, no pasa nada. Pero los dioses son muy caprichosos y a veces juegan malas pasadas.

Los dos hombres se encaminaron al barracón donde estaba su la celda.

—¿Me vas a contar qué ha ocurrido o no? —preguntó Sitalces al ver que su compañero guardaba silencio.

—Le he pedido que nos veamos a menudo y me ha contestado que lo pensará y me dará una respuesta —dijo el gladiador galo.

—Eso es muy peligroso. Si Tibaste llega a enterarse date por muerto —le dijo el tracio.

—Quizá sea él el que deba darse por muerto —respondió Nameyo.

—Muy gallito te veo. Algunos que se pusieron tan gallitos como tú ya no lo cuentan. Procura que no te pase a ti lo mismo.

Los dos hombres habían llegado a su celda donde ya estaban descansando Liteno, el celtibérico y el nubio Kus. Parecían dormir ya y procuraron no despertarlos. Nameyo esperó impaciente la llegada del nuevo día, esperando que Anneliese, a la que vio en varias ocasiones, le dijese algo. Pero la esclava germana se limitó a sonreírle cuando se cruzó con él sin decir nada para desesperación del gladiador galo. A media tarde un grupo de visitantes llegó a la escuela de gladiadores. Cayo Junio salió a recibirles y, por lo servil que se mostró con ellos, parecía que se trataba de personas importantes. Craxo mandó desalojar la arena circular donde en aquellos momentos se entrenaba un grupo de gladiadores y ordenó a Nameyo, a Sitalces y a un grupo de los gladiadores más veteranos que se pusiesen el equipo que cada uno tenía designado. Los visitantes eran un grupo de senadores que querían organizar unos juegos en honor de Cneo Pompeyo que había conseguido restablecer el orden en la ciudad, y entre los juegos querían obsequiarle con un combate de gladiadores. Querían comprobar la destreza de los que la escuela tenía. Por lo visto ya habían seleccionado a algunos luchadores en otras escuelas y venían a completar el número que necesitaban.

Una vez preparados los gladiadores, los visitantes le pidieron al Lanista que empezase la exhibición, cómodamente instalados en una de las terrazas de las habitaciones de Cayo Junio que daban a la arena, con unas sabrosas bandejas de aperitivos, regadas con un buen vino que el Lanista les ofreció, servidas por varias esclavas de la escuela, entre las que se encontraba la germana Anneliese. Esta estuvo a punto de dejar caer la bandeja que portaba al comprobar que era Nameyo uno de los gladiadores. Cayo Junio hizo una señal a Craxo y este ordenó a los gladiadores elegidos que, por parejas, empezaran a pelear entre ellos.

—No, no y no. Parecen mujerzuelas peleándose —gritó uno de los senadores que era el que parecía llevar la voz cantante.

—Es solo una exhibición —comentó el Lanista—. Si se empleasen más a fondo alguno podría resultar herido o muerto. Es un riesgo que no puedo correr en una exhibición. Cuesta mucho dinero adquirirlos y adiestrarlos para perder a alguno en una demostración.

—Si alguno resulta herido o muerto pagamos lo que valga. Pero queremos ver una pelea de verdad.

—Si estáis dispuestos a pagar por ello, no hay problema —contestó el Lanista y acercándose a Craxo le dijo unas palabras. Este descendió a la arena y habló con los gladiadores que dirigieron sus miradas hacia la terraza donde, cómodamente sentados, los visitantes comían las viandas que las esclavas les ofrecían y vaciaban una tras otras sus copas de vino.

Una vez que Craxo hubo desaparecido de la arena el gladiador más veterano les dijo a sus compañeros:

—Ya habéis oído a Craxo. En serio pero sin causar heridas mortales.

Los gladiadores reanudaron el combate con mucho más ímpetu, de manera que al poco tiempo la mitad de ellos quedaron tendidos en la arena derrotados. Los que habían vencido empezaron a combatir entre ellos.

—Me gustan el mirmilón y el tracio —comentó uno de los senadores que era el que más parecía entender —¿Qué os parece a vosotros? —preguntó. Sus compañeros le dieron la razón. Todos pensaban que el mirmilón y el tracio eran los que más juego podían dar.

—Sí, nos quedamos con esos dos si el precio nos convence —le dijo al Lanista. Este hizo una señal a Craxo, quien con una voz detuvo el combate.

—Desde luego sabéis elegir. Habéis optado por dos de los mejores gladiadores que tenemos en la escuela —les dijo sumiso el Lanista—. ¿Los queréis en alquiler o comprar? —les preguntó— Desde luego, si los queréis comprar el precio sube considerablemente. Si los queréis en alquiler es más económico, pero deberéis dejar una determinada cantidad en concepto de señal, por si se diese el caso de que resultasen heridos gravemente o muertos.

Los senadores y el Lanista se enzarzaron en una discusión por el precio de los dos gladiadores en la que los senadores intentaron regatear todo lo que pudieron. Pero el Lanista era un veterano en esas lides y, aunque los senadores abandonaron la escuela de gladiadores con una buena cantidad de vino flotando en su cabeza y convencidos que habían obtenido una verdadera ganga, el Lanista se frotó las manos por el precio obtenido por el alquiler de los dos gladiadores.

XII

Alesia, Galia Trasalpina
Año 52 a. C.

El tribuno Marco Cayo Gayo y su escolta se dirigieron a la Galia, concretamente a la capital, la fortaleza de Alesia, en la tribu gala de los mandubios, donde el líder galo, Vercingétorix se había hecho fuerte después de sufrir varias derrotas consecutivas a manos de Julio César y de su legado Tito Labieno. El líder galo se había refugiado en la fortaleza de Alesia considerando que todavía no había llegado el momento de presentar la batalla definitiva frente a los romanos. Al contrario, Julio César consideró que aquella rebelión ya había llegado demasiado lejos y era el momento de presentar la batalla decisiva. Pensando que un ataque frontal contra la fortaleza sería un verdadero suicidio y solo llevaría a la derrota de sus fuerzas, no en vano el número de galos que defendían la fortaleza podría alcanzar los noventa mil, según le habían informado sus exploradores, el comandante romano decidió que la mejor opción era establecer un cerco a la fortaleza sitiándola completamente, ya que dado el número elevado de sus defensores, a los que había que añadir la población civil, haría que el agua y los alimentos pronto escaseasen, teniendo que rendirse necesariamente sino querían perecer por hambre y sed. Pero para ello el sitio tendría que ser total, sin posibilidad de romperlo, por lo que el comandante romano ordenó construir un perímetro circular de fortificaciones. Se construyeron muros de doce millas de longitud y una altura equivalente a casi tres hombres, con fortificaciones espaciadas regularmente, en un tiempo récord de tres semanas. Esta línea fue seguida hacia el interior por dos fosos de unos seiscientos pasos de ancho y cerca de doscientos pasos de profundidad. El más cercano a la fortificación se llenó de agua procedente de los ríos cercanos. Asimismo, se crearon concienzudos campos de trampas y zanjas frente a las empalizadas, con el fin de que su alcance fuese todavía más difícil, más una serie de torres equipadas con artillería y espaciadas regularmente a lo largo de la fortificación. La caballería de Vercingétorix a menudo contraatacaba los trabajos romanos para evitar verse completamente encerrados, ataques que eran contestados por la caballería germana, mandada por Marco Antonio, que volvió a probar su valía para mantener a los atacantes a raya. Tras dos semanas de trabajo, la caballería gala pudo escapar de la ciudad por una de las secciones no finalizadas. César, previendo la llegada de tropas de refuerzo, mandó construir una segunda línea defensiva exterior protegiendo sus tropas. El nuevo perímetro era de más de catorce millas, incluyendo cuatro campamentos de caballería. Esta serie de fortificaciones les protegerían cuando las tropas de liberación galas llegasen: ahora eran sitiadores preparándose para ser sitiados.

Cuando Marco Cayo llegó al campamento romano los legionarios romanos estaban atareados en la construcción de este segundo perímetro defensivo. El trabajo de ingeniería que estaban realizando era imponente y el tribuno no pudo por menos de admirarlo. Los guardias que custodiaban el praetorium le hicieron esperar a la entrada hasta que informaron a Julio César de su llegada. Este le hizo pasar rápidamente despidiendo a sus legados con los que estaba reunido.

—Bienvenido, tribuno —le saludo César al verle—. Espero que hayas tenido un buen viaje hasta aquí y también espero que tus noticias sean favorables.

—Salve César —saludó Marco Cayo—. El viaje ha sido bueno. Las noticias que os traigo quizá no lo sean tanto.

—Bebamos una copa de vino Con ella los malos tragos pasan mejor —le dijo mientras le ofrecía una copa de vino—. Ahora puedes beber bien pues has llegado a tu destino y de momento no hay nada ninguna otra misión.

—Veo que recordáis lo que os dije la última vez —respondió el tribuno.

—Es obligación de todo buen comandante recordar lo que le dicen sus hombres, por insignificante que parezca. Es en las cosas insignificantes donde radica el éxito de las grandes empresas. Bien. Veamos que nuevas me traes.

—Cuando llegué a Roma la ciudad era un verdadero caos. Los seguidores de Clodio llevaron su cuerpo a la Curia Hostilia para incinerarlo y, por descuido o intencionadamente, la Curia ardió completamente. El Senado le pidió al general Pompeyo que pusiese orden en la ciudad y este con sus legionarios se empleó a fondo. La sangre corría por el Foro como si de ríos se tratase y los muertos se contabilizaban por centenares. Al final se impuso el orden y la paz volvió a la ciudad.

El tribuno hizo una pausa para dar un sorbo a su copa. En seguida continuó con el relato.

—Pero a pesar de que se había restaurado el orden en la ciudad la tranquilidad estaba lejos de conseguirse. Eran muchas las voces, principalmente entre los partidarios del general Pompeyo, que pedían para él la consecución del título de dictador. Sin embargo, muchos en el Senado no estaban de acuerdo.

—Sí, está demasiado reciente la época en la que Sila fue nombrado dictador —interrumpió Julio César el relato de Marco Cayo—. Tú, tribuno, eres demasiado joven para acordarte de las sangrientas proscripciones que tuvieron lugar durante su dictadura y Roma no desea que ocurra otro tanto. ¿Entonces que ha decidido el Senado? —preguntó el general.

—Pues el Senado ha tomado una decisión intermedia. Ha nombrado al general Pompeyo «cónsul sin colega», de esa forma, aunque tiene poderes abrumadores, no son ilimitados y podría ser llevado ante los tribunales si hiciera algo que fuese considerado ilegal.

—Bueno, es una sabia decisión —comentó el general.

—El general Pompeyo no ha perdido tiempo y ha empezado a elaborar una serie de medidas legislativas para la República, dictando una serie de leyes para modificar la administración. Una de las leyes que ha aprobado es que se pueda ser procesado retroactivamente por corrupción electoral...

—¡Por todos los dioses! —exclamó el general —Esa ley va dirigida contra mí, para que pueda ser procesado una vez que finalice mi mandato en las Galias cuando no tenga *imperium*.

—También ha hecho aprobar otra ley por la que se prohíbe presentarse al consulado in absentia.

—¡Por todos los dioses! —volvió a exclamar el general— Pero si se aprobó no hace tanto tiempo una ley específica permitiendo presentarse in absentia.

Marco Cayo Gayo se encogió de hombros.

—Yo me limito a contaros lo que está haciendo Cneo Pompeyo como «cónsul sin colega» con todo el poder en sus manos.

—Y el pueblo ¿qué dice? —preguntó Julio César— Porque lo que está claro es que mi colega Pompeyo está siguiendo las directrices de un grupo oligarca del Senado.

—El pueblo y algunos senadores contrarios a estas medidas están convencidos que todas estas leyes van dirigidas contra vos, para poderos enjuiciar una vez que dejéis las Galias y antes de que podáis obtener otro consulado. Quieren procesaros por lo que ellos llaman «los abusos cometidos». En el fondo creo que os temen y es ese temor el que les empuja a dictar esas leyes para quitaros de en medio.

—Creéis bien, tribuno. Les asustan mis triunfos, que no son solo míos sino de la República y temen que quiera otorgar el poder al pueblo, cuando lo quieren para ellos solos, para aumentar sus riquezas y su poder.

El general hizo un ademán con la mano como si quisiese apartar los malos pensamientos y se sirvió otra copa de vino.

—Bueno, ya nos ocuparemos de ello en su momento. Ahora tenemos una fortaleza que conquistar y no va a ser nada fácil. Llegas en un buen momento pues todas las manos nos van a ser necesarias. Ponte a las órdenes de Marco Antonio que está al mando de la caballería. Puedes retirarte a descansar y diles a mis legados que quiero verlos.

Marco Cayo dejó la copa que tenía en la mano y después de saludar con el brazo en alto abandonó el praetorium. El general tenía razón, como pudo comprobar el tribuno dando una vuelta por el cerco que sitiaba la fortaleza. A pesar del largo viaje no se encontraba cansado y el hecho de volver a entrar en batalla hacía que un hormigueo recorriese su estómago. Preguntó por el comandante de la caballería, Marco Antonio, pero le dijeron que estaba en el *praetorium* reunido con Julio César, como el resto de los legados. Decidió esperar a que finalizase la reunión cerca de la tienda en la que el general estaba reunido y desde allí los vio salir uno a uno ya con la tarde vencida y las primeras estrellas titilando en la fresca noche que ya anunciaba la próxima llegada del otoño. El último en salir del *praetorium* fue Marco Antonio y el tribuno le salió al paso saludándole con el brazo en alto.

—Soy el tribuno Marco Cayo Gayo, de la décimo tercera legión. El general me ha ordenado que me presente a ti y me ponga bajo tus órdenes.

—Salve tribuno. El general me lo acaba de notificar. Iba a hacer una ronda por el campamento antes de acostarme. Acompáñame —le dijo Marco Antonio y empezó a caminar con grandes zancadas, seguido del tribuno.

—El general me ha hablado muy bien de ti. Le has prestado importantes servicios y te tiene en gran aprecio —le comentó.

—Para mí es un gran honor servir a las órdenes del general —contestó Marco Cayo.

—Me ha informado que acabas de llegar de Roma donde el general Cneo Pompeyo ha sido nombrado *cónsul sin colega* y está dictando leyes que tienen toda la pinta de ir encaminadas contra Julio César.

—Sí, esa intención parece que tienen. Pero no es solo el general Pompeyo el que parece estar contra César. Buena parte de los senadores son los que promueven esas leyes y sobre todo un tal Catón, que parece que es el que tiene más animadversión contra Julio César. Es como si tuviese algo personal contra el general.

—¡Y lo tiene! —exclamó Marco Antonio. Marco Cayo se encogió de hombros.

—Parece que no conoces la historia. Pues bien, el senador Catón es un hombre escrupuloso y determinado. Nunca ha dejado de asistir a una sesión del Senado y ha criticado concienzudamente a los que no lo hacían. Hará unos diez años, como tribuno de la plebe, ayudó al cónsul de aquel año en la lucha contra la conspiración de Catilina.

—¿La conspiración de Catilina? —preguntó el tribuno—. Me suena ese nombre, pero no sabría decir de qué.

—Lucio Sergio Catilina era un noble patricio que estaba liderando una rebelión dentro de Roma. Cicerón y Catón aniquilaron el peligro y persiguieron a todos los hombres involucrados, sentenciándoles a muerte sin juicio previo, acto que en teoría es ilegal, pues los ciudadanos romanos deben ser juzgados antes de ser ejecutados.

—¡Así debe ser! —exclamó el tribuno.

—En el debate público al respecto —continuó hablando Marco Antonio— Julio César convino en que los conspiradores eran culpables, oponiéndose a un juicio público para ellos; a pesar de esto, César abogó por una sentencia al exilio de por vida para los conspiradores, propuesta que no prosperó. De esta polémica datan las diferencias políticas y personales entre Catón y César.

—Pues no creo que sea motivo suficiente para la inquina que ahora el senador Catón manifiesta hacia Julio César —comento Marco Cayo.

—Espera, que no he terminado. En un encuentro en el Senado dedicado al asunto Catilina, Catón reprochó ásperamente a César por leer sus mensajes personales mientras el Senado estaba en una sesión discutiendo este asunto tan crucial. Catón acusó a César de estar involucrado en la conspiración, sugiriendo que trabajaba en favor de Catilina, lo que explicaría los motivos de César para pedir que no se hiciera juicio público a los conspiradores y que se les mostrara clemencia. César replicó que únicamente leía una carta de amor. Sin creerse una excusa tan pueril, Catón tomó el papel de sus manos y lo leyó en voz alta. Desafortunadamente para él, César tenía razón; era ciertamente una carta de amor de su amante Servilia, la hermanastra de Catón. «Toma, borracho» —le dijo Catón arrojando la carta al rostro de César. Esto se convirtió rápidamente en un pequeño escándalo personal. Servilia hubo de divorciarse de su marido y los senadores romanos empezaron a preocuparse por la imagen pública de sus casas. Mientras, César se hacía famoso por parecer que se acostaba con las esposas de sus enemigos políticos. Algunos pensaban que la misma esposa de Catón, Atilia, fue una de las conquistas de César, aunque esto no pasó de ser una mera especulación que nunca llegó a probarse. De ahí viene la animadversión que Catón siente por Julio César, además de pertenecer al grupo de senadores más conservadores contra los que está enfrentado nuestro general.

—Ahora ya lo tengo claro —comentó el tribuno— ¿Servilia tiene un hijo llamado Bruto? —preguntó el tribuno.

—¡Sí! Marco Junio Bruto ¿Lo conoces? —preguntó Marco Antonio.

—Si es el Bruto que yo pienso, lo he visto una vez paseando por Roma. Iba yo con Pompeya, la sobrina de Cneo Pompeyo y nos cruzamos con un joven que al pasar junto a nosotros escupió al suelo después de mirarnos con odio. Traté de recriminarle su acción, pero Pompeya, sujetándome por el brazo, me lo impidió. Y aunque le pregunté que si lo conocía y el porqué de aquella acción no quiso decirme nada.

—Sí, seguramente era él. Bruto odia a Cneo Pompeyo y por ende a toda su familia.

—¿Y eso por qué? —preguntó Marco Cayo.

—Bueno, hará unos veinticinco años Pompeyo mató al padre de Bruto durante las proscripciones de Sila. Por lo tanto, apenas si conoció a su padre. Su tío Quinto Sevilio Cepión lo adoptó cuando era joven y se enriqueció prestando dinero a altos intereses como asistente de su otro tío, Catón, cuando este fue gobernador de Chipre. Cuando entró en el Senado se puso al lado de los senadores conservadores y en contra de los tres cónsules. Craso, Pompeyo y César.

Marco Cayo fue a preguntar algo, pero no se atrevió y guardó silencio. Marco Antonio se percató del hecho.

—Vamos tribuno, no te cortes. Ibas a decir algo. ¿Qué es?

—¿Bruto es realmente hijo de Julio César, como he oído decir? —le preguntó.

—No lo sé. Al general le gustan las mujeres, eso es evidente. Servilia, la madre de Bruto, fue su amante, pero no sé… El general nunca se ha pronunciado al respecto. No sabría decirte.

Ya habían terminado de hacer la ronda por el campamento y habían llegado a la tienda de Marco Antonio.

—Bueno, tribuno. Me alegro de tenerte con nosotros. Vete a descansar. Mañana al amanecer saldremos a realizar una expedición para revisar los puntos débiles del perímetro de fortificaciones.

—Estaré listo, señor —y haciendo el saludo de rigor se alejó en busca de su tienda.

Al amanecer, como habían previsto, Marco Antonio y un buen número de jinetes, entre los que se encontraba Marco Cayo, salieron del campamento para revisar por la parte exterior algunas de las fortificaciones, que a primera vista parecían más vulnerables. Para entonces, las condiciones de vida en Alesia iban empeorando cada vez más. Con los ochenta mil guerreros que aún quedaban, más la población local, había demasiada gente dentro de la fortaleza para tan escasa comida. A Vercingétorix los jefes galos atrincherados le dieron dos opciones para evitar la capitulación por hambre. Sacrificar los aproximadamente diez caballos que tenían dentro o enviar a los civiles con los romanos. El caudillo galo optó por expulsar de la ciudad a los no combatientes, ya que esperaba usar a los animales en la batalla y así podría ahorrar las provisiones para los combatientes forzando a los romanos a agotar las propias en alimentarlos. Sin embargo, César ordenó que no se hiciese nada por esos civiles, y los ancianos, mujeres y niños se quedaron esperando a morir de hambre en la tierra de nadie, entre las paredes de la ciudad y la circunvalación, ya que Vercingétorix se negó también a recibirlos de nuevo.

A finales de septiembre un contingente de galos, pertenecientes a varias tribus, acudieron en ayuda de sus hermanos galos sitiados, atacando la muralla exterior que para tal ocasión Julio César había mandado construir. Al mismo tiempo Vercingétorix ordenó un ataque simultaneo de los hombres que se encontraban en el interior de la fortaleza. Pero no tuvieron ningún éxito y al acabar el día la lucha había terminado sin haber obtenido los galos ninguna ventaja. El día siguiente transcurrió en calma, como si los galos hubiesen renunciado a volver a intentarlo, pero al caer la noche, tanto los galos del exterior como las fuerzas que Vercingétorix tenía en el interior volvieron a la carga, en esta ocasión con mucha mayor virulencia y determinación, hasta el punto de que consiguieron vencer algunas líneas fortificadas. Solamente la rápida respuesta realizada por la caballería comandada por Marco Antonio y Cayo Trebonio y en la que se encontraba el tribuno Marco Cayo, consiguió evitar la situación. Al día siguiente, al amanecer, los galos del exterior lanzaron un ataque sobre el perímetro de fortificaciones con todos sus efectivos, unos sesenta mil guerreros, concentrados principalmente en la zona donde el terreno era mucho más abrupto y, debido a ello, no se había podido construir una muralla, al mismo tiempo que Vercingétorix lanzaba a todos los guerreros del interior de la fortaleza contra la muralla interior, concretamente contra los puntos más débiles de ella. Viendo que algunos puntos de ella estaban siendo sobrepasados por los atacantes, César envió a su legado Tito Labieno al mando de la caballería a intentar contenerlos, pero la presión gala era muy fuerte y estaban a punto de ser sobrepasados. César entonces tomó una decisión desesperada. Sacó del perímetro amurallado trece cohortes de caballería, unos seis mil jinetes, poniéndose al frente de ellos y entre los que se encontraba el tribuno Marco Cayo, para atacar al ejército de reserva enemigo, muy superior en número a ellos. El factor sorpresa fue fundamental y los galos, viéndose atacados por sorpresa, no supieron calibrar el número de enemigos que les atacaban empezando a cundir el pánico entre ellos e iniciando la retirada. Como suele ocurrir en estos casos, un ejército huyendo en desbandada es presa fácil para sus enemigos y los romanos masacraron a todos los galos. Vercingétorix, desde el interior de la fortaleza, contempló el desastre sufrido por aquellos que habían acudido a socorrerle. Sin alimentos y con la moral destruida completamente, no le quedó más remedio que rendir sus armas al comandante romano sin haber podido iniciar la gran batalla en campo abierto que él habría deseado. Fue el fin de la sublevación. Nunca más los galos volvieron a sublevarse y la Galia quedó incorporada definitivamente a la República romana y su líder, Vercingétorix, prisionero en manos de Julio César.

En el campamento romano la euforia era total y por una vez Julio César dejó que sus hombres la disfrutasen completamente, sin cortapisas, corriendo el vino y disfrutando de las mujeres galas. Se hablaba entre los legados romanos que durante toda la campaña de la Galia se habían conquistado unas ochocientas ciudades, se había sometido a trescientas tribus y un millón de galos habían sido hechos prisioneros y sometidos a esclavitud, mientras que unos tres millones de galos habían muerto durante la contienda. Las cifras quizá no fuesen tan abultadas, pero, de cualquier forma mareaban y la euforia no solo se estableció en el campamento romano sino que se extendió a la ciudad de Roma entre los partidarios de Julio César que, día a día, iban en aumento. A los pocos días de la victoria de Alesia, en Roma, el tribuno Celio lanzó una propuesta de ley adicional: César sería dispensado de la obligación de acudir a Roma para presentar su candidatura al consulado. Propuesta que hizo que los enemigos de Julio César clamasen a todos los dioses indignados, pues si esta medida se aprobaba suponía que los opositores y enemigos de César que pretendían procesarle por los supuestos crímenes de su primer consulado perderían toda posibilidad de juzgarle, puesto que el general en ningún momento dejaría de desempeñar una magistratura. Mientras fuese procónsul, César tendría inmunidad judicial, pero si se veía obligado a entrar en Roma para presentarse al consulado perdería su cargo y, durante un tiempo, sus enemigos, que no eran pocos, podrían atacarle con toda una batería de demandas. El poder de César era visto por muchos senadores conservadores como una amenaza. Si César regresaba a Roma como cónsul, no tendría problemas para hacer aprobar leyes que concediesen tierras a sus veteranos, y a él una reserva de tropas que superase o rivalizase con las de Pompeyo. Los senadores más conservadores, entre los que figuraba el senador Catón y los enemigos de César, se opusieron frontalmente, con lo que el Senado se vio envuelto en largas discusiones sobre el número de legiones que debería de tener bajo su mando y sobre quién debería ser el futuro gobernador de la Galia Cisalpina e Iliria.

El tribuno Marco Cayo permanecía perfectamente informado de lo que ocurría en Roma por las largas cartas que Pompeya le escribía regularmente, en las que además de declararle su amor y su necesidad de estar con él, le mantenía al tanto de las noticias y los rumores que corrían por la ciudad, además de hacerle partícipe de los temores que la embargaban. Todo parecía indicar que los dos generales, Julio César y Cneo Pompeyo iban distanciándose cada vez más y el enfrentamiento entre ambos, con sus declaraciones y acciones, ya era evidente. Lo que temía Pompeya es que de las palabras se pasase a los hechos y los dos generales se enfrentasen militarmente con las legiones que tenían bajo su mando. Marco Cayo era tribuno de una de las principales legiones y de la de más confianza de Julio César, mientras que, por su parte, Pompeya era la sobrina del general Cneo Pompeyo y, aunque no estuviese de acuerdo con muchas de las ideas y decisiones de su tío, no dejaba de pertenecer a su familia y tendría que apoyar a su tío. ¿Cómo afectaría esto a las relaciones entre los dos jóvenes enamorados? Pompeya no sabía contestar a esta pregunta y se la trasladaba en sus cartas a Marco Cayo. Pompeya conocía bien a su tío y lo veía indeciso y temeroso del poder, cada vez mayor, que iba adquiriendo Julio César, apoyándose en sus victorias militares y en el fervor y entusiasmo del pueblo. Al final, presionado por los senadores más conservadores, en especial por el senador Catón que, con sus enfervorizados discursos en contra de Julio César en el Senado, encrespaba los ánimos contra el general vencedor en la Galia, Cneo Pompeyo tomó una decisión, decantándose por los senadores más conservadores, dictando un veredicto muy claro: Julio César debía abandonar su mando la primavera siguiente, faltando todavía meses para las elecciones al consulado, tiempo más que suficiente para juzgarle, como pretendían sus enemigos. No podría presentarse como candidato a cónsul a no ser que antes renunciara a su *imperium* y dejara el control de sus ejércitos. Sin embargo, los dioses demostraron sus preferencias por el general vencedor en la Galia, permitiendo que en las elecciones para tribuno de la plebe saliese elegido Curio, partidario de César, que una tras otra, valiéndose de la *tribunicia potestas*, vetó todos los intentos de apartar a Julio César de su mando en las Galias. Sin embargo, los vetos del tribuno de la plebe no podrían realizarse indefinidamente. Había que tomar una decisión y Julio César era consciente de ello. Convocó en el edificio que servía de cuartel general a todos sus legados y al tribuno Marco Cayo, hombre de su total confianza en la décimo tercera legión, Gemina, la última legión creada por él y en la que confiaba plenamente, pues necesitaba su apoyo total para los planes que tenía en mente.

XII

Alejandría
Año 51 a. C.

Atardecía sobre Alejandría. Los últimos rayos de sol incidían sobre las blancas torres de las murallas de la ciudad y sobre los mármoles del palacio real, de la biblioteca y del Museum, haciendo que estos refulgiesen como si de una gran fogata se tratase. Toda la ciudad parecía una gran hoguera, una hermosa hoguera que rivalizaba en belleza con el cielo que sobre la ciudad se extendía. Era como la paleta de un pintor en la que este hubiese mezclado con sus pinceles todos los colores de los que disponía. Sin lugar a duda, un soberbio espectáculo digno de contemplarse.

La princesa Arsinoe y el médico Olimpo, cogidos de la mano, contemplaban desde la cubierta de la nave real aquella impresionante fiesta del atardecer sobre su hermosa ciudad, Alejandría. Cada vez que podían salían a navegar, a disfrutar de su amor, lejos de las miradas indiscretas de palacio, regresando al atardecer antes que el crepúsculo se adueñase del horizonte y la noche cayese sobre la ciudad. Los dos jóvenes se habían enamorado y, salir a navegar por las aguas tranquilas que rodeaban la ciudad, les permitía disfrutar de su amor. El joven médico creía estar viviendo un sueño del que temía despertarse en cualquier momento. Había empezado a tratar a la princesa, de la que se había enamorado desde el primer momento que la vio, cuando esta le invitó a montar en el barco real. Desde entonces había coincidido con ella en varias ocasiones, pues afortunadamente la princesa gozaba de una perfecta salud y no había tenido necesidad de sus servicios. La princesa le había invitado a que la acompañase a navegar y Olimpo, a pesar que el paseo en un barco no era una de sus diversiones favoritas, había aceptado con tal de volver a estar con ella, contemplar su hermoso cuerpo a través de su casi trasparente vestimenta, a deleitarse con sus hermosos ojos y sumergirse en su encantadora sonrisa. La princesa también parecía encontrarse a gusto con el joven médico, pues las invitaciones a que la acompañase a navegar se volvieron más frecuentes. Y así, sin saber cómo, un atardecer, mientras sus cuerpos eran bañados por los últimos rayos de sol, se fundieron en un beso, un apasionado beso, que dio rienda suelta a la pasión que hasta entonces habían estado controlando. Nadie en palacio se percató de aquel romance surgido entre los dos jóvenes o, si alguien lo advirtió, se cuidó muy mucho de decir nada. Arsinoe era una princesa real y como tal podía obrar a su entera voluntad, sin que nadie osase siquiera hacer el más mínimo comentario. El único que podía haber actuado era su padre Ptolomeo XII, Auletes, pero este cada vez tenía menos control sobre sí mismo, entregado por completo a la bebida y a los juegos sexuales con sus esclavas. Aristófanes, su médico, lo daba ya por perdido. Así se lo había dicho a su joven discípulo Olimpo una de las últimas veces en la que se habían visto y habían hablado sobre la salud de los príncipes y la salud del rey.

—Me alegro de que la princesa Cleopatra se encuentre perfectamente de salud —le había dicho Aristófanes a Olimpo—. No creo que tarde mucho en ocupar el puesto de su padre.

—¿Tan mal encuentras al rey? —le preguntó Olimpo.

—Lo raro es que esté todavía con vida y Anubis no se lo haya ya llevado con él —le contestó.

—¿Y la princesa Cleopatra será la que ocupe su lugar?

—¡Cleopatra y el joven Ptolomeo Teos Filópator! —contestó Aristófanes— Los dos ocuparán el trono y, como marca la tradición, se tendrán que casar. Aunque, en realidad, supongo que será Cleopatra la que realmente lleve las riendas de Egipto y su hermano sea un mero títere en sus manos. Cleopatra es demasiado inteligente y ambiciosa para permitir que su hermano tome parte en las decisiones del gobierno. Claro está que todo dependerá del testamento del rey y de la postura que tomen los tres consejeros que han venido asesorando a su padre hasta ahora: el eunuco Potino, el general Aquilas y el retórico Teodoto. Ellos son los que han venido gobernando el país durante el reinado de su padre y me temo que tengan algo que decir. En fin, si los dioses no lo remedian, no tardando mucho se avecinarán tiempos convulsos para nuestro reino y por lo tanto para nosotros.

—¿Y una vez que muera el rey, cual será tu papel en palacio? —preguntó Olimpo.

—No lo sé. Todo dependerá de lo que decida Cleopatra. Pero tú no te preocupes mi querido amigo. Tu puesto como médico de los príncipes está a salvo. Todos están muy contentos y encariñados contigo, especialmente la princesa Arsinoe que no se cansa de alabarte.

Olimpo se ruborizó, pero afortunadamente Aristófanes estaba de espaldas a él y no pudo observar la reacción del joven médico. El capitán del barco se acercó a ellos y haciendo una reverencia se dirigió a la princesa.

—Princesa, algo anormal ocurre en la ciudad. Hay mucho movimiento y se ve gente correr de un sitio a otro.

—¿Qué es lo que ocurre? —preguntó la princesa soltando la mano de Olimpo y volviéndose hacia el capitán.

—No lo sé alteza. Pero por vuestra seguridad preferiría echar el ancla aquí y soltar un bote con varios soldados que se acerquen a la ciudad a informarse mientras esperamos noticias.

—Me parece bien, capitán. Esperaremos aquí.

Mientras el capitán se alejó a dar las órdenes oportunas, Olimpo interrogó con la mirada a la princesa Arsinoe.

—Tiene razón el capitán. Se avecinan tiempos tumultuosos y es mejor no correr riesgos innecesarios.

Olimpo se quedó pensativo. Era la segunda vez en poco tiempo que le decían que se avecinaban tiempos convulsos. Él era extranjero en aquel país y, aunque ya llevaba bastante tiempo viviendo en él, no terminaba de comprender la idiosincrasia de aquel pueblo y de sus gentes. ¿Tendrían razón su maestro Aristófanes y su amada Arsinoe y les esperaban tiempos tumultuosos? Y si era así ¿qué papel tenían dispuesto los dioses para él?

El bote que había enviado el capitán a tierra no tardó en regresar con la noticia: El rey había muerto. El soberano de Egipto Ptolomeo XII, más conocido como Auletes, había abandonado el reino de los vivos para acompañar a Anubis al reino de los muertos. El capitán, a una indicación de la princesa, dio las órdenes para que en el barco real se izase un crespón de luto y la princesa se dirigió al camarote real para cambiarse de vestido y ponerse uno azul, color de luto entre los egipcios. Cuando minutos más tarde desembarcaron en el puerto real, con las tinieblas adueñadas completamente de la ciudad, pues la luna, como sumándose al duelo de todo el reino, también había desaparecido del firmamento, observaron cómo el palacio y toda la urbe ya lucían crespones de luto, al mismo tiempo que la totalidad los altos funcionarios ya vestían un luto riguroso. Por todo el palacio se oían los lloros de los miles de plañideras contratadas para la ocasión. Arsinoe, seguida de Olimpo, se dirigió hacia los aposentos de su padre pero unos guardias armados les impidieron el paso.

—¡No podéis pasar, princesa! —le dijo uno de los guardias.

—¿Y eso por qué? —preguntó la princesa.

—Porque ya ha empezado el proceso de lavar el cuerpo del rey para trasladarlo al templo donde se embalsamará. Nadie puede pasar de aquí —contestó el guardia.

—Pero yo soy la hija del rey. Tengo que estar presente —replicó Arsinoe.

—Vuestra hermana Cleopatra ha dado órdenes muy precisas. Nadie puede pasar.

La princesa fue a replicar pero Olimpo intervino.

—No os molestéis, princesa. Los guardias tienen órdenes muy estrictas. No os van a dejar pasar.

Arsinoe asintió con la cabeza y dirigiéndose a los guardias les dijo:

—Avisad a mi hermana Cleopatra que la princesa Arsinoe quiere verla. Y es urgente. Esperaré en mis aposentos.

Y dando media vuelta se alejó de allí seguida de Olimpo. Transcurrió toda la noche, una larga noche en la que el silencio de esta solo fue roto por los lamentos y sollozos de las plañideras y ya, cuando los primeros rayos del sol hicieron su aparición en los aposentos de la princesa, esta cayó rendida por el cansancio y el sueño. Su hermana Cleopatra no había aparecido. Olimpo, ya de madrugada, había abandonado los aposentos de la princesa, después de haberle preparado unas hierbas tranquilizantes y fue en busca de su maestro Aristófanes y a ver cómo se encontraban el resto de los príncipes. No en vano era el médico real y tenía que preocuparse por su salud.

La princesa Arsínoe durmió hasta mediodía cuando su tutor Ganímedes mandó que la despertasen.

—Buenos días, princesa. ¿Habéis descansado bien?

—¿Qué hora es? ¿He dormido mucho? —preguntó a su vez la princesa sin contestar a la pregunta que su tutor le había hecho.

—Es mediodía. Se ve que las hierbas que os hizo tomar vuestro médico cumplieron su función y os han permitido descansar.

—¿Y mi hermana Cleopatra? Quería verla.

—Vuestra hermana está muy ocupada. Según el testamento de vuestro padre ella y vuestro hermano Ptolomeo son los herederos al trono y, como tales, tendrán que casarse. El general Cneo Pompeyo, regente en estos momentos de Roma, será su tutor y tendrá que velar porque se cumpla la voluntad de vuestro padre. En estos momentos vuestra hermana está discutiendo con los consejeros de vuestro padre, Potino, Teodoto y el general Aquilas cuándo y cómo será la ceremonia de coronación, pues el entierro de vuestro padre se celebrará mañana al amanecer.

—Pero yo tengo que estar presente. Soy la princesa Arsínoe —exclamó casi en un grito.

—Me temo princesa que vuestra opinión no cuenta. El testamento de vuestro padre no os otorga ningún papel.

En aquel momento una esclava anunció la presencia del médico Olimpo que venía a ver cómo se encontraba la princesa. El tutor de esta pidió permiso para retirarse y dejó solos a los dos jóvenes.

—Olimpo, me han dejado de lado. Soy la princesa, pero nadie cuenta conmigo —le dijo arrojándose a sus brazos.

—Princesa, los herederos al trono de vuestro padre son vuestra hermana Cleopatra y vuestro hermano Ptolomeo. Son con ellos con los que están tratando los consejeros de vuestro padre.

—¡Pero yo también soy princesa, hija de mi padre! ¡Algo tendré que decir!

—Me temo que no. El testamento de vuestro padre, según me ha contado el viejo Aristófanes, es muy claro y preciso. Los herederos son vuestros hermanos y en él no se reserva ningún papel para vos —comentó Olimpo.

—Mi hermana ni siquiera se ha molestado en venir a verme, ya que yo no puedo llegar hasta donde ella esté —se lamentó la princesa.

—Están concluyendo con los preparativos para el entierro del difunto rey y, aunque son los consejeros de este los que se han hecho cargo de la inhumación, vuestra hermana está con ellos pues creo que quiere supervisarlo todo.

Efectivamente, la ya próxima reina de Egipto estaba reunida con los tres consejeros de su padre, pero no para supervisar cómo se estaban llevando a cabo los preparativos para el entierro del rey. Esos preparativos estaban totalmente reglados desde hacía siglos y tenían a sus sacerdotes encargados de llevarlos a cabo. No hacía falta que nadie los supervisase. La reunión con los tres consejeros reales, el enuco Potino, el retórico Teodoto y el general Aquilas, en aquellos momentos los tres hombres más poderosos del reino, era porque la princesa Cleopatra quería asumir ella sola todos los poderes, sin tener en cuenta a su hermano Ptolomeo, aduciendo que era un niño y por lo tanto no estaba capacitado para regir los destinos del reino.

—Para eso estamos nosotros —replicó el retórico Teodoto—. El testamento es muy preciso. Mientras el príncipe sea menor de edad nosotros seremos sus tutores y velaremos por sus intereses.

—Nada se podrá hacer sin contar con el príncipe y por lo tanto con nosotros —comentó el enuco Potino.

—Yo soy la reina y por lo tanto me debéis obediencia. No me obliguéis a someteros por la fuerza a mi voluntad —replicó Cleopatra.

—Princesa, porque todavía y hasta que no seáis proclamada reina, es lo que sois, una princesa, yo controlo al ejército —le dijo el general Aquilas—. Todo él está bajo mi mando y solo a mí me seguirá, puesto que esa fue la voluntad del rey. Ya mandé notificación al representante de Roma de las condiciones del testamento de vuestro padre y ha contestado que notificará al general Cneo Pompeyo dichas condiciones. Mientras tanto, espera que estas se cumplan al pie de la letra y ha puesto a mi disposición las dos legiones romanas establecidas en nuestro reino por si fuese necesario utilizarlas. Por lo tanto, de lo único que tenemos que hablar es de la fecha en la que tenéis que contraer matrimonio con vuestro hermano.

—¿Cuándo seré proclamada reina? —preguntó Cleopatra.

—Seréis proclamados reyes, vuestro hermano y vos, cuando finalice el luto por la muerte de vuestro padre, es decir transcurridos treinta días, pero antes debéis casaros.

Al día siguiente, al amanecer, y tal como estaba previsto, se iniciaron los funerales del difunto rey oficiados por los sacerdotes, a los que asistieron toda la familia real con Cleopatra y su hermano Ptolomeo presidiéndolos. Tras ellos la princesa Arsinoe y el más pequeño de los Ptolomeos. En un lugar preferente se encontraban los tres consejeros del difunto rey, ahora tutores del príncipe Ptolomeo, a los que acompañaba el representante de Roma en Egipto. Un par de días duraron los funerales por el difunto rey, iniciándose después un periodo de duelo que duraría treinta días, tras los cuales se procedería a la coronación de Cleopatra y su hermano Ptolomeo como faraones de Egipto. Durante ese tiempo el ajetreo en el palacio real fue intenso, disponiéndose todo para que nada fallase. La princesa Arsinoe ya no se molestó más en intentar ver a su hermana Cleopatra. Estaba claro que, la muy pronto reina, no quería ver a su hermana menor.

—No os preocupéis —le decía Olimpo tratando de animarla—. No creo que no quiera veros. Simplemente que sus obligaciones ahora han aumentado. Está supervisando todo para la ceremonia de la coronación y no tiene tiempo de pensar en otras cosas.

—¿Sigues siendo su médico? —le preguntó a Olimpo.

—Sí... pero... Cleopatra ha decidido que seré exclusivamente su médico personal. A partir de ahora será Aristófanes el que se ocupe de vuestros hermanos, los príncipes Ptolomeos... y de vos, princesa.

—¡Será arpía! —exclamó indignada la princesa Arsinoe—. No permitiré que lo haga. Tú seguirás siendo mi médico.

—Me temo que no vais a poder hacer nada al respecto. Ella es la reina... será la reina —rectificó Olimpo— y es la que manda.

Pero no tenéis por qué preocuparos. Yo os seguiré atendiendo sin que ella lo sepa y por Aristófanes no os preocupéis. Nada le dirá a Cleopatra.

—¿Sabes que ha dado orden para que no pueda volver a utilizar el barco real? Ya no podremos volver a salir a navegar en él y contemplar los atardeceres de Alejandría.

—Por eso no os preocupéis. Podemos utilizar otros barcos y salir en ellos. Nadie podrá impedir que volvamos a ver los atardeceres de la ciudad… y sobre todo amarnos —le dijo Olimpo mientras se acercaba a ella, le cogía las manos y la atraía hacia él abrazándola.

—¡Mi hermana terminará enterándose de nuestro amor y tratará de separarnos! —exclamó la princesa.

—Mientras que vos me sigáis amando, nadie conseguirá separarnos —contestó Olimpo mientras la besaba apasionadamente.

Treinta días después de la muerte del rey, Cleopatra VII y su hermano Ptolomeo XIII, después de haber celebrado una pequeña ceremonia sin apenas testigos, en la que habían sido declarados marido y mujer, ataviados con sus mejores galas subieron en un carro ceremonial para encabezar el cortejo de la coronación. Cleopatra portaba el cayado dorado, el mayal, el cetro y la túnica de lino del Bajo Egipto. Sobre la cabeza lucía, en oro purísimo, el *uraeus* o serpiente sagrada de Egipto. El cortejo recorrió las principales avenidas de la ciudad. En las escalinatas del templo de Serapis, también de mármol, en cuyo interior se encontraba la estatua del dios en marfil dorado, se dirigieron al público. En realidad fue Cleopatra la que dirigió una arenga a la enorme multitud que los aclamaba, pues su hermano Ptolomeo se limitó a balbucear un conciso saludo. Toda la ciudad era una enorme fiesta y la multitud agolpada en los dos lados de las calles por las que discurría el cortejo los aclamaba a la vez que les lanzaba pétalos de flores. Finalizada la coronación en Alejandría, al día siguiente todo el cortejo se dirigió a Menfis, capital del Antiguo Egipto, y capital del Bajo Egipto, donde Cleopatra y su hermano Ptolomeo se colocaron la diadema de Menfis quedando coronados como faraones del Alto y Bajo Egipto. Hacía ya mucho tiempo que no se utilizaba la pesada doble corona que habían utilizado los faraones anteriores.

Todo el país vivió unos días de festejos y celebraciones, pero había que volver a la normalidad, al vivir cotidiano y la reina empezó a tomar decisiones sin contar con su hermano Ptolomeo, es decir sin tener en cuenta a los tres tutores de este. Durante el gobierno de su padre, la tónica general había sido el desgobierno y, en cuanto se produjeron unas cuantas malas cosechas seguidas, las protestas entre los campesinos y el pueblo no tardaron en producirse.

XIV

Siria
Año 51 a. C.

Cayo Casio Longino estaba cómodamente sentado en una serie de cojines, en uno de los aposentos del palacio que ocupaba en Antioquía, mientras una serie de esclavas, con unos grandes abanicos de plumas, trataban de refrescar el aire de la estancia. Antioquia, situada en el margen oriental del río Orontes, había sido fundada a finales del siglo IV a. C. por Seleuco I Nicátor como capital de su imperio en Siria. Su privilegiada posición geográfica, en el cruce entre las rutas comerciales del levante mediterráneo y del interior de Asia, pronto hicieron que la ciudad alcanzara relevancia comercial. Antioquía llegaría a tener unos quinientos mil habitantes, convirtiéndose en la tercera ciudad en importancia de los territorios bajo la influencia de la República romana, después de la propia Roma y de Alejandría. La República romana fijó sus ojos en ella y desde el año 64 a. C pasó a formar parte de Roma como capital de la provincia de Siria.

Hacía calor, mucho calor. En aquel maldito lugar siempre hacía calor, aunque Casio Longino nunca había pasado tanto como cuando tuvo que huir con quinientos jinetes de aquel perverso general parto que los había derrotado en la batalla de Carrás. Claro que de aquella derrota él no había sido responsable. Más bien había ocurrido porque el comandante en jefe de las legiones romanas, Marco Licinio Craso, no había hecho caso de sus indicaciones y se había dejado engañar por aquel diablo, el general Surena. Claro, que bien caro había pagado el no seguir sus consejos. Le había costado la vida, la de su hijo y la de veinte mil legionarios que perecieron a manos de los partos, amén de otros diez mil que se hicieron prisioneros, además de perder siete estandartes con las águilas romanas, un deshonor del que todavía Roma seguía lamentándose. Sin embargo, él había sido considerado un héroe pues había conseguido llevar sanos y salvos a quinientos jinetes a Siria y organizar a diez mil legionarios con los que preparar la defensa, ante la más que probable invasión parta. Nadie en ningún momento consideró que su huida a Siria hubiese sido una deserción y abandono de su comandante en jefe. Más bien, todo lo contrario, pues, en la nueva provincia romana y siendo tan solo un cuestor, demostró altas dotes de estrategia militar organizando la defensa de la provincia. Los partos, como era de prever y después de un periodo en el que castigaron al rey armenio Artavades II por su alianza con los romanos sometiéndolos, se ganaron la lealtad de todos los reinos situados al este del Éufrates y se prepararon para invadir la provincia romana de Siria. Pero el rey parto Orodes II cometió varios errores. El primero el haber dado tiempo para que Casio Longino reorganizase y preparase con sus legionarios la defensa de la provincia. El segundo error fue prescindir de su mejor general, Surena, perfecto conocedor de los romanos, a los que ya había derrotado con un ejército muy inferior en número. La envidia y desconfianza que el general provocaba entre el resto de los generales partos y, principalmente, en el propio hijo del rey Orodes y heredero, Pacoro, hizo que el rey, temeroso que la popularidad del general Surena le condujese a intentar arrebatarle el trono, decidiese acabar con la vida de este. Con la disculpa de que iba a darle el mando del ejército que iría contra la provincia romana de Siria, mandó llamar al general a palacio. Surena llegó con su escolta de hombres armados, que, sin embargo, no pudieron acompañarle hasta los aposentos reales. Una vez en ellos un buen número de guardias reales, los mejores y más diestros con la espada, no dieron opción al general a defenderse, pues antes de darse cuenta de lo que ocurría lo habían abatido.

El rey colocó a su hijo Pacoro a la cabeza del numeroso ejército que se dirigió hacia Siria dispuesto a terminar el trabajo empezado en la batalla de Carrás, derrotando a los últimos legionarios que quedaban y someter la región de Siria. Pero había pasado demasiado tiempo, más de un año, durante el cual Casio Longino no había estado ocioso, sino que había organizado perfectamente la defensa de la provincia. Por otro lado, el hijo del rey, Pacoro, no era, ni con mucho, parecido al general Surena. No tenía ni su habilidad, ni su capacidad para organizar una estrategia capaz de sorprender al enemigo que, por otro lado, ya había conocido en sus propias carnes la forma de luchar de los partos.

* * *

Roma, año 51 a. C.

Nameyo estaba nervioso, no tanto porque hubiese llegado la hora de su primer combate como gladiador, sino por no haber tenido noticias de Anneliese, dándole una respuesta. Mientras limpiaba sus armas, las propias del mirmillón no sentía la menor preocupación por el combate que se avecinaba. Eran muchos los que había disputado contra avezados legionarios romanos o contra fieros guerreros galos. La diferencia, a buen seguro que la habría, pero no sería tanta y estaba convencido que vencería a sus adversarios. Pero que Anneliese no le hubiese dicho nada, que no hubiese respondido a su proposición, aquello sí que le alteraba los nervios.

—¡Ya está bien limpia! ¡No hace falta que la frotes más! —le dijo su amigo el gladiador tracio Sitalces que a su lado preparaba su equipo— ¿Estás nervioso? —le preguntó a Nameyo.

—¿Nervioso? ¿Por qué había de estarlo? —le preguntó a su vez el galo.

—¡Por qué va a ser! Porque es tu primer combate.

—¡Ah, por el combate! —contestó Nameyo— No, el combate no me pone nervioso. Ya he combatido demasiadas veces para que una más me venga a poner nervioso.

—Pero este no es combate como los otros que has tenido guerreando. Este es un combate contra gladiadores, hombres curtidos y profesionales de la lucha, con infinidad de recursos y que no siempre luchan de forma limpia.

—Los legionarios romanos o los guerreros galos contra los que combatí también eran expertos en la lucha, hombres también curtidos que no conocían el juego limpio, pues lo que estaba en juego era su vida. O vencían o morían.

Sitalces meneó la cabeza. Era evidente que no estaba de acuerdo con su amigo. Él ya había combatido en un par de ocasiones contra otros gladiadores y era duro, muy duro.

—¡Y si no estás nervioso por el combate...! ¿Por qué lo estás? Porque se te ve preocupado.

Nameyo guardó silencio pensándose si contestar a su amigo. Al final se decidió a hacerlo.

—¡Por Anneliese!

—¿Por Anneliese? ¿Qué tiene que ver la esclava germana?

—No me ha contestado a lo que le propuse. Ya ha tenido tiempo de pensarlo y contestar.

—¡Por todos los dioses! —exclamó Sitalces alzando los brazos al cielo. Así era la vida. Dos hombres estaban allí, sin saber si aquella sería la última conversación que tendrían y si aquella vez sería la última vez que verían la luz del sol y a uno de ellos solo le preocupaba que la esclava no le hubiese contestado.

Craxo, el adiestrador, entró en la celda de los dos gladiadores.

—Ha llegado el momento de irnos. ¿Estáis listos? —les preguntó. Los dos gladiadores movieron afirmativamente la cabeza sin decir palabra. —Recordad lo que os he dicho. Es muy importante para Cayo Junio y para la escuela que venzáis. Pero lo primordial es que conservéis la vida y no quedéis heridos de gravedad. Cayo Junio ha invertido mucho dinero en vosotros y espera que le resultéis muy rentables. No quiere perder su inversión a la primera de cambio.

Y dando media vuelta se dirigió hacia la salida seguido de los dos gladiadores. Al girar en un recodo Nameyo sintió como le sujetaban el brazo y al volverse se encontró con Anneliese que se abrazó a él besándole en los labios.

—No dejes que te maten. Tienes que regresar conmigo —le susurró y desapareció tan rápidamente como había aparecido. Nameyo no tuvo tiempo de responder siquiera al beso que la esclava le había robado, pero no le importó pues aquel beso robado y las frases «no dejes que te maten. Tienes que regresar conmigo» eran las palabras más bonitas que le habían dicho. Era lo que estaba esperando. Anneliese ya le había dado la respuesta que deseaba oír y no podía ser más satisfactoria. Por supuesto que no dejaría que le matasen. Iba a regresar sano y salvo y disfrutar de la vida junto a la esclava germana. Por todos los dioses, los galos, los germanos y los romanos que lo haría. Alcanzó a Sitalces que caminaba delante de él, justo detrás de Craxo y dándole una palmada en el hombro le dijo sonriendo:

—Vamos amigo, vamos a demostrarles a esos gladiadores lo que saben hacer un tracio y un galo.

Siltaces le miró sorprendido.

—¿Y esa sonrisa? ¿Y ese cambio en tu estado de ánimo? —le preguntó.

—Ya ves, a veces la vida es hermosa y merece la pena disfrutarla. —contestó el joven galo.

Siltaces se encogió de hombros, pero no dijo nada. Debían de ser los nervios. A la gente se le manifestaban de las formas más variadas. A unos les daba por llorar y preocuparse por todo, mientras a otros les daba por reír de forma continuada. Y a veces se pasaba de un estado a otro sin transición. Las personas eran así de extrañas. En la puerta de la escuela de gladiadores había una carreta que les estaba esperando y en la que subieron los dos gladiadores y Craxo, el instructor. Nameyo se fue fijando en el paisaje, pues desde que había entrado en la escuela apenas si había vuelto a poner los pies fuera de ella. No tardaron en recorrer las dos millas de la Vía Apia que había desde la escuela hasta la Puerta Capena por la que entraron en la ciudad. En esta ocasión el camino se le hizo a Nameyo mucho más corto, quizá porque había menos gente transitando por la Vía Apia o porque ya lo conocía, pues lo cierto es que la calzada seguía igual de mal que cuando la recorrió por vez primera, con innumerables baches. Dejaron atrás la arboleda de Vesta y el templo del mismo nombre y llegaron al Foro donde hacia un par de años Curión había mandado construir en madera dos teatros. Hacía ya tiempo que la lucha de gladiadores había dejado de tener un sentido religioso, como se suponía que tuvo en sus orígenes, para convertirse en una diversión para el pueblo deseoso de sangre. Las gradas ya estaban a rebosar de gente de lo más variopinta y Craxo se fijó en el reloj de sol traído de Catania y situado cerca de los Espolones.

—Ya casi es la hora —les dijo a sus dos gladiadores que, asombrados, miraban todo a su alrededor—. Vamos, vamos, no os entretengáis que el espectáculo va a comenzar en breve.

Llevó a los dos gladiadores hacía el interior del anfiteatro, dónde, en un lugar habilitado para la ocasión y fuertemente vigilado por un buen número de guardias, se encontraban los gladiadores que iban a participar en el espectáculo junto al maestro de ceremonias.

—Llegáis tarde —le dijo este al ver llegar a Craxo—. Ya pensábamos que no veníais.

—Nunca hemos faltado a una cita —le contestó—. Estos son mis dos hombres. ¿Cómo se va a luchar? ¿Por parejas? —preguntó.

—Sí, por parejas —contestó el maestro de ceremonias.

—Pues estos dos luchan juntos.

Y levantando la mano a modo de despedida se alejó en busca del sitio que le tenían reservado junto al Lanista, Cayo Junio que, con caras de pocos amigos, le estaba observando. El sonido de unas trompetas indicó que el homenajeado, en este caso el general Cneo Pompeyo, había llegado y el público, puesto en pie, comenzó a vitorear al general que había conseguido poner orden en la ciudad.

XV

Corduba, Hispania Ulterior

T. Quineto Escápula cabalgaba en un precioso alazán, bastante joven, nervioso e inquieto, que había adquirido recientemente y al que tenía que refrenar constantemente pues tenía la tendencia a desbocarse con facilidad. Todavía no había terminado de domarlo completamente, pero cuando lo consiguiese iba a ser una espléndida cabalgadura. De hecho, algunos ya habían intentado comprárselo dándole mucho más dinero que el que había pagado. Pero el hermoso alazán no estaba en venta. Su amigo Aponio, a cuya villa ahora se dirigía, había sido uno de los que le habían ofrecido un buen dinero por el caballo. Había recibido un mensaje de su amigo diciéndole que le esperaba en su villa ese día a la puesta del sol. Escápula imaginaba el asunto por el que su amigo le había citado. Desde que lo había recibido en su *domus* y habían hablado de que la única solución para poner fin al expolio que el cuestor estaba sometiendo a los habitantes de la Hispania Ulterior era terminar con la vida de Casio Longino, Escápula no había dejado de pensar en ello. Aquello podía resultar muy peligroso y, si se descubría la conspiración, sus vidas no valdrían nada. Era alta traición y la traición se pagaba con la muerte. Pero… qué otra forma había de acabar con los abusos del cuestor. ¡Ninguna! ¡Aponio tenía razón! La única solución era poner fin a su vida. ¿Pero cómo hacerlo sin correr riesgo de ser descubiertos y lograr tal empresa? Suponía que su amigo Aponio había encontrado la manera de hacerlo y por ello le había citado aquel día al atardecer en su domus. E intuía que no sería al único que había citado en su villa, pues de lo contrario habría acudido él mismo a su casa a informarle.

Ya a lo lejos se divisaba la domus de Aponio y liberó un poco del freno a su hermoso alazán, al que hasta entonces había venido reteniendo. El caballo, sin la sujeción del freno, se lanzó rápido al galope levantando una gran polvareda. Visto y no visto, caballo y jinete se plantaron a la puerta de la domus de Aponio donde unos esclavos sujetaron por las riendas al corcel mientras Escápula descabalgaba. Aponio que había oído el galope del caballo y salía a recibir a su amigo les grito a los esclavos que se alejaban con el alazán.

—¡Cuidadlo bien! Ese animal es muy valioso —y volviéndose a su amigo le dio un abrazo—. Bienvenido a mi casa. Pasemos al interior donde ya hay otros amigos esperando tu llegada.

Entraron en el tablinium donde, cómodamente recostados en varios triclinia, con una copa de vino en las manos, cuatro hombres estaban en animada conversación. No hubo necesidad de presentaciones pues todos se conocían sobradamente. Eran ciudadanos romanos asentados en la campiña cordobesa, propietarios de extensas posesiones en ella, pero que tenían una cosa en común: todos estaban siendo esquilmados por la rapacidad del cuestor Quinto Casio Longino. Quineto Escápula los había oído en numerosas ocasiones quejarse de los abusos del cuestor, cuestionando la capacidad de este para dirimir los asuntos monetarios y el poder que tenía para aplicar impuestos, que estaban llevando a la ruina a la provincia y a ellos mismos.

Después de los saludos de rigor y de indicar a Escápula el triclinium que le correspondía, Aponio dio orden a los esclavos que les sirviesen la cena. Los esclavos aparecieron con unas bandejas de ostras y almejas traídas de Tarento a las que siguieron otras bandejas con conejos guisados y perfectamente sazonados, para terminar con unos dátiles y unas uvas. Todo ello regado con un espléndido vino laletano rebajado con agua traído de la Tarraconense. Los seis hombres durante la cena parlotearon de todo lo divino y humano sin hacer la más mínima referencia al asunto que les había reunido allí, mientras degustaban los sabrosos manjares que los esclavos traían y que ellos, ni por un momento, dejaron de ensalzar. Terminada la cena y después que los esclavos les suministraran unas servilletas para limpiarse las manos, Aponio dio orden que les trajesen varios cántaros de vino y se retirasen los esclavos. Tenían que hablar y no deseaban tener cerca oídos extraños. Una vez que los esclavos se hubieron retirado uno de los invitados alzó su copa para celebrar un brindis.

—No es el momento de brindar. Primero hablemos de lo que nos ocupa y nos ha reunido aquí y, luego, ya veremos si tenemos motivos para celebrar el brindis —dijo Aponio.

Los cinco hombres asintieron con la cabeza. Aponio tenía razón. Ya tendrían tiempo de brindar.

—Todos y cada uno de vosotros está informado del motivo de esta reunión. Y si estamos todos aquí es porque «todos» —y recalcó lo de *todos*— estamos de acuerdo que esta situación es insostenible. No podemos aguantar por más tiempo los abusos que Quinto Casio Longino está cometiendo con nosotros y con el resto de los ciudadanos.

Un murmullo de confirmación siguió a las palabras de Aponio que continuó hablando.

—Hemos intentado, de muchas maneras, convencer al cuestor que ese no era el camino, pero lo único que hemos conseguido ha sido su desprecio. Hemos transmitido nuestras quejas al Senado de Roma…

—Aponio —le interrumpió Quineto Escápula—. No tienes que convencernos de lo que ya estamos convencidos. Y todos lo estamos. La única solución que hemos visto es acabar con la vida del cuestor. Tú mismo la propusiste y si estamos aquí es porque todos estamos de acuerdo con ella.

Un nuevo rumor de asentimiento recorrió la estancia.

—La cuestión que verdaderamente importa es cómo hacerlo —continuó Escápula—, porque todos sabemos que eso es alta traición y está castigado con la pena de muerte. Si nos descubren, hayamos o no conseguido llevarlo a cabo, lo pagamos con nuestras vidas. Si estamos aquí es porque tienes algún plan ¿Me equivoco?

Aponio se tomó su tiempo en contestar ocupándolo en llenar su copa de vino.

—No, no te equivocas querido amigo y, efectivamente, si os he citado esta noche aquí es para someterlo a vuestra consideración, estudiar la posibilidad de llevarlo a cabo, analizarlo y ver entre todos los cabos sueltos que a mí se me puedan haber escapado y, una vez todos de acuerdo, ponerlo en práctica.

—Pues no demos más vueltas y cuéntanos ese plan —dijo uno de los invitados mientras llenaba su copa de vino.

—Aunque el cuestor no cuenta con la devoción de las dos legiones que hay en la provincia, sin embargo, sí que cuenta con una guardia que le acompaña a todas partes y que le es sumamente fiel, pues está muy bien pagada y goza de grandes privilegios.

De nuevo un murmullo de confirmación recorrió el tablinium.

—Hemos de conseguir la manera de aislar al cuestor de su guardia, para poder acabar con su vida y que sin embargo no se descubra que hemos sido nosotros los autores.

—Supongo que ya tienes pensado algo —comentó Quineto Escápula.

—Efectivamente, no te equivocas y ahí es donde entras tú.

El aludido puso cara de sorpresa, pero no dijo nada, esperando que Aponio se explicase.

—Quineto Escápula tiene un hermoso alazán que yo mismo le he intentado comprar, sin éxito, todo hay que decirlo, en varias ocasiones —dijo dirigiéndose al resto de los invitados. —Ese caballo, a medias de domar, es joven, fuerte y difícil de manejar. Todavía tiene tendencia a desbocarse cuando lo montas si no lo retienes bien. ¿Me equivoco? —le preguntó a Escápula.

—No, no te equivocas. De hecho, lo has descrito muy bien. Pero no entiendo qué tiene que ver con lo que estamos tratando. No sé a dónde quieres ir a parar —contestó Quineto Escápula.

—Espera a que termine de hablar y lo comprenderás —contestó Aponio.

—Soy todo oídos —le respondió Escápula.

—El cuestor Casio Longino ha iniciado un nuevo periplo de recaudaciones visitando a todos los dueños de propiedades para exigirles su aportación. No tardará en ir a tu villa y, como es costumbre, lo hará acompañado de su escolta. La idea es que cuando te visite, lo recibas amablemente y le ofrezcas montar tu precioso alazán con la intención de regalárselo…

—¿Cómo que le regale mi caballo? ¡Por todos los dioses…! ¡Eso nunca!

—Escucha antes de solivantarte. Se lo regalas, pero le ofrecerás que lo pruebe primero. Si no lo hace… no hay regalo. Nada le dirás de que ha de retener al animal para evitar que este se desboque. Los guardias, confiados, no lo seguirán y nosotros lo estaremos esperando para detener su carrera y golpear al cuestor. Con un certero golpe acabaremos con su vida. Cuando su escolta vea que el cuestor no regresa y salga en su busca lo encontrarán muerto y pensarán que el caballo lo ha tirado y ha muerto como consecuencia de la caída.

—¿Y si la escolta decide acompañarle? —preguntó uno de los invitados.

—No lo harán. Escápula dará orden a sus criados y esclavos para que organicen un altercado mientras se procede a la recaudación y nuestro amigo ofrece el caballo al cuestor. Los guardias estarán más preocupados de acabar con el altercado que del cuestor —dijo Aponio—. Y no te preocupes por el caballo —dijo dirigiéndose a quinto Escápula—. Si algo no saliese bien y tuvieses que regalarlo todos nosotros te compensaríamos económicamente.

Durante unos momentos se hizo el silencio en la estancia. Todos se miraron entre sí, pero nadie decía nada.

—¿Qué os parece el plan? —dijo al fin Aponio rompiendo el silencio.

—No sé… A mí hay algo que no me convence —contestó uno de los invitados.

—¿Y qué es? —preguntó Aponio.

—Si algo no sale bien. Si el cuestor no muere después de atacarle o si alguien nos viese hacerlo… Se sabrá que hemos sido nosotros y entonces nuestras cabezas no valdrán nada.

—Si interceptamos al cuestor, este tiene que morir. No podemos dejar las cosas a medias. Si lo interceptamos…no podemos fallar. Tiene que morir.

—¿Y si alguien nos ve? —insistió el invitado.

—Pues… Es un riesgo que tenemos que correr —contestó Aponio.

—Es un riesgo que nos puede costar muy caro. Tan caro como que nos puede costar la vida. La mía la aprecio demasiado para dejarla en manos del azar.

El silencio volvió a reinar en la estancia mientras que algunos de los invitados apuraban sus copas. Uno de ellos se levantó para llenar la suya y las de sus compañeros.

—Puede haber otra solución —dijo otro de los invitados después de haberle dado un sorbo a su copa—. Podemos contratar a unos asesinos a sueldo, de esos que sabemos que realizan trabajos de este tipo por unas cuantas monedas.

—No se atreverán a asesinar al cuestor —dijo otro de los invitados.

—No tienen que saber a quién van a asesinar. Solamente explicarles cómo han de hacerlo y que todo parezca que ha sido un accidente al derribarle el caballo —respondió

—Pero si los descubren dirán que hemos sido nosotros los que los hemos contratado y estaremos perdidos igualmente —le contestó el segundo invitado.

—No los contrataremos nosotros sino alguien por mediación nuestra. Alguien que una vez que los haya contratado desaparecerá de la provincia durante una buena temporada. Yo mismo tengo un hombre de confianza que pensaba enviar a Roma a resolver unos asuntos. Él mismo nos puede servir y es de total confianza.

Todos los conspiradores se miraron unos a otros sin que nadie objetase nada.

—Yo preferiría que lo hiciésemos nosotros —dijo al fin Escápula—. Los trabajos para que salgan bien ha de hacerlos uno mismo.

—Yo, si no contratamos a alguien que se ocupe… no participo. Es demasiado arriesgado —dijo el primer invitado—. La segunda opción me parece más viable y desde luego mucho menos arriesgada.

Los demás comensales confirmaron, uno por uno, que estaban de acuerdo con esa segunda opción. El que menos satisfecho estaba era Quineto Escápula porque tenía el presentimiento que, de una u otra manera, iba a perder al precioso alazán que tanto le gustaba. Pero eso, después de todo, no era más que un mal menor.

—Bien, pues ahora ya podemos brindar y juramentarnos todos en realizar lo que hemos decidido. Luego procederemos a ultimar todos los detalles para que no quede ningún cabo suelto.

Todos se levantaron de sus triclinia y cogiendo sus copas brindaron, después de haber juramentado cumplir con lo que habían decidido.

XVI

Galia

Todos y cada uno de los legados de Julio César, y también el tribuno Marco Cayo, que por orden expresa del general acompañaba al legado de su legión, fueron llegando al edificio que el general utilizaba como cuartel general, atendiendo a su llamada. Allí estaban su primo Lucio Julio César, Marco Licinio Craso, hijo de su compañero de triunvirato y hermano de Publio Licinio Craso, muerto en la batalla de Carrás, junto a su padre, así como Tito Labieno, cliente de Pompeyo y Quinto Tulio Cicerón, el hermano más joven de Marco Tulio Cicerón. Faltaba Marco Antonio, al que Cesar había mandado a Roma para que se presentase a tribuno de la plebe, sustituyendo a Curio, el cual finalizaría su mandato en breve y, partidario de Julio César, había presentado su veto a todos los intentos del Senado por apartarlo del mando de la Galia. Lo cierto es que Marco Antonio, fiel seguidor y partidario de César y un gran militar, resultaba insufrible, presentando graves problemas de conducta, por lo que no era el mejor ejemplo para las tropas, pero defendería los intereses de César hasta la muerte. Todos los demás legados estaban allí, expectantes ante lo que el general pudiera decirles. Y la cuestión debía de ser delicada porque Marco Cayo había solicitado autorización para desplazarse a Roma y se le había negado. Y es que las cosas no parecían que fuesen demasiado bien con su amada Pompeya. Las cartas cada vez se distanciaban más y se iban volviendo más frías, algo que el tribuno venía temiendo que pasase. Después de todo, Pompeya no dejaba de ser la sobrina de Cneo Pompeyo y él un tribuno de la XIII legión, Gémina, la que Julio César había creado y probablemente la que le era más querida. Aquel enfrentamiento entre los dos generales tenía todo el aspecto de acabar mal.

Todos sentados en la amplia sala esperaban expectantes la llegada del general que, precedido de sus *lictores,* no se hizo esperar. Todos se pusieron en pie saludando brazo en alto cuando hizo su aparición y César correspondió al saludo sentándose después en la *sella* que habían dispuesto para él.

—Amigos, no es necesario que os cuente cómo está la situación en Roma y lo que el Senado quiere que haga. Todos lo conocéis —empezó diciendo el general—. De antemano ya os digo que no lo voy a aceptar y permitir. No estoy dispuesto a consentir que, después del esfuerzo realizado por conquistar la Galia y convertirla en provincia romana, después de los legionarios que han dado su vida por esa empresa, ahora, en pago por todo ello, se me destituya, se me enjuicie y se me condene. Es como si nos enjuiciasen y nos condenasen a todos nosotros.

El silencio era total en la sala y todos los legados seguían muy atentos las palabras de su general.

—Hasta este momento los tribunos de la plebe han ido vetando las leyes que iban encaminadas a conseguir esos fines —prosiguió el general—. Curio se ha ido oponiendo a todos los intentos de desalojarme del mando de la Galia, pero Cneo Pompeyo ya ha tomado partido junto a los senadores más tradicionalistas, aquellos que quieren desalojarme del mando y condenarme, y se está haciendo fuerte en Roma.

—Pero, exactamente ¿qué es lo que quiere Pompeyo? —preguntó Labieno.

Tito Acio Labieno, cliente de Pompeyo, cuando finalizó su tribunado había sido elegido por Julio César como legado cuando se dirigió a la Galia. Sus dotes militares hicieron que pronto el general lo eligiese como segundo al mando, quedándose en su puesto cuando César tenía que ausentarse.

—Es evidente —contestó Julio César —Quiere que renuncie a mis poderes procunsulares, que ceda el mando de las legiones y regrese solo a Roma.

Un murmullo de desaprobación seguido de algunas voces protestando sobre esas propuestas recorrió la sala.

—Evidentemente no lo voy a hacer. Eso supondría mi fin como político y posiblemente mi fin personal.

—Pero es el Senado el único que tiene la potestad para pedir eso —dijo Labieno que era el único de los legados que hablaba.

—Y lo hará —contestó César—. El Senado está poniendo en boca de Pompeyo sus deseos.

—¿Y qué es lo que pensáis hacer? ¿No os quedareis de brazos cruzados? —preguntó otro de los legados.

—No. El tribunado de Curio está a punto de agotarse. He enviado a Marco Antonio a Roma y espero que sea elegido tribuno de la plebe en sustitución de Curio. Si sale elegido seguirá oponiéndose a todas esas leyes. Lleva consigo una carta mía para leerla en el Senado, en la que explico que acepto todas esas condiciones...

Un murmullo de desaprobación recorrió la sala. El general levantó la mano pidiendo silencio.

—Acepto esas condiciones y renuncio al mando de mis legiones —hizo una pausa y tras ella continuó—... si Cneo Pompeyo hace lo mismo y también renuncia a sus poderes y al mando de sus legiones.

—¿Y creéis que lo aceptará? —preguntó el tribuno Marco Cayo que hasta ese momento había permanecido en silencio.

—No lo sé. Aunque me temo que no. Y por lo tanto voy a tomar posiciones. Me voy a trasladar con la XIII, la Gémina, hasta cerca de la frontera sur, a orillas del Rubicón...

—Pero no podéis hacer eso. Ningún general puede cruzar ese río al mando de sus legiones —exclamó Tito Labieno.

—Y no lo voy a cruzar... ¡De momento! Permaneceré acampado en sus orillas a la espera de acontecimientos.

—¿Abandonáis la Galia? —preguntó otro de los legados— ¿La dejáis sin mando?

—No, tan solo me traslado al sur de la frontera. Tito Labieno quedará a cargo del resto de ella, con capacidad para decidir lo que convenga.

—¡Pero yo no puedo gobernar la Galia! Únicamente el Senado es quién puede nombrar gobernador de la Galia. —exclamó Labieno.

—¡Tú no serás gobernador de la Galia! Yo sigo siendo el gobernador mientras que el Senado no de una orden en contra. Yo me ausento de ella y tú quedas al mando, como otras tantas veces hemos hecho —respondió César—. Vamos a esperar acontecimientos… A ver qué es lo que ocurre. Quiero que reunáis a la XIII legión, a toda ella —les dijo a Mario Cayo y al legado de la XIII legión—. Quiero dirigirles unas palabras. Los demás volved a vuestras ocupaciones. Todavía tenemos mucho que organizar aquí.

Marco Cayo y el legado de su legión salieron del edificio y se dirigieron donde sus legionarios habían levantado el campamento. El sol estaba a punto de ocultarse tras las choperas que rodeaban el lugar y parecía haber incendiado las mismas que presentaban un tono rojizo y amarillento. El camino estaba cubierto de hojas que ya habían perdido su color verde y el ocre estaba empezando a ser sustituido en muchos casos por el rojo y el marrón. El otoño se había adelantado después de un verano caluroso y, con gran celeridad, estaba cambiando el paisaje. Marco Cayo Gayo se detuvo un momento a contemplar aquel extraordinario espectáculo digno de la paleta del mejor de los pintores. No creía que tuviese mucho tiempo en los próximos días para detenerse a contemplar el paisaje. El invierno llegaría pronto y se temía que con él llegase la guerra. Pensó en su amada Pompeya, de la que no había vuelto a saber nada. Su última carta era de hacía bastantes días y muy fría, sin obtener respuesta a las últimas que él le había enviado.

—Vamos Mario, no te retrases —le dijo su legado.

Marco Cayo reinició el camino y, nada más llegar al campamento, el legado ordenó al centurión de guardia que tocasen a formación. Las trompetas sonaron y los legionarios salieron de sus tiendas dispuestos a formar rápidamente. Otra trompeta anunció la llegada del general acompañado de los lictores que le escoltaban. Julio César se detuvo ante su legado que al frente de la XIII legión esperaba al general. Este, sin desmontar de su caballo, se dispuso a dirigirse a sus legionarios. No fue una arenga muy larga. Explicó, sin omitir nada, cómo estaba la situación en Roma y cómo no estaba dispuesto a que le despojasen del mando de las legiones y ser condenado por los supuestos abusos que había cometido al conquistar la Galia.

—Si he de enfrentarme al Senado, no dudaré en hacerlo, porque en estos momentos el Senado no es Roma, sino un caduco grupo de senadores que lo único que quieren es acomodarse de por vida en sus privilegios, utilizando a un viejo y disminuido general como arma frente a mí. Si he de enfrentarme al Senado, lo haré sin dudar un momento y quiero saber si estáis dispuestos a seguirme en esa lucha. Será una guerra fratricida, de hermanos contra hermanos. Os dirán que estáis luchando contra Roma. No es verdad. Lucharemos, si hay que hacerlo, contra aquellos que quieren apropiarse de Roma y quitársela al pueblo, aunque si la perdemos, los dioses no lo quieran, seremos acusados de traidores.

El general hizo una pausa y miró a los legionarios que ni parpadeaban, atentos como estaban a lo que Julio César les estaba diciendo.

—El que no esté dispuesto a seguirme, podrá hacerlo libremente. Nadie le reprochará nada, nadie le señalará con el dedo. Pero una vez que esté dispuesto a seguirme no admitiré deserciones. Hasta la victoria o hasta la muerte.

Hizo otra pausa recorriendo con la vista todas y cada una de las filas de la legión. No sabía si todos habían escuchado sus palabras. Había alzado la voz hasta desgañitarse y casi quedarse afónico. Y confiaba que los legionarios de las primeras filas hubiesen ido repitiendo sus palabras a los de las últimas filas, como era costumbre.

—Y ahora os pregunto, ¿estáis dispuestos a acompañarme hasta Roma, ocurra lo que ocurra y tengamos que enfrentarnos a quien se nos oponga, sea quien sea?

Un «sí» atronador sonó como una única voz recorriendo toda la explanada, seguido de un estrepitoso ruido al hacer chocar sus lanzas contra los escudos.

—¡Que los dioses nos protejan! —gritó Julio César, pero excepto los hombres de su escolta y el legado que se encontraba junto a él, nadie más lo pudo oír, tal era la algarabía que había.

A partir de ese momento los acontecimientos se precipitaron rápidamente. Julio César, con la XIII legión, Gémina, a finales de ese mismo año se trasladó hasta los alrededores de Rávena, a la orilla del mar Adriático, muy cerca del río Rubicón, frontera de la Galia Cisalpina, límite hasta el que un general romano podía llegar con sus legiones y estableció el campamento de la legión Gémina. En el Senado romano corrió la voz de alarma. A pesar del veto del tribuno de la plebe Curio, el Senado seguía con su idea de desposeer a César del mando de sus legiones y, ante los movimientos de este, Pompeyo tomó el mando de dos legiones en Capua y empezó a reclutar levas, declarando que podría formar tantas legiones como quisiera con tan solo patear el suelo de la península, hecho que aprovecharon los partidarios de César para denunciar la ilegalidad de la leva. Curio, que ya había cesado en su puesto de tribuno, informó a Julio César de lo que ocurría, mientras que Marco Antonio resultaba elegido nuevo tribuno de la plebe, manteniendo el veto a las decisiones del Senado. Parecía evidente que ninguno iba a hacer ninguna concesión. Entonces Marco Antonio recibió la orden de Julio César de leer a los senadores la carta que este portaba desde que había abandonado la Galia. En ella el procónsul se declaraba amigo de la paz y, tras enumerar una larga lista de sus gestas, proponía, como señal de buena voluntad, que tanto él como el general Pompeyo renunciasen al mismo tiempo a sus mandos. El Senado no solo rechazó esta propuesta, sino que no informó de ella al pueblo y procedió a someter a votación el que Julio César abandonase el mando de sus legiones en la Galia, cesando a la vez en su puesto de gobernador de esta en una fecha próxima. Si no lo hacía, sería considerado enemigo de la República. La moción, propuesta por el senador Metelo Escipión, se sometió a votación con tan solo los votos en contra de los senadores Curio y Celio. Marco Antonio, como tribuno de la plebe y con la potestad que eso le otorgaba, la vetó. Pompeyo entonces declaró que no podía garantizar la seguridad de los tribunos, lo que equivalía a una sentencia de muerte. Curio, Celio y Marco Antonio abandonaron el Senado y, disfrazados de esclavos, huyendo de las bandas callejeras que los buscaban, abandonaron Roma. Unos días más tarde el Senado proclamó el estado de emergencia y concedió a Pompeyo poderes excepcionales, nombrándole *cónsul sine collega*. Uno de los senadores exclamó: *Caveant consules ne quid detrimenti res publica capiat* («Cuiden los cónsules que la república no sufra daño alguno»), lo que equivalía a dictar la ley marcial e instaron a Pompeyo a trasladar inmediatamente sus tropas a Roma. La crisis había llegado a su punto más álgido.

Unos días más tarde Julio César recibió la noticia de lo sucedido en Roma de boca del propio Marco Antonio. Se encontraba en el praetorium, acompañado del legado del XIII legión y del tribuno Marco Cayo, examinando los planos de una escuela de gladiadores que pensaba construir en Rávena. Cuando escuchó la noticia ni se inmutó, pidió que atendiesen a Marco Antonio como se debía, proporcionándole alimentos y algo de beber y continuó examinando los planos.

—Creo que teníamos algo que hacer esta noche, ¿no es verdad? —preguntó.

—Sí general. Teníais que asistir a un banquete. ¿Lo anulamos? —preguntó el tribuno.

—No, de ninguna manera. Asistiré a ese banquete, pero mientras tanto que la legión se prepare para partir. La quiero lista a medianoche.

A la hora fijada Julio César, acompañado de sus lictores y una *turma* de caballería entró en Rávena para asistir al banquete que los principales hombres de la ciudad le ofrecían. El banquete fue espléndido sucediéndose los platos más exóticos, traídos de todas las partes del mundo conocido y perfectamente elaborados. El vino también era fantástico pues los anfitriones no habían escatimado gastos, trayendo los caldos más exquisitos. Músicos y bailarinas amenizaban la velada y todo transcurría de la mejor manera para los intereses de los anfitriones, que trataban de agradar a su invitado, el conquistador de la Galia y, sin lugar a duda, para ellos el hombre más fuerte de la República. Cesar sonreía a unos y a otros y ponía buena cara y la mejor de sus sonrisas a los comentarios y peticiones de los anfitriones. En un momento determinado, ya cerca de la media noche y cuando el banquete ya había terminado y todos disfrutaban de la música y de la actuación de las bailarinas, un legionario se acercó a César y le susurró algo al oído. El general asintió con la cabeza, apuró su copa de vino y se puso en pie.

—Amigos, han surgido problemas en el campamento que requieren mi presencia. Ha sido una velada magnífica y os doy las gracias. Que los dioses os sean propicios.

Sus anfitriones se pusieron en pie y acompañaron al general a la entrada, donde la turma de caballería le estaba esperando con el caballo del general dispuesto. No tardaron en llegar al campamento de la XIII legión. Marco Cayo ya montado en su caballo se dirigió a su comandante en jefe, al que acompañaba el legado de la legión.

—Señor, todo está dispuesto tal y como ordenasteis.

—Muy bien, tribuno. No perdamos más tiempo. Pongámonos en marcha hacia el sur.

Y la XIII legión, Gémina, la que Julio César había reclutado y pagado con su propio dinero y por lo tanto la más apreciada por él, se puso en marcha, encabezada por el general al que acompañaban el legado y Marco Cayo, este último atento al menor de los deseos del general, seguidos de los lictores y el *buccinator*, encargado de transmitir las órdenes a toque de trompeta al resto de la legión. Tras ellos todo el engranaje de la formidable máquina militar que era la legión romana se puso en movimiento. Al llegar a la ribera del río Rubicón, Julio César alzo la mano y dio la orden de detenerse. Habían llegado a la orilla del río que marcaba la frontera entre la Galia Cisalpina y el resto de la península italiana. Ningún general podía cruzar aquel río al mando de sus legiones sin que se le declarase traidor a Roma, cayendo sobre él todo el peso de la ley romana. Hacerlo significaba iniciar la guerra contra el Senado. Julio César dudó y su caballo, como si comprendiese las dudas que atenazaban el espíritu de su amo, se revolvió inquieto, alzándose de manos. El general para evitar caer del caballo se inclinó hacia adelante agitando el brazo para mantener el equilibrio. El *buccinator* interpretó que era la orden de marcha hacia delante y dio la orden con la trompeta entrando en el agua seguido de los soldados que encabezaban la legión.

Julio César consiguió tranquilizar al caballo al tiempo que veía como las primeras cohortes de legionarios empezaban a cruzar el río que en aquellos momentos llevaba poca agua, siendo poco más que un regato. Se encogió de hombros y exclamó:

—*Alea iacta est* (Los dados están echados) y espoleando su caballo cruzó el río.

XVII

Nameyo limpiaba con agua la herida que su compañero Sitalces presentaba en la mano izquierda. No era nada grave, pero le obligaría a estar sin combatir unos cuantos días. Craxo los miraba visiblemente satisfecho.

—Eso no es nada muchacho. Cuando lleguemos a la escuela el médico te la curará y en unos pocos días podrás volver a entrenar —le dijo Craxo dándole una palmada en la espalda—. Lo habéis hecho muy bien y Cayo Junio está muy satisfecho con vosotros. Allí se ha quedado, atosigado por un buen número senadores que querían contar con vosotros en los próximos combates que se organicen. Se han quedado maravillados, especialmente contigo, Nameyo. Todos se han quedado boquiabiertos por la facilidad con la que te has deshecho de tus contrincantes. La verdad es que hasta yo mismo me he quedado admirado con la forma en la que los has derrotado. En la escuela, desde luego, no te ha dado tiempo a aprender esas maneras. Hasta el general Cneo Pompeyo te ha felicitado y, puedes creerme, muchacho, que nunca antes había visto que lo hiciese con ningún gladiador.

Nameyo seguía ayudando a Sitalces, ahora ya a vendarse la herida.

—¿No dices nada, muchacho? —preguntó el instructor.

—¿Qué quieres que diga? He hecho lo que tenía que hacer. Evitar que me matasen. Eso es lo que he hecho toda mi vida, evitar que los legionarios romanos o los galos enemigos de mi pueblo acaba-

155

sen con mi vida. Desde que tengo memoria no he hecho otra cosa y el día que deje de hacerlo será el fin. Por lo tanto no creo que tenga ningún mérito.

—Pues lo tiene, lo tiene. Por todos los dioses que lo tiene. Un par de combates más en los que pelees así y te convertirás en una estrella en Roma. Serás el gladiador de moda.

—Pues el Lanista recobrará lo que ha invertido en mí y ganará mucho dinero. Tú también recibirás tu parte, pero... ¿eso en qué me beneficia eso a mí? ¿Qué salgo yo ganando? —preguntó Nameyo.

—Eres un insolente, pero ahora se te puede tolerar. También sales ganando. Por lo pronto conseguirás vivir mejor en la escuela, también puedes ganar dinero con los combates, con los regalos que te hagan y hasta puedes conseguir la rudis de madera y obtener la libertad. ¿Te parece poco?

—¿Puedo obtener una celda para mí solo en la escuela? —preguntó.

—Sí, claro que sí —contestó Craxo.

—¿Y obtener una mujer que viva conmigo en ella?

—Bueno, supongo que eso se lo tendrás que pedir a Cayo Junio. Pero mientras que sigas obteniendo victorias como la de hoy, no creo que el Lanista ponga ninguna dificultad. Ahora, no pienses que todos los combates te van a resultar tan sencillos como el de hoy. Fuera de Roma, e incluso en Roma, hay gladiadores muy buenos y con mucha fama. No va a resultar sencillo apearles de su pedestal...

—¿Y Sitalces también obtendrá prebendas como las mías? —preguntó el gladiador galo— También ha luchado muy bien y se ha deshecho de muchos contrincantes.

—Sí, es verdad, pero ya puede estarte agradecido pues le has salvado la vida y, si no hubiese sido por ti, lo mismo ahora no nos estaría escuchando. Pero sí, el Lanista también está contento con él y algo obtendrá.

—Por lo pronto quiero que, siempre que tengamos que luchar en parejas, él sea la mía.

Habían llegado a la escuela y en ella el regocijo fue grande al enterarse que habían salido vivos y victoriosos. Todos se acercaron a felicitarles dándoles palmadas en la espalda y alguna que otra colleja cariñosa. Anneliese no se acercó, pero desde la distancia le dedicó a Nameyo la más encantadora de las sonrisas, mientras con sus ojos, resplandecientes como estrellas, le decían todo lo que con palabras no podía.

—Acompaña a Sitalces a la enfermería a que lo vea el médico —le dijo Craxo a Nameyo mientras él se dirigía al interior del edificio.

La herida de Sitalces no tenía demasiada importancia. El médico se la lavó bien, le aplicó unas hierbas para evitar que se infectase y la vendó cuidadosamente.

—Unos cuantos días sin hacer nada con esa mano y cicatrizará en seguida —le dijo el médico—. Tendrás que venir cada día para que la limpie y cambie el vendaje. Habéis salido muy bien parados esta vez. Ya podéis agradecérselo a los dioses.

—Más bien a la espada de Nameyo —le dijo el gladiador tracio.

Craxo acudió a interesarse por la herida del gladiador y su rostro se iluminó cuando el médico le dijo que no tenía ninguna importancia y que en unos pocos días estaría perfectamente.

—Supongo que tendréis hambre —les dijo—. Vuestros compañeros ya han cenado, pero en el comedor os está esperando una buena cena para vosotros. Acompañadme.

Los tres hombres se dirigieron al comedor de la escuela donde varias esclavas estaban esperando para servirles una suculenta cena a base de exquisitos manjares, algunos de los cuales eran la primera vez que los veían, como los camarones, ostras o mejillones del Ática, nada que ver con la que habían tenido sus compañeros a base de legumbres y cereales.

—No os penséis que a partir de ahora esta va a ser vuestro tipo de comida. No, ni mucho menos. La ocasión lo merecía, pero mañana volveréis a vuestra dieta para que estéis en forma.

Ya estaban terminando la cena cuando un esclavo informó a Craxo que Cayo Junio, el Lanista, había llegado. El jefe de instructores se levantó rápidamente.

—Terminad de cenar y, si yo no he vuelto, os recogéis en vuestra celda —y a grandes zancadas abandonó la estancia. Apenas Craxo hubo abandonado la estancia, Anneliese, que debía de estar vigilando, entró corriendo y se arrodilló a los pies de Nameyo, cogiéndole las manos y besándoselas.

—¿Estás bien? He pasado mucho miedo mientras esperaba a que llegasen noticias de vuestro combate. Tenía mucho miedo por ti porque...

Nameyo la besó en los labios interrumpiendo el torrente de palabras de la muchacha.

—Annelise, voy a pedir una celda individual para mí. Seguro que el Lanista no me la niega ¿Quieres venir a ocuparla conmigo?

—¿Y Tibaste? ¡No lo va a permitir! —exclamó la muchacha.

—No te preocupes por Tibaste, yo me ocupo de él —contestó Nameyo.

—Se oyen pisadas. Alguien viene —exclamó Sitalces que había permanecido en silencio observando la puerta de entrada a la sala.

—Tengo que irme. No pueden encontrarme aquí o me castigarán —exclamó la joven germana poniéndose en pie y soltando las manos del joven galo.

—¿Quieres venir a vivir conmigo, sí o no? —preguntó Nameyo.

—¡Sí, claro que sí! —exclamó la muchacha mientras se alejaba corriendo en dirección contraria a donde se oían las pisadas y las voces de los que se acercaban.

Nameyo sonrió mientras cogía su copa de vino y la hacía chocar con la de su compañero.

—Hoy soy el más feliz de los mortales. Los dioses me sonríen y tengo que aprovechar el momento —comentó.

—Sí, disfruta del momento pues cuando el instructor Tibaste se entere de lo que te propones te lo va a hacer pasar muy mal.

—Quién sabe, quizá sea yo el que se lo haga pasar mal a él —contestó Nameyo.

—Desde luego no puede decirse que no seas atrevido... —contestó Sitalces, pero no pudo seguir hablando pues habían entrado en la sala el jefe de instructores y el Lanista.

—¿Dónde está mi gladiador favorito? —preguntó a gritos el Lanista—. Ajá, aquí están estos dos valientes.

Cayo Junio, el Lanista, entró en la estancia acompañado del jefe de instructores, Craxo. Le costaba mantener el equilibrio y los dos gladiadores imaginaron que era por el efecto del vino. El Lanista había estado celebrando la victoria de sus dos gladiadores, según les dijo. Celebrándolo y recibiendo las felicitaciones de un montón de gente importante de Roma, incluido el mismísimo general Cneo Pompeyo. Había recibido muchas sustanciosas ofertas para que vendiese al gladiador galo, que había rechazado una tras otra. Afortunadamente el general, aunque interesándose por Nameyo, no le había propuesto adquirirlo, porque entonces no habría tenido más remedio que aceptar, hubiese ofrecido lo que hubiese ofrecido. Nadie podía negarse a los deseos del entonces hombre más poderoso de Roma. Pero el general en aquellos momentos parece que tenía otras preocupaciones más urgentes que las de adquirir un gladiador. No, el Lanista no había aceptado ninguna de las ofertas que le habían hecho por el gladiador galo, pues estaba convencido que un par de combates más, en los que a buen seguro resultaría victorioso y su precio se multiplicaría. Lo que sí había hecho era firmar un buen número de contratos para nuevos combates por los que obtendría sustanciosos beneficios. El Lanista no hacía más que alzar su copa que Craxo, una y otra vez llenaba, brindando por sus nuevas estrellas.

—Mañana… todo el mundo… hablará de este combate. Vas a ser la nueva estrella de Roma… ¿A quién le importa lo que haga ese otro general, Julio César?... Si deja o no su cargo de gobernador de la Galia… De lo que hablará todo el mundo en Roma es del gladiador galo y de su compañero. Todo el mundo querrá verlo y nadie se querrá perder su próximo combate.

Apuró su copa de vino y pidió que le sirviesen más mientras miraba con ojos de deseo a la esclava que se lo servía.

—Craxo, que a estos dos campeones no les falte de nada…

—¡Señor! —le interrumpió Nameyo— Yo quería pediros algo.

—Pide, pide… Hoy estoy dispuesto hasta darte la Luna… si la quieres —contestó el Lanista intentando mantenerse erguido en el banco en el que estaba sentado frente a los dos gladiadores.

—Quería una celda para mí solo…

—Por supuesto —le interrumpió el Lanista—. Mis gladiadores estrellas no van a compartir celda con el resto de gladiadores. Tendréis una celda individual para cada uno…

—Y quería también compartirla con una de las esclavas de la escuela.

Cayo Junio le miró con los ojos vidriosos y enrojecidos por el vino.

—¿Y quién es? No será la esclava que nos está sirviendo el vino, porque esa la quiero yo para que caliente mi lecho esta noche.

—No, se trata de Anneliese —contestó Nameyo.

—¿Quién es esa tal Ann…? ¿Cómo has dicho que es su nombre?

—Anneliese —respondió el galo.

—Se trata de una esclava germana —puntualizó Craxo—. Pero puede haber un problema, porque la esclava germana es una de las favoritas del instructor Tibaste. Tiene muy mal carácter y no le va a gustar.

—Pues… que se busque otra. Si el galo quiere a la esclava germana… es para él. No se hable más. ¿Tú también quieres alguna esclava en particular para que caliente tu lecho? —le preguntó a Sitalces.

—No, de momento no.

—Pues asunto zanjado. Eso sí, espero que eso no vaya en perjuicio de tu trabajo y que sigas ganando combates como el de hoy. Va en ello tu vida…y mi dinero. Procura que no se pierdan. Y ahora Craxo dile a esa esclava que me acompañe a mi aposento. No creo que pueda llegar yo solo.

El Lanista intentó levantarse del banco en el que estaba sentado pero no pudo. Tuvo que ayudarle Craxo que hizo una seña a dos de las esclavas para que le ayudasen y le acompañasen. Una vez que Cayo Junio abandonó la sala se volvió hacia los dos gladiadores que permanecían sentados.

—Esta noche dormid en vuestra celda y ya mañana acondicionaremos una celda para cada uno. No sé cómo se va a tomar Tibaste que le arrebates a su hembra, pero las órdenes de Cayo Junio no se discuten, se obedecen. Aunque de ahora en adelante ten cuidado por dónde pisas y mira siempre a tu espalda.

* * *

Siria, año 51 a. C.

Un legionario entró en la sala donde Casio Longino estaba cómodamente sentado entre un buen número de cojines intentando refrescarse de alguna manera de aquel intenso calor.

—Un correo urgente, señor —le dijo después de haber saludado y le extendió el correo.

El cuestor recogió el correo e hizo señas al legionario para que se retirase. Lo abrió y lo leyó detenidamente. No se sorprendió demasiado. Hacía tiempo que estaban esperando el ataque de los partos y estaban preparados para ello. Según decía el correo acababan de cruzar el Éufrates, la frontera natural. Dio las órdenes oportunas y se incorporó de los cojines en los que estaba cómodamente sentado. «Bueno, volvería a enfrentarse a esos malditos partos —pensó—, pero ahora era él el que mandaba a los legionarios romanos y podría actuar cómo quisiese». Afortunadamente el nuevo gobernador romano designado para la provincia de Siria, Marco Calpurnio Bílbulo, acababa de ser nombrado en Roma y no podría llegar a tiempo para hacerse cargo del mando. Además, según los informes que había ido recibiendo, en esta ocasión no era el general Surenes el que mandaba el ejército parto, sino el hijo del rey, Pacoro. Y desde luego estaba por demostrar que tuviese dotes militares. Indudablemente no las tenía. La invasión parta resultó un verdadero desastre y los partos fueron totalmente derrotados. Cuando en Roma se conoció la noticia, la ciudad, a pesar de las graves circunstancias que estaba atravesando, estalló en una fiesta y Casio Longino, cuyo nombre estaba en boca de todos los romanos, fue considerado un héroe que había vengado el honor de la República.

Casio Longino había sabido sacar partido de aquel poder casi absoluto que la República de Roma le había concedido sobre la provincia de Siria antes de la llegada del nuevo gobernador. Y, si bien había sido capaz de organizarla eficazmente, también supo aprovecharse de ello en su propio beneficio enriqueciéndose, sin importarle lo más mínimo la manera de hacerlo y sin tener en cuenta quién pudiera salir perjudicado por ello. Todo había valido con tal de engordar sus arcas y afianzar su poder, lo que le supuso un número considerable de enemigos que no tardaron en llevar sus quejas al propio Senado romano. Sin embargo Casio Longino no estaba preocupado por ello. Sabía que, mientras que la provincia no tuviese un gobernador y él siguiese siendo el más alto magistrado de Roma en ella, nadie podría llevarle a juicio. Claro que la situación ahora podía cambiar. La llegada de Bílbulo, el nuevo gobernador, era inminente y en la capital de la República la situación era muy incierta e inestable. La política se estaba polarizando en dos bandos, el de Cneo Pompeyo y el de Julio César. Mantenerse al margen de esos dos bandos era quedar fuera de la política y por lo tanto del poder. La cuestión era saber por cuál de los dos generales decantarse y no errar en la decisión, pues equivocarse en ella podía suponer, como mínimo, quedar al margen del poder y, muy posiblemente, perder la vida.

Casio Longino, de vuelta ya de rechazar a los partos, descansaba en el palacio donde, a medida que los meses iban transcurriendo, iba haciendo más calor. Se limpió el sudor que corría por la frente, ¡maldito calor!, y dio una palmada para que una de las esclavas le acercase una copa con agua bien fresca. Era lo único que era capaz de mitigar la sed que aquel calor le producía. La verdad es que ahora, que ya había nombrado un nuevo gobernador y que sus arcas estaban bien repletas de oro, no tenía sentido permanecer más tiempo en aquel maldito lugar en donde apenas si se podía respirar. Quería regresar a Roma, disfrutar de sus calles, de sus gentes, de las disputas políticas… Le gustaba Roma y cada día que pasaba anhelaba más regresar a ella, pero debería ostentar otro cargo público que impidiese que lo pudiesen enjuiciar. Tenía que pensarlo detenidamente y ver a qué cargo público podía aspirar con la certeza que lo conseguiría. Quizá el de tribuno de la plebe. Claro que tendría que comprar y sobornar a mucha gente, pero eso no importaba. Tenía oro más que suficiente para hacerlo y, mientras llegaba el nuevo gobernador que hasta entonces se había demorado, podría seguir llenando sus cofres de oro, al igual que estaba haciendo su hermano Quinto en la Hispania Ulterior como cuestor de Cneo Pompeyo. ¡Su hermano Quinto! No tenían demasiada relación. A decir verdad, ninguna. Sabía que estaba en Hispania como cuestor de Cneo Pompeyo y que no gozaba del cariño de los naturales del lugar ni de los ciudadanos romanos allí establecidos, a los que tenía oprimidos con gravosos impuestos que estaban llenando sus arcas, según decían algunos. Conociendo a su hermano, no le extrañaba lo más mínimo. Aunque las últimas noticias que había recibido de Hispania con respecto a él eran un tanto confusas. Algo había ocurrido, pero no sabía concretamente qué es lo que había pasado.

XVIII

Alejandría

Cleopatra, ya reina de Egipto, junto a su hermano Ptolomeo XIII, estaba furiosa y cansada. Llevaba todo el día recibiendo audiencias de campesinos, de mercaderes, de artesanos, gente llana del pueblo que lo único que hacían era quejarse por la mala situación económica por la que estaban pasando, por las penurias que padecían y que hacían que la vida cada vez les resultase más difícil; también se quejaban los sacerdotes de los templos; las ofrendas cada vez eran menores y todos pedían soluciones. El Nilo, la fuente de toda su riqueza, llevaba varios años con muy poco caudal de agua y hacía años que los campos no reían porque las riberas del Nilo no se inundaban. Era como si el dios Hapis, el causante de las inundaciones, les hubiese abandonado, aunque los expertos le informaban que, la verdadera causa de que el Nilo no se inundase es que en las montañas de Etiopía se estaba sufriendo una gran sequía y no caían las copiosas lluvias que eran las causantes de las crecidas del río. Los campesinos egipcios estaban pendientes de los nilómetros que desde la lejana Nubia hasta Alejandría indicaban, mediante una escala, los niveles alcanzados por el agua desde el inicio de la crecida hasta la altura máxima lograda. Conociendo los niveles se podía prever cuán beneficiosa o desastrosa podía ser la inundación en términos económicos, pues podían predecir cómo serían las cosechas. Pero desde hacía un tiempo los nilómetros estaban en sus niveles mínimos. El limo depositado en las riberas del Nilo era nulo al no haber inundación, por lo que las cosechas eran muy escasas, incapaces de alimentar a la población, por lo que la economía del reino, dependiente de esas cosechas, se iba resintiendo cada vez más.

Cleopatra era consciente de eso y del descontento de la población que, día a día, iba en aumento. Pero no podía hacer nada para evitarlo. Los graneros estaban vacíos y no tenía con qué alimentar a su pueblo. Y también era consciente que ese malestar del pueblo iba formando un núcleo de oposición y resistencia hacia ella, fomentado por los tres consejeros de su hermano Ptolomeo XIII, el enuco Potino, el general Aquilas y el retórico Teodoto. Su hermano era una marioneta en sus manos y ella tenía las suyas atadas, pues según el testamento de su padre tenía que compartir el poder con su hermano y hasta que este alcanzase la mayoría de edad, serían sus tres consejeros los que decidiesen por él. Su hermana Arsinoe tampoco resultaba de ninguna ayuda. Al morir su padre la había mantenido al margen, sin contar con ella para nada, y ahora esta le devolvía la jugada no prestándole ninguna ayuda. Incluso tenía sus dudas de que no estuviese aliada con los conspiradores para desalojarla del trono. El garante de que el testamento se cumpliese era el general romano Cneo Pompeyo, al que había enviado cartas informándole de la situación. Pero el general romano tenía suficientes problemas en su entorno como para atender a los problemas lejanos. La presencia de las dos legiones romanas que estaban en suelo egipcio debían de ser suficiente para garantizar la estabilidad del reino.

Arsinoe estaba en sus aposentos de palacio contemplando cómo la brisa movía las sedas que colgaban de las paredes en aquella mañana sofocante de calor. Ya no podía utilizar la embarcación real para salir a navegar, pero Olimpo siempre se las arreglaba para conseguir una embarcación para poder salir. Cuando las esclavas le informaron de la llegada del médico real, pensó que, como otras tantas veces, Olimpo habría conseguido una embarcación para salir. Cuando el médico entró en la estancia corrió hacia él arrojándose en sus brazos, besándole ardorosamente.

—Has tardado mucho. Creí que ya no vendrías. ¿Ya has encontrado un barco para salir?

—No, alteza. Hoy traigo otras noticias y creo que son preocupantes —dijo el médico después de haber correspondido a los besos de la princesa.

—¿Qué es lo que ocurre? —preguntó la princesa contrariada.

—Calpurnio Bíbulo ...

—¿Quién? —preguntó la princesa.

—Bíbulo ... —y al ver la cara de sorpresa de la princesa, desconocedora sin duda de quién era, aclaró—. Calpurnio Bíbulo es el gobernador romano de la provincia de Siria. Los partos, con el hijo del rey al mando, cruzaron el Éufrates, frontera natural entre ambos territorios y penetraron en la provincia romana de Siria. Bílbulo acababa de ser nombrado gobernador de la provincia por lo que no pudo llegar a tiempo para hacerles frente. Fue el cuestor, máxima autoridad en la provincia hasta la llegada del gobernador, el que les hizo frente y, no solo rechazó la invasión, sino que les infligió una notable derrota. Cuando el gobernador llegó ya no pudo participar en la victoria, así que, sin duda, para apropiarse de parte de ella ha organizado una expedición de castigo contra el territorio parto.

—No entiendo en qué nos afecta eso a nosotros —comentó la princesa saliendo a la terraza del aposento para ver si allí corría un poco de brisa.

—El gobernador ha solicitado para la expedición las dos legiones romanas que están asentadas en nuestro territorio —dijo el médico que también había salido a la terraza detrás de la princesa.

—¿Y puede hacer eso? —preguntó Arsinoe.

—Pues no lo sé si puede o no hacerlo, pero ha enviado a dos de sus hijos para que se pongan al mando de ellas. Cuando venía hacia aquí desde la Biblioteca he observado grandes disturbios, pues mucha gente se oponía a la marcha de las legiones. No sé cómo acabará todo pero el pueblo está muy soliviantado contra vuestra hermana y me temo que no acabe nada bien.

—Bueno, eso es problema de mi hermana —exclamó la princesa sonriendo—. Si tiene problemas, ella solita se los ha buscado y, puesto que no ha contado conmigo para nada, no pretenderá que yo intente ayudarla. ¿No has conseguido ningún barco para poder salir a navegar?

—No está la situación para abandonar el palacio, princesa. Esperemos que se tranquilice todo. Ya tendremos tiempo para salir a disfrutar del mar.

En ese momento se escuchó movimientos de soldados en el palacio y Arsinoe mandó a una esclava a que se informase qué es lo que estaba ocurriendo. La esclava no tardó en volver anunciando que se estaba reforzando la guardia de palacio.

—¿Y eso por qué? —preguntó la princesa, pero la esclava no supo qué responderle. Los guardias no le habían dicho nada y lo único que pudo ver es que se estaba reforzando la guardia en el interior de palacio.

—Voy a informarme de qué es lo que ocurre y por qué se está reforzando la guardia, si os parece bien, princesa —dijo Olimpo. Arsinoe asintió con la cabeza y Olimpo después de inclinarse ante ella abandonó la estancia. Arsinoe se quedó preocupada. Un alboroto siempre podía ser el comienzo de una rebelión, aunque si esta se producía, no iría contra ella sino contra su hermana Cleopatra. Pero en las revueltas y sublevaciones siempre le habían dicho que, una vez que las espadas salían a relucir, nadie, absolutamente nadie, estaba seguro y los que las empuñaban no siempre sabían distinguir con quién tenían que acabar y con quién no. Se asomó a la puerta de sus aposentos y comprobó que la guardia se había reforzado, pero eso no era garantía de nada porque nunca se sabía de qué lado podían estar si se producía la rebelión. El tiempo transcurrió lentamente y el sol ya empezaba a ocultarse tras la línea del horizonte marino haciendo que la luz del faro fuese más visible cuando Olimpo regresó. Arsinoe le miró a los ojos intentando escrutar en ellos lo ocurrido fuera de palacio.

—¿Qué ha ocurrido? —le preguntó impaciente.

—La situación se ha complicado —contestó el médico—. Los enviados por el gobernador romano en Siria para llevarse las legiones eran los propios hijos de Calpurnio Bibulo. El populacho enfurecido se ha enfrentado a ellos y han muerto…

—¿Los hijos del gobernador? ¿Muertos? —preguntó incrédula la princesa.

—Sí, han sido asesinados por el populacho enfurecido. Ahora los soldados reales están intentando hacerse con la situación y encontrar a los culpables —contestó Olimpo.

—Tengo miedo, Olimpo —dijo la princesa acurrucándose en los brazos del médico.

—No os preocupéis. No os pasará nada. Lo más probable es que los guardias reales controlen la situación y la multitud termine disolviéndose —le contestó el médico—. El general Aquilas está reunido con los otros dos consejeros, Potino y Teodoto. Parece que tienen la situación controlada.

—¿Y mi hermana Cleopatra? —preguntó Arsinoe.

—No sé dónde está. Ni siquiera sé si la orden de reforzar la guardia ha sido de ella o del general Aquilas —contestó Olimpo.

Las sombras ya se cernían sobre la ciudad, amenazadoras, lúgubres, como sombríos presagios del futuro que deparaba al reino.

—Tengo miedo —repitió la princesa apretándose más contra el cuerpo del médico—. Quiero que te quedes esta noche aquí conmigo.

—No puede ser, princesa —le dijo Olimpo —Ni siquiera soy vuestro médico. Ya corro bastante riesgo teniendo una relación con vos. Si la reina descubre que he pasado la noche en vuestros aposentos mi cabeza no tardaría en colgar de una pica.

La princesa, disgustada, se separó del médico y se puso a contemplar la oscura noche de la ciudad. A lo lejos tan solo se veía la luz del faro indicando a los navegantes la proximidad de la costa.

—Vete entonces, no vaya a enterarse mi hermana que estás aquí y corra peligro tu preciosa cabeza —y sus palabras rezumaban ironía con un poso de amargura.

—¡Como queráis princesa! —exclamó Olimpo y haciendo una reverencia abandonó la terraza y los aposentos de Arsinoe. A su puerta la guardia había sido redoblada y se veía a los soldados un tanto inquietos. A la mañana siguiente, a primera hora, Olimpo regresó a los aposentos de la princesa. La guardia seguía estando doblada y una esclava le anunció que podía pasar a ver a la princesa que ya se había levantado. Estaba más tranquila que la noche anterior y le dedicó la mejor de las sonrisas.

—¿Habéis descansado bien, princesa? —le preguntó.

—Perfectamente. Sabes, anoche actuaste con mucho sentido común.

Olimpo alzó las cejas sorprendido y esperó que la princesa le explicase aquellas palabras.

—A última hora de la noche, ya muy tarde, recibí la visita del general Aquilas. Habría sido muy embarazoso explicarle qué hacías tú en mis aposentos a esas horas tan intempestivas, teniendo en cuenta que no eres mí médico personal sino el de mi hermana.

—¿Y qué es lo que quería el general? —preguntó Olimpo.

—Informarme de los disturbios acaecidos y explicarme lo ocurrido y también el porqué se había reforzado la guardia. En definitiva, tranquilizarme. Él era quién había ordenado reforzar la guardia, solo por precaución, pues las protestas iban contra la reina a la que hacían responsable de lo ocurrido. Ella era la que había ordenado buscar y detener a los asesinos de los hijos del gobernador romano y ella era la que había ordenado su ejecución. Las iras del populacho iban contra ella a la que llaman «esclava de Roma», acusándola de haberse vendido al general romano Cneo Pompeyo. Pero el pueblo nada tiene contra mí ni contra mi hermano Ptolomeo a los que por lo visto nos aclamaban.

—Sí, esta mañana antes de venir a veros me he dado una vuelta por la ciudad. Los ánimos están más tranquilos, pero el pueblo forma corrillos y acusan a vuestra hermana de ser la culpable de lo sucedido ayer y de todos los males del reino. Efectivamente dicen que es una esclava de Roma.

—Bueno, nosotros no tenemos de qué preocuparnos. El general Aquilas ha afirmado que mi seguridad está garantizada, aunque me ha pedido que durante un par de días, hasta que los ánimos se calmen, no salga de palacio.

—Es una medida razonable y haréis bien en hacerle caso, princesa. Y procurad también no ver a vuestra hermana. Está muy nerviosa y agobiada. He tenido que darle unas hierbas tranquilizantes. Espero que le hagan efecto. Lástima que no tenga también un remedio para tranquilizar al pueblo que también está nervioso y alterado. Mi maestro Aristófenes me dijo en cierta ocasión que se avecinaban tiempos muy convulsos y creo que estos han llegado ya.

Córdoba

Los planes nunca salen como uno los ha previsto. Hay ocasiones en las que los dioses se confabulan para echar por tierra lo que con tanto cuidado y tanto riesgo se ha organizado. Como era de prever el cuestor Q. Casio Longino, con una importante escolta de hombres armados, se presentó, una vez más, a cobrar tributos en la villa de Quineto Escápula. Este intentó poner la mejor de sus sonrisas mientras que los hombres del cuestor recogían los tributos. Como tenían previsto Escápula le ofreció al cuestor el hermoso alazán, invitándole a que lo montase para que comprobase las prestaciones, únicas, según él, que tenía el caballo. Sería un regalo que le hacía al cuestor, confiando que lo tendría en cuenta a la hora de recabar los tributos. El cuestor estuvo examinando el caballo, acariciando las crines y comprobando la dentadura del hermoso animal.

—Esto no te eximirá de pagar los tributos correspondientes, aunque si me satisface su monta… quizá pueda ahorrarte alguno de ellos —le dijo Casio Longino.

Acababa de montar al animal dispuesto para salir a probarlo cuando, a una seña de Quineto Escápula, los esclavos, que estaban transportando los sacos de los tributos, organizaron una protesta con los encargados de comprobar la recaudación. El recaudador, ya montado en el caballo, indicó a su escolta que pusiesen orden en la trifulca mientras que Escápula dio un azote al alazán para que este saliese al galope. El cuestor se dejó llevar por el caballo que inició una alocada carrera. Cuando Casio Longino intentó frenar al animal, al ver que parecía cabalgar demasiado veloz, comprobó que el alazán no obedecía a sus órdenes, yendo cada vez más deprisa. Ya se había perdido de vista la mansión de Escápula cuando detrás de un bosquecillo de olivos un grupo de jinetes salió al paso del cuestor, cortándole el paso, aunque el alazán no detuvo su marcha, obligando a los jinetes a perseguirle. El alazán era demasiado rápido para los caballos que le perseguían, simples caballos de bajo

coste, y cada vez ponía más terreno de por medio con sus persegui-
dores, lo que hizo sonreír al cuestor al ver como se iban alejando de
ellos, hasta que uno de los jinetes intuyó por donde iría el caballo
del cuestor, que desbocado no seguía las indicaciones de su jinete.
Atajando por una loma le salió al encuentro consiguiendo derribar
el caballo del cuestor con una larga estaca que portaba. Caballo y
jinete rodaron por el suelo, golpeándose el cuestor con una piedra
al caer. La vista se le nubló y fue como si cayese en un profundo
pozo, todo negro. El caballo se incorporó bufando y prosiguió su
carrera mientras que el cuestor quedó tendido en el suelo inconsciente. Los jinetes descabalgaron dispuestos a terminar el trabajo
cuando la escolta del cuestor hizo su aparición. Los hombres no
se lo pensaron y montando en sus caballos se alejaron del lugar a
todo galope, perseguidos por la escolta de Casio Longino, mientras que un reducido número de ellos se quedaba para auxiliarle.
Inconsciente lo trasladaron a la mansión de Escápula donde comprobaron con satisfacción que el cuestor estaba vivo. Tan solo tenía
un golpe en la cabeza del que se recuperaría, sin más secuelas que
el enorme chichón que le había salido y el fuerte dolor de cabeza
que le había quedado. La escolta del recaudador regresó con uno de
los asaltantes herido. Era al único que habían conseguido alcanzar. Los restantes habían huido sin hacer frente a los soldados, pero
por más que torturaron al que habían cogido no consiguieron averiguar más que un hombre desconocido los había contratado para
matar al cuestor.

—¿Tú sabes algo de esto, Escápula? —preguntó el cuestor.

—No, mi señor. Nunca he visto a este hombre —contestó
Quineto Escápula.

—Y tú, ¿has visto alguna vez a este hombre? ¿Sabes quién es? —
le preguntó al prisionero mientras señalaba a Escápula.

—No, no le he visto en mi vida. No sé quién es.

—¿Y cómo sabíais que yo estaría aquí?

—Perdóname honorable señor. No sabíamos que el hombre al
que teníamos que matar erais vos. El hombre que nos contrató dijo
que el dueño de esta villa tendría hoy una visita. Que esperásemos
la ocasión para atacarle y acabar con su vida. Cuando os vimos
cabalgando solo pensamos que era el momento adecuado.

—¿Dónde está el caballo que montaba? —preguntó al soldado que mandaba su escolta.

—No ha regresado y no hubo forma de darle alcance. Es veloz como el rayo —contestó el soldado.

—No sé si ese caballo me ha salvado la vida o fue la trampa para intentar matarme. Pero lo averiguaré, por los dioses que lo averiguaré y espero que tú no tengas nada que ver con ello pues lo pagarás con tu vida —dijo dirigiéndose a Escápula mientras se levantaba— ¿Habéis recogido todos los tributos?—preguntó al encargado de la recaudación.

—Sí, mi señor. Ya lo hemos recogido —contestó inclinando la cabeza.

—Nos vamos. Ya nos veremos Escápula. Esto no termina aquí.

Quineto Escápula, muy serio, salió a la puerta de su domus a ver cómo el cuestor, su escolta y el grupo encargado de recaudar se alejaban de su villa.

«Maldita sea. Las cosas para que salgan bien las tiene que hacer uno mismo. No sirve encargárselas a otro. Me temo que esto no va a pintar nada bien para mí», pensó Quineto Escápula viendo como la comitiva de Casio Longino se iba poco a poco perdiendo de vista.

Ya estaba anocheciendo cuando el hermoso alazán negro regreso a la villa, todo sudoroso y con las crines todas enredadas. Escápula estuvo acariciando y tranquilizando al caballo que piafaba nervioso mientras bufaba por los ollares. Mandó a los esclavos que secasen al caballo y lo cepillasen con cuidado. «Por lo menos no lo he perdido», pensó mientras abandonaba las cuadras dejando en manos de los esclavos al hermoso caballo. Durante varios días Quineto Escápula estuvo nervioso temiendo ver aparecer en cualquier momento a los soldados del cuestor. Pero nadie apareció por su villa. Al tercer día un jinete al galope se vislumbró en lontananza. Venía solo por lo que no podía ser la temida visita del cuestor y sus hombres. A medida que el jinete se acercaba Escápula creyó reconocer a su amigo Aponio. Efectivamente era él. Al llegar a la puerta de la domus detuvo su cabalgadura, un esclavo cogió por las riendas su caballo mientras su amigo descabalgaba y saludaba a Quineto Escápula que lo estaba esperando.

—Los dioses te sean propicios —saludó Aponio.

—¿Tú crees? —contestó Escápula— No parece que hasta ahora lo hayan sido.

—Sí. No resultó como lo habíamos previsto —respondió Aponio.

Quineto Escápula le hizo una seña para que no siguiera hablando. Los esclavos estaban por allí y aunque eran de confianza, nunca se sabía. Entraron en el tablinum y el dueño de la casa mandó que le trajesen vino. Una vez que los esclavos abandonaron la estancia después de haberles servido, Aponio preguntó:

—¿Qué es lo que falló?

Escápula miró a su alrededor para asegurarse que no había oídos indiscretos escuchando.

—Fallaron los secuaces que contratamos. Eso y que mi alazán negro resultó demasiado rápido para ellos. No consiguieron detenerlo y cuando, después de bastante rato de perseguirlo, consiguieron derribarlo la guardia del cuestor ya había resuelto la trifulca que aquí se había organizado para entretenerlos y llegaron a tiempo de evitar que los secuaces terminaran su trabajo. Eso es lo que pasó. Si uno quiere que el trabajo esté bien hecho ha de hacerlo uno mismo. No se puede confiar a desconocidos.

Quineto Escápula dio un sorbo a su copa, apurándola.

—Bueno, si lo hubiésemos hecho nosotros y la guardia hubiese llegado a tiempo, ahora estaríamos muertos o encarcelados. Así estamos libres —comentó Aponio después de dar un sorbo a su copa.

—¿Pero por cuánto tiempo? ¿Cuánto crees que el cuestor tardará en atar cabos y venir a por mí? —preguntó Escápula visiblemente enfadado.

—El secuaz que sobrevivió no sabe quién los contrató. Este está muy lejos de aquí y tardará mucho en regresar. Para entonces todo se habrá olvidado.

—¡El cuestor no olvida! —exclamó Quineto Escápula.

—Casio Longino tiene en estos momentos otras cosas más importantes de las que preocuparse —contestó Aponio—. Esta mañana ha abandonado la ciudad camino de Roma.

—¿Qué ha abandonado la ciudad? —preguntó extrañado Escápula.

—Sí, ¿no te has enterado? —Aponio vio la cara de sorpresa de su amigo y continúo hablando—. Ya veo que no. Julio César ha cruzado con sus tropas el Rubicón camino de Roma. Me temo que la guerra entre él y Cneo Pompeyo, tal y como se veía venir, ha empezado.

—¡Por todos los dioses! —exclamó Escápula— ¡Eso es traición! ¡Todos estaremos en guerra!

XIX

Roma
Año 49 a. C.

Las noticias se sucedían vertiginosamente. Los correos, uno tras otro, transmitían las novedades, tanto al general Cneo Pompeyo como al Senado, donde el nerviosismo entre los senadores partidarios del general Pompeyo, los llamados optimates, iba en aumento.

—¡Se ha atrevido! ¡Por los dioses que se ha atrevido! —gritaba uno de los senadores.

—¡Eso es traición! —gritaba otro.

—Confirmado, general. Se dirige a Roma —notificó el último correo—. Y por el camino se están uniendo a él una multitud de soldados.

El nerviosismo era patente entre los senadores y no parecía que el general Cneo Pompeyo estuviese mucho más tranquilo.

—¿Ninguna fuerza de legionarios le ha salido al paso? —preguntó el general al correo que había llevado la noticia.

—No, nadie le ha salido al paso. Al contrario, se le está sumando una ingente cantidad de soldados a medida que avanza —contestó el correo.

—¿Cuántas legiones le acompañan? —preguntó Cneo Pompeyo.

—No lo sabemos, general —contestó el correo—. Se está desarrollando todo tan deprisa. Lo cierto es que avanza muy rápido.

Ya ha sobrepasado Rávena y Ariminum, donde se ha encontrado con Marco Antonio. Este, con cinco cohortes está atravesando los Apeninos camino de Aretio, mientras Julio César, con otras cinco cohortes ya ha tomado Pisauro, Fano, Ancona... y dicen que se encuentra cerca de Auximun.

—General—le dijo Catón, uno de los senadores que le acompañaban y que más se había opuesto a Julio César—, no podemos quedarnos aquí cruzados de brazos, esperando a que César haga su aparición ante las murallas de la ciudad. Tenemos que hacer algo.

—Lo mejor es que abandonemos Roma —apuntó otro de los senadores.

—Podemos retirarnos a Brumdisium para recomponer nuestras fuerzas y hacerle frente —comentó otro de los senadores—. En caso de necesidad siempre podemos desde allí hacernos a la mar hasta un lugar más seguro.

—¿Estáis dando por descontado que mis legiones no pueden derrotar a ese traidor de Julio César? —preguntó el general Cneo Pompeyo visiblemente enfadado.

—No, general. Estamos seguros de que la victoria será vuestra. Pero se ha de recomponer el ejército y ver dónde y cuándo es el mejor momento para hacerle frente —respondió el primero de los senadores.

El general Pompeyo guardó silencio, la mirada fija en un punto que seguramente él era el único capaz de ver. Los senadores y los ayudantes del general se miraban unos a otros sin saber qué hacer ni qué decir.

—De acuerdo —dijo al fin el general volviéndose hacia los senadores—. Nos retiraremos con mis legiones al puerto de Brumdisium. Allí nos organizaremos para presentar batalla a ese traidor. Poner un edicto que todo senador o funcionario que se quede en Roma se le declarará traidor a la patria, al igual que todo aquel que le preste ayuda, sea del tipo que sea.

Los ayudantes rápidamente se dispusieron a dar las órdenes oportunas y los senadores corrieron a preparar a sus familias y enseres. No iban a dejar nada para que el traidor se apoderase de sus pertenencias.

—¿General, recogemos también el tesoro de la República para llevárnoslo? —preguntó uno de sus ayudantes.

El general meditó un momento qué contestar. No había pensado en el vasto tesoro guardado en el templo de Saturno.

—No, lo dejaremos donde está. Ni el más desalmado de los traidores se atrevería a tocar el tesoro de Roma —contestó.

No hacía ni veinticuatro horas que Cneo Pompeyo, acompañado de sus legiones, la mayor parte de los Senadores, todos ellos partidarios de Pompeyo y los altos funcionarios de la ciudad habían abandonado la ciudad cuando la XIII legión, Gémina, al mando de Julio César y un gran número de soldados que se le habían ido añadiendo por el camino hasta casi formar una legión llegaron ante las murallas de la ciudad, precedidas por olas de refugiados que se dirigían a ella mientras otros trataban de huir. El pueblo, ya informado de su llegada, salió a las calles y plazas a vitorearle con gritos de júbilo, aclamándole, mientras que las ancestrales y grandes mansiones de los nobles, que estos habían abandonado en su precipitada huida, fueron asaltadas por el populacho de los barrios bajos, ávido de riquezas y de venganza.

—Cneo Pompeyo y sus legiones, la mayor parte de los senadores y los altos funcionarios han huido —le dijo el tribuno Marco Cayo a Julio César—. Tan solo quedan unos cuantos senadores partidarios vuestros, señor.

—¿Hacia dónde han huido? —preguntó el general.

—¡A Brumdisium! —contestó el tribuno—. Supongo que allí intenta recomponer sus fuerzas para hacernos frente.

—¡Yo no quiero luchar con él! ¡Tan solo quiero llegar a un acuerdo para recomponer la situación política sin que nadie salga perjudicado! —exclamó.

—Me temo que eso no va a ser posible, señor. Hemos sido declarados traidores y todo aquel que nos ayude, sea de la manera que sea, también será declarado traidor —dijo Marco Cayo.

—¡El pueblo nos aclama y nos vitorea! —exclamó el general.

—¡El pueblo sí, porque espera y confía en nuestra victoria! Pero no esperéis ayuda de nadie más —le respondió el tribuno. En las provincias los enemigos de Pompeyo se están haciendo con el poder en vuestro nombre utilizando la fuerza como único instrumento legal.

Julio César se quedó mirando al tribuno fijamente y este apartó la mirada y bajó los ojos.

—Hay algo más que no me has dicho, ¿verdad? Vamos, tribuno, las noticias es mejor saberlas, por malas que sean. Cuanto antes se sepan mejor para poder afrontarlas.

Marco Cayo carraspeó. Era evidente que le costaba hablar, pero el general estaba empezando a impacientarse y tampoco era cuestión que se enfadase con él. Al fin se decidió a hablar.

—Tito Labieno ha desertado de la Galia. Se dirige con tres mil setecientos jinetes galos y germanos al encuentro de Pompeyo para unirse a él.

César palideció. Se sentó en una sella y pidió una copa de agua. Era evidente que no esperaba una noticia como esa y el golpe le había hecho daño. Había puesto toda su confianza en él. Le había llevado consigo a la Galia cuando expiró el mandato de Labieno como tribuno de la plebe. En la Galia le había hecho legado de una de sus legiones y le había considerado su segundo al mando. De hecho, cuando él se había tenido que ausentar, era en Labieno en el que había confiado para que se quedase al mando, como comandante supremo de todas sus legiones en calidad de legado propretoriano. Bien es verdad que Tito Labieno se había ganado la confianza que había puesto en él demostrando ser un militar excepcional, sin que le temblase el pulso a la hora de enfrentarse a sus enemigos con tácticas que incluso horrorizaban a estos, matando, decapitando e incluso enterrando vivos a sus enemigos. Pero la guerra era así de dura y en ocasiones salvajes. Todo estaba permitido con tal de vencer al enemigo y evitar que este te venciese a ti.

—¿Se sabe por qué ha desertado? —preguntó el general visiblemente apenado.

—Son todos rumores, señor. Algunos dicen que le habían oído decir que el gobierno legítimo era el del general Cneo Pompeyo, apoyado por el Senado y que vos sois solo un procónsul revolucionario que lo único que pretende es subvertir el orden establecido, al que él no está dispuesto a apoyar.

—¿Eso es lo que piensan los demás? ¿Tú qué piensas? —le preguntó al tribuno.

—¡Señor, yo estoy con vos y lo estaré vayáis dónde vayáis y hagáis lo que hagáis!

—Me refiero a las razones que han llevado a Tito Labieno a abandonarme —aclaró el general.

—Señor, son muchos los que opinan, y yo podría incluirme entre ellos, que Tito Labieno ha adquirido demasiadas riquezas y fama en sus campañas en la Galia. Tantas, que esperaba equipararse a vos y obtener un mando igual al vuestro. Sin embargo, no se lo habéis dado, ni tiene perspectivas de conseguir un consulado. Últimamente se le notaba como resentido contra vos por lo que él consideraba falta de reconocimiento y no son pocos los que consideran que ha desarrollado un profundo odio hacia vos. Quizá esa sea la causa de su deserción. Después de todo nunca ha dejado de ser un cliente del general Pompeyo… No lo sé, señor.

El general permaneció pensativo y pidió que le trajesen una copa de vino. El agua no le quitaba la sed.

—Lo traté como a un hijo. Lo dejé al mando de todo cuando yo me ausentaba e hice de él un hombre rico. Marco, tú eres joven y aunque nadie aprende en cabeza ajena, intenta no olvidar esta lección. No te fíes nunca de nadie.

En aquel momento un legionario entró en la estancia anunciando la presencia de Marco Antonio.

—General, la ciudad es nuestra. Todo el mundo nos vitorea y vuestros enemigos han huido acompañando al general Cneo Pompeyo. ¿Cuáles son vuestras órdenes? —preguntó.

—Que descansen los soldados. Descansaremos unos días mientras esperamos a cuatro legiones de la Galia que ya vienen de camino. En cuanto lleguen nos pondremos en marcha camino de Brundisium.

Hizo una pausa con la mirada perdida en el infinito.

—Marco Antonio, no quiero lista de proscritos ni matanzas, como ocurrió en la época de Sila. A todo enemigo que se rinda se le perdonará la vida.

—Señor, ¿me necesitáis ahora o puedo ausentarme hasta mañana al amanecer? —preguntó Marco Cayo.

Julio César le miró fijamente y una amplia sonrisa se esbozó en su rostro.

—Sí, tribuno, puedes ausentarte hasta que lleguen las legiones de la Galia. Pero luego quiero que estés aquí. ¡No vayas a olvidarte de nosotros! —exclamó irónico.

—Aquí estaré, señor —y el tribuno después de saludar abandonó la estancia. Quería saber dónde estaba su amada Pompeya y ver si esta se había quedado en Roma o había seguido a su tío. Recorrió la ciudad donde los ánimos estaban alborotados y los seguidores de Cneo Pompeyo que no habían abandonado la ciudad eran perseguidos y apaleados por los partidarios de Julio César. Desde luego Marco Antonio iba a tener trabajo para mantener el orden en la ciudad y hacer que esta funcionase. Llegó a la casa del general Cneo Pompeyo donde un grupo de legionarios hacia guardia para evitar que la casa del general fuese asaltada. Marco Cayo llegó hasta ellos y correspondió al saludo que le hicieron.

—¿Hay alguien en la casa? —preguntó.

—Nadie, tribuno. Todos la han abandonado. No queda ni un solo esclavo —contestó el legionario que mandaba aquel grupo—. Estamos aquí para que el populacho no la asalte. No te creas, trabajo nos está costando impedirlo. Ya hemos tenido que rechazar varios intentos.

—Os mandaré refuerzos —respondió Marco Cayo.

—Os lo agradecemos, tribuno —le contestó.

Marco Cayo dio media vuelta y regresó al cuartel general donde estaba instalada la XIII legión para ordenar que reforzasen la guardia en la casa del general Pompeyo. Se había sentido un poco desilusionado al ver que su amada no se había quedado en ella. Sentía no haberla podido ver pero se alegraba que se hubiese marchado porque en la ciudad corría verdaderamente peligro. Ningún partidario del general Pompeyo estaba a salvo y mucho menos sus familiares, y no estaba seguro de que cuando la XIII legión abandonase la ciudad, se pudiesen evitar los altercados y el linchamiento de los que habían sido partidarios del general huido. Varios días después la XIII legión, Gémina, con Julio César al mando, acompañados de las cuatro legiones que habían llegado de la Galia se pusieron de camino hacia Brumdisium. Había que llegar rápidamente y evitar que Cneo Pompeyo y sus partidarios consiguiesen refuerzos.

* * *

Brumdisium, a orillas del mar Adriático se había convertido en un activo puerto comercial y lugar de escala para llegar a Oriente y Grecia, y espléndidamente conectada con Roma a través de la Vía Appia, una de las más importantes calzadas romanas. Un correo entró en la estancia que el general Cneo Pompeyo eligió como cuartel general.

—¡General! —exclamó el correo después del saludo de rigor— César se ha puesto en marcha por la Via Appia viniendo hacia aquí. Le acompaña un fuerte contingente de tropas.

Acompañaban al general varios senadores que cruzaron miradas de preocupación e inquietud.

—Se mueve deprisa, el traidor. ¿Cuántas legiones le acompañan? —preguntó el general al tiempo que de un manotazo apartaba los planos que estaba examinando.

—Nuestro informante no lo ha precisado, pero es un contingente de tropas muy considerable y bien pertrechado —contestó el correo.

—Está bien, puedes retirarte —le dijo al correo—. Quizá cometimos un error. No debíamos haber venido hasta aquí —dijo a los senadores cuya cara de preocupación iba en aumento.

—¿Y qué podíamos hacer? ¿Hacerle frente en Roma? —preguntó uno de los senadores— Eso habría sido ir hacia una derrota segura. Tenemos que conseguir tiempo para conseguir un gran ejército…

—¡Deberíamos haber partido hacia Hispania! —exclamó alzando la voz el general—. Allí tengo varias legiones formadas por mí, bien preparadas y que me son completamente fieles. Además, el pueblo me quiere y estaría a mi lado. Conseguiríamos formar un poderoso ejército capaz de hacer frente al traidor con total garantía de éxito.

Uno de sus ayudantes entró en la estancia visiblemente contento.

—¡General, buenas noticias!

—¿Se ha abierto la tierra y se ha tragado al traidor y a todos sus hombres? —preguntó el general.

El ayudante del general se quedó pasmado, sin saber qué decir.

—Estamos necesitados de buenas noticias ¿Cuál es esa buena noticia? —le preguntó el general.

—¡Tito Labieno ha abandonado la Galia y se dirige hacia aquí con unos cuatro mil jinetes galos y germanos!

—¿Y eso es una buena noticia, soldado? —preguntó el general preocupado.

—Sí, general, porque el legado propretoriano ha desertado de su mando en la Galia y viene a unirse a nosotros.

El general dio una palmada mientras que los senadores que habían permanecido con el corazón encogido respiraron profundamente.

—Eso sí es una buena noticia. ¿Dónde se encuentra? —preguntó el general.

—A unas pocas millas de aquí. No tardará en llegar —contestó el legionario.

Efectivamente, el ayudante del general estaba en lo cierto y Tito Labieno no tardó en presentarse ante el general que lo recibió con los brazos abiertos, al igual que el grupo de senadores que le acompañaban.

—Has tomado una sabia decisión y estoy muy orgulloso de ti —le dijo el general después de darle un fuerte abrazo y ofrecerle algo de beber. El legado no dijo nada. Se limitó a sonreír y aceptar las felicitaciones y las palmadas de los senadores que acompañaban al general.

—¿Cómo está la situación? —preguntó.

—Julio César se dirige rápidamente hacia aquí después de haber estado en Roma —le contestó el general—. Por lo que mis informadores me dicen no creo que tardemos mucho en verlo a las puertas de Brumdisium.

—¿Y qué vas a hacer, general? —le preguntó.

—¿Cuánta caballería has traído contigo? —le preguntó.

—Tres mil setecientos jinetes galos y germanos. La flor y nata de mi caballería. Hombres valientes y aguerridos.

—Sí, no lo dudo… Pero no son suficientes. Tenemos que formar un poderoso ejército capaz de hacer frente a Julio César con garantías de victoria. Me temo que eso no va a ser posible aquí.

—¿Entonces? —preguntó el legado.

—Quizá lo mejor sea abandonar Brumdisium e ir a Hispania donde tengo varias legiones bien formadas y un pueblo que me apoya en su totalidad, no en vano sigo siendo cónsul de Hispania.

—Con todos los respetos, mi general. Creo que eso es un error —dijo Labieno dejando su copa en una mesita y extendiendo el plano de la región que antes había estado examinando el general—. Creo que Julio César, como mucho, solo puede contar con dos legiones. La XIII legión, Gémina, que le acompaña a todas partes y como mucho un par de legiones que no sé de dónde las habrá sacado. Pero no dejan de ser varias legiones de hombres muy cansados, que han guerreado sin descanso en la Galia y que ahora han emprendido una dura carrera cruzando toda la península sin descanso para llegar aquí. Tienen que estar agotados, sin duda. Desde mi punto de vista, lo mejor es no esperar a que se recuperen y enfrentarnos a ellos aquí mismo, sin más dilación.

El general Pompeyo permaneció en silencio, observando el mapa que había estado examinando antes y también la cara de estupor o miedo de los senadores que le acompañaban.

—Creo que no sería buena idea —comentó al fin uno de los senadores—. Hispania queda muy lejos. Creo que lo mejor es retirarnos a Grecia y allí formar un poderoso ejército con nuestros aliados asiáticos, capaz de hacer frente con garantías a los traidores. Allí contáis con el apoyo de numerosos veteranos cuya experiencia en combate nos vendría muy bien.

Un murmullo de aprobación recorrió la sala, mientras todos se aproximaban a ver el mapa que estaban examinando

—Sigo pensando que la mejor opción es hacerles frente aquí mismo. No esperar a que descansen y se organicen —comentó Tito Labieno.

El general Cneo Pompeyo permanecía indeciso observando el mapa que estaban examinando. Como le pasaba últimamente le costaba decidirse. Todos guardaban silencio esperando su decisión que sin embargo se demoraba.

—¡Nos vamos a Grecia! —exclamó por fin después de dar un manotazo al mapa que tenía extendido sobre la mesa—. Preparad las cosas y a los hombres para partir cuanto antes.—dijo dirigiéndose a sus ayudantes—. Mientras tanto tú, Tito, quedas nombrado comandante de mi caballería. Con ella vas a acosar a las legiones de Julio César para tratar de retrasar todo lo que puedas su llegada. No te enfrentes directamente a él, terminaría destrozando a la caballería y la necesitamos. ¿Entendido?

Todos asintieron y se pusieron en marcha para cumplir las órdenes del general. Tito Labieno cumplió las órdenes que había recibido y con su caballería estuvo acosando los flancos de las tropas mandadas por Julio César. Pero eran tropas bien adiestradas con gran experiencia en combate y no consiguieron su cometido, por lo que los legionarios de la XIII legión Gémina se plantaron a las puertas de Brumdisium antes de que el general Pompeyo y sus seguidores pudieran abandonar la ciudad. Pero establecer un cerco para impedir que el general y sus hombres escapasen era harto difícil. No tenían hombres suficientes, por lo que Pompeyo, utilizando todos los barcos disponibles, consiguió embarcar a la mitad de su ejército, mientras el resto hostigaba a las tropas asaltantes que intentaban bloquear el puerto. Durante varios días la situación no cambió hasta que la flota pompeyana regresó y el general Pompeyo embarcó el resto del ejército consiguiendo huir antes que las tropas de Julio César, que se habían percatado de lo que ocurría, consiguiesen tomar la ciudad al asalto.

—Lo siento general. No hemos podido evitar que huyesen —informó Marco Cayo—. Cuando hemos llegado ya habían partido todos.

—¿Sabemos hacia dónde se dirigen? —le preguntó el general.

—Todo parece indicar que hacía Grecia, concretamente hacia Dirraquio.

Dirraquio, situada en la costa de la actual Albania, la más cercana al puerto de Brumdisium en la parte más estrecha del mar Adriático frente a la península itálica, era una ciudad de origen griego con una situación geográfica muy ventajosa, al estar situada en un puerto natural rocoso y rodeada de atalayas por la parte de tierra, lo que dificultaba cualquier ataque desde el continente o por mar. Julio César se quedó mirando el horizonte donde un mar tranquilo llevaba una pequeña brisa que hacía muy agradable el día en la sala que, hasta el día anterior, había servido de cuartel general de Cneo Pompeyo. Ante el silencio del general el tribuno Marco Cayo se atrevió a preguntar:

—¿Qué vamos a hacer general? Los hombres esperan vuestras órdenes.

—No lo sé, tribuno. De momento que se instalen y descansen. Les va a hacer falta pues no sabemos lo que nos depararán los dioses.

—Voy a dar las órdenes oportunas —contestó el tribuno y saludando abandonó la estancia donde el general había instalado su cuartel general.

Marco Cayo Gayo estaba triste. Había albergado alguna ligera esperanza de encontrar a Pompeya en Brumdisium. Deseaba que la sobrina del general no se hubiese embarcado con él, camino de Dirraquio. Pero no había sido así. Todo el séquito que acompañaba al general Pompeyo, su familia, los senadores y algunos altos magistrados se habían embarcado con él... y también su sobrina Pompeya. Hacía mucho tiempo que no tenía noticias de ella y no sabía si la joven seguía teniendo los mismos sentimientos hacía él. No la había olvidado, la seguía queriendo y deseando pero...después de los últimos acontecimientos acaecidos..., ¿seguiría la joven albergando los mismos sentimientos? El temor poco a poco se iba apoderando de él y presentía un negro futuro respecto a su relación con Pompeya.

¡Malditos políticos que con sus decisiones alteraban la vida de las personas sin importarles estas lo más mínimo! Solo se guiaban por sus intereses personales, aunque pusiesen como disculpa al pueblo al que decían proteger. El día transcurrió sin más incidentes. El general lo pasó encerrado en su cuartel general reunido con algunos de sus hombres de confianza. La disyuntiva que se le presentaba era embarcar a su ejército en persecución del general Pompeyo, camino de Grecia, en dirección al puerto de Dirraquio para impedir que este consiguiese formar un poderoso ejército con los aliados asiáticos de la zona... o trasladarse a Hispania, donde Pompeyo era muy querido y contaba con los apoyos de los naturales del lugar, además de las dos legiones que él mismo había creado y entrenado y que le eran totalmente fieles. Julio César permanecía en silencio observando los planos que encima de una gran mesa había extendido. La brisa marina hacía mecerse las telas de seda que cubrían los grandes ventanales haciendo que corriese un aire muy agradable. Los hombres de confianza del general discutían sobre cuál era la mejor de las opciones a elegir. La opinión mayoritaria era que si se embarcaban camino de Grecia dejaban la retaguardia al descubierto y las legiones pompeyanas de Hispania podían trasladarse a Roma encontrando el camino libre, por lo que lo más conveniente era trasladarse a Hispania y dejar esa provincia completamente asegurada antes de enfrentarse a Pompeyo. El inconveniente de esa postura era que el general Pompeyo tendría tiempo de reorganizar sus fuerzas y formar un poderoso ejército. Todos discutían acaloradamente mientras el general guardaba silencio. Marco Cayo también guardaba silencio en un extremo de la estancia. Él era simplemente un tribuno de la XIII legión Gémina y se limitaría a cumplir las órdenes del general. Solo daba su opinión cuando Julio César se la pedía y en aquellos momentos el general guardaba silencio. Así transcurrió bastante tiempo hasta que Julio César se puso en pie y dando dos palmadas pidió silencio.

—¿No contempláis ninguna propuesta diferente? —preguntó. Los soldados guardaron silencio mirándose unos a otros. Nadie tenía nada nuevo que decir— Pues entonces que se preparen las legiones con las que contamos. Al amanecer emprendemos el camino hacia Hispania y lo hemos de hacer rápidamente, por lo que apenas nos detendremos. Los hombres que estén enfermos o heridos se quedan aquí. Los demás tienen que estar listos al amanecer.

Los soldados saludaron y sin decir palabra abandonaron la estancia rápidamente dispuestos a cumplir las órdenes del general.

XX

Alejandría
Año 48 a. C.

Arsinoe contemplaba el mar desde la terraza de sus aposentos en el palacio real. Una ligera brisa hacía más respirable aquel atardecer en el que el sol estaba empezando a ocultarse tiñendo el cielo de un rojo fuego que iba dando paso al añil. Habría sido un hermoso atardecer para contemplarlo desde la cubierta de un barco. Pero hacía tiempo que no salía a navegar. A Olimpo, cada vez le resultaba más difícil encontrar un barco para poder hacerlo y su hermana Cleopatra, cada vez le dejaba menos tiempo para que pudiese estar con ella. Arsinoe a veces dudaba si su hermana no habría tenido conocimiento de la relación que guardaba con el médico y tenía a este más ocupado para que no encontrase tiempo para estar juntos. Arsinoe movió la cabeza como queriendo alejar aquellos malos pensamientos de su cabeza. Más le valía a su hermana, la reina, preocuparse de cómo estaba la situación del reino. La escasez de lluvias había provocado que el Nilo, el sagrado Nilo del que dependía la vida de todos sus súbditos, no hubiese inundado sus márgenes y depositado el sagrado limo que hacía que las cosechas fuesen abundantes. Como resultado de ello llevaban varios años de malas cosechas y la hambruna se estaba extendiendo por todo el reino. Las bandas de maleantes proliferaban por todo él causando la muerte y el terror entre los campesinos. En las ciudades la situación era algo mejor, pues los soldados reales evitaban que los desmanes se extendiesen a sus habitantes, pero aun así el descontento era muy grande ya que los mercados estaban vacíos al no llegar productos del campo y los comerciantes que traían productos del exterior no encontraban salida para ellos. Todo el mundo protestaba y se quejaba, pero nadie hacía nada para evitarlo. Cleopatra, la reina, estaba encerrada en sus habitaciones sin aportar soluciones para todos aquellos problemas y los consejeros de su hermano Ptolomeo no trataban con ella, haciéndole el vacío. Sin embargo, sí estaban muy amables con Arsinoe informándola de todo lo que ocurría y preguntando su opinión. La princesa no sabía qué decir, después de todo no era más que una adolescente a la que nunca le habían pedido parecer y nunca había tomado decisiones. Sin embargo, ahora parecía que todo el mundo quería saber qué pensaba. Se lo había comentado a Olimpo la última vez que habían podido estar juntos y este se había quedado pensativo mirándola.

—Tened cuidado con lo que les decís —le dijo Olimpo.

—¿Por qué dices eso? —le preguntó sorprendida.

—Me temo que los tres consejeros de vuestro hermano están tramando quitar del trono a vuestra hermana Cleopatra y buscan vuestro apoyo. No en vano sois la siguiente en la línea de sucesión al trono.

—¿Tú crees que yo podría llegar a ser reina? —preguntó Arsinoe.

—Si expulsan del trono a Cleopatra quizá estén pensando colocar en el trono exclusivamente a vuestro hermano Ptolomeo, y casaros con él. No lo sé, es una posibilidad.

—No me disgustaría ser reina. Creo que no lo haría mal —contestó Arsinoe sonriendo.

No habían pasado muchos días cuando Olimpo acudió a los aposentos de la princesa Arsinoe.

—¿Cómo que vienes a despedirte? —le preguntó— ¿A dónde vas?

—La reina Cleopatra se va a hacer un viaje por el reino para comprobar de primera mano cómo están las cosas e intentar apaciguar los ánimos —le contestó Olimpo—. Yo, como médico personal, tengo que acompañarla.

—¿No puede ir Aristófanes? —preguntó la princesa visiblemente molesta.

—El médico de la reina soy yo. No puedo dejar de lado mis obligaciones... Además, la reina no me lo permitiría. Tengo que acompañarla.

—Espero que no sea un viaje muy largo. No me gusta tenerte alejado de mí —y al decirlo se echó en sus brazos besándolo ardorosamente.

La ausencia de la reina Cleopatra de Alejandría era la ocasión que los tres consejeros de Ptolomeo XIII estaban esperando para que este se alzase contra su hermana Cleopatra, rebelándose contra ella para alejarla del trono. En ausencia de la reina promovieron grandes disturbios en las ciudades, en los que los alborotadores proclamaban a gritos su adhesión a Ptolomeo pidiendo la muerte o el destierro para Cleopatra. El general Aquilas y el enuco Potino, principales instigadores de la rebelión, se aseguraron primero el apoyo de la princesa Arsinoe. Para ello buscaron el beneplácito del tutor de la princesa, Ganímedes, que ejercía una notable influencia sobre ella. Conseguido el apoyo de la joven princesa, a la que prometieron que sería reina, la rebelión estaba consumada y el derrocamiento de la reina Cleopatra fue un hecho.

Cleopatra, en la barcaza real, acompañada de un reducido séquito y una pequeña escolta, navegaba río arriba observando el lamentable estado de los campos de cultivo y preguntándose cómo habían podido llegar a aquella horrorosa situación sin haberla intentado remediar antes. Al atracar la barcaza en una de las aldeas para oír los lamentos y quejas de los campesinos un correo real llegó hasta ella. Las noticias que portaba no eran nada buenas. Se había consumado la rebelión y la habían expulsado del trono. La conminaban al exilio y la advertían que si no abandonaba Egipto sería encarcelada y ajusticiada. Cleopatra, sorprendida y asombrada por la rapidez con la que se habían desarrollado los acontecimientos, envió mensajeros a las principales ciudades del reino para averiguar cuántos apoyos tenía y ver si podía hacer frente a la rebelión. Pero la respuesta no se hizo esperar y no podía ser más descorazonadora. ¡Nadie la apoyaba! ¡Podía dar por perdido el trono de Egipto! Su hermano Ptolomeo había sido proclamado como único faraón y contaba con el apoyo de su hermana Arsinoe. Cleopatra, desesperada, no sabía qué hacer y miraba la otra orilla del Nilo donde un reducido grupo de pescadores trataban de pescar algo en el escaso caudal que el río llevaba.

—¡Podíamos pedir ayuda al general romano Cneo Pompeyo! —le propuso uno de sus escasos consejeros que la habían acompañado en aquel viaje —Después de todo es el garante del testamento de vuestro difunto padre. Él es el encargado de que se cumpla y no se altere de ninguna manera.

—Hacedlo, pero no esperéis recibir ayuda del general. Bastantes problemas tiene él en su propia casa como para poner orden en la casa de los demás —contestó Cleopatra. Y es que a la reina ya le habían llegado las noticias de que el general Julio César había cruzado el río Rubicón con sus legiones, se había adueñado de Roma y perseguía al general Pompeyo que había huido a Brumdisium.

—No vamos a esperar cruzados de brazos a que los dioses nos proporcionen la ayuda que necesitamos —exclamó Cleopatra.

—¿Y qué vamos a hacer entonces? —preguntó otro de los consejeros de la hasta hacía unos días reina de Egipto.

—Nos vamos a trasladar a Gaza, en la provincia de Siria, y desde allí intentaremos formar un ejército para volver a Egipto y expulsar a mi hermano Ptolomeo del trono.

—¿Os lo permitirán los romanos? —preguntó uno de sus consejeros.

—Hasta ahora he sido una fiel aliada de Roma. Le cedí al gobernador romano de Siria las dos legiones estacionadas en Egipto y le serví en bandeja de plata las cabezas de los asesinos de sus hijos. No puede negarme que me instale en su provincia a la espera de recuperar mi trono.

—¡Pero no sabemos a quién apoya el gobernador de la provincia de Siria, si a Cneo Pompeyo o a Julio César! —exclamó el mismo consejero.

—Eso a nosotros nos da igual. Enviadle un correo notificándole que nos dirigimos hacia allí.

Olimpo había permanecido en silencio, con el ceño fruncido y cada vez de peor humor, durante toda la conversación que la reina había tenido con sus consejeros. Después de todo, él era simplemente el médico y nadie le pedía su opinión. Si en algún momento había confiado que su ausencia de Alejandría y de su amada Arsinoe sería corta, ahora veía claro que el exilio de la reina en Siria sería largo, sino definitivo, y él, como su médico personal, tenía que acompañarla. Por momentos se iba poniendo de peor humor, pero no podía decir ni hacer nada, absolutamente nada, entre otras cosas porque la situación en Egipto no parecía estar demasiado clara. Ptolomeo se había hecho con el trono... Bueno para decirlo con mayor exactitud, habían sido sus consejeros los que lo habían puesto en él y no tenía nada claro el papel que había desempeñado o podía desempeñar la princesa Arsinoe. Lo mejor era esperar a ver cómo se desarrollaban los acontecimientos antes de tomar partido y decidir qué hacer.

* * *

Roma

Nameyo estaba contento, muy contento. Desde su abrumadora victoria en la lucha de gladiadores se había convertido en la estrella de la escuela. El Lanista, tal y como le había prometido, le había proporcionado una celda individual y permitido que la esclava Anneliese viviese con él. Todos le sonreían y le daban palmaditas en la espalda felicitándole. ¿Todos? No, todos no. El instructor Tibaste, cuando se enteró de los privilegios que se le otorgaban a Nameyo en la escuela, entró en cólera maldiciendo a todos los dioses. Fue en busca de una espada y quiso ir a por Nameyo, pero Craxo, el jefe de instructores, le salió al paso.

—¡Nameyo es intocable! —le dijo— ¡Al menos de momento! El Lanista ha invertido su dinero en él y piensa obtener suculentos beneficios. Mientras siga obteniendo victorias ni se te ocurra tocarle ni un pelo, aunque a decir verdad tengo serias dudas de que pudieras lograrlo. El día que caiga en desgracia es todo tuyo, mientras tanto... ni te acerques a él.

El instructor se alejó maldiciendo y rumiando su odio, pero no quiso dejar de advertir al gladiador y guardándose una daga entre sus ropas espió a Nameyo esperando la ocasión de encontrarlo solo. Tardó varios días en encontrarla, pero cuando llegó no quiso desaprovecharla y acercándose de forma sigilosa por detrás le colocó la daga en el cuello.

—Asqueroso galo. No pienses que te vas a salir con la tuya —le dijo mientras presionaba con la punta de la daga el cuello del gladiador—. De una manera o de otra conseguiré acabar con tu vida y después follaré a tu puta hasta destrozarla y acabar también con ella. No pienses…

Pero no pudo continuar hablando pues Nameyo le propinó un fuerte pisotón en el pie al mismo tiempo que rápidamente separaba su cuello de la daga que le oprimía. Se revolvió rápidamente y de un fuerte golpe desarmó al instructor, a la vez que le cogía por el cuello y con los dos pulgares le apretaba la garganta hasta casi dejarle sin aire.

—Por esta vez te dejo con vida, pero la próxima acabaré contigo y me dará un enorme placer. No lo olvides —dijo al instructor.

Y con un fuerte empujón lo derribó alejándose del instructor mientras este intentaba coger aire para poder respirar. Nameyo abandonó el lugar dejando tirado al instructor que intentaba recuperarse, pero no por eso dejó de ver el odio que reflejaban sus ojos y el deseo de venganza que albergaban. A partir de ese momento tendría que ir con mil ojos y siempre vigilando su espalda. Tibaste ya le había avisado que el instructor era rencoroso y no perdonaría de ninguna manera lo que le había hecho. Cayo Juno, el Lanista, estaba disgustado. Eran muchos los organizadores de peleas de gladiadores que después de la victoria de sus dos hombres se habían comprometido con él para organizar combates en los que intervuniesen los dos gladiadores y, sin embargo, ahora estaban anulando esas peleas. La situación en Roma y en el resto de la península se había vuelto muy inestable con el enfrentamiento de los dos generales, Cneo Pompeyo y Julio César. Además, la situación en Roma era un tanto caótica y el desorden campaba a sus anchas por toda la ciudad. Todo ese caos motivaba que muchos organizadores de combates hubiesen dado marcha atrás y anulado sus compromisos con el Lanista. Cayo Junio llamó a Craxo para informarle que emprendía viaje fuera de la ciudad. Iba a ver si conseguía nuevos contratos para enfrentar a sus gladiadores. Quizá en Capua donde la escuela de gladiadores tenía un gran renombre y de donde habían salido alguno de los mejores gladiadores del momento. Algo había que hacer para sacar partido a la gran inversión que había hecho y antes de que se esfumase el éxito alcanzado por su gladiador galo, de los que de momento todos hablaban, pero al que olvidarían en seguida si no volvía a combatir. Como en otras tantas ocasiones dejó al mando de la escuela a Craxo mientras que durase su ausencia y, como en otras tantas ocasiones, el instructor de gladiadores aprovechó la ausencia del Lanista para también ausentarse de la escuela dejando al mando al instructor Tibaste. Como era de esperar, este aprovechó el momento para intentar vengarse del gladiador galo, pero debía de actuar con inteligencia y procurar que su venganza no pareciese tal, sino un mero accidente, pues de lo contrario él pagaría con su vida la cólera del Lanista. En un ala del edificio se estaba realizando unas obras de reparación y se habían colocado unos andamios para acceder a la parte más alta. Unos cuantos esclavos estaban acarreando piedras y subiéndolas a lo alto del andamio. Cuando Tibaste consideró que ya había piedras más que suficientes, pues el peso de estas estaba combando la madera en la que se encontraban, mandó que interrumpiesen los trabajos y aquella tarde organizó una sesión de entrenamiento de gladiadores justo debajo del andamio. Un gladiador desarmado tenía que enfrentarse a otro armado de una espada, pudiendo utilizar el andamio para escabullirse y valerse de todo lo que hubiese en él como defensa: palos, estacas, cuerdas, piedras... Tibaste formó varias parejas de gladiadores que se enfrentarían entre sí. Nameyo iría en segundo lugar y le correspondió ir sin armas. La primera pareja empezó su combate encaramándose el gladiador que no portaba armas al andamio, siendo perseguido por su contrincante. Aquello no tenía sentido. Nunca pelearían sin armas y no habría andamios en los que encaramarse cuando se organizase un combate. Nameyo se olvidó de los dos combatientes y, mientras el gladiador armado perseguía a su contrincante, que trataba de escabullirse entre los andamios, el gladiador galo estuvo examinando detenidamente el andamio, pues tenía la intuición de que en él estaba la clave de aquel disparatado y grotesco combate. Se percató que a uno de los soportes del andamio habían atado una cuerda. Un fuerte tirón de ella y el soporte cedería y con él todo el andamio con su pesada carga de piedras y material. Si alguien estaba encaramado en el andamio o debajo de él tenía todas las posibilidades de morir aplastado por todos los materiales que en él había acumulados. En aquel momento Tibaste dio por finalizado el primer combate y mandó a Nameyo y a su contrincante que iniciasen el segundo combate. El gladiador galo tenía que pensar rápidamente qué hacer pues en cuanto se iniciase el combate bastante tendría con evitar los golpes de su contrincante.

XXI

Ctesifonte, palacio real
Año 49 a. C.

El Rey de Reyes, Orodes II, paseaba por la sala del trono de su palacio de Ctesifonte mientras esperaba a su hijo Pacoro. Parecía inquieto y preocupado y es que las noticias que acababa de recibir no eran para menos. Y más nervioso le estaba poniendo el retraso de su hijo en acudir a su llamada. «Seguramente estará solazándose con alguna de sus concubinas, como siempre —pensó—. ¿Pero en qué había ofendido a los dioses para que le castigasen con un hijo tan inepto? Los romanos, o mejor dicho los restos de las legiones romanas que el general Surena había derrotado en Carrá, acababan de infligir una contundente derrota al ejército dirigido por su hijo que había mandado a Siria. Ya se arrepentía de haber acabado con la vida del general Surena. Quizá este en ningún momento había aspirado a arrebatarle el trono, como temían él y los generales envidiosos de la fama de Surena, incluido su hijo, que era el que más había insistido sobre la deslealtad del general». Por fin un soldado abrió la puerta de la estancia y anunció la presencia del hijo del rey, Pacoro. Este, sumamente atildado y dejando a su paso un intenso olor a perfume, llegó hasta donde estaba su padre e hizo una reverencia.

—¿Me has mandado llamar, padre? —preguntó.

El rey se sentó sobre un mullido conjunto de cojines e hizo una seña a su hijo para que hiciese lo mismo, mientras daba unas palmadas llamando a los esclavos. Varios de ellos aparecieron con una vasija de vino y varias copas, mientras otro portaba una bandeja con hijos y dulces confitados. Los esclavos les llenaron las copas y dejaron la vasija y la bandeja abandonando el aposento.

—Sí, claro que te he mandado llamar…pero hace un buen rato y no estoy acostumbrado a que me hagan esperar…ni siquiera mi hijo.

El príncipe empezó a balbucir disculpas, pero el rey le interrumpió.

—¡Cállate! No quiero escuchar tus torpes mentiras y escucha bien lo que te voy a decir.

Pacoro guardó silencio mientras daba un sorbo a su copa de vino y esperaba que su padre masticara el higo que se había metido en la boca.

—He recibido varios correos. Uno es de Siria y se nos informa que el nuevo gobernador está reclutando soldados para emprender una campaña de castigo contra nosotros.

Pacoro estuvo a punto de ahogarse con la fruta confitada que acababa de meterse en la boca. El color de su cara cambió poniéndose lívido y en sus ojos se pudo ver el terror que la noticia le había producido.

—De hecho, ha acudido a Egipto pidiendo las dos legiones que Roma tiene en ese reino —continuó hablando el rey—. El pueblo egipcio se negó y asesinaron a los dos embajadores que el gobernador les envió, que, designio de los dioses, eran los hijos del gobernador. La reina Cleopatra cortó las cabezas a los culpables de las muertes de los hijos del embajador y se las envió a este con sus disculpas.

—¿Y… entonces… qué va a ocurrir? —preguntó asustado Pacoro— ¿Volverán a invadirnos?

—¡Tranquilízate! —le dijo el rey que veía que su hijo bebía copa tras copa, seguramente para infundirse valor— ¡Estás aterrado! Si ya los derrotamos una vez podemos volver a hacerlo.

Orodes hizo una pausa para saborear otro higo y darle un sorbo a su copa de vino.

—De todas formas, esa no es la peor noticia que me ha llegado hoy —comentó.

—¿Hay otra noticia peor? —preguntó miedoso Pacoro.

—¡Ha estallado la guerra civil en Roma!

—¿Qué? ¡Que ha estallado la guerra civil en Roma! —repitió.

—Sí. El general Julio César ha cruzado con sus legiones el río Rubicón y perseguido con ellas al general Cneo Pompeyo y al Senado, que han huido a Dirraquio, donde están recabando apoyos de sus aliados y formando un poderoso ejército para enfrentarse a Julio César.

—Pero, padre... Eso no es una mala noticia para nosotros. ¡Es fenomenal! Mientras luchan entre ellos se olvidarán de nosotros. ¡Ya no nos invadirán! Vamos a brindar por ello —y alzó su copa para hacer el brindis.

—¡No seas necio! —exclamó el rey— Cneo Pompeyo está recabando apoyos de todos los reinos de Asia. Nadie va a poder mantenerse al margen. Hay que apoyar a un general o al otro... Hay que posicionarse porque el que se mantenga al margen va a ser considerado como enemigo por el vencedor y tomará represalias contra él.

Pacoro se quedó pensativo. Apenas había oído hablar de esos dos generales que, según su padre, se habían declarado la guerra, por lo tanto no tenía una opinión.

—¿Y a cuál de los dos vamos a apoyar? —preguntó al fin.

—Pues todavía no lo tengo decidido. El general Pompeyo es el de mayor edad y el más conocido de los dos. Sus méritos son muchos y cuenta con el apoyo de la mayor parte del Senado romano y de las instituciones. Por el contrario, el general Julio César ha conseguido un abrumador triunfo derrotando a los galos e incorporando a toda la Galia bajo el yugo romano. Sin embargo, no deja de ser un rebelde pues ha ido contra la ley de Roma y, aunque cuenta con el apoyo de buena parte del pueblo, no cuenta con el apoyo de los principales hombres de la República.

—¿Entonces? ¿A quién vamos a apoyar? —preguntó Pacoro.

—Ya te he dicho que todavía no lo tengo decidido. Voy a mandar emisarios para ver cómo se van desarrollando los acontecimientos y ver con cuántos apoyos cuenta cada uno. Tenemos que ser cautos y no precipitarnos pues apoyar al que no resulte victorioso nos puede costar muy caro. El tiempo y los acontecimientos nos dirán de qué lado nos inclinaremos.

Cayo Casio Longino observaba el horizonte desde el trirreme que, sorteando las olas, surcaba el mar Adriático en dirección al puerto de Dirraquio. Miraba el horizonte que apenas se vislumbraba por la bruma que todo lo cubría, tan poco claro como su futuro. Desde que había abandonado la provincia de Siria una vez que el nuevo gobernador, Marco Calpurnio Bíbulo, se hubo instalado y tomado posesión de su cargo, Casio Longino se trasladó a Roma donde, gracias a sus influencias y sobornos, había conseguido el cargo de tribuno de la plebe. Pero no lo había podido disfrutar mucho pues pronto empezaron a llegar a Roma quejas y acusaciones sobre su estancia en Siria, imputándole abuso de poder y chantaje mientras estuvo al mando de la provincia. Las denuncias cada vez eran más numerosas y contundentes y Casio Longino pensó que todos los dioses se habían confabulado contra él de manera que nada ni nadie podría evitar que fuese procesado. Pero se equivocó, los dioses efectivamente parecía que se habían confabulado, pero no contra él sino a su favor. Estalló la guerra civil entre los dos generales y toda la estructura del poder se desmoronó. Era el momento de abandonar Roma y tomar partido por uno u otro, después de hacer una ofrenda a los dioses por ser tan generosos con él. Longino sopesó la situación y valoró las posibilidades de cada uno. Para él Julio César era mejor militar que Cneo Pompeyo, pero este contaba con el apoyo de la mayor parte de los senadores y de los hombres más poderosos e influyentes de la República. No le sería difícil encontrar poderosos aliados entre los reyes amigos de Roma, pues él y el Senado seguían representando el poder oficial de la República. Así pues, no lo pensó más y decidió embarcarse camino de Dirraquio para ponerse a las órdenes de Cneo Pompeyo, no sin antes haber anunciado su partida.

El trirreme se deslizaba veloz sorteando las olas. La brisa se iba disipando y el horizonte se iba clareando. Un par de horas más de tranquila navegación y llegaron al puerto. Este estaba atiborrado de embarcaciones que arribaban y partían. Se veían soldados por todas partes y Longino se sintió un poco perdido al poner pie a tierra. Un centurión con una escolta de legionarios se acercó a él y, después del saludo de rigor, le preguntó:

—¿Sois el noble Cayo Casio Longino?

—¿Quién lo pregunta? —preguntó a su vez.

—El Senado de Roma. Tengo órdenes de escoltaros hasta dónde el Senado se encuentra —le contestó el centurión.

—¡Yo venía a ver al general Cneo Pompeyo! —exclamó Longino.

—Estos días todo el mundo quiere ver al general, pero Pompeyo no está en Dirraquio…

—¿Dónde está entonces? —preguntó Casio Longino— Yo había venido a verle.

—No estoy autorizado a dar esa información —contestó el centurión—. Mis órdenes son muy precisas. Tengo que escoltaros hasta dónde se encuentra el Senado.

Longino se encogió de hombros y recogió sus pertenencias con el miedo metido en el cuerpo. «¿Habrían llegado hasta allí las imputaciones por abuso de poder y chantaje? ¿Sería por eso por lo que el Senado quería verle?»

—Pues no hagamos esperar a sus señorías —contestó.

El edificio que albergaba las reuniones del Senado de Roma se encontraba fuertemente protegido por legionarios. Era evidente que aquella era una ciudad en guerra y, mirases donde mirases, no se veían más que legionarios. El centurión entró en el edificio seguido de Casio Longino. La escolta que los acompañaba se quedó fuera. Llegaron a una amplia sala donde un grupo de senadores estaba en animada conversación. Se distinguían perfectamente por las dos franjas de color púrpura que adornaban sus túnicas —*latus clavus*— y los *calcei* —zapatos de color rojo con hebilla de plata en forma de medialuna—. Longino distinguió entre ellos a Marco Poncio Catón, más conocido por «Catón, el Joven», uno de los principales consejeros del general Pompeyo. Al verle llegar se separó del grupo y fue a recibirle con la mejor de sus sonrisas, lo que tranquilizó a Longino.

—Mi querido Casio Longino. Bienvenido a Dirraquio. Espero que hayas tenido un buen viaje —le espetó.

—Sí, Neptuno ha sido benévolo con nosotros y nos ha propiciado una navegación tranquila, sin contratiempos —contestó Longino.

—El general se alegró mucho cuando supo que te unías a su causa y te ponías a su disposición. Siente no poder estar aquí para darte la bienvenida adecuada, pero me ha pedido a mí que haga los honores y te proporcione todo lo que necesites. Tienes un alojamiento dispuesto para tu uso y me ha pedido que te informe de sus planes para ti, puesto que no sabe cuándo podrá regresar.

—¿Y cuáles son esos planes?... Si puedo preguntarlo.

—Por supuesto, faltaría más —contestó Catón.—. El general ha dispuesto para ti que seas el comandante de la flota. Quiere que con ella controles todo el Adriático, de manera que ni un pequeño bote se mueva sin tu permiso.

—¿El comandante? ¿Habrás querido decir el almirante? —preguntó Longino.

—No. He dicho bien. Comandante de la flota. El almirante es mi yerno Cayo Calpurnio Bílbulo, al que ya conoces pues fue nombrado gobernador de la provincia de Siria, de la que tú te habías hecho cargo después de la infausta derrota de nuestras legiones en Carrás.

Casio Longino guardó silencio. Sí, claro que conocía a Bílbulo. Había llegado a Siria después de que él hubiese rechazado a los partos, lo que no le impidió adueñarse de la victoria y de la organización y buena marcha de la provincia que él había dejado. Hubiese preferido estar al mando de alguna de las legiones del general. Se encontraba más a gusto en tierra firme que sobre la cubierta de un barco y, sobre todo, teniendo que estar a las órdenes de alguien al que consideraba un inepto. Pero nada de eso le dijo a Catón, hombre de confianza de Cneo Pompeyo y de gran influencia sobre él, además de suegro de Bílbulo, que estaba casado con su hija Porcia.

—Para mí será un inmenso honor encargarme de la flota romana —dijo—. Si esas son las órdenes del general, no se moverá ni una hoja en el mar sin su permiso.

—Estupendo. Ahora ven que quiero presentarte a algunos de los senadores que se encuentran aquí con nosotros, aunque a algunos ya los conoces.

Efectivamente, a algunos de los senadores que allí estaban ya los conocía, incluido Marco Junio Bruto Cepión, sobrino de Catón y que había sido asistente de este cuando su tío estuvo de gobernador de Chipre. Se decía que había aprovechado su estancia en la isla para enriquecerse como prestamista, haciéndolo a altos intereses. Pero la influencia de su tío impidió que fuese acusado de alguna de las prácticas que utilizaba. Sin embargo, no dejó de sorprenderle su estancia en Dirraquio apoyando a Cneo Pompeyo, pues este había sido el culpable de la muerte de su padre, Marco Junio Bruto el viejo, durante las proscripciones de Sila. De hecho, durante el primer triunvirato de Julio César, Cneo Pompeyo y Marco Licinio Craso, Bruto se había alineado con los senadores conservadores contra esos tres políticos. No entendía el cambio de actitud de Bruto apoyando ahora al general Pompeyo. «¿Acaso habían sido verdad los rumores que habían corrido por Roma de que Bruto era el resultado de una relación entre su madre, Servilia, y Julio César?», pensó Casio Longino mientras que Catón le presentaba a los senadores que no conocía. Parecía cierto que Julio César y la madre de Bruto, Servilia, habían sido amantes, pero cuando nació Bruto, Julio César tan solo tenía quince años y entonces todavía no tenían ninguna relación con Servilia. Indudablemente no era probable que fuese cierto. Todos los senadores le recibieron con enormes muestras de cordialidad, felicitándole al informarles Poncio Catón que iba a ser el comandante de la flota en el mar Adriático.

—Cada vez son más las adhesiones que tenemos y el general va a contar con un poderoso e invencible ejército —comentó uno de los senadores—.El traidor va a lamentar haberse atrevido a cruzar el Rubicón con sus legiones. Se lo vamos a hacer pagar muy caro.

Todos asintieron demostrando que estaban de acuerdo con sus palabras y, por lo que pudo comprobar Casio Longino, ese era el sentir de todos los que se habían ido aglutinando en torno al general Pompeyo. Nadie dudaba que la victoria sería suya y le harían pagar con su vida que «el traidor» —como le llamaban— hubiese osado levantarse en armas contra el Senado romano. Casio Longino, una vez que se hubo instalado, no permaneció ocioso. Quería saber con cuántos navíos contaba y cuál era su función exactamente. Pidió entrevistarse con el almirante de la flota, pero este parecía estar muy ocupado y se limitó a enviarle una carta con sus instrucciones. Su misión consistía en controlar los principales puertos del mar Adriático donde se suponía que, más tarde o más temprano, llegaría la flota que los cesarianos estaban construyendo a marchas forzadas.

«¿Controlar los principales puertos?», se preguntaba Cayo Longino. «¿Y qué ocurre con el resto de los puertos o el resto de la costa?» ¿Es que acaso Julio César no podía desembarcar en cualquier otro sitio? Puesto que le resultaba imposible reunirse con el almirante de la flota pompeyana, ya que parecía estar muy ocupado, aunque no sabía haciendo qué, Longino le envió una carta en la que le comunicaba su preocupación por no poder disponer de naves suficientes para controlar toda la costa del mar Adriático, pidiéndole autorización para construir y fletar más navíos. La respuesta del almirante fue rápida y contundente: «No tenía autorización para hacer lo que le solicitaba. Debería limitarse a hacer lo que se le había ordenado. Vigilar y tener bloqueados con su flota, más que suficiente, los principales puertos del Adriático olvidándose del resto de la costa». Longino, al recibirla maldijo una y mil veces a Bílbulo, que seguía tan inepto como siempre sin ver más allá de sus narices. Lamentó haber abandonado Roma para sumarse a los que apoyaban al general Pompeyo si todos eran tan incompetentes como el almirante de la flota, pero... ¿qué podía hacer? ¿Permanecer en Roma y arriesgarse a ser enjuiciado por los que le acusaban de los abusos cometidos durante su estancia en Siria? Las noticias que llegaban de la capital de la República no eran muy alentadoras pues por lo que decían dominaba el caos y la anarquía. Claro que bien podían ser informaciones interesadas de los enemigos de Julio César dispuestos a desprestigiarle de cualquier manera. Además, si volvía a Roma, tendría que tomar partido a favor de Julio César y no creía que este fuese capaz en esta ocasión de vencer en la guerra en la que se había embarcado, por muy inútiles que fuesen los que aconsejaban a Pompeyo. No, decididamente, se comería su orgullo y seguiría las órdenes del almirante de la flota, por mucho que no las compartiese.

XXII

Córdoba,
Verano del año 49 a. C.

El verano estaba siendo caluroso aunque al declinar la tarde, y ocultarse el sol tras el horizonte, la temperatura disminuía algo y resultaba agradable estar en el parterre de la casa que Quineto Escápula tenía en la campiña cordobesa. Desde allí el campo se extendía a sus pies en su total plenitud. Después de un largo día de trabajo, desde que amanecía hasta casi la puesta de sol, le gustaba sentarse en el jardín con una copa de vino a contemplar toda la campiña con los olivares y las viñas en todo su esplendor, después de haber cenado y antes de retirarse a descansar o a solazarse con Liteno, el esclavo celtibérico que había comprado cuando este era casi un niño y que le había servido fielmente durante todos esos años. Estaba pensando en concederle la libertad, pero los tiempos eran muy convulsos, incluso o especialmente para un liberto. La cosecha de aceituna había sido muy buena y, aunque algunos propietarios preferían esperar a que transcurriese el verano para que las aceitunas adquirieran un mayor tamaño, él era partidario de recogerla antes, cuando la aceituna estaba todavía verde pues proporcionaba mejor sabor y más cantidad de aceite. La cosecha de la vid también prometía, ya que las viñas estaban repletas de hermosos racimos y, con un poco de ayuda de Júpiter manteniendo alejadas las tormentas, la cosecha sería grande. Todo parecía sonreírle en aquellos momentos y hasta el recaudador Q. Casio Longino, su pesadilla y la de muchos ciudadanos durante los últimos años, se había marchado a Roma, dejándoles respirar con el cobro abusivo de impuestos. Sí, todo parecía sonreír y la única nube que se alzaba en el horizonte era aquel maldito enfrentamiento entre los dos generales, Cneo Pompeyo y Julio César, enfrascados en una lucha fratricida por conseguir el poder. Pero aquella guerra quedaba muy lejos. Según las últimas noticias que le habían llegado, Pompeyo había huido a Grecia y hacia allí se dirigía el general Julio César para enfrentarse a él. Grecia quedaba muy lejos y, aunque en las dos provincias romanas de Hispania casi todo el mundo era partidario del general Pompeyo, no en vano había sido o era todavía cónsul en ellas y había hecho un buen número de clientes y aliados entre los naturales, la guerra quedaba muy lejos. Escápula dio un sorbo a su copa de vino y siguió contemplando la campiña cordobesa que a sus pies se extendía, ahora ya con menos luz pues el sol ya se había ocultado y las tinieblas habían empezado a adueñarse de ella. Los esclavos comenzaron a encender luminarias por la domus y Escápula llamó a Liteno. Aquella noche no le apetecía dormir solo.

Amaneció otro día espléndido en la campiña cordobesa con el sol luciendo en lo alto. Sin lugar a duda, iba a ser otro día de calor, por lo que Escápula, antes de desayunar, dio las órdenes oportunas para que tuviesen ensillado y dispuesto su hermoso alazán. Por fin había conseguido domarlo por completo y el caballo obedecía las órdenes que se le daban sin perder su vigor y alegría al cabalgar. Muchos habían sido los que se lo habían querido comprar, dispuestos a pagar por él un alto precio. Pero Escápula no tenía necesidad de dinero y cabalgar en aquel hermoso ejemplar era una experiencia única. Tenía que acercarse a la ciudad y quería estar de regreso antes de que el sol demostrase todo su poder y resultara imposible estar sino era a cobijo de sus poderosos rayos. Desayunó deprisa y, después de dejar unas cuantas instrucciones precisas a su capataz sobre el trabajo que tenían que realizar aquella mañana, montó en su caballo y, alejándose al galope, dejó su villa. No tardó en llegar a Córdoba que a aquellas primeras horas de la mañana era un hervidero de gente, principalmente en el mercado donde los comerciantes trataban de dar salida a sus productos antes de que el calor apretara y la gente se refugiase en sus casas. Quineto Escápula tenía que ver a varios comerciantes, con los que dejó apalabrada su cosecha de aceitunas y de uva a un precio que le pareció razonable. Sin embargo, en esta ocasión de lo único que se oía hablar en el mercado y en todos los corrillos de gente que había en el Foro era de la guerra entre los dos generales. Había toda clase de rumores: que si Pompeyo había rechazado a César en Brundisium, que si este lo había derrotado en ese puerto obligándole a escapar a Grecia… pero no había ninguna certeza en lo que se comentaba en el mercado y en el Foro.

Escápula sintió que le ponían una mano en el hombro y se volvió rápidamente poniéndose en guardia.

—Tranquilo amigo… soy yo.

Era su amigo Aponio el que había interrumpido su paseo por el Foro.

—¡Qué susto me has dado! No te había sentido llegar —le dijo al saludarle.

—¿Quién te creías que era? —le preguntó—Uno de esos raterillos que pululan por el mercado a ver si consiguen adueñarse de la bolsa de algún ciudadano despistado.

—Pues despistado sí que iba, al menos ensimismado en mis pensamientos, hasta el punto de no percatarme de tu presencia.

—¿Y puede saberse qué es eso que te tenía tan ensimismado? —preguntó Aponio— Pero espera, me lo cuentas ahora mientras nos refrescamos la garganta. El polvo y el calor están empezando a resecarme la boca.

Los dos hombres se dirigieron a una de las tabernas que a todo lo largo del mercado había, donde los visitantes hacían un alto para descansar y refrescarse. Se sentaron en torno a una mesa y pidieron una jarra de vino. Una vez que el cantinero les hubo llevado la jarra Aponio hizo los honores llenando lo dos vasos que les había puesto. Escápula alzó el vaso para brindar.

—Por nosotros —dijo.

—Y porque no nos afecte la guerra —contestó Aponio. Dio un sorbo a su vaso—. Este vino no es tan bueno como el que tú produces pero es de lo mejor que se puede encontrar en las tabernas de la ciudad.

—No se habla en ella de otra cosa que de la guerra entre Pompeyo y Julio César —comentó Escápula después de dar un sorbo a su vaso de vino.

—Es natural. ¿De qué quieres que se hable? —preguntó Aponio, pero era una pregunta retórica— Vamos a ser los primeros afectados por esa dichosa guerra.

—¿Los primeros afectados? —preguntó Escápula sorprendido— El enfrentamiento entre los dos generales tiene lugar muy lejos de aquí. Se habla del sur de la península italiana o incluso de Grecia. Nosotros no la sufriremos.

—Te equivocas, amigo mío. Nosotros seremos los primeros en sufrirla —contestó Aponio. Y acercándose más a Escápula bajó la voz de manera que nadie pudiera oír lo que le decía.

—Vengo de tener una reunión con los principales ciudadanos de la ciudad. Hace unos días los legados de las legiones que hay en Hispania nos convocaron para pedir nuestra ayuda para enfrentarse a Julio César.

—¿Para enfrentarse a César? ¿Dónde? ¿Aquí? —preguntó intrigado y sorprendido Escápula. Aponio asintió con la cabeza.

—Lucio Afranio, Marco Petricico y Terencio Varrón, los tres legados de las legiones, partidarios de Cneo Pompeyo se han puesto en marcha hacia el norte.

—¿Hacia el norte? —preguntó Escápula que evidentemente no entendía nada de lo que le estaba diciendo su amigo Aponio.

—Sí, parece ser, según las informaciones que ellos tienen, que César, que está en Roma, ha enviado por delante tres legiones dispuestas a cruzar los Pirineos.

—¡No entiendo nada! —exclamó Escápula— Todo el mundo dice que César está persiguiendo a Pompeyo al sur de la península italiana o en Grecia.

—Son rumores. No les hagas caso. Julio César ha decidido, a mi parecer con buen criterio, que no puede embarcarse camino de Grecia dejando a sus espaldas las legiones que formó Pompeyo en Hispania. Las dos provincias, la Ulterior y la Citerior están con Pompeyo. César no puede dejar en su retaguardia dos provincias levantadas en armas contra él. Vendrá aquí y con él nos traerá la guerra.

Aponio no andaba descaminado. Julio César sopesó qué hacer y decidió, antes de enfrentarse definitivamente a Pompeyo, dejar su retaguardia bien segura y para ello era preciso derrotar a los partidarios de Pompeyo en Hispania. Regresó a Roma en la primavera de ese año y se dispuso a calmar los ánimos de la capital, donde reinaba el desorden y la anarquía, aunque antes envió a tres legiones para que controlasen los pasos de los Pirineos y contuviesen a las legiones pompeyanas hasta que él llegase. Nombró como pretor de la ciudad a Marco Lépido, sin contar con la opinión de los senadores que quedaban en la ciudad, y a Marco Antonio como comandante de sus fuerzas en la península itálica; se apoderó de los fondos del tesoro de la República que habían dejado en el templo de Saturno, amenazando con despedazar a quienes se opusiesen a ello con sus legionarios que campaban a sus anchas por el Foro romano y ordenó a las tropas, que Domicio Enobarbo había estado reclutando al inicio de la guerra y que se habían puesto a sus órdenes, que controlasen Sicilia y Cerdeña para asegurar los suministros de trigo a la República. Después, se puso en marcha hacia Hispania con nueve legiones y más de seis mil jinetes. En Massalia, en plena ruta de paso, controlada por Domicio Enobarbo, el procónsul de la Galia cerró las puertas de la ciudad a las tropas de Julio César, pero este no se detuvo. la prioridad era llegar a Hispania cuanto antes, por lo que ordenó a sus legados Cayo Trebonio y Décimo Junio Bruto que sitiasen la ciudad mientras él continuaba hacia Hispania a encontrarse con las tres legiones que había mandado por delante. Los dos legados eran hombres de su entera confianza, en los que había confiado durante la guerra de las Galias y que ahora no habían dudado ni un momento en ponerse de su parte. En una marcha exhaustiva de veintisiete días llegaron a la Hispania Citerior a mediados de marzo, acampando cerca de la ciudad de Ilerda, frente a las tropas pompeyanas.

* * *

Quineto Escápula fue a llenar los vasos que tenían ante ellos, pero la cantarilla estaba vacía. Levantó la mano y llamó al cantinero para que les llevara otra con unos trozos de queso. Ya hacía bastante que había desayunado y tenía hambre.

—¿Y qué habéis decidido en esa reunión? —preguntó.

—No hemos decidido nada. Faltaba gente, gente importante como tú, a los que, con la premura con la que nos convocaron los legados de las legiones, no pudimos avisar. Hemos quedado en convocar otra reunión para mañana y así tener tiempo para avisar a los que faltaban.

—¿Y tú qué piensas? —preguntó Escápula.

—Pues si te digo la verdad, no lo sé. Aquí todo el mundo está a favor de Pompeyo. Tiene muchos clientes y amigos entre los autóctonos y las legiones que hay beben de su mano puesto que las formó y adiestró él. Sin embargo, no sé qué decirte.

—A mí no me convence —comentó Escápula—. Durante su última etapa como procónsul de Hispania se despreocupó por completo de nosotros. Tuvimos que soportar los abusos de su recaudador, Casio Longino, ¿te acuerdas? Y por más quejas que le enviamos no hizo nada al respecto. Ni siquiera se molestó en contestarnos.

Escápula hizo una pausa para tomar un sorbo y meterse en la boca un trozo de queso. ¡Estaba bueno! Tendría que preguntar al cantinero de dónde era para comprar unos cuantos. Mientras tanto Aponio asentía a las palabras que decía su amigo mostrando su conformidad.

—¿Qué ocurrirá si apoyamos a Pompeyo y vence a César? —preguntó Escápula, pero el mismo se dio la respuesta— Pues te lo voy a decir yo, que Cneo Pompeyo pasará por aquí, nos dará una palmada en la espalda para agradecer nuestro apoyo y no le volveremos a ver. Regresará a Roma y volverá a gobernar la provincia en absentia como hizo antes y volveremos a tener como recaudador, sino como delegado suyo, al ínclito Longino, que volverá a expoliarnos, en el mejor de los casos y en el peor, tratará de averiguar quién quiso matarlo y pobre de nosotros como lo descubra.

Escápula hizo otra pausa mientras miraba a su alrededor. Se había ido exaltando mientras hablaba y temía haber alzado demasiado la voz. Pero parecía que nadie había prestado oídos a sus palabras. La taberna estaba llena y todo el mundo hablaba en voz alta sin prestar atención a las conversaciones de sus vecinos.

—No, no seré yo quien arriesgue mi vida por ayudar a Pompeyo. Preferiría que ganase Julio César, sobre todo por lo que al recaudador se refiere, pero no estoy convencido que con él las cosas vayan a ir mejor. Alguien que se salta las disposiciones del Senado y las leyes de la República no es de fiar. Seguro que lo único que quiere es convertirse en un dictador y ser él el único que gobierne la República. Tampoco arriesgaré mi vida por él.

—Yo…yo no estoy tan decidido como tú, ni tengo las ideas tan claras. Te tengo que dar la razón en todo lo que has dicho, pero no sé…sigo sin decidirme. Deberías venir mañana a la reunión, dar tu parecer y expresar tu opinión.

—¿Para qué? —preguntó Escápula— Esa sí que es una batalla perdida. Los legados de las legiones son hombres de Pompeyo, los legionarios son hombres de Pompeyo, los ciudadanos de Córdoba y del resto de las dos provincias, la Ulterior y la Citerior, son clientes de Pompeyo en su mayoría y los autóctonos son aliados y amigos también de Pompeyo. Si voy a la reunión y les digo lo que te he dicho a ti me tacharán de traidor. A ti te lo puedo decir porque eres mi amigo, tengo confianza en ti y lo entiendes, pero nadie más lo entendería. Para el resto, todo aquel que no apoye a Pompeyo se tachará de traidor a la República, así que prefiero encerrarme en mi villa y esperar a lo que los dioses decidan lo que ha de suceder.

Aponio asintió con la cabeza. Entendía las razones de su amigo, en su mayor parte las compartía, pero no quería ser señalado por los demás como traidor. No tenía el valor de oponerse a la decisión de sus conciudadanos. Sabía que votaría a favor de Pompeyo, aunque no estuviese convencido.

—¿Entonces no acudirás a la reunión convocada para mañana? —le preguntó.

—No, no iré —contestó Escápula.

—Me preguntarán por ti…

—No podrás decir que no me has visto, porque alguien puede habernos visto juntos esta mañana. Diles que no podía acudir a la reunión y que no sabes lo que haré. —le contestó Escápula. Los dos amigos se despidieron con un fuerte abrazo a la puerta de la taberna y Escápula se dirigió a los establos donde había dejado su caballo. Regresaba a su villa pensando en no volver a la ciudad en bastante tiempo, hasta que aquella locura hubiese pasado. Intentaría, si es que podía, mantenerse al margen de aquella guerra fratricida. Cuando a primera hora salió de su casa pensaba en la guerra de la que todo el mundo hablaba como algo muy lejano, algo que no le afectaría para nada, un mero entretenimiento para charlar en las reuniones con los amigos. Ahora todo había cambiado y tenía miedo que aquella guerra pudiese cambiar el curso de sus vidas. Espoleó a su caballo que trotaba alegre. Los rayos de sol ya se derramaban sobre la campiña haciendo alarde de su fuerza. Quería llegar cuanto antes y encerrarse en su villa para aislarse del mundo que le rodeaba. ¿Podría hacerlo?

XXIII

Ilerda, Hispania Citerior
Año 49 a. C.

Julio César caminaba al frente de sus legiones por los difíciles y serpenteantes caminos que atravesaban los Pirineos. En apenas veintisiete días habían cruzado toda la península itálica y llegado a los Pirineos, donde esperaban encontrar a las tres legiones que el general había mandado de avanzadilla para que controlasen los principales pasos e impedir que las legiones pompeyanas los cruzaran. Por el camino, había dejado en Massalia a sus legados Cayo Trebonio y Décimo Junio Bruto, hombres de su entera confianza, al mando de la flota que sitiaba a la ciudad que el procónsul de la Galia, Lucio Domicio Enobarbo se negaba a entregar. Según los informes de los exploradores que había enviado por delante, los pasos estaban bajo el control de los hombres de Julio César y los pompeyanos no habían podido cruzarlos. Marco Cayo Gago caminaba en silencio detrás del general. Si este, que era mucho mayor que él, hacía el camino andando para dar ejemplo a sus hombres, él no iba a ser menos, aunque solo los dioses sabían lo que le estaba costando. No estaba acostumbrado a las largas caminatas, él era un jinete y podía cruzarse todas las provincias de la República a lomos de su caballo sin darse descanso, a no ser para dormir unas pocas horas y continuar la marcha. Pero hacerlo andando era otra cosa para la que no estaba acostumbrado. Pero cuando Julio César exigía algo a sus legionarios era porque estaba dispuesto a hacerlo él mismo y le gustaba dar ejemplo. Sí, Marco Cayo estaba cansado de subir por aquellos empinados y enrevesados caminos que se retorcían sobre sí mismos como una serpiente, para, una vez llegados a la parte más alta, empezar a descender de la misma forma. Y no sabía qué era más agotador, si la subida o el descenso. Le dolían las piernas y miraba el rostro inescrutable del general que no daba muestras de cansancio, con la mirada siempre al frente y marcando el ritmo. Ahora casi lamentaba que el general le hubiese pedido que le acompañara. Su legión, la décimo tercera, Gémina, la había dejado acampada controlando el puerto de Brundisium mientras que Julio César, con las legiones procedentes de la Galia, había decidido ir a Hispania para dejar controlada esa provincia que apoyaba a Pompeyo y donde este tenía varias legiones bien formadas y adiestradas. Julio César le había pedido que le acompañara, pues, además de sus legados, necesitaba un hombre de confianza y Marco Cayo, con los servicios que le había prestado, había demostrado serlo. Julio César volvió la cabeza y le hizo una seña para que se acercara a él.

—¿Estás cansado tribuno? —le preguntó.

—Un poco, señor —le contestó—. ¿Para qué os voy a mentir?

—Puedes montar en tu caballo. No obligo a mis jinetes a que caminen como yo. Yo soy su general y quiero dar ejemplo a mis legionarios. Pero los jinetes no tienen por qué hacerlo.

—Si vos podéis hacerlo… yo también puedo… aunque me duelan las piernas. Así sabré apreciarlo mejor cuando vaya montado en mi caballo.

—¿Te duelen las piernas? —le preguntó pero no esperó la respuesta— ¡A mí también me duelen! Y te confesaré algo. Cada vez me cuesta más seguir este ritmo que yo mismo he impuesto. Me estoy haciendo viejo… pero todavía aguanto.

—¡Cuántos, mucho más jóvenes que vos, quisieran tener vuestra energía! —exclamó el joven.

—¡No me lisonjees, tribuno! Deja eso para algunos de los cuervos que revolotean a mi alrededor cuando estamos en Roma —comentó el general—. No te he dicho que te acercaras para eso. Quería saber si tienes alguna noticia de la sobrina de Pompeyo.

—No, no he vuelto a saber nada de ella. Es como si se la hubiese tragado la tierra. En Roma no estaba cuando llegamos y tampoco en Brundisium —le respondió el tribuno—. Supongo que se embarcaría camino de Dirraquio.

—Pues supones mal, tribuno. Según las noticias que me envían mis informadores, Pompeya está en Mitilene, en la isla de Lesbos, con Cornelia, la mujer de Pompeyo y toda su familia.

—¿En Mitilene? —preguntó incrédulo Marco Cayo.

—Sí. En Mitilene, en el mar Egeo. No te extrañes, es natural. Pompeyo, con buen criterio, ha querido alejar a su familia de los lugares cercanos a dónde se puedan dar los enfrentamientos. La isla de Lesbos es un buen lugar para mantenerse al margen y a salvo.

—¿Vos habéis hecho lo mismo con vuestra familia? —preguntó el tribuno, pero al momento se arrepintió de haber realizado la pregunta—. Lo siento, señor. No es asunto mío. No debería haberos hecho esa pregunta.

El general sonrió y detuvo la marcha. Llegaban dos de los exploradores que había enviado por delante y suponía que le traían información sobre las legiones pompeyanas. Montó en su caballo y sonrió al tribuno.

—Sí, yo también he mandado a un lugar seguro a mi mujer y a mi familia.

Y espoleó el caballo para salir al encuentro de los exploradores. Los lictores que formaban su guardia personal le siguieron, rodeándole. Marco Cayo también montó en su caballo, lo que sus piernas agradecieron. Los exploradores le informaron que el ejército pompeyano, comandado por Afranio y Petreyo, había acampado junto a la muralla de Ilerda. A finales de la primavera una riada del río Segre había arrasado los puentes que comunicaban con la ciudad, quedando tan solo uno en pie, puente que controlaban los legionarios pompeyanos, al lado del cual habían establecido su campamento. Por lo tanto, César tuvo que situar su ejército en el mismo margen del río en el que se encontraban los pompeyanos. Cuando César intentó aislar al ejército enemigo, para sitiarlos e impedir que recibiesen víveres, los pompeyanos lo rechazaron en el Puig Bordell, refugiándose estos tras los muros de la ciudad. Ahora era César el que estaba aislado y corría el riesgo de no poderse avituallar, por lo que el general decidió remontar el río para poder cruzarlo y así poderse abastecer. Eso hicieron, a la vez que recibían nuevos contingentes de tropas procedentes de la Galia y de tribus de iberos con los que el general se alió. Ahora el que se encontraba en peor situación era Afranio que, temiendo el asedio del general, decidió desplazarse hacia el sur, intentando llegar hasta Mequinenza o Ribarroja, siendo perseguido por la caballería cesariana que comandaba Marco Antonio, siendo su segundo al mando el tribuno Marco Cayo, cortándoles el paso. Era finales de julio de aquel caluroso verano en el que las tormentas se sucedían unas tras otras poniendo en graves dificultades tanto a unos como a otros. César emprendió una serie de escaramuzas contra el ejército pompeyano para impedir que este pudiese ser reabastecido, lo que fue minando la moral de sus integrantes, que empezaron a desertar uniéndose a las tropas cesarianas. Afranio, desmoralizado y sin posibilidades de ser reabastecido, intentó desesperadamente volver a Ilerda, pero, acorralado por un enemigo mucho más numeroso y sin posibilidades de recibir ayuda, decidió rendirse sin apenas presentar batalla a primeros de agosto. Uno tras otros todos los contingentes de tropas partidarios de Pompeyo fueron deponiendo sus armas y rindiéndose, sobre todo al tener conocimiento que César no castigaba a los que se rendían y deponían las armas, perdonándoles y dándoles la oportunidad de unirse a sus tropas.

Julio César estaba contento, pero era una euforia contenida pues la guerra con Cneo Pompeyo no había hecho más que empezar y era consciente de ello. Hispania ya estaba totalmente controlada y, después de celebrar el triunfo con sus legados, decidió qué contingente de tropas dejaba en las dos provincias, a la espera de nombrar a sus gobernadores.

—¿Me has mandado llamar, señor? —preguntó Marco Cayo después de haber entrado en la sala que le servía de cuartel general en Córdoba y de haber saludado.

—Sí, tribuno. Pasa y siéntate. Ahora no tienes ningún trabajo encomendado por lo que puedes relajarte y acompañarme a saborear este buen vino que nos han obsequiado los nativos —le dijo el general mientras le ofrecía una copa que acababa de llenar—. Te he mandado llamar porque te quería felicitar por el buen trabajo realizado al frente de la caballería persiguiendo a Afranio e impidiendo que huyese hacia el sur, tal y como me ha contado Marco Antonio.

—Solo cumplí con mi deber, señor, y os estoy muy agradecido por haber confiado en mí poniéndome al frente de la caballería.

—Te lo merecías tribuno. Confié en ti y, como siempre, no me decepcionaste.

Afuera un tremendo relámpago cruzó el cielo iluminándolo como si fuese de día y un pavoroso trueno atronó el lugar haciendo que vibrasen todos los objetos que había en la estancia, especialmente las copas de vino que trepidaron como si alguien las hubiese movido, estando a punto de derramar el vino. La lluvia comenzó a caer con fuerza ensordeciendo el lugar.

—Era de esperar —comentó el general mirando hacia afuera donde estaba descargando una lluvia torrencial—. Estos calores asfixiantes que estamos padeciendo durante el día suelen terminar en grandes tormentas de verano y este está siendo muy caluroso. Esperemos que sirva para refrescar algo el ambiente, pero no tanto como para embarrar los caminos. En un par de días nos ponemos en marcha hacia Roma, aunque tú no vas a ir.

Marco Cayo Gayo estaba llevándose su copa a los labios y la dejó en alto sin completar el camino, sorprendido por lo que el general acababa de decirle.

—Tengo otra misión importante para ti. Mañana al amanecer, con una turma de caballería, la que tú elijas, saldrás camino de Brundisium. Quiero que veas cómo está allí la situación y organices todo para cuando yo llegue dispuesto a dar el salto a Dirraquio. Mira a ver con qué contamos, los barcos que necesitamos y entérate de las últimas noticias sobre el general Pompeyo. Quiero tenerlo todo dispuesto para mi llegada y no tener que empezar a organizarlo todo cuando yo llegue.

El general se levantó y le extendió un documento que había redactado en el que le otorgaba total libertad y capacidad para hacer y deshacer lo que considerase oportuno.

—Señor, es para mí un gran honor… y una gran responsabilidad la que me dispensáis, otorgándome vuestra confianza. —dijo el tribuno después de haber enrollado el documento y guardárselo.

—Tribuno, esa será la disculpa oficial de tu estancia en Brumdisium, para todo aquel que pregunte o quiera informarse. Tu verdadera misión es otra.

Cesar hizo una pausa y se llevó una mano a la sien como si le molestase algo. Se puso en pie y se acercó al enorme ventanal mientras apuraba su copa de vino. Afuera seguía lloviendo con gran intensidad y el terreno estaba empezando a encharcarse. Marco Cayo esperaba expectante las palabras de su general.

—Tu verdadera misión será intentar contactar con Cneo Pompeyo y transmitirle mi deseo de alcanzar la paz. No quiero una guerra fratricida en donde hermanos luchen contra hermanos. Hemos de encontrar un camino que nos conduzca a la paz. Espero que tú seas capaz de encontrarlo, pero no prometas ni consientas en nada sin haberme informado antes. ¿Está claro Marco Cayo Gayo? —preguntó César mientras se volvía a llevar la mano a la cabeza y torcía el gesto.

—Meridianamente claro, señor, aunque…

El tribuno iba a seguir hablando pero al general se le acababa de caer la copa de vino de la mano. Tenía la mirada extraviada y se desplomó cayendo al suelo como un peso muerto.

* * *

Roma. Escuela de Gladiadores

El Lanista Cayo Junio estaba colérico, maldiciendo a todos los dioses, con los ojos desprendiendo fuego, mientras paseaba de un lado a otro de la estancia en la que se encontraba, uno de sus aposentos privados en la escuela.

—¿Y tú puede saberse dónde estabas? —le gritaba a Craxo, el jefe de los instructores, mientras golpeaba con una fusta todo lo que encontraba en su camino, de manera que varios jarrones y unas cuantas copas habían resultado damnificados por su cólera, encontrándose los restos esparcidos por el aposento.

—Yo… señor… es que… tuve que ausentarme por unas horas —balbuceó Craxo.

—¿Para qué tuviste que ausentarte? —preguntó iracundo el Lanista, pero no esperó la respuesta— Tu obligación era permanecer en la escuela, a cargo de ella, como máximo responsable, pendiente de que se cumpliesen mis órdenes y como responsable de todo. ¿Es que no te bastan las esclavas que tienes a tu disposición que tienes que salir de la escuela en busca de furcias?

Cayo Junio levantó la fusta amenazando a Craxo.

—Encomiéndate a todos los dioses que conozcas para que el gladiador galo sobreviva, porque de lo contrario lo pagarás con tu vida. Tú y esa escoria de instructor que tuvo esa brillante idea. Ahora llama al médico que venga a informarme de cómo se encuentra el galo… y avisa a varios esclavos que vengan a recoger todo esto.

Craxo no se hizo repetir la orden y salió de la estancia en busca del médico, maldiciendo a Tibaste por lo que había hecho. Porque aquello no había sido un mero accidente. Había intentado matar al galo pareciendo que fuese un accidente. «Maldito sea —pensó— Cuidado que se lo había advertido. Pero si conseguía salir vivo de esta ya se encargaría él de Tibaste». Cuando regresó con el médico, al que casi arrastró por los pasillos de la escuela camino de los aposentos privados del Lanista, dos esclavos estaban terminando de recoger los restos de los destrozos que Cayo Junio había ocasionado al dar rienda suelta a su enfado.

—¿Cómo está el galo? —preguntó el Lanista en cuanto vio al médico.

—¡Saldrá de esta! —contestó el médico con una gran sonrisa adornando su cara— ¡Se recuperará! Ya ha recobrado el conocimiento. Solo tiene un fuerte golpe en la cabeza producido por uno de los tablones al derrumbarse el andamio. Pero no es grave. Un par de días de reposo y estará como nuevo.

El Lanista resopló aliviado. Por un momento había temido por la vida de su gladiador estrella.

—No te separes de la cabecera de su lecho. Quiero que esté perfectamente atendido —le dijo al médico.

—El otro gladiador no ha tenido tanta suerte —comentó el médico—. Le cayó todo el andamio encima, con todo el peso que había en él. Y debía de ser mucho porque lo ha reventado completamente.

—Lo que me costó ese gladiador y el dinero que había invertido en él me lo abonarás tú —dijo dirigiéndose a Craxo—. En cuanto al instructor que organizó ese absurdo entrenamiento, que permanezca encerrado en la mazmorra a pan y agua hasta que decida qué hacer con él —le dijo. El jefe de instructores respiró aliviado.

En la enfermería Anneliese colocaba unos paños muy fríos en la cabeza de Nameyo para bajar la inflamación que tenía. Al gladiador galo le dolía la cabeza y la esclava le estaba ayudando a tomarse una infusión que le había preparado para paliar el dolor.

—¿Qué ha pasado? ¿Dónde estoy? —preguntó el gladiador con ojos desorientados en derredor.

—Estás en la enfermería. ¿No te acuerdas qué es lo que ha pasado? —preguntó Anneliese.

—Recuerdo estar esquivando los golpes que Liteno intentaba darme desde dentro del andamio —contestó.

—Tuviste mucha suerte de no estar dentro del andamio o encima de él —le dijo la esclava.

—¿Suerte? ¡No fue suerte! Sabía que en un momento determinado el andamio se desplomaría. Había visto la cuerda que estaba atada a uno de sus soportes. En cuanto alguien tirase de esa cuerda con fuerza el andamio se desplomaría. Tenía que evitar por todos los medios estar encaramado en él o debajo de él. Y a la vez evitar los golpes que Liteno intentaba darme. Cuando vi que la cuerda se tensaba intuí lo que iba a pasar e intenté dar un salto para esquivarlo... Pero sentí un golpe muy fuerte. Todo se volvió negro... y no recuerdo nada más.

—Por lo que han contado los que estaban presentes, cuando el andamio se desplomaba distes un gran salto, pero uno de los tablones que salió despedido te alcanzó en la cabeza con gran fuerza. Todos pensaron que te había matado. Pero tienes la cabeza dura. Según el médico solo tienes un fuerte golpe en ella. Un par de días de reposo y estarás como nuevo.

Nameyo intentó incorporarse, pero la cabeza se le iba y tuvo que permanecer tumbado.

—¿Qué le ha pasado a Liteno? —preguntó mientras acariciaba la mano de Anneliese.

—El gladiador celtíbero no tuvo tanta suerte como tú. Todo el andamio, con todo el material que había, le cayó encima aplastándolo. Murió en el acto.

Nameyo apretó con fuerza la mano de la esclava.

—Esto no ha sido un accidente. Estaba preparado para que el andamio, con todo el material que tenía, se derrumbase sobre mí —comentó en voz baja el galo—. Y yo sé quién lo había preparado.

—¿Tibaste? —preguntó casi en un susurro la muchacha.

—Sí, pero no se ha salido con la suya. Ha fracasado y volverá a intentarlo, aunque no le daré ocasión. Acabaré con él antes de que pueda hacerlo.

—He oído decir que está encerrado en una mazmorra —dijo la esclava.

—Pues cuando salga será lo último que haga. Los dioses serán testigo de ello.

Tal y como había pronosticado el médico, en un par de días Nameyo estaba plenamente recuperado y había vuelto a los entrenamientos, para satisfacción del Lanista y alivio del jefe de instructores.

XXIV

Consolidada Hispania, asegurada la fidelidad a su causa de los ciudadanos de las dos provincias y firmadas alianzas con los pueblos nativos, Julio César se puso en marcha camino de Roma. Atrás había quedado el susto de su desvanecimiento en presencia del tribuno Marco Cayo. Este había estado rápido de reflejos y no había permitido que ninguno de los legados ni ayudantes del general hubiese presenciado la escena. Tan solo al médico le había permitido entrar para que le atendiese. Julio César había estado convulsionando y echando espuma por la boca, con los ojos vueltos y pálido como un cadáver. El médico le había sujetado la lengua para evitar que se la pudiese morder o ahogarse con ella hasta que, transcurridos unos minutos, el general paulatinamente dejó de convulsionar y de echar espuma por la boca, recobró la mirada y el color volvió a su rostro. Lo sentaron en una silla y le obligaron a beber un poco de agua.

—¿Qué ha pasado? —preguntó el general.

El médico y el tribuno se miraron sin saber qué decir.

—No lo sabemos —habló al final el médico—. Os habéis desplomado, habéis perdido el conocimiento y habéis empezado a convulsionar y echar espuma por la boca. ¿Cómo os encontráis ahora?

—Me duele mucho la cabeza —contestó el general—. ¿Quiénes me han visto en ese estado? —preguntó.

—Tan solo el médico y yo —contestó Marco Cayo—. No he permitido que entrase nadie.

—Muy bien hecho, tribuno. Nadie debe saber lo que me ha ocurrido —dijo el general.

—¿Podéis caminar, señor? —preguntó el médico.

Julio César intentó levantarse y Marco Cayo acudió rápido a ayudarle.

—No, tribuno. ¡He de hacerlo yo solo! —exclamó el general. Y haciendo un gran esfuerzo consiguió levantarse y, al principio vacilando, consiguió empezar a caminar.

—¡Podéis hacerlo! —exclamó el médico que no parecía que hubiese tenido mucha confianza en que lo pudiese hacer—. Esa es muy buena señal. No os canséis. Sentaos en esta sella.

—Tengo que conducir un ejército y ganar una guerra —exclamó el general—. Y eso no puedo hacerlo sentado. ¿Qué es lo que me ha pasado? —preguntó.

—Con seguridad no lo sé, señor. Pudiera ser un ataque epiléptico. ¿Os había pasado antes algo parecido? —preguntó el médico.

—¡No, nunca! —exclamó.

—Pues tendré que examinaros con detenimiento para ver si encuentro algo que justifique lo ocurrido —comentó el médico.

—Pues tendrás que hacerlo en otra ocasión. Ahora no tengo tiempo. Nadie debe saber lo que me ha ocurrido. Absolutamente nadie. Os va en ello la vida —les dijo—. Tribuno, os hice un encargo, ¿verdad?

—¿Os acordáis de ello? —preguntó Marco Cayo— Eso es buena señal.

—Pues poneos en marcha. No tenemos tiempo que perder.

Al amanecer del día siguiente el tribuno Marco Cayo Gayo, con una turma de caballería, se puso en camino hacia Brundisium. Al día siguiente Julio César con todo su ejército también se puso en marcha camino de Massalia, que permanecía asediada por las tropas cesarianas, enviando a Marco Antonio por delante con varias legiones camino de Roma. Con la llegada del general a Massalia y también gracias al duro bloqueo realizado por Décimo Junio Bruto, el procónsul de la Galia, Lucio Domicio Enobarbo, rindió la ciudad. Allí Julio César recibió la noticia de que había sido nombrado dictador. Sin más dilación ni mayores contratiempos se puso en camino hacia Roma.

***

Roma, año 49 a. C.

Marco Antonio llevaba varios días ya en Roma esperando la llegada de Julio César. Y cómo solía hacer en la ciudad le gustaba salir a divertirse con los antiguos amigos de juventud, visitar las tabernas y lupanares de la ciudad o recibir los favores de su última conquista, la actriz liberta Cytheris, que había conocido hacía poco tiempo en Roma durante la época que ocupó el puesto de tribuno de la plebe. Uno de esos amigos de juventud con los que había compartido noches de borrachera y de visita a lupanares había sido Q. Casio Longino, que había sido recaudador en la Hispania Ulterior, durante el consulado en absentia en Hispania de Cneo Pompeyo; había salido ileso de un intento de asesinato y había regresado a Roma cuando había empezado el enfrentamiento entre los dos cónsules. Una vez en Roma se había mantenido al margen del conflicto, no decantándose ni por un general ni por el otro. Marco Antonio ya iba bastante cargado de vino cuando se encontró con Quinto Casio Longino y este le animó a seguir bebiendo. Quería saber cuáles eran las intenciones de Julio César y Marco Antonio se había convertido en el segundo al mando de las tropas cesarianas y hombre de confianza del general, por lo que presumiblemente estaba bien informado de las intenciones de este. Unas cuantas jarras de vino más y Casio Longino no tuvo problemas para tirar de la lengua a Marco Antonio. Así supo de primera mano que César, con sus legiones, se dirigía a Roma antes de partir hacia Brundisium para embarcarse con destino a Dirraquio donde esperaba encontrarse con Cneo Pompeyo.

—¿Encontrarse con Pompeyo? —preguntó extrañado Casio Longino— ¿Te refieres a presentar batalla al general?

Marco Antonio bajó la voz y se llevó el dedo índice a la boca mandando guardar silencio.

—Esto... hip... es un secreto. Julio César... hip, quiere encontrarse con Pompeyo... hip... para conseguir la paz. No le gusta una guerra fra... fratr... fratricida, entre romanos.

Marco Antonio guardo silencio mirando a ambos lados para cerciorarse de que no le escuchaba nadie. No había peligro porque la taberna estaba abarrotada y los parroquianos hablaban casi a gritos, por lo que era difícil escuchar las propias conversaciones, cuanto más la de los vecinos.

—Ha mandado... hip... un hombre de su confianza... hip... a Brundisium para que consiga... hip... una entrevista con Pompeyo para llegar a un acuerdo de paz.

—Una tarea de esa envergadura tiene que habérsela encomendado a un hombre de su entera confianza —comentó Casio Longino.

—El Tribuno Mario ... Cayo... no sé qué más... hip, pertenece a la XIII Legión, la favorita de César y goza de la plena confianza de este.

Marco Antonio apuró su copa.

—Ya he hablado demasiado... hip... Vámonos a un burdel que yo conozco... hip... donde acaban de traer unas germanas de cabellos de oro que son puro fuego.

Quinto Casio Longino le acompañó fuera de la taberna pero se disculpó por no acompañarle al lupanar.

—No soy muy dado a frecuentar ese tipo de lugares —le dijo.

—¿Sabes qué decía Catón el Viejo? —le preguntó Marco Antonio intentando mantener el equilibrio. Longino se encogió de hombros.

—Decía: *Es bueno que los jóvenes... hip... poseídos por la lujuria vayan a los burdeles... hip... en vez de tener que molestar a las esposas de otros hombres*

—Posiblemente tenga razón —contestó Longino y alzó la mano a modo de despedida. En su mente había surgido una idea que debía de considerar con calma, fuera de los efluvios que el vino le estaba produciendo y que, de salir bien, le podía producir pingües beneficios.

Cayo Casio Longino, como comandante de la flota pompeyana en Dirraquio, no tenía ni un minuto libre. Debía de conseguir el mayor número de naves disponibles para controlar el mar Adriático, de manera que ni un solo bote se atreviese a cruzarlo sin su permiso. Esas eran las órdenes que el general Cneo Pompeyo había dado a su almirante, Marco Bílbulo, y este había transmitido a Casio Longino. El comandante había hecho sus cálculos y, para controlar los posibles lugares donde las tropas cesarianas podrían desembarcar, necesitaría un número de barcos no menor a trescientos, de manera que pudiese controlar al sur del mar Adriático los lugares más propicios para un desembarco de las tropas enemigas. Pero no era fácil conseguir tantos barcos, por lo que la tarea era inmensa y le absorbía todo su tiempo. Seguramente para que luego Marco Bílbulo, el almirante de la flota, se llevase todo el mérito, lo que hacía que cada vez que lo pensaba se le pusiese un humor de perros. Uno de los soldados de su guardia entró en la estancia y después de saludar a su comandante le dijo:

—Señor, han interceptado una pequeña embarcación comercial procedente de Brundisium que pretendía entrar en el puerto.

Longino, que estaba examinando unos mapas, alzó la vista con el rostro muy serio.

—¿Y para eso me interrumpes, soldado? —le gritó— ¿Y qué hay en esa nave tan importante para que se me tenga que molestar? ¿Acaso viene en ella el tesoro de Roma?

—Uno de los viajeros que venían en la nave solicita veros, señor —contestó el soldado.

—¿Y tan importante es el viajero para que yo deje lo que estoy haciendo y le conceda una audiencia? ¡Sal de aquí y no me molestes con tonterías, sol…!

—Dice que es vuestro hermano, señor —le interrumpió el soldado no dejándole terminar la frase. Cayo Longino guardó silencio y el enfado de su rostro se tornó en incredulidad y sorpresa.

—¿Mi hermano? —preguntó— ¿Dice que es mi hermano?

—Sí, señor. Dice que es Quinto Casio Longino, vuestro hermano… y solicita veros.

Casio Longino dejó los mapas que estaba consultando y se dirigió a una sella que en la estancia había. ¿Cuánto hacía que no veía a su hermano? Había perdido la cuenta. Si no recordaba mal, la última vez que se había visto con su hermano todavía no se había ido a Hispania y él todavía no había conseguido el cargo de cuestor. Desde entonces no habían vuelto a tener noticias directas uno del otro. Lo que sabía de su hermano eran las noticias que llegaban a los territorios de la República y eran de dominio público. Su hermano era de los que no daban puntada sin hilo, por lo que razones muy poderosas le tenían que haber llevado hasta aquel puerto del mar Adriático y pedirle una audiencia. El soldado permanecía inmóvil esperando la respuesta de su comandante.

—Bien, haz pasar a mi hermano. Tengo curiosidad por ver qué es lo que quiere.

El soldado abandonó la estancia y no tardó en regresar acompañando a Quinto Casio Longino. Cayo Casio Longino tardó en reconocer al hombre que acompañaba al legionario como su hermano. El hombre que tenía enfrente caminaba un tanto encorvado hacia adelante, tenía una prominente barriga y había perdido gran parte del cabello. Sin embargo, en su rostro, aunque repleto de arrugas, se reconocían las facciones de su hermano Quinto. Sí, no había duda, era su hermano, muy envejecido, pero el mismo hermano que él recordaba. Y cuando este abrió los brazos y habló, ya no tuvo ninguna duda. ¡Era su hermano Quinto!

—Hermano, ¿has hecho un pacto con los dioses? —le preguntó Quinto mientras se acercaba a él. Los años han sido muy benévolos contigo. Estás como siempre. Tal y como yo te recordaba.

Y le dio un fuerte abrazo después de haberle observado detenidamente. «Yo no puedo decir lo mismo. Estás viejo y gordo», pensó Cayo Casio sin corresponder al abrazo de su hermano.

—¿Qué es lo que te trae por Dirraquio? —le preguntó directamente— Este es, ahora mismo, el sitio menos seguro del mundo. Estamos en guerra y en cualquier momento podemos sufrir el ataque de las tropas cesarianas, aunque te supongo bien informado de ello. Por eso te vuelvo a hacer la misma pregunta ¿Qué es lo que te trae a Dirraquio?

—Hermano, hermano… ¿Qué han sido de tus modales? Esos que nuestra madre trató de inculcarnos cuando éramos pequeños. ¿Es esta la hospitalidad que le brindas a tu hermano que viene a verte? Ni siquiera vas a ofrecerme una copa de vino con la que paliar la sequedad que la brisa marina me ha producido.

Cayo Casio dio dos palmadas acudiendo rápidamente un esclavo.

—¿Queríais algo, señor? —preguntó después de hacer una inclinación de cabeza.

—Trae una cántara de vino, con un par de copas y algo para comer —le dijo Cayo Casio.

—Eso ya está mejor, hermano. Veamos qué tal es el vino que hay por este lugar del mundo, me han hablado muy bien de él y luego ya te diré el motivo de mi visita. Te aseguro que no lamentarás que haya venido y me estarás eternamente agradecido.

XXV

Quineto Escápula contemplaba la puesta de sol tras un duro día de trabajo en su villa. Era hermoso ver ocultarse al astro rey tras las viñas, que en aquel momento estaban repletas de racimos que ya se encontraban muy gordos y maduros, casi dispuestos para ser recogidos. No había una sola nube en el horizonte y, si los dioses ponían de su parte evitando las tormentas, tendrían una importante cosecha de uva, tanto en cantidad como en calidad. Se encontraba satisfecho, los dioses habían sido benévolos con ellos y la guerra, que se había desarrollado en Hispania entre los partidarios de Pompeyo y los de Julio César, se había desarrollado lejos de sus campos, no viéndose estos afectados. Además, había durado muy poco tiempo por lo que los daños, tantos materiales como en hombres, habían sido escasos. Él se había mantenido al margen y no había participado, pero los que lo habían hecho, como su amigo Aponio, habían tenido mucha suerte pues Julio César había sido muy generoso y había perdonado la vida a aquellos que se habían rendido, respetando sus posesiones. Había dejado en Hispania a dos de sus hombres de confianza como gobernadores de manera provisional y había regresado a Roma, donde decían que lo habían nombrado dictador. Quineto Escápula imaginaba que no permanecería mucho tiempo en Roma pues Pompeyo seguía formando un poderoso ejército al otro lado del mar Adriático para enfrentarse a él, pero eso a Escápula le daba igual. Después de todo le daba lo mismo quién venciese en esa guerra fratricida entre romanos. Lo importante era a quién nombrasen gobernadores definitivos en las dos provincias de Hispania y cuántos tributos tendrían que pagar. Eso sí era importante y no quién gobernase la República. Se lo había comentado a su amigo Aponio cuando lo había visitado, después que este regresase de Ilerda donde había formado parte del contingente pompeyano que se había enfrentado a las tropas de Julio César; como le había dicho a su amigo, ya podía dar gracias a los dioses por haber salido de aquella derrota ileso y haber obtenido el perdón del general romano. No todos podían decir lo mismo. Algunos de sus amigos habían caído en el combate y los que se habían empecinado en no rendirse y no aceptar la victoria de César habían sido ajusticiados y sus posesiones arrebatadas. Su amigo Aponio conservaba la vida y sus posesiones intactas y sus tierras no habían sufrido el más mínimo daño.

—Ahora lo único que tenemos que pedir a los dioses es que el gobernador que nombren sea un hombre justo y honrado y no trate de enriquecerse a nuestra costa, como había hecho Q. Casio Longino cuando fue nombrado recaudador de esta provincia —le había dicho Escápula cuando había ido a verle a su villa, después que Julio César dejase Córdoba y las aguas volviesen a su cauce en la ciudad.

—No sé qué decirte. Si Longino, que era un hombre designado por Pompeyo, trató de enriquecerse a nuestra costa acribillándonos con los impuestos, el nuevo gobernador se mostrará como vencedor y a nosotros nos mirará como los vencidos que han de sufragar los gastos ocasionados y recuperar a nuestra costa todo el dinero gastado —le dijo Aponio, al que se le veía derrotado moralmente y con ninguna esperanza de que la situación mejorase.

—No nos pongamos la venda antes de la herida —le dijo Escápula—. Vamos a esperar acontecimientos y a disfrutar de lo que tenemos y no nos han arrebatado. Si luego ocurre lo que tú temes, algo que yo no descarto, tiempo tenemos para pensar qué hacer. Pero mientras tanto, vamos a disfrutar día a día de lo que tenemos. No nos preocupemos por el futuro, ya que no está ahora en nuestras manos cambiarlo. Cuando llegue el momento ya tendremos tiempo de hacerlo, si es necesario.

—Me gustaría ser como tú y encarar la vida con tu filosofía y tu optimismo, amigo Quineto.

—Pues hazlo. Es muy sencillo, deja que los días vayan pasando e intenta ir disfrutando cada uno de ellos. Tienes todo lo necesario para hacerlo. Después de todo los dioses nos han favorecido. Tenemos salud, unas hermosas posesiones que nos proporcionan una vida placentera, tú tienes una familia que te quiere y que te da consuelo y apoyo cuando lo necesitas. ¿Por qué agobiarte por el futuro si no está en tu mano modificarlo?

—Tú, si no tienes una familia es porque no has querido —le dijo Aponio.

—Sí, en eso te doy la razón, pero es que no me veo capaz de sujetarme a las normas que el tener una familia te impone. Yo vivo muy bien tal y como vivo y no tengo necesidad de más.

—¿Le concediste la libertad a tu *atriense*?

—Sí, pero ha decidido no hacer uso de ella y permanecer aquí conmigo.

—Te tiene en gran aprecio.

Escápula sonrió.

—Yo diría que es algo más que aprecio. De todas formas aquí tiene la vida resuelta y el trabajo a realizar no es duro. Yo no me considero un mal amo y mis esclavos puedo decir que no viven mal. Fuera de aquí, la vida es muy difícil y él ya no es un jovencito con ganas de ganarse el mundo.

—Pues cualquier otro hubiese decidido hacer uso de esa libertad que le has concedido —comentó Aponio.

—Es inteligente y sabe qué es lo que más le conviene. Yo, por mi parte, puedo confiar en él, sin tener que estar encima del resto de esclavos. Lo que me facilita mucho la vida.

El sol ya se había ocultado tras el horizonte y el cielo iba abandonando paulatinamente los colores rosados y añil que la puesta de sol había pintado. Las tinieblas iban adueñándose de todo y los esclavos iban encendiendo *lucernas* por toda la mansión, haciendo que esta recobrase la vida que había desaparecido cuando la oscuridad había empezado a apoderarse de ella.

—Señor vais a querer cenar ya —le preguntó el atriense sobresaltando a Escápula que no le había oído llegar, sumido como estaba en sus recuerdos.

—Sí, ya voy teniendo apetito, pero no quiero cenar solo. Quiero que me acompañes. Además, quiero preguntarte algo.

—Como ordenéis, señor —contestó el esclavo.

—No es una orden. Es una petición. Eres muy libre de aceptarla o no.

—La acepto, señor. Para mí será un verdadero placer —contestó el atriense—. Voy a prepararlo todo.

* * *

Alejandría, año 48 a. C.

La princesa Arsinoe había salido en una litera, protegida por una buena escolta, a dar un paseo por la ciudad, por su principales avenidas y sus barrios comerciales. Aunque los consejeros de su hermano, tratando de tenerla contenta, le habían ofrecido una barca para que reanudase sus salidas por los alrededores de la ciudad y poder otra vez contemplar cómo el sol se ocultaba tras ella, la princesa había rechazado el ofrecimiento. Sin Olimpo a su lado, la navegación ya no sería igual, ni los atardeceres tendrían el mismo color. Echaba mucho de menos al médico griego e intentaba hacer cosas que no había hecho con él para evitar que los recuerdos se apoderasen de ella. Por eso había cogido la costumbre de salir por la ciudad y observar cómo vivían sus ciudadanos. Estaba convencida que, más pronto o más tarde, sería reina y quería saber cómo vivía su pueblo. Y no parecía que desde que su hermano Ptolomeo XIII había depuesto del trono a Cleopatra las cosas hubiesen mejorado mucho. Ni poco, ni nada. Tenía la sensación de que todo seguía igual que antes y los consejeros de su hermano, que eran los que realmente gobernaban en el país, no habían hecho nada para que la situación del pueblo mejorase. Los disturbios, eso sí, habían desaparecido, pero estaba convencida que era porque los instigadores de ellos eran los propios consejeros de su hermano para favorecer la destitución de Cleopatra. No la echaba de menos. Nunca había tenido una fluida relación con ella, que siempre la había mirado por encima del hombro, eso cuando la había mirado, pues se consideraba muy superior a ella, con todos sus conocimientos, el manejo fluido de los muchos idiomas que hablaba y el encanto personal que todos decían que tenía. Sin embargo, Arsínoe estaba convencida que la indiferencia que manifestaba hacia ella era pura envidia. Sí, envidia de su belleza, que hacía palidecer, cuando no eclipsar, todos los encantos que su hermana decía tener cuando aparecía ella. Lo único por la que Arsínoe envidiaba en aquellos momentos a su hermana era porque esta podía disponer, a su entera voluntad, de su médico personal, su amado Olimpo, que tenía que vivir en el exilio junto a la reina. Lo peor de todo era que ella no se podía poner en contacto con Olimpo de ninguna manera, sin comprometer la situación en la que se encontraba el médico, poniendo en peligro su vida. Había hablado incluso con Aristófanes, el maestro de Olimpo y médico personal, para que intentase viajar a Siria e intercambiarse por su amado. Pero el anciano médico, cada vez más anciano, se había negado dándole razones convincentes. En primer lugar, Cleopatra nunca aceptaría un cambio de esa naturaleza, estaba muy contenta con Olimpo, mucho más joven y más predispuesto a los cambios y a las innovaciones. En segundo lugar, Aristófanes, debido a su avanzada edad, no estaba dispuesto a pasar los últimos años de su vida en el exilio, fuera de su amada Alejandría y con la incertidumbre de cómo sería cada día. No, decididamente, si quería tener a Olimpo a su lado debería buscar otra manera de conseguirlo. Si pudiese contactar con él, quizá pudiesen urdir algún plan para que Olimpo pudiese escapar de Siria y regresar a Alejandría, pero no había medio de establecer contacto con su amado médico, sin que su hermana Cleopatra tuviese conocimiento de ello.

Arsínoe, en su litera, con las cortinas descorridas, observaba el bullir de las calles comerciales, donde los artesanos trabajaban todo el día para tener listos los encargos que les habían hecho y los comerciantes trataban de llamar la atención sobre los productos que, procedentes de todas partes del país y de los países cercanos, habían llegado. Sin embargo, Arsínoe se percató que el mercado y las calles comerciales estaban mucho menos animadas que de costumbre. Eran muchos los artesanos que estaban a las puertas de sus talleres, mano sobre mano, esperando que llegase algún cliente que les encargase algún trabajo. Los comercios estaban menos abastecidos que de costumbre y escaseaban los productos fundamentales, mientras que los mercaderes procedentes de los países vecinos habían dejado de llevar sus productos al no encontrar salida para ellos. Desde luego, el país no había mejorado nada desde que su hermana había sido depuesta y la situación, si no había empeorado, tampoco había mejorado. Debería hablar con los consejeros de su hermano Ptolomeo para que le explicasen qué medidas habían tomado o estaban dispuestos a tomar para revertir esa situación. De golpe, una idea brilló en su cabeza y, aunque no tenía nada que ver con la miserable situación que atravesaba el país, quizá sirviese para que Olimpo pudiese regresar junto a ella. Llamó al jefe de la escolta y le dijo que la llevasen a la zona del mercado donde se establecían los mercaderes procedentes de Siria.

* * *

Marco Cayo Gayo se limpiaba el sudor que, junto al polvo del camino, le cubría toda la cara. Llevaban cabalgando desde el amanecer y apenas si habían parado un par de veces para que las cabalgaduras descansasen y todos repusiesen fuerzas. Quería llegar en aquella jornada a Brundisium, aunque tuviesen que hacer el final del camino de noche. Deseaba llegar cuanto antes y contactar con Cayo Caninio Rebilo, legado de Julio César, que había combatido a las órdenes de este en la Galia y que se había trasladado a Brundisium para preparar el asalto a Dirraquio. Sin embargo, las órdenes que Marco Cayo le llevaba eran muy diferentes. El general quería que Rebilo contactase con su amigo Escribonio Libón, en aquellos momentos a las órdenes de Cneo Pompeyo, al que había acompañado en su retirada de Roma, para negociar una tregua e intentar llegar a un acuerdo de paz. Marco Cayo tenía la seguridad que Cayo Caninio Rebilo se encontraba en Brundisium, pero no sabía dónde estaría Escribonio Libón, aunque era de presumir que se encontrase acompañando al general Pompeyo. Llevaría su tiempo localizarlo y establecer contacto con él, de ahí la importancia de llegar cuanto antes a Brundisium. El sol ya se había puesto tras el horizonte y las tinieblas estaban empezando a apropiarse del paisaje. Estaban atravesando un desfiladero, donde las sombras ya habían empezado a adueñarse del mismo, cuando un zumbido, de sobra conocido por los jinetes, hizo que estos se inclinasen sobre los caballos. Un buen número de flechas cayeron sobre ellos derribando a varios jinetes.

—Al suelo, al suelo. Hay que protegerse tras las rocas —gritó el tribuno, mientras tiraba de las riendas de su caballo y descabalgaba a toda prisa, ocultándose tras unas rocas que bordeaban la vía. La turma de jinetes hizo lo mismo y pronto desaparecieron del camino, quedando en él tan solo los cuerpos de tres de sus compañeros que habían sido alcanzados mortalmente.

—¿Habéis visto desde dónde nos atacan? —preguntó Marco Cayo al decurión que, arrastrándose hasta dónde él estaba, le había preguntado qué hacían.

—No, señor. ¡Quizá deberíamos haber seguido galopando hasta abandonar el desfiladero! —le dijo el soldado.

—Si son medianamente listos no serán estos los únicos arqueros. Habrá más apostados a todo lo largo del desfiladero —comentó el tribuno.

—¿Entonces qué hacemos? —preguntó el jinete.

Marco Vinicio miró al cielo donde el negro estaba ocupando el lugar que antes una amplia gama de colores lo cubría todo.

—En unos momentos la noche habrá caído por completo. Será el momento de recuperar los caballos y salir de aquí —le dijo al soldado—. De momento permanecer ocultos y atentos, con los ojos bien abiertos, no vayan a caernos encima.

No andaba descaminado pues, pocos momentos después, el sonido de unas piedras rodando y de arena desprendida les indicó que los asaltantes estaban descendiendo del desfiladero. Marco Cayo silbó para poner en guardia a sus hombres y estos se aprestaron a recibir a los atacantes. Escondidos detrás de las rocas, confundidos con la oscuridad de la noche, los asaltantes no podían precisar dónde se encontraban los jinetes, mientras que estos los vieron descender y no tuvieron mayores dificultades en acabar con ellos uno a uno. Transcurrido un tiempo sin que descendiese ningún atacante más, Marco Cayo consideró que, de momento, no había más enemigos.

—¿Ha quedado alguno con vida? —le preguntó al decurión que mandaba la turma de caballería.

—Me temo que no. Están todos muertos. Si eran ladrones en busca de botín, equivocaron la presa. No eran nada hábiles con los *gladius*.

—¿Cuántas bajas hemos tenido? —preguntó el tribuno.

—Tres jinetes, señor. Las flechas los mataron en el acto.

Marco Cayo recogió una flecha de los asaltantes y la examinó detenidamente.

—No eran soldados, pero tampoco simples ladrones. Estas flechas son las que utilizan los arqueros de nuestras legiones. No venían a robarnos sino a acabar con nosotros.

El decurión fue a preguntar algo pero no lo hizo. Seguramente lo que se estaba preguntando es lo mismo que él, ¿Por qué querían acabar con ellos? Aunque él creía que tenía la respuesta. A alguien no le interesaba que llegasen a su destino y cumpliese la misión que le había encomendado Julio César. Pero si era así, alguien la había descubierto. Alguien había traicionado al general y su vida seguía corriendo peligro.

—¿Qué vamos a hacer tribuno? —preguntó el decurión.

—Salir del desfiladero, soldado. La noche está muy oscura. La ausencia de luna nos favorece. Vamos a envolver los cascos de los caballos con trapos, de manera que no hagan ruido. Haremos dos filas y caminando nos situaremos en los costados de los caballos de manera que ellos nos protejan. Por todos los dioses, no tenemos que hacer el menor ruido.

—¿Qué hacemos con los tres compañeros muertos?

—Cargarlos en sus caballos. Los llevamos con nosotros.

En el más absoluto silencio siguieron por el desfiladero, procurando que ningún caballo se encabritase o relinchase. No se había equivocado y desde lo alto del desfiladero le llegaban las voces de los que les estaban esperando. Pero la oscuridad de la noche y el sigilo con el que lo atravesaron les permitió abandonar el desfiladero sin ser descubiertos. Ya fuera de él, le quitaron los trapos a los casco de los caballos y, montando en ellos, se lanzaron al galope camino de Brundisium. Ya estaba amaneciendo cuando llegaron a la ciudad a orillas del mar Adriático sin haber tenido ningún otro percance.

* * *

Cayo Casio Longino estaba en el puerto de Dirraquio examinando una de las embarcaciones que habían conseguido, una de las trescientas, más o menos, que necesitaba para tener vigilada la costa sur del mar Adriático. Desde el tendal observó cómo su hermano Quinto se acercaba a la embarcación, deteniéndole dos de los legionarios que hacían la guardia junto a ella. Dio orden que le dejasen subir a bordo y despidió a los hombres que le acompañaban.

—Salud hermano —le dijo su hermano Quinto—. Hermosa embarcación. Ha de ser muy rápida cruzando el mar.

—Eso depende de lo fuerte que sean los remeros —contestó Cayo Casio—. Espero que me traigas noticias y que estas sean buenas.

—Noticias traigo, pero me temo que no son nada buenas —contestó Quinto Casio.

—¡Explícate!

—El tribuno Marco Cayo Gayo ha llegado sano y salvo a Brundisium —contestó Quinto.

—¿Cómo es posible? —preguntó Cayo Casio— Contratamos a los mejores arqueros para que le saliesen al camino y acabasen con él.

—Tú lo has dicho. Buenos arqueros… pero no buenos guerreros —contestó Quinto Casio—. Esperaron al tribuno y a su escolta de jinetes en el desfiladero que hay a unas quince millas de la ciudad.

—Sí, yo mismo les indiqué el lugar.

—Pero el tribuno se retrasó llegando al desfiladero ya casi sin luz. La visibilidad era mala y los arqueros fallaron. Tan solo pudieron abatir a tres jinetes. El tribuno y su escolta se ocultaron entre las rocas a la espera que la noche cayese por completo sobre ellos, lo que no tardó en ocurrir. Los hombres que contrataste eran buenos arqueros, sin duda, pero no eran buenos con la espada. La escolta del tribuno, sí, y cuando intentaron acabar con ellos los jinetes dieron buena cuenta de nuestros hombres.

—¡Pero había contratado a muchos arqueros! Tenían que situarse a todo lo largo del desfiladero para que ninguno pudiese salir con vida de allí.

—Pues lo hicieron, aunque no sabemos cómo, Marco Cayo y su escolta de caballería consiguieron atravesar el desfiladero sin que los arqueros apostados los viesen pasar. La noche era muy oscura. No había luna y no se veía nada. No sé cómo lo harían, pero al amanecer llegaron a Brundisium, con tres jinetes muertos, pero los demás a salvo.

Cayo Casio dio un puntapié a uno de los barriles que había bajo el tendal y el agua que había se desparramó por la cubierta.

—No sabemos si alguno de los arqueros habló y les dijo quién los había contratado —comentó temeroso Quinto Casio.

—Por eso no te preocupes, hermano. Ninguno sabía quién los había contratado. Ya me cuidé muy mucho de que fuera así —le respondió Cayo Casio— ¿Y ahora qué vamos a hacer? —preguntó

—Ahora nada podrá impedir que Marco Cayo localice a Cayo Caninio Rébilo y le diga la propuesta de Julio César.

—Eso no podemos permitirlo de ninguna manera —contestó Quinto Casio—. Si César y Pompeyo firman la paz, todo volverá a ser como antes y a ti y a mí nos juzgará el Senado por nuestras actuaciones como magistrados en las provincias en la que estábamos, tal y como iban a hacer antes que se iniciase esta guerra.

—¿Y cómo vamos a impedirlo? Acabando con la vida del tribuno Marco Cayo teníamos alguna opción. Pero así…

—El tribuno y Cayo Caninio tienen que localizar a Escribonio Libón, que es el hombre encargado de convencer a Pompeyo. Si no se encuentran no podrán concertar la paz. Y Libón no está en Brundisium. ¿Sabemos dónde está? —preguntó Quinto Casio.

—No sabemos dónde está. Seguramente acompañando a Cneo Pompeyo por algún lugar de Macedonia. Pero no sabemos dónde. Por cuestiones de seguridad ni sus propios hombres saben dónde está el general. Y si nosotros no sabemos dónde está, mucho menos lo sabrán los cesarianos. Estos tendrán que moverse y ahí quizá tengamos una oportunidad de acabar con ellos.

Quinto Casio Longino movió la cabeza mostrando su conformidad con lo que decía su hermano.

—Pero esta vez no podemos fallar —comentó.

—No, claro que no, por eso me voy a encargar personalmente de contratar yo a los hombres para que salga bien —comento Cayo Casio Longino.

—Me parece muy bien, hermano. Pero que no se sepa que los has contratado tú. Así nadie podrá relacionarte con la muerte del tribuno y la del legado de César, si el asunto no sale bien.

—Saldrá bien, por los dioses que saldrá bien.

XXVI

Roma, escuela de Gladiadores

Cayo Junio, el Lanista de la escuela de gladiadores, estaba contento. A pesar de la situación política, incierta y preocupante, había conseguido confirmar una serie de combates en los que Nameyo, el gladiador galo, iba a ser la estrella, acompañado de Sitalces, el gladiador tracio. Eso sí, tenían que desplazarse a Capua, donde existía una de las mejores escuelas de gladiadores y donde Nameyo tendría que confirmar su liderazgo como gladiador. El Lanista había puesto su confianza en el gladiador galo y esperaba que de Capua saliesen otros muchos contratos, si la guerra entre los dos generales se mantenía fuera de la península.

—Te quedarás al mando de la escuela —le dijo Cayo Junio a Craxo, el jefe de instructores—. Y en esta ocasión no quiero altercados de ningún tipo. Si ocurren, tú, y únicamente tú, serás el responsable y lo pagarás con tu vida. ¡Ah! Y en mi ausencia no quiero que faltes ni un solo momento de la escuela. ¿Está lo suficientemente claro?

—Muy claro, señor. Id tranquilo, no ocurrirá ningún incidente. —contestó Craxo.

—En eso confío. Ahora vete a ver si Nameyo y el gladiador tracio ya están preparados. Tenemos un largo camino hasta Capua y se nos está haciendo tarde.

Craxo ya se alejaba para cumplir lo que le había mandado el Lanista cuando se detuvo y se dio media vuelta.

—Señor... ¿Qué hacemos con Tibaste? ¿Lo seguimos manteniendo encerrado? —le preguntó al Lanista. Este, atusándose la barbilla, pareció meditar la respuesta.

—Andamos necesitados de instructores y Tibaste es un buen instructor. Además estos días no hay peligro de que se encuentre con el gladiador galo. ¡Suéltalo! Espero que haya aprendido la lección, pero, por si acaso, recuérdasela tú. Otro incidente como el anterior y acompañará a los dioses a la ultratumba.

—¡Como ordenéis, señor! —contestó Craxo y, dándose media vuelta, fue a buscar a Sitalces y Nameyo. Este se encontraba en su celda junto a Anneliese, que en un mar de lágrimas se había colgado del cuello del gladiador galo negándose a desprenderse de él.

—Prométeme por los dioses que no te expondrás inútilmente y que velarás en primer lugar por tu vida más que por vencer al contrario —le estaba diciendo Anneliese a Nameyo cuando Craxo entró en la celda.

—Anneliese, soy gladiador. Tengo que vencer porque de lo contrario lo más fácil es que muera. ¡He de vencer! Esa es la mejor forma de conservar la vida.

—Vamos, parejita, terminad de despediros ya. Tenéis que marcharos y el Lanista se está impacientando. Tiene prisa y no es bueno hacerle esperar —les dijo Craxo.

Nameyo le dio un largo beso a Anneliese que se tapó la cara con las manos para ocultar el torrente de lágrimas que habían desbordado sus ojos. Nameyo recogió sus cosas y, seguido de Sitalces que ya esperaba en la puerta de la celda con las suyas, se encaminaron hacia la salida. Por el camino recibieron el saludo de los compañeros con los que se encontraron, deseándoles suerte. En la puerta, ya montado en un caballo, con otros dos ensillados y esperándoles, se encontraba el Lanista, con una guardia de soldados que les acompañarían durante el camino. Craxo los vio abandonar la Escuela y gritó al resto de los gladiadores que habían dejado su instrucción para despedir a los que se marchaban.

—Vamos, vamos. No os quedéis ahí mirando. Hay que volver al trabajo, gandules —les gritó.

Una vez que los gladiadores reanudaron los entrenamientos, Craxo entró en la escuela y descendió hasta donde se encontraba encerrado Tibaste, iluminándose con una antorcha. Este se encontraba tumbado en un lecho de paja y se incorporó al ver llegar al jefe de instructores.

—Espero que estos días aquí encerrado te hayan servido de lección —le dijo iluminando con la antorcha la celda en la que se encontraba Tibaste.

—¿Vienes a sacarme de aquí? —le preguntó.

—¿Por qué tendría que hacerlo? —le preguntó a su vez el jefe de instructores.

—Porque ya me he cansado de estar aquí y de guardar silencio. —le respondió Tibaste.

—¿Guardar silencio? —preguntó a su vez Craxo.

—Sí, guardar silencio. ¿O es que prefieres que le cuente al Lanista dónde vas cada vez que él abandona la escuela y te deja al mando?

Craxo agarró a Tibaste por el cuello y empezó a presionar. El instructor intentó desprenderse de las manos del jefe de instructores, pero este tenía unas manos poderosas que se habían agarrado al cuello del instructor y presionaban sobre él impidiéndole respirar.

—¡Estás jugando con fuego, Tibaste! Soy yo el que te ha colocado donde estás y te puedo quitar en cuanto quiera, de la misma manera que podría acabar con tu vida. ¡No lo olvides!

Y dándole un empujón lo soltó, chocando el instructor contra la pared de la celda. El instructor quedó de rodillas en el suelo sujetándose el cuello donde habían quedado marcados los dedos de las manos de Craxo.

—Puedes abandonar la celda y volver a tu trabajo. El galo se ha ido con el Lanista a Capua donde van a celebrar varios combates, así que en unos días no tendrás que verle la cara. Pero cuando regrese, no quiero el más mínimo incidente con él. Para ti se ha convertido en alguien intocable, aunque dudo mucho de que a no ser a traición pudieses tocarle un solo pelo de su larga cabellera. ¡No lo olvides!

Craxo abandonó la celda mientras Tibaste trataba de incorporarse y recobrarse. «No lo olvidaré. Por todos los dioses que no lo olvidaré. Y lo que me has hecho tampoco lo olvidaré y te puedo asegurar que tendrás tu merecida respuesta» —dijo en voz alta Tibaste una vez que Craxo se hubo alejado lo suficiente para no oírlo.

A última hora del día, cuando el sol ya se había puesto y las tinieblas empezaban a adueñarse de la ciudad, Cayo Junio, el Lanista, Nameyo, Sitalces y los guardias que los vigilaban llegaron a Capua a través de la Vía Apia. Capua se había convertido en una de las ciudades más importantes de la República. En aquellos momentos la ciudad estaba a rebosar de visitantes, con sus tabernas y hospedajes llenos. Era por los combates de gladiadores que se habían anunciado, pues, no en vano, su escuela de gladiadores se estaba convirtiendo en una de las más importantes de la República, extendiéndose su fama por toda la península. De esa escuela había surgido el tristemente célebre gladiador Espartaco, que durante un tiempo no muy lejano había traído en jaque a las legiones romanas. El Lanista llevó a los gladiadores y a los soldados a un edificio anejo al lugar donde se iban a celebrar los combates, preparado para alojar a los gladiadores y bien protegido por guardias armados y, una vez que se cercioró que quedaban bien instalados y se les proporcionaba una contundente cena, —los gladiadores la víspera del combate tenían el privilegio de elegir la cena que quisiesen —se fue a una de las tabernas donde se reunían el resto de los lanistas y dueños de gladiadores dónde, entre jarra y jarra de vino, concertaban nuevos combates o compraban y vendían gladiadores, amén de realizar apuestas sobre ellos. Nameyo y Sitalces cenaron bien. Aunque no tanto como el resto de los gladiadores, que ingirieron grandes cantidades de todo lo que quisieron. Los pupilos de Cayo Junio se habían acostumbrado a celebrar la noche antes del combate una frugal cena, para que sus cuerpos no se sintiesen al día siguiente muy pesados. Preferían pasar algo de hambre el día antes y ya tendrían oportunidad de desquitarse después del combate, si conseguían salir vivos de él. Sin embargo, el resto de los gladiadores con los que cenaron aquella noche no eran de su mismo parecer pues cenaron opíparamente, como si aquella cena fuese la última que iban a celebrar y quisiesen irse al más allá con el estómago lleno. En especial un gladiador nubio, de enorme tamaño, mediría casi unos siete pies, con una larga trenza y unas piernas y brazos

240

como columnas. Todos lo consideraban invencible y él se jactaba de ello, ridiculizando a los demás con los que se metía constantemente. Estaba considerado como el mejor gladiador de Capua, que era tanto como decir de toda la península itálica.

—¿Qué os pasa a vosotros? ¿Es que el miedo os ha encogido el estómago y no os permite comer más? —les dijo a Nameyo y a Sitalces al ver lo poco que habían cenado. Estos se limitaron a mirarle, pero no hicieron ningún comentario.

—Pues deberíais aprovechar y cenar bien pues esta va a ser vuestra última comida. No me gustan los gladiadores de Roma y no pienso tener clemencia con vosotros.

Nameyo y Sitalces hicieron caso omiso a los comentarios del nubio, lo que hizo que este se enfureciera y de un fuerte puntapié tirara por tierra las bandejas de los comensales, pero la presencia de los guardias, fuertemente armados, impidió que el arrebato del gigante fuese a más. Los gladiadores se retiraron a descansar cuando los guardias apagaron las antorchas.

—El nubio no solo es un brabucón, sino que por su tamaño y fuerza tiene pinta de ser un enemigo temible —le comentó Sitalces a Nameyo en voz baja—. Esperemos que no nos toque enfrentarnos a él.

—Veremos a ver cómo son las condiciones del combate, pero cómo solo pueda quedar un ganador, me temo que tendremos que enfrentarnos a él. Descansa, mañana saldremos de dudas.

El día amaneció nublado en Capua, con un cielo gris que amenazaba tormenta y un calor bochornoso que hacía difícil respirar. A primera hora de la mañana los gladiadores serían trasladados al anfiteatro, donde a media mañana empezarían los combates. Desde primeras horas el anfiteatro estaba abarrotado de espectadores, ya excitados y con ganas de ver correr la sangre sobre la arena. Con la tensión reflejada en sus rostros, los gladiadores preparaban las armas con las que saldrían a combatir, mientras que el organizador de los combates pasaba revista a los gladiadores, comprobó su estado y el de sus armas y estableció los grupos y el orden en el que intervendrían. En esta ocasión no lucharían por parejas sino individualmente y sería eliminatorio, de manera que solo podría haber un campeón al final del día. El sonido de las trompetas anunció a los gladiadores que el desfile iba a comenzar. Los luchadores desfilaron por la arena ya con las armas en la mano hasta saludar al precepto de la ciudad y a los magistrados, que en un palco especial presidían aquel combate. Terminado el desfile, regresaron al interior del anfiteatro a esperar su turno para salir a combatir. Una orquesta formada por flautas, trompetas, cuernos y órganos hidráulicos comenzó a sonar, indicando el comienzo de los combates, ante la atenta mirada de un árbitro que, con túnica blanca y orlado con dos franjas rojas verticales, era el encargado de dirigir los combates.

Nameyo fue uno de los primeros en combatir, correspondiéndole hacerlo contra un gladiador de los llamados samnitas, pues llevaba un gran escudo oblongo, un casco con visera, cresta y cimera de plumas, una ocre en la pierna izquierda, una especie de brazal de cuero o metal que cubría en parte el hombro en el brazo derecho y una espada corta. Por su parte Nameyo llevaba su equipo de siempre, el de mirmillón. No tuvo ningún problema en deshacerse de su contrincante, que no parecía muy avezado y cometió bastantes errores. Nameyo lo desarmó y esperó la resolución del prefecto de la ciudad que era el que podía disponer de la vida o la muerte del vencido. El prefecto no dudó y perdonó la vida del vencido a pesar de los gritos de los espectadores que querían sangre y clamaban por la muerte del vencido.

Sitalces también tuvo suerte y el gladiador tracio consiguió derrotar al reciario que le tocó en suerte, aunque este no tuvo demasiada suerte pues quedó gravemente herido teniendo que ser retirado en unas parihuelas por los encargados del anfiteatro. Sin embargo, Sitalces no tuvo demasiada suerte en su siguiente combate. Le tocó combatir contra el gigante nubio, que no había tenido ningún problema con su contrincante anterior, al que había cortado el cuello con el puñal después de haberle envuelto con la red y herido mortalmente con el tridente. El reciario no esperó la decisión del prefecto de la ciudad y acabó con la vida de su contrincante, ante la aclamación enfervorizada del público sediento de sangre. Sitalces lucho bravamente, poniendo en más de una ocasión en serios apuros al gigante nubio que, algún momento, casi dio por perdido el combate. Pero el nubio tenía mucha fuerza y consiguió herir con el tridente a Sitalces que quedó a merced de su contrincante. El reciario no miró al palco. Se aproximó lentamente a su enemigo sonriendo y, con la mirada observando al público, que enfervorizado pedía la muerte del gladiador tracio, a pesar de que el precepto de la ciudad estaba indicando que perdonaba la vida del gladiador derrotado, el nubio degolló a Sitalces mientras sonreía abiertamente. Nameyo, que había contemplado el combate, tuvo que hacer verdaderos esfuerzos para no saltar a la arena en busca del nubio, pero consiguió controlarse y permaneció en su sitio pidiendo a los dioses que llevasen a su amigo a sus campos celestiales y preservasen al nubio de los demás gladiadores, pues era él el que quería acabar con su vida. En las gradas, Cayo Junio se mesaba los cabellos y maldecía su mala suerte. Acababa de perder a uno de sus mejores gladiadores, así como los contratos que ya había dejado apalabrados, contando que el tracio saldría victorioso. Y lo malo era que los combates eran eliminatorios y ya no estaba tan seguro que Nameyo pudiese derrotar al reciario, después de haber visto al gigante nubio. En esta ocasión los dioses parecieron oír las súplicas del gladiador galo y preservaron a los dos para enfrentarse en el combate final. Los dos sabían que sería un combate a muerte, pues el nubio no había perdonado la vida a ninguno de sus contrincantes y Nameyo estaba dispuesto a vengar a su amigo Sitalces que, a buen seguro, estaría observando desde las praderas celestiales.

* * *

Marco Cayo Gayo estaba furioso. A su llegada a Brundisium había podido localizar a Cayo Caninio Rébilo y le había contado la propuesta de Julio César para conseguir la paz. Rébilo, puesto que era una orden de Julio César, estaba dispuesto a colaborar para conseguir localizar a su amigo Escribonio Libón. El problema es que este no se encontraba en Brundisium. A decir verdad, no tenía ni la menor idea de dónde se podía encontrar. Se suponía que acompañaría a Cneo Pompeyo, pero tampoco se sabía, a ciencia cierta, dónde se encontraba el general. Se rumoreaba que debía encontrarse en Macedonia buscando apoyos que aumentasen su contingente de tropas. Pero nada era seguro. Lo único cierto es que tendrían que cruzar el mar Adriático y, a partir de ahí, intentar localizar a Escribonio Libón, con el consiguiente riesgo que eso suponía, pues más allá del mar era territorio controlado por los partidarios de Pompeyo y ellos serían enemigos en un territorio hostil.

—¡Y además nos estarán esperando! —exclamó visiblemente enfadado el tribuno Marco Cayo.

—¿Esperando? —preguntó extrañado Caninio Rébilo.

—Sí, a mis hombres y a mí nos estaban esperando en el camino hacia Brundisium —aclaró Marco Cayo—. Sufrimos una emboscada, aunque conseguimos salir de ella después de acabar con nuestros atacantes y dejar tres de los nuestros en el camino. Alguien se ha enterado de mi misión y trata de impedir que la lleve a cabo.

—¡Entonces, peor me lo ponéis, tribuno! —exclamó Rébilo— Seguirán nuestros pasos y volverán a intentarlo. Quizá lo más conveniente sería posponer el encargo que os hicieron.

—¡De ninguna manera! —exclamó Marco Cayo—. Las noticias que me han llegado es que César ha renunciado a su cargo de dictador y se ha puesto en camino hacia aquí. No tardará en llegar y, en cuanto lo haga, tratará de embarcar a las doce legiones con las que cuenta y a sus mil jinetes camino de Grecia, para eso se han estado construyendo y buscando barcos. Tenemos que partir ahora mismo en busca de Libón, y conseguir una tregua antes que Julio César desembarque al otro lado del mar Adriático. De lo contrario no habrá ocasión para la paz.

—Pues entonces ya estamos perdiendo tiempo. Prepara a tus hombres, sin uniforme —tenemos que pasar desapercibidos—, mientras procuro una embarcación que nos pueda llevar.

A media tarde Caninio Rébilo apareció donde se encontraban Marco Cayo y su escolta. Había encontrado una embarcación de mercancías que partía al atardecer hacía Dirraquio y donde, previo pago de una buena cantidad, podrían llevarlos. Al ver a la escolta de Marco Cayo meneó la cabeza.

—¡No pueden venir tantos! —exclamó.

—¿Por qué? —preguntó el tribuno.

—¡Son demasiados! Llamaríamos mucho la atención. Solamente se pueden quedar cuatro.

—¿Solo cuatro? —preguntó Marco Cayo.

—Sí, con nosotros dos seríamos seis. Ese es el número que ha aceptado el capitán del barco como pasajeros. No somos los únicos. Hay otros seis pasajeros que también irán en el barco. Elije a tus cuatro hombres y subamos a bordo antes que el capitán, que parece un viejo gruñón, se arrepienta y nos deje a todos en tierra.

El tribuno eligió a los cuatro hombres de su escolta que habían demostrado ser más diestros con la espada y encargó al resto que esperasen la llegada de Julio César, para ponerse a sus órdenes después de contarle hacia dónde iban.

—¿Es de fiar el capitán de ese barco? —preguntó el tribuno a Caninio Rébilo mientras subían a bordo.

—Todo lo de fiar que puede ser alguien en estos tiempos —contestó Rébilo.

Nada más terminar de subir a bordo, el capitán, un viejo sin apenas pelo, con una prominente barriga que no dejaba de vocear a sus hombres, gritó que soltasen amarras para ponerse en camino.

—¿Tendremos buena travesía? —le preguntó Rébilo.

—No soy un *augur*. Tendremos la travesía que los dioses quieran depararnos —le contestó de forma abrupta—. Tú procura que tus hombres no molesten zascandileando por el barco o, de lo contrario, os abandonaré en la mitad del mar, como también les he dicho a los otros pasajeros.

—¡No protestaste tanto cuando te di una buena bolsa de monedas de plata! Piensa en ella si te entra la tentación de dejarnos en alta mar, porque tendrías que devolvernos la bolsa con toda la plata que hay en ella —le dijo Rébilo y, tratando de suavizar la tensión, le preguntó—. ¿Quiénes son los otros pasajeros que llevas?

—No lo sé. No tengo por costumbre preguntar la identidad de la gente que quiere que la lleve al otro lado del mar. Han pagado también como tú y a mí con eso me basta.

Y dándose media vuelta se alejó para seguir dando voces a su tripulación. Los hombres de Marco Cayo se habían instalado donde les habían dicho que lo hiciesen y, en aquellos momentos, estaban en cubierta viendo como el barco, tranquilamente, abandonaba el puerto de Brundisium y salía a mar abierto. Como le pasaba a su tribuno, ninguno era hombre de mar y se encontraban mucho más seguros tierra adentro montando en sus caballos, por lo que, una vez que hubieron salido del puerto, se fueron a tumbar en los sitios que les habían dispuesto en el barco. Marco Cayo, sujetándose a una cuerda para no perder el equilibrio ante los vaivenes del barco, contemplaba como la ciudad de Brundisium era ya solo un punto en la lejanía y las olas lo envolvían todo. La misión que tenían por delante no era nada sencilla. Localizar a Escribonio Libón, de por sí, ya era muy complicado en un extenso territorio que no tenían ni la menor idea de cuánto abarcaría. Pero si los dioses se ponían de su parte y lograban localizarle, conseguir que este aceptase conducirles hasta el general Pompeyo para transmitirle la propuesta de paz de Julio César lo veía harto complicado, sobre todo teniendo en cuenta que el tiempo corría en su contra. Julio César no tardaría en llegar a Brundisium y, en cuanto lo hiciera, embarcaría a sus tropas, todas las que pudiese, en dirección a Dirraquio donde, según todos los informes, se encontraba el contingente mayor de tropas pompeyanas. Una vez que los dos ejércitos se encontrasen, frente a frente, su tiempo como emisario de paz habría finalizado con un estrepitoso fracaso y esa posibilidad era algo que le tenía de humor de perros. Esa posibilidad y el hecho de encontrarse nuevamente en un barco, a merced de las olas y de un viejo capitán rezongón.

—Tribuno, ¿puedo hablar un momento contigo? —le preguntó uno de los hombres de su escolta que se había acercado hasta él.

—¡No vuelvas a llamarme tribuno! Ahora no somos soldados, sino simples viajeros. Nadie debe saber qué somos. ¿Entendido?

—Perfectamente, se…, compañero —contestó el escolta.

—¿De qué querías hablarme? —le preguntó Marco Cayo. El soldado miró a Rébilo esperando que este abandonase el lugar.

El legado se dio por enterado y se alejó del lugar por el lado de babor. El soldado miró a ambos lados para cerciorase que nadie les escuchaba.

—Anoche estuve en una taberna del puerto comiendo y bebiendo algo, una vez que nos distes permiso para abandonar el cuartel general —dijo el soldado.

—¿Y bien?

—En la taberna en la que estuve vi al grupo de hombres que hoy también viajan con nosotros —contestó el soldado.

—Bueno, seguro que, igual que tú, quisieron salir a entretenerse y tomar algo. ¿Qué hay de malo en ello? —le dijo Marco Cayo.

—Nada. No hay nada malo en salir a tomar unas jarras de vino. Lo que me llamó la atención fue la compañía que tenían. Todos escuchaban atentos lo que les decía un hombre y pude observar cómo, a escondidas, por debajo de la mesa, le dio una bolsa de monedas que parecía abultar bastante.

—¿Y sabes quién era el hombre al que escuchaban? —preguntó el tribuno.

—Sí. Un hombre de Quinto Casio Longino —contestó el soldado.

—¿Quinto Casio Longino? —preguntó Marco Cayo.

—¿Sabéis quién es? —le preguntó el soldado.

—Me suena mucho el nombre, pero no termino de situarlo.

—Quinto Casio Longino fue recaudador en la Hispania Ulterior cuando Cneo Pompeyo ejercía de cónsul en absentia. Lo conocí porque fue allí donde yo me alisté a la legión. No era muy querido y se rumorea que incluso sufrió un intento de asesinato. Lo cierto es que abandonó Hispania y se decía que iba a ser juzgado por sus crímenes y robos en la provincia cuando estalló la guerra entre los dos cónsules.

Marco Cayo se atusó la barbilla sin dejar de agarrarse bien a la soga que le permitía mantenerse en pie. Ya estaban en mar abierto y el barco pegaba unos tremendos vaivenes según iba sorteando las olas. Como siguiese así terminaría mareándose.

—Sí, no deja de llamar la atención que se reuniese con este grupo de hombres. ¿Estás seguro que eran estos hombres que viajan con nosotros?

—Completamente seguro. El que tiene una cicatriz que le cruza toda la cara es inconfundible. Eran ellos.

—¿Y seguro también que era un hombre de Quinto Casio Longino el que les acompañaba?

—Completamente seguro. Es su hombre de confianza. Lo conozco bien —contestó el soldado—. Pero lo que me ha empezado a preocupar es que ¿sabéis de quién es hermano Quinto Casio Longino?

El tribuno se quedó un momento pensando.

—¡De Cayo Casio Longino! —exclamó.

—¡Efectivamente! ¡Del nuevo comandante de la flota pompeyana! —dijo el soldado— No os parece que son demasiadas casualidades, sobre todo después de haber sufrido el ataque en el desfiladero.

—Creo que sí, demasiadas casualidades... Y yo no creo en las casualidades —dijo el tribuno.

—Yo tampoco, se...compañero —comentó el soldado—. ¿Qué vamos a hacer entonces?

—Pues estar muy alerta. Si son ellos los que quieren acabar con nosotros, tratarán de hacerlo antes de que lleguemos a Dirraquio. Estableceremos turnos de guardia por la noche y que nadie camine solo por el barco. Procuraremos estar siempre juntos, los seis. No se lo vamos a poner fácil. Informa a tus compañeros de lo que sospechamos y tened los ojos bien abiertos.

XXVII

Mesopotamia, orillas del río Tigris

El Rey de Reyes contemplaba cómo el sol se ocultaba tras las dunas del desierto enrojeciéndolo todo como si de un inmenso fuego se tratase. Por más que lo contemplaba no se cansaba nunca de contemplar las puestas de sol en el desierto, al igual que los amaneceres. Era un espectáculo imponente que nada podía igualar. Llevaban varios días de cacería y, aunque no habían tenido hasta entonces mucha suerte, le gustaba perderse en la inmensidad del desierto, sin tener que aguantar las pesadas cargas con las que sus consejeros le abrumaban cada día. El desierto era suyo y no permitía que nada ni nadie se entrometiese en esos días en los que intentaba identificarse con la magnitud de las doradas arenas. Ni siquiera su hijo Pacoro, que estaba resultando un inútil, fracasando cada vez que se le encomendaba algo. Lo último, su derrota a manos de Cayo Casio Longino cuando le había encomendado invadir Siria. El romano había infringido una severa derrota a su hijo que había tenido que regresar a casa con el ejército diezmado y sin haber logrado el objetivo que le había mandado. Y gracias que los pueblos aliados no se habían levantado contra él aprovechando esa derrota y parecía que el imperio parto se encontraba tranquilo. Echaba de menos al general Surena y cada vez lamentaba más haber hecho caso a sus consejeros y a su propio hijo que le habían alentado para que le diese muerte. Sí, era cierto que el general había conseguido mucho poder y la simpatía de su pueblo, pero en ningún momento había dado la más mínima muestra de querer rebelarse contra su rey. Desde luego se había equivocado autorizando su muerte y ahora se lamentaba de ello. Pero ya estaba hecho y no había que darle más vueltas. Era lo que había y esto era un hijo muy inútil, que de lo único que se preocupaba era de satisfacer sus placeres personales con sus concubinas, con las que se pasaba el día en su lecho. Ni siquiera había sido capaz de darle un nieto y temía mucho que no fuese capaz de hacerlo.

El sol ya se había ocultado por completo y sus hombres habían empezado a encender antorchas y un buen brasero en su tienda. Las noches en el desierto eran frías y el calor de una buena hoguera se agradecía. El día siguiente era el último que pasarían de cacería y pedía a los dioses que fuesen pródigos con él y le permitiesen cazar alguna pieza importante. Era preciso regresar a palacio y retomar los asuntos de Estado. En primer lugar, tendría que tomar una decisión respecto a cuál de los dos generales romanos daría su apoyo. No lo tenía decidido todavía y esa había sido una de las razones por las que había decidido tomarse unos días de asueto, organizando una cacería en el desierto. La inmensidad de las arenas doradas, el viento soplando sobre ellas con ese silbido tan característico y las dunas variando de lugar, moviéndose como si de las olas de un mar se tratase, era algo que le relajaba y le ayudaba a tomar decisiones. No estaba seguro de a cuál de los dos generales era más conveniente apoyar, pues no veía claro quién lograría la victoria. Todos los informes que le habían llegado afirmaban que el general Cneo Pompeyo estaba formando un poderoso e invencible ejército en Grecia, pero tenía miedo al general Julio César que había conseguido someter a todo un belicoso pueblo como era el galo. No se había tratado de una sola batalla, sino de toda una guerra con la que había derrotado y esclavizado a miles y miles y miles… de hombres y mujeres. Guerreros temibles que habían sucumbido ante su espada. Los partos eran la asignatura pendiente que el pueblo de Roma tenía y no estaba seguro de que el general Julio César, una vez afianzado en el poder, no volviese la vista hacia ellos e intentase recobrar el honor y las águilas que las legiones romanas habían perdido tras la batalla de Carrás.

Orodes II, a la puerta de su tienda, contemplando la luna que teñía de plata las arenas del desierto, acababa de tomar una decisión. Enviaría a su hijo Pacoro a prestar sus respetos al general Pompeyo, convirtiéndose en aliado suyo. Esperaba que al menos esa misión su hijo sería capaz de realizarla con éxito y él no equivocarse en la elección.

* * *

Alejandría, año 48 a. C.

La princesa Arsinoe se preparaba para salir con su escolta en su ya habitual paseo por las calles de la ciudad. En esta ocasión estaba impaciente por hacerlo. Ya hacía varias semanas que le había mandado un mensaje a Olimpo, a través de un comerciante sirio que se había comprometido a hacérselo llegar en el más riguroso de los secretos. Arsinoe había amenazado con cortarle la cabeza al comerciante sirio si su hermana Cleopatra llegaba a enterarse que le había enviado ese mensaje, pero si estaba segura de que el comerciante sirio no la delataría, no era tanto por la amenaza de cortarle la cabeza, sino por la enorme cantidad de plata con la que le había pagado el servicio y la promesa de que obtendría mucha más si la seguía sirviendo bien. Uno de sus esclavos le había anunciado que el comerciante sirio ya había regresado y, como de costumbre, había colocado su puesto en el mercado de la ciudad. Un esclavo le anunció la llegada de Ganímedes, hombre confianza de la princesa, pero al que sin embargo no le había dicho nada de sus tratos con el comerciante sirio. Cuánto menos gente estuviese al tanto de lo que tramaba, mucho mejor.

—¡Hazle pasar! —le dijo al esclavo mientras que una de las esclavas terminaba de pintarle los ojos y otra le retocaba el cabello.

—Que Isis os proteja, querida princesa. Cada día vuestra hermosura se acrecienta más —le dijo a modo de saludo.

—Como siempre sois bienvenido, mi querido Ganímedes, pero en esta ocasión llegáis en mal momento —le dijo, mientras con un gesto despidió a las esclavas que la acompañaban.

—¿Pensabais salir, hermosa Arsinoe? —preguntó el hombre de confianza de la princesa.

—Sí, voy a dar mi paseo diario por la ciudad —le contestó.

—Ya sabéis que no me gusta que salgáis todos los días. Sois muy previsible y cualquiera que desease atentar contra vuestra alteza sabría bien dónde hacerlo y prepararlo con tiempo.

—¿Por qué decís eso? ¿Acaso hay riesgo de que se atente contra mi vida? —preguntó la princesa.

—No tenemos ningún informe que nos haga a pensar eso y ahora parece que las cosas, sino mejor, por lo menos parecen tranquilas, pero yo me quedaría más a gusto si no salieseis todos los días o al menos que cada día cambiaseis el recorrido.

—Si te quedas más tranquilo cambiaré el recorrido cada día…

—Y aumentar el número de soldados que os escoltan. Eso también me dejaría más conforme.

—De cualquier manera no creo que esa sea la causa que os ha traído esta mañana hasta mis aposentos. ¿O me equivoco?

—Como siempre, sois realmente perspicaz. Efectivamente, no es esa la causa que me ha traído a veros —contestó Ganímedes.

—¿Y cuál es la causa entonces de vuestra visita, querido amigo?

—Vais a tener que retrasar o posponer el paseo de hoy.

—¿Y eso por qué? —preguntó la princesa.

—Los consejeros de vuestro hermano, el soberano Ptolomeo XIII, van a venir a veros y es importante que los recibáis.

—¿Hay algún problema? —preguntó la princesa.

—No, al menos que yo sepa. Creo que es una visita protocolaria, pero sería conveniente que los atendieseis.

—En ese caso retrasaré mi paseo, pero espero que no se demoren mucho. Mi paseo, para mí, también es importante.

—Entonces, si no deseáis nada más de mí, con vuestro permiso me retiro —le dijo Ganímedes y haciendo una reverencia salió del aposento de la princesa. Esta frunció el ceño. Los consejeros de su hermano nunca habían sido de su agrado, pero convenía llevarse bien con ellos pues no en vano eran los hombres más poderosos del país. Eran ellos los que controlaban a su hermano y los que tenían en sus manos todos los mecanismos del poder. Por eso decidió esperar impaciente su visita. No la retrasaron mucho y un guardia le anunció la llegada de los tres consejeros. Potino, el general Aquilas y Teodoto. Ataviados como siempre con sus mejores galas, penetraron en el aposento de la princesa, inundándolo con sus fragancias que produjeron una extraña mezcla que disgustó a la princesa, muy poco dada a los olores fuertes.

—Sin duda sois la preferida de la diosa Isis, la cual acrecienta cada día vuestra belleza y os hace brillar con luz propia —dijo Potino después de hacer una gran reverencia.

—Hasta la diosa sentirá envidia de vuestra hermosura si seguís acrecentándola —dijo Teodoto.

El general Aquilas, más parco en palabras y sin duda hombre más rudo y menos dado a las lisonjas, se limitó a inclinar la cabeza.

—Sois muy amables por vuestras palabras. ¿A qué debo el honor que visitéis mis aposentos? —preguntó la princesa que tenía prisa por acabar con aquella visita y poder salir.

—Como bien sabéis, ha estallado una guerra en la república romana entre sus dos generales más poderosos. —dijo el general Aquilas.

—Sí, estoy al tanto de ello —contestó la princesa.

—Uno de ellos es el general Cneo Pompeyo, que según el testamento de vuestro difunto padre, Ptolomeo Filopator, al que los dioses hayan acogido entre ellos, es el encargado de velar por ese testamento.

«Vosotros os habéis encargado de romper la voluntad de mi padre exiliando a la reina Cleopatra», pensó la princesa, pero guardó silencio.

—La cuestión es que Egipto, como pueblo aliado de Roma, en esta tesitura ha de tomar partido por uno de los dos generales. Vuestro hermano Ptolomeo, como actual rey de Egipto, ha decidido prestar el apoyo de nuestro pueblo al general Pompeyo, que hasta ahora siempre se ha destacado por velar por los intereses de Egipto.

—Supongo que sois vosotros los que habéis aconsejado a mi hermano que tome partido por el general Pompeyo.

—Sí, claro. Para eso somos sus consejeros y vuestro hermano sabe que queremos lo mejor para Egipto y para él, puesto que siempre velamos por sus intereses —dijo Teodoto.

—¿Y qué ocurre si, en esa guerra entre romanos, el que vence es el general Julio César? ¿Cómo queda Egipto? —preguntó la princesa.

—No tenemos forma de adivinar qué es lo que va a ocurrir. Todos los sacrificios que hemos encargado a nuestros sacerdotes para que intenten ver el futuro indican que el favorecido por los dioses será el general Pompeyo. Todos los indicios que nos proporcionan nuestros espías en Roma apuntan a que el general Pompeyo es el que tiene más posibilidades de alzarse con la victoria. Por lo tanto, la mejor opción es prestarle a él nuestro apoyo.

—¿Y no habría posibilidad de mantenerse al margen de sus disputas? —preguntó la princesa que ya estaba empezando a hartarse de tanta conversación que la estaba entreteniendo.

—No, ambos generales están buscando apoyos exteriores y los enviados de Pompeyo ya se han dirigido a nosotros solicitándolo. Tenemos que darle una respuesta —dijo el general Aquilas.

—¡Y ya habéis decidido que el apoyo de Egipto será al general Pompeyo! —dijo la princesa.

—Es vuestro hermano, el rey Ptolomeo, al que los dioses guarden muchos años, el que lo ha decidido —dijo el eunuco Potino

—¡Ya!... ¡Y vosotros venís a informarme a mí de lo que ha decidido mi hermano! —comentó la princesa.

—¡Efectivamente! —exclamó Teodoto— Hemos considerado conveniente que estuvieseis informada del hecho.

—¿Ya le habéis dado la respuesta a los enviados del general Pompeyo? —preguntó la princesa.

—¡Sí, así es! —contestó el general Aquilas.

—Pues entonces ya no tenemos nada más que hacer. Me doy por informada del hecho y os agradezco vuestra deferencia al informarme —dijo la princesa levantándose de donde había estado sentada y dando por terminada la entrevista. Los tres consejeros se inclinaron ante la princesa y abandonaron el aposento de esta, que dio un par de palmadas llamando a sus esclavos.

—¡Que preparen mi litera y una escolta! ¡Salimos de palacio!
—dijo a la esclava que acudió a su llamada.

Las calles de Alejandría estaban muy concurridas, sobre todo
en los alrededores del lugar donde se instalaba el mercado semanal.
Sin embargo, la princesa Arsinoe, desde la litera que la transportaba, con la cortina descorrida para apreciar todo lo que había a su
alrededor, tuvo la impresión de que había menos gente paseando y
contemplando los productos que se ofrecían en el mercado. Y también los mercaderes eran menos numerosos. Eran pocos los puestos que ofrecían mercancías traídas del lejano oriente y menos los
curiosos que se detenían frente a ellos, a contemplar las mercancías que ofrecían: sedas de la india, marfil del sur de Nubia, alfom-
bras de Persia, diamantes del sur de África…, todas ellas de un alto
coste que la crisis que atravesaba el país dejaba fuera de su alcance.
La princesa mandó detener su pequeña comitiva delante del puesto
del mercader sirio que ya había visitado. El comerciante, al verla
descender de su litera, salió a su encuentro y la invitó a entrar en
la tienda.

—¡Creo que tenéis algo para mí! —le dijo la princesa después de
los saludos de rigor y aceptar el ofrecimiento del mercader de una
infusión de hierbas.

—Así es, mi señora —y el mercader extrajo de su bolsa un papiro
enrollado que ofreció a la princesa. Arsinoe lo desenrolló despacio
y lo leyó mientras el mercader vaciaba en el fino vaso labrado la
infusión que había preparado para la princesa.

Esta leyó varias veces la carta de Olimpo y la estrechó contra su
pecho, mientras que un par de lágrimas rebosaban sus ojos y descendían mejilla abajo. La princesa se enjugó las lágrimas y tomó un
sorbo de la infusión que le había preparado el mercader sirio.

—¿Hay alguna posibilidad de sacar al médico griego de dónde
se encuentra confinado sin que corra peligro su vida? —preguntó.
El comerciante permaneció en silencio durante unos instantes que
se le hicieron eternos a la princesa.

—Posibilidad… alguna hay. Pero será bastante costoso, habrá
que vencer muchas voluntades que tienen un precio muy alto y…
siempre se correrá un riesgo. Seguro no hay nada —contestó al fin
el mercader.

—Pues preparadlo todo para que se haga —le dijo mientras se desprendía de una hermosa pulsera de piedras preciosas y se la entregaba al comerciante—. Con esto será suficiente para empezar la operación. Cuando el médico esté aquí, a salvo, recibiréis otro tanto.

—Sois muy generosa, mi señora —contestó el mercader mientras hacía desaparecer la pulsera entre los bolsos de su túnica y se inclinaba ante la princesa que se había levantado para abandonar la tienda.

—Cuando tengáis alguna novedad, hacédmela llegar. Y no lo olvidéis. Nadie, absolutamente nadie, debe saber nada.

—Así se hará, mi señora. Podéis marcharos tranquila. Nadie sabrá nada.

La princesa abandonó la tienda y se subió en la litera dando orden de regresar al palacio. En el mercado ya quedaba muy poca gente y algunos mercaderes habían empezado a recoger sus puestos. El comentario entre todos ellos era el mismo. Si la cosa seguía así y las condiciones no mejoraban dejarían de acudir a la ciudad y buscarían otros lugares donde pudiesen vender sus mercancías.

* * *

Roma, escuela de gladiadores

Cayo Junio, el Lanista, acompañado de Nameyo y la escolta de guardias que le habían acompañado, regresaron a Roma, después de varias semanas recorriendo las principales ciudades cercanas a Capua, como Nápoles, Herculano o Pompeya, donde Nameyo se había ganado el favor de los enfervorizados romanos que le habían visto combatir. A Cayo Junio todavía le recorría un sudor frio por todo el cuerpo cuando recordaba cómo el gigante Nubio había acabado con la vida de su gladiador Sitalces y se había encontrado en la final con Nameyo. Todo el mundo sabía que aquel combate iba a ser a muerte y al Lanista le había entrado el temor en el cuerpo. El Nubio era un gigante descomunal, que se había deshecho de todos sus rivales sin el mayor contratiempo. Tan solo Sitalces le había presentado algo de resistencia, poniéndole en apuros en un par de ocasiones, pero no había podido hacer más y Cayo Junio lamentaba la pérdida del gladiador tracio. Todavía podía haber hecho con él más dinero. Pero el que le preocupaba era Nameyo. Allí, en la arena, viéndolo frente al gladiador nubio, ya no estaba tan seguro de que pudiese derrotarle y tenía miedo de que aquel día resultase aciago para sus intereses, regresando a Roma habiendo perdido sus dos mejores valores. El gladiador nubio parecía mucho gladiador y, desde luego, era el favorito de la plebe que le vitoreaba enfervorizada, estando sedienta todavía de más sangre y ahora, la que reclamaban, era la sangre de Nameyo. Pero pronto observó que sus temores eran infundados. El nubio era una inmensa mole de músculos y fuerza, pero su gladiador era mucho más ágil y rápido, pero, sobre todo, mucho más inteligente. Estuvo jugando con su contrincante un rato, haciendo que se cansase y provocando los gritos de los espectadores y, cuando quiso, no tuvo ningún problema en hacer que el nubio se enredase con la red que llevaba, haciéndole perder el tridente de un tajo en la mano e inmovilizándole con ella. El nubio se revolvía intentando desprenderse de su propia red, pero ni con toda su fuerza consiguió romperla. Nameyo, con su gladio, le dio un corte en una de las piernas haciendo que cayese de rodillas, observando el rostro del nubio que le imploraba piedad.

—La misma que tú tuviste con mi compañero —le dijo y, sin mirar al palco, donde se encontraba el prefecto de la ciudad, de un golpe con su gladio le rebanó el cuello. La sangre salió a borbotones por el cuello y la boca del gladiador y este se derrumbó muerto. El público gritó exaltado. Había acudió a ver cómo se derramaba la sangre de los gladiadores y estos les habían satisfecho. El nombre de Nameyo empezó a ser coreado por todo el anfiteatro y Cayo Junio, satisfecho y feliz, recibía las felicitaciones y los parabienes de todos. Eran muchos los colegas que querían que el gladiador galo combatiese en su ciudad y se peleaban por conseguirlo.

—Tranquilos, tranquilos, acudiremos a todos los sitios…claro, siempre que el precio lo merezca. Acabáis de contemplar al mejor gladiador de toda la península y verlo en acción tiene un coste que deberéis de pagar.

Nameyo estaba triste. Había perdido al único amigo que había tenido y allí, contemplando el cuerpo inerte de este, lamentaba que los dioses no hubiesen querido que él hubiese tenido que enfrentarse primero al gigante nubio. Sintió como una mano se posaba en su hombro. Se volvió. Era el Lanista.

—Lo siento muchacho. Fue un gran gladiador y lucho bravamente. Nadie más que ese gigante habría podido derrotarle. Sé que era tu amigo y ya nada podemos hacer por él, excepto ofrecerle un buen entierro. Pero la vida sigue y acabo de firmar un buen número de contratos para ti. Todo el mundo te aclama y quiere verte pelear.

El circuito, que siguió por las ciudades próximas a Capua, no hizo más que acrecentar la fama de Nameyo, al que todo el mundo quería ver pelear. Sus combates se contaban por victorias y sus contrincantes a lo único que aspiraban es que les otorgasen el perdón y poder así conservar la vida, pues nadie tenía esperanzas de derrotar al gladiador galo. Regresaron a Roma, el Lanista muy satisfecho y eufórico, con la bolsa repleta, y Nameyo triste, esperando tan solo encontrarse con su amada Anneliese. Pero los dioses a veces eran muy caprichosos y no tenían en cuenta para nada los deseos o las oraciones de los humanos. Nada le hacía suponer lo que había ocurrido en la escuela de gladiadores.

XXVIII

El tribuno Marco Cayo y Caninio Rébilo, seguidos por la escolta que los acompañaba, cabalgaban hacia el sur de Dirraquio a encontrarse con Julio César que, con las siete legiones y los quinientos jinetes que había conseguido embarcar, se dirigía hacia el norte. Desde que en el barco que los llevaba a Dirraquio habían sorprendido a los viajeros que, en plena noche, habían intentado acabar con sus vidas, no habían vuelto a tener ningún incidente. La última noche antes de llegar a puerto, los cuatro viajeros desconocidos se habían deslizado hacia donde dormían Marco Cayo y sus hombres, acuchillando lo que suponían que eran los cuerpos de los hombres que debían matar. Pero lo que acuchillaron fueron bultos formados por sacos y trapos y, cuando se dieron cuenta, ya era demasiado tarde pues, Marco Cayo y sus hombres cayeron sobre ellos, dándoles muerte. Aunque intentaron dejar a alguno con vida para poder interrogarle, la oscuridad de la noche hizo que no pudiesen precisar los golpes y los cuatro viajeros, malheridos, murieron sin poder decir nada. Intentaron que el capitán del barco les dijese algo, pero el hombre, asustado por lo ocurrido y temiendo que creyesen que era su cómplice, no decía otra cosa que él simplemente se había limitado a llevarlos a bordo, puesto que le habían pagado muy bien, igual que ellos y no tenía la menor idea de quiénes eran y, mucho menos, de sus ominosas intenciones. No consiguieron averiguar nada y, una vez que hubieron desembarcado, procuraron mantenerse alerta, pues era presumible que siguiesen intentando acabar con ellos.

Aunque Julio César, antes de llegar a Brundisium, había mandado que se construyesen un buen número de barcos, no había conseguido los suficientes para embarcar a las doce legiones y los mil jinetes con los que había conseguido llegar a la ciudad. Sin embargo, no estaba dispuesto a esperar más pues el tiempo apremiaba y el factor sorpresa era importante, por lo que se embarcó con siete legiones y quinientos jinetes en dirección a Dirraquio, dejando en Brundisium, al mando de Marco Antonio, cinco legiones y quinientos jinetes a la espera que los barcos regresasen y pudiesen transportarlos. Como las principales ciudades de la costa estaban bien vigiladas por la flota de Marco Bíbulo, César sorprendió a sus enemigos desembarcando en una playa desierta bastante al sur de Dirraquio y, después de asegurar los puertos próximos para que pudiesen desembarcar en ellos las tropas que traería Marco Antonio, emprendió el camino hacia el norte. Cneo Pompeyo, que se encontraba camino de Macedonia intentando reclutar tropas, fue sorprendido por esta acción de su contrincante y emprendió un regreso precipitado a Dirraquio, ordenando que se extremasen las medidas para evitar que las legiones cesarianas, mandadas por Marco Antonio, pudiesen desembarcar. De hecho, la flota cesariana sería interceptada y treinta barcos serían apresados.

Marco Cayo y Caninio Rébilo habían conseguido contactar con Escribonio Libón, que les había prometido hacer llegar a Cneo Pompeyo la oferta de paz de Julio César, pero deberían esperar a que Pompeyo regresase de su viaje por Macedonia.

—¿Tú crees que Cneo Pompeyo aceptará las condiciones de paz que le ofrece el general? —le preguntó Marco Cayo a Caninio Rébilo mientras cabalgaban a buen ritmo al encuentro de su general.

—Eso dependerá de las ganas de paz de Pompeyo y el ansia de poder que tenga —contestó Rébilo—. De cualquier manera, lo veo difícil. Son dos gallos para un mismo gallinero y yo nunca he visto eso.

Marco Cayo asintió con la cabeza. Él era de la misma opinión, pero confiaba que, si su general les había pedido que lo intentasen, era porque estaba dispuesto a hacer algunas concesiones. De cualquier manera, lo que en aquellos momentos le preocupaba era el camino que les quedaba por delante hasta encontrarse con el general. En cualquier recodo del camino les podían estar esperando. Era evidente que alguien no quería que llevasen a buen puerto el encargo que les había hecho y trataría de evitarlo por todos los medios, igual que ya lo había intentado dos veces con anterioridad, aunque sin éxito. No tardaron en encontrarse con la avanzadilla de las tropas que mandaba Julio César y respiraron tranquilos, al menos por el momento, pues confiaban que entre el ejército cesariano estarían seguros. Una vez que el ejército se detuvo, pidieron ser recibidos por el general, a lo que este accedió con rapidez. Julio César, que se encontraba en el praetorium con los legados de sus legiones, recibiendo las últimas novedades de estas y el estado en el que se encontraban los hombres, despachó a sus legados para encontrarse a solas con sus dos enviados.

—Me alegro volver a veros y en buen estado —les dijo al recibirles en la tienda—. Me llegaron noticias de que habías tenido algún incidente.

—Estamos bien, señor. Por dos veces intentaron que no llegásemos a nuestro destino e impedir nuestra misión, pero fracasaron en el intento —contestó Marco Cayo.

El general les invitó a sentarse en varias sillas que había en la tienda y llamó para que les sirvieran vino a sus dos hombres. Marco Cayo observó que el general ya tenía una copa en la mano, pero era agua lo que estaba bebiendo y a su mente regresaron los recuerdos del ataque que el general tuvo en la tienda, cuando estaba hablando con él. Había preguntado al médico que le atendió cuál podía ser la causa de aquel ataque y el médico se había encogido de hombros. No sabía decir qué es lo que le había producido aquel ataque, pero como medida preventiva le había dicho que se abstuviese de tomar vino, al menos de forma tan regular como lo venía haciendo hasta entonces. Y parecía que el general le había hecho caso.

—¿Habéis conseguido transmitir mis propuestas a Cneo Pompeyo? —les preguntó.

—Hemos contactado con Escribonio Libón, uno de los hombres de confianza de Pompeyo, pero el general no estaba en Dirraquio. Parece ser que se encontraba por Macedonia y al enterarse de vuestro desembarco regresa a toda velocidad a Dirraquio para ponerse al frente de las tropas —dijo Coninio Rébilo—.Nos ha prometido transmitir vuestra oferta a Pompeyo e informarnos de la respuesta.

—Bien, llegaremos a Dirraquio y tomaremos posiciones a la espera de la respuesta de mi colega —dijo Julio César y, levantándose de la sella, se acercó a un tablero sujeto con dos trípodes sobre el que había extendido un mapa de la zona. Marco Cayo y Caninio Rébilo también se levantaron y se acercaron al tablero.

—Tomaremos posiciones en la ribera sur del río Semani, junto a la localidad de Kuci —comentó el general señalando en el mapa con el dedo el lugar exacto—. Ahí esperaremos la respuesta de Pompeyo. Vosotros adelantaos al grueso del ejército y entrevistaos con Libón. Necesitamos cuanto antes la respuesta del general. Ampliad el número de soldados de vuestra escolta, de manera que los que tratan de interceptaros se desanimen por completo.

—Así lo haremos, señor —y los dos soldados, después de saludar, abandonaron la tienda.

* * *

Quinto Casio Longino acudió al palacio en el que se encontraba su hermano Cayo preocupado y temeroso del estado de ánimo de este. Habían vuelto a fracasar en el intento de detener a los enviados de Julio César y, puesto que al final había sido él el que había contratado personalmente a los sicarios, temía que le hiciese responsable del fracaso. Esperó en la puerta a que un guardia le indicase que podía entrar en la sala en la que se encontraba su hermano y, cuando recibió la autorización, después de hacerle esperar un periodo de tiempo que a él se le hizo demasiado largo, entró en la sala donde Cayo Casio se encontraba consultando unas cartas de navegación.

—¡Hemos fracasado otra vez! —le dijo a modo de saludo. Quinto no dijo nada más, permaneciendo en silencio mientras su hermano daba un manotazo a las cartas de navegación y se acercaba hasta donde él se había quedado inmóvil.

—¡Podemos intentarlo otra vez! —dijo Quinto Casio Longino.

—¡Ya no podemos! ¡Es demasiado tarde! Ya no está en nuestras manos. El general Pompeyo ya ha recibido las condiciones que le oferta Julio César y ahora ya solo depende de lo que él decida— comentó Cayo Casio.

—¿Y va a aceptar esas condiciones? —preguntó Quinto Casio.

—No lo sé. El general es muy reservado y ni siquiera los más íntimos saben nunca qué piensa hacer.

—Pues si acepta las condiciones y firman la paz eso no es bueno para nosotros. Volvería todo a la situación anterior y terminarían enjuiciándonos.

—¿Y qué podemos hacer? —preguntó Cayo Casio— Hemos fracasado en acabar con los enviados de César y ahora solo nos queda confiar que no lleguen a un acuerdo.

—Hermano, si ocupases el cargo de almirante de la armada pompeyana, serías inviolable. Yo podría ser tu segundo y ambos estaríamos libres de que nos llevasen a los tribunales.

—No pretenderás asesinar a Marco Bíbulo. Hemos fracasado con unos simples enviados, cuanto más para hacerlo con el almirante de la flota. Nunca está solo y a cualquier sitio al que va lo hace protegido por una numerosa guardia. Acercarse a él es simplemente imposible.

—Yo no he dicho nada de asesinarle —contestó Quinto Casio mientras se acercaba a una mesa en la que había varias copas y una jarra de vino. Se sirvió una copa e indicó a su hermano si quería otra. Este negó con la cabeza mientras recogía del suelo las cartas de navegación que momentos antes había tirado—. He oído comentar que el almirante no goza de demasiada buena salud. Quizá podría empeorar y si los dioses por una vez atendiesen a nuestras oraciones, podrían llevarse con ellos a Marco Bíbulo. Entonces tú, como comandante de la flota, ascenderías al puesto de almirante y nuestras preocupaciones desaparecerían.

—¿Y tú podrías contribuir a que la mala salud del almirante empeorase? —preguntó Cayo Casio.

—Tengo amigos que entienden de esas cosas y amigos que, sin mayores dificultades, pueden llegar hasta el círculo íntimo del almirante. Lo que necesito es plata para vencer esas voluntades y ponerlas al servicio de nuestros intereses.

Cayo Casio Longino se acercó a un baúl del que sacó un saco de monedas que entregó a su hermano.

—Espero, por nuestro bien, que sepas lo que haces. El castigo para estos casos es la pena de muerte.

—No te preocupes. Sé lo que me hago. Nadie podrá relacionarnos de ninguna manera y el almirante cada día tiene peor cara. Tengo el presentimiento que su salud se va a ir deteriorando a pasos agigantados.

* * *

Escuela de gladiadores, Roma

Durante la ausencia de Cayo Junio, el Lanista, en la escuela de gladiadores se habían producido novedades. Fue Tibaste, el instructor celtibérico, el que recibió al Lanista y el encargado de informarle de los últimos acontecimientos acaecidos en ella. Craxo, el jefe de instructores, había muerto. Al parecer, según informó Tibaste al Lanista, había salido de la escuela, en una de aquellas escapadas que el jefe de instructores realizaba cuando sabía que el Lanista estaba fuera de la ciudad y había sido atacado por un grupo de facinerosos, de los muchos que en aquellos tiempos abundaban en Roma y en sus alrededores. Tibaste, al comprobar que Craxo no había regresado durante la noche a la escuela, como acostumbraba a hacer cuando se ausentaba, salió en su busca y encontró el cuerpo sin vida del instructor no lejos de la escuela. Todo indicaba que Craxo había sido atacado cuando regresaba a la escuela y había muerto acuchillado.

—Debieron de ser muchos los que le atacaron para conseguir abatirle —comentó Tibaste al ver la cara desolada del Lanista. Este meneó la cabeza. Craxo había sido un buen jefe de instructores y había hecho que las actividades en la escuela se desarrollasen sin demasiados conflictos. Cuando alguno había surgido había sabido cómo resolverlo sin que él tuviese que preocuparse por ello. «Los dioses no eran justos» y ahora que regresaba feliz, pues su gladiador campeón se había convertido en la estrella de los gladiadores de toda la península, se encontraba con que tenía que preocuparse por encontrar a otro jefe de instructores y se convirtiese en su mano derecha, en alguien en el que poder descargar todo el peso de la escuela. Miró a Tibaste que pareció leerle el pensamiento.

—Si queréis yo puedo encargarme de desempeñar el trabajo que hacía mi amigo Craxo. De hecho, cuando él se ausentaba de la escuela me dejaba a mí encargado de ella —le dijo el instructor.

—¿Y tú sabes dónde iba Craxo cuando se ausentaba de la escuela? —le preguntó el Lanista.

—No estoy seguro. Craxo era muy reservado y nunca decía nada, pero oí comentar que tenía un hijo con una esclava que vive en una villa no lejos de aquí y se acercaba a verlos.

Estaba claro que nunca se llegaba a conocer a un hombre aunque se creyese que se sabía todo sobre él y, desde luego, nunca se podía fiar de nadie.

—Bueno, te quedarás en el puesto de Craxo, de manera provisional, a ver cómo te desenvuelves. Si lo haces bien, quizá puedas quedarte de forma definitiva —le dijo el Lanista que no había olvidado que, cuando se fueron, Tibaste estaba encerrado en una celda por intentar deshacerse de su gladiador estrella. No creía que fuese de fiar, pero mientras encontraba otro que pudiese llevar la organización de la escuela, quizá le sirviese.

—Gracias señor. No os arrepentiréis. Voy a encargarme de que todo el mundo esté en su puesto —y haciendo una inclinación de cabeza se alejó del lugar.

«No me gusta este hombre. Es un buen instructor, pero no me gusta como persona. Espero encontrar pronto otro que pueda sustituirle», pensó el Lanista y se dirigió a los aposentos que tenía para su uso personal dentro de la escuela.

Nameyo se extrañó de que Anneliese no hubiese acudido a verle, una vez que por toda la escuela se corrió la voz de que habían regresado, al igual que habían hecho la mayor parte de los compañeros y el resto de esclavos, que acudieron a felicitar a Nameyo por sus victorias y hacerle llegar su tristeza por la muerte del gladiador tracio Sitalces. Nameyo acudió a la enfermería donde, de forma regular, la esclava germana ayudaba al médico. Este, al verle llegar, salió a su encuentro a felicitarle y a preguntarle si precisaba de sus servicios.

—No, gracias —contestó el gladiador galo—. Solo he venido a ver a Anneliese. ¿Se encuentra bien?

El médico no contestó a la pregunta de Nameyo.

—Está al fondo de la sala curando a un compañero —le dijo y, dándose media vuelta, siguió con lo que estaba haciendo. Nameyo se dirigió hacia el final de la sala y vio a Anneliese inclinada sobre un gladiador al que le estaba poniendo unas compresas frías. El galo se acercó por la espalda a la muchacha y, suavemente, la cogió por la cintura. La muchacha, sorprendida, se revolvió para intentar golpear al que suponía que la estaba atacando.

—Eh, eh… Soy yo —le dijo Nameyo, que había podido sujetar los brazos de la muchacha para impedir que esta le golpease. La muchacha, al reconocerle, dejó caer las compresas que tenía en la mano y se arrojó en sus brazos sollozando.

—Eh… ¿Qué pasa? ¿Por qué lloras? ¿No te alegras de que haya vuelto? —le preguntó mientras intentaba alzar la cabeza de la muchacha que la tenía oculta entre su pecho sin dejar de sollozar. Por fin Nameyo, haciendo un esfuerzo, consiguió levantar la cabeza de la muchacha y el sorprendido fue él. La joven tenía los pómulos hinchados y uno de sus ojos lo tenía casi cerrado, con un fuerte moratón.

—¿Pero qué te ha pasado en la cara? ¿Quién te ha hecho eso? —preguntó Nameyo intentando acariciar la cara de la muchacha que estaba deformada.

—Me resbalé y al caer me golpeé con una puerta. No es nada. En unos días estará como siempre —contestó la joven mientras intentaba enjugar las lágrimas que se deslizaban por sus mejillas. —¿Y tú cómo estás? ¿No estás herido? Ya nos llegaron noticias de tus victorias y de la muerte del pobre Sitalce. Los dioses serán generosos y lo habrán acogido con ellos.

—Anneliese, no me mientas. Esas heridas no se producen al chocar uno con una puerta. De heridas, algo entiendo. Son golpes. ¿Quién te ha golpeado?

—Nadie. Debes creerme. No me ha golpeado nadie —contestó Anneliese que empezó de nuevo a sollozar.

—Me voy a enterar igual porque no voy a parar hasta que lo averigüe. Prefiero que me lo digas tú —le dijo Nameyo muy enfadado, lo que provocó que el llanto de la joven se hiciese más intenso.

—Nadie, nadie me ha golpeado. Yo sola me lo he hecho. ¿Es que no quieres entenderlo? —gritó la joven y abandonó la enfermería corriendo.

—¡Anneliese! —gritó Nameyo, pero la muchacha ya había desaparecido —¿Qué le ocurre?—preguntó el luchador al médico que había observado la escena— ¿Por qué se ha puesto así?

El médico se encogió de hombros dando a entender que él no sabía nada y continuó cuidando al herido que estaba atendiendo.

XXIX

Marco Cayo leía por tercera vez la carta que Escribonio Libón le había entregado de Pompeya. Estaba exultante pues ya casi daba por perdida su relación con la sobrina de Pompeyo. Esta le reiteraba su amor por él y lamentaba que las circunstancias políticas les mantuviesen separados. No le decía dónde se encontraba, pues de lo contrario no le habrían permitido que le enviase esa carta, pero rezaba a los dioses para que aquella guerra fratricida, sin sentido, terminase pronto y los dos pudiesen volver a estar juntos, fuese cual fuese el resultado. Es por eso que le rogaba que no hiciese locuras y procurase mantenerse con vida. El tribuno besó una y otra vez la carta. No necesitaba que Pompeya le dijese dónde se encontraba. Ya sabía él que estaba con la esposa de Pompeyo y el resto de la familia en la ciudad de Mitilene, en la isla griega de Lesbos. Allí se encontraban a salvo de la guerra y bien protegidas. Él también esperaba que la guerra terminase pronto, pero sin embargo sus esperanzas de que eso ocurriese, cada día que pasaba, se desvanecían un poco más. Tenía la sensación de que a la oferta de paz de Julio César, que él y Caminio Rébilo habían transmitido a Escribonio Libón para que se la trasladase al general Pompeyo, le estaban dando largas, demorando la respuesta en exceso con las disculpas más peregrinas. No sabía si era cosa de Libón o este se limitaba a obedecer las órdenes de Pompeyo, pero creía que lo que estaban haciendo era demorando la respuesta para intentar, mientras tanto, conseguir ventaja en las posiciones que el ejército pompeyano ocupaba, esperando a su vez los refuerzos de Metelo Escipión, que avanzaba desde Salónica para unirse al ejército de Pompeyo. Por su parte, la flota pompeyana estaba haciendo todo lo posible para impedir que las legiones que mandaba Marco Antonio consiguiesen unirse a las legiones que César ya tenía establecidas cerca de Dirraquio.

—¿Tú crees que Pompeyo nos está dando largas y demorando la respuesta? —preguntó el general al tribuno que, junto a Caninio Rébilo, habían acudido al campamento de los cesarianos a informar al general.

—Estoy convencido de ello, señor —contestó Marco Cayo.

—¿Y tú, Rébilo? ¿Eres de la misma opinión?

—Completamente, señor. Es más. Hemos venido a vuestro campamento sin haber obtenido los salvoconductos que necesitábamos por si éramos interceptados por alguna patrulla del ejército pompeyano.

—¿Cómo? ¿Se han negado a daros salvoconductos? —les preguntó el general sorprendido e indignado.

—No, señor. No se han negado, pero han seguido la misma táctica que con la respuesta a vuestra propuesta: demorarla.

—¡Pero no entiendo con qué finalidad! —exclamó el general.

—Con la única finalidad de ganar tiempo y obtener una mayor ventaja en sus posiciones a la hora de iniciar la batalla —comentó Marco Cayo.

—Vuestros enviados tienen razón —comentó uno de los legados, que en esta ocasión estaban presentes en la entrevista y que, hasta el momento, habían permanecido en silencio.

—Esperando su respuesta nos tiene inmovilizados, mientras que ellos se están aprovechando de la situación obteniendo ventajas de ello —comentó otro de los legados.

—No esperemos más. Ataquémosle —dijo otro legado. Poco a poco todos se iban animando a dar sus opiniones y todos ellos parecían estar de acuerdo.

—¡No! —exclamó el general— Les di mi palabra de que no iniciaría el ataque hasta haber obtenido una respuesta del general Pompeyo. Y yo soy hombre de palabra. Seguiremos esperando. Vosotros —dijo refiriéndose a Marco Cayo y a Rébilo—, regresad al campamento pompeyano y urgirle a que os de una respuesta.

Decidle que mi paciencia tiene un límite y no voy a esperar indefinidamente. Si en una semana no he obtenido una respuesta favorable doy por finalizada mi propuesta y quedo liberado de mi palabra.

—¡Una semana es demasiado tiempo! —comentó uno de los legados.

—¡Una semana he dicho! —se reafirmó el general.

Los dos soldados saludaron brazo en alto y abandonaron el praetorium dispuestos a regresar al campamento pompeyano.

—En esta ocasión el general se equivoca —comentó Rébilo mientras acudían en busca de los hombres que les servirían de escolta. El tribuno asintió a las palabras de su compañero.

—Creo que ya hemos perdido mucho tiempo y nuestra situación va empeorando. Las victorias del general se han cimentado casi siempre en la sorpresa ante sus enemigos. Les ha atacado cuando no lo esperaban cogiéndoles por sorpresa y así los ha derrotado. En esta ocasión no va a haber sorpresa, sino que nos estarán esperando y en mejor posición que nosotros.

—¡Ya das por hecho que Pompeyo no aceptará las condiciones de paz que Julio César le ha propuesto! —comentó Rébilo.

—Estoy convencido de ello ¿y sabes por qué? —preguntó el tribuno.

—¿Por lo que se están demorando en la respuesta?

—No. Porque no han vuelto a intentar impedir nuestra misión. Pompeyo ya conoce las condiciones del general y saben también que no aceptará las condiciones. Ya no tienen ningún interés en acabar con nuestra misión.

* * *

Cayo Casio Longino estaba colérico. Paseaba como un león enjaulado en la amplia habitación en la que se encontraba, pateando en su camino todas aquellas cartas marinas que, hasta hacía unos momentos, llenaban la mesa que ocupaba un lugar importante en la habitación en la que se encontraba. Nada parecía salir bien desde que había llegado a aquellas malditas tierras. No habían conseguido eliminar a los mensajeros que Julio César había enviado a Pompeyo con propuestas de paz. Afortunadamente, el general no las había aceptado y el enfrentamiento parecía inminente. El almirante de la flota pompeyana había caído enfermo, según decían sus allegados, una rápida y devastadora enfermedad que había minado su salud y que había propiciado que los dioses se lo llevasen. ¡Por fin una buena noticia! En esta ocasión parecía que su hermano había hecho bien su trabajo, aunque era extraño que no había vuelto a saber nada de él. Por más que había enviado en su busca, no habían conseguido dar con él. Era como si se lo hubiese tragado la tierra… o el mar. Nadie le sabía dar noticias de su paradero, lo que no dejaba de ser extraño, sobre todo teniendo en cuenta que había resultado con éxito el encargo que le había hecho. Sin embargo, no pudo saborear la noticia de la muerte del almirante pues, rápidamente, recibió una notificación de Escribonio Libón notificándole que se hacía cargo de la flota pompeyana hasta que el general Cneo Pompeyo lo ratificase en el cargo de almirante de la flota. ¡Por todos los dioses! Ese cargo tenía que ser para él, puesto que era él el que se había venido ocupando de la flota hasta entonces. Él era el que había mantenido el bloqueo y había mantenido inutilizados los barcos de transporte que Marco Antonio tenía preparados para transportar las legiones con las que pensaba ayudar a Julio César. Un guardia entró en la sala para informar a Cayo Casio Longino que acababa de llegar un correo.

—Que pase —le dijo—. Y recoge todos esos mapas y esas cartas náuticas. El viento las ha desparramado por el suelo.

El guardia se quedó sorprendido. Las cortinas de seda que cubrían los grandes ventanales de la estancia permanecían inmóviles. No había viento. Pero no dijo nada y se limitó a recoger los mapas y las cartas náuticas del suelo, colocándolas en la mesa, antes de mandar pasar al correo.

—¿Hay alguna noticia de mi hermano Quinto? —le preguntó Cayo Casio al guardia mientras este recogía las cartas.

—¡Ninguna, señor! Nadie le ha visto, ni sabe dar señales de él.

—Bien. Haz pasar al correo.

El soldado salió de la estancia y acto seguido entró un legionario que portaba un correo lacrado. Cayo Casio rompió el lacre y leyó el contenido. No supo si alegrarse o no.

—No hay respuesta —le dijo al correo que había permanecido expectante por si había una respuesta que transmitir.

***

Córdoba, Hispania Ulterior,
verano del año 48 a. C.

Quineto Escápula, junto a varios esclavos, estaba revisando las viñas, cuando la polvareda que se veía a lo lejos, por el camino que llevaba a sus viñedos, le indicó que un jinete se acercaba. Dejó a un lado la tijera que tenía en las manos y bebió un poco de agua de un odre que llevaba colgado un esclavo. El verano estaba resultando caluroso y el sol, que ascendía implacable en el cielo, se mostraba con todo su poder. Quineto se colocó la mano a modo de visera para protegerse del sol y ver mejor quién se acercaba. Era un correo, lo que no dejó de sorprender al cordobés. El jinete llegó hasta donde se encontraba Quineto y preguntó por él.

—Sí, soy yo —contestó al jinete quien, sin bajarse del caballo, sacó un rollo lacrado y se lo extendió a Quineto Escápula.

—Es un correo de la Asamblea de ciudadanos —dijo el jinete—. ¿Podéis dadme un poco de agua? —preguntó.

Quineto Escápula le tendió el odre que tenía en las manos. El correo bebió un buen trago y se roció un poco sobre la cabeza. Dio las gracias, devolvió el odre al esclavo y tirando de las riendas de su caballo dio la vuelta y se alejó por donde había venido.

Quineto Escápula se quedó mirando el rollo sin decidirse a romper el lacre y extender el documento. No era frecuente que la Asamblea de ciudadanos le mandase un correo y no sabía si, en aquella ocasión, podía tratarse de buenas o malas noticias. Los esclavos que le acompañaban habían vuelto a inclinarse sobre las vides después de beber un poco de agua y limpiarse el sudor y continuaban con su trabajo. Quineto Escápula, por fin, se decidió a romper el lacre y extendió el documento. Como le había dicho el jinete que se lo había llevado, se trataba de un correo de la Asamblea de ciudadanos, en la que le comunicaban que «Quinto Casio Longino había sido nombrado por Julio César gobernador de la Hispania Ulterior…». «¿Qué?… ¡Debía de haber leído mal!». Escápula volvió a leer el correo… No… No había leído mal. Quinto Casio Longino, el abominable, execrable y odioso Casio Longino, que durante el consulado en absentia de Cneo Pompeyo había sido cuestor de la Hispania Ulterior, ahora había sido nombrado gobernador de esa misma provincia. ¿Cómo podía ser aquello? ¿Acaso los dioses se estaban riendo de ellos? ¿Cómo podía ser que el hombre que había servido a Cneo Pompeyo fuese nombrado gobernador de ese mismo territorio por su enemigo? ¡Aquello no tenía sentido! Dio las órdenes oportunas a sus esclavos para que siguiesen realizando el trabajo y él se encamino en busca de su caballo, el hermoso alazán, ahora ya completamente domado y gracias al cual Quinto Casio Longino había salvado la vida. Decididamente los dioses se mofaban de ellos. ¿Vendría el nuevo gobernador a buscar el caballo que le había regalado? Claro, que en aquellos momentos, la cuestión del caballo era la más insignificante de las cuestiones por la que se debían de preocupar. Llegó hasta la casa, se aseó, se cambió de ropa y volvió a montar en su caballo.

—Voy a la villa de mi amigo Aponio —le dijo al atriense—. Estaré de vuelta al ponerse el sol —Y tirando de las riendas espoleó al caballo lanzándolo al galope.

Durante el trayecto trató de quitarse de la cabeza el nombramiento de Quinto Casio Longino como gobernador de la Hispania Ulterior, de lo contrario, llegaría a casa de su amigo Aponio completamente envenenado. Rememoró la conversación que había tenido hacía unos días con el atriense de su casa, el hombre que le había servido ya desde niño, al que había conseguido enamorar y le había sido fiel durante todo ese tiempo. Con él había sido plenamente feliz, sin tener necesidad de una familia, como tenían la mayoría de sus amigos y que, como le había demostrado en varias ocasiones, había estado dispuesto a dar su vida por él. La noche que le había pedido que le acompañase a cenar, le había ofrecido, una vez más, la posibilidad de convertirlo en un hombre libre. Es más, casi le había obligado que aceptase esa libertad, pero el esclavo, una vez más, se había negado a aceptarla. Se había puesto de rodillas y le había suplicado que no lo hiciese, quería seguir siendo su esclavo, como había sido siempre y quería morir siéndolo.

—No digas sandeces. Eres mucho más joven que yo. Vivirás más tiempo que yo y por eso quiero que, cuando yo me haya ido, tú seas un hombre libre —le había dicho Quineto Escápula.

—Eso no pasará, amo. Cuando llegue tu hora, yo te acompañaré al más allá y seguiré sirviéndote como hasta ahora —le contestó el atriense. Escápula no había sabido qué responder.

Aponio se encontraba en el jardín de su casa, sin duda el lugar más fresco de la misma, donde el agua, que corría desde una pequeña fuente, refrescaba el lugar y donde la sombra corría a cargo de algunos árboles silvestres, como álamos y robles, alternándose con naranjos y limoneros, entre los parterres repletos de geranios, margaritas, rosas y claveles. Era toda una explosión de color y perfumes que alegraba todos los sentidos. Aponio había dispuesto que le colocasen allí, a la sombra de un álamo, un triclinium y se disponía a comer cuando un esclavo le anunció la llegada de Quineto Escápula.

—¿Quineto Escápula? —preguntó extrañado— ¿A estas horas?

—Sí, amo —contestó el esclavo.

—Está bien. Hazle pasar. No lo dejes afuera y haz que traigan otro triclinium para mi amigo… y más comida.

Apenas se hubo marchado el esclavo Quineto Escápula entró en el jardín. Venía acalorado y sudoroso.

—¿Ocurre algo, amigo? —preguntó Aponio al verlo— Es la peor hora para venir de visita con este sofocante calor que derrite hasta los huesos. Traed una copa para mi amigo antes de que se muera de sed.

—Perdona mi irrupción en tu casa a una hora tan intempestiva, pero tenía que verte y saber si tú también has recibido un correo de la Asamblea de ciudadanos —y Escápula le tendió el correo que había recibido. Mientras tanto los esclavos habían llevado otro triclinium, que colocaron al otro lado de la mesita, y le proporcionaron una copa de vino a Escápula. Aponio se puso en pie, como impulsado por un resorte, sin apenas haber terminado de leer el correo.

—Si esto es una broma, es de muy mal gusto —exclamó mientras cogía su copa y le daba un buen sorbo.

—No creo que sea ninguna broma. Lleva el sello de la Asamblea y llegó completamente lacrado, con el sello intacto. ¿A ti no te ha llegado? —preguntó Escápula mientras se servía otra copa de vino.

—No, a mí no me ha llegado nada. Pero esto no puede ser. ¡Es imposible! ¡Quinto Casio Longino gobernador de la Hispania Ulterior! De quién ha salido tan peregrina idea. Eso es como poner al zorro a cuidar del gallinero.

Aponio, que hasta ese momento había permanecido de pie, se sentó y volvió a leer el correo para asegurarse que no había error posible.

—Iba a empezar a comer. Acompáñame, amigo, mientras tratamos de digerir esta indigesta noticia que me temo que nos va a amargar la comida.

Escápula asintió con la cabeza, mientras volvía a dar un sorbo a su copa.

—La verdad es que no tengo apetito. Solo sed —comentó.

—Pues yo sí lo tenía, pero con esta noticia se me ha quitado por completo. Y cuidado que lo siento pues hoy mi cocinero me había preparado unas ostras hervidas, junto a unos sesos que, acompañados de este vino especiado, son toda una delicia.

A pesar de lo indigesta que había resultado la noticia, las ostras hervidas y los sesos, acompañadas de unas aceitunas de la cosecha de Aponio, regadas con aquel vino especiado, se comían solas y los dos amigos comprobaron que tenían hambre y, la desagradable noticia recibida, no impidió que saboreasen aquel delicioso almuerzo hasta no dejar nada. Mientras daban buena cuenta de él, comprobando cómo les volvía el apetito, no hicieron alusión a lo que les preocupaba. No era de buena educación hablar de política mientras comían y esperaron a terminar los postres, a base de melón y trufas, para que, una vez que los esclavos recogieron la mesa y se hubieron retirado, hablar de lo que realmente les preocupaba.

—¿Qué fecha trae la carta que has recibido? —preguntó Aponio.

—De hace un par de días —contestó Escápula —Si a ti no te ha llegado quiere decir que todavía lo están notificando.

—Es posible entonces que el nuevo gobernador ya haya llegado a la provincia. Si los dioses por una vez se mostrasen magnánimos y permitiesen que Cneo Pompeyo derrotase definitivamente a Julio César, nombraría otro gobernador para la Hispania Ulterior.

—¿Tú crees que cabe esa posibilidad? —preguntó Quineto Escápula.

—De momento, en la primera batalla que se han enfrentado la victoria ha sonreído a Pompeyo —comentó Aponio.

—Ah, ¿sí? ¿Dónde ha sido eso? —preguntó Escápula.

—En Dirraquio. ¿No te has enterado?

—No. Es la primera noticia que tengo.

—La noticia llegó ayer. Las tropas de Julio César y las de Cneo Pompeyo se enfrentaron en las afueras de Dirraquio. El hijo mayor de Pompeyo había destruido la escuadra cesariana, por lo que Cesar no pudo recibir los refuerzos que Marco Antonio intentaba enviarle y tuvo que enfrentarse, en inferioridad de condiciones, al ejército de Pompeyo. Nadie sabe por qué tardó tanto en hacerlo, pero lo cierto es que, cuando lo hizo, Pompeyo ya lo estaba esperando y pudo rechazarlo, venciendo a las legiones que le atacaban. César mandó que se retirasen y Pompeyo, creyendo que se trataba de una estratagema de César, no les persiguió, por lo que puede decirse que los cesarianos fueron derrotados, pero su ejército permanece intacto.

—¿Y eso cuándo ha ocurrido? —preguntó Escápula.

—Hace unos días. Sobre el diez del presente mes. Oficialmente no se sabe nada, pero un viajero trajo la noticia a Córdoba.

—¿Y Julio César dónde está ahora? —preguntó Escápula.

—Se ha retirado con su ejército a Apolonia.

—¿Entonces la batalla de Dirraquio no ha sido definitiva? —preguntó Escápula.

—¡En absoluto! César, sin flota ni suministros, buscará dónde poder avituallarse y Pompeyo haría muy bien en impedírselo.

—Y volviendo al nombramiento del gobernador, ¿qué podemos hacer? —preguntó Escápula.

—Me temo que de momento no podemos hacer nada. Tendremos que esperar a que llegue a la provincia, si es que no ha llegado ya y esperar a ver cómo se comporta.

—Pues te lo puedes imaginar. Si siendo cuestor actuó como actuó, ahora, siendo el gobernador, mucho peor —comentó Escápula—. En fin. Se está haciendo tarde y tengo que regresar a mi villa. Mantenme informado de todo lo que ocurra y de las decisiones del nuevo gobernador.

—No hará falta, en seguida nos hará una visita y sabremos cómo respira.

—¿Tú crees que intentará averiguar quién intentó acabar con su vida para tomar venganza?

—No lo sé —contestó Aponio—. Ha pasado ya mucho tiempo de eso y es muy difícil intentar llegar al fondo de ese asunto. Pero Quinto Casio Longino es rencoroso y con él nunca se sabe. Estaremos atentos.

XXX

Alejandría, año 47 a. C.

La tarde tocaba a su fin y el sol estaba empezando a ocultarse tras la isla de Faro. Corría una ligera brisa que hacía que se moviesen los velos que cubrían los grandes vanos del aposento de la princesa Arsinoe. Tumbada en un diván contemplaba, aburrida, cómo el sol se ocultaba tras la isla. Nada que ver aquellos atardeceres con las puestas de sol que había presenciado desde el mar, en la falúa real, tantas y tantas veces, cuando salía a navegar con su amado Olimpo. Lo echaba de menos, cada día más, resultándole sumamente aburrida su estancia en palacio donde nadie consultaba nada con ella, enterándose después, si tenían a bien informarla, de las decisiones tomadas. Los consejeros de su hermano habían acudido a sus estancias, muy ufanos y satisfechos, a comunicarle que el general romano, Julio César, había sido derrotado en la batalla de Dirraquio. Se vanagloriaban de haber jugado bien sus cartas y haber apostado por el caballo ganador: Cneo Pompeyo. Este, una vez que hubiese derrotado definitivamente a Julio César, como garante de Egipto, consolidaría a su hermano Ptolomeo en el trono, ahuyentado así las escasas esperanzas que su hermana Cleopatra tuviese de recuperar el trono. Pero las cosas no debían de ser tan sencillas y fáciles pues, aunque los consejeros de su hermano no le habían dicho nada, su tutor, Ganímedes le había informado que los dos generales se aprestaban para enfrentarse nuevamente. Eso quería decir que, aunque Julio César hubiese perdido una batalla, no estaba definitivamente derrotado. Las cosas no parecían tan sencillas como los tutores de su hermano se las habían pintado.

Unos esclavos entraron en el aposento y encendieron unas cuantas candelas para iluminar la estancia que permanecía en penumbra. El sol ya se había ocultado definitivamente y la oscuridad se había ido adueñando de la habitación. Un soldado entró en la estancia de la princesa y se inclinó ante ella.

—Alteza, en la puerta de palacio hay un mercader sirio que dice traer unas mercancías que vos le habíais encargado.

—¿Unas mercancías? —preguntó la princesa.

—Sí, eso dice.

—No recuerdo... —la princesa se quedó unos momentos en silencio— ¡Ah! Ya. Hacedle pasar.

El soldado se inclinó y abandonó la estancia. Arsínoe se quedó pensativa. No eran mercancías lo que esperaba que el mercader sirio le trajese, sino algo muy distinto. El guardia regresó acompañando al mercader que al entrar en el aposento real y ver a la princesa hizo una profunda y exagerada genuflexión.

—Los dioses os acompañen y cuiden de vos. Me he permitido traeros algunas telas de las que hablamos la última vez que os dignasteis visitar mi tienda. Espero que alguna de ellas sea de vuestro agrado. ¿Puedo mandar que las traigan para enseñároslas?

—Sí, claro que sí. Podéis hacerlo —dijo Arsínoe, mientras hacía una seña al soldado para que abandonase la estancia.

—Princesa, no hemos revisado el material que el mercader trae con él. Esperad un momento a que lo revisemos...

—Soldado, no tenéis que revisar nada. El mercader es de mi entera confianza. Abandonad la estancia y permitir que el mercader me enseñe su mercancía —dijo la princesa alzando la voz. El soldado se inclinó y abandonó la habitación, mientras que el mercader daba un par de palmadas y unos cuantos criados metían a hombros unas telas enrolladas que depositaron en el suelo, a los pies de la princesa. Los criados, con las cabezas inclinadas, desenrollaron las telas extendiéndolas delante de la princesa.

—Mirad si hay algo que os interesa —le dijo el comerciante.

La princesa, un tanto desconcertada, miraba las telas y al mercader, sin comprender nada de lo que ocurría.

—No son telas lo que os he pedido y por lo que te he pagado muy bien —le dijo en un tono de voz un tanto alto que indicaba el enfado que se iba apoderando de ella.

—Y no son solo telas lo que os he traído alteza —le dijo el comerciante—. ¿Queréis mirar bien, mi señora?

En ese momento uno de los criados que había permanecido junto a los otros de rodillas inclinado delante de la princesa, se incorporó, poniéndose en pie, a la vez que deshacía el turbante que le tapaba la cabeza y parte del rostro. Al instante la princesa lo reconoció a pesar de ir completamente tiznado.

—¡Olimpo! —gritó la princesa.

—¡Chsss, silencio! —exclamó el comerciante— Nadie debe saber cómo ha entrado.

La princesa corrió hacia Olimpo arrojándose en sus brazos.

—Por Isis, has conseguido regresar —exclamó mientras acariciaba su rostro y lo besaba.

—Mi señora os vais a tiznar por completo —comentó el médico.

—No me importa. Ahora llamaré para que os traigan para poder asearos y trajes nuevos.

—Mi señora, espero haberos satisfecho por completo. Nos ha costado mucho y hemos tenido que pagar muchas voluntades, pero lo hemos conseguido —le dijo el comerciante interrumpiendo aquella sesión de besos por parte de la princesa.

—Te estoy muy agradecida. No olvidaré lo que has hecho por nosotros —y quitándose el collar que llevaba al cuello se lo ofreció al comerciante—. Toma, en pago por tus servicios, tal y como te había prometido.

—Sois muy generosa, mi señora. Siempre estaré a vuestro servicio y podéis contar conmigo para lo que necesitéis —contestó el mercader, recogiendo el hermoso collar que la princesa le ofrecía. Hizo una seña a sus criados para que recogiesen las telas, dispuestos a abandonar la estancia. —Sería preferible que, durante unos días o quizá una semana, nadie supiera de la estancia en Alejandría del médico griego. Por lo menos hasta que yo haya abandonado la ciudad y nadie pueda asociar su regreso con mi visita a palacio.

—No te preocupes. Así lo haremos —contestó la princesa.

Una vez que el comerciante hubo abandonado el palacio, la princesa mandó llamar a su esclava de confianza y le indicó que Olimpo había regresado, pero nadie, absolutamente nadie, debería saberlo.

—Va en ello tu vida. Ahora vete en busca del médico Aristófanes para que se presente inmediatamente en mi aposento.

El viejo médico real, con la lengua fuera y jadeando, no tardó en presentarse en las estancias de la princesa y a punto estuvo de desfallecer, ante la sorpresa de encontrarse en ella a su antiguo discípulo Olimpo. La princesa le contó que había conseguido huir del destierro en el que permanecía con Cleopatra, pero, que al menos durante una semana, era conveniente que nadie supiese de su regreso a Alejandría.

—¿Puedes tú encargarte de ocultarle durante ese tiempo? —le preguntó al médico.

—Claro que sí, por supuesto. Se ocultará en el Museium, en una de las habitaciones dedicadas a los huéspedes. Nadie tiene que saber de su estancia en ellas. Yo me encargo de eso personalmente.

—Gracias Aristófanes, te estaremos sumamente agradecidos —le dijo la princesa.

—Pero ¿cómo ha conseguido escapar del destierro? Cleopatra estará muy enfadada o es que... ¿Acaso ella te ha dado permiso para regresar? —preguntó Aristófanes.

—No, Cleopatra nunca me hubiese permitido regresar —contestó Olimpo, que hasta entonces casi no había articulado palabra—. Pero es mejor para ti y para todos que desconozcas cómo he podido escapar.

—Sí, tienes razón —respondió el viejo médico—. Si no sé cómo has conseguido huir, difícilmente puedo contarlo. Toma, cúbrete con esta capa y vámonos antes que alguien pueda venir y descubra que estás en la corte. Nos os preocupéis por él, princesa. Estará a salvo de miradas indiscretas. Nadie sabrá que está aquí hasta que vos lo consideréis oportuno.

La princesa y el médico se fundieron en un largo y ardoroso beso de despedida, ante los ojos de Aristófanes que envidiaba la juventud de ambos. De buena gana hubiese cambiado toda su ciencia y sabiduría por recuperar su juventud. Los dioses eran crueles, solo ellos tenían la eterna juventud y la inmortalidad.

XXXI

Farsalia, agosto
Año 48, a. C.

Marco Cayo cabalgaba a la cabeza de la XIII legión, Gémina y el resto de las legiones que acompañaban a Julio César en dirección a Farsalia, situada en la región de Tesalia, en la Grecia central. Después de haber sido derrotados en Dirraquium, tras una larga espera, en la que el general Cneo Pompeyo se demoraba en contestar a la propuesta de paz de Julio César, mientras aseguraba sus posiciones y se preocupaba de dejar aislado a su enemigo, de manera que no pudiese recibir refuerzos y posiciones, Julio César no tuvo más remedio que huir hacia el sur. A pesar de la derrota, el ejército cesariano estaba intacto y era preciso abastecerlo, ya que se encontraban totalmente aislados, sin flota, ni suministros. Pompeyo no aprovechó la ventaja obtenida después de su victoria en Dirraquium, para terminar con el ejército cesariano, sino que se limitó a seguirle con la esperanza que este, acosado y sin suministros, terminase rindiéndose. De esa manera conseguiría la victoria sin haber derramado sangre romana, algo que preocupaba a los dos generales. Sin embargo, era poco probable que el ejército pompeyano consiguiese dar alcance a Julio César, por lo que Pompeyo decidió salir al paso de Domicio, que intentaba unirse al ejército de Julio César. Domicio, informado de las intenciones del general

Pompeyo, aceleró su marcha hacia Tesalia, consiguiendo unirse al ejército de César sin ser interceptado. Pompeyo, viendo fracasadas sus intenciones, decidió marchar hacia Larisa, donde acampaba el ejército mandado por Escipión, para unir sus fuerzas y así conseguir un ejército superior al cesariano, encaminándose hacia Farsalia.

El ejército de Julio César llegó a Farsalia a primeros de agosto y estableció allí el campamento. Mientras que los legionarios lo montaban, el general mandó llamar al tribuno Marco Cayo.

—¿Me habéis llamado, señor? —preguntó el tribuno al entrar en el praetorium, ya instalado y en el que el general descansaba de la dura marcha.

—Sí, tribuno. Tengo otra misión para ti —le dijo mientras le ofrecía una copa de vino que el tribuno rechazó—. Es verdad, ya no me acordaba que no bebes hasta que no descansas y me temo que ahora no te voy a dejar descansar. Yo, si no te importa, voy a beber un trago. Lo necesito, aunque el médico me ha recomendado que modere su consumo. Siéntate —le dijo señalándole una sella que había mientras él se servía una copa de vino—. La ventaja de moderar su consumo es que así aprecia uno más cada copa que bebe. Bueno, al grano tribuno. No te he llamado para hablar de si modero o no el consumo de vino. Quiero que te infiltres en el campamento pompeyano e intentes averiguar cuáles son los planes de Pompeyo. No he olvidado que en Dirraquium me aconsejaste no esperar la respuesta del general, no te hice caso y fuimos derrotados. Creo que sabes calibrar las situaciones y ver qué es lo que más conviene en cada caso. Eso es lo que me has demostrado hasta el momento y por eso te encargo esta misión, aún sabiendo el riesgo que corres y lo casi imposible que resultará. Pero si alguien puede hacer eso eres tú. Tendrás que ir tú solo. No podrás llevar escolta y no tendrás mucho tiempo para actuar. Es una misión casi imposible y extremadamente peligrosa. Si no la aceptas, lo entenderé perfectamente.

—General, soy un soldado y vuestros deseos son órdenes para mí. Saldré inmediatamente y procuraré cumplir con éxito la misión.

—¡Que los dioses te acompañen tribuno! ¡Los vas a necesitar!

Marco Cayo Vinicio no se demoró. Se quitó del uniforme todas las insignias que pudiesen identificarle como perteneciente a la decimotercera legión, la Gémina, y al atardecer, cuando las sombras habían empezado a adueñarse del terreno, se encaminó hacia el campamento pompeyano, no muy lejos de donde Julio César había mandado instalar el suyo. La oscuridad de la noche y el uniforme de legionario, exactamente igual que el que llevaban los pompeyanos —no en vano todos eran legionarios romanos— le permitieron ir sorteando las patrullas que vigilaban los accesos y los alrededores del campamento. Cuando los primeros rayos de sol iluminaron el campamento pompeyano, el tribuno Marco Cayo ya había conseguido superar los últimos controles y penetrado en el interior del campamento, donde la confusión era grande en aquel día de verano que se presumía caluroso, pues la temperatura a aquella primera hora de la mañana ya era bastante elevada.

El tribuno cesariano pronto se percató de la confusión que reinaba en el campamento, donde claramente se distinguían dos grandes grupos, que hacían que aquel ejército no fuese uno solo, sino dos ejércitos que obedecían órdenes distintas y, a veces, hasta contradictorias y que daba la sensación de que no se tenían demasiadas simpatías. Por un lado estaban los seguidores y partidarios del general Pompeyo, que solo obedecían las órdenes que venían directamente de este, y por otro lado estaban los seguidores de los senadores republicanos más conservadores, los llamados optimates, que se apoyaban en las legiones mandadas por Metelo Escipión y que tenían a su mayor partidario en Catón, que había sido postergado en Dirraquium con quince cohortes, lo que no había gustado nada a sus seguidores. Hablando con unos y con otros Marco Cayo pronto se dio cuenta de las diferencias y hostilidad que había entre los partidarios de las dos facciones existentes. Los partidarios de Pompeyo acusaban a los líderes de los optimates de querer acaparar para ellos la victoria que, a no dudar conseguirían, acusando a sus capitanes, Tito Labieno y Lucio Afranio, de mofarse de su general y de conspirar contra él. Estos, a su vez, acusaban a Pompeyo de dilatar en exceso el enfrentamiento con César, de inactividad, al no querer presentar directamente batalla. Desde luego, no era la mejor situación para un ejército que se preparaba para una gran batalla. Y ese ambiente de confusión y de desencuentro se palpaba en el campamento a primera vista, donde las discusiones entre los partidarios de ambas facciones y de sus capitanes eran continuas.

Marco Cayo no necesitaba ver más. Era el momento de atacar y, cuando las primeras sombras de la noche empezaron a invadir el campamento pompeyano, el tribuno cesariano lo abandonó y, con el mayor sigilo y tomando toda clase de precauciones, se encaminó hacia el campamento de Julio César. Todavía las primeras luces del día no habían hecho su aparición cuando una patrulla de vigilancia le dio el alto. Marco Cayo escrutó sus uniformes buscando algún indicio que le indicase si la patrulla de legionarios que le había dado el alto eran cesarianos o pompeyanos.

—¡Por todos los dioses! —exclamó uno de los legionarios— Pero si es el tribuno Marco Cayo, de la décimo tercera legión.

El tribuno respiró aliviado. Eran de los suyos, sin embargo la patrulla de vigilancia no se fiaba demasiado.

—¿Qué hacéis por aquí, tribuno? A estas horas tan intempestivas y tan alejado del campamento —dijo el decurión que mandaba la patrulla.

—Vuelvo de regreso al campamento. Vengo de realizar una misión encomendada por el general —contestó, un tanto molesto de tener que andar dando explicaciones.

—¿Del campamento enemigo? —preguntó el decurión.

—Efectivamente, del campamento pompeyano —contestó el tribuno.

—¿Y qué misión es esa? —preguntó el decurión.

—Eso a ti no te importa, soldado. Conducidme al campamento.

—Claro que vamos a conducirte al campamento, pero bien sujeto. Tienes toda la pinta de ser un desertor y un traidor—¡Atadle las manos! —dijo el decurión a sus legionarios que habían colocado sus pilos apuntando al tribuno.

—Legionarios, estáis cometiendo un grave error —protestó el tribuno, mientras vio cómo lo desarmaban y ataban sus manos a la espalda.

—Eso se lo vas a explicar al tribuno de guardia —dijo el decurión, dándole un empujón para que comenzase a caminar.

Nameyo estaba desesperado. No entendía nada. Desde que había regresado Anneliese le esquivaba abiertamente. No quería hablar con él y el gladiador galo no alcanzaba a comprender el porqué. Parecía evidente que ya no quería estar con él, pues había recogido sus cosas de la celda que compartían y no le había dado ninguna explicación, puesto que no había conseguido hablar con ella. Él no recordaba, por más que se esforzaba en hacerlo, que le hubiese dado motivos para ello. Lo último que recordaba era el beso de despedida que le había dado cuando se habían separado para ir a Capua, a los combates que el Lanista había contratado, y su petición de que volviese con vida. Todavía recordaba sus palabras: «Prométeme por los dioses que no te expondrás inútilmente y que velarás en primer lugar por tu vida más que por vencer al contrario». ¿Qué es lo que había ocurrido durante este tiempo para que hubiese cambiado de opinión y ahora no quisiese saber nada de él? No tenía en la escuela nadie de su confianza que le pudiese decir qué es lo que había pasado. Su único amigo había sido Sitalces, pero este había muerto y no tenía a nadie más en el que pudiese confiar. Estaba convencido que las señales que presentaba Anneliese en el rostro no eran ajenas a lo que hubiese ocurrido. Nadie creería que se debían a que se hubiese golpeado con una puerta. Eran señales de golpes producidos intencionadamente y tenía la sospecha que el instructor Tibaste no era ajeno a lo ocurrido. Pero ahora Tibaste se había convertido en el nuevo jefe de instructores, es decir el segundo al mando en la escuela de gladiadores. Solo el Lanista, el dueño de la escuela, estaba por encima de él. No entendía como Cayo Junio podía confiar en él y ponerlo al mando de la escuela durante su ausencia. Pero ahora sí que nadie se atrevería a decir nada en su contra. Solo Anneliese podría decirle qué había ocurrido, pero esta no quería hablar con él. Nameyo se desesperaba mesándose su abundante cabellera rubia, mientras iba de un lado a otro de su celda, como si de una fiera enjaulada se tratase. Tan ofuscado estaba en sus pensamientos que no sintió llegar al nuevo jefe de instructores.

—Galo, el jefe quiere hablar contigo. Te está esperando en sus aposentos —le dijo y Nameyo creyó percibir una sonrisa burlona en el rostro del instructor. No se movió de dónde estaba, permaneciendo tenso, con los músculos en tensión, como una fiera dispuesta a saltar sobre un enemigo que le acosase. Se giró hacia el camastro que había en la celda, pero sin perder de vista al instructor. Este al ver que se giraba fue a sujetarle por el brazo.

—Galo, el Lanista quiere ver... —pero no pudo acabar la frase. Nameyo se revolvió y sujetando al instructor por el cuello lo colocó contra la pared inmovilizándolo.

—No vuelvas a tocarme o serás hombre muerto. Y espero que las señales que Anneliese presenta en la cara no sean obra tuya, pues entonces, ni todos los dioses, sean romanos, galos o celtas, conseguirán salvarte la vida.

Y dándole un empujón lo arrojó de la celda, tirándole al suelo. El instructor, acariciándose el cuello, se incorporó. Había cambiado la sonrisa burlona de su rostro por una mirada de odio que desprendían sus ojos enrojecidos.

—Galo, eres hombre muerto. Si no te mata un gladiador en la arena lo haré yo.

Y se alejó del lugar dejando solo a Nameyo. Este se sentó en el lecho y se cubrió el rostro con las manos. «Anneliese... Anneliese».¿Qué había ocurrido para que ya no quisiese estar con él?

Nameyo salió de su celda y se dirigió a las habitaciones del Lanista.

—¿Querías verme? —le preguntó después que los guardias, que permanentemente montaban guardia a la entrada de sus aposentos, le permitiesen la entrada y anunciasen su llegada. El Lanista que estaba guardando algunas cosas, al verle, dejó lo que estaba haciendo.

—Sí, muchacho. Tenemos que irnos. Tengo firmados unos cuantos contratos que debemos realizar y que harán que seas todavía más conocido de lo que ya eres —le dijo. Nameyo asintió con la cabeza pero no dijo nada. El Lanista se le quedo mirando fijamente.

—¿Va todo bien, muchacho? —le preguntó— Te noto un tanto raro, como ausente. Ni siquiera me has preguntado dónde vamos a ir.

Nameyo no dijo nada. No era cuestión de dar explicaciones al Lanista de lo que le ocurría. Cayo Junio no era su amigo. Era su dueño y lo único que quería de él era que ganase combates para obtener cada vez más beneficios. El resto, le daba igual y era plenamente consciente que el día que dejase de ganar ya no le interesaría y, si acababan con su vida, lo que sentiría era los beneficios que dejaría de obtener. Así que Nameyo permaneció en silencio. El Lanista se encogió de hombros.

—Volvemos a Capua, donde quedaron muy impresionados con tus combates y también visitaremos Salerno, Paestum, Buxentum y Poteoli. También teníamos ofertas de algunas ciudades de la costa oriental como Brundisium, pero la guerra entre Pompeyo y Julio César se está desarrollando muy cerca de esa zona y por el momento sigue siendo incierta, así que dejaremos las ciudades de la costa oriental para cuando la guerra acabe o se estabilice.

Nameyo permanecía en silencio, como si le diese lo mismo el lugar al que tuviesen que acudir. El Lanista de buena gana le hubiese preguntado al nuevo jefe de instructores si sabía qué era lo que le ocurría a su gladiador estrella, pero Tibaste le ofrecía muy poca confianza. Bastante preocupación tenía con tener que dejarle al mando de la escuela. No se fiaba de él, pero, de momento, no tenía a nadie que conociese perfectamente el funcionamiento de la escuela y pudiese hacerse cargo de ella. No, no se fiaba lo más mínimo de su nuevo jefe de instructores y ese era el motivo por lo que había hablado con el jefe de los guardias que custodiaban la escuela para que permaneciese muy alerta durante su ausencia. No se marchaba tranquilo, pero no tenía más remedio que hacerlo. Además, necesitaba otro gladiador que acompañase a Nameyo en el circuito y formase pareja con él en el caso que tuviesen que luchar en equipo. Ese había sido el principal motivo por el que lo había mandado llamar.

—Siento mucho la muerte de Siltaces. Era un buen gladiador y formaba una buena pareja contigo. Pero necesitamos sustituirle por otro compañero, pues es posible que en algún lugar tengáis que luchar por parejas. ¿Quién prefieres que te acompañe? —le preguntó.

Nameyo volvió a encogerse de hombros. En ausencia de Siltaces, le daba exactamente igual quién le acompañase. Nadie luchaba como su amigo y nadie podría sustituirle. A ninguno confiaría su vida.

—Me tienes que decir un nombre. Eres tú el que va a luchar junto a él y el que, en un momento determinado, tenga que apoyarse en su compañero para salvar la vida. Eres tú el que me tiene que decir un nombre —repitió el Lanista.

—Kursh —dijo el gladiador galo.

—¿Kursh? —preguntó el Lanista.

—Sí, el nubio.

Kursh era un gladiador nubio, de piel muy oscura, de gran estatura y fuertes músculos, muy reservado, ya veterano, contra el que Nameyo había combatido en alguna ocasión mientras se entrenaban. Era muy fuerte, aunque no demasiado rápido y era un buen gladiador. No tanto como Siltaces, pero de lo mejor que había en la escuela. Era reservado y nunca se metía en líos, lo cual apreciaba bastante Nameyo.

—Bien, pues ahora le aviso que se prepare pues partimos en unas horas. Tú haz lo mismo. Nos vamos de gira y espero que sea lucrativa para todos.

* * *

Julio César, desde el praetorium de lo que había sido el puesto de mando del general Pompeyo, contemplaba satisfecho cómo sus legionarios desarmaban a los legionarios de las cuatro legiones pompeyanas que habían intentado huir después de la derrota sufrida en Farsalia. Cercados por sus legionarios, sin víveres y sin agua, pero, sobre todo, profundamente desmoralizados después de la huida de su general, los pompeyanos se habían rendido incondicionalmente a sus legionarios. A su lado el tribuno Marco Cayo Gayo, sudoroso y cubierto de sangre enemiga, también sonreía satisfecho. El general le había mandado llamar y, delante de los legados de sus legiones, le había felicitado, valorando su entrega y sacrificio. Sobre todo, después de haber sido detenido por sus propios compañeros al regresar al campamento cesariano, al finalizar la misión que el propio Julio César le había confiado. Ahora el general, con una copa de vino en la mano, bromeaba sobre la detención del tribuno por sus propios compañeros, pero, cuando se enteró que su hombre había sido detenido, montó en cólera y a punto estuvo de mandar azotar al decurión que mandaba la patrulla que lo había detenido y al tribuno de guardia que lo mantenía preso. Los informes que Marco Cayo había traído sobre las diferencias en el seno del ejército pompeyano, sobre todo entre sus generales y las de estos con los senadores y el general, habían sido fundamentales para que Julio César, sin más dilación, decidiese atacar el campamento pompeyano aquella calurosa mañana de primeros de agosto. El ejército pompeyano, fiel a las ideas de su general, se mantuvo a la defensiva, confiando el ataque a la caballería mandada por Tito Labieno, bastante superior en número a la cesariana, pero no tuvieron en cuenta con que esta contaba con el apoyo de varias cohortes de legionarios, que pusieron en fuga a la caballería pompeyana. El general Pompeyo, al observar la fuga del comandante de su caballería, abandonó el campo de batalla, lo que desmoralizó a su ejército que dio por perdida la batalla, cundiendo el pánico al ser atacados por los flancos por la caballería cesariana, lo que motivó que huyesen hacia su campamento. César reagrupo a sus tropas y, sin tregua, atacó el campamento obligando a las legiones pompeyanas a rendirse.

—El general Pompeyo no está entre los prisioneros. Ha huido con su estado mayor y los senadores que le acompañaban —dijo uno de los legados que llegaba de pasar revista a los prisioneros.

—Es una pena, porque podíamos haber puesto fin a esta guerra fratricida y sin sentido. Así tendré que perseguirlo y acabar con todos aquellos que le presten apoyo —comentó el general mientras saboreaba la copa de vino—. Felicitad a los soldados y darles un merecido descanso Ya veremos cómo organizamos la persecución de Pompeyo una vez que sepamos hacía dónde ha huido.

El tribuno Marco Cayo se quedó mirando al general y este sonrió. Parecía que le había leído el pensamiento.

—No, tribuno. Esta vez no serás tú el encargado de averiguar hacía dónde se dirige el general Pompeyo. Te has merecido un descanso y ese trabajo se lo dejaremos a otros. Id todos a cambiaros —les dijo dirigiéndose a los legados de las legiones que estaban presentes—. Cubiertos de sudor y se sangre, no es la manera más apropiada para asistir a la cena que voy a dar para celebrar esta importante victoria, que hemos obtenido gracias a vosotros y a vuestro esfuerzo y generosidad.

XXXII

Cayo Casio Longino no tuvo tiempo de recoger sus cosas del campamento pompeyano. Al igual que muchos de los senadores que habían estado presentes en la batalla de Farsalia comprobó con horror cómo las legiones pompeyanas, sin líderes que las condujesen, trataban de huir y, cercados por las tropas de Julio César, se rindieron incondicionalmente. Al igual que habían hecho el propio Cneo Pompeyo, Metelo Escipión, Catón o el propio Tito Labieno, Casio Longino tuvo el tiempo justo para huir del campamento pompeyano, antes que las tropas de César se apoderasen de él, y coger un barco que lo trasladase lejos de allí. ¿Dónde ir? No podía regresar a Roma ni al resto de la península controladas por los hombres de César, ni permanecer en la costa griega. Como habían hecho buena parte de los senadores afectos a Pompeyo, quizá la mejor opción era dirigirse al norte de África y esperar a ver qué decisión tomaba el general Pompeyo. Mientras navegaba rumbo al norte de África, viendo alejarse la costa griega en el barco que había dispuesto para ello, temiéndose que pudiese ocurrir lo que al final había ocurrido, miraba al horizonte donde unos negros nubarrones presagiaban la tormenta que se avecinaba, la misma que se cernía sobre su futuro. En Farsalia, Pompeyo había perdido todas sus legiones, destruidas o hechas prisioneras, y dudaba mucho que el general consiguiese revertir la situación, conseguir un ejército poderoso y fiel, que pudiese enfrentarse a las legiones de Julio César y alcanzar la victoria sobre este. Lamentaba su suerte, su maldita suerte, que desde que salió Siria parecía haberle abandonado por completo. La tormenta que se anunciaba en el cielo ya les había alcanzado y una intensa lluvia comenzó a caer sobre la cubierta del barco, que empezó a moverse sacudido por las enormes olas que se habían levantado y lo azotaban con fuerza.

«Solo le faltaba ahora, para completar su suerte, que el barco zozobrase y se hundiese en el mar», pensó, pero en seguida alejó aquellos malos pensamientos de su cabeza. El barco que había dispuesto, por si necesitaba salir a escape de Grecia, era un barco consistente y la tripulación, cuya contratación había supervisado personalmente, era experta y curtida en un buen número de viajes. Muy mal tenían que ponerse las cosas para que el barco no consiguiese superar aquella tormenta de verano. Ya completamente empapado decidió refugiarse en el interior, después de cerciorarse de que el capitán del barco tenía completamente controlada la situación. En el camarote que había dispuesto se quitó la ropa totalmente empapada, se puso una simple toga y se tumbó en el lecho. Los vaivenes del barco parecían que iban disminuyendo, quizá la tormenta estuviese empezando a amainar y el cansancio y la tensión, acumuladas en aquel día tan largo, terminaron venciendo. Se quedó profundamente dormido.

* * *

Marco Cayo paseaba por el campamento revisando que, a pesar de la celebración por la victoria obtenida, en el que el vino había corrido a raudales entre los soldados, no se relajase la vigilancia. El ejército pompeyano había sido totalmente derrotado y hechas prisioneras varias de sus legiones, pero nada se sabía de su líder, el general Cneo Pompeyo y de los generales de este. Los rumores eran muchos, pero ninguno se había podido comprobar. Unos decían que el general Pompeyo había huido con sus hombres de confianza hacia el norte de África, desde donde pensaba recomponer sus efectivos y formar un número suficiente de legiones para enfrentarse a Julio César. Otros rumores decían que había huido hacia las costas del Egeo, donde había fletado un barco para dirigirse hacia Mitilene, donde se encontraba su familia. Esta era la versión con más posibilidades de ser cierta. Era lógico pensar que el general acudiese a buscar a su familia, para intentar protegerla de todos aquellos desaprensivos que intentaban aprovechar la situación y obtener así beneficios. ¿Estaría su sobrina con el general? se preguntaba Marco Cayo. No había vuelto a tener noticias de ella y estaba preocupado. Le hubiese gustado que Julio César hubiese salido en persecución hacia Mitilene, para poder comprobar de esa manera si Pompeya se encontraba con su tío. Pero el general, con buen criterio, esperaba tener confirmación de dónde se encontraba Pompeyo, para ir tras él.

Lo mismo ocurría con el resto de los senadores y generales pompeyanos que habían huido de Farsalia, pero que no acompañaban al general, como era el caso del senador Catón, de Metelo Escipión o del comandante de la caballería, Tito Labieno. No se sabía dónde estaban, aunque la mayor parte de los informes indicaban que se habían embarcado hacia el norte de África, donde los partidarios de Pompeyo eran numerosos. Tampoco se sabía nada de Escribonio Libón que, tras la muerte del almirante Marco Calpurnio Bíbulo, se había hecho cargo de la flota pompeyana, aunque no lo habían nombrado almirante. Tampoco se sabía nada de Cayo Casio Longino, que era el que realmente había estado controlando la flota pompeyana que guardaba las costas griegas. En fin, demasiados interrogantes sobre los principales líderes pompeyanos, lo que hacía que Julio César permaneciese inactivo esperando tener noticias ciertas y verificadas de todos ellos. Mientras tanto, dejaba descansar a sus hombres.

Un jinete entró a todo galope en el campamento, después de que los guardias comprobasen su identidad. Era un correo y quizá trajese noticias sobre el general Pompeyo. El tribuno se dirigió al praetorium donde el correo acababa de entrar. Acto seguido lo vio salir y, detrás de él, la mayor parte de los legados de las legiones, que hasta entonces habían permanecido con el general. Se quedó hablando con los guardias que custodiaban el praetorium, a la espera de que hubiese alguna noticia importante. El general le había prometido que intentaría averiguar dónde se encontraba la sobrina de Pompeyo y le informaría cuanto antes. El que salió del praetorium fue Marco Antonio que, al verle, se dirigió a él. Llevaba el rostro serio y en los ojos se reflejaba el disgusto que tenía.

—¿Alguna novedad importante? —le preguntó Marco Cayo.

—¡Ninguna! —exclamó iracundo.

El tribuno guardó silencio esperando a ver si el comandante de la caballería cesariana, Marco Antonio, quería dar alguna explicación.

—Ahora las ratas, que habían abandonado el barco cuando la situación estaba difícil, quieren volver a él —comentó.

Marco Cayo abrió los ojos reflejando su sorpresa al no entender qué quería decir el comandante.

—¿A quién te refieres? —preguntó el tribuno.

—¡A Marco Bruto! —exclamó el comandante de la caballería—. El correo que ha llegado es suyo. Esa sabandija traicionera, después de haber estado despotricando de nuestro general, acusándole de todo lo habido y por haber, después de haberse arrojado a los brazos de Pompeyo y combatido a Julio César, le escribe arrepentido diciéndole que se ha equivocado, que fue mal aconsejado, llenándole su cabeza de mentiras e insidias contra nuestro general, pero que se encuentra muy arrepentido y por ello le suplica su perdón y le vuelva a admitir entre los suyos.

Marco Antonio estaba realmente indignado y una piedra del camino que encontró a su pasó fue la que pagó su enfado recibiendo una fuerte patada que, seguramente, le hubiese querido dar al propio Marco Bruto.

—Fuisteis vos el que me dijisteis en una ocasión que el general siente un cariño especial por Marco Bruto —comentó el tribuno—. Seguramente por la relación sentimental que Julio César tuvo en su momento con Servilia.

—Sí, efectivamente, el general siente un cariño especial por esa rata —contestó Marco Antonio—, pero eso no es óbice para que se dé cuenta que de eso se aprovecha Marco Bruto.

—¿Y creéis que le perdonará? —preguntó el tribuno.

—Estoy convencido que lo hará. El general ha pedido lo necesario para responder al correo de Marco Bruto y no tardaremos mucho en ver a ese bastardo merodeando y aconsejando a Julio César o con algún cargo importante en alguna de las provincias.

—¿Por eso estáis tan enfadado?

—Por eso y porque el general me envía a Roma como *magister equitum*. Quiere que me haga cargo de la ciudad y normalice la situación en ella.

—¿Y os disgusta la idea?

—Digamos que preferiría seguir con el general hasta que esta maldita guerra termine.

—¿No se sabe nada del general Pompeyo? —preguntó el tribuno.

—No, con seguridad no se sabe hacia dónde ha huido. Ya sé que tenéis un interés especial por saber si Pompeya, su sobrina, le acompaña. No os preocupéis tribuno, en cuanto sepamos algo seguro que seréis de los primeros en saberlo.

Marco Cayo le dio las gracias a Marco Antonio y se despidió de él. Quería escribir un correo a su amada Pompeya para podérselo enviar en cuánto tuviese noticias de dónde se encontraba.

∗ ∗ ∗

Alejandría, septiembre del año 48 a. C.

La princesa Arsinoe estaba feliz. Habían transcurrido ya varias semanas desde el regreso de su amado Olimpo y ya todo el palacio conocía su regreso. Todos en la corte lo veían como un golpe más que se le asestaba a Cleopatra en su exilio en la provincia de Siria y se felicitaban por ello. La princesa y su amado médico habían reanudado sus paseos en falúa por los alrededores de la ciudad, contemplando nuevamente los hermosos atardeceres y también por las calles y por el mercado de la ciudad, pero sobre todo procuraban estar el mayor tiempo posible juntos en palacio, disfrutando uno del otro. Ahora ya no era necesario que ocultasen su amor. Todos en palacio eran conocedores de ello y nadie se oponía. Los consejeros del rey Ptolomeo querían verla contenta y tranquila, sin que hiciese preguntas ni se interesase por los asuntos del reino y el médico griego era la mejor solución para ello. Bien es verdad que los consejeros de su hermano, el rey Ptolomeo, seguían sin contar con ella para nada, gobernando a su antojo, pues el monarca era completamente una marioneta en sus manos y Arsinoe, aunque se mostraba feliz y despreocupada, no dejaba de pensar que, realmente, ella podía ser la reina y podría gobernar mucho mejor que lo hacían ellos. La situación en la ciudad y en el reino no había mejorado nada desde que su hermana había tenido que exiliarse y la situación del pueblo seguía siendo igual de desastrosa, lo que le llevaba a pensar a la princesa que, más tarde o más temprano, se volvería insostenible y terminaría estallando.

Aquella tarde, al atracar la falúa en el puerto real y penetrar en palacio, se dieron cuenta que algo había sucedido. Había una cierta intranquilidad entre los esclavos y la guardia del palacio, que hablaban entre ellos y se mostraban inquietos. Al llegar a sus aposentos una esclava le indicó que Ganímedes, su tutor, la estaba esperando. Olimpo intentó marcharse, pero Arsinoe, sujetándole por el brazo, le pidió que se quedase. Algo raro ocurría y quería tenerlo a su lado.

—¿Ocurre algo Ganímedes? —preguntó la princesa a su consejero que paseaba nervioso de un lado a otro de la estancia, con las manos en la espalda.

—¡Ya estáis de vuelta, princesa! Sí, ha ocurrido algo y no creo que sea muy bueno para el reino —respondió el consejero.

—¡Vamos! Me tenéis en ascuas. ¿Qué es lo que ha ocurrido? —preguntó la princesa. A su lado, un par de pasos por detrás, en el más absoluto silencio, permanecía Olimpo, observando detenidamente al consejero de la princesa. Nunca le había gustado ese hombre. Le parecía falso y retorcido y no estaba seguro de que sirviese con lealtad a la princesa, pero había sido su consejero desde que esta era una niña y la princesa confiaba en él.

—¡Julio César ha derrotado al general Cneo Pompeyo en la batalla de Farsalia! —exclamó Ganímedes.

La princesa torció el gesto y, sin decir nada, se acercó al enorme ventanal de la estancia en el que una pequeña brisa movía suavemente los lienzos de seda que lo cubrían.

—Mi hermano y sus consejeros, es decir Egipto, habían tomado partido por Pompeyo, ¿No es verdad? —preguntó.

—Cierto, princesa.

—¿Qué va a ocurrir ahora? ¿Pompeyo ha quedado definitivamente derrotado? —preguntó la princesa.

—Pompeyo, sus generales y los senadores que le acompañaban han huido. Parece que ha perdido todas sus legiones y los informes que nos han llegado es que ha fletado un barco en el que se dirige con toda su familia hasta aquí.

—¿A Egipto?

—Sí, a Egipto. Después de todo, habíamos tomado partido por él, declarándonos sus aliados. Es lógico pensar que acuda a nosotros en busca de ayuda —comentó Ganímedes.

—Y mi hermano, mejor dicho, sus consejeros, ¿qué van a hacer? —preguntó la princesa.

—No lo sé, están ahora mismo reunidos discutiendo sobre cuál es la mejor de las soluciones. Por eso he venido a avisaros. Creo que en una decisión de tal envergadura, que va a condicionar el futuro del reino. Vos, princesa, deberíais tener algo que decir. Se debería contar con vuestra opinión.

Arsinoe permaneció en silencio mirando a Olimpo, que permanecía también en silencio y a Ganímedes que esperaba expectante las palabras de la princesa.

—¿A vosotros cuál os parece que es la mejor solución? —preguntó la princesa que era evidente que no sabía qué decir.

—¡Debéis de reflexionar cuidadosamente cuál de las dos opciones que se os presentan es la más idónea para el reino y para vos personalmente, princesa! —comentó al fin Olimpo.

—¿Y cuáles son esas dos opciones? —preguntó la princesa.

—Acoger a Cneo Pompeyo o, por el contrario, darle la espalda, no permitiendo que desembarque en Egipto y posicionaros al lado de Julio César. No hay más opciones pues, con la venida de Pompeyo a Egipto, la opción de neutralidad ha desaparecido —comentó el médico.

—Olimpo tiene razón —comentó Ganímedes —Solo hay esas dos opciones.

—Ya le habíamos dado nuestro apoyo a Cneo Pompeyo en una ocasión y nos habíamos posicionado junto a él —comentó la princesa— ¿Vosotros cuál creéis ahora la mejor opción?

—Pompeyo ha sido derrotado y por lo que parece ha perdido sus legiones —comentó Olimpo—. Le va a ser muy difícil conseguir nuevos apoyos y nuevas tropas. La mejor opción es posicionarnos al lado de Julio César, en el supuesto que este no quiera tomar represalias contra Egipto por haber apoyado antes a Pompeyo.

—Yo también soy de esa opinión —comentó Ganímedes—. Princesa, creo que deberíais ir a ver a los consejeros de vuestro hermano para que, antes de que tomen una decisión, cuenten con vuestra opinión.

La princesa asintió y abandonó sus aposentos camino de los de su hermano Ptolomeo, donde este se encontraba reunido con sus consejeros, dejando a Olimpo y a su tutor en sus aposentos esperando que ella regresase. No tardó en hacerlo, pero para entonces ya la noche había caído completamente sobre la ciudad y los esclavos habían encendido las hachas para iluminar todas las estancias. Una ligera brisa se había levantado y refrescado el ambiente. Aun así, la noche era muy agradable. Desde el enorme ventanal del aposento de la princesa se veía a lo lejos la enorme luz que el faro de la ciudad desprendía para seguridad de los barcos que navegaban cerca de la costa.

—¡Pronto habéis regresado! —comentó Ganímedes al ver entrar a la princesa en el aposento.

—Aunque ya habían tomado una decisión, han escuchado mi opinión y al parecer coincide con la de ellos. Apoyaremos a Julio César si es que este no rechaza nuestro apoyo —comentó la princesa.

—¡Es una sabia decisión! —dijo Ganímedes— Ya es tarde y estaréis cansada. Yo, con vuestro permiso, me retiro.

La princesa asintió con la cabeza y con la mano hizo un gesto dando permiso a su tutor para que abandonase la estancia.

—No parece que estés muy satisfecho —le dijo Arsinoe a Olimpo.

—Aunque pienso que se ha tomado la decisión adecuada, no es bueno que Egipto se convierta en árbitro de la disputa entre los dos generales romanos. Lo ideal sería haberse mantenido al margen...

—Pero eso no podía ser desde el momento que Pompeyo ya se dirige hacia aquí. Ya no podíamos mantenernos neutrales. Además, ya no lo éramos. Ya habíamos tomado partido por él. Ahora simplemente hemos cambiado de apuesta.

—Veremos a ver cómo se toma Julio César ese cambio de actitud. Es muy tarde. Es mejor que yo también me retire a descansar, princesa.

—¿No quieres quedarte a pasar la noche aquí, conmigo? —le preguntó la princesa.

—No, esta noche puede ser movida. Quizá recibáis alguna visita y es mejor que no me encuentren en vuestro aposento.

—Sí, quizá tengas razón —y ambos jóvenes se despidieron con un largo y ardoroso beso.

Los tres consejeros del rey Ptolomeo, el enuco Potino, el general Aquilas y el retórico Teodoto, le habían dicho la verdad a la princesa Arsinoe…, pero no le habían dicho toda la verdad. Ni siquiera al rey Ptolomeo, el décimo tercero de su dinastía, habían informado de lo que habían tramado.

XXXIII

Cayo Junio, el Lanista, estaba muy satisfecho. Habían terminado la gira por Capua, Salerno, Partum y las ciudades próximas y las intervenciones de su gladiador Nameyo se contaban por victorias. Se había convertido en la estrella de los gladiadores en toda esa zona y en todas las ciudades dónde tenían lugar combates de ese tipo se disputaban su presencia, pagando sumas descomunales para que el galo combatiese en ellas. Cayo Junio se frotaba las manos mientras veía cómo los beneficios se multiplicaban y sus arcas engordaban. Daba gracias a los dioses por haber puesto en su camino al galo, que en su escuela se había convertido en un gladiador excepcional. El nubio Kursh, que había acompañado a Nameyo, no se había portado mal y podía decirse que había salvado la situación sin salir mal parado. Por lo menos no lo había perdido, como ocurrió con Siltaces y podía contar con él para futuros combates. Podían haber continuado de gira, de ciudad en ciudad, de combate en combate, pero el Lanista quería darle un descanso a Nameyo, hacer que recuperase fuerzas, espaciar sus combates para así hacerlo desear más, regresando a la escuela de gladiadores. Se preocupaba de la salud de su gladiador galo, sobre todo porque quería cuidar su inversión, y era consciente que, si no le daba descanso y lo agotaba, no le duraría mucho. Pero también quería regresar a la escuela de gladiadores porque quería comprobar personalmente que la vida en ella transcurría con normalidad, sin problemas. Había enviado varios correos preguntando cómo iban las cosas y las respuestas habían sido totalmente satisfactorias, pero quería comprobarlo personalmente. No se fiaba del nuevo encargado que había tenido que dejar al mando. Con el anterior, Craxo, tenía plena confianza en él y al final resultó que le engañaba y abandonaba la escuela cuando él no estaba. El nuevo, Tibaste, no le ofrecía ninguna garantía y quería comprobar personalmente cómo transcurría la vida en la escuela. Cuando informó a sus gladiadores que regresaban a casa pensó que se llevarían una enorme alegría. Al gladiador nubio, Kursh, pareció que la noticia le satisfacía y vio una sonrisa en sus labios. Pero Nameyo permaneció impasible y el Lanista tuvo la sensación que si le hubiese dicho que lo enviaban al frente, a luchar en la guerra civil que mantenían los dos generales romanos, su respuesta hubiese sido la misma. Lo había estado observando durante toda la gira y, durante todo ese tiempo, había permanecido como ausente. Se limitaba a quitarse de encima a sus contrincantes rápidamente, sin adornarse lo más mínimo, como hacían la mayor parte de los gladiadores y volvía a encerrase en su mundo. Ni siquiera conversaba con su compañero el nubio y cuando el Lanista, después de algún combate victorioso, les había ofrecido algunas mujeres para que disfrutasen con ellas, mientras que el nubio se había alegrado, Nameyo las había rechazado por completo y había permanecido en silencio aislado del resto. Tan solo en una ocasión, al principio de la gira, había visto a sus dos gladiadores hablando, pero fue solo en aquella ocasión y en los días que siguieron no volvió a ver juntos a los dos gladiadores. En esa ocasión Nameyo había tratado de sonsacar a su compañero nubio sobre lo ocurrido en la escuela, cuando Sitalces y él habían estado fuera de ella. Pero el nubio no quiso comentar nada. Le dijo que él no sabía nada y no tenía nada que decir. Y por más que el galo intentó sondearle algo para averiguar qué había ocurrido en la escuela no hubo forma, así que Nameyo no volvió a intentarlo. Sin embargo, aunque no demostró ningún sentimiento de alegría sí se alegró de volver a Roma. Quería ver cómo estaba Anneliese y si la joven germana había experimentado algún cambio con respecto a él.

Una vez que entraron en la ciudad, en esta ocasión por la puerta Fontus, pues habían dado un rodeo para acercarse a una de las villas romanas que estaban cerca de la ciudad en la que el Lanista tenía que ver a su propietario, un rico senador que había solicitado los servicios de Cayo Junio, no les pasó desapercibido la intranquilidad y el desasosiego que en ella reinaba a medida que iban transitando por sus calles. La guerra se desarrollaba lejos de allí pero, lejos de estar tranquila y sosegada, parecía que la anarquía reinaba en ella. Nameyo no sabía quién sería el encargado por Julio César de controlar la ciudad, pues eran sus partidarios los que se habían adueñado de ella, pero era evidente que, fuese quién fuese, no lo estaba consiguiendo. Por el *Clivus Argentarius* se dirigieron al *Clivus Capitulinus,* después de haber dejado atrás el *Tullianum,* la terrible cárcel de la que se decía que quién entraba en ella no volvía a ver la luz del sol; también dejaron atrás el templo de la Concordia y el templo de Saturno y ascendieron por el Capitolio hasta el templo de *Jupiter Capitolino.* Cayo Junio, el Lanista, quería realizar unas ofrendas al dios.

—Hay que ser agradecidos al dios por lo bien que nos ha ido y para pedirle que nos siga protegiendo —les dijo a Nameyo y a al nubio Kursh, que detrás de él habían ascendido hasta el templo—. Vosotros también haríais bien en darle las gracias, pues ha cuidado de vosotros impidiendo que salieseis heridos y realizarle alguna ofrenda para que os siga cuidando

—Son mi gladio y mi habilidad y destreza las que cuidan de mí. —le respondió Nameyo—. El día que ellas me fallen, ni el dios conseguirá impedir que mi sangre tiña la arena.

El Lanista se encogió de hombros y sacrificó varios animales que previamente había adquirido. El nubio Kursh hizo otro tanto mientras Nameyo se limitaba a observar. Terminados los ofrecimientos y las plegarias descendieron del Capitolio y, dejando atrás el Senaculum y el lago Curcio, así como las *tabernae veteres,* pasaron por el templo de Vesta y la arboleda del mismo nombre y abandonaron la ciudad por la Puerta Capena, camino de la escuela de gladiadores. En aquella ocasión el tráfico de gente entrando y saliendo de la ciudad no era muy numeroso y no tardaron en recorrer las dos millas que la separaban de la ciudad. El recibimiento en la escuela fue notable. Hasta allí habían llegado las noticias de los triunfos del gladiador galo y todos los compañeros estaban deseosos de felicitarle, y también, aunque en menor medida, al gladiador nubio que había conseguido sobrevivir, lo que de por sí ya era toda una hazaña. Tibaste, el nuevo jefe de instructores, permitió que se interrumpiesen los entrenamientos de todos los gladiadores para que estos se acercasen a vitorear y aclamar a sus compañeros, sobre todo para que el Lanista también fuera felicitado por todos los gladiadores y Cayo Junio pudiese vanagloriarse de los triunfos de sus hombres, ya que lo que realmente hubiese deseado Tibaste es que hubiesen llegado a la escuela con el cuerpo sin vida del gladiador galo. Durante el tiempo que el Lanista y sus dos gladiadores habían permanecido fuera de la Escuela, el nuevo y provisional jefe de instructores y por lo tanto encargado del buen funcionamiento de esta, se cuidó muy mucho de realizar alguna acción que pudiese poner en peligro la paz y la tranquilidad que reinaba en ella. Se sabía vigilado por el jefe de los guardias armados que la custodiaban y estaba convencido que Cayo Junio le habría ido pidiendo informes de cómo se desarrollaban los acontecimientos en ella. Por lo tanto procuró no cometer excesos de ningún tipo ni extralimitarse en sus funciones. Pretendía que el Lanista terminase confiando en él y entonces, conseguido esto, ya se resarciría. Incluso durante ese tiempo dejó tranquila a la esclava germana, Anneliese. La joven era rebelde y no era cuestión que todos los días apareciese marcada con las señales que dejaban los golpes al no someterse a él con docilidad. «Ya llegaría su momento», pensaba Tibaste. De momento se conformaba con haberla apartado del gladiador galo.

El Lanista, Cayo Junio, se mostró gratamente sorprendido al comprobar que durante su ausencia todo había transcurrido con normalidad en la escuela. Los gladiadores parecían contentos y satisfechos y los informes que recibió del jefe de los guardias corroboraron esa primera impresión. Pensó que quizá se hubiese equivocado con Tibaste y que aquel incidente que hubo con su gladiador estrella, Nameyo, que estuvo a punto de costarle la vida, bien pudiera haber sido un mero accidente sin más. Quizá debería darle otra oportunidad para designarle definitivamente como jefe de instructores y encargado de la escuela cuando él se ausentase. Bueno, tendría tiempo de pensarlo y ver cómo se desarrollaban los acontecimientos. De momento, celebrarían la vuelta a la escuela y los triunfos obtenidos, que le habían proporcionado unos suculentos beneficios. Y como el Lanista era de la opinión que el dinero no había que dejarlo quieto, sino que había que invertirlo, ya estaba pensando en pasar por el mercado de esclavos para comprar unos cuantos.

Nameyo recibió las felicitaciones de todos los compañeros por los éxitos conseguidos y, una vez que estos volvieron a su entrenamiento diario, buscó con la mirada a Anneliese, pues le esclava germana debió de ser de los pocos, junto al instructor Tibaste, que no se acercó a felicitar al gladiador. No la veía por ningún sitio y, una vez que hubo dejado sus pertenencias en su celda, se fue a la enfermería donde imaginaba que podía estar la joven. No se equivocó y nada más entrar en la enfermería la vio vendando la muñeca de un gladiador. Anneliese, al sentir la presencia del galo, alzó los ojos y durante un instante, un breve instante, sus miradas se encontraron. La joven estaba realmente bella. Habían desaparecido los moratones y la inflamación que presentaba en el rostro la última vez que la había visto. Sin embargo sus ojos y su mirada estaban tristes; les faltaban el brillo y la alegría que siempre tenían. La joven desvió la mirada y siguió vendando la mano del gladiador. Nameyo se dirigió hacia ella.

—Anneliese, tenemos que hablar —le dijo una vez que hubo llegado a donde estaba la muchacha.

La joven, sin levantar la mirada de la mano que estaba vendando, le dijo:

—No tenemos nada de qué hablar. Es mejor que te vayas.

Nameyo esperó a que terminase de vendar la mano al gladiador y, una vez que el compañero se hubo marchado, sujetó por el brazo a la muchacha que se iba a alejar de dónde él estaba.

—No podemos seguir así. Me debes una explicación —le dijo Nameyo.

La muchacha se soltó del brazo que el joven le sujetaba.

—Es mejor que te vayas y no vuelvas a hablarme nunca. Hazte a la idea de que para ti he muerto —le dijo.

—Pero no has muerto. Sigues aquí y yo te sigo queriendo. ¿Es que tú ya no me quieres? —le preguntó—. Mírame a los ojos y dime que ya no me quieres.

La muchacha se volvió hacia él. De sus ojos, tristes y apagados, rebosaron un par de lágrimas que se deslizaron mejilla abajo.

—Ya no te quiero —y dándose media vuelta abandonó corriendo la enfermería. Nameyo fue a salir tras ella, pero el médico se interpuso en su camino.

—Galo, es mejor que la dejes en paz y te olvides de ella —le dijo.

—Necesito saber qué es lo que ha ocurrido. El porqué de ese cambio respecto a mí —le contestó Nameyo.

—Hazme caso. Por tu bien y el de ella, olvídala. Hazte a la idea de que está muerta.

Un esclavo entró en la enfermería y al ver al médico y a al gladiador se dirigió hacia ellos.

—Galo, Cayo Junio, pregunta por ti. Te espera en sus aposentos —le dijo a Nameyo y abandonó la enfermería. Nameyo se volvió. Iba a preguntarle al médico si él sabía algo de lo que había sucedido, pero el médico ya no estaba en la sala. También había desaparecido.

XXXIV

Constantinopla,
septiembre del año 48 a. C.

La princesa Arsinoe estaba adormilada sobre el lecho de su aposento. Aquella tarde de finales de septiembre estaba resultando muy calurosa y un ligero sopor se había adueñado de la mayor parte de los que habitaban en el palacio real, incluidos guardias, esclavos y funcionarios encargados del mantenimiento de él. No corría ni la más pequeña brisa y el calor resultaba sofocante. Arsinoe trataba de dormir, después de una abundante comida que le estaba resultando muy pesada y la hacía encontrarse incómoda. El silencio en el que se encontraba sumido el palacio, y parecía que toda la ciudad, terminaba por resultar pesado y agobiante. De pronto, algo ocurrió y el silencio se vio roto por carreras por los pasillos del palacio y voces y órdenes que alteraron la tranquilidad de la tarde. Un ir y venir de pasos marciales indicaban, claramente, que se estaba reforzando la guardia del palacio. Arsinoe se incorporó en el lecho y llamó a sus esclavos. Estos, con la sorpresa en el rostro, aparecieron inmediatamente ante su presencia.

—¿Qué es lo que ocurre? —les preguntó la princesa.

—No lo sabemos alteza. Se está reforzando la guardia en todo el palacio y se oyen voces de que vienen los romanos —dijo una de las esclavas.

—¿Los romanos? —preguntó incrédula la princesa.

—Eso he oído decir al jefe de los guardias que escoltan vuestros aposentos.

—Vete e infórmate bien. ¡Y localizad a Ganímedes! ¡Quiero verle en seguida!

La esclava se inclinó y, dándose media vuelta, abandonó rápidamente el aposento, mientras que las otras dos esclavas que habían acudido permanecían atentas a los deseos de la princesa. El tutor de la princesa no tardó en aparecer y detrás de él el médico Olimpo.

—¿Qué es lo que ocurre? ¿Por qué este alboroto? —les preguntó la princesa—. Dicen que vienen los romanos, ¿es verdad?

—Sí, alteza. Ha aparecido en el horizonte una pequeña flota de naves romanas que se dirigen hacia aquí —comentó Ganímedes. —Son muy pocas para que puedan suponer un peligro para nosotros. Parece más bien que se trata de unas cuantas naves que escoltan a otra más grande.

—¿Y de qué puede tratarse? —preguntó la princesa.

—Bien pudiera ser el general Pompeyo —aventuró Olimpo—. Se comenta que este, después de su derrota en Farsalia, fletó un barco para dirigirse a Mitilene...

—¿Mitilene? —preguntó la princesa— ¿Dónde queda eso?

Olimpo sonrió. Era evidente que la educación de la princesa dejaba bastante que desear.

—Mitilene es una ciudad griega situada en un promontorio de la isla de Lesbos, en el mar Egeo. Se comenta que allí se había refugiado Cornelia Metela, la mujer de Cneo Pompeyo con la familia de este cuando se inició la guerra civil. Pompeyo fletó una pequeña flota y con ella se hizo a la mar. Seguramente esa es la pequeña flota que se acerca a nuestras costas.

—¿Y qué intenciones traen? —preguntó, un tanto asustada, la princesa.

—Posiblemente vengan a pedir nuestra ayuda. El general Pompeyo no se da por vencido y querrá hombres para volver a enfrentarse a Julio César —comentó Ganímedes—.Ahora mismo vuestro hermano, el rey, está reunido con sus consejeros, supongo que deliberando qué hacer. Sería conveniente que vos estuvieseis presente. La decisión que tomen es de vital importancia para el reino... No debéis quedar al margen.

Arsinoe miró a Olimpo consultándole con la mirada qué hacer. El médico asintió con la cabeza mostrando su conformidad.

—Traedme mi vestido de gala y mis joyas. Acudiré a esa reunión —les dijo a sus esclavas que en un rincón de la estancia estaban esperando las órdenes de la princesa. Estás salieron presurosas a cumplir sus órdenes.

Ataviada con sus mejores galas, deslumbrando con su belleza, la princesa Arsinoe sin hacerse anunciar, penetró en la estancia donde se encontraban reunidos los tres consejeros de su hermano, que, en un rincón, se entretenía colocando y situando unos ejércitos de juguete que en un gran tablero había. Los tres hombres se vieron sorprendidos por la llegada de la princesa mientras que su hermano, sin prestar atención a su llegada, siguió entreteniéndose con los soldados de juguete.

—¡Alteza! —exclamaron al verla.

—Creo que tenemos visita y no se me ha informado de ello —exclamó la princesa con voz seria.

—Ahora estábamos hablando de ello para ver cuáles son las opciones que tenemos antes de hablar con vos. De cualquier manera, es vuestro hermano, el rey, el que ha de estar principalmente informado y tomar una decisión —contestó el general Aquilas.

La princesa pasó por alto la observación que había hecho el general. Efectivamente, su hermano era el rey, aunque no ejerciese como tal, y a ella no tenían obligación de notificarle las decisiones que tomase.

—¿Sabemos ya concretamente quiénes son y qué es lo que quieren? —preguntó la princesa.

—Sí, se trata del general Cneo Pompeyo. Ha enviado una pequeña barca con un mensajero solicitando permiso para entrar en el puerto y ser recibido —dijo el eunuco Potino.

—¿Y qué ha decidido mi hermano, el rey? —preguntó con sorna la princesa.

Los tres consejeros de su hermano tampoco se dieron por enterados de la ironía que destilaban las palabras de la princesa.

—De momento, le hemos aconsejado que no haga nada —dijo Teodoto—. Estamos valorando las opciones que tenemos.

—¿Y cuáles son esas? —preguntó la princesa.

—No sabemos con cuántas tropas cuenta el general Pompeyo para volver a hacer frente a Julio César —comentó el general Aquilas—. Nuestros informes nos decían que el general Pompeyo había sido derrotado totalmente y había perdido todas sus legiones. Pero esa pequeña flota que le acompaña parece indicar lo contrario. Tampoco sabemos cuántos soldados vienen en ella. No parece que puedan ser demasiados, pero quizá sí fuesen suficientes para hacerse ahora con el palacio real, teniendo en cuenta que nuestros ejércitos los tenemos destacados en las fronteras, principalmente en la frontera siria, donde vuestra hermana Cleopatra está intentando reclutar tropas contra vuestro hermano Ptolomeo.

Este, al oír su nombre, alzó la cabeza.

—Yo derrotaré a mi hermana Cleopatra si osa cruzar la frontera y enfrentarse a mis ejércitos —exclamó Ptolomeo que seguía colocando sus soldaditos en formación.

—Por otro lado tampoco sabemos qué es lo que quiere de nosotros el general Pompeyo —comentó el eunuco Potino.

—Pues creo que eso es fácil de adivinar —comentó la princesa Arsinoe—. Si le habíamos ofrecido nuestro apoyo en su guerra contra Julio César, vendrá a que cumplamos nuestro compromiso y le proporcionemos soldados para ello.

—La cuestión es ¿nos interesa seguir apoyando al general Cneo Pompeyo? —preguntó Teodoto—. Porque Pompeyo tiene toda la pinta de ser el caballo perdedor en esta carrera. Si le prestamos nuestro apoyo, nos granjearemos la enemistad de Julio César y, una vez que acabe con Pompeyo ¿no vendrá a hacernos pagar esa ayuda que le hemos proporcionado a su enemigo?

—¿Estáis sugiriendo que cambiemos de caballo en mitad de la carrera? —preguntó la princesa.

—¡Eso puede ser muy peligroso! —exclamó Potino—. Corremos el riesgo de granjearnos la enemistad del general que resulte victorioso.

—¿Y entonces qué es lo que sugerís que hagamos? —preguntó Arsinoe.

—Eso es lo que estábamos discutiendo cuando habéis llegado, princesa —contestó Teodoto—. Hemos de decidirnos por uno de ellos, pero a la vez, hacer algo que nos granjee su confianza completamente.

—Bien, cuando tengáis una decisión tomada, me la comunicáis —les dijo la princesa en un tono serio y tajante que no admitía oposición y, dando media vuelta, abandonó la sala volviendo a sus aposentos.

* * *

El general Cneo Pompeyo paseaba nervioso e impaciente por la cubierta del barco que le había llevado hasta Alejandría junto a toda su familia. No entendía a qué estaba esperando el rey Ptolomeo para autorizar que su barco y la escuadra de barcos que le acompañaban atracasen el puerto de la ciudad. «Es que acaso no pensaban cumplir su promesa de apoyo y colaboración que le habían hecho cuando había empezado la guerra contra Julio César», pensaba Pompeyo. «Desde luego, la dinastía de los Lágida no era de fiar. No lo había sido el padre del actual rey, conocido como Auletes, y no lo era su hijo. Claro, que era de esperar, puesto que Egipto había cambiado de rey, pero no de consejeros y los que acompañaban al actual rey, un niño de… ¿cuántos años tenía? ¿doce?, eran los mismos que habían dirigido el reino con su padre y era evidente que lo seguían haciendo con el hijo. Indudablemente, se habían equivocado y, seguramente, hubiera resultado mejor apoyar a la hija de Auletes, Cleopatra, cuando habían surgido las disensiones con su hermano Ptolomeo. Pero el inicio de la guerra civil había hecho que descuidasen Egipto y estas eran las consecuencias. No esperaría mucho más. Si no recibía la autorización para atracar en el puerto, entrarían a la fuerza y, si era preciso con los soldados que llevaba, aunque no eran muchos, podría tomar el palacio. Luego ya verían».

Hacía días que ni su familia ni la tripulación del barco se atrevían a acercarse al general, tal era el mal humor que tenía. Por eso, cuando notó la presencia del tribuno que mandaba su guardia, supuso que se trataba de algo importante.

—Señor, una barca pequeña ha salido del puerto y se dirige hacia aquí —le dijo el tribuno.

—¿Quién viene en ella? —preguntó el general.

—Tan solo los remeros que la impulsan y parece que un dignatario del reino.

—Bien, esperemos a ver qué noticias nos traen —contestó el general.

Una vez que la barca llegó hasta la embarcación del general tiraron por la borda una escalerilla y subió a bordo un funcionario egipcio que, después de los saludos de rigor y un montón de palabras ensalzando la figura del general, le informó que era el enviado del divino rey, Ptolomeo, para conducirle hasta la orilla donde le esperaba su majestad.

—¿En esa diminuta barca? —preguntó el general.

—Sí, en esta zona las aguas tienen poca profundidad y no admiten barcos de mayor calado. Una vez que el rey os reciba vuestra flota podrá virar y penetrar en el puerto por el lado correcto.

—Pero en esa barca no entra mi escolta —argumentó el general.

—No es necesaria, no la necesitáis. Aquí estáis protegido por el divino rey. La playa está sellada y no se permite la entrada a nadie. En ella os espera su majestad y junto a él estáis completamente seguro.

—Señor, no aceptéis —le dijo en un susurro el tribuno de su guardia—. Pudiera ser una trampa. Permitidme que vaya yo y negocie vuestra llegada.

—No podemos permanecer anclados indefinidamente. Hemos de aceptar sus condiciones. Tengo que ir. Ptolomeo juró ser nuestro aliado y no puedo dudar de su fidelidad.

El general con un gesto se despidió de su mujer, sus dos hijos y de su sobrina que habían acudido a ver qué acontecía. Descendió por la escalerilla de mano, que habían puesto desde la nave, y se acomodó en la diminuta embarcación junto al funcionario real que había subido a bordo. A una indicación de este, los remeros hicieron girar la barca y empezaron a remar.

* * *

Marco Cayo Junio se encaminaba deprisa hasta el edificio en el que Julio César había establecido su cuartel general en Farsalia. Había recibido la orden para se presentase ante el general cuanto antes y eso significaba en el acto. Al general no le gustaba que le hiciesen esperar. Suponía que Julio César tendría alguna nueva misión para él. De momento, y hasta ver qué decidía el general, su legión, la décimo tercera, permanecía en Farsalia, al igual que las legiones restantes que habían participado en la batalla. Corrían toda clase de rumores sobre lo que haría el general, pero, de momento, este permanecía inactivo allí con todas sus legiones. Los legionarios que guardaban la entrada le dejaron pasar y llegó hasta la amplia sala en la que se encontraba Julio César. Allí, en la puerta de ella, tuvo que esperar hasta que un legionario que había ido a indicar su presencia, regresó diciéndole que el general lo recibía ya. Este estaba sentado frente a una mesa con un montón de planos contestando a unos correos que, después de firmarlos y ponerles su sello, entregaba a un ayudante que a su lado estaba. Al ver entrar a Marco Cayo se levantó de la sella en la que estaba y salió a su encuentro con los brazos abiertos. Le dio un caluroso abrazo y le indicó unas sellas que un rincón había para que se sentase mientras despedía al ayudante que portaba los correos.

—¡Cuánto me alegro de verte!

Sí, se le veía contento al general. Y no era solo por la victoria conseguida. Por el campamento había corrido la noticia que Marco Bruto, el hijo de Servilia, la que había sido en su tiempo amante de Julio César y al que algunos mal intencionados y de lengua fácil, hacían como hijo del general, había escrito a este solicitando su perdón y el deseo de ponerse a sus órdenes. Bruto había tomado partido por Cneo Pompeyo y tras la derrota de este en Farsalia, consiguió salir ileso de ella y huir hacia Larisa, desde donde escribió a César solicitando su perdón, lo que había alegrado sobre manera al general romano que le pidió que acudiese junto a él para tenerlo a su lado. Desde luego no se podía dudar que Julio César sentía un gran afecto por Marco Bruto, lo que alimentaba las habladurías sobre su posible paternidad.

«Las ratas regresan al barco», pensó el tribuno Marco Cayo, repitiendo las palabras que le había dicho Marco Antonio cuando se enteró, pero se libró mucho de expresar ese pensamiento en alto.

—Supongo que estos días de asueto los habrás aprovechado para descansar —le dijo el general.

—Sí, señor, pero soy de los que la inactividad casi les cansa más. Prefiero estar haciendo algo —le contestó.

—¿Sí?... A mí me pasa lo mismo. Pero no te preocupes pues esa inactividad se ha acabado —le dijo—. Ya nos han llegado noticias de hacia dónde se dirige Cneo Pompeyo.

Marco Cayo permaneció en silencio. No era correcto preguntar hacia dónde se dirigía Pompeyo, pero las ganas de saberlo le corroían por dentro. Julio César echó agua en una copa y bebió un sorbo.

—No es que haya pedido mis modales o haya dejado de gustarme el vino. Como verás ahora bebo agua. Pero no es porque ya no me guste, sino porque los médicos me han aconsejado que modere su consumo. Por lo visto no me sienta bien y entonces he reducido su uso exclusivamente a las comidas. Por eso deberás perdonarme por no invitarte a una copa, pero he prohibido que haya vino dónde yo me encuentre. Malditos médicos, qué sabrán ellos de lo que me sienta bien o no. Lo cierto es que eso me hace más irascible y me pone de peor humor.

Dio otro sorbo a la copa de agua y la dejó en la mesa.

—Bueno, pero no te he mandado llamar para hablarte de mis cambios de carácter o de lo que me permiten o no los médicos. Nos han llegado noticias de que el general Cneo Pompeyo se dirige a Egipto, acompañado de una pequeña flota. Nada importante ni nada por lo que haya que preocuparse. Seguramente irá en busca de apoyos que le puedan proporcionar soldados. He decidido ir a Egipto con tan solo unos cuatro mil hombres, en señal de buena voluntad para ofrecerle el perdón a Pompeyo.

—¿Solo con cuatro mil hombres, señor? —preguntó el tribuno.

—Sí, no quiero que el rey egipcio, Ptolomeo, se sienta intimidado o considere que es una invasión de su territorio, sobre todo teniendo en cuenta la disputa que mantiene con su hermana Cleopatra. No voy a mantener una batalla. Voy a negociar y a ofrecerle el perdón a Pompeyo.

El tribuno Marco Cayo asintió con la cabeza.

—Entiendo, señor —dijo.

—El resto de las legiones permanecerán aquí a la espera de acontecimientos y ver que hacen Catón, Metelo Escipión y Labieno que, según nuestras noticias, se han refugiado en el norte de África. La legión Gémina, tu legión, permanecerá con el resto aquí acuartelada.

El general hizo una pausa sin dejar de observar al tribuno. Este permanecía impasible, serio y sin mover un solo músculo.

—Sin embargo, tú vendrás conmigo a Egipto.

Ahora sí, el rostro del tribuno denotó la sorpresa que esa noticia le había producido.

—Según nuestras noticias Pompeyo no viaja solo a Egipto. Le acompaña toda su familia... y entre ellos... su sobrina Pompeya. Supongo que querrás encontrarte con ella y me parece que te lo debo, después de haberte tenido todo este tiempo de un lado a otro, sin que tuvieses oportunidad de estar con ella.

El tribuno sonreía abiertamente y no podía ocultar la satisfacción que la noticia le producía. Si los dioses lo querían, y esta vez sí parece que lo querían, podría volver a ver a su querida Pompeya. Necesitaba verla, volver a bañarse en la hermosura de sus ojos, acariciar hasta embriagarse su hermoso cuerpo, sentirla otra vez suya... Sí, necesitaba volver a verla.

—Gracias, señor. Os estoy muy agradecido —se limitó a contestar luciendo la mejor de sus sonrisas—. ¿Cuándo partimos? —preguntó.

—Mañana, al amanecer. Estate listo en el puerto a bordo de mi nave.

—Allí estaré, señor —y poniéndose en pie saludó a su general y abandonó la sala.

«Claro que estaría. Ni todos los dioses del Olimpo podrían impedir que se embarcase en esa nave rumbo a su amada».

✴ ✴ ✴

La princesa Arsinoe estaba preparándose para abandonar el palacio. Aquella tarde Olimpo y ella habían decidido realizar una de aquellas excursiones por mar que tanto les gustaban a los dos. Pero era raro. Ya estaba preparada y el médico no había aparecido, lo que no dejaba de ser extraño pues siempre era de lo más puntual y tenía que esperar por ella. Esperaba que no le hubiese pasado nada. En aquel momento una esclava le anunció la llegada de Olimpo que venía un tanto sofocado y con cara de preocupación.

—Siento el retraso princesa —le dijo al llegar junto a ella.

—¿Te ha ocurrido algo? —le preguntó la princesa.

—A mí no, pero algo debe de haber ocurrido porque todavía se ha reforzado más la guardia. Hay soldados por todas partes y el capitán de vuestra guardia me ha informado que no podremos salir a navegar.

—¿Y eso por qué? —preguntó extrañada la princesa y visible-mente molesta— A mí nadie me ha informado de eso.

—Parece que se han suprimido todas las salidas y entradas de barcos en el puerto, incluido el puerto real, pero no sé más, prin-cesa. El capitán de la guardia no ha sabido o no ha querido darme más explicaciones.

En ese momento otra esclava anunció la llegada de Ganímedes, su hombre de confianza, que pedía ser recibido por la princesa.

—Ganímedes ¿qué está ocurriendo? —le preguntó la princesa en cuanto este entró en su aposento sin darle tiempo a saludar.

—Algo terrible…, terrible —repitió Ganímedes— y que nos puede acarrear graves consecuencias.

—¡Habla de una vez y no nos tengas con esta intriga! —exclamó la princesa casi en un grito.

XXXV

Cayo Junio, el Lanista, cabalgaba en un precioso caballo blanco, seguido de un carro que manejaba el instructor Tibaste, acompañado en el pescante por el gladiador Nameyo. Se dirigían al mercado de esclavos situado en un lateral del templo de Castor, junto a los restos de lo que había sido la basílica Sempronia, ahora totalmente derruida y cuyos escombros un buen número de esclavos se afanaban en quitar. El Lanista había decidido invertir una buena parte de las ganancias obtenidas con los triunfos de su gladiador estrella, Nameyo, en la obtención de nuevos esclavos para hacer de ellos nuevos gladiadores. Las últimas guerras habían proporcionado un buen número de esclavos, gente preparada para la lucha, de los que quizá pudiesen salir, después de una adecuada preparación, buenos gladiadores. El Lanista lamentaba no poder contar con Craxo, que siempre había demostrado tener buena vista e intuición con aquellos prisioneros que podían convertirse en buenos gladiadores. Pero Craxo había muerto y el nuevo jefe de instructores, Tibaste, no gozaba de su total confianza y tenía que demostrar su buen ojo para elegir los prisioneros adecuados. Por eso se había hecho acompañar también del gladiador galo. Toda su vida se había dedicado a luchar y seguro que sabría ver aquellos prisioneros que podían tener aptitudes para transformarse en gladiadores. Cuando se lo dijo al gladiador galo, este se había limitado a obedecer sin demostrar ningún entusiasmo por la confianza que había depositado en él. Se había limitado a acatar la orden del

Lanista, como había hecho siempre. El que no había puesto buena cara cuando se enteró que el gladiador galo les acompañaría fue el jefe de instructores, Tibaste. A su sonrisa de satisfacción cuando supo que acompañaría al Lanista a comprar nuevos esclavos, le sucedió un ceño fruncido y una mirada hostil cuando el Lanista le informó que el gladiador galo también iría.

Mientras que el Lanista cabalgó al lado del carro en el que iban el instructor y Nameyo, los tres hombres lo hicieron en silencio, tan solo roto por los gritos de Tibaste arreando a las mulas que tiraban del carro y el restallar del látigo cuando las azotaba para avivar la marcha. Pero, a medida que se acercaban a la Puerta Capena para penetrar en la ciudad, el tráfico de la calzada se hizo más intenso. Era mucha la gente que quería entrar en Roma y la entrada se relentizaba teniendo que marchar casi en fila. El Lanista colocó su caballo abriendo la marcha y fue el momento que aprovechó el nuevo jefe de instructores, Tibaste, para dirigirse al gladiador galo, aprovechando que el tumulto de voces era mayor y el Lanista no podría oír lo que le decía.

—Galo, en el mercado mantén la boca cerrada y limítate a confirmar los esclavos que yo elija. Tú no tenías que haber venido porque no pintas nada aquí —dijo el jefe de instructores en voz baja para evitar que el Lanista le oyese. Pero no había riesgo de que tal cosa ocurriese pues Cayo Junio iba más pendiente de controlar su caballo, que no estaba acostumbrado a cabalgar con tal gentío a su alrededor y corcoveaba y coceaba haciendo difícil controlarlo.

—Como sigas hablando, el que te va a pintar la cara soy yo, toda morada te la voy a dejar, al igual que se la dejaste tú a Anneliese. Quedas advertido. Y que los dioses te libren de volver a ponerle la mano encima porque, como vuelva a ver en su rostro un solo golpe o moratón, irás a acompañar a los dioses definitivamente en su morada.

Tibaste fue a contestar, pero observó como el gladiador galo cerraba el puño y se aprestaba para utilizarlo, por lo que prefirió no decir nada. Una vez que consiguieron traspasar la Puerta Capena, dejaron atrás el templo de Júpiter Stator, la arboleda de Vesta y el templo del mismo nombre y se dirigieron hacia un lateral del templo de Castor donde se encontraba el mercado de esclavos. Ya eran muchos los compradores que daban vueltas en él, observando los lotes de cautivos que aquella mañana se iban a poner a la venta. Cayo Junio, acompañado de Tibaste y de Nameyo, se incorporó al grupo de los posibles compradores que observaban la mercancía. En una tablilla iba apuntando los números que Tibaste le iba indicando, no sin antes pedir la opinión del gladiador galo, lo cual iba poniendo cada vez de peor humor al jefe de instructores que veía cómo el Lanista no apuntaba en su tablilla el número correspondiente si el gladiador galo no daba el visto bueno. Ya iban a finalizar de ver los lotes de esclavos sin haber apuntado más números cuando Nameyo se detuvo en el último grupo que había. El Lanista, al ver que el galo se paraba a observar, se acercó a él.

—¿Has visto algo que merezca la pena? —le preguntó.

—Sí —contestó Nameyo—. A ese jovencito le conozco. Es de una de las aldeas próximas a la que yo nací. Es muy joven, pero lo he visto pelear y prometía ser un buen guerrero. Es inteligente y muy rápido. Con un buen entrenamiento puede convertirse en un buen gladiador.

Tibaste también se había detenido a ver al prisionero del que hablaban el Lanista y el gladiador galo.

—¿Entonces te parece que lo apuntemos también? —preguntó Cayo Junio.

—Si fuese mi dinero yo lo invertiría sin dudarlo en ese joven —comentó Nameyo.

—Pero ¡qué dices! —exclamó Tibaste—. Pero si es un niño. Nadie daría ni un sestercio por él. En cuanto le den el primer mandoble con una espada saldrá corriendo llorando.

—Yo lo adquiriría sin dudarlo. Sería la mejor compra de toda la mañana —comentó Nameyo y, dándose media vuelta, siguió caminando. El Lanista, después de dudar unos momentos, apuntó el número del joven poniéndole una señal. Enseguida empezó la venta de los prisioneros y los compradores se aprestaban por conseguir aquellos cautivos que más les habían gustado. Cayo Junio ya había adquirido tres de los prisioneros que tenía apuntados cuando llegó el lote en el que se encontraba el joven galo que conocía Nameyo. Parecía que nadie entre los compradores tenía especial interés por ninguno de los prisioneros que había en ese lote, por lo que el preció fue bajando. Ya se disponían en dar por finalizada la venta cuando el Lanista alzó el brazo indicando que aceptaba el último precio marcado para el joven galo, ante la ira y la indignación de Tibaste, que ya daba por descontado que no adquirirían más prisioneros y veía como el Lanista hacia más caso a las opiniones del gladiador galo que a las suyas.

—Bueno, te he hecho caso y he adquirido al joven galo. Tú te vas a encargar de su instrucción cuando no tengas combates que realizar. Si al final no vale para gladiador, tú me reembolsarás lo que he pagado por él. Y dándose media vuelta encargó a Tibaste que se hiciese cargo de los nuevos esclavos. Tenía prisa por regresar a la escuela de gladiadores.

* * *

—¿Vas a decirnos qué ocurre o tengo que mandar a algún esclavo a que se informe? —preguntó la princesa Arsinoe, toda enfadada, a su tutor, Ganímedes. Este, todo sofocado y alterado, echó agua de una jarra que había en una mesita en una copa y le dio un buen sorbo.

—Lo siento, princesa, pero la sorpresa y el temor por lo ocurrido me habían agarrotado la garganta no pudiendo articular palabra…

—¡Vas a hablar de una vez o no! —gritó la princesa.

—¡El general Cneo Pompeyo ha muerto! ¡Ha sido asesinado! —exclamó Ganímedes. El estupor y la sorpresa se apoderaron de todos los que estaban en el aposento de la princesa. Esta y el médico Olimpo se miraron, no dando crédito a lo que sus oídos acababan de escuchar.

—¿Qué estás diciendo? —preguntó la princesa a su tutor—¿ Te has vuelto loco?

—Yo no, son los demás los que parecen haberse vuelto locos —exclamó Ganímedes.

—Pero ¿qué ha ocurrido? —preguntó la princesa—. Siéntate aquí —le dijo indicándole unos mullidos y amplios cojines que en el centro del aposento había—. Toma otra copa de agua, relájate y cuéntanos con detalle todo lo ocurrido.

El tutor de la princesa obedeció a esta, tomó otra copa de agua y, una vez sentado en los reconfortantes cojines, empezó a hablar ante la expectación de la princesa Arsinoe, del médico Olimpo y de las esclavas que permanecían en el aposento.

—Como sabéis el general Pompeyo llevaba varios días en su barco, anclado frente a la costa, esperando a que vuestro hermano le recibiese.

—Sí —asintió la princesa—. Prosigue.

—Esta mañana un bote pequeño se ha acercado hasta la nave del general romano para traerlo a la playa. Vuestro hermano por fin le iba a recibir. El general, completamente solo, sin escolta de ningún tipo, pues nadie más entraba en el bote, ha llegado a la playa, pero allí no estaba vuestro hermano, el rey Ptolomeo, sino el general Aquilas, conocido de Pompeyo puesto que había sido legionario. Este, acompañado de otros soldados, atacaron a traición al general romano asestándole un gran número de puñaladas, mientras que, desde el barco del general, su familia asistía impotente a la escena. Muerto el general, el propio general Aquilas, con su espada ensangrentada, cortó la cabeza del romano y el dedo en el que portaba el sello de este y abandonaron la playa camino de palacio, dejando allí el cuerpo sin vida de Pompeyo.

La princesa se cubrió la cara con las manos horrorizada de lo que se tutor le estaba relatando. Se había quedado sin palabras.

—¿Y el cuerpo del general? ¿Sigue en la playa? —preguntó Olimpo.

—No —respondió Ganímedes—. Cuando cayó la noche en la playa y los soldados egipcios se hubieron retirado, el fiel liberto del general, Filipo, y varios de sus hombres, desembarcaron en la playa y, sobre las maderas de una vieja barca desvencijada que allí había, incineraron el cuerpo de Pompeyo, recogiendo sus cenizas y regresando al barco donde estaban sus familiares que, sin duda, temerosos de que pudiesen ser atacados por los soldados del general Aquilas, levaron anclas y abandonaron el lugar.

—Pero ¿cómo han podido hacer una cosa así? —preguntó la princesa visiblemente indignada—. Mi hermano y sus consejeros han faltado a su palabra, la que le dieron al general Pompeyo prometiéndole su apoyo. Todo el honor de Egipto ha quedado mancillado. Nadie, ningún rey, ningún pueblo, volverá a confiar en nosotros y en nuestra palabra. ¿Cómo han podido hacer una cosa así?

—Sin duda para reconciliarse con el general Julio César —comentó Olimpo—. Deben de haber pensado que esa era la mejor manera de que el general romano no tomara represalias con todos aquellos que habían apoyado a Pompeyo.

* * *

La noticia de la muerte del general Pompeyo corrió de boca en boca y se extendió por todos los confines del mundo conocido, causando el mismo estupor y sorpresa que les había causado a la princesa Arsinoe y a su médico Olimpo. Sin embargo, la noticia no llegó a tiempo al general romano Julio César que se había embarcado, junto a unos cuatro mil legionarios, rumbo a Egipto con la intención de entrevistarse con Pompeyo. A pesar de su victoria en Farsalia y los intentos fallidos de conseguir la paz, Julio César seguía aspirando a conseguir evitar más derramamiento de sangre romana y confiaba que el sentido común y la sensatez no hubiesen abandonado completamente a su antiguo compañero y exyerno, pudiendo establecer con él una paz durarera en la República. Estaba dispuesto a olvidar sus diferencias y perdonarle completamente. A él y a todos los que le hubiesen apoyado, sin daban por finalizado aquel enfrentamiento absurdo. Como prueba de buena voluntad y para no levantar los recelos del rey egipcio, se había hecho acompañar tan solo por cuatro mil legionarios, eso sí, especialmente escogidos, entre los que se encontraban sus mejores hombres, en vez de dirigirse a Egipto con todas las legiones que había empleado en Farsalia. No quería que se contemplase su llegada como una invasión, sino más bien como una embajada de paz.

Pronto corrió la voz que una escuadra de barcos romanos se aproximaba a las costas egipcias dirigiéndose al puerto de Alejandría. El nerviosismo entre el rey Ptolomeo y sus consejeros fue patente, pues no sabían si esa escuadra pertenecía a los partidarios del difunto general Pompeyo que llegaban a vengar su muerte. Una vez que se pudieron asegurar que los barcos que se acercaban a Alejandría llevaban la insignea del general Julio César, respiraron tranquilos y satisfechos, disponiéndose a recibir al general romano con toda la pompa y el esplendor que se debía.

* * *

La noticia de la victoria de Julio César en Farsalia y la posterior muerte del general Cneo Pompeyo en Egipto también llegaron al palacio de Cesifonte, en Mesopotamia, donde el rey Orodes II, rodeado de toda su pompa y suntuosidad, en la sala de audiencias del palacio, una espléndida sala cubierta de columnas y tapices donde se representaban las gestas del Rey de Reyes, estaba recibiendo las peticiones y quejas de sus súbditos. Un emisario interrumpió la audiencia concedida a unos ricos mercaderes que pedían no se gravasen tan altas las mercancías que traían de oriente, lo que reducía considerablemente sus beneficios, principalmente los impuestos sobre la seda que, a través de las regiones de la Bactriana y de Sogdiana, con la importante ciudad de Samarcanda como eje principal, traían de la lejana China. Era un rico comercio que dejaba enormes beneficios a los que nadie estaba dispuesto a renunciar. De hecho, estaban convencidos que la expedición romana comandada por el general Licinio Craso había tenido como fin último, no tanto conquistar el imperio parto, sino controlar los caminos que llevaban a la ruta de la seda y hacerse con los grandes y suculentos beneficios que esta proporcionaba.

Orodes II despachó rápidamente a los comerciantes, prometiéndoles estudiar su caso, dándoles una respuesta en breve y mandó que buscasen a su hijo Pacoro y lo llevasen a su presencia. Como siempre, estaría divirtiéndose y bebiendo con los amigos de francachela en vez de estar aprendiendo los asuntos de gobierno. No debía de andar muy lejos pues su hijo no tardó en presentarse ante el Rey de Reyes.

—Padre, ¿me has mandado llamar? —dijo Pacoro al encontrarse frente a su padre.

—Te dije que me acompañases en las audiencias que tenía esta mañana —le reprochó Orodes II mientras hacía una seña a los miembros de la corte que le acompañaban para que se retirasen.

—Estaba... —dudó Pacoro— resolviendo otros asuntos.

—¿Cómo cuáles? —preguntó el rey— ¿Entretener a tus concubinas o beber con tus amigos, esos que te ríen las gracias y revolotean a tu alrededor para ver qué dádivas pueden obtener?

El príncipe fue a protestar, pero el rey con un gesto de la mano le mandó callar.

—Siéntate y escucha bien lo que voy a decirte.

Pacoro se acomodó en los cojines que había en un extremo de la sala mientras su padre abandonaba el trono en el que había permanecido hasta ese momento y también se acomodaba en los mullidos cojines junto a su hijo. Pacoro alzó la mano para llamar a una de las esclavas. Tenía sed y quería saborear una buena copa de vino, pero dejó la mano en suspenso en el aire. Su padre parecía enfadado y quizá pedir que le sirviesen vino no fuese la mejor de las ideas. Despacio bajó la mano y esperó a que su padre hablase.

—Ha llegado un correo y las noticias que ha traído no son precisamente las mejores que podría traer —dijo el rey. Pacoro permaneció en silencio. Desde luego cada vez que su padre lo mandaba llamar no era para darle buenas noticias. Estas, si las había, se las debía de guardar para él solo, porque nunca se las comunicaba y solo les daba las malas, pero no dijo nada y esperó a que su padre siguiese hablando.

—El correo dice que el general Cneo Pompeyo se dirigía a Egipto a pedir ayuda, después de haber sido derrotado en la batalla de Farsalia, de la que ya habíamos tenido noticias. En Alejandría, lejos de ser recibido por Ptolomeo, ha sido asesinado por sus consejeros apenas puso el pie en tierra.

Pacoro abrió tanto los ojos que parecía que estos iban a salirse de sus órbitas. No parecía creer lo que su padre le estaba diciendo.

—¿Asesinado? ¿Por los consejeros de Ptolomeo? —repitió el príncipe. —¡Y nosotros habíamos ofrecido nuestro apoyo al general Pompeyo!

—¡Efectivamente!

—¿Y qué va a pasar ahora? —preguntó Pacoro.

—Las noticias que nos llegan es que Julio César, con un pequeño contingente de tropas, va camino de Egipto. Pero eso a nosotros nos da igual. Egipto no es enemigo para el general romano vencedor de la Galia, el pueblo más guerrero y feroz de los conocidos. Lo que nos tiene que preocupar son las intenciones que el general romano tenga respecto a nosotros.

—No entiendo. ¿Qué quieres decir, padre? —preguntó Pacoro.

—Craso era amigo de Julio César... Bueno todo lo amigos que pueden ser dos generales romanos que aspiran al poder. Cuando supo de la muerte de Craso y de su hijo, que era el legado de una de sus legiones, a manos del general Surena, juró vengar esa muerte y recuperar las águilas romanas. Una vez que desaparezcan los grupos que hasta ahora apoyaban a Pompeyo, no se quedará de manos cruzadas y nosotros seremos su próximo objetivo.

Pacoro se retorcía las manos. Estaba nervioso y sudaba copiosamente. Las esclavas que intentaban dar aire con unos grandes abanico de plumas no conseguían realizar bien su labor por lo que el calor era intenso.

—Necesito una copa de vino. Tengo la boca seca —dijo el príncipe y después de ver cómo su padre asentía con la cabeza dando su consentimiento dio varias palmadas llamando a los esclavos. Estos acudieron presurosos portando unas jarras de vino y sirvieron unas copas a Pacoro y a su padre junto un puñado de dátiles que dejaron en unas bandejas. Una vez que se hubieron retirado el príncipe preguntó:

—¿Y qué vamos a hacer, padre? Dimos nuestro apoyo a Pompeyo y este ha resultado el perdedor. Ahora, aunque mostráramos nuestro apoyo a Julio César, este no lo aceptaría.

Pacoro dio un sorbo a su copa de vino y metió en la boca uno de los dátiles, relamiéndose los dedos. Estaban realmente exquisitos.

—La única solución es empezar a prepararnos para la guerra —prosiguió hablando—. Hasta que el general romano consiga aglutinar en torno a él a los partidarios de Pompeyo pasará un tiempo que nosotros podemos emplear para prepararnos para ese enfrentamiento.

Orodes II estaba realmente sorprendido. Por primera vez en mucho tiempo su hijo hablaba con sentido común. ¿Estaría empezando a tener sentido común? —se preguntó.

—Sí, eso que dices tiene mucho sentido y no está de más que empecemos a organizar los preparativos para cuando llegue la guerra. Pero Julio César no es Craso. Vencerle no va a resultar tan sencillo. Me he informado sobre él y todos le consideran una gran militar, quizá el mejor de nuestro tiempo. Algunos hablan de él como de un nuevo Alejandro, mucho más viejo y con menos cabello en su cabeza, pero no por eso menos amueblada.

—Y entonces...¿qué podemos hacer? —preguntó una vez más Pacoro.

—Tú lo has dicho... Prepararnos para la guerra. Pero... quizá haya otra manera de impedir que Julio César se vuelva hacia nosotros.

* * *

Cuando la flota de trirremes, que transportaba a los cuatro mil legionarios que acompañaban a Julio César, llegó al puerto de Alejandría, no encontraron ningún obstáculo ni impedimento para que la nave capitana atracase en el puerto, mientras que las demás permanecían ancladas frente a las costas de la capital egipcia. El rey Ptolomeo y sus consejeros habían preparado un gran recibimiento en el puerto real de Alejandría, donde habían indicado que atracase la nave que llevaba al general romano. Este, acompañado del tribuno Marco Cayo y de sus hombres de confianza, así como de los lictores encargados de su protección, descendió despacio por la rampa que habían colocado hasta su nave. Por más que miraba a todos los lados no veía ni rastro del general Pompeyo o de los hombres que le acompañaban. ¿Acaso no había llegado Pompeyo a Alejandría? ¿Eran erróneas las noticias que le hacían camino de la capital egipcia? ¿O acaso los egipcios habían preferido mantenerlo oculto hasta ver las intenciones que él albergaba? Sus intenciones no podían ser mejores. Estaba dispuesto a dar un abrazo a su exyerno y compañero de gobierno, olvidar sus diferencias y programar el futuro con la colaboración y ayuda de Pompeyo. No era rencoroso y los muertos que había habido por el enfrentamiento de los dos generales, bien muertos estaban y era mejor dejarlos descansar. Ese era el precio que a veces había que pagar. Todos estos pensamientos se agolpaban en la mente de Julio César mientras descendía por la rampa del barco que le había llevado hasta allí. Cuando terminó de descender, sus lictores le rodearon y tomaron posiciones a su alrededor mientras los consejeros del rey Ptolomeo se inclinaban ante él, en tanto que este, ataviado con todos los atributos de su poder, permanecía rígido, hierático, no en vano era un dios viviente.

—¡Salve, Julio César! El pueblo de Egipto te saluda y te da la bienvenida a Alejandría —exclamó.

—Salve, poderoso rey del Alto y Bajo Egipto —contestó el general romano.

—Permitidme que te presente a mis leales consejeros: el general Aquilas —este dio un paso adelante y se inclinó ante el general romano —; a Potino y a Teodoto —Los dos hombres hicieron otro tanto.

—Tenía entendido que el general Cneo Pompeyo había venido hasta aquí y, sin embargo, no lo veo por ningún lado, ni a ninguno de sus hombres —comentó Julio César.

—Permitidnos señor que os hagamos un regalo —dijo el general Aquilas y, volviéndose hacia sus hombres que estaban en un segundo plano, dio dos palmadas.

Varios soldados se acercaron transportando un cofre que depositaron a los pies del general romano, retirándose acto seguido y volviendo a su posición. Julio César, sorprendido y un tanto confuso pues aquel no era el procedimiento habitual, fue a inclinarse sobre el cofre para abrirlo cuando Marco Cayo y dos de sus legados se adelantaron a hacerlo.

—Nosotros lo haremos, señor —le dijo Marco Cayo que, desconfiado, miraba al rey egipcio, a sus consejeros y a los funcionarios y soldados que los acompañaban intentando adivinar en sus rostros sus intenciones. Uno de los legados, el que abrió el cofre, no pudo por menos que dar un paso atrás, sorprendido y asqueado. Julio César se inclino sobre el cofre y lo que vio le heló la sangre. Entre almohadones reposaba la cabeza de Cneo Pompeyo con los ojos abiertos y una expresión entre de estupor y terror en su rostro. Junto a la cabeza un dedo del general romano con el sello de este.

—¿Esto qué es? —preguntó indignado Julio César.

—Un regalo para vos —contestó el eunuco Potino—. Pensamos ahorraros el trabajo de tener que combatir contra él, poniendo en riesgo vuestra vida y la de vuestros hombres.

—Un soldado romano es feliz poniendo su vida en riesgo por la República. Pompeyo era mi contrincante, pero también mi compañero y amigo y, sobre todo, un gran militar. Ningún militar romano se merece esto.

Y arrodillándose se cubrió el rostro con sus manos. Varias lágrimas habían rebosado sus ojos y empezaban a deslizarse mejilla abajo. El rey egipcio, sus consejeros y los funcionarios que les acompañaban se miraban sorprendidos al ver la reacción del general romano, sin entender su postura y su comportamiento, mientras que los legados que acompañaban a Julio César y los lictores que formaban su escolta personal permanecían muy serios con los puños cerrados sobre las empuñaduras de sus gladios, esperando tan solo la orden de su general para decapitar allí mismo a aquellos asesinos y que sus cabezas acompañasen a la del general Cneo Pompeyo. Julio César se secó las lágrimas que se habían deslizado por su rostro y se incorporó.

—¿Dónde está el resto del cuerpo de Pompeyo? —preguntó a los egipcios.

—Sus hombres se hicieron cargo del cuerpo y allí mismo, en la playa, lo incineraron, llevándose luego las cenizas —contestó el general Aquilas.

—Llevad la cabeza del general y en el mismo sitio en el que incineraron su cuerpo, que incineren su cabeza y recoged las cenizas para llevárnoslas —les dijo a sus hombres.

—¿Qué vamos a hacer? —preguntó Marco Cayo mientras señalaba a los barcos que estaban anclados frente a la costa, junto al puerto.

—Que atraquen en el puerto y que los soldados se instalen en el palacio. Mis hombres necesitan descanso después de una larga travesía.

—Disponedlo todo para que se instalen cómodamente en palacio —le dijo al general Aquilas en lo que no era una petición sino una orden.

—Habíamos previsto una fiesta de bienvenida para vos esta misma noche —le dijo el eunuco Potino.

—Está bien. Mis hombres y yo acudiremos a ella una vez que nuestros soldados estén perfectamente instalados. Ahora acompañadme a palacio para ver cuáles van a ser mis aposentos mientras estemos aquí.

Y dándose media vuelta se dirigió hacia el palacio seguido de sus lictores y de algunos de sus legados, mientras los demás se encargaban de transmitir las órdenes al resto de las naves que estaban ancladas frente a la costa. El rey egipcio, Ptolomeo, que no había abierto la boca después del saludo al general romano, sus consejeros y los funcionarios que les acompañaban siguieron, casi corriendo, al general romano que, a grandes zancadas, se dirigía hacia el palacio.

XXXVI

Córdoba
Año 47 a. C.

El otoño transcurría con rapidez en la Hispania Ulterior y la campiña cordobesa se mostraba en todo su esplendor con sus rojos, ocres y marrones, que se iban alternando y cambiando a medida que los días se iban acortando y transcurriendo. Las temperaturas se iban suavizando después de un caluroso verano y las noches iban refrescando. Quineto Escápula agradecía esa bajada de temperaturas que hacía mucho más llevaderas las noches, sin el calor agobiante de las noches de verano, en las que era casi imposible conciliar el sueño. Las cosechas habían sido buenas y la paz reinaba en la provincia. Todo les sonreía y tan solo los ecos de la guerra lejana que mantenían los dos generales por hacerse con el control de la República producía una pequeña sombra en el plácido discurrir de los días en la provincia romana. Hasta el nuevo gobernador de la provincia, el conocido y odiado Quinto Cayo Longino, que tan faustos recuerdos había dejado en su etapa como recaudador, parecía haberse sumado a la paz y tranquilidad de la provincia, permaneciendo en su residencia y dejando tranquilos a los naturales de la provincia. La vida transcurría demasiado apacible y tranquila en aquella provincia lejana de la República, en unos tiempos en la que esta se encontraba excesivamente convulsa. Y Escápula que, cómodamente instalado en su confortable domus, descansaba de un día de trabajo, saboreando un buen vino, temía que aquella paz y apacibilidad fuese simplemente la tranquilidad que precede a la tormenta ¡Y no andaba descaminado!

En los días sucesivos empezaron a llegar noticias un tanto inquietantes. El general Cneo Pompeyo había sido asesinado en Egipto cuando había acudido a ese reino a solicitar el apoyo y la ayuda que le habían prometido. El general Julio César también se había dirigido a Egipto, no se sabía si ya conocedor de la muerte de su enemigo o iba a encontrarse con él. Los aliados de Pompeyo estaban en el norte de África dispuestos a seguir la lucha y los hijos de Pompeyo juraban vengar la muerte de su padre. Todos eran rumores, sombras lejanas que a duras penas conseguían ensombrecer la tranquilidad de la provincia romana en Hispania. Pero las sombras empezaron a extenderse y a hacerse más visibles comenzando a oscurecer la paz y la apacibilidad de la que disfrutaba la provincia. Comenzaron a llegar noticias que el nuevo gobernador de la provincia había comenzado a hacerse visible, a tomar posiciones y, después de asegurarse la obediencia y la fidelidad de las legiones allí instaladas, había comenzado a hacerse notar cometiendo toda clase de abusos contra los naturales, reiniciando también su programa de recaudación de impuestos de forma abusiva, tal y como había estado haciendo durante su mandato como recaudador, solo que ahora con mayor firmeza, si cabía, pues no tenía a nadie por encima de él al que tener que dar cuenta de sus actos. No en vano era el gobernador de la provincia, nombrado por Julio César con el consentimiento del Senado romano.

A Quineto Escápula le llegaron las primeras informaciones de los abusos cometidos por el nuevo gobernador y lo primero que hizo fue poner a buen recaudo, fuera de su villa, el precioso alazán negro. Fue como una revelación de los dioses pues, unos días más tarde y sin previo aviso, recibió la visita del gobernador, acompañando al nuevo recaudador de impuestos, bien protegidos por una formidable escolta que le acompañaba a todas partes. Q. Casio Longino presentó al nuevo recaudador que traía una lista enorme de las cantidades que tenía que recaudar, a todas luces totalmente abusivas y contra las que no cabía apelación posible, salvo pena de prisión. A Quineto Escápula, como al resto de los propietarios de las tierras vecinas, no le quedó más remedio que satisfacer las peticiones del recaudador. Ya se disponían a marcharse cuando el gobernador se volvió hacia el dueño de la villa.

—Ah, me olvidaba ya. Tienes en tu poder un alazán que es de mi propiedad y que quiero recuperar —le dijo el gobernador.

—No recuerdo que yo tenga nada de vuestra propiedad y ya me extrañaría mucho que me hubieses permitido tener algo vuestro si hasta os lleváis lo que es mío.

—No seas impertinente o acabarás en una mazmorra de la ciudad. La última vez que os visité me regalasteis un precioso alazán, que no tengo muy claro si me salvo la vida o fue la disculpa para acabar conmigo. Sea lo que fuese el regalo estaba hecho y quiero recuperarlo. Me he informado y sé que tenéis ese alazán, que es mío y por lo tanto quiero recuperarlo.

—Pues os habéis informado mal. Efectivamente el caballo regresó pero no hace mucho tiempo que se rompió una pata y hubo que sacrificarlo. Ya no lo tengo —contestó Escápula—. Podéis mirar las cuadras y veréis que lo que digo es cierto. Ya no tengo el alazán que os regalé.

—¿Y dónde están sus restos? —preguntó el gobernador— ¡Quiero verlos!

—Los incineramos. Hacía demasiado calor y no teníamos dónde enterrarlos. En esta villa los animales que mueren y no son sacrificados para su consumo siempre los incineramos.

—Pues me debes un caballo —exclamó el gobernador—. Y lo quiero con las mismas características que aquel.

—Lo siento señor. Pero yo solo os regalé aquel ejemplar. Hubieseis vuelto a recoger el regalo. Yo ya no os debo nada.

—Quineto Escápula, no tengo nada claro que no fueses tú el causante de aquel intento de asesinato que tuve. Ándate con mucho cuidado porque te estaré vigilando y caeré sobre ti en cualquier momento.

Y golpeando a su caballo salió al galope seguido de toda su escolta. Quineto Escápula se limpió el sudor que corría por su frente. Había sido un necio enfrentándose al gobernador. Ahora ya era un hombre marcado por este y caería sobre él en cualquier momento. Cualquier excusa sería válida o, simplemente, no necesitaría una excusa y lo haría sin más. No podían permitir que aquel tirano condicionase sus vidas que podían discurrir apacibles y tranquilas sin su presencia. Mandó a sus esclavos que le ensillasen un caballo y una vez que lo hubieron hecho salió al galope de su villa

* * *

La vida en la escuela de gladiadores transcurría con normalidad aparente. Sí, aparente, pues debajo de esa normalidad subyacía una tensión que en cualquier momento podía estallar. Tibaste, el nuevo jefe de instructores, no era hombre que se hiciese querer. Más bien todo lo contrario, y los gladiadores de la escuela, tanto los ya veteranos como los nuevos, iban alimentando una insatisfacción hacia él que, en cualquier momento y por la cosa más insignificante, podía estallar. Por otro lado, Tibaste era consciente de esa falta de aprecio hacía él de los gladiadores, lo que hacía que temiese una rebelión en cualquier momento a alguna de sus órdenes. Ya había uno de los luchadores, Nameyo, el gladiador galo, que no hacía el menor caso a las órdenes del jefe de instructores. Él iba por su cuenta, se entrenaba con quién quería y cuándo quería, aprovechándose que era la estrella de la escuela y el gladiador más famoso de la ciudad. El Lanista, Cayo Junio, solo estaba atento a cumplir sus deseos y no quería oír la más mínima queja sobre él, sobre todo si la queja venía de Tibaste, al que no tenía el más mínimo aprecio. Si lo mantenía como jefe de instructores era porque no tenía otro mejor ni más capacitado, pero no porque le gustase y eso lo notaban el resto de los gladiadores de la escuela. Nameyo, por su parte, había cogido bajo su tutela al joven galo que el Lanista, siguiendo su consejo, había adquirido la última vez que habían acudido al mercado de esclavos. El joven galo, que respondía al nombre de Lucio, era de una aldea vecina a la de Nameyo, y aunque el joven no recordaba a Nameyo, él sí, porque había acudido en varias ocasiones por las aldeas vecinas a las suyas en busca de guerreros. Le había visto luchar y se había percatado que tenía muy buenas maneras y condiciones para ser, transcurrido un tiempo, un gran guerrero. Pero entonces era muy joven, un niño, razón por la que no se lo habían llevado. El joven galo, después de todo, estaba satisfecho que el gladiador estrella de la escuela se hubiese fijado en él y lo hubiese cogido bajo su protección, siendo su maestro en la lucha, lo que suponía que estaba fuera del alcance de Tibaste y el jefe de instructores no tuviese ninguna autoridad sobre él.

Nameyo también estaba satisfecho, el joven galo aprendía pronto y presentaba grandes aptitudes. Si no se torcía sería un buen gladiador. Podía decirse que estaba contento. Pero no podía decir lo mismo de su relación personal con la esclava germana, Anneliese. Es más, la relación con ella había desaparecido por completo. La esclava le rehuía y no había manera de que pudiese hablar con ella ni tan solo un momento. Y no sería porque no lo hubiese intentado. Incluso se había hecho un corte, un pequeño corte en el brazo izquierdo para acudir a la enfermería. Pero no había servido de nada pues la esclava, en cuanto le vio entrar, desapareció del lugar y le tocó esperar a que el médico terminase de curar al gladiador con el que estaba para atenderle a él.

—¿Qué le ha pasado a Anneliese? —le había preguntado al médico mientras le curaba la pequeña cortadura— ¿Por qué no quiere verme ni hablar conmigo?

—Olvídate de ella, galo. Es mejor para los dos —le dijo el médico.

—¿Cómo que es mejor para los dos? —repitió Nameyo. Y ante el silencio del médico que parecía totalmente ensimismado en lo que estaba haciendo, Nameyo insistió.

—¿Cómo es eso de que es mejor para los dos? ¡Tú sabes algo!

—Olvídala, galo. Hazte a la idea de que no existe, de que ha muerto, porque de lo contrario... —y el médico se interrumpió.

—De lo contrario, ¿qué? —preguntó Nameyo— No me voy a marchar de aquí sin que me respondas a lo qué te he preguntado... Y eso que lo he pensado mejor. Sí, me iré de aquí en busca de Tibaste y le diré que lo sé todo, que tú me lo has contado. Veremos a ver qué pasa.

Y Nameyo se levantó de la camilla donde permanecía sentado. El médico le sujetó por el brazo.

—Tú no puedes hacer eso. Sería firmar mi sentencia de muerte.

—Entonces lo tienes muy fácil. Solo tienes que contarme qué sabes. Tibaste nunca se enterará de cómo lo he sabido y tú seguirás tranquilo con tu trabajo.

El médico dudó unos instantes. Estaba temeroso, sin saber qué hacer. Nameyo se soltó del brazo, que el médico le retenía, para marcharse.

—Tú lo has querido —le dijo y se encamino hacia la puerta.

—¡No! ¡Espera! —gritó el médico— ¿Tengo tu palabra de que nunca, pase lo que pase, dirás quién te lo contó?

—La tienes y yo soy hombre de palabra —contestó Nameyo.

El médico miró a su alrededor. En aquel momento no había nadie en la enfermería. Aun así, se encaminó hacia el final de la misma y se situó en un lugar apartado desde dónde podía observar si alguien entraba y sin embargo no podían verlo a él.

—Cuando Craxo murió y Tibaste se quedó como jefe de instructores fue en busca de Anneliese. Quería obligarla a que volviese con él a su celda. La muchacha se negó y Tibaste la golpeó brutalmente. Tuve que emplearme a fondo más tarde para paliar, en lo que pude, las señales que el muy animal le había dejado.

El médico hizo una pausa para beber un sorbo de agua. Tenía la boca seca, pastosa, seguramente agudizada por el miedo que estaba pasando a contar todo aquello al gladiador galo.

—Sigue, no te detengas —le dijo Nameyo que no quería perder detalle de lo que el médico le estaba diciendo.

—Sin embargo, a pesar de la brutal paliza que le proporcionó y que la tuvo varios días en el lecho sin poder moverse, Anneliese no cedió. No le proporcionó la satisfacción que Tibaste esperaba. El nuevo jefe de instructores solo tenía dos opciones: o la seguía golpeando, con lo que seguramente acabaría con su vida, cosa que sería muy difícil de explicar a la vuelta del Lanista, o la dejaba. Pero tampoco estaba dispuesto a que la joven se saliese con la suya, por lo que le juró que, si regresaba contigo y te decía lo ocurrido, no solo acabaría con su vida, sino también con la tuya. Si Anneliese hablaba no solo ella moriría sino que también tú eras hombre muerto.

Nameyo tenía apretados los puños, hasta el punto que sus dedos, que habían adquirido un color rojizo, parecía que iban a estallar. Sus ojos echaban chispas, estaban encendidos como carbones y su rostro estaba contraído en una extraña mueca, no se sabía muy bien de qué.

—Por tu bien y también por el suyo, Anneliese, a tu vuelta, te rechazó. Es joven, está enamorada de ti, pero no quiere verte muerto ni ella seguir el mismo camino. Por eso te ha rechazado y no quiere volver a hablar contigo. ¿Lo entiendes ahora?

Nameyo no dijo nada. Se limitó a asentir con la cabeza y abandonó la enfermería dejando en ella al médico con una expresión de miedo dibujada en su cara. El gladiador galo se dirigió hacia su celda. Tenía qué pensar cómo actuar. Estaba claro que iba a acabar con la vida del jefe de instructores, pero tenía que pensar cuándo y cómo hacerlo. En unos días abandonaría la Escuela para emprender una gira por las ciudades del sur de la península, ahora que el escenario de la guerra entre los dos generales se había alejado de esa zona. Se lo había comunicado el Lanista esa misma mañana y la idea de dejar sola a Anneliese en la escuela era lo que había motivado el que intentase desesperadamente averiguar qué es lo que había ocurrido durante su ausencia anterior. Pero ahora que conocía qué es lo que había ocurrido no podía ausentarse de allí dejando el campo libre para que Tibaste se aprovechase de la esclava germana. Tenía que hacer algo y tenía que hacerlo pronto.

* * *

Julio César paseaba inquieto, a grandes zancadas, por las estancias que se había hecho acondicionar en el palacio real de Alejandría. Estaba muy enfadado con el rey egipcio Ptolomeo, pero principalmente con sus consejeros, los verdaderos culpables de la muerte del general Pompeyo. Se habían comportado de forma muy ruin y traicionera con el general romano, representante de la República y tutor y garante del testamento del rey Ptolomeo XII, Auletes, por el que dejaba a sus dos hijos, Ptolomeo y Cleopatra, como reyes de Egipto, algo que no se estaba cumpliendo pues Ptolomeo XIII reinaba solo en Egipto, mientras que su hermana se había tenido que exiliar a Siria, donde trataba de formar un ejército para enfrentarse a su hermano y recuperar el trono. De buena gana mandaría prender y ejecutar al rey Ptolomeo y a sus tres consejeros, el general Aquilas, el eunuco Potino y el retórico Teodoto. Y de seguro que lo hubiese hecho si hubiese llegado a Alejandría con todas las legiones de las que disponía en aquellos momentos y había dejado en Farsalia. Pero con solo los cuatro mil soldados que se había llevado no podía emprender una guerra contra todo el ejército egipcio, uno de los más numerosos y mejor formados de la región. De todas formas ya pensaría qué hacer y cómo responder a la ofensa hecha a Roma al decapitar a uno de sus generales, por mucho que estuviesen enfrentados. De momento, se prepararía para asistir al banquete de bienvenida que el rey Ptolomeo y sus consejeros le habían preparado para aquella misma noche. Tiempo tendría para pensar qué hacer.

El palacio real de Alejandría era una inmensa mole de edificios, todos ellos construidos en mármol blanco, que ocupaban casi la cuarta parte de la ciudad. En uno de sus salones, el más grande y suntuoso, adornado con hermosos tapices traídos de oriente, en el que se representaban las heroicas batallas disputadas por los egipcios, con suaves sedas que cubrían los grandes vanos, y con paredes recubiertas de las más ricas maderas traídas de los sitios más lejanos, se iba a celebrar el fastuoso banquete. Todo era esplendor y suntuosidad para impresionar a los ilustres visitantes que acudían al reino a ofrecer sus ofrendas y pleitesía al faraón. Se habían colocado en él unas largas mesas en cuya cabecera se situaría el rey. A su izquierda se sentarían sus consejeros y los altos dignatarios y funcionarios del reino que habían acudido a palacio para la ocasión. A la derecha del rey Ptolomeo se sentaría la princesa Arsinoe y, al lado de esta, el general romano, invitado especial de aquel banquete. Julio César llegó al enorme salón acompañado de sus hombres de confianza y de los lictores de su escolta. Le dijeron que tendría que esperar en la entrada la llegada del rey Ptolomeo para entrar juntos en el amplio salón, mientras colocaban a sus hombres en los lugares que les correspondía. Sus acompañantes no se movieron del lugar con la mirada fija en su comandante en jefe. No estaban dispuestos a dejarlo solo. Con la mirada Julio César les indicó que accedieran dejándole con su escolta de lictores que le rodeaban.

Las trompas sonaron varias veces y apareció el rey Ptolomeo con todos los símbolos de su poder, del brazo de una hermosa joven, más alta que el rey, ataviada con un vestido de seda casi trasparente, muy ajustado al cuerpo que resaltaba su hermosa figura. Tras ellos los consejeros del rey, ataviados con sus mejores galas, caminaban ceremonialmente, con unas amplias sonrisas dibujadas en su rostros. Desde el momento que aparecieron Julio César no tuvo más ojos que para la hermosa joven que, del brazo del rey, caminaba muy erguida y seria.

—¿Quién es ella? —preguntó a uno de los consejeros del rey.

—Es la princesa Arsinoe, hermana pequeña del rey Ptolomeo —le contestó el enuco Potino—. Su belleza es conocida en todo el reino y, posiblemente, se desposará con su hermano Ptolomeo y reinará junto a él.

—¿No es Cleopatra la reina y actual esposa de Ptolomeo? —preguntó Julio César.

—Sí —contestó el consejero—. Pero Cleopatra está desterrada fuera de Egipto sin posibilidades de regresar. El rey necesita una esposa para reinar, tal y como manda el testamento de su padre.

Julio César fue a contestar, pero ya habían llegado al sitio que tenían reservado, donde les estaban esperando para entregarles una flor de loto y colocarles un collar de flores al cuello, mientras otros sirvientes portaban unas jofainas para que los invitados al banquete se lavasen las manos. Un buen número de sirvientes, portando unas bandejas con copas de oro ricamente labradas, ofrecieron vino a los invitados que, una vez que habían bebido, dejaban las copas en otras bandejas que otros sirvientes portaban y recibían unas servilletas para limpiarse. Terminado todo este ceremonial y a una señal del rey las trompas sonaron anunciando el comienzo del banquete. Una serie de músicos hicieron su aparición colocándose en un extremo del gran salón, comenzando a tocar sus instrumentos: arpas, laúdes, oboes y liras…, mientras unas jovencitas esbeltas y ágiles comenzaron a danzar al ritmo de la música. Los invitados, que hasta aquel momento habían permanecido de pie, una vez que el rey se hubo sentado, hicieron lo mismo. A una señal del maestro de ceremonias encargado de aquel fastuoso banquete, hileras de sirvientes portando grandes bandejas con los más exquisitos alimentos hicieron su aparición. Bueyes, cabritos, cabras o gacelas; gansos, patos, codornices y otras aves, así como una ingente cantidad de pescados sin colas ni aletas, que llevaban todo el día asándose a fuego lento, eran servidos a los comensales, acompañados de un variado surtido de verduras. Higos, uvas y dátiles completaban aquel heterogéneo grupo de alimentos, regados con exquisitos vinos servidos en magníficas copas de oro labrado con incrustaciones de piedras preciosas. Todo era lujo y fastuosidad, algo a lo que los Ptolomeos eran muy dados, así como a todos los placeres de la mesa, tanto de la comida como de la bebida. El padre del actual rey había sido el mejor ejemplo y sus hijos eran dignos sucesores.

Julio César apenas si probó bocado, extasiado como estaba con la hermosa princesa de ojos grandes y mirada y sonrisa seductoras que tenía a su izquierda. La joven no hablaba latín por lo que tuvieron que entenderse en griego, lengua que los dos dominaban perfectamente. El general romano no dejaba de admirar aquel hermoso cuerpo de formas voluptuosas que prometían pasión y fuego para el que pudiese tenerlo en sus brazos. Pero la princesa no parecía que estuviese muy interesada en los halagos y bellas frases que el general romano le dedicaba. Se limitaba a ser cortés y educada con el invitado de su hermano, el rey, pero sin el menor atisbo de interesarse por el general. Marco Cayo, sentado junto al resto de los oficiales romanos, veía, divertido, los intentos fallidos de su general por seducir a la princesa egipcia. «Por una vez el general encuentra una mujer que no cae rendida ante él, ante sus halagos y requiebros, como se comentaba en Roma y en toda la República», pensaba mientras apuraba su copa de vino, sin poder dejar de admirar la fabulosa copa de oro con incrustraciones de piedras preciosas. Con lo que valía una sola de aquellas copas se podía dar la paga a un buen número de legionarios. Pero el tribuno romano no era el único que se había dado cuenta de las intenciones del general romano. Un poco más alejado de ellos, entre los funcionarios egipcios invitados al banquete, estaba Olimpo, el médico de la princesa, que no quitaba la vista de la princesa y del general, contemplando, indignado, como el romano desplegaba todas sus artes en un intento baldío de seducir a la princesa. Olimpo se iba enfureciendo por momentos y, si no hubiese sido el principal invitado de aquel banquete y, sobre todo, si no hubiese tenido tras él el grupo de lictores que formaban su escolta y que no permitían que nadie se acercase al general sin el consentimiento de este, se habría acercado a propinarle un buen puñetazo y quitarle de su rostro aquella falsa sonrisa y aquella mirada de lujuria y deseo con la que miraba a la princesa. Afortunadamente veía como la princesa no prestaba la más mínima atención a las palabras del general romano y estaba más pendiente de su médico que de lo que le dijese el general.

Terminado el banquete, que desde luego había superado todas las expectativas creadas, como demostraban las caras de satisfacción del rey Ptolomeo y de sus consejeros, Julio César le pidió a la princesa Arsinoe que le acompañase a pasear y conocer los fabulosos jardines de palacio, donde las fuentes y esculturas se alternaban formando un conjunto de gran belleza. Pero la princesa declinó el ofrecimiento del general romano aludiendo que se encontraba muy cansada, trasladando la invitación a los consejeros de su hermano, el rey, que, muy gustosamente, le servirían de guía por los jardines. Y con una amable sonrisa de circunstancias hizo una inclinación de cabeza y se alejó camino de sus aposentos.

Julio César estaba furioso. Nunca en su vida una mujer le había despreciado de aquella manera, por muy hermosa y joven que fuese y aquella princesa era desde luego una cría. No sabía cuántos años podría tener, pero desde luego no eran muchos y, sin embargo, le había despreciado totalmente y, encima, tenía que aguantar las pesadas explicaciones de aquellos consejeros del rey. Afortunadamente se levantó un fuerte viento que hacía muy incómodo seguir el paseo, siendo la excusa perfecta para cancelarlo y retirarse a los aposentos que habían dispuesto para él.

XXXVII

Julio César seguía furioso. Paseaba de un extremo a otro del enorme aposento que había elegido cuartel general donde tener las reuniones con sus principales hombres que le habían acompañado en aquel desafortunado viaje. Sí, desafortunado, porque desde que habían desembarcado en aquella ciudad, capital del reino de Egipto, nada había acontecido como él deseaba. No había encontrado al general Pompeyo, aunque en realidad no era muy correcto decir eso, porque lo que se dice encontrar, sí que lo había encontrado, aunque un tanto disminuido, tan solo con su cabeza y un dedo en el que estaba el sello del general. Debía de haber matado con su propia espada, allí mismo, a los asesinos del general romano. Sin embargo no lo había hecho y se había dejado convencer para asistir al banquete de bienvenida que le habían organizado. Había conocido, quizá, a la mujer más bella del mundo, la princesa Arsinoe, con un hermoso y escultural cuerpo, que cualquier hombre desearía tener entre sus brazos y a la que había intentado seducir, fracasando estrepitosamente. En varias ocasiones había acudido a los aposentos de la princesa pidiendo ser recibido y, en todas ellas, se le había negado el acceso, arguyendo las más peregrinas disculpas. Desde la noche del banquete no había vuelto a ver a la princesa y tenía sus dudas de que pudiese verla, a no ser que sus hombres entrasen por la fuerza en los aposentos de Arsinoe provocando un verdadero conflicto. Había decidido dejar aquel odioso país y regresar a Roma donde todavía tenía una guerra que ganar, pues los seguidores de Pompeyo seguían vivos y, al parecer, activos. Sin embargo no podía hacerlo pues unos fuertes vientos, que habían comenzado la misma noche de su llegada, hacían imposible que los barcos se hiciesen a la mar. Y, por lo que decían los hombres entendidos en esas cuestiones, no era fácil que dejasen de soplar durante algún tiempo. Todo ello hacía que su humor fuese empeorando y se comportase como una fiera enjaulada.

—Señor —se atrevió a hablar tímidamente uno de sus legados—. A los legionarios les habíamos prometido pagarles lo que les adeudábamos.

—¿Y cómo lo vamos a hacer, legado? —preguntó iracundo Julio César, sin dejar de pasear a grandes zancadas por la estancia— ¿Acaso tenemos aquí dinero suficiente para abonarles lo que les habíamos prometido?

—No, señor… Nosotros no. Pero… los egipcios…

—¿Qué quieres decir, legado? ¡Habla claro! —exclamó el general romano.

—Ya visteis en el banquete de bienvenida el lujo y la riqueza de la que goza el rey Ptolomeo. Desde que empezó el enfrentamiento con el general Pompeyo los egipcios no han abonado las cantidades de dinero que deben de pagar a Roma regularmente, tal y como se acordó con el padre del actual rey. Era el precio por haberle devuelto el trono. Desde que comenzó el conflicto con Pompeyo Egipto no ha cumplido con sus obligaciones…

—¿Quieres decir que quizá ha llegado el momento de que empiecen a pagar aquello que deben? —preguntó el general. Y él mismo se dio la respuesta—. Sí, creo que tienes razón, legado. Ha llegado el momento de que empiecen a pagar lo que nos deben. Revisad las condiciones del tratado por el que ayudamos al rey Ptolomeo Auletes, el décimo segundo de su nombre, a recuperar su trono. Calculad las cantidades que nos adeudan y, en cuanto las tengáis, decidles a los consejeros del rey que quiero verlos. Legado, creo que me has alegrado el día.

* * *

Cleopatra, en el palacio que ocupaba en su exilio en Siria, junto a los pocos seguidores que le habían acompañado, paseaba enojada y, sobre todo, irritada. Desde que se había exiliado nada salía como ella quería. Primero, no había encontrado el apoyo que esperaba y ya tenía serias dudas de que pudiese formar un ejército lo suficientemente poderoso para enfrentarse a su hermano Ptolomeo y recuperar el trono que este le había arrebatado, aunque, a decir verdad, habían sido los consejeros de su padre los que en realidad le habían arrebatado ese trono. Y las últimas noticias que le habían llegado de su amada Alejandría no habían sido mucho mejores. Había puesto sus esperanzas en Cneo Pompeyo que, como custodio del testamento de su padre, debía velar por que este se cumpliese y, sin embargo, el general romano había muerto decapitado a manos de los consejeros de su hermano, que habían ofrecido su cabeza al general Julio César, el contrincante político de Pompeyo, con el que venía manteniendo una encarnizada guerra por el poder.

Tampoco entre sus partidarios y seguidores las cosas iban mejor. El médico personal, que la había acompañado cuando inició el viaje por Egipto, Olimpo, la había abandonado, regresando a Alejandría para ponerse al servicio de su hermana Arsinoe. Al parecer ambos mantenían una relación que iba más allá de la que debían tener médico y paciente. No le culpaba por ello. Su hermana era realmente hermosa y el médico griego debía de haber caído rendido ante los encantos de la princesa. Pero lo que la tenía intrigada era cómo había podido abandonar el palacio en el que se encontraban sin que su guardia se diese cuenta y, sobre todo, cómo había podido entrar en el palacio real de Alejandría. Por ello había encargado a sus hombres de confianza, si es que los tenía y podía confiar en ellos, que averiguasen cómo se las había ingeniado el médico griego para conseguirlo y quién le había ayudado, pues no había duda de que alguien lo había hecho.

Un esclavo entró en el aposento donde la princesa se encontraba soportando el inmenso calor de aquella tarde para indicarle que había llegado un correo de Alejandría. Cleopatra había organizado una red de correos con la capital egipcia que la tenían perfectamente informada de todo lo que ocurría en la capital y en el reino. Era menos costoso que formar un poderoso ejército y por lo menos mantener la red de correos podía permitírselo. Cleopatra hizo pasar al correo y, después de romper el lacre, lo leyó lentamente. Una sonrisa afloró a sus labios. Era una buena noticia, la primera en mucho tiempo. Despidió al correo y se acomodó entre unos cojines para volver a leerlo. Sus informadores le decían que en la capital egipcia habían empezado los disturbios contra los soldados del general romano. Al parecer, este estaba dispuesto a cobrar los tributos que, según él, Egipto le debía y había desplegado sus hombres por la ciudad y los territorios vecinos a ella. Más no podía hacer, pues el número de soldados que había llevado era muy escaso, por lo que le resultaba muy difícil hacer frente a los alborotadores. Cleopatra no pudo por menos de esbozar una sonrisa. Veía en esos disturbios la mano de los consejeros de su hermano que, una vez más, habían tomado una decisión equivocada. Julio César no se amilanaría por unos simples disturbios. Si era preciso llamaría en su ayuda a las legiones con las que contaba y contra la que nada podría hacer el pueblo egipcio. Eso, sin lugar a duda, favorecería sus intereses. En esas cavilaciones estaba cuando otro esclavo le anunció la llegada de otro correo.

«Vaya —pensó Cleopatra—. Días y semanas sin tener noticias del exterior y parece que hoy se acumulan todas». El correo también venía de Alejandría, pero en esta ocasión, era un correo del propio Julio César. Intrigada leyó el correo y, una vez más, una sonrisa iluminó su rostro. El general romano quería que acudiese al palacio real de la ciudad para mediar en el conflicto que existía entre su hermano y ella y encontrar una solución que satisficiese a ambas partes.

«Parece que la suerte empieza a cambiar y comienza a sonreírme» —pensó la joven—. «Si juego bien mis cartas puedo recuperar el trono». Pero en aquellos momentos lo que le parecía el inconveniente más importante era conseguir entrar en el palacio real de Alejandría. Este lo custodiaban los guardias reales fieles a su hermano Ptolomeo. Era de presumir que su hermano estuviese informado de la invitación que el general romano le había hecho de acudir al palacio y habría dado las órdenes oportunas para impedirlo. No la dejarían entrar de ninguna manera y tratarían por todos los medios de apresarla. Pero estaba claro que aquel día los dioses estaban dispuestos a favorecerla. Uno de sus hombres de confianza entró en la estancia en la que Cleopatra se encontraba.

—Majestad —para sus servidores seguía siendo la reina de Egipto—. Ya sabemos cómo consiguió el médico griego abandonar este palacio y entrar en el palacio real de Alejandría.

Cleopatra abrió los ojos sorprendida. Desde luego sus servidores eran eficientes.

—¿Y cómo lo hizo? —preguntó.

—Con la ayuda de un mercader sirio —contestó su servidor.

—Localizadlo y traedlo a mi presencia —ordenó la reina.

—Está en la entrada esperando a que dieseis la orden para traerlo a vuestra presencia.

* * *

La tarde también era calurosa en el palacio real de Alejandría. Julio César, tumbado en unos cojines, intentaba refrescarse con el aire que unos esclavos, portadores de unos grandes abanicos, movían. Pero no había manera, no corría ni una pizca de aire. «Bien podían llegar hasta la ciudad los fuertes vientos que hacían que su flota tuviese que permanecer amarrada en el puerto sin poder hacerse a la mar», pensaba el general que se entretenía contemplando el lento movimiento de los grandes abanicos. El tribuno Marco Cayo entró en la estancia y saludó al general.

—Bienvenido tribuno —dijo Julio César respondiendo al saludo de Marco Cayo—. Siéntate y acompáñame a tomar una copa de un buen vino que me han regalado.

El general dio dos palmadas y le dijo al esclavo que acudió a su llamada que les trajese una jarra de vino con varias copas.

—Ya sé que los médicos me han recomendado que no beba vino, no siendo que se repita el ataque que me dio en Hispania, pero yo no creo que tenga algo que ver. Siempre he bebido vino y nunca me había pasado eso. Y, sin embargo, desde entonces, me duele la cabeza con mucha frecuencia y no he tomado ninguna copa.

«Y os ha cambiado el carácter volviéndoos más irascible», pensó el tribuno, pero se cuidó muy mucho de decirlo.

—¿Quién os ha regalado este vino? —preguntó el tribuno después de observar la copa que el esclavo le había servido.

—Creo que ha sido Potino, uno de los consejeros del rey Ptolomeo —contestó el general.

—¿Y os fiáis de él después de ver lo que le pasó al general Pompeyo? —preguntó Marco Cayo.

Julio César que ya se disponía a llevarse la copa a los labios, se detuvo y observó el vino. Llamó al esclavo que les había servido e hizo que le preguntasen si alguien había probado ya ese vino. La respuesta fue negativa. Nadie hasta entonces lo había probado. Le dio su copa al esclavo y le mandó que bebiese de ella. El esclavo, al principio, receloso probó el vino y luego, ya más confiado, lo bebió deleitándose con él. El general le sirvió otra copa y le ordenó que la bebiese también. El esclavo, extrañado, hizo caso al general y bebió de un sorbo la copa, pero apenas había terminado de hacerlo cuando su rostro se contrajo, dejó caer la copa y se llevó las manos al vientre mientras que de su boca salía una extraña espuma roja. Retorciéndose de dolor cayó de rodillas y en pocos minutos expiró.

—¡Traición! —gritaron los legionarios que acompañaban al general. Este, con el rostro lívido arrojó lejos de él la jarra que contenía el vino.

—¡Detened al consejero Potino! —les gritó a sus acompañantes—. Quiero verlo ante mí cargado de cadenas. Y llevaos a este pobre hombre —dijo señalando el cuerpo del esclavo.

—Me habéis salvado la vida, tribuno. Cada día que pasa tengo que estaros más agradecido. Creo que vuestra presencia a mi lado cada día que pase me va a resultar más imprescindible. ¿Tenías alguna noticia o sospecha?

—No, señor. No había llegado hasta mí ninguna noticia que me hiciese sospechar que intentaran envenenaros. Pero si los consejeros de Ptolomeo asesinaron a Cneo Pompeyo, al que habían jurado fidelidad, y ahora son, posiblemente ellos, los que alientan los disturbios que se están produciendo contra nosotros, era de temer que intentasen algo contra vuestra persona.

Julio César movió la cabeza en sentido afirmativo corroborando las palabras del soldado.

—Sois inteligente, tribuno. Y decidme ¿me traéis alguna noticia interesante —le dijo el general después de haber ordenado que le trajesen otra jarra de vino y asegurarse que ya habían bebido de ella. El incidente ocurrido no le había quitado las ganas de una copa de vino —. *Ummm*, este vino es realmente bueno, o al menos eso me parece a mí. Claro que llevo tanto tiempo sin beber que cualquier cosa me parece buena

—Es realmente bueno —comentó el tribuno después de haberle dado un sorbo a su copa— ¿De dónde es? —preguntó.

—Pues no lo sé. Me lo trajo uno de mis legados diciendo que era muy bueno, pero hasta ahora no lo había probado. Tendré que informarme. Bueno... ¿me traes alguna noticia?

—Sí, señor... y me temo que no son muy buenas. —contestó el tribuno.

—Pues suéltalas. Las malas noticias, cuanto antes nos deshagamos de ellas, mejor.

—Los disturbios en la ciudad van en aumento y se están extendiendo al resto del país. Está confirmado, detrás de ellos están el general Aquilas y el eunuco Potino, siguiendo las órdenes del rey Ptolomeo.

—Más bien será, al contrario. Ese niñato de rey es incapaz de dar una sola orden que no le dicten sus consejeros, aunque me temo que el eunuco Potino no va a poder conspirar más contra nosotros.

Un soldado había llegado informando a Julio César que el consejero Potino ya había sido detenido y, cargado de cadenas, esperaba a que el general decidiese sobre su suerte.

—Se dice que el general Aquilas ha conseguido formar un ejército de veinte mil hombres, con los que está tomando posesiones y que cuenta con el beneplácito de la princesa Arsinoe —continuó hablando el tribuno Marco Cayo.

Julio César se levantó de los cojines en los que se encontraba y empezó a pasear por la estancia.

—Se nos están empezando a poner las cosas difíciles, tribuno. Con esta pelea no contaba yo —comentó el general—. Vamos a tener que pedir refuerzos a las legiones de Siria.

—Sí, general, pero es precisamente en esas fronteras donde el general Aquilas está concentrando a sus ejércitos. Van a tardar en poder auxiliarnos.

Julio César meneó la cabeza. Parecía que de nuevo tenía que resolver otro problema militar y este iba a ser nuevo para él pues nunca había guerreado en una ciudad.

—Bien, pues no perdamos tiempo. Manda aviso al gobernador de Siria que necesitamos el auxilio de sus legiones y que fortifiquen el palacio. Me temo que vamos a tener que resistir en él... ¡Ah! Desde este momento a la princesa Arsinoe le queda totalmente prohibido abandonar el palacio. No ha de hacerlo en ninguna circunstancia.

—Sí, señor, así se hará —contestó el tribuno. Ya iba a abandonar la estancia cuando el general le preguntó:

—¿Tenemos noticias de Cleopatra? ¿Ha contestado a mi petición de que vuelva a Egipto a reunirse conmigo?

—No, señor, pero difícilmente lo hará. Las tropas de su hermano Ptolomeo controlan todos los accesos a Egipto y no creo que le permitan hacerlo.

—¿Y su hermano ha contestado? —preguntó el general.

—No, señor, tampoco ha contestado.

* * *

Quineto Escápula y su amigo Aponio estaban sentados en el jardín de la domus de este último saboreando un buen mulsum y unos dátiles. Sin embargo no parecía que se encontrasen satisfechos. Sus rostros, serios y circunspecto, eran buen reflejo de la preocupación que les embargaba.

—¿Y qué vamos a hacer ahora? —preguntó Aponio— ¿Organizar un nuevo intento para acabar con la vida del gobernador? —Y él mismo se dio la respuesta— Sería inútil. Casio Longino ya estará sobre aviso después de la experiencia que tuvo en tu villa. Va a todos los sitios rodeado de una poderosa escolta que no lo deja solo ni un momento. No tendríamos ocasión ni tan siquiera de acercarnos a él.

—¡Pero algo tendremos que hacer! —exclamó Quineto Escápula— No podemos permitir que nos siga esquilmando de esta manera. Es él el que se lleva todos los beneficios que obtenemos de nuestro trabajo y, además, se ha convertido en un tirano caprichoso y sanguinario.

—¿Y qué podemos hacer? —se preguntó Aponio— ¿Rebelarnos? Ya lo hicimos en una ocasión, apoyando al general Cneo Pompeyo y Julio César nos pasó por encima sin apenas despeinarse. Afortunadamente César fue indulgente y nos perdonó la vida. Si volviésemos a rebelarnos ya no sería tan generoso y acabaría con todos nosotros.

—¿Qué ha ocurrido con los seguidores de Cneo Pompeyo? —preguntó Escápula.

—Las noticias son muy confusas y no sé hasta qué punto veraces y dignas de crédito. Dicen que Metelo Escipión y Catón se han dirigido al norte de África y están intentando reclutar un ejército capaz de hacer frente a Julio César. Algunos afirman que los hijos del general Pompeyo, Sixto Pompeyo y Cneo Pompeyo, el Joven, se han dirigido también al norte de África para unirse a las tropas que están intentando reclutar Escipión y Catón. Otros afirman que Tito Labieno también está con ellos. Pero ya te digo, todo son rumores y no hay nada que se pueda dar por cierto.

—¡Quizá nosotros también podríamos hacer lo mismo! —exclamó Escápula.

—¿Hacer lo mismo? ¿A qué te refieres? —preguntó Aponio.

—Quizá podríamos organizar un núcleo de resistencia aquí, en Córdoba, contra el gobernador de Julio César. ¡Espera, no digas nada, hasta que acabe! —exclamó Escápula que vio como su amigo iba a protestar— No soy ningún iluso ni ningún suicida. Soy plenamente consciente que no podemos enfrentarnos a las dos legiones que se encuentran a las órdenes del gobernador… Pero quizá sí podíamos crear un núcleo de resistencia que empiece a sabotear las acciones del recaudador de impuestos y del gobernador Casio Longino. En La Lusitania, no hace tantos años que su líder tuvo en jaque a las legiones romanas sin enfrentarse directamente a ellas, aprovechando el conocimiento del terreno que tenían y la sorpresa. También podríamos ponernos en contacto con Metelo Escipión y

Catón, para ofrecerles nuestro apoyo y, a la vez, solicitar el suyo. Que sepan que aquí cuentan con un grupo afín a su causa, que, llegado el momento, pueden contar con él.

—¡Me sorprendes amigo Escápula! Tú, que no quisiste enfrentarte a las legiones de Julio César cuando vino a Hispania, quieres ahora organizar una resistencia suicida contra su gobernador y contra el propio César.

—Entonces a mí me daba lo mismo quien gobernase en Hispania. Tanto me daba Pompeyo como César. Pero ahora es distinto. Me rebelo contra la tiranía de un gobernador que nos está esquilmando y terminará acabando con nuestras vidas. Me temo que de cualquier manera voy a morir, pero prefiero hacerlo con un gladio en la mano y defendiendo lo que es mío. ¿Qué me dices?

Aponio meneó la cabeza. Aquello le parecía un suicidio, pero... Quizá su amigo tuviese razón y era preferible morir luchando que de rodillas y agachando la cabeza, porque lo cierto es que el nuevo gobernador no se limitaría a apoderarse de todas sus posesiones, sino que también terminaría cobrándose sus vidas. Llamó a un esclavo para que les trajese otra jarra de vino. La que tenía ya la habían acabado y se temía que iban a necesitar más para darse valor y tomar una decisión.

—Déjame que lo piense —le dijo mientras se encargaba el mismo de llenar las copas una vez que el esclavo se hubo ido—. Voy a tantear qué es lo que piensan el resto de ciudadanos y en función de lo que me digan, te cuento.

—De acuerdo, pero ha de hacerse con la mayor discreción. Están en juego nuestras vidas —le dijo Escápula.

—Sí, no te preocupes. Nos ha tocado vivir en tiempos turbulentos en los que todos los días está en juego nuestras vidas y la discreción es la mejor fórmula para ganar en ese juego.

—Por eso, si nuestras vidas son una partida de dados, prefiero ser yo el que tire los dados.

XXXVIII

El gladiador Nameyo, junto a su compañero nubio, Kush, y el Lanista, Cayo Junio, regresaban de su gira por las regiones de Calabria y Campania. La gira había sido todo un éxito y los combates de Nameyo se contaban por victorias, victorias aplastantes y rotundas que hacían de él, sin el menor género de duda, el mejor gladiador de toda la península. Su fama corría de boca en boca, de ciudad en ciudad, de región en región, y ahora que la guerra se había trasladado lejos de la península, las ciudades se lo disputaban. Pero el Lanista tenía buen juicio, quería que su gladiador estrella durase y para ello debía de espaciar los combates y darle periodos de descanso. Así pues, había decidido dar por finalizada la gira y regresar a la Escuela de gladiadores. Por eso, y porque Nameyo había sido herido en una mano que le impedía manejar la espada. Había que esperar a que curase y para ello necesitaba su tiempo. Pero había también otro motivo por el que el Lanista quería regresar a la escuela y era el saber qué es lo que había ocurrido en ella con la desaparición de Tibaste, jefe de los instructores y encargado de la escuela en su ausencia. Había recibido un correo del jefe de la guardia, que custodiaba la escuela y a los gladiadores informándole que Tibaste había desaparecido. No sabía qué es lo que le podía haber ocurrido y, por lo tanto, era urgente regresar a la escuela y poner orden en ella.

Nameyo, por su parte, cabalgaba contento de regresar y de tener un periodo de descanso. Llevaba mucho tiempo peleando y cada vez tenía que hacer un esfuerzo mayor para finalizar con éxito los combates. Lo cierto es que llevaba guerreando desde que era un niño, sometido siempre a una gran tensión y eso el cuerpo lo terminaba notando. Todavía no había conseguido la *rudis* o espada de madera que simbolizaba su libertad y por la que venía luchando desde que había empezado a pelear como gladiador y temía que, como tardase mucho, no la conseguiría. Sin embargo, estaba contento. Volvería a ver a Anneliese, a estar con ella ahora que el instructor Tibaste había desaparecido. Al pensarlo y ver el rostro de preocupación del Lanista, Cayo Junio, que cabalgaba a su lado, no pudo por menos de esbozar una leve sonrisa que iluminó todo su rostro. Él sí sabía qué le había ocurrido a Tibaste. No podía permitir que con su marcha de la escuela para realizar la gira de combates, su amada Anneliese quedase a merced del jefe de instructores, para actuar con ella a su capricho y sin que nadie se lo impidiese. Eso había que evitarlo, costase lo que costase, y eso es lo que había hecho. En la escuela contaba con un gran aliado, el nuevo y joven gladiador galo, Lucio, que era su protegido y que estaba dispuesto a hacer lo que él le pidiese, incluso, si era preciso, a dar la vida por él. El día de la partida para la nueva gira, Nameyo se demoró todo lo que pudo, hasta el punto de desesperar al Lanista que quería haber salido mucho antes. Por el camino Nameyo se fue rezagando, con la disculpa de que su caballo tenía algún problema, por lo que fue retardando y retardando la marcha. Cuando el sol ya se comenzaba a poner tras el horizonte tiñendo de rojo el cielo, en aquellos atardeceres tan hermosos que había en el Lacio, el Lanista decidió detenerse en la primera posada que encontraron en la calzada. Apenas si habían avanzado unas cuantas millas y Cayo Junio no hacía más que rezongar, murmurando que, para lo que habían recorrido, bien podían haberse quedado en la escuela. Una vez que hubieron cenado y el Lanista y el gladiador Kush se retiraron a descansar, Nameyo cogió su caballo y, a todo galope, regresó a la escuela de gladiadores. Era evidente que su caballo no tenía ningún problema. Lo dejó atado en un árbol, con el hocico tapado para impedir que fuese a relinchar descubriendo su presencia y se acercó, con mucho sigilo, a un lugar del muro que protegía la escuela, fuera de la vista de los guardias que se encargaban de vigilarla. Estos, más pendientes de los de dentro que de que alguien de fuera quisiese entrar, estaban relajados y medio adormilados. Nameyo reprodujo el raro y peculiar canto de la perdiz nival, muy corriente en las zonas altas y montañosas de su tierra. Su canto fue respondido de la misma manera y una escala cayó de lo alto del muro. El gladiador galo, después de asegurarse que los guardias seguían en su sitio y no habían observado nada, subió por la escala y, una vez arriba del muro, la dejó caer al otro lado con cuidado. Su joven amigo, el gladiador Lucio, le esperaba. Nameyo le encargó que se quedase vigilando y, si veía algún peligro de que lo descubrieran, repitiese el canto de la perdiz nival. Entre las sombras que proporcionaban los edificios de la escuela, con cuidado de que no lo sorprendieran, se dirigió hacia donde el instructor Tibaste tenía su celda individual. Al acercarse a ella observó que había luz en su interior; el instructor debía de tener una luminaria encendida. Extremó las precauciones y, con gran sigilo, se acercó al cuarto que tenía la puerta entreabierta y, lo que vio al otro lado le hizo hervir la sangre de sus venas. Anneliese, con la túnica desgarrada, las manos y los pies atados al lecho permanecía boca abajo toda magullada y herida, semiinconsciente, mientras que el instructor la violaba. La vista se le nubló y penetró en la celda con tal violencia y rapidez que, cuando Tibaste se percató de su presencia, ya tenía la cabeza entre sus manos y la giraba con tanta fuerza que se oyó perfectamente un «crac». Acababa de romperle el cuello al instructor que se desplomó hacia atrás, muerto, con un extraño rictus en su rostro. Nameyo se acercó a Anneliese. La joven estaba toda golpeada y había perdido el conocimiento. Con una túnica cubrió su cuerpo, después de haberle cortado las ligaduras que la sujetaban al lecho con un pequeño cuchillo que siempre llevaba consigo y la llevó a su celda dejándola acostada en su lecho. Luego regresó a la habitación del instructor y cargó su cuerpo sobre sus hombros, lo que le supuso un esfuerzo pues Tibaste era un hombre fuerte que pesaba bastante y, ocultándose entre las sombras, regresó a dónde le estaba esperando el joven Lucio. Este había conseguido un saco en el que metieron el cuerpo atado con una cuerda. Lucio subió por la escala y, tirando de la cuerda del saco mientras Nameyo lo empujaba desde abajo, consiguieron subirlo hasta la parte superior del muro. Recogieron la escala y con cuidado de no producir ningún ruido innecesario dejaron caer la escala y fueron deslizando, poco a poco, el saco con el cuerpo del instructor. Una vez que este llegó a tierra permanecieron en silencio unos momentos escuchando y observando. Los guardias seguían en sus puestos, seguramente dormidos. Nameyo pidió al joven Lucio que fuese en busca del médico para que atendiese a Anneliese y, después de abrazar al joven, bajó por la escala. Una vez abajo y después de soltar la cuerda fue en busca de su caballo mientras que Lucio recogía la escala. Cargó el cuerpo del instructor en el animal y se alejó despacio, procurando no hacer ningún ruido que llamase la atención de los guardias de la escuela. Ya, alejados de ella, espoleó al caballo y lo lanzó al galope hacia la Puerta Esquilina, donde había uno de los *puticuli* o fosa común donde se depositaban los cuerpos de los más desfavorecidos. Una vez que se hubo deshecho del cuerpo de Tibaste, azuzando al caballo, sin darle respiro, se dirigió hacia la posada donde se encontraban alojados. Un resplandor hacia el este indicaba que un nuevo día estaba a punto de nacer cuando Nameyo llegó a la posada. Dejó el caballo en el establo, junto al del Lanista y el de su compañero Kush y se dirigió hacia el comedor de la hospedería. El posadero ya estaba allí preparando las cosas para el desayuno, el *ientáculum,* tortas planas y redondas hechas de *farro* con algo de sal, leche y fruta. Estaba a mitad de su desayuno cuando aparecieron el Lanista y su compañero.

—Mucho has madrugado, galo —le dijo Cayo Junio mientras se sentaba a su lado y hacia una seña al posadero para que le sirviese.

—Estaba preocupado por mi caballo y fui a ver cómo había pasado la noche. Está cubierto de sudor y arrojando espuma por la boca. Creo que está enfermo —contestó Nameyo.

—Entonces lo mejor es que lo dejemos aquí y consigamos otro caballo. No podemos irnos retrasando por su culpa. Tenemos un largo camino por delante —contestó el Lanista, dando la conversación por zanjada.

Nameyo, al recordar este episodio pasado, no pudo por menos de sonreír, ahora que ya tenían a la vista la Escuela de gladiadores. Lo cierto es que todo había salido cómo había deseado. Se había deshecho de Tibaste para siempre, había conseguido triunfar en todos los combates en los que había participado, y habían sido muchos, proporcionándole unos buenos beneficios al Lanista y ahora esperaba encontrar ya recuperada, tanto en cuerpo como en estado de ánimo, a su amada Anneliese. Los dioses habían sido benévolos y generosos con él, por lo que les debía de estar agradecido. Tan solo había una pequeña sombra, un pequeño contratiempo que apenas si empañaba la felicidad que sentía. Y era la herida de la mano, le dolía bastante y no presentaba buen aspecto. Se la habían lavado cuando se la produjo y le dijeron que no era nada, que se le curaría sin problemas, pero ya habían pasado varios días y la herida no mejoraba.

Habían llegado a la puerta de la escuela y las puertas de esta se abrieron de par en par para permitirles el paso. Cayo Junio se quedó observando la escuela en la que todo parecía discurrir con normalidad: los gladiadores ejercitando, y al verlos llegar detuvieron el entrenamiento para acercarse a felicitar a Nameyo y a Kush; los guardias en sus puestos y los esclavos realizando sus quehaceres cotidianos. Nada parecía indicar que la escuela hubiese detenido su funcionamiento cotidiano y el Lanista se preguntó si habría regresado Tibaste y esa era la razón de que todo discurriese con normalidad. Pero pronto sus dudas se despejaron. El jefe de los guardias se acercó a darles la bienvenida y decirle que se alegraba de que hubiesen regresado. No, Tibaste no había aparecido y nadie sabía nada de lo que le pudiese haber ocurrido, pues no se tenía ninguna noticia de él. Nadie lo había visto. Era como si la tierra se hubiese abierto y se lo hubiese tragado. Nameyo estaba pendiente, mientras recibía las felicitaciones de sus compañeros, de los esclavos que continuaban con sus ocupaciones. Entre ellos no vio a Anneliese y, en cuanto terminó de recibir las felicitaciones de los compañeros, se dirigió hacia la enfermería dónde imaginaba que se encontraría la muchacha, pidiéndole al joven Lucio, que como el resto de compañeros había acudido a felicitarle, que le acompañase.

—¿Alguna novedad? ¿Salió todo cómo habíamos planeado? —le dijo en voz baja mientras los dos gladiadores se dirigían hacia la enfermería.

—Ninguna. Todo salió como lo habías planificado. El médico atendió a Anneliese, que tenía una buena paliza encima, pero solo eran magulladuras. No tenía nada roto y con unos buenos cuidados no tardó en recuperarse. Ahora la verás, está espléndida y agradecida al saber que habías sido tú el que la había salvado del jefe de instructores. No ha dicho nada, pero creo que imagina lo ocurrido pues no ha preguntado qué ha pasado con Tibaste.

Nameyo no se equivocó. Allí, en la enfermería, atendiendo a un gladiador, se encontraba la esclava germana que, al percatarse de su presencia, esbozó una amplia sonrisa y se dirigió hacia él. Los dos jóvenes se fundieron en un ardoroso abrazo contemplados por el joven Lucio y el médico que se había acercado a ellos. Como le había dicho Lucio, Anneliese estaba espléndida. Nada denotaba la tremenda paliza que había recibido y sus ojos volvían a tener el brillo que siempre habían lucido y que había enamorado al gladiador galo.

—Todo volverá a ser como antes. Volveremos a estar juntos y nunca más nadie te pondrá la mano encima —le dijo Nameyo mientras acariciaba su sedosa cabellera rubia.

El médico, que se acercó a saludar y felicitar a Nameyo y a darle la bienvenida, se percató de la mano del gladiador.

—Déjame ver esa mano —le dijo.

Nameyo extendió la mano y el médico le quitó el burdo vendaje que la cubría. No dijo nada, pero por la expresión de su cara el gladiador supuso que algo no iba bien.

—Anneliese, prepara todo para curar esa mano. No tiene buen aspecto y parece que esa herida está infectada —dijo el médico— ¿No te la curaron cuando se produjo?

—Sí —contestó Nameyo—. Uno que decía que era médico me la estuvo lavando.

—¿Nada más? —preguntó el médico.

—No, que yo recuerde.

—Pues había que haberla desinfectado y limpiado regularmente.

Nameyo se quedó en la enfermería al cuidado de Anneliese y del médico, que le hizo un examen exhaustivo de la mano, hasta el punto que Nameyo ya iba a protestar para decirle que le dejase ya la mano tranquila, pero la severa mirada de Anneliese le disuadió de hacerlo. Lucio, el joven gladiador galo, después de haber dado un abrazo a Nameyo y reiterarle su alegría por el retorno de su amigo, regresó a los entrenamientos.

A última hora del día, cuando ya Nameyo y Anneliese iban a retirarse a la celda del gladiador, un esclavo informó a Nameyo que Cayo Junio, el Lanista, quería verle en sus aposentos.

—¿A estas horas? —preguntó el gladiador.

—Sí, me ha dicho que es importante y me ha pedido que te acompañe a ellos.

* * *

El sol ya se había puesto tras la línea del horizonte en la ciudad de Alejandría. Una amplia gama de tonalidades de colores cubría el cielo, haciendo que resultase imposible permanecer impasible ante tanta belleza. Pero Julio César no estaba para sutilezas de ese tipo y paseaba por los jardines del palacio, acompañado de su escolta de lictores y del tribuno Marco Cayo. Las cosas no estaban saliendo como él las había imaginado y permanecía retenido en aquella maldita ciudad sin tener noticias de qué estaba ocurriendo en la República. El faraón Ptolomeo había rechazado la proposición de acudir a su presencia para que César mediase en el conflicto que tenía con su hermana, y de esta no había tenido noticias. «¿Ni siquiera pensaba en responder a su proposición?», se preguntaba el general romano.

—Esto de permanecer aquí sin hacer nada me está consumiendo —le dijo al tribuno que paseaba junto a él —¿Cómo está la situación fuera de palacio? —preguntó.

—Me temo que nada bien —contestó Marco Cayo—. Los enfrentamientos de nuestros soldados con los rebeldes van en aumento y el numero de agitadores cada vez es más numeroso. Ya no hay ninguna duda que los promueven los consejeros de Ptolomeo y el general Aquilas se ha puesto a la cabeza del ejército egipcio, unos veinte mil soldados, haciendo caso omiso a vuestra orden de licenciar a los soldados.

Un soldado interrumpió la conversación del general con su tribuno.

—General, ha llegado al puerto real una pequeña embarcación. Se trata de un comerciante sirio que pide ser recibido por el general —dijo el legionario.

—No tengo tiempo para ver a comerciantes de ningún tipo —exclamó Julio César.

—Dice que trae noticias de la reina Cleopatra y unos presentes de esta para vos —replicó el soldado. Julio César dudó durante unos instantes.

—Bueno, veremos a ver qué noticias trae de la reina. Hacedle pasar.

El soldado no tardó en regresar acompañado de un hombre de mediana edad, más bien grueso, al que seguía una comitiva de sirvientes que portaban objetos. El comerciante sirio al llegar ante Julio César se inclinó en señal de respeto, saludando al general e hizo una señal a los sirvientes para que depositaran los objetos que llevaban delante del militar romano.

—Señor, la reina Cleopatra os pide que recibáis estos regalos, como muestra de gratitud y amistad.

Los esclavos fueron desenvolviendo los objetos, todos ellos de gran valor, dejando para el final uno alargado que habían transportado varios sirvientes. Con sumo cuidado lo fueron desenvolviendo, lo que tenía toda la pinta de ser una gran alfombra y, ante la sorpresa de todos los militares romanos y del propio Julio César, una joven de mediana estatura y esbelto cuerpo apareció del interior al desenrollar la alfombra.

—General, os presento a la reina Cleopatra —exclamó el mercader.

La noticia no tardó en extenderse no solo por el palacio real sino también por toda la ciudad: la reina Cleopatra había conseguido salvar el control de la guardia real de su hermano y entrar en el palacio. Había pasado toda la noche con Julio César seducido por los encantos de la reina. Ptolomeo, presionado por sus consejeros, decidió acudir al palacio, pero al ver juntos a su hermana y al general romano, comprendió que este ya había tomado una decisión a favor de su hermana y abandonó el palacio haciendo correr la voz de que había sido traicionado, en un intento de amotinar a todo el pueblo, ya de por sí muy soliviantado, y no solo a pequeños grupos como hasta aquel momento ocurría. La hoguera de la sublevación total estaba comenzando a extenderse, no solo por la capital sino por todo el reino. Julio César mandó detener al rey Ptolomeo y, en un intento de apaciguar los ánimos, leyó ante el pueblo el testamento de Ptolomeo XII, Auletes, presentándose como albacea de dicho testamento, haciendo promesas a unos y otros, sellando esas promesas con un banquete que dio en palacio, otorgando a Ptolomeo XIII la isla de Creta y a Arsinoe, junto a su hermano Ptolomeo XIV, la isla de Chipre, dejando a Cleopatra como soberana de todo Egipto.

Tan solo Cleopatra quedó satisfecha con ese reparto, mientras que Arsinoe y su hermano Ptolomeo estudiaban la manera de oponerse a los designios del general romano y echar por tierra su plan. Ninguno de los dos podía abandonar sus aposentos en un ala del palacio real, pero contaban con fieles aliados que les servían de mensajeros. Junto a sus consejeros, Ganímedes y Potino, llevaron a cabo una guerra de intrigas, encaminadas a provocar la animosidad de los alejandrinos y del resto de los egipcios hacia los dos amantes, Julio César y Cleopatra, que llevaban una vida tranquila y apacible disfrutando de todos los placeres. El pueblo ahora ya no veía a los romanos como los garantes del testamento de Ptolomeo XII, Auletes, sino como unos invasores, a los que se podía atacar aprovechando su aislamiento. Arsinoe mandó llamar al médico griego Olimpo. Muy lejos quedaban los días en los que los dos amantes disfrutaban de su amor navegando en la falúa real o en cualquier otra embarcación en las aguas que bañaban la capital. Al médico griego ya solo se le permitía la visita a la princesa cuando era llamado por esta, pues a ella no se le permitía abandonar los aposentos que le habían designado. Una vez que los guardias dejaron a Olimpo en los aposentos de la princesa y se hubieron retirado, ambos jóvenes se fundieron en un largo y ardoroso beso.

—No podemos seguir así. Tenemos que hacer algo —exclamó la princesa.

—Sí, estoy de acuerdo —contestó Olimpo—. Vengo de ver a vuestro hermano y de llevarle un mensaje del general Aquilas.

La princesa pareció sorprenderse.

—No sabía que estuvieses en contacto con el general Aquilas —comentó la princesa.

—Con el general, con Potino y con vuestro tutor Ganímedes. Mi condición de médico, tanto vuestro como de vuestros hermanos, me permite visitaros sin levantar sospechas. Hemos de dar gracias a los dioses que Cleopatra está tan ensimismada con su general romano que, de momento, no ha tomado represalias contra mí por haberla abandonado en su exilio de Siria. Pero no sé cuánto puede durar eso. El general Aquilas ha pedido autorización a vuestro hermano para venir contra la capital con veinte mil soldados y dos mil jinetes. Y yo ... he decidido unirme a ellos. Un abrumador silencio se hizo en el aposento de la princesa Arsinoe, roto tan solo por la brisa que soplaba levemente.

—¿Y yo... ¿qué pasa conmigo? —preguntó la princesa. Olimpo se acercó y cogiéndole las manos se arrodilló ante ella.

—Venid conmigo, princesa. Aquí no podéis hacer nada. Sois una prisionera en vuestro propio palacio, a la espera que vuestra hermana decida un día cortaros también a vos la cabeza. Fuera de aquí seréis aclamada como reina junto a vuestro hermano, es lo que os merecéis y podéis... debéis luchar por ello.

—¿De verdad crees que puedo proclamarme reina? —preguntó la princesa.

—Si conseguimos vencer a vuestra hermana y al general romano que la apoya, estoy seguro que sí. El pueblo os seguirá y aclamará como reina —contestó Olimpo—. Pero debéis de hacerlo pronto, ahora que el general romano está aislado en Alejandría sin posibilidad de recibir refuerzos.

—¡De acuerdo! —exclamó la princesa —¿Y cómo lo haremos?

—Dejadlo de mi mano. Ya tengo experiencia en ello —comentó Olimpo.

—¿Pero tú me acompañarás? —preguntó la princesa.

—Por supuesto que sí. No volveré a separarme de vos —atrayéndola, la besó, un largo y ardoroso beso que dejó a los dos jóvenes sin respiración.

XXXIX

El tribuno Marco Cayo Gayo lamentaba ser él quién tuviese que comunicar las malas noticias a su general y romper así la idílica travesía que, en la falúa real, los dos enamorados, Julio César y Cleopatra, realizaban en las tranquilas aguas del Nilo para que el general conociese Egipto y pudiese admirar las pirámides y la impresionante esfinge. Marco Cayo le había pedido al general quedarse en Alejandría y estar al tanto de cómo se iban desarrollando los acontecimientos, manteniéndole así informado de cualquier novedad. Aunque en realidad, la novedad que más ansiaba recibir era la noticia de dónde se encontraba su amada Pompeya. Desde que el barco, en el que iban la mujer y la familia de Cneo Pompeyo, abandonó Alejandría con las cenizas del general, no habían vuelto a tener ninguna noticia y el tribuno se desesperaba al no saber nada de su amada. «¿Seguiría queriéndole?», se preguntaba Marco Cayo. Era mucho el tiempo que llevaban separados y ya se sabía que la llama del amor que no se alimentaba con el contacto terminaba extinguiéndose. Pero por nada del mundo pensaba que eso podría ocurrir, al menos por su parte. Sin embargo, no tenía forma de comunicarse con ella, decirle que la seguía amando y deseándola, aunque estuviesen tan alejados uno del otro. No obstante, las noticias que llegaban y que tenía que transmitir a su general eran muy distintas y, a buen seguro, le irritarían pues, últimamente, Julio César se había vuelto muy irascible y se crispaba con mucha facilidad. La princesa Arsinoe había conseguido huir del palacio y unirse a los rebeldes que, rápidamente, la habían nombrado reina. Ahora el pueblo ya tenía un miembro de la familia real a quién seguir, aumentando el número de rebeldes y empezando la guerra ya de forma directa contra los invasores romanos. El general Aquilas había puesto su ejército a disposición de la princesa y, junto al consejero de esta, Ganímedes, había ido derrotando a las fuerzas romanas, hasta el punto de que las habían acorralado en la capital.

Julio César, tras recibir los informes, había suspendido su viaje de placer y regresó precipitadamente a Alejandría. No podía permitir que una mocosa, que seguramente no habría cumplido ni los veinte años, hubiese ido derrotando a sus soldados, si bien era cierto que debían de ser su tutor Ganímedes y el general Aquilas los que la aconsejaban militarmente. Las tropas egipcias, mandadas por la princesa Arsinoe y dirigidas por el general Aquilas, habían puesto cerco a las tropas romanas que se habían atrincherado en el palacio real de Alejandría. En el puerto de esta ciudad había atracados setenta y dos navíos egipcios y cincuenta trirremes romanos. Los soldados egipcios intentaron hacerse con el puerto y el general romano, temeroso que las fuerzas egipcias pudiesen hacerse con tan importante flota de barcos, mandó incendiarlos. Pero el fuerte viento descontroló el fuego y se extendió hasta la ciudad, quemando algunos edificios, entre ellos unos almacenes próximos al puerto, dónde se guardaban miles y miles de papiros que estaban esperando el momento de ser clasificados y destinados al Museum y a la Biblioteca. El pánico cundió en el palacio y en toda la ciudad cuando corrió el rumor que la famosa Biblioteca era pasto de las llamas, pero afortunadamente fue un falso rumor pues el Museum y su Biblioteca quedaron al margen del fuego. Las pequeñas victorias que las tropas egipcias iban obteniendo sobre las fuerzas romanas hicieron que aquellos pidieran la libertad de Ptolomeo XIII, que permanecía retenido en el palacio real.

—Estos egipcios están locos si piensan que por unas pequeñas victorias sin importancia vamos a liberar a su rey —comentó uno de los legados de Julio César que, junto a su estado mayor, examinaban cuál era la situación, no muy buena, y cuáles las opciones que tenían. La mayor parte de los oficiales estaban de acuerdo con el legado que había hablado. Todos los que manifestaban su opinión se negaban a dejar en libertad a Ptolomeo. Julio César guardaba silencio, limitándose a escuchar la opinión de sus legados. El tribuno Marco Cayo, unos pasos por detrás del grupo de legados, que examinaban en un plano del palacio real cómo estaba la situación, también permanecía en silencio. En las reuniones del estado mayor del general con sus legados, él nunca opinaba sino era requerida su opinión. Asistía a esas reuniones porque Julio César así lo quería, pero nunca opinaba si no era preguntado. En esta ocasión el general se volvió hacia él y le requirió para que expresase su opinión.

—¿Tú qué harías, tribuno? ¿Pondrías en libertad a Ptolomeo? —le preguntó. Marco Cayo demoró unos instantes su respuesta.

—Sí —respondió de forma lacónica. Todos se volvieron hacia él, sorprendidos por la respuesta y esperando una aclaración a su contestación tan tajante.

—¿Nos vas a explicar por qué? —preguntó el general.

—Es muy sencillo, señor. Ahora mismo los egipcios tienen una reina a la que siguen ciegamente, todos detrás de ella. Si ponemos en libertad a Ptolomeo, tendrán un rey y una reina, que no tardarán en tener sus diferencias pues los dos querrán mandar y sus fuerzas se dividirán y por lo tanto se debilitarán. Ptolomeo es joven e inexperto, pero querrá asumir el mando, lo que llevará a enfrentamientos con su hermana. ¡Démosle a su rey y esperemos acontecimientos! Mientras tanto ganaremos tiempo a la espera que la ayuda que hemos pedido a Domicio Calvino y a su legión XXXVII en Asia Menor pueda llegar.

Todos guardaron silencio. El razonamiento del tribuno les había convencido y algunos, que a veces habían puesto en duda la capacidad del tribuno y los méritos de este para asistir a las reuniones del general con su estado mayor, reconocieron lo acertado de la opinión de Marco Cayo.

—Eso haremos, pero lo iremos dilatando, pidiéndoles unas negociaciones para liberar a Ptolomeo que procuraremos ir demorando y ganando tiempo —explicó el general.

Las negociaciones se demoraron, no tanto cómo habrían querido los romanos, pero sí más que lo que habrían deseado los egipcios, que vieron, al fin, cómo su soberano era puesto en libertad. No se equivocó el tribuno Marco Cayo. Pronto empezaron las desavenencias entre Arsinoe, ya proclamada reina por una buena parte del pueblo egipcio, y su hermano Ptolomeo, divergencias que llevaron a que Arsinoe diera un golpe de estado, destituyendo al general Aquilas como jefe de las fuerzas egipcias, poniendo en su lugar a su hombre de confianza, Ganímedes. Olimpo, como era de prever, se puso de lado de su amada Arsinoe. Las diferencias entre Arsinoe y su hermano Ptolomeo provocaron la confusión y el desconcierto entre los seguidores de uno y otro y del pueblo en general, agudizada mucho más cuando Arsinoe destituyó a Ganímedes, al ser acusado de conspirar contra su reina. Este estado de confusión general fue aprovechado por los romanos para afianzar su situación a la espera de la llegada de la XXXVII legión, que procedente de Asia Menor, Domicio Calvino había enviado. La llegada de esta legión, que en el pasado había servido a Cneo Pompeyo y ahora había puesto toda su experiencia a las órdenes de Julio César, propició que este decidiese hacer frente al ejército egipcio. La experiencia y combatividad de esta legión fueron más que suficiente para derrotar a los egipcios. Arsinoe fue hecha prisionera, Ganímedes huyó y Ptolomeo que trató de huir en la falúa real, río arriba, murió ahogado al hundirse la barcaza real por exceso de peso. Fue encontrado su cadáver en el lecho del río y reconocido por la armadura de oro que portaba. Olimpo, que no había participado en los combates, puesto que no era soldado y su fuerte no eran las armas, consiguió ponerse a salvo fuera del alcance de los legionarios romanos. De esta manera se puso fin a lo que sería conocido como Guerras Alejandrinas y que culminó con Julio César entronizando en Egipto a Cleopatra, junto a su hermano Ptolomeo XIV, un niño de doce años, que también jugaba con sus soldaditos de madera. Una vez acabado el conflicto, Marco Cayo pidió permiso a Julio César para regresar a Roma. Había llegado un correo de Cornelia, hija de Metelo Escipión y quinta y última esposa de Cneo Pompeyo, pidiendo permiso a Julio César para regresar a Roma, ella, su hija y su familia más allegada, excepto sus hijos que seguían combatiendo al general. Julio César no tuvo ningún reparo en conceder ese permiso, a pesar de la opinión en contra de alguno de sus legados que no eran partidarios de ello, al seguir en armas contra el general los hijos de Pompeyo.

—¿Tú qué opinas, tribuno? —le preguntó el general a Marco Cayo, con una pícara sonrisa dibujada en su rostro.

—Señor, en esta ocasión yo no puedo aconsejaros. No sería objetivo puesto que soy parte interesada —contestó el tribuno.

—Efectivamente, tribuno, eres parte interesada puesto que, entre los familiares para los que Cornelia solicita permiso para regresar a Roma, está la sobrina de su difunto marido, Pompeya.

El general hizo una pausa y volviéndose a su ayudante que tomaba nota le dijo:

—Contesta a la honorable Cornelia que tiene mi autorización para regresar a Roma con su familia, especialmente con su sobrina Pompeya.

Y volviéndose hacia el tribuno continuó hablando.

—¿Supongo que tú también querrás pedirme algo? —le preguntó—. No me lo digas. Deja que ponga en práctica mis dotes de augur. ¿Seguro que tú también quieres mi permiso para regresar a Roma?

—Efectivamente, estais en lo cierto, señor.

—Bien, hoy me siento generoso. Permiso concedido. Me has prestado grandes servicios y creo que te lo tienes merecido. Pero el permiso no es indefinido. Quiero que, una vez hayas visitado Roma, acudas a dónde yo esté y me informes de cómo está la situación en la ciudad. Me han llegado noticias que no me tienen muy contento. Pero no hay prisa, tómate tu tiempo.

—Gracias señor. Así lo haré.

Efectivamente, después de haber estado aislado del mundo durante mucho tiempo, las noticias se sucedían con gran rapidez casi sin tiempo para asimilarlas. Marco Cayo no se entretuvo y partió rápidamente hacia Roma, por lo que no pudo enterarse de la noticia que se extendió rápidamente por Alejandría, con la misma rapidez que se había extendido el incendio que acabó con la flota de barcos atracados en el puerto y los almacenes que guardaban valiosos documentos. La reina Cleopatra estaba embarazada y el padre de la futura criatura no podía ser otro que Julio César, pero este no esperó a ver el resultado del embarazo de la reina. Cuando la criatura que llevaba en su vientre vio la luz, Julio César, su padre, al decir de todos, estaba muy lejos de allí, concretamente en Asia Menor, donde Farnaces II, rey del Ponto, había roto su tratado de paz con Roma, firmado después de la derrota de su padre, Mitrídates VI, a manos de Cneo Pompeyo. Farnaces, que en aquel momento regentaba un reino cerca del Bósforo, obligó a su padre a suicidarse, mientras que él firmaba un tratado de paz con Roma, haciendo tiempo para reorganizar su ejército y adiestrarlo. Una vez conseguido esto, no tuvo ningún reparo en romper el tratado de paz que había firmado. Julio César reunió sus tropas de las guarniciones que Roma poseía en las provincias asiáticas y no tuvo ninguna dificultad en vencer a Farnaces en la batalla de Zela. *Veni,vidi, vinci*, dicen que exclamó el general aludiendo a la rapidez con la que había derrotado al rey del Ponto.

* * *

El tribuno Marco Cayo había conseguido llegar a Roma y, ante su sorpresa, el caos y el desorden seguían reinando en la ciudad. Marco Antonio, al que Julio César había encargado administrar la ciudad y poner orden en ella, se veía impotente para cumplir con su cometido, dedicándose más a disfrutar de los placeres que la ciudad le podía proporcionar. Marco Cayo se dirigió a la casa de Cneo Pompeyo situada en un extremo de la colina del Palatino, pero cuál fue su sorpresa cuando le indicaron que aquella casa ya no pertenecía a los herederos del difunto general. Marco Antonio se había apropiado de todos los bienes de Cneo Pompeyo, adquiriéndolos, según se decía, por un precio irrisorio. Fue uno de los antiguos esclavos del general el que le proporcionó la información, en voz baja y temiendo ser escuchado por alguien, y fue el mismo esclavo el que le informó de la nueva dirección en la que habitaba la honorable Cornelia, viuda del difunto general. Era una pequeña y modesta villa en las afueras de la ciudad y hacia allí se dirigió el tribuno, esperanzado de encontrar en ella a su amada Pompeya.

Efectivamente, en ella se encontraba la sobrina del difunto general, que no podía creer que al que tenía frente a ella se tratase del tribuno Marco Cayo.

—Te hacía muy lejos de aquí, acompañando a Julio César —le dijo a modo de saludo.

Marco Cayo se deleitó contemplando la hermosura de la joven Pompeya, que seguía tan bella como siempre, aunque en su mirada se observaba un halo de tristeza.

—Y lo estaba, pero el general me ha dado autorización para regresar a Roma y poder verte, una vez que hemos sabido dónde te encontrabas. —le contestó.

—¿No sabíais dónde estaba Cornelia? —preguntó la joven.

—No. En Alejandría hemos estado un tanto incomunicados y no teníamos noticias de dónde estabais.

Se hizo el silencio entre los dos jóvenes, mirándose pero sin decir nada, como si no tuviesen nada que decirse o no encontrasen las palabras. Al final fue la joven Pompeya la que rompió el silencio.

—Ha pasado mucho tiempo desde la última vez que nos vimos —dijo.

—Sí —contestó el soldado—. Y han pasado muchas cosas.

—Sí, efectivamente, han pasado muchas cosas —dijo la joven.

—Pero… esas cosas… ¿han afectado a nuestra relación? —preguntó Marco Cayo.

—No vivimos solos en el mundo. Todo lo que ocurre nos afecta, pero… sobre todo… es la distancia la que más afecta a nuestra relación.

—Yo te sigo amando —dijo el joven soldado acercándose más a la muchacha y cogiéndole las manos — ¿Tú me sigues amando? — le preguntó. La joven dudó durante unos segundos que se le hicieron eternos al tribuno.

—Sí, creo que sí —contestó al fin y los dos jóvenes se fundieron en un ardoroso beso que parecía que no iba a terminar nunca.

—Pero… con amarnos no basta —comentó la muchacha una vez que se hubieron separado.

—¿Cómo que con amarnos no basta? —preguntó el joven.

—Hay demasiadas cosas que nos separan —dijo la joven.

—No entiendo qué quieres decir.

—Ha corrido mucha sangre durante este tiempo y se ha plantado la semilla del odio. Hay cosas que va a tener que pasar mucho tiempo para que se puedan olvidar y se han creado dos bandos irreconciliables. Y los dioses han querido que nosotros estemos en bandos diferentes.

—¡Pero nosotros estamos al margen de esos bandos! —exclamó el tribuno.

—Nadie está al margen de esos bandos. Roma está dividida entre los partidarios de César y los que están contra él. Tú formas parte del primer grupo, eres uno de sus legionarios de confianza y estás a su servicio. Yo, por mi familia, como sobrina del difunto Cneo Pompeyo, estoy en el otro bando. Es mi sangre y contra ella no puedo luchar. El amor que nos tenemos no es suficiente para salvar esas diferencias.

El silencio volvió a hacerse entre los dos jóvenes que se miraban directamente a los ojos, pero eran unas miradas envueltas en una enorme tristeza.

—¿Qué podemos hacer? —preguntó Marco Cayo.

—Nada —respondió Pompeya—. No podemos hacer nada. Los dioses han querido jugar con nosotros y lo han hecho. Nosotros somos pequeñas marionetas en sus manos. Son los que mueven nuestros hilos y nosotros simplemente nos movemos al ritmo que ellos marcan.

—¡No! —exclamó el tribuno —Me niego a aceptar eso.

—¿Te niegas? —repitió la pregunta la joven Pompeya— ¿Serías capaz de abandonar la legión, a tu general y venirte conmigo, junto a mi familia? Porque es mi familia, la familia en la que nací y a la que pertenezco.

—No puedo hacer eso. No puedo abandonar la legión. Soy un soldado y no puedo abandonar a mi general.

—Y aunque lo hicieses dudo mucho que mi familia, la familia del general contra el que luchasteis y al que dieron muerte por vosotros, te aceptase —dijo Pompeya.

—Entonces… Esto es el final —dijo tímidamente el tribuno.

—Creo que sí. Que los dioses te protejan y cuiden de ti —dijo la joven mientras se daba la vuelta y se alejaba del soldado. Este no pudo ver cómo un caudal de lágrimas rebosaba los ojos de la muchacha y se deslizaban mejilla abajo.

XL

Cayo Casio Longino había conseguido llegar al campamento que las tropas romanas de Julio César habían establecido en el Ponto. Tan solo hacía unos días que había tenido lugar la batalla de Zela, por lo que las tropas del general romano estaban exultantes, celebrando la victoria que habían conseguido frente al rey Farnaces de una forma rápida y sin haber sufrido apenas bajas. A pesar de las celebraciones los legionarios romanos no bajaban la guardia y una patrulla romana de vigilancia le dio el alto. Casio Longino les dijo quién era y que quería entrevistarse con el general.

—Ahora son muchos los que quieren entrevistarse con el general —le contestó el decurión que mandaba la patrulla.

—Decurión, o me llevas ahora mismo a presencia del general y que él decida si quiere recibirme o no, o de lo contrario pasarás el resto de tu vida maldiciendo este momento.

El decurión no sabía qué hacer. Permanecía indeciso observando a aquel individuo que no se amilanaba ante una patrulla romana y que parecía que estaba acostumbrado a mandar y, sobre todo, a que lo obedecieran. En aquel momento una turma de caballería se aproximaba al lugar en el que se encontraban. Al llegar al lugar, el jinete que capitaneaba la turma detuvo su cabalgadura y se acercó hasta ellos.

—¡Pero si es Cayo Casio Longino! —exclamó. El aludido se volvió y reconoció en el jinete a Marco Junio Bruto.

—¡Decurión, detened a este hombre. Es un enemigo!

Los legionarios de la patrulla apuntaron con sus pilos a Casio Longino mientras el decurión desenvainaba su gladio.

—No más enemigo que tú, Marco Junio Bruto. Hasta hace unos meses estábamos embarcados en el mismo barco. Ahora pretendo subir a vuestro barco, si el general acepta mis disculpas y tiene a bien perdonarme —dijo Casio Longino.

El decurión miraba a los dos hombres sin entender nada. ¿De qué barco hablaban?

—Decurión, ya me hago yo cargo del prisionero. Creo que el general se alegrará de verle. Habéis hecho muy bien al darle el alto y estará orgulloso de vosotros.

El decurión afirmó con la cabeza. No estaba muy convencido de aquello, pero no podía hacer nada. Era un superior el que le hablaba y...de cualquier manera... un hombre solo no podía suponer ningún peligro. Enfundó su gladio y dio orden a sus hombres para seguir con la vigilancia. Casio Longino y Marco Junio Bruto llegaron hasta el campamento sin más contratiempo. Se dirigieron hacia el praetorium y dejaron sus cabalgaduras.

—¿Crees que el general me recibirá y estará dispuesto a perdonarme? —le preguntó Casio Longino.

—Recibirte, seguro... Lo de perdonarte no lo sé. Lo cierto es que está siendo muy generoso con los vencidos. A mí me perdonó y siempre me consulta sus decisiones. Ahora me va a nombrar gobernador de la Galia, según me ha dicho...

—Pero tú no vales como ejemplo. Julio César siempre ha tenido debilidad por ti. Te tiene en gran aprecio... —Longino iba a añadir que no en vano la madre de Bruto había sido la amante del general, pero se guardó muy mucho de decirlo. No se equivocó Marco Junio Bruto. Julio César aceptó las disculpas de Casio Longino y le concedió el perdón, siendo una vez más generoso con los vencidos. Y no solo eso. El general reconocía el valor y las aptitudes de Longino, presumiendo que le podía resultar muy válido para las empresas y las batallas que estaban por venir, por lo que no tuvo ningún reparo en nombrarle legado de una de sus legiones, pese a las protestas de alguno de sus hombres de confianza que no lo veían con buenos ojos. El tiempo diría si se equivocaban o no.

El médico Olimpo recorría las principales calles de Roma vivamente impresionado. Había desembarcado en un pequeño barco que le había llevado del puerto de Ostia hasta la misma Roma a través del río Tíber y desembarcado en el puerto de la ciudad. Se había adentrado en ella a través del *Vicus Tuscus* y ya lamentaba haberlo hecho por allí pues no parecía que fuese el lugar más recomendable; a pesar que eran muchas las tiendas que se arracimaban a ambos lados de la calle, también eran numerosos los pobres y tullidos que se acercaban a él en bandadas y a los que a duras penas conseguía quitarse de encima, entre los que se encontraban un buen número de ladrones para aprovechar el tumulto que originaban los primeros para aligerar las bolsas de los incautos que como él se aventuraban por allí. También eran numerosas las prostitutas y mancebos que ofrecían sus servicios sin el menor pudor. Desde luego no había elegido el mejor camino para entrar en Roma. Una patrulla de la legión urbana, encargada de vigilar y poner orden en la ciudad, que hizo su aparición al principio de la calle provocó que desapareciesen la mayor parte de pedigüeños y ladrones, así como buen número de las prostitutas y efebos, por lo que la calle quedó despejada y Olimpo, siguiendo a la patrulla, consiguió llegar al final de la calle sin mayores contratiempos. Cruzó entre el templo de Cástor y los restos ya casi desaparecido de la basílica Sempronia, donde estaba empezando a construirse lo que sería la basílica Julia y se entretuvo en las tabernas veteres, las tiendas abiertas sobre la plaza del Foro, que era un continuo bullir de gente y se dirigió hacia el Tullianum, la principal cárcel romana, donde le habían dicho que se encontraba la, para él reina, Arsinoe y en la que se encontraba también el jefe galo Vercingétorix, desde que había sido derrotado en la Galia, a la espera de que Julio César pudiese celebrar su triunfo exhibiendo en él al jefe galo, antes de ejecutarlo. Lo mismo le sucedería a su amada Arsinoe, a no ser que los dioses lo impidiesen de alguna manera. Pero parecía que de momento no estaban por la labor, pues ni siquiera le habían permitido visitar a Arsinoe y había sido despedido de la cárcel de malas maneras. Pero Olimpo no era de los que se daban por vencido con las primeras dificultades que le surgían. De momento el general romano tardaría en poder celebrar su triunfo en lo que se habían empezado a llamar Guerras Alejandrinas, contra los egipcios, enfrascado como estaba en derrotar a los partidarios de Pompeyo que seguían resistiendo, lo que le proporcionaría a él lo más valioso: tiempo para rescatar a la princesa. Se dirigió por la *Clivus Capitolinus* hacia el Capitolio, ascendiendo hasta el templo de *Júpiter Capitolinus*, el principal templo de la ciudad donde decenas y decenas de personas se aprestaban a realizar sus ofrendas al todopoderoso Júpiter. Él también gustosamente hubiese realizado una ofrenda al dios, si hubiese creído en ellos y hubiese tenido la certeza que salvaría a su amada. Pero estaba convencido que lo que no realizase por sí mismo, ningún dios lo haría por él. Por lo tanto, dio por finalizada su visita al templo de Júpiter, un hermoso y fastuoso templo que había sido reconstruido hacía unos pocos años, después que un pavoroso incendio lo destruyese y que había sido reconstruido en mármol, al igual que la estatua que le recordaba mucho a la del dios Zeus existente en Olimpia. Descendió del templo por la escalera de Juno Moneta y por la escalera Centium, dejando atrás la roca Carpeya, desde donde eran arrojados aquellos que eran condenados a muerte. Un escalofrío recorrió el cuerpo de Olimpo al pensar en su amada Arsinoe siendo despeñada por aquella roca. ¡No lo harían! ¡Lo impediría! No sabía cómo, pero ya encontraría el medio. Se encaminó hacia el puerto por el barrio del Velabrum y el foro Halitorio. No le gustaba aquella ciudad, era fea, sucia, de calles estrechas y atiborrada de gente que vivía de forma miserable. Nada que ver con lo hermosa que se presentaba Alejandría, con sus amplias avenidas relucientes y limpias. Una vez en el puerto se quedó parado pensando qué hacer. No le apetecía entrar en ninguna de las tabernas, no quería comer ni beber nada, pero caminando por las calles no encontraría el medio de liberar a Arsinoe. Tenía que entablar contacto con la gente, oír lo que hablaban, enterarse de lo que pensaban y eso, desde luego, caminando solo por las calles no lo conseguiría. Y el mejor sitio sin duda para palpar el ambiente de la ciudad y de sus gentes eran las tabernas del puerto, por las que desfilaban personas toda clase social: desde viejos senadores hasta truhanes de la más baja ralea, pasando por équites, soldados con permiso o a la espera de ser asignados a una determinada legión, comerciantes, grandes terratenientes, dueños de inmensas tierras y de numerosos esclavos, o gente sin trabajo, clientes de los anteriores y que solo aspiraban a sacar beneficio de ellos. Había alquilado una habitación en una de las muchas *ínsulas* que llenaban la ciudad y cuyo módico precio le permitiría pasar una buena temporada sin preocupaciones. Todas las mañanas recorría las tabernas del puerto y observaba a los que las concurrían y así se percató de un grupo de senadores que todos los días se juntaban en una de las tabernas en torno a unas copas de vino y unos pescados fritos, mientras charlaban animadamente de la situación política, de la guerra que en aquellos momentos se desarrollaba lejos de allí y que tenía todos los visos de resultar favorable a Julio César, lo que le convertiría en el hombre más poderoso de la República. Ya tenía la condición de dictador y todos se temían que iría acumulando más poderes con el tiempo. Olimpo a fuerza de verse con ellos todos los días terminó entablando conversación. Unas cuantas rondas de vino y algunas raciones de pescados, a las que les invitó, hicieron que, sin más, fuese admitido en la tertulia que mantenían. Olimpo era un hombre culto, instruido, de buena conversación y al enterarse que era médico, aunque no dijo de quién lo había sido, varios senadores quisieron consultarle algunas dolencias, que ya comenzaban a padecer, por su avanzada edad. Olimpo se prestó gustoso a tratarlas y los senadores le recompensaron espléndidamente.

Pronto se dio cuenta que no todos los senadores estaban contentos con el poder que Julio César iba adquiriendo y, aunque le temían y no osarían oponerse a sus decisiones, no dejaban de murmurar y protestar. Y, por lo que el médico griego pudo entrever, no eran ellos los únicos que estaban empezando a mostrarse temerosos con el poder que el general iba adquiriendo. Olimpo no sabía cómo ni en qué manera la amistad con aquel grupo de senadores, muchos de ellos reacios al poder de Julio César, podía contribuir a obtener la libertad de su amada Arsinoe. Esta era una prisionera de guerra del general y solo él podía disponer sobre la vida o la muerte de sus prisioneros. Pero, desde luego, el afianzar la relación con los senadores, ya que no se podía decir que fuese amistad, no perjudicaría en nada a sus objetivos.

Una de aquellas mañanas, mientras se disponía a disfrutar del almuerzo en una de aquellas tabernas en las que había descubierto que preparaban unos guisos estupendos y a muy buen precio, se fijo en tres hombres que estaban sentados alrededor de una mesa, en torno a unos vasos de vino que no parecían ser de su agrado. Centró su atención en ellos y, aunque llevaban las vestimentas propias de los romanos, Olimpo se percató que no lo eran. Tenían grandes dificultades para expresarse en latín y, cuando hablaban entre ellos, lo hacían en griego. Pero el médico era griego y no tardó en advertir que, por el acento que tenían y el vocabulario que utilizaban, no lo eran. Le picó la curiosidad y la calidad de los vestidos que tenían, así como los anillos y joyas que llevaban. Indudablemente era gente adinerada, principalmente uno de ellos, que parecía ser el que decidía, y que llevaba un medallón semioculto entre los pliegues de la toga cuya inscripción creía haber visto en algún sitio. Tenían problemas para entenderse con el tabernero y Olimpo, levántandose de donde estaba, se acercó a ellos y se ofreció a traducir al tabernero lo que querían. Los tres hombres se sintieron enormemente aliviados, al comprobar que alguien podía resolverle sus problemas de lenguaje con aquel brusco y rudo tabernero, que estaba empezando a impacientarse. Le invitaron a sentarse con ellos y el médico trasladó su escudilla y su vaso a la mesa de los tres foráneos. Entre ellos se entabló una animada conversación, pues los extranjeros estaban realmente ávidos de noticias de Roma, especialmente del hombre que en aquellos momentos la gobernaba, Julio César. Y se quedaron vivamente impresionados y sorprendidos al saber que Olimpo le había conocido y estado en un banquete con él en Alejandría.

—¿Eres egipcio? —preguntó el que llevaba la voz cantante.

—No, soy griego… y por eso puedo asegurar que vosotros, aunque hablais en griego, no lo sois —contestó el médico. Los tres hombres instintivamente llevaron sus manos a las empuñaduras de unas dagas que ocultaban bajos sus túnicas y que estaban ricamente adornadas, especialmente la del hombre que era el que llevaba la conversación.

—¡Tranquilos! A mí me da igual de dónde seáis. Roma está llena de gente de todas las partes del mundo conocido. Nadie va a preguntaros de dónde sois mientras que tengáis oro o plata para pagar lo que necesitéis.

—¿Y tú, griego, que haces en Roma? —le preguntó el extranjero.

—He venido siguiendo a mi amada —contestó Olimpo.

—¿Y dónde está ella?

Olimpo se tomó su tiempo dándole un sorbo a su copa de vino. Tenía la corazonada que aquellos extranjeros eran importantes, gente con poder, que estaban intentando pasar desapercibidos en Roma, mientras trataban de obtener toda la información que necesitaban, no sabía bien para qué. Pero tenía el presentimiento que aquellos hombres, sin saber cómo ni de qué manera, podrían ayudarle a liberar a su amada Arsinoe.

—Para que veáis que podéis confiar en mí, voy a revelaros algo que nadie sabe y que, de saberlo, podría costarme la vida. ¡Mi amada esta en el tullianum! —contestó Olimpo acercándose a los extranjeros y bajando la voz hasta ser un susurro apenas perceptible.

—¿En el tullianum? —repitieron los extranjeros— ¿Y eso qué es?

—Es la principal cárcel de la ciudad. Nadie puede salir de ella —explicó el médico.

—¿Y qué ha hecho tu amada para acabar en esa cárcel?

—Enfrentarse a Julio César.

—¿A Julio César? ¿Al general romano? —preguntó el extranjero.

—¿Y cómo ha podido enfrentarse tu amada al general romano? —preguntó otro de los extranjeros.

—Mi amada es… —el médico dudó por unos momentos. Era mucho lo que se jugaba con lo que iba a decir, pero tenía el presentimiento que aquellos hombres no revelarían lo que les iba a contar y quizá pudiesen ayudarle— …la princesa Arsinoe.

—¿La princesa egipcia? ¿La hermana del rey Ptolomeo y de la reina Cleopatra?

—Efectivamente, la hermana del rey Ptolomeo y de la reina Cleopatra —contestó el médico.

—Entonces tú, eres una persona importante en Egipto —dijo otro de los extranjeros.

—Yo era el médico de palacio y la princesa y yo nos enamoramos. Luego me llevó Cleopatra con ella cuando estuvo en el exilio y conseguí huir. Cuando Arsinoe fue proclamada reina y se enfrentó a Julio César yo estaba con ella, pero fue derrotada y hecha prisionera. Y ahora espera en el Tullianum a que César celebre su triunfo sobre Egipto y sea ajusticiada.

—¿Y tú que piensas hacer? —dijo uno de los extranjeros.

—Esperar a que tenga la oportunidad de liberar a mi amada —contestó convencido—. No sé cómo lo haré, pero de alguna manera lo conseguiré.

Olimpo hizo una pausa y dio un sorbo a su copa de vino.

—Bien, yo os he desvelado quién soy. Creo que en justa correspondencia vosotros deberíais desvelarme quiénes sois y qué hacéis en Roma, aunque creo que puedo aventurar quiénes sois y no creo que me equivocase mucho.

Los tres hombres se miraron bastante serios. El que hablaba principalmente sonrió y se dirigió al médico en un susurro, tal y como se venia desarrollando la conversación en su último tramo.

—¿Y quién crees que somos nosotros? —preguntó.

Olimpo dio otro sorbo de vino a su copa apurándola por completo. Fue a rellenarla pero observó que estaba vacía y llamó al tabernero para que les trajese otra jarra. Mientras tanto, los cuatro hombres permanecieron en silencio observando la gente que había en la taberna. No era mucha, unos cuantos legionarios, sin duda pertenecientes a la legión urbana y fuera de servicio en aquellos momentos; varios descargadores del puerto, que bebían abundantemente y algunos viejos ciudadanos que tenían toda la pinta de ser grandes terratenientes, que habían ido a la ciudad a realizar sus negocios y que ahora habían hecho un alto para alimentarse y entretenerse, pues varias prostitutas se habían acercado a ellos y les estaban haciendo reír, seguramente preparando el terreno para aligerar sus bolsas. Una vez que el tabernero les sirvió otra jarra de vino y se alejó, el extranjero repitió la pregunta.

—He observado ese medallón que llevas oculto bajo la capa, pero que a veces queda al descubierto. Tiene una inscripción que me ha llamado la atención pues creía haberla visto en alguna parte. Ahora ya estoy seguro de dónde la había visto. En el Museum y en la Biblioteca de Alejandría, que conozco perfectamente pues, no en vano, estudiaba en ellos antes de pasar a ser el médico de la familia real egipcia. Hay miles y miles de documentos de todas las partes del mundo. En uno de esos documentos había visto con anterioridad ese grabado que reproduce ese medallón de oro y piedras preciosas que ocultas bajo la capa. Eso y algunas palabras sueltas que se os han escapado en *pahlavi arsácido*, me hacen pensar que sois partos, lo que me lleva a preguntarme que hacen tres partos, seguramente importantes y adinerados, en Roma, ahora que se empieza a hablar en la ciudad que cuando Julio César ponga fin a la guerra civil, que mantiene con los seguidores de Pompeyo, su primer objetivo será la Partia, para recuperar las águilas, los estandartes que le fueron arrebatado al general Craso y vengar así su derrota y su muerte.

Los tres hombres se miraron sorprendidos y temerosos.

—Tranquilos, conmigo vuestro secreto está a salvo. Yo os he confiado el mío. Si supiesen quién soy acabaría en la misma cárcel que mi amada.

—Griego, ahora tenemos que irnos, pero nos gustaría contar con tus servicios mañana para que nos sirvas de intérprete —dijo el que llevaba la voz cantante—. ¿Podemos contar con tus servicios mañana? Te pagaremos bien y, por supuesto, te exigimos absoluto silencio. Si nos descubres no acabarías en la cárcel con tu amada sino en una fosa común.

—Estoy de acuerdo. Podéis contar conmigo… y con mi silencio —contestó Olimpo.

—Entonces de acuerdo. Mañana a primera hora te esperaremos en esta misma taberna —Y los tres hombres, después de abonar lo que habían consumido, abandonaron la taberna. Olimpo se entretuvo un poco terminando la jarra de vino que ya habían pagado los tres partos. Después abandonó la taberna. Estaba convencido que alguno de los partos le seguiría y se dirigió por la *Vicus Tuscus* hacía el centro de la ciudad, entreteniéndose en cada puesto y mirando de reojo hacía atrás. No tardó en percatarse que no se había equivocado. Uno de los partos le estaba siguiendo.

XLI

Quineto Escápula entró en Córdoba a última hora de la tarde, poco antes del anochecer y que cerrasen las puertas de la ciudad. Se dirigió a una posada en la que se alojaba siempre que acudía allí, dispuesto a hacer noche en ella. Esa misma noche tenía una reunión con su amigo Aponio y otros ciudadanos cordobeses que habían organizado un grupo de resistencia al gobernador de la provincia. Por supuesto, las reuniones eran clandestinas y en ellas buscaban los medios de oponerse al gobernador mediante sabotajes y asaltos a los destacamentos que recaudaban los impuestos o los desplazamientos de tropas por la provincia. Quineto Escápula dejó su caballo en el establo de la posada y se dirigió a la taberna donde siempre comía o cenaba con su amigo cuando visitaba la ciudad. Cuando llegó, el tabernero le recibió con los brazos abiertos. Escápula era un buen cliente que siempre que acudía dejaba un buen número de monedas.

—Otra vez por la ciudad, señor. Me alegro mucho de verle y ver que goza de buena salud —le dijo mientras le limpiaba la mesa en la que le había indicado que se podía poner.

—También tú tienes buen aspecto y parece que el negocio va bien —le dijo Escápula señalando la taberna que estaba llena de clientes.

—No me puedo quejar. Tengo una buena clientela que parece que le gustan mis servicios —contestó el tabernero—. Pero, no creáis, los tiempos se están volviendo muy difíciles. Cada vez la inseguridad es mayor y las revueltas contra el gobernador y contra el propio Julio César que lo puso son mayores. Y eso repercute en el negocio. Le gente se resiste a salir por miedo a encontrarse con un altercado y estos cada vez son más frecuentes. No sé cómo va a terminar todo.

—Bueno, las cosas ya se irán arreglando poco a poco —le contestó Escápula—. Hay que tener fe en los dioses.

—Eso espero, que las cosas se vayan arreglando, aunque en principio parece que van a peor —respondió el tabernero—. ¿Va a cenar solo o espera a alguien? —le preguntó.

—Estoy esperando a mi amigo Aponio para cenar con él —respondió Escápula.

—Entonces le pondré una jarra de un excelente vino que me han traído y unas olivas para ir abriendo boca, mientras llega su amigo. En la cocina se está terminando de hacer un estofado de rabo de toro que solo con el olor alimenta.

—Pues guárdanos dos raciones —le dijo Escápula. El tabernero asintió con la cabeza y se alejó en busca de la jarra de vino y de las olivas. Aponio no tardó en llegar y los dos amigos se saludaron con un efusivo abrazo. Ya eran mucho los años de amistad y de penalidades, así como de alegrías, que habían pasado juntos.

—¿Qué tal el camino? ¿Algún contratiempo? —preguntó Aponio

—Todo bien y parece que hay noticias importantes —contestó Escápula.

—Sí, las hay. Por eso hemos convocado la reunión para esta noche, pero es mejor que ahora nos limitemos a cenar y ya hablaremos luego. El gobernador tiene oídos por todas partes.

—Sí. Totalmente de acuerdo. Me ha dicho el tabernero que en la cocina se estaba terminando un estofado de rabo de toro para chuparse los dedos. Le he dicho que nos guarde dos raciones.

—Estupendo, porque el camino me ha abierto el apetito.

Ya había anochecido cuando los dos amigos abandonaron la taberna y se dirigieron a un barrio de la ciudad alejado del centro, tomando toda clase de precauciones para asegurarse de que no eran seguidos. Después de un rato caminando, en el que estuvieron dando vueltas, se detuvieron ante una casa en cuyo interior se veía luz y, después de cerciorarse de que nadie los había seguido, golpearon la puerta con intervalos de tiempo entre una llamada y otra. No tardó en abrirse la puerta y los dos amigos penetraron en el interior. Un hombre con una lámpara les condujo por un largo pasillo hasta una sala donde ya había reunidos un buen grupo de personas. Todos eran ciudadanos cordobeses que, de una u otra manera, detestaban al gobernador romano o simplemente estaban contra Julio César, pues seguían siendo fieles a Cneo Pompeyo, a pesar de que este había muerto. Todos ellos eran los responsables de los altercados, sabotajes y asaltos de los que eran víctimas las tropas que el gobernador mandaba. Sus éxitos habían hecho que su número de partidarios en toda la provincia fuesen aumentando, a la vez que ellos se iban envalentonando y siendo cada vez más audaces en sus operaciones.

—Creo que ya estamos todos —dijo el que parecía dirigir aquella reunión—. La hemos convocado porque hemos recibido respuesta a la solicitud de ayuda que hicimos llegar a los hijos del difunto general Pompeyo.

Hizo pausa para comprobar que sus palabras eran seguidas con interés y después de unos segundos prosiguió.

—Los hijos del general Pompeyo se congratulan por nuestras acciones y nos animan a continuar la oposición al gobernador de la provincia Quinto Casio Longino. Es más, nos animan a que nuestra oposición se haga abiertamente y vea la luz, para que todos los ciudadanos y habitantes de esta provincia puedan unirse a nosotros, cosa que están seguros que sucederá, pues toda Hispania piensan que sigue siendo fiel a la memoria de su padre.

—Eso está muy bien —le interrumpió Aponio—, pero es el gobernador el que cuenta con las legiones y estas, de momento, les siguen siendo fieles. Nosotros no tenemos legionarios. Sus ánimos y su apoyo moral están muy bien, pero con ellos no se vence a los legionarios del gobernador. ¿Nos van a prestar algún tipo de apoyo militar?

Se hizo un sepulcral silencio tan solo roto por la respiración dificultosa de alguno de los allí presentes.

—Me temo que, de momento, no. Todas sus tropas están concentradas en el norte de África, donde Sixto y Cneo Pompeyo, junto a Marco Poncio Catón y Metelo Escipión están organizando un poderoso ejército, con una poderosa caballería mandada por el antiguo legado de Julio César, Tito Labieno. Han conseguido también el apoyo del rey Jubal I de Numidia, estando convencidos que derrotarán definitivamente a Julio César. Entonces y solo entonces vendrán a Hispania a liberarnos del yugo de Julio César y de sus gobernadores.

—Si el general romano es derrotado en el norte de África entonces no necesitaremos que nadie venga a liberarnos del yugo de los gobernadores romanos. Todo el pueblo se levantará contra ellos y estos habrán huido con el rabo entre las piernas —comentó Quineto Escápula—. La ayuda la necesitamos ahora, para pasar de simples actos de sabotaje que venimos realizando a una rebelión en toda regla.

—Pues de momento, lo que hagamos, lo tendremos que realizar nosotros solos, sin ayuda de nadie. Los hermanos Pompeyo lo han dejado muy claro en su carta. Todas sus fuerzas y sus esfuerzos se dirigen a derrotar a Julio César en el norte de África.

—Me temo que no podemos hacer otra cosa que seguir haciendo lo que estamos haciendo hasta ahora e intentar conseguir más partidarios a nuestra causa —comentó Aponio—. Estamos solos en esto y por lo que escucho, de momento, vamos a seguir estando solos, por mucho apoyo moral que recibamos.

—Aponio tiene razón. Solos lo hemos iniciado y solos lo continuaremos, procurando que cada vez consigamos más adeptos a nuestra causa —dijo Escápula.

Todos los asistentes parecían estar de acuerdo, así que se organizaron para planificar las sucesivas acciones que emprenderían, entre las que figuraban además de los actos de sabotaje y asaltos a las tropas del gobernador, las labores de proselitismo para conseguir más partidarios de su causa. Ya faltaba poco para el amanecer cuando los compañeros de Escápula y Aponio fueron abandonando, de dos en dos y con intervalos regulares de tiempo, la casa en la que se habían reunido. Los dos hombres se dirigieron a sus respectivas posadas para descansar algunas horas antes de emprender el regreso a sus villas, no sin antes haber quedado para hacerse una visita y comentar cómo se iban desarrollando los acontecimientos.

Apenas habían transcurrido unos días de la reunión clandestina que habían tenido en Córdoba cuando un esclavo anunció a Quineto Escápula que un jinete a todo galope se aproximaba por el camino que llevaba a la villa. Escápula entrecerró los ojos intentando vislumbrar quién era el jinete que, envuelto en una nube de polvo, se iba acercando a todo galope a la villa. Pero su vista ya no era la de antes y no conseguía ver más que una imagen borrosa del jinete.

—Creo que es vuestro amigo Aponio —le dijo el esclavo, mucho más joven que él y con mucha mejor vista.

—¿Aponio? —preguntó extrañado Quineto Escápula.

—Sí. No hay ninguna duda. Es Aponio.

«Qué extraño —pensó Escápula—. Habían quedado en volverse a ver después de la reunión que habían mantenido, pero no tan pronto. Eso solo podía significar una cosa: ¡había novedades!»

El esclavo no se había equivocado y Aponio, con su caballo echando espuma por los ollares, alcanzó la entrada de la villa y de un salto descabalgó rápidamente. Aponio era más joven que Escápula, pero no mucho más y sin embargo, se mantenía ágil, desde luego más que él.

—Siento esta visita tan imprevista, pero traigo novedades importantes —dijo Aponio a modo de saludo, una vez que hubo descabalgado y soltado las riendas de su cabalgadura, de las que se hizo cargo el esclavo que se encontraba junto a Escápula.

—Atended bien a ese caballo y taparlo con una manta que no se enfríe. Viene resollando y sudando por todos los poros de su piel —dijo Escápula mientras se acercaba a su amigo y le daba un fuerte abrazo—.Vamos dentro que te refresques y te quites el polvo que traes encima. Luego me cuentas esas novedades que, desde luego, deben de ser importantes, viendo la paliza que te has pegado para llegar rápidamente.

Una vez que Aponio se hubo refrescado, ya cómodamente instalado en un triclinium, con una copa de buen vino en la mano, no esperó que su amigo Escápula le preguntase cuáles eran las novedades que tenía.

—Ha llegado otro correo del norte de África. Parece ser que Catón, Escipión, Labieno y los demás dirigentes que mandan las tropas que están estacionadas allí han reconsiderado nuestra petición de ayuda y han decidido enviar a Cneo Pompeyo, el hijo del general, en nuestro apoyo.

—¿De cuántas tropas dispondrá Pompeyo para acudir en nuestra ayuda? —preguntó Escápula con una amplia sonrisa en sus labios que indicaba claramente la alegría que le había producido la noticia.

—No parece que sean demasiadas. En la carta se habla de conseguir unas treinta trirremes que partirían de Útica hacia las Baleares —comentó Aponio.

—Desde luego no parece que sean demasiados, pero es más de lo que teníamos hace unos días.

—Parece que los dioses han oído nuestras plegarias —comentó Aponio levantando su copa a modo de brindis.

—Más que los dioses, algún comandante inteligente en las fuerzas pompeyanas ha considerado que la mejor manera de enfrentarse a Julio César es abrirle un nuevo frente, teniendo así que dispersar sus legiones. Hispania es el lugar adecuado. Aquí se dan las condiciones más favorables para la revuelta y la sublevación.

Escápula hizo una pausa para llenar las copas de vino que estaban vacías.

—Ahora es tarea nuestra el conseguir que cuando Cneo Pompeyo hijo llegue a Hispania, esta esté completamente sublevada contra Julio César. De lo contrario no conseguiremos nuestros objetivos. Son muy pocas las tropas con las que llegará Pompeyo y me temo que este no tenga la suficiente experiencia para conseguir toda una sublevación. Me parece que vamos a tener que ser nosotros los que nos hagamos cargos del asunto y tomemos las riendas.

—Sí, completamente de acuerdo contigo. Hemos de acelerar los planes de la sublevación e iniciar esta cuanto antes —comentó Aponio.

—Ya mismo. No podemos esperar ni un día más —dijo Escápula.

Aponio dio un último sorbo a su copa y se levantó del triclinium.

—Me pongo en marcha ahora mismo. ¿Me podrás prestar un caballo, pues el mío estará muy cansado para someterle a otra dura cabalgata?

—Puedes pasar aquí la noche. Por unas horas de demora no va a irse al traste la sublevación —le dijo Escápula.

—No, prefiero informar esta noche para que mañana al amanecer todo el mundo se ponga en marcha y cumpla con su parte del plan. Amigo —le dijo a Escápula que le había seguido hacia la entrada dando instrucciones para que le preparasen un caballo —mañana comienza el camino hacia la libertad. ¡Que los dioses nos sean propicios!

—¡Lo serán, amigo, lo serán!

* * *

A la mañana siguiente Olimpo se encontró con los tres extranjeros que, aunque no le habían confirmado su procedencia, tampoco le habían dicho que no fuesen partos. Después de beber unas jarras de vino decidieron salir de la taberna y callejear por las abarrotadas calles de Roma. Dos de los extranjeros iban detrás de Olimpo y del que parecía ser el jefe, pues los otros dos no hacían nada sin su consentimiento. El barullo por las calles y el ruido era muy intenso por lo que resultaba muy difícil mantener una conversación si no se iba muy juntos. Indudablemente era el mejor sitio para evitar que alguien pudiese enterarse de lo que hablaban y los dos extranjeros que iban detrás de Olimpo y de su acompañante impedían que alguien se pudiese acercar a ellos lo suficiente como para enterarse de lo que decían.

—Griego, creo que hemos encontrado la manera de que puedas salvar a tu amada e impedir que sea ajusticiada —le dijo el extranjero a Olimpo. Este detuvo su caminar y se quedó mirando perplejo al presumible parto—. No te detengas, nadie debe escuchar lo que hablamos y si te detienes alguien podría hacerlo.

Olimpo continuó caminando muy pendiente de su acompañante. Todo lo que le rodeaba había dejado de tener interés para él y solo estaba pendiente de las palabras del extranjero.

—¿Y cómo piensas conseguirlo? —preguntó al fin Olimpo al observar que su acompañante permanecía en silencio.

—Solo hay una manera de lograrlo y es… —el extranjero hizo una pausa que a Olimpo se le hizo eterna —… conseguir que el general muera.

—¡Julio César! —exclamó Olimpo.

—Chssss, baja la voz o quieres que nos maten a todos —dijo el extranjero sujetándole el brazo.

—¿Y cómo piensas conseguir que muera? —preguntó Olimpo bajando la voz— Ya alguna vez han intentado envenenarle. Prueban antes todas sus comidas y bebidas. Y asesinarle es imposible. Va protegido por una enorme escolta de lictores y su guardia personal. Nadie puede acercarse a él.

—En el Senado está solo. No le acompañan ni los lictores ni su guardia personal —comentó el extranjero mirando a los lados para asegurarse de que nadie estaba lo suficientemente cerca para escuchar lo que estaban hablando.

—Pero ¿quién lo va a matar en el Senado? Allí solo se permite la entrada a los senadores. —comentó Olimpo.

—Tú lo has dicho. ¡Los senadores!

—¿Los senadores? —preguntó extrañado e incrédulo Olimpo.

—Sí. Han llegado hasta nosotros noticias de que hay un grupo de senadores que están descontentos con el general. Temen el poder absoluto que está acaparando y que quiera convertirse en rey, acabando así con la República.

—Sí, yo conozco a unos cuantos que no están muy satisfechos de cómo van las cosas y del poder que va acumulando el general —contestó Olimpo.

—Pues si quieres que tu amada conserve la vida… Ese es el camino. Tienes que conseguir que ese grupo de senadores vaya aumentando y sembrar entre ellos la semilla de la muerte de Julio César. Si consigues que brote esa semilla y la riegas bien, tu amada quizá pueda salvarse. Julio César debe morir. Esa es la única manera de salvarla.

Olimpo permaneció unos instantes en silencio, como si estuviese digiriendo aquello que el extranjero le acababa de decir. Por fin se decidió a hablar.

—¿Y cómo voy a conseguir que los senadores apoyen esa idea? —preguntó Olimpo— Les gusta hablar y hablar, pero… no son hombres de acción. Aunque protesten, viven muy cómodamente instalados y no harán nada que pueda poner en peligro su situación.

—No todos son pávidos. Hay algunos senadores que han demostrado tener el suficiente valor. Casio Longino o Brutus, por nombrarte solo a algunos, han demostrado de qué son capaces. Has de ganarte su voluntad y conseguir que deseen la muerte del dictador.

—¿Y cómo he de conseguir eso? —preguntó Olimpo.

—Con oro, con mucho oro. Ofréceles mucho oro y la posibilidad de conseguir mucho más si acaban con el dictador y son ellos los que gobiernan la República. Tendrán a esta en sus manos y ellos serán los únicos dueños de la poderosa Roma.

—¿Cómo voy a ofrecerles lo que no tengo? Yo no soy rico —contestó Olimpo—. Cualquiera de ellos es mucho más rico que yo, que no tengo nada.

—Nosotros sí lo somos y te proporcionaremos todo lo que necesites para hacerte con sus voluntades. Pero sobre todo hazles creer que la República está en peligro, que ellos son los únicos capaces de salvarla acabando con el dictador y que ellos se convertirán en los poderosos romanos que conducirán la República. De lo contrario, será el caos y el fin de esta. César se proclamará rey y será el final de todos ellos.

—¿Me proporcionaréis todo el dinero que necesite para conseguir llegar a buen puerto esta empresa? —preguntó Olimpo.

—Todo el que necesites, pero no trates de engañarnos o será lo último que hagas —dijo el extranjero y Olimpo al ver su expresión comprendió que no hablaba por hablar.

—¿Y vosotros que ganáis con todo esto? Porque convencer a los senadores va a costar mucho dinero…

—No te preocupes por nosotros. Eso es asunto nuestro. Tú preocúpate de contactar con los senadores adecuados y convencerles…

—Ya estoy en contacto con un grupo de senadores contrarios al poder de Julio César…

—Pues fomenta su amistad y siembra entre ellos la semilla de acabar con el dictador. Toma, para empezar, esta bolsa de monedas —y extrayendo su mano de la túnica entregó a Olimpo una bolsa repleta de monedas de oro que el médico guardó rápidamente entre los pliegues de su túnica—. Estaremos en contacto griego.

—¿Dónde puedo localizaros si necesito contactar con vosotros? No sé ni siquiera vuestro nombre —preguntó Olimpo antes de que los tres hombres se alejaran y perdiesen entre la multitud.

—No puedes. Nosotros te encontraremos a ti cuando lo necesitemos. Y no necesitas saber nuestros nombres, ni quiénes somos. Cuánto menos sepas de nosotros mejor. Que los dioses te acompañen, griego.

Y los tres hombres se mezclaron con la enorme multitud que bullía por las calles de la ciudad, desapareciendo rápidamente.

* * *

Nameyo seguía al esclavo que, presuroso, se dirigía hacia los aposentos del Lanista, Cayo Junio. Estaba intrigado y sorprendido de la llamada del Lanista a aquellas horas tan intempestivas, cuando ya la escuela de gladiadores dormía tranquilamente y el silencio reinaba en ella. Más sorprendido se quedó cuando al entrar en el aposento de Cayo Junio, este se encontraba acompañado del médico de la Escuela.

Cayo Junio invitó a Nameyo a sentarse en unos cojines que había en un extremo de la sala, donde se encontraba el médico.

—¿Ocurre algo? —preguntó Nameyo al ver la expresión seria y circunspecta de los dos hombres.

—¿Cómo estás? —le preguntó el Lanista.

—Bien, ¿cómo voy a estar? —preguntó Nameyo cada vez más extrañado y sorprendido.

—¿Y tu mano? ¿Cómo está?

Nameyo se miró la mano y luego al Lanista y al médico.

—Me duele, pero supongo que bien. Él me la ha curado y supongo que en unos días mejorará y se pondrá bien —dijo refiriéndose al médico. Este meneó la cabeza en sentido negativo.

—Dice que no está bien —comentó el Lanista, también refiriéndose al médico—. Que tendrás mucha suerte si no la pierdes y, por supuesto, quedará inútil, sin fuerza para empuñar una espada.

Nameyo se miró la mano, palpándosela. Le dolía, claro que le dolía, pero no más que otras heridas que había tenido y de las que se había recuperado por completo, sin que le quedasen secuelas, a no ser una pequeña cicatriz como si fuese una condecoración más de las obtenidas ¿Qué era eso de que podía perder la mano y si no quedaría inútil, sin fuerza para empuñar una espada? El médico, que hasta ese momento había permanecido en silencio, como leyéndole el pensamiento, se acercó a él pidiéndole que extendiese la mano.

—La herida está muy infectada y ha empezado a gangrenarse. Suerte tendremos si conseguimos parar la infección antes que se extienda a toda la mano y haya que amputarla. Pero ese no es el único problema. El corte que recibiste te ha cortado el tendón, por eso no puedes abrir y cerrar los dedos... y eso ya no tiene remedio. Si conseguimos salvar la mano, esta te quedará inútil.

—Me temo que tus días como gladiador han terminado. No podrás volver a combatir —comentó el Lanista.

Nameyo, que hasta ese momento había permanecido de pie, se dejó caer sobre los cojines sujetándose la mano, mirándola como si fuese algo extraño y desconocido.

—¿Estás seguro de lo que dices? —le preguntó al médico.

—Sí, desgraciadamente, sí. Lo he visto demasiadas veces como para no estar seguro. Ahora reza a los dioses para que consigamos salvar esa mano. Siempre es mejor tenerla, aunque no puedas empuñar una espada con ella.

—¿Y qué voy a hacer ahora? —y aunque lo dijo en voz alta era una pregunta que se hacía así mismo.

—Desde luego, ya no podrás volver a pelear. Tus días como gladiador han terminado. Y puedes darles las gracias a los dioses que, después de tantos combates, sigues conservando la vida. La mayoría no lo consiguen...

—¡Pero yo lo único que sé hacer es pelear! —exclamó Nameyo.

—Yo necesito un jefe de instructores para la escuela. Tibaste ha desaparecido y, aunque regresase, ya no me sirve, no puedo fiarme de él. Tú puedes ocupar perfectamente ese puesto. Todos los gladiadores y los instructores te aprecian y yo sé que puedo confiar en ti cuando tenga que ausentarme —comentó Cayo Junio.

—¡Jefe de instructores! —exclamó Nameyo.

—Sí. ¡Jefe de instructores! —repitió el Lanista— Sé que puedo confiar en ti cuando yo no esté y que obedecerás todas mis órdenes, como lo has hecho hasta ahora. Todos los gladiadores te aprecian y te tienen un gran respeto y admiración. Estoy seguro de que serás un buen jefe de instructores. Y además tu vida ya no correrá peligro. Has sido un excelente gladiador, el mejor que esta escuela ha tenido, pero puedes darte por satisfecho al haber llegado hasta aquí con vida. Muy pocos son los que lo han conseguido.

—Es una excelente oferta —comentó el médico.

—¡Me temo que no tienes otra mejor! —exclamó el Lanista— O aceptas mi oferta o te quedas de criado. Sigues siendo de mi propiedad.

Nameyo se levantó de los cojines donde se había dejado caer con anterioridad,

—¿No hay ninguna posibilidad de que recupere la fuerza de mi mano? —le preguntó al médico.

—Ya te lo he dicho. Suerte tendrás si no la pierdes. Haré todo lo posible para que eso no ocurra —contestó el médico.

—Entonces… —Nameyo hizo una pausa mirando al Lanista — No tengo más remedio que aceptar tu oferta. Procuraré no decepcionarte y hacer mi trabajo lo mejor posible.

—Estoy seguro de ello —contestó Cayo Junio—. Ahora lo importante es que puedas conservar esa mano y para eso confío en ti —dijo dirigiéndose al médico.

—Harás mejor en confiar en los dioses. En su mano está.

XLII

Pacoro, el hijo de Orodes II, el Rey de Reyes, llegó al palacio real en Ctesifonte, cansado y sudoroso, después del largo viaje que había realizado, primero por las tierras del Ponto, tierras que había abandonado antes de la batalla de Zela en las que el rey del Ponto, Farnaces, había sido derrotado de forma expeditiva por el general romano Julio César. Después se había dirigido a Roma, esperando encontrar en ella al general romano, pero este no había regresado a la ciudad, dirigiéndose directamente al norte de África. Todos los temores de su padre de que el general romano se convirtiese en el dueño de Roma, sin que nadie le pudiese hacer sombra, parecía que se iban cumpliendo inexorablemente. Era cierto que todavía unos cuantos militares romanos, entre los que se encontraban los hijos del general Cneo Pompeyo, se habían hecho fuertes en el norte de África, desobedeciendo la autoridad de Julio César. Su padre, el rey Orodes, tenía visión de futuro y había intuido que el general romano terminaría haciéndose con todo el poder. Por eso le había enviado a él a que tomase contacto con algunos senadores romanos y ver si todos ellos estaban con Julio César y le seguían incondicionalmente.

Una vez en palacio, se dio un relajante baño y se cambió de ropas. Dejaría para más tarde la visita a alguna de las concubinas para solazarse con ellas, una vez que se hubiese entrevistado con su padre. Este, como siempre, estaba atendiendo algunas de las audiencias de ciudadanos que siempre acudían al rey para resolver sus problemas. En cuanto anunció su llegada, su padre dio por finalizadas las audiencias e hizo que lo pasasen a la sala donde se encontraba. Orodes había abandonado el trono y se había acomodado entre unos cuantos cojines. Una vez que hubo saludado a su hijo y congratularse por su feliz regreso, ordenó que les sirviesen unas copas de vino y algunos dátiles.

—Bueno, ¿qué tal el viaje? ¿Ha sido satisfactorio? —le preguntó. Pacoro, después de haber dado un buen sorbo a su copa de vino, que como siempre estaba delicioso, no en vano su padre se hacía traer los mejores vinos de toda la región, asintió con la cabeza.

—¡Muy satisfactorio! Como de costumbre teníais razón, padre. Julio César terminará imponiéndose como el hombre más poderoso de Roma —respondió Pacoro.

—Los mensajeros ya nos han traído noticias de su rápida victoria sobre el rey Farnaces del Ponto —comentó Orodes.

—Sí, fue una victoria rápida. Farnaces no era enemigo para César, al igual que no lo serán los militares romanos que se han hecho fuertes contra él en el norte de África.

—¿Entonces Julio César terminará convirtiéndose en rey de Roma? —preguntó Orodes.

—Pues no lo sé. A los romanos no parece que les guste mucho tener un rey. Parece ser que no tienen muy buenos recuerdos de cuando en el pasado les gobernaban los reyes —comentó Pacoro que había vuelto a llenar su copa de vino y darle otro sorbo—. En determinados casos, en casos excepcionales como son los enfrentamientos entre ellos, nombran un dictador, que es parecido a un rey, con poderes parecidos al de este, pero por un tiempo determinado.

—¿Entonces dónde está lo satisfactorio de tu viaje? —preguntó el rey— Porque en ambos casos Julio César dispondrá de todos los poderes para enfrentarse a nosotros, que es lo que me temo que hará una vez que deje resueltos los problemas internos.

—He entablado contacto con un médico griego, Olimpo es su nombre. Fue médico de la reina egipcia Cleopatra y de su hermana Arsinoe. Está muy dolido con Julio César pues ha encarcelado a la princesa Arsinoe y la ha conducido a Roma. Me ha confesado que tiene una relación sentimental con la princesa Arsinoe. El hecho es que, a través de él, he sabido de algunos senadores romanos que no ven con muy buenos ojos esa acumulación de poder de Julio César y he pedido al médico griego que alimente el temor de estos de que el general romano quiere convertirse en rey —comentó Pacoro que después de dar otro sorbo a su copa y comer un par de higos continuó hablando—. Y no están dispuestos a tolerarlo de ninguna manera. Solo hay que alimentar ese temor, hacerlo crecer, conseguir que se adhieran a ese temor más senadores y entonces... Serán capaces de hacer cualquier cosa para evitarlo.

—¿Y cómo piensas alimentar ese temor entre los senadores y conseguir más adeptos a ese proyecto? —preguntó el rey.

—Con oro, con mucho oro. Los senadores son ambiciosos y además del poder ambicionan la riqueza. Nosotros tenemos oro suficiente para fomentar ese temor.

—¿Y crees que serán capaces de cualquier cosa? ¿Hasta de acabar con el general romano? —preguntó el rey a su hijo.

—¡Estoy convencido de ello! —exclamó Pacoro.

—Bien, me parece bien, pero que no descubran que estamos nosotros fomentando ese temor.

—Descuida padre. Yo no tengo contacto directo con ellos. Todo se hace a través del médico griego que, además de tener un gran resentimiento contra el general romano, necesita nuestro oro para poder subsistir, ya que ha tenido que huir de Alejandría.

—Bien, mantenme informado de cómo se van desarrollando los acontecimientos —le dijo Orodes a su hijo dándole permiso para abandonar la estancia.

«Quizá como militar no fuese gran cosa, pero como político intrigante podía desenvolverse bien. Y había batallas que no se ganaban con las armas», pensó Orodes mientras veía cómo su hijo abandonaba el aposento.

* * *

El tribuno Mario Cayo Gayo estaba muy enfadado. A pesar de que su caballería, al frente de la cual le había colocado Julio César personalmente, había derrotado y hecho huir a la caballería enemiga mandada por el mismísimo Tito Labieno, hasta no hacía tanto tiempo mano derecha del propio general, sin embargo, no había podido evitar que el comandante pompeyano consiguiese huir. César, después de la pacificación de las provincias del Este, había desembarcado en Hadrumetun, en el norte de África con unos tres mil infantes y apenas ciento cincuenta jinetes, mientras que las fuerzas pompeyanas había aumentado sus fuerzas a una velocidad impresionante y, en aquellos momentos, contaban con unas diez legiones, más bien bisoñas, una poderosa caballería dirigida por Tito Labieno y fuerzas aliadas de reyes locales que formaban unas cuatro legiones, mayoritariamente númidas, a las que había que añadir ciento veinte elefantes y varios escuadrones de buques de guerra. Sin embargo las tropas republicanas estaban constituidas principalmente por veteranos de la batalla de Farsalia y mercenarios galos, germanos e hispanos, hombres duros y de gran experiencia. Los dos ejércitos se enzarzaron en pequeñas batallas para medir sus fuerzas y, durante ese tiempo, en las tropas pompeyanas se produjeron numerosas deserciones, que se unieron a las tropas republicanas, quedando reducidos sus efectivos casi a la mitad, mientras que Julio César recibió refuerzos de Sicilia aumentando su número hasta unos treinta y cinco mil legionarios, unos cuatro mil jinetes y unos dos mil arqueros y honderos. Con semejante ejército Julio César se dirigió a Tapso a comienzos de febrero del año 46 a. C. poniendo cerco a la ciudad con tres filas de fortificaciones. Los pompeyanos, al mando de Metelo Escipión, no podían permitirse perder esa posición por lo que presentaron batalla.

César dirigió a su ejército colocando en el centro nueve de sus legiones, dirigiendo él personalmente el ala derecha mientras que la caballería, mandada por Mario Cayo, y los arqueros les flanqueaban. La amenaza de los elefantes hizo que reforzase cada ala de la caballería con cinco cohortes de legionarios y ciento cuarenta y cuatro arqueros y honderos, dejando dos cohortes protegiendo el campamento. Una vez que comenzó la batalla, los arqueros y honderos de César atacaron a los elefantes sin piedad, provocándoles el pánico y la desbandada general contra sus propias tropas. Mientras tanto, el lado izquierdo de los elefantes cargó contra el centro de las tropas de Julio César, pero la legión V aguantó la carga, con tal valentía que la embestida fracasó, perdiendo a la mayor parte de los elefantes. Metelo Escipión no tuvo más remedio que batirse en retirada. La caballería de Julio César era muy superior en número y destruyó el campamento fortificado, haciendo que lo que quedaba de la caballería Pompeyana huyese, entre ellos su comandante, Tito Labieno, al que el tribuno Mario Cayo no pudo alcanzar. Las tropas del rey Juba, aliadas de los pompeyanos, abandonaron el lugar y la batalla quedó decidida.

Mario Cayo, cubierto de sangre enemiga, mandó regresar a la caballería. Era inútil seguir persiguiendo a los que habían conseguido huir. Habían puesto demasiada tierra de por medio. Unos *cornicem*, jinetes encargados de transmitir las órdenes a los diferentes cuerpos del ejército, se acercaron gritando:

—¡Han envenenado al general! ¡Julio César ha sido envenenado!

El tribuno Mario Cayo no esperó a tener más explicaciones de aquello que gritaban los *cornicem*. Espoleó su caballo lanzándolo al galope y se dirigió al praetorium, donde el general tenía su cuartel general. No tardó en llegar y la confusión a la entrada de la tienda era enorme. Los diferentes legados de las distintas legiones gritaban y daban órdenes, en algunos casos contradictorias y el desconcierto era enorme. Mario Cayo descabalgó de un salto y corriendo se dirigió hacia el praetorium. Unos guardias intentaron interceptarlo pero su carrera fue tan rápida e inesperada que no pudieron detenerlo. En el interior de la tienda Julio César yacía en el suelo convulsionando, completamente lívido, mientras el médico personal del general le había abierto la boca, sujetándole la lengua para impedir que se la mordiese o se ahogase con ella. Al ver a Mario Cayo le gritó que le ayudase a sujetar al general.

—¿Lo han envenenado? —preguntó el tribuno mientras sujetaba con fuerza a Julio César.

—¿Envenenado? —preguntó el médico— ¿Quién ha dicho eso?

—Esa es la noticia que está corriendo por el campamento —le dijo el tribuno.

—Por todos los dioses del averno. No. Es otro ataque, igual que el que le dio en Hispania. Ya le advertí que le podía ocurrir.

—¿Entonces nadie le ha envenenado?

—Claro que no —exclamó el médico.

—Pues hay que aclararlo porque se está corriendo la voz que el general ha sido envenenado y eso, en mitad de una batalla, puede ser fatal.

El general parecía que ya estaba dejando de convulsionar y el color estaba volviendo a su rostro. Entre el médico y el tribuno levantaron al general y lo sentaron en una sella. El médico echó en una copa un poco de agua y ayudó a Julio César a beberla.

—Voy a desmentir la noticia y que corra la voz que el general no ha sido envenenado —comentó el tribuno.

—Diles simplemente que el general ha sufrido un desmayo, por el calor y el cansancio. Que lo único que necesita es descansar un poco.

Fuera del *praetorium* la confusión era enorme, acrecentada por un griterío ensordecedor que procedía de donde se encontraban las legiones.

—¿Qué griterío es ese? —preguntó el tribuno al primer legado que se encontró.

—Estamos pasando a cuchillo a los soldados enemigos que se habían rendido, como represalia por haber envenenado a nuestro general —le contestó el legado.

—¡Imbécil! Nadie ha envenenado al general. Tan solo ha sufrido un desfallecimiento por el cansancio, el calor y la tensión de la batalla. Detened ahora mismo esa masacre.

El legado dudó por unos instantes. No sabiendo qué hacer. El tribuno agarró al legado del brazo y lo arrastró dentro de la tienda.

—Compruébalo tú mismo. El general se está recuperando. Detén esa masacre antes de que sea demasiado tarde.

Pero ya era demasiado tarde. Diez mil soldados enemigos que se habían rendido, incluido su comandante en jefe, Metelo Escipión, habían sido ajusticiados. Cuando la noticia le llegó a Mario Cayo, este estalló en cólera y a punto estuvo de atravesar con su gladio al legionario que se la trajo, que por supuesto no era ninguno de los que había dado la orden de hacerlo. En aquellos momentos nadie reconocía haber dado esa orden. Era como si el viento la hubiese fabricado por sí mismo y luego transmitido al ejército vencedor. Cuando el médico fue informado de la terrible noticia por Mario Cayo, meneó la cabeza de un lado al otro.

—¡Cuánta sangre derramada inútilmente! —exclamó. Miró a Julio César que descansaba en su lecho con un profundo y sosegado sueño— Es mejor que no le digamos nada de lo ocurrido hasta que se recupere del todo. Podía ser contraproducente y repetirse el ataque.

—¿Le repetirán más veces esos ataques? —preguntó el tribuno.

—Me temo que sí y cada vez serán más a menudo.

—¿Y no hay nada que se pueda hacer para evitarlos?

—De momento, creo que no. Ahora lo mejor es que descanse, pero que un par de legionarios de confianza vigilen su lecho por si volviese a reproducirse.

Pasados unos días y ya casi restablecido, Julio César decidió retomar el asedio de la ciudad de Tapso que, ya casi sin soldados que la defendiesen y sin líderes que les mandaran, cayó sin ninguna dificultad. Nadie informó al general de la masacre producida y este, no totalmente recuperado de su ataque, no preguntó por lo sucedido. Conquistada Tapso, Julio César, a pesar de los consejos de su médico y de los legados de sus legiones que le pedían que descansase unos días, decidió continuar camino de Útica, donde Catón se encontraba guarnecido. Era el único de los comandantes que todavía resistía, pues Metelo murió ajusticiado tras la batalla de Tapso, Tito Labieno había huido, al igual que Sexto Pompeyo, y su hermano Cneo se encontraba en las Baleares, preparando su apoyo a los sublevados de Hispania. Catón no esperó a la llegada de las tropas republicanas. Una vez que tuvo noticias de la derrota que habían sufrido en Tapso, de la muerte de Metelo Escipión y la huida del resto de comandantes, pidió que le dejasen solo y se retiró a sus aposentos con el libro *Fedón* en sus manos, una obra filosófica escrita por el griego Platón sobre la inmortalidad. Sin abandonar el libro se clavó su espada en el estómago. Pero, para desgracia de sus intenciones, sus amigos llegaron a tiempo de socorrerle y, contra su voluntad, el médico al que habían llamado le limpió y curó las heridas, dándole los necesarios puntos de sutura. Pero la voluntad de Catón era firme y en cuanto se quedó solo, se quitó los vendajes, soltó los puntos y se arrancó las entrañas. Cuando sus amigos volvieron a ver cómo iba ya había muerto. A la llegada de Julio César, el ejército pompeyano se rindió y el general lamentó la muerte de

Catón, pues no era su intención la de acabar con su vida. Dicen los que se encontraban presentes cuando se le informó de su muerte que el general exclamó: «Catón, acepto tu muerte a regañadientes, al igual que tú hubieras aceptado a regañadientes que te perdonase la vida». Y es que el general le hubiese perdonado la vida al igual que lo había hecho con otros que se habían sublevado contra él.

* * *

El tribuno Marco Cayo navegaba junto al general Julio César hacia Roma. El tribuno seguía sin acostumbrarse a la mar y, como tantas otras veces le había ocurrido, estaba deseando ver en el horizonte el puerto de Ostia al que se dirigían. Julio César, después de poner orden en el norte de África, había decidido regresar a Roma y poner orden en los asuntos de la República. Bien es verdad que la guerra civil que había enfrentado a los partidarios de Pompeyo con los suyos podía darse por acabada, aunque alguno de sus líderes había huido a Hispania donde se habían refugiado, aprovechando que la provincia hispana estaba un tanto revuelta. Los gobernadores que había colocado en ella se habían aprovechado de la situación en su propio beneficio, especialmente Quinto Casio Longino, al que por su experiencia como cuestor en la Hispania Ulterior había designado como gobernador. Sin embargo, la crueldad de este con los naturales había provocado que estos se sublevasen, principalmente en Córdoba. La represión a la que se sometió fue cruel y tremenda, lo que a su vez hizo que el cuestor Marcelo, con algunas de sus tropas, se rebelasen contra el gobernador. Lépido, gobernador de la Hispania Citerior, recibió el encargo del propio Julio César de poner orden entre Quinto Casio Longino y Marcelo, otorgándole para ello el título de procónsul. Para ello sustituyó a Quinto Casio Longino, poniendo en su lugar al procónsul C. Trebonio. Lépido consiguió que Quinto Casio Longino enviase sus tropas a los cuarteles de invierno y se embarcase en Malaca camino de Roma, lo que este hizo con todas sus ganancias. Con Lépido como gobernador de la Hispania Citerior y C. Trebonio de la Hispania Ulterior y fuera de la escena política Quinto Casio Longino, César pensó que las aguas volverían a su cauce en las provincias hispanas, aunque se hubiesen refugiado en ellas los líderes que habían huido de la batalla de Tapso, como eran Tito Labieno y los hermanos Pompeyos. Los nuevos procónsules, Trebonio y Lépido se encargarían de tranquilizar la situación y él decidió regresar a Roma, donde el Senado reclamaba su presencia para legitimarle en el poder y nombrarle dictador por diez años, un plazo de tiempo sin precedente en la vida de la República romana. Mario Cayo sonrió. A lo lejos ya se divisaba el puerto de Ostia y el viaje concluiría.

—Ya puedes sonreír, tribuno. Ya llegamos a puerto y a casa. Ya sé que no te gusta navegar y estos años no te ha quedado más remedio que hacerlo, obedeciendo mis órdenes.

—Ha sido un placer y un honor estar a vuestro servicio y, cumplir vuestras órdenes es algo que he hecho muy gustoso —le contestó el tribuno.

—He decidido desmovilizar la décimo tercera legión, Gémina. La tuya, tribuno. La paz parece que por fin volverá a reinar en la República y es hora que esta legión guarde sus estandartes y sus hombres descansen. Me han servido fielmente y por ello, como el resto de legionarios que me han servido sin reservas, recibirán cinco mil denarios.

—¡Señor, eso es lo equivalente a dieciséis años de servicio! —exclamo el tribuno.

—Sí, lo sé. Se lo han merecido. Los centuriones recibirán diez mil denarios y los tribunos y prefectos veinte mil. Además, quiero que los veteranos reciban tierras, aunque no podrán ser cerca de Roma, pero sí a lo largo de la Península.

—Sois muy generoso, señor.

—Ellos lo han sido conmigo, entregándome todo su esfuerzo. No cumplo con menos. Sin embargo —y el general hizo una pausa—, aunque tu legión se desmovilizará, me gustaría que tú siguieses a mi lado. Quiero tenerte conmigo, no solo para gobernar la República, sino para las nuevas batallas y guerras que emprenderemos.

—¿Nuevas batallas? —preguntó sorprendido el tribuno— ¿Contra quién, señor?

—¡Contra los partos! —exclamó el general— Tenemos una espina clavada con ellos. Hemos de recuperar las águilas que arrebataron a Craso y hemos de abrir nuevas vías seguras hacia oriente. Es todo un mundo por explorar y un gran comercio por desarrollar.

Mario Cayó guardó silencio. El puerto de Ostia ya cada vez se veía más cerca y los marineros se aprestaban a preparar lo necesario para atracar.

—Señor, si me lo ordenáis, yo continuaré con vos…

—¿Pero? Pues parece que hay un «pero» —preguntó el general.

—Desearía recuperar a mi amada, la sobrina del general Pompeyo y eso, estando a vuestro lado… es imposible. Quiero estar a su lado, formar una familia con ella y ver crecer a mis hijos lejos de la guerra…

—Entiendo, tribuno. No soy tan egoísta como para que renuncies por mí a todo eso. Cuenta con mi apoyo, con todo mi agradecimiento y quiero que sepas que si un día quieres regresar a mi lado, yo estaré muy contento de tenerte conmigo.

El general extendió el brazo y lo estrecho con el del tribuno. Los ojos de los dos hombres estaban vidriosos y se alejaron uno del otro antes de que las lágrimas los desbordasen.

* * *

Quineto Escápula saboreaba una jarra de buen vino en una taberna de Córdoba que se encontraba alejada de la ciudad. La situación había cambiado y no era seguro frecuentar los mismos lugares de siempre. En esta ocasión no estaba solo, sino que le acompañaban cuatro hombres que formaban su escolta personal y que, en la mesa de al lado, vigilaban a todos los que entraban en la taberna. Y es que las cosas desde luego que habían cambiado bastante para el terrateniente cordobés. Él y sus amigos, entre los que se encontraba Aponio, habían conseguido que las revueltas triunfasen en toda la Hispania Ulterior y la sublevación se hubiese extendido por toda ella. En un principio, la reacción del gobernador de la provincia había sido terrible y cruel, ajusticiando a un buen número de cordobeses, pero Escápula, al igual que Aponio, habían conseguido escapar a las represalias del gobernador, que había sido tan cruel que hasta las dos legiones acantonadas en la provincia se habían negado a seguir sus órdenes, oponiéndose el propio cuestor, Metelo, a las órdenes del gobernador y negándose a cumplirlas. El propio Julio César había tomado cartas en el asunto y, ante el temor de que toda Hispania se sublevase, en un momento en el que tenía que hacer frente a las legiones pompeyanas del norte de África, había decidido sustituir a Quinto Casio Longino como gobernador de la Hispania Ulterior, poniendo en su lugar al procónsul C. Trebonio, con la esperanza de sofocar con ese cambio la sublevación que había en toda la provincia. El gobernador de la Hispania Citerior, Lépido, fue el encargado de solventar la situación hasta la llegada del nuevo gobernador, haciendo que Quinto Casio Longino regresase a Roma. En un principio era todo un triunfo para los sublevados que confiaban que, con la llegada del nuevo gobernador, la situación mejorase.

Varios hombres armados entraron en la taberna, miraron en su interior y, al ver a Escápula, uno de ellos salió. Eran la escolta de Aponio, que al igual que Escápula, se hacía acompañar de una protección de hombres armados. Los dos hombres se habían convertido en los cabecillas de la sublevación y se había puesto precio a sus cabezas. Aponio entró en la taberna y se dirigió directamente a la mesa que ocupaba Escápula, mientras que los hombres de su escolta se sentaron junto a otra mesa desde la que controlaban directamente la entrada a la taberna. Los dos hombres se fundieron en un fuerte abrazo. Hacía bastante tiempo que no se veían, aunque se mantenían en continuo contacto gracias a los correos.

—Tienes muy buen aspecto —le dijo Escápula a su amigo, una vez que hubo hecho una seña al tabernero para que le trajese otra jarra de vino.

—Tú también tienes muy buen aspecto—contestó Aponio.

—No parece que la vida de proscritos nos siente mal, porque, aunque se vaya a sustituir al gobernador, seguimos siendo unos proscritos y nuestras cabezas tienen un precio.

—Y es un buen precio —contestó Aponio —Nunca pensé que mi cabeza valiese tanto.

Los dos hombres rieron abiertamente mientras observaban la comida que les traía el tabernero: un cabrito asado a fuego lento y cuyo aroma impregnó toda la taberna.

—Sírveles lo mismo a nuestros hombres. Tienen tanto apetito o más que nosotros —le dijo Escápula al tabernero que, solícito, acudió a hacer lo que le habían mandado. Los dos hombres comieron y bebieron mientras comentaban las últimas novedades ocurridas en Córdoba y en el resto de la Hispania Ulterior.

—¿Se tienen noticias del nuevo gobernador? —preguntó Aponio.

—No, ninguna. Se espera que llegue cualquier día de estos.

—¿Y tú crees que cambiará algo la situación?

—No lo sé —contestó Escápula—. Hacerlo peor que Casio Longino es difícil. Habrá que darle, una vez que llegue, un margen de confianza para ver qué disposiciones toma y cómo se comporta. Pero yo no me hago muchas ilusiones por lo que creo que debemos mantener todas nuestras infraestructuras, por si necesitamos que la rebelión continúe.

—De momento, lo mejor es dejarla en suspenso, pero dispuesta por si es necesario reavivarla —comentó Aponio.

—¿Qué sabemos de Cneo Pompeyo hijo? —preguntó Escápula.

—Las últimas noticias que tenemos de él es que continuaba en las Baleares.

—Pero esas noticias ya la teníamos hace tiempo. ¿Continua en ellas?

—Parece ser que sí. Lo último que sabemos es que había enfermado y permanecía con todos sus hombres en las Baleares a la espera de recuperarse —comentó Aponio.

—Pues las noticias que llegan del norte de África tampoco son muy alentadoras —dijo Escápula.

—De todas maneras, nosotros poco podemos hacer en ese aspecto. Solo podemos esperar acontecimientos y ver cómo se comporta el nuevo gobernador cesariano.

Aponio terminó de comer la última tajada que tenía de cabrito y apuró su jarra de vino, haciendo una seña al tabernero para que las rellenase. Una vez que el tabernero lo hizo y se alejó de la mesa, Aponio continuó hablando.

—¿Qué sabemos de Casio Longino? —preguntó.

—Para eso concerté este encuentro contigo. Lo que sabemos es que ha recogido sus cosas, todo lo que nos ha robado, y se dirige a Malaca para embarcarse hacia Roma —contestó Escápula.

—¿Y qué podemos hacer?

—No podemos permitir que ese mal nacido se vaya de rositas, después de los muertos que nos ha causado y de todo lo que nos ha esquilmado —comentó Escápula.

—¿Y qué podemos hacer? —repitió Aponio— Me temo que nada. Ese mal nacido siempre ha ido muy bien protegido con una escolta que es tan numerosa como una legión. Y ahora, que parece ser que se lleva todo lo que nos ha robado, la escolta que le acompañará será mucho más numerosa.

—Sí, efectivamente es así. Por ahí no podemos intentar nada.

Escápula hizo una pausa para dar otro sorbo a su jarra

—Desde luego este es un buen vino y entra con una facilidad pasmosa… Veremos a ver cómo sale.

—¡Vamos! —exclamó Aponio— Déjate de vinos y cuéntame qué es lo que tienes pensado, porque tú no me convocas aquí, con el riesgo que eso entraña, sino tuvieses algo en la cabeza.

—Desde luego me conoces bien. No puedo tener secretos para ti. Sí, efectivamente tengo un plan, pero es muy arriesgado y no hay garantías de que salga bien.

—¡Vamos, vamos! Ya me lo estás contando —exclamó Aponio.

XLIII

Olimpo no perdió el tiempo y rápidamente comenzó a mover los dineros que le habían proporcionado los tres extranjeros, comprando voluntades, principalmente entre los senadores más dóciles a hacerlo. Pero pronto se dio cuenta que no necesitaba demasiado esfuerzo. Eran muchos los que en Roma se oponían a la dictadura del general Julio César y su número seguía aumentando, principalmente entre las clases más poderosas. Este había llegado a Roma a finales de julio (año 46 a. C.) después de su victoria en el norte de África y se decía que el Senado se estaba apresurando para nombrarle dictador por otros diez años, algo nunca visto en Roma. Además, había llegado dispuesto a realizar grandes cambios en la ciudad, acelerando todas aquellas obras de construcción que se habían comenzado bajo su mandato, como eran la Basílica Julia o el foro de César en las pendientes del Capitolio, en el centro de cuya plaza se había mandado colocar la estatua ecuestre de César, justo enfrente del templo de su divina antepasada Venus Genetrix, en cuyo interior, en el ábside, se encontraba la estatua de la diosa, que era obra de Arcesilas y que, según se comentaba en las tabernas del puerto, sus bocetos alcanzaban precios astronómicos, quizá, porque según se decía también, la escultura de la diosa era el vivo retrato de la reina Cleopatra, que había servido de modelo en la primera visita que realizaba a Roma. ¡Rumores! ¡La ciudad estaba llena de rumores de toda índole!

El número de senadores que se reunían en torno a unas jarras de vino y unas raciones de pescaditos fritos cada vez era mayor y sus diatribas contra el dictador más fuertes, por lo que tomaron la determinación de reunirse en la casa de uno de ellos, ya que con el general en Roma y sus hombres merodeando por toda la ciudad, cada vez resultaba más peligroso hacerlo en público. Durante la ausencia del general, el Senado había tomado en bloque la decisión de aprobar los decretos de honores que le serían conferidos. Una vez con el general en Roma, instalado en la Regina, residencia del sumo Pontífice, adosada al templo de Vesta, el Senado decidió, antes de colocar los decretos a los pies de Júpiter Capitolino, como mandaba la tradición, acercarse a ofrecérselos a Julio César a su propia residencia.

—Pero el general no nos recibió argumentando una sin fin de excusas —gritaba uno de los senadores, mientras los demás que le escuchaban se llevaban las manos a la cabeza escandalizándose.

Aquella noche, en casa del senador Casca, los exabruptos que dirigían los senadores contra el general hacían sonrojarse incluso a los menos melindrosos. La realidad era muy diferente y es que Julio César acababa de sufrir el tercero de sus ataques y sus allegados y el médico que le atendían no iban a permitir que los padres de la patria viesen al general en aquel estado. Olimpo sonreía satisfecho. La indignación contra el dictador cada día era mayor y raro era el día que no se añadían personajes importantes al grupo de los descontentos. Después de la negativa del general de recibir al Senado, este se presentó unos días después en el templo de Venux Genetris, en cuyo vestíbulo el general estaba supervisando y discutiendo con los artistas y arquitectos que habían venido a presentarles sus proyectos. El Senado en corpore se presentó a verle, precedido de los magistrados en ejercicio y acompañados de una multitud de personas de diverso rango. Olimpo se las había agenciado para encontrarse presente, pero no solo él, sino que, utilizando los dineros que le habían proporcionado los tres extranjeros, había pagado a un buen número de personas para que boicoteasen el acto y abuchearan al general. Este no prestó la menor atención al grupo de senadores y siguió hablando con los arquitectos y artistas que le mostraban sus proyectos. Uno de los senadores se adelantó para pronunciar el discurso que habían preparado para la ocasión y César se dispuso a escucharlo, pero sin levantarse del asiento que ocupaba, lo que se consideró como una falta de consideración y respeto hacia el Senado, lo que provocó los silbidos y gritos de una parte de la multitud. Pero mayor fue la sorpresa de los senadores y del público en general cuando Julio César insistió en rebajar los honores que le concedían, aunque terminó aceptando todos. Esa noche, en casa del senador Casca los exabruptos y las protestas contra Julio César subieron de tono.

—No solo ha aceptado todos los honores que el Senado le ha ofrecido, a pesar de que, cínicamente, trató de rechazarlos, sino que está haciéndose con nuevas prerrogativas mucho más importantes —exclamaba uno de los senadores— ya que le permiten reunir en sus manos todo el poder del gobierno de la República.

—Ha exigido y conseguido que todos sus actos tengan que ser ratificados por el Senado —exclamó otros de los senadores muy indignado.

—Todos los funcionarios públicos van a ser obligados, desde que empiecen a cumplir su función, a prestar juramento de no oponerse nunca a ninguna medida tomada por él —comentó otro senador.

—¡Esto es inaudito! —exclamaron un grupo de senadores enfurecidos— Nunca se ha visto nada igual en toda la vida de la República.

Olimpo, que también había acudido a la reunión, se encontraba satisfecho. Las cosas estaban saliendo mucho mejor de lo que se podía imaginar y el descontento contra Julio César cada día era mayor entre un buen grupo de senadores. El populacho sin embargo lo aclamaba y lo vitoreaba, pero con el dinero que había conseguido de los extranjeros partos, se estaba encargando que a cada aparición en público del general, un buen grupo de personas, pagadas por él, le silbasen y abucheasen, lo que era tomado por los senadores contrarios a Julio César como una señal de que una buena parte del pueblo no lo aceptaba.

—El Senado tiene cada vez menos poder —exclamó otro de los senadores que asistía a la reunión—. Está quedando como un mero órgano consultivo que aprueba resoluciones que el general pasa por alto cuando le apetece, sin dar siquiera una explicación.

—¿Sabéis lo último que ha decretado? —preguntó otro de los senadores y ante la cara de ignorancia de sus contertulios explicó— En lo sucesivo, es él el único que puede disponer de las finanzas de la República y quién preparará la lista de candidatos al consulado y a las demás magistraturas.

Los gritos de protesta de los senadores cada vez eran mayores, hasta el punto de que el dueño de la casa tuvo que pedir que bajasen la voz y no alborotasen tanto. Alguien podría oir lo que estaban diciendo y contárselo a los partidarios de Julio César.

—Se está buscando su ruina y el día menos pensado se va a encontrar con lo que no quiere —exclamó bajando la voz otro de los senadores.

—El pueblo llano se está cansando de sus decisiones y el Senado no puede consentir que le roben de esa manera sus atribuciones — comentó Olimpo, que hasta ese momento había permanecido en silencio—. Se comenta por la ciudad que la finalidad que persigue es convertirse en rey y acabar de esa manera con la República.

Un griterío de protesta aturdió la estancia en la que se encontraban, hasta el punto que el dueño de la casa tuvo que volver a intervenir, mandando bajar la voz y amortiguar los gritos de protesta.

—No sería de extrañar que alguien quisiese acabar con su vida poniendo fin a esta locura y salvando así a la República —finalizó Olimpo, guardando silencio y viendo el efecto que sus palabras producían en los allí reunidos.

—Creo que nadie se atrevería a eso. Julio César se ha atribuido los privilegios de los tribunos de la plebe con lo que cuenta con la *tribunicia potestad* y la inmunidad sacrosanta que los distingue. Desde ese momento su persona es sagrada y nadie puede ni siquiera tocar un pelo de su ya escasa cabellera, sin ser ajusticiado por ello.

El silencio se hizo en la sala, un tenso silencio que nadie osaba romper. Era como si hubiesen llegado al final de un camino que estuviese totalmente cerrado, sin continuidad posible.

—Solo el Senado, en defensa de la República y de su supervivencia, podría hacerlo, sin que nadie pudiese acusarlo de sacrílego — comentó Olimpo—. Y el Senado sois vosotros.

Los senadores se miraban unos a otros sin saber qué decir. Las palabras de aquel griego eran muy graves, pero... ¿acaso había otro camino? La reunión se disolvió y los senadores abandonaron la casa del senador Casca en silencio y rumiando las palabras que había dicho el médico griego: «Solo el Senado en defensa de la República y de su supervivencia podría hacerlo, sin que nadie pudiese acusarlo de sacrílego... Y el Senado sois vosotros.»

* * *

Cayo Casio Longino había regresado a Roma con la flota que había traído de vuelta a la ciudad al general Julio César. Paseaba por la ciudad observando los cambios que se estaban produciendo en ella, sobre todo en el Foro, al que ya los romanos comenzaban a llamar el Foro de César, en las pendientes del Capitolio y principalmente en el Campo de Marte, donde se estaba terminando de construir un estadio para la lucha de atletas. También se estaba ensanchando la arena del Circo por ambos lados para permitir las carreras de cuadrigas y *bigas*. Se hizo un lago en la Codeta menor, al otro lado del Tíber, para simular combates navales de birremes, trirremes y cuatrirremes.

Cayo Casio Longino paseaba contemplando todo ese ajetreo que tenía a la ciudad sumida en una total confusión de obras y operarios.

—¿Vaya, poniéndote al día y viendo cómo evoluciona la ciudad, legado?

Longino miró hacia atrás de donde procedía la voz y vio que el que le había hablado no era otro que Marco Junio Bruto.

—Efectivamente, estaba dando un paseo y observando cómo está cambiando todo. Transcurre todo tan deprisa que en cuanto falta uno una temporada de ella, cuando regresa está irreconocible.

—¿Te importa si te acompaño? —preguntó Bruto— Yo también he salido a dar un paseo en esta mañana veraniega.

—No, de ninguna manera y ya quiero aprovechar para darte las condolencias por la muerte de tu tío Catón.

Bruto era sobrino de Catón el joven, quien se había quitado la vida tras la batalla de Tapso.

—Fue su decisión y todos debemos respetarla, pero te agradezco tus condolencias —contestó Bruto.

—Supongo que lo sentirías mucho pues siempre habías estado muy unido a tu tío.

—Efectivamente, tenía un gran aprecio por él, desde que estuvimos juntos en Chipre, yo como asistente suyo... Pero los dioses y su voluntad lo quisieron así y todos hemos de respetarlo. ¿Y tú qué haces ahora? ¿Descansando? —preguntó Bruto intentando cambiar de conversación. Era evidente que hablar sobre su difunto tío no le agradaba.

—Estoy a la espera de que el general me designe un puesto y un lugar. Me habló hace tiempo de nombrarme gobernador en Siria, pero no sé si continúa con la misma idea, porque no me ha vuelto a decir nada.

—Ahora anda muy ocupado preparando los desfiles triunfales que el Senado le va a otorgar por las victorias conseguidas estos años. Parece ser que por fin se los va a otorgar a finales del mes de septiembre —comentó Marco Junio Bruto.

—Sí, ahora que ya parece que las fuerzas pompeyanas han sido derrotadas, el general se puede tomar un respiro y se le pueden ofrecer esos triunfos —comentó Casio Longino—. Para eso son todas estas obras que se están realizando. Por lo que oído creo que va a ser toda una locura.

—No parece que te entusiasmen mucho —le dijo Marco Junio Bruto mientras dejaban atrás el Campo de Marte y entraban en la ciudad amurallada por la puerta Carmena.

—Si te he de ser sincero, no mucho —contestó Casio Longino—. Soy un soldado y como tal prefiero estar con mis legionarios en el campo de batalla.

—Y entonces el puesto de gobernador en Siria... ¿tampoco es de tu agrado?

Casio Longino sonrió. Sabía la especial relación que Marco Junio Bruto tenía con el general y el aprecio que este le tenía. No sabía hasta qué punto podía ser sincero con él.

—Yo no he dicho eso. Acataré muy gustoso las órdenes del general y dedicaré todo mi esfuerzo a cumplir con mi deber lo mejor que pueda. Pero eso no quita que me gustaría más acompañarle en su incursión a la Partia.

—¿Ya das por seguro que Julio César va a emprender la conquista de la Partia? —preguntó Marco Junio.

—Bueno... Esos son los rumores que corren por la ciudad.

—La ciudad está llena de rumores de todo tipo. Algunos afirman que quiere acabar con la República y ser coronado como rey.

—¿Y tú los crees? —preguntó Longino.

—Yo no sé qué creer... Pero hay un buen número de senadores que están muy descontentos con el general, con las medidas que está tomando y que no hacen oídos sordos a esos rumores. ¿Acaso hasta ti no han llegado?

—Sí, algo he oído. De hecho —y el soldado dudó unos momentos si continuar o no con lo que estaba diciendo— ...me han invitado a una reunión que hay esta noche en casa de uno de los senadores para hablar de esos asuntos. ¿Quieres acompañarme? Creo que será interesante saber qué hay de verdad en esos rumores.

Marco Bruto asintió con la cabeza y miró a su alrededor. Habían llegado al Foro, que ahora empezaba a llamarse de César, y en el que trabajaban un buen número de operarios.

—Sí. Quizás tengas razón y sea interesante saber qué hay de verdad en todos esos rumores que corren por la ciudad. Te acompañaré muy gustoso.

* * *

La reina Cleopatra contemplaba cómo el barco que la llevaba se acercaba al puerto de Ostia. Iba a ser la segunda vez que visitaba la ciudad de Roma, pero en esta ocasión la visita iba a ser diferente pues no iba sola. La acompañaba su hijo Cesarión, fruto de sus amores con el general romano Julio César y esperaba poder presentárselo a este, con la esperanza de que lo reconociese oficialmente como hijo. Sería algo grandioso pues Cesarión recibiría en herencia el trono de Egipto y esperaba que también el trono de Roma, ya que tenía esperanzas de que se confirmasen todos aquellos rumores que habían llegado a Egipto en los que se afirmaba que

Julio César iba a convertirse en rey de Roma. Las dos más poderosas potencias militares del Mediterráneo estarían bajo una misma mano, la de su hijo Cesarión. Sería algo inaudito y su poder sería inmenso, pero para ello en primer lugar el general romano debería reconocer oficialmente como hijo suyo a Cesarión, cosa que no había hecho hasta el momento; y en segundo lugar convertirse en rey de Roma. Cleopatra no entendía por qué no lo había hecho ya pues, en la práctica, tal y como la habían informado, ya acumulaba bajo su mando todos los poderes de la República. Pero sin ser nombrado rey no podría dejar en herencia a su hijo el trono de Roma. Confiaba en poder dejar resueltas estas cuestiones en la capital romana una vez que se encontrase con Julio César. Había recibido la invitación oficial para asistir a los triunfos que se le iban a otorgar al general por sus victorias obtenidas frente a los galos, egipcios, asiáticos y africanos, enmascarándose la guerra entre romanos, como victorias contra los extranjeros. El barco egipcio que llevaba a la reina Cleopatra y a todo su séquito atracó en el puerto de Ostia sin mayores problemas y la reina, desde el castillo del barco, esperaba ver llegar la comitiva que iría a recibirla, encabezada por Julio César. Pero tan solo observó acercarse a un jinete acompañado de una pequeña escolta de caballeros romanos. El jinete desmontó de su caballo y pidió permiso para subir a bordo. Se presentó como un legado del general, encargado por este para acompañar a la reina y a su séquito a la residencia en la que se alojarían en Roma. Se trataba de la casa de campo del general, ubicada en la ribera oeste del Tíber, al sur de la ciudad, fuera de las murallas de esta. Disponía de un extenso y hermoso jardín de unas tres millas de extensión y una amplia mansión decorada con pinturas, esculturas y mosaicos. Una hermosa casa en la que el general no habitaba pues residía en la Regina, la residencia del sumo sacerdote junto al palacio de Vesta. Cleopatra al ser informada sufrió una decepción pues esperaba que en esta ocasión pudiese alojarse en la misma casa que el general, lo que no parecía un buen presagio. Sin embargo, no dijo nada y aceptó seguir al enviado del general hasta su residencia.

—Confiaba en que fuese el propio Julio César quien viniese a recibirme —le dijo al legado romano.

—Un imprevisto inexcusable ha obligado al general a ausentarse de Roma, pero en cuanto pueda acudirá a visitaros —le dijo el legado.

Este le informó que ocuparía un lugar destacado en los desfiles de los triunfos del general, en la tribuna de invitados especiales, lo que no sirvió para contentar a la reina, que desde el momento que supo que también se realizaría un triunfo sobre la victoria del general sobre Egipto, temió ver desfilar cargada de cadenas a su hermana Arsínoe. No es que le importase mucho su hermana. Bien merecido se tenía lo que le había ocurrido por haber intentado usurpar su lugar y hacerse con el trono egipcio, lo que sin duda habría ocurrido si ella no hubiese contado con la ayuda del general romano. No, le tenía sin cuidado lo que le ocurriese a su hermana y, si tenía que morir, bien estaba. Pero lo que no le hacía gracia es verla desfilar cargada de cadenas en el triunfo que se le otorgaría al general, siendo insultada y vilipendiada por el populacho romano. Era una egipcia y no quería que los egipcios fuesen humillados y despreciados por aquel pueblo inculto e ignorante. Igual que tampoco le gustaba que se mostrasen en público los tesoros que les habían sido arrebatados y que Julio César se había llevado como pago por sus servicios. Intentaría hablar con el general cuando consiguiese verlo para tratar de impedir que todo aquello ocurriese.

Cleopatra, su séquito y la escolta romana que la acompañaban no tardaron en llegar a la villa que el general poseía y que sería su residencia durante su estancia en Roma. Le hubiese gustado más instalarse en la Regina, residencia habitual del general, pero no dejaba de reconocer que habría resultado muy violento encontrarse bajo el mismo techo que Calpurnia, la actual esposa de Julio César. No sabía con exactitud el número de esposas que el general romano había tenido, al igual que el número de sus amantes. Cuando se lo había preguntado este había eludido la respuesta y se había mostrado muy molesto por la pregunta, pero si tenía que hacer caso a los rumores, Calpurnia podía ser la tercera o cuarta esposa, mientras que el número de amantes que había tenido no había forma de saberlo a ciencia cierta, pero indudablemente muchas. Pero lo que sí era cierto es que ni sus esposas ni sus amantes le habían dado un hijo varón. Algunos rumores decían que Marco Junio Bruto, el hijo de una de las amantes de César, Servilia, podía ser hijo suyo, pero había muchas dudas al respecto y no parecía probable, pues el general lo tendría que haber engendrado siendo demasiado joven. Por lo tanto, el único hijo cierto de Julio César era el suyo, Cesarión, y ahora todos sus esfuerzos irían encaminados a que el general lo reconociese oficialmente como tal. El resto ya vendría rodado. La reina pasó los primeros días sin salir de la villa en la que residía, pues no quería que Julio César, muy dado a realizar las visitas sin previo aviso, no la encontrase en ella cuando fuese a visitarla y no pudiese entrevistarse con él. Pero los días iban pasando y el general no aparecía. Por fin, cuando la reina ya desesperaba y parecía un animal enjaulado en aquella jaula de oro, una larga comitiva que se vio llegar por el camino que conducía hasta la villa del general, le indicó que Julio César llegaba, por fin, a visitarla. Era un amplio séquito encabezado por los setenta y dos lictores encargados de protegerle. Lo cierto es que el dictador tenía que llevar veinticuatro lictores, pero como César había sido tres veces dictador, su número ascendía a setenta y dos, que encabezaban la comitiva y se les distinguía perfectamente por su túnica escarlata, que utilizaban cuando se encontraban fuera de las murallas de la ciudad, y un ancho cinturón de cuero claveteado con latón. Cuando se encontraban dentro del *pomerium*, sustituían la túnica escarlata por otra blanca. Portaban sobre el hombro izquierdo las *fasces,* un haz de varas en el que se encontraban insertas una o dos hachas lo que simbolizaba la facultad del magistrado para castigar y ejecutar. Tras ellos marchaba la escolta personal de Julio César formada por legionarios de su entera confianza. Y es que, desde su llegada a la ciudad, las salidas de este por la ciudad de forma oficial siempre eran seguidas por un buen número de personas que le silbaban y abucheaban, mientras que otros tantos le jaleaban y aplaudían. Indudablemente Julio César y sus hombres más allegados estaban convencidos que era toda una campaña contra el dictador, pero no se sabía quién la orquestaba y por qué.

La reina Cleopatra salió a recibirle a la entrada de la mansión y Julio César se inclinó ante ella besándole la mano. La reina lo observó detenidamente. Había envejecido mucho en el tiempo que habían permanecido alejados y parecía que Julio César había perdido el vigor que siempre parecía acompañarle. El general le dio la bienvenida a Roma y a su casa, que podía considerar como suya. Tras preguntarle por el viaje realizado y alegrarse porque hubiese sido tranquilo y apacible, le deseó una agradable estancia en la ciudad y que disfrutase de los desfiles y espectáculos que en la misma se iban a realizar.

—Desgraciadamente mis muchas obligaciones me impedirán dedicaros todo el tiempo que me gustaría y que vos, como reina de Egipto, nuestro gran aliado, os merecéis, pero cualquier cosa que deséis no dudéis en pedirla y os será concedida.

El general ya se volvía para marcharse cuando la voz de Cleopatra a sus espaldas le hizo detenerse.

—¿No deseáis conocer a vuestro hijo, señor? —le preguntó la reina.

El general se volvió lentamente y se encontró como una de las esclavas llevaba en brazos a un pequeño, ataviado a la manera egipcia, que entregó a la reina.

—Es hermoso vuestro hijo y se parece mucho a su madre. Le deseo que los dioses le protejan y le proporcionen buena salud. Sois una mujer afortunada, reina Cleopatra —E inclinando la cabeza se dio media vuelta y se alejó de la villa rodeado de todos sus lictores y todos sus guardias.

La reina devolvió el pequeño a la esclava que se lo había entregado y entrando en la casa dio una patada a una columna que sostenía un hermoso jarrón griego que, al chocar con el suelo, quedó hecho pedazos. Estaba furiosa, muy furiosa. Julio César la había tratado como a un dignatario extranjero más, uno de los muchos que estaban llegando a la ciudad para asistir a los triunfos del general. Ni una sonrisa, ni un gesto de complicidad después de lo que habían vivido y amado juntos. No es que ella esperase que el general siguiese enamorado de ella, como tantas veces le había jurado mientras habían estado juntos en Alejandría, disfrutando uno del otro y de su amor. Eso era algo que ya había pasado y que daba por concluido. Pero tenían un hijo en común, un hijo al que apenas había mirado y que parecía no importarle lo más mínimo. En aquel momento se habían desvanecido sus esperanzas en que lo reconociese como tal. No, estaba segura de que no lo haría. En aquel momento su mayor deseo era abandonar la ciudad y regresar a Egipto y eso ordenó a su séquito, que recogiesen sus cosas y prepararasen los baules que regresaban a casa.

Pero sus consejeros la hicieron reflexionar. No podía hacer eso. Julio César y el pueblo romano lo considerarían un grave insulto y podían retirarle su apoyo. Y eso, con la princesa Arsinoe todavía viva y en manos del general, podía ser una baza importante con la que podían jugar sus enemigos, que aún tenía y que no eran pocos. Todavía no estaba consolidada en el trono y, por lo tanto, el apoyo de las legiones romanas era imprescindible. Además, nunca se sabía lo que los dioses les tenían dispuesto y quizá, en un momento determinado, el general necesitase del apoyo de la reina y no le quedase más remedio que reconocer oficialmente a Cesarión como su hijo. Los rumores que corrían por la ciudad eran muchos y algunos nada favorables al general. Lo mejor que podían hacer era tragarse su orgullo y esperar acontecimientos. La reina era inteligente y, una vez que se le hubo pasado su enfado inicial, reconoció que sus consejeros tenían razón. Se tragaría su orgullo y esperarían acontecimientos. Se quedarían en Roma y asistirían a los triunfos del general, adornados con sus mejores galas esperando ver cómo se desarrollaban los hechos.

XLIV

El tribuno Marco Cayo, una vez que hubo desembarcado en el puerto de Ostia y se hubo despedido de sus compañeros, se deshizo de su traje militar y cabalgó hasta Roma. Sentía una extraña sensación al no vestir por primera vez, después de muchos años, el traje de legionario. Tal y como le había prometido el propio Julio César recibió autorización para licenciarse, aunque todavía no llevaba como soldado el tiempo necesario para hacerlo; también recibió la cantidad de veinte mil denarios, lo mismo que recibirían el resto de tribunos o prefectos que habían servido al general. Y, del mismo modo, recibió el título de propiedad de unas tierras, no demasiado alejadas de la ciudad de Roma. Esto último fue una concesión especial que le hizo el general por haberle otorgado su amistad y servido fielmente, pues el resto de los terrenos que entregó a sus veteranos se encontraban bastante alejados de Roma, ya que el general no quería despojar a ciudadanos romanos de sus tierras y cerca de Roma estaban todos los terrenos ocupados.

Marco Cayo se informó si Pompeya seguía viviendo con su tía Cornelia en Roma y, una vez que hubo confirmado esta noticia, se dirigió a ver y ocupar los terrenos que el propio general le había otorgado. No tardó en llegar a ellos pues estaban relativamente cerca de la ciudad. Eran unos buenos terrenos en los que ya había una casa rural con una serie de edificaciones anejas que formaban el centro de una propiedad agraria importante. Había pertenecido a un patricio que había combatido en el bando del general

Pompeyo y que había muerto en las guerras civiles. No tenía herederos y la propiedad había pasado a poder del propio Julio César. Era el regalo que el general le hacía al que tan fielmente le había servido durante todos aquellos años. Marco Cayo se encontraba satisfecho. El lugar le gustaba y podía dedicarle tranquilamente el resto de sus días. Con el dinero que había obtenido compró un buen número de esclavos para que pusiesen en funcionamiento la villa y remodeló la casa, realizando en ellas las mejoras que consideró oportunas. Una vez que estuvo lista y en funcionamiento regresó a Roma a ver a Pompeya. Cuando entró en la casa de la viuda de Cneo Pompeyo, nervioso e inseguro, se preguntaba cómo saldría de allí, si contento, feliz y satisfecho o, por el contrario, saldría acabado y triste, porque si Pompeya no aceptaba volver con él y convertirse en su esposa, nada de lo que había hecho tendría sentido ¿Para qué quería una villa tan hermosa como la que había conseguido si no tenía con quién disfrutarla? Su vida era su amada Pompeya y, si no podía tenerla, nada de lo que había hecho le servía. Por un momento una terrible pregunta pasó por su mente, que hasta aquel momento ni siquiera se le había ocurrido hacerse. ¿Y si Pompeya durante su ausencia se había casado con otro hombre? La espera que estaba sufriendo hizo que ese temor se fuese adueñando de él. Quizá Pompeya se hubiese casado y por eso no salía a recibirle. Los minutos fueron pasando y la joven no aparecía, lo que hacía acrecentar su temor. ¿Pero entonces, por qué no salía nadie a decírselo?

Los nervios iban en aumento a medida que la espera se iba haciendo cada vez mayor. Marco Cayo paseaba inquieto por el jardín, al que un esclavo le había conducido y le había dicho que esperase cuando, al llegar a la casa, preguntó por la noble Pompeya. Ni siquiera se había detenido a observar el hermoso jardín en el que el agua fluía lentamente y las flores, todavía abundantes en aquella época, lo adornaban, produciendo un intenso aroma que todo lo envolvía. Unas cuantas estatuas completaban aquel hermoso lugar. Su casa no tenía un jardín tan hermoso como aquel y se prometió así mismo que, si Pompeya volvía con él, se encargaría personalmente de tener un jardín tan magnífico como aquel. El ruido de unos pasos apresurados al chocar con las baldosas del suelo hizo que el joven se volviese justo en el momento en el que Cornelia, la tía de Pompeya, entraba corriendo en el jardín junto a un pequeño de pelo rizado de color del oro al que perseguía.

—¡Oh! —exclamó la matrona al ver a Marco Cayo— No sabía que tuviésemos visita. Estos esclavos cada día son más descuidados y cumplen peor con su trabajo.

—Lo siento señora. Pero al llegar he preguntado por Pompeya y me han indicado que esperase aquí —contestó el joven.

—¿Y vuestro nombre es…? —preguntó Cornelia.

—Disculpad señora mis modales, pero tantos años en la legión han hecho que mis maneras de comportarme dejen mucho que desear. Mi nombre es Marco Cayo Gayo —respondió el joven. La sonrisa que adornaba la cara de la matrona desapareció y fue sustituida por una dura expresión.

—He oído hablar de vos, soldado. Sois un hombre del general Julio César. ¿Acaso os envía él?

—No, señora. Ya no soy un hombre del general. He abandonado la legión… Y no, no me envía el general. He venido por propia iniciativa.

—¿Y qué es lo que queréis? —preguntó de forma seca y cortante la matrona, mientras que el pequeño se había colocado junto a la mujer y la había agarrado de la mano.

—Querría ver a vuestra sobrina Pompeya. Es lo que me ha traído hasta vuestra casa y nada más lejos de mis intenciones el molestaros.

—Pues me habéis molestado. Sois… o habéis sido, eso me es indiferente, un hombre de Julio César, por cuya culpa mi marido perdió la vida.

Marco Cayo fue a protestar, pero con un gesto de la mano la mujer le indicó que guardase silencio.

—No sois bienvenido en esta casa y solo mis modales me impiden llamar a mis esclavos para que os arrojen de ella. Lucio —le dijo al niño que miraba con los ojos muy abiertos lo que estaba ocurriendo—, ve a buscar a tu madre y dile que tiene una visita.

—¿Su madre? —preguntó Marco Cayo sorprendido— ¿Este niño es hijo de Pompeya?

—Sí, ¿no lo sabíais? —preguntó la matrona—. Esta preciosidad es el regalo que los dioses han hecho a mi sobrina y que colma la felicidad de esta. No vengáis vos a enturbiar esa felicidad con vuestra presencia.

—¡No lo haré señora! ¡Por encima de todo quiero la felicidad de vuestra sobrina! Siento haberos molestado con mi presencia. No volverá a ocurrir.

Y dando media vuelta abandonó el jardín y la casa de Cornelia.

* * *

Quinto Casio Longino contemplaba el horizonte, donde el mar y el cielo se fundían en una sola línea, desde la proa de la nave que lo llevaba a él y a toda su fortuna a Roma. Había tenido que dejar su puesto de gobernador de la Hispania Ulterior cuando su cuestor, Metelo, no solo se había negado a cumplir sus órdenes, sino que que se había levantado en armas contra él. Había tenido que intervenir el gobernador de la Hispania Citerior, siguiendo las instrucciones del propio Julio César, intentando poner orden hasta que llegase el nuevo gobernador que el general había nombrado para sustituirle. Pero no le arriesgaba las ganancias a Trebonio, el nuevo gobernador, pues toda la provincia se había alzado en armas contra las tropas de Julio César y aquello no tenía la pinta de ser una simple revuelta, sino toda una sublevación en regla. Bueno, eso ya a Quinto Casio Longino le daba igual pues había conseguido embarcar todas sus ganancias en aquel barco que había fletado y se dirigía a Roma, donde podría vivir tranquilamente el resto de su vida, si no conseguía otro cargo importante en algún otro lugar, una vez que hubiese pasado la tormenta política que le había obligado a dejar su puesto de gobernador. Pero había algo que le recomía las entrañas y era no haber acabado con la vida de Quineto Escápula, el ciudadano cordobés, si es que era natural de Córdoba como decían algunos, aunque otros lo dudaban. Estaba seguro de que era el cabecilla de la rebelión que había surgido en toda la provincia y estaba también convencido que había sido el cabecilla del intento de asesinato del que había sido objeto cuando fue cuestor de la provincia. Todas sus informaciones le conducían a él como máximo responsable, pero era escurridizo como una anguila y no había habido manera de dar con él. Confiaba que su sucesor en el gobierno tuviese más éxito y pudiese darle caza.

Quinto Casio Longino miraba el horizonte donde unos negros nubarrones indicaban claramente que se acercaba una tormenta, pero estaba tranquilo. El barco que había fletado era un poco más lento y pesado que la mayoría y el único peligro que se podía cernir sobre él era que lo asaltasen los piratas que frecuentaban el Mediterráneo que, sin lugar a duda, disponían de barcos más veloces y no iban tan cargados. Pero para ello había dado órdenes que no se perdiese de vista la costa en ningún momento. Habían salido hacía varios días del puerto de Málaca, donde había llegado con una imponente escolta que protegía toda su fortuna, la que había acumulado durante su estancia en Hispania. Nadie hubiese osado pensar en asaltarle con semejante acompañamiento, aunque no se sintió completamente tranquilo hasta que no hubieron cargado completamente el barco y este salió del puerto. Ya habían bordeado el Cabo de Gata, el cabo de Palos y el cabo de la Nao y se estaban acercando al delta del río Ebro. Esperaba que la tormenta, que sin duda se avecinaba, no retrasase mucho su marcha pues ya tenía ganas de encontrarse en Roma a salvo de cualquier contingencia. Observó al capitán del barco, un hombre maduro, curtido en un buen número de batallas marineras y que le había asegurado que llegarían sin ningún contratiempo al puerto de Ostia. El capitán también se había percatado que la tormenta se acercaba y estaba dando las órdenes oportunas para hacerla frente. Manio era uno de los marineros que se afanaba por obedecer las órdenes del capitán del barco. No pertenecía a la tripulación habitual del barco sino que se había contratado para aquel viaje. Era un hombre joven, de alta estatura y complexión fuerte, con unas manos grandes y robustas. Estaba pendiente de su tarea, pero no perdía de vista al antiguo gobernador que, de forma regular, bajaba a las bodegas del barco a asegurarse que los guardias que vigilaban sus cofres y arcones permanecían en su sitio y estos no habían sido forzados. Manio también miró el cielo viendo cómo se dirigían derechos a la tormenta. El capitán le había sugerido a Quinto Casio Longino evitarla dirigiendo el barco mar adentro, alejándose de la costa, pero este se había negado en redondo. Por nada del mundo perderían de vista la costa. El barco era resistente y podría soportar una tormenta como aquella.

«Quizá era la oportunidad que había venido esperando desde que habían salido del puerto de Malaca», pensó Manio. Puesto que no le quedaba más remedio que enfrentarse a la tormenta, el capitán del barco no dejaba de gritar dando las órdenes oportunas para que el barco pudiese hacer frente a aquella tempestad, sufriendo el menor número de daños. Manio bajó a las bodegas y, en el extremo opuesto al que se encontraban los guardias, lejos de su vista, con un mazo empezó a golpear las tablas del suelo de la nave. El ruido era fuerte pero más era el que producían las olas y los truenos de la tormenta que tenían encima. Manio era fuerte, tenía buenos músculos y las tablas del suelo no tardaron en ceder ante los golpes proporcionados con el mazo. Las tablas cedieron dejando un boquete por donde el agua empezó a penetrar con fuerza. «Bueno, la primera parte ya está hecha», pensó Manio y abandonó la bodega rápidamente. En cubierta, atareados como estaban con sortear el temporal e impedir que alguna ola hiciese naufragar al barco, nadie se percató de lo ocurrido, hasta que pasado un tiempo los guardias que custodiaban los cofres y arcones de Quinto Casio Longino subieron corriendo a la cubierta:

—«Nos hundimos, nos hundimos»... «La bodega está toda inundada»... «El agua entra a raudales»... —gritaron los guardias que habían subido corriendo. El capitán dejó el timón a su suerte y se dirigió corriendo, dando bandazos de un extremo a otro del barco, hasta las escaleras que conducían a la bodega, pero apenas había empezado a bajar cuando desistió de hacerlo. El agua ya llegaba hasta las escaleras y subía rápidamente.

—¡No hay nada que hacer! —gritó— ¡El barco está perdido! Hay que abandonarlo rápidamente antes que nos arrastre con él.

—¡Estás loco! —gritó Casio Longino— No podemos abandonarlo. Ahí abajo está toda mi fortuna.

—Pues quédate tú con ella, si quieres. Nosotros abandonamos el barco. Descended el bote antes de que sea demasiado tarde y que los dioses se apiaden de nosotros.

Casio Longino intentó detener a los guardias que custodiaban su tesoro, pero estos fueron los primeros que bajaron al bote una vez que este estuvo en el agua, no sin gran esfuerzo pues las olas eran muy grandes y resultaba muy complicado mantenerse en él. Ya estaban casi todos los tripulantes en el bote manteniendo a duras penas este a flote, cuando Manio sacó una daga que ocultaba bajo las ropas y la clavó en el vientre del antiguo gobernador, haciéndola girar sobre si misma para causarle el mayor daño posible.

—Esto de parte de los hispanos que masacraste mientras que fuiste gobernador. Todos ellos te esperan en el más allá para darte la bienvenida.

Y de un empujón se deshizo del antiguo gobernador que trataba de taparse con las manos el boquete que el marinero le había hecho en su estómago, mientras le miraba incrédulo con los ojos desorbitados.

—¿Dónde está el romano? —preguntó el capitán a Manio que estaba asido con todas sus fuerzas a la escala para descender al bote mientras que el resto de la tripulación le gritaba que bajase ya.

—Dice que se queda a cuidar de su tesoro —contestó Manio mientras intentaba descender por la escala que se bamboleaba peligrosamente al ser azotada por las olas.

—Maldita sea. Pues que los dioses cuiden de él —gritó el capitán mientras intentaba bajar por la escala detrás de Manio, procurando que el azote de las olas, que golpeaban con fuerza la escala estrellándola contra el barco, no los aplastasen.

* * *

Olimpo paseaba inquieto por Roma. Las cosas, aunque iban bien para sus intereses, no iban todo lo deprisa que a él le hubiese gustado. Sí, es verdad que cada vez era mayor el número de personas que no veían con buenos ojos a Julio César y, también, iba en aumento el número de los que pensaban que su última intención era la de convertirse en rey, quizá al estilo de los reyes orientales. La llegada a Roma de la que había sido o seguía siendo amante del dictador, la reina Cleopatra de Egipto, parecía avalar ese rumor que corría por la ciudad. Además, la reina no había llegado sola. Venía acompañada de su hijo, al que llamaban Cesarión, y que todos daban por supuesto que era fruto de los amores del general con la reina cuando estuvo en Alejandría. Si César lo reconocía oficialmente, cosa que hasta el momento no había hecho, vendría a confirmar todos esos rumores que corrían por la ciudad. Cada vez, también, eran más los senadores que se incorporaban al grupo que se reunían en casa del senador Casca contrarios al dictador. Los últimos que lo habían hecho eran dos personajes cuyo peso y opinión eran tenidas muy en cuenta por el resto de senadores, no en vano eran hombres muy próximos a Julio César. Se trataba de Casio Cayo Longino, uno de los legados del general y del que se hablaba como futuro gobernador de Siria, y Marco Junio Bruto, hombre muy querido por el general. Sin lugar a duda eran dos personas importantes y su unión para la causa totalmente decisiva para llevarla a buen puerto. Sin embargo, las discrepancias entre los senadores eran importantes, lo que hacía que las discusiones fuesen muy frecuentes y retrasasen el cometido final, el que Olimpo quería, que no era otro que la muerte del dictador y la puesta en libertad de su amada Arsinoe. Pero parecía que tendría que tomar otro plan alternativo pues, según se había comentado en la reunión, en el mes de septiembre, es decir ya, César estaba dispuesto a celebrar los triunfos que el Senado le había concedido por sus victorias, y, en el dedicado a la victoria sobre las tropas egipcias, desfilaría encadenada la princesa Arsinoe, para ser ajusticiada al terminar el desfile.

«¡No habría tiempo para salvarla!», pensaba Olimpo.

—Griego, vas tan ensimismado en tus pensamientos que no ves a nadie, y eso en una ciudad como esta es muy peligroso.

Olimpo se sobresaltó al oír lo que le decían, pero se tranquilizó al ver que el que había hablado era el extranjero parto, pues estaba seguro que tanto él como sus dos acompañantes lo eran.

—No te había visto… —Olimpo iba a llamarlo por su nombre pero recordó que el extranjero no se lo había dicho.

—Sigue caminando. No te detengas —le había dicho, pues Olimpo había hecho intención de pararse.

Observó que tras el extranjero estaban sus dos compañeros que miraban atentamente todo lo que ocurría a su alrededor. Daba la impresión de que eran los escoltas del extranjero. Olimpo continuó caminando y a su lado el extranjero, protegidos por los dos hombres que iban tras ellos guardándoles las espaldas. Habían llegado a las *tabernas veteres* y el gentío, como siempre, era enorme, si cabe más que nunca, pues la noticia de los triunfos que César iba a celebrar estaba atrayendo a la ciudad ingentes cantidades de personas procedentes de todos los rincones de la península. Tal era la multitud de gente que estaba arribaban a la ciudad que se habían instalado tiendas y carpas en el Campo de Marte para dar alojamiento a tanto extranjero como llegaba, pues la ciudad no era capaz cobijar a tantas personas y estas levantaban sus propias tiendas para pasar la noche en las calles y plazas. Y es que se ofertaban espectáculos para el pueblo de todo tipo: combates de gladiadores en los lugares que se habían habilitado para ello, principalmente en el foro; comedias en todos los barrios de la ciudad, con actores extranjeros y representadas en varios idiomas, tal era el número de extranjeros y lenguas que se oían hablar en aquellos días en la ciudad; juegos en el circo, ensanchándose la arena por ambos lados, e incluso se cavó un foso en el centro que se llenó de agua, al que acudirían los atletas más conocidos en un estadio construido para la ocasión en el Campo de Marte, donde se enfrentarían durante tres días atletas llegados de todo el mundo conocido; se correrían cuadrigas y bigas y se realizarían juegos para niños que se llamarían troyanos; se darían combates de fieras durante cinco días y se terminaría simulando una gran batalla formada por dos ejércitos con infantes, jinetes y elefantes. En la Codeta menor, un lago artificial preparado al otro lado del Tíber, se trabarían combates navales con birremes, trirremes y cuatrirremes, como si fuesen dos flotas.

—Ya hemos visto que la ciudad está muy soliviantada contra Julio César. Veo que has hecho un buen trabajo y has empleado bien el dinero que te dimos.

—No va a servir de nada. Julio César sigue vivo —y al decirlo bajó ostensiblemente la voz sin dejar de mirar a todos lados por si había alguien que pudiese escuchar—. El general va a recibir los triunfos que le concede el Senado y hará desfilar, según dicen, a la princesa Arsínoe cargada de cadenas, para luego ajusticiarla. Mis esfuerzos para salvarle la vida no habrán servido de nada.

—Eso dependerá de cómo emplees tus bazas hasta que se celebre el triunfo —comentó el extranjero.

—¿Qué quieres decir? —preguntó Olimpo.

El extranjero sacó de su túnica una bolsa de monedas y se la introdujo en la túnica de Olimpo.

—Sigue caminando y no te detengas. Con este barullo de gente es el mejor lugar para pasar desapercibidos y poder hablar —le dijo a Olimpo que había hecho otra vez intención de detenerse—. Según he oído, la princesa es muy hermosa y …muy joven. Es fácil que la muchedumbre se apiade de ella, sobre todo si empleas bien ese dinero que te acabo de dar para que griten a César pidiéndole que perdone a la princesa. Empléalo bien y conseguirás salvar a tu amada… Pero no olvides tu misión principal y por la que te pagamos, la de conseguir que acaben con la vida del dictador. Si sigues actuando bien seguiremos proporcionándote todo lo que necesites para ello.

Olimpo asintió con la cabeza. Una nueva esperanza sobre la vida de su amada acababa de abrirse paso e iba a agarrarse a ella con todas sus fuerzas.

—Por más que le doy vueltas no consigo averiguar qué es lo que ganáis vosotros en todo esto que os está costando toda una fortuna.

—No le des más vueltas. Eso no es asunto tuyo. Tú cumple con tu parte, haz bien tu trabajo y no lo lamentarás.

Olimpo se quedó pensando. En aquella frase iba implícita una amenaza ¿Y si no conseguían su propósito? ¿Qué ocurriría? Pero sus preguntas se quedaron sin respuesta pues los tres extranjeros habían desaparecido entre la multitud.

XLV

Nameyo paseaba por el círculo de arena de la escuela de gladiadores contemplando cómo estos se entrenaban bajo las indicaciones de sus instructores. Todo funcionaba perfectamente y el Lanista, Cayo Junio, según le acababa de comunicar, estaba muy contento con su trabajo como jefe de instructores. Y es que Nameyo no había tenido más remedio que aceptar la propuesta del Lanista. Nameyo se miraba la mano y la contemplaba completamente muerta. Desgraciadamente el médico había tenido razón y la mano le había quedado sin movilidad de ninguna clase. Afortunadamente, según le decía el médico, le podía dar gracias a los dioses pues había conseguido salvarla, evitando la gangrena y el tener que amputársela. «¿Afortunadamente? Si no le servía para nada…¿para qué la quería?», pensaba Nameyo, y una y otra vez intentaba mover los dedos esperando que, en algún momento, estos pudiesen reaccionar y comenzar a moverse. Pero nada, estos permanecían quietos, haciendo caso omiso de los esfuerzos del gladiador. No había tenido más remedio que aceptar la propuesta de Cayo Junio y convertirse en jefe de instructores y mano derecha del Lanista, quedándose a cargo de ella cuando este tenía que ausentarse. Sus compañeros gladiadores habían acogido su nombramiento con grandes muestras de júbilo, incluidos los instructores que tenían alguna esperanza de ser ellos los elegidos para ocupar ese puesto. Y es que Nameyo era considerado recto, pero justo y de trato amable con sus compañeros, no exigiéndoles más de lo que creía que podían hacer. Pero la que estaba más contenta y feliz por la nueva situación de Nameyo era Anneliese, la esclava germana, que cada día que pasaba estaba más profundamente enamorada del nuevo jefe de instructores, sobre todo porque desde que había sido elegido para el puesto, habían desaparecido el miedo y el desasosiego cada vez que el joven emprendía una gira de combates. Ahora ya no podía luchar y su vida, por lo tanto, no corría el peligro de antes. Nameyo, por su parte, además de aprender a manejar la mano izquierda, entrenándose con ella para manejar la espada, algo que le estaba costando bastante, procuraba cumplir con sus obligaciones lo mejor que podía y sabía, y, por lo que le había dicho el Lanista aquella mañana, cuando le había llamado a sus aposentos, estaba muy contento con su trabajo. Pero le había dicho más. Julio César, que había regresado a Roma, había decidido celebrar los triunfos que el Senado le había concedido y eran cuatro desfiles triunfales que se realizarían a finales del mes de septiembre. Durante ese tiempo habría todo tipo de espectáculos en la ciudad, a la que ya estaban llegando miles y miles de personas, atraídas por la fastuosidad de los espectáculos que se anunciaban y, entre ellos, destacando sobremanera y convirtiéndose en el espectáculo estrella, los combates entre gladiadores. Habría decenas y decenas de combates y acudirían gladiadores de toda la República. Era la oportunidad soñada para cualquier escuela de gladiadores de que sus combatientes estuviesen presentes en todos esos combates y saliesen victoriosos. La fama que obtendrían sería enorme y los contratos que lloverían sobre ellos muy numerosos.

—¿Estamos preparados para satisfacer esa demanda y salir victoriosos de ella? —le preguntaba Cayo Junio a Nameyo.

—Lo estaremos —le contestó el nuevo jefe de instructores—. Nuestros hombres se dejarán la vida en ello si fuera necesario.

—No quiero que se dejen la vida en los combates sino que salgan victoriosos de ellos —contestó el Lanista.

—Saldrán, no os quepa la menor duda —respondió Nameyo.

—Pues tenlos a punto para cuando vengan a verlos. Se comenta que es posible que el propio Julio César, en persona, venga a ver a los gladiadores y seleccionar a los que más le gusten. Y quiero que de nuestra escuela elija un buen número.

Y desde ese momento se dispuso a trazar un plan de entrenamiento que le permitiese obtener los resultados que le demandaba el Lanista.

* * *

Marco Cayo había vuelto a su villa y estaba recogiendo todas sus cosas, no muchas, solo aquellas que pudiese necesitar en su regreso a la vida militar. Lo había estado pensando y llegado a la conclusión de que, para qué quería él una villa como aquella, tan hermosa, sino podía disfrutarla con lo que más quería en el mundo, su amada Pompeya. Pero era evidente que la joven ya había tomado otro camino. La presencia de su hijo eso indicaba. Y ese nuevo camino que había emprendido parecía obvio que él no lo andaría con ella. Lo sentía, lo sentía en el alma porque la seguía queriendo y le hubiese gustado envejecer con ella, tener unos cuantos hijos que fuesen la alegría de su vejez y disfrutar en paz de aquella hermosa villa, en la que había pensado construir un hermoso jardín en el que sentarse las largas y calurosas tardes de verano a escuchar el relajante susurro del agua que discurriría por él, el trino de los pájaros que iban y venían y embriagarse con el perfume de todas aquellas flores que lo poblarían. Pero parecía claro, como el agua cristalina que ya no discurriría por el jardín, que los dioses habían dispuesto para él otra cosa y no podía alterar la voluntad de estos. Ahora solo quedaba encontrar un comprador que le pagase lo mismo que él había invertido en acondicionarla y en los esclavos que había comprado. No quería más. Ya había acudido a ver a Julio César para preguntarle si seguía vigente la oferta que le había hecho de continuar a su lado. En breve, en la próxima primavera, el general empezaría su campaña contra los partos, algo que venía preparando a conciencia desde hacía tiempo y para la que ya había empezado con los preparativos necesarios. El general lo recibió rápidamente, muy sorprendido del cambio de opinión de su tribuno y, como era costumbre de Julio César, no se conformó solo con la petición que le hacía el tribuno de reincorporarse a su antiguo puesto. Le sometió a un interrogatorio exhaustivo sobre las causas que le llevaban a querer reincorporarse y Marco Cayo no tuvo más remedio de contarle al general la verdadera causa por la que quería regresar a la legión. El general lo escuchó en silencio y, una vez que el joven hubo terminado de hablar, Julio César se acercó a una mesita donde había una jarra de vino y varias copas.

—Sabes, el médico me prohibió beber vino. Decía que provocaba los ataques que tenía.

—¿Los seguís teniendo, señor? —preguntó Marco Cayo.

—Sí, los sigo teniendo y creo que cada vez me dan con más frecuencia. El último tan solo hace unas semanas, unos momentos antes de que llegase el Senado en pleno a contarme las dignidades que me otorgaban. No era cuestión que me viesen en ese estado tan lamentable y no los recibí. No parece que se lo tomasen muy bien y todos me tacharon de soberbio y engreído. Lo mismo ocurre con los dolores de cabeza que cada vez son más fuertes y más frecuentes. Y, sin embargo, había seguido rigurosamente los consejos de mi médico de no tomar vino. Así que he decidido que, si se van a seguir produciendo esos ataques, por lo menos disfrutaré del vino, uno de los pocos placeres que me van quedando. El general llenó dos copas de vino y le ofreció una a Marco Cayo.

—He seguido tu consejo y siempre hago que alguien pruebe el vino y la comida que voy a tomar. No me fío de todos los que me rodean. Son demasiados los que están a mi alrededor y tengo mis dudas de la fidelidad de alguno de ellos. Los dos hombres saborearon el vino que había en sus copas asintiendo con la cabeza en señal de que les satisfacía plenamente.

—Bueno tribuno, tengo que pensar en la petición que me has hecho. Ya sabes que nunca tomo una decisión sin haberla meditado antes, sea del carácter que sea y no iba a empezar a saltarme mis propias normas ahora. Regresa a tu villa, descansa en ella y disfrútala. En unos cuantos días te haré saber mi decisión.

Marco Cayo asintió con la cabeza, dejó su copa ya vacía en la mesa y, después de saludar con el brazo en alto, abandonó la estancia un tanto decepcionado. Esperaba una respuesta inmediata del general a su petición de reincorporarse a la legión y aquello suponía una pequeña desilusión. Pero el general era así, nunca se precipitaba, aunque confiaba que su decisión fuese favorable a sus intereses.

La reina Cleopatra estaba siendo vestida por varias de las esclavas que la habían acompañado a Roma. Ya se había puesto varios vestidos de los muchos que había llevado consigo, pero ninguno le terminaba de satisfacer y es que aquel día iba a ser un día muy especial. Se celebraría el triunfo de Julio César sobre los egipcios en Alejandría. Cleopatra ya había presenciado los tres desfiles anteriores que el Senado le había brindado al general por sus victorias sobre los galos, los asiáticos y los africanos. Desde una tribuna especial para los altos dignatarios y los invitados extranjeros, la reina de Egipto, acompañada de su hijo Cesarión, ante las miradas curiosas y los cuchicheos de los asistentes a esa tribuna y del público en general que vitoreaba a su general y a sus legionarios, había visto desfilar cargado de cadenas a Vercingétorix, el jefe galo que desde su derrota en Alexia había permanecido encerrado en una cárcel. Durante el recorrido el eje del carro que lo transportaba se rompió y estuvo a punto de caer al suelo. Un mal presagio de la muerte que le esperaba al terminar el desfile, pues fue ajusticiado arrojándole desde la roca Tarpeya. También, desde ese mismo lugar privilegiado y ante otra multitud enfervorizada, vio desfilar una carroza con el lema *Veni, vidi, vici*, la frase que Julio César había pronunciado tras su rápida victoria sobre el rey Farnaces II del Ponto.

Galos, asiáticos y africanos desfilaron cargados de cadenas, detrás de innumerables carros que portaban los tesoros de un valor incalculable arrebatados a esos pueblos. El pueblo romano nunca en su historia había presenciado triunfos tan apoteósicos como aquellos, que eran seguidos de interminables comilonas para el pueblo que se prolongaban durante varios días y en las que se comía y se bebía hasta la saciedad, a la vez que se producían combates de gladiadores desde primera hora de la mañana hasta que el sol se ponía tras el horizonte, competiciones de atletas venidos de todo el orbe conocido y las representaciones de teatro y de batallas navales y terrestres se sucedían en los lugares previstos para la ocasión. Roma se había convertido en un enorme espectáculo casi las veinticuatro horas del día, pero donde también era muy fácil perder la vida al ser asaltado por los maleantes, ladrones y gente de mal vivir que se encontraban a sus anchas en alguna de las avalanchas de público que constantemente se producían en la calle en torno a los espectáculos que se realizaban. Y de eso ni siquiera estaban libres los poderosos. Se comentaba que dos senadores habían muerto aplastados por una de esas avalanchas que, continuamente, tenían lugar.

Pero todavía quedaba un triunfo por celebrar, para la reina Cleopatra el más esperado, pero también el más doloroso. El triunfo de Julio César sobre su pueblo, sobre Egipto. En vano había intentado hablar con el general con la intención de pedirle que no celebrase ese triunfo en el que su pueblo, sin ninguna duda, sería vilipendiado y ofendido. Y a pesar de que su hermana Arsínoe había conspirado contra ella, no deseaba verla desfilar cargada de cadenas para luego ser ajusticiada, como había ocurrido con el jefe galo. Pero todos sus esfuerzos habían resultado inútiles. No había podido entrevistarse con el general. Este no había vuelto a visitarla y todos los mensajes que le había enviado para que la recibiese solo habían obtenido el silencio por respuesta. Incluso había pensado, por segunda vez, en vista del silencio del general, no acudir al desfile, pero tenía miedo que aquello fuese interpretado por el general y por el Senado romano como una provocación y un insulto de su pueblo hacía Roma, temiendo las consecuencias de ello. Lejos quedaban los tiempos en los que había imaginado que su reino y el pueblo romano, con Julio César a la cabeza como rey, se unirían y formarían un solo Estado que un día su hijo Cesarión heredaría como rey de los dos pueblos. Así pues, aquella mañana no le quedaba más remedio que acudir a presenciar el triunfo sobre su pueblo. Pero ya que este sería insultado y vilipendiado, quería que su reina brillase por encima de los demás como la más hermosa de las estrellas del universo. A la hora prevista para el inicio del desfile llegó a la tribuna de invitados, con el tiempo justo para ver cómo se iniciaba el desfile, pues desde la residencia en la que se alojaba hasta la tribuna, a un costado del monte Capitolino, era tal la multitud que se agolpaba que la escolta de guardias armados que la acompañaban tuvo que hacer verdaderos esfuerzos para abrirle camino. Tras los *bucinatores y tubicines* que con sus trompetas anunciaban el principio del desfile, caminaba el *curator*, encargado de organizar aquel desfile y que todo transcurriese tal y como mandaban las leyes; tras él, un nutrido grupo de senadores, con sus togas níveas inmaculadas, desfilaban orgullosos y satisfechos, para que nadie olvidase que eran ellos los que concedían aquel desfile. Tras ellos, un grupo de bueyes blancos que serían sacrificados a los dioses en agradecimiento por el triunfo que aquella mañana celebraban y, tras ellos, un centenar de portaestandartes, los *tituli*, en donde se representaba la victoria obtenida contra los soldados egipcios, en los que se recreaba, con todo detalle, los momentos más representativos de aquella victoria. Los portaestandartes se iban cruzando de un lado a otro de la calzada para que todos los espectadores pudiesen verlos y nadie se perdiese ningún detalle.

La reina Cleopatra, muy seria, observaba el discurrir del desfile sin apenas pestañear, consciente que multitud de miradas estaban pendientes de ella y de sus reacciones. Tras los *tituli*, apareció una larga hilera de carrozas, cargadas a rebosar de objetos de oro, plata y cofres de piedras preciosas, cogidas de los templos egipcios, así como infinidad de esculturas y relieves policromados, verdaderas maravillas del arte egipcio. El fervor del público creaba un ambiente ensordecedor, mientras que una lágrima, que había rebosado los ojos de la reina Cleopatra, discurría por su mejilla. Era muy triste ver cómo habían despojado su reino de muchas y valiosas obras que sus artesanos, durante muchas horas de trabajo, habían ido creando para disfrute de sus compatriotas y que ahora una turba de salvajes —pues así consideraba ella al pueblo romano— tendrían ante sus ojos, sin saber apreciar ni su valor ni su mérito. Afortunadamente las obras gigantescas, que sus antepasados en el trono de Egipto habían mandado levantar, como los templos, las pirámides o la mismísima esfinge, no habían podido llevárselas y permanecerían por los siglos venideros como testigos de la grandeza de su pueblo.

Tras las carrozas con los tesoros arrebatados al pueblo egipcio, apareció en una cuadriga el gran triunfador, Julio César, con la cara tiznada de rojo, como era preceptivo y un esclavo situado detrás de él en la cuadriga recordándole *que era solo un hombre*. Se hizo un silencio total pues, tras el general, encerrada en un carro con barrotes, iba la princesa Arsinoe. A la princesa se le había permitido arreglarse, de manera que lucía toda su belleza y juventud. Unos cuantos gritos en contra de la princesa fueron acallados por la multitud que empezó a aplaudir y a vitorearla. En un principio fueron unos pocos aplausos, tímidos pero constantes, que, paulatinamente, se fueron extendiendo a toda la multitud, al igual que los vítores y las aclamaciones a la princesa. «Perdona su vida, perdónala», gritaba el gentío a Julio César que, atónito y sorprendido, escuchaba a la multitud sin poder dar crédito a lo que estaba escuchando. La reina Cleopatra, también sorprendida, miraba a su hermana y al general sin entender qué estaba pasando, sin comprender a qué se debía aquel grito unánime pidiendo la libertad de la princesa Arsinoe, aclamándola como si fuese ella la que recibiese el triunfo. Pero la multitud no cejaba en su empeño y seguía aclamando a la princesa Arsinoe, exigiendo su perdón a Julio César.

Olimpo, entre la multitud, contemplaba, satisfecho, los gritos de esta aclamando a su amada. Los dineros que le habían dado los extranjeros partos, desde luego que los había empleado muy bien y ahora miraba, orgulloso, el resultado. Pero estaba nervioso, el general permanecía inmutable, a pesar de que el griterío continuaba sin cesar. Nadie contemplaba al resto de prisioneros egipcios que caminaban detrás de la princesa, arrastrando los pies que gruesas cadenas sujetaban, ni tampoco contemplaban ni vitoreaban a los legionarios, triunfadores en las guerras alejandrinas, que tras los prisioneros desfilaban de forma marcial, pero con la sorpresa de lo que estaba ocurriendo reflejada en sus rostros. Olimpo, desde donde se encontraba, veía perfectamente a la princesa Arsinoe que sonreía a la multitud, satisfecha de lo que estaba ocurriendo. Su mirada se cruzó con la de Olimpo y, al hacerlo, unas lágrimas rebosaron sus ojos y se deslizaron mejilla abajo. La multitud también vio las lágrimas de la princesa y rugió con más fuerza «Perdónala, perdónala, perdónala».

* * *

Nameyo estaba contento. Acababa de recibir la felicitación del Lanista. ¡Le había dicho que podría concederle la libertad! A él... ¡Concederle la libertad! ¡Lo que tanto había deseado! Y es que, si Nameyo estaba contento, el Lanista, Cayo Junio, estaba eufórico. Su escuela de gladiadores era la que más contratos había firmado para participar en los combates que tendrían lugar con motivo de los triunfos que se le otorgarían al general Julio César. Había sufrido una pequeña decepción cuando fue un representante del general el que apareció por la escuela para observar a los gladiadores. El general estaba demasiado ocupado para entretenerse viendo y eligiendo a los combatientes, aunque le habían dicho que le gustaba elegir personalmente a estos. Pero eran muchas las cosas que tenía que solventar en aquellos días y delegó esa tarea en uno de sus hombres de confianza.

Nameyo, una vez que tuvo noticias que el mismísimo general o un delegado de este acudiría a la escuela de gladiadores para verlos y decidir si alguno le interesaba, hizo trabajar duro a sus hombres, especialmente a Lucio, el nuevo gladiador galo, que era su protegido. Desde que el sol salía hasta que se ponía, con un pequeño descanso para comer, los gladiadores se esforzaban por conseguir una mayor resistencia y destreza en el combate. Tal era la intensidad que Nameyo les obligaba a mantener en todo el entrenamiento, que algunos tuvieron que ser atendidos por el médico de la escuela y retirados del duro trabajo. Cayo Junio, el Lanista, asistía a buena parte de los entrenamientos y, en más de una ocasión, temió por la integridad e incluso por la vida de alguno de sus gladiadores. Pero no dijo nada, tenía plena confianza en su nuevo jefe de instructores y rezaba a los dioses para que ninguno de ellos perdiese la vida en el duro entrenamiento al que eran sometidos. Cuando llegó el día en el que recibieron la visita del delegado de Julio César, la desilusión inicial que tuvo el Lanista, al no ser el propio general el que acudió a ver a los gladiadores, se tornó en una enorme alegría al comprobar la cara de asombro y de satisfacción del delegado del general al observar cómo se desenvolvían los gladiadores. Y la alegría se desbordó cuando el delegado del general escogió un buen número de gladiadores de su Escuela para participar en los combates que se iban a celebrar. El Lanista no cabía en sí de satisfacción y reconocía en Nameyo al responsable de aquel triunfo. El vino que llevaba ingerido para celebrar el alto número de sus hombres elegidos para participar en los combates hizo que se le desatase la lengua y prometiese a su nuevo jefe de instructores la libertad, una vez que hubiesen terminado los triunfos concedidos al general y con ellos los combates. Algo de lo que se arrepintió al día siguiente, una vez que se hubo pasado la reseca y sopesó las consecuencias de esa promesa hecha tan a la ligera. Pero Cayo Junio, el Lanista, era un hombre de palabra y no podía retirar la promesa que había hecho a su jefe de instructores. Eso sí, intentaría por todos los medios que, aunque Nameyo fuese un hombre libre, siguiese trabajando en su Escuela de gladiadores. Además, tenía una baza importante a su favor. En la escuela seguiría la esclava germana, Anneliese, actual pareja de Nameyo y él no había hablado para nada de la libertad de la esclava, por lo que intuía y sobre todo deseaba que Nameyo siguiese ligado a la escuela de gladiadores, aunque fuese un hombre libre.

Nameyo había recibido con enorme satisfacción el comentario hecho por el Lanista que le daría la libertad una vez que hubiesen finalizado los combates que se celebrarían en honor de Julio César. Pero no se había hecho demasiadas ilusiones y esperanzas. Sabía que el Lanista había hecho esa promesa en un momento de euforia y bajo los efectos del vino ingerido y temía que, a la mañana siguiente, una vez pasados los efectos de este y superada la resaca, el Lanista ni siquiera se acordase de la promesa hecha. Transcurridos unos días desde que le había hecho la promesa de la libertad y en vista que el Lanista, Cayo Junio, no había vuelto a mencionarlo, Nameyo, mientras observaba y daba instrucciones sobre la forma de realizar el entrenamiento a los instructores de la escuela, se dirigió al Lanista que junto a él observaba los entrenamientos.

—Señor, ¿sigue en pie vuestra oferta de otorgarme la libertad una vez que finalicen los combates de los gladiadores?

Cayo Junio, el Lanista, guardó silencio durante unos instantes, hasta el punto de que Nameyo pensó que no había oído la pregunta. Ya iba a volver a formularla cuando el Lanista contestó.

—Yo soy un hombre de palabra, por mucho vino que haya ingerido. Mi ofrecimiento de otorgarte la libertad cuando hayan finalizado los combates de gladiadores sigue vigente. Eso sí, aunque seas un hombre libre, no me gustaría que me abandonases. Querría que siguieses siendo mi jefe de instructores.

Ahora el que guardó silencio durante unos momentos fue Nameyo.

—¿Y la esclava germana, Anneliese? —preguntó el galo.

—Ella no entraba en la promesa que te hice. De momento seguirá siendo mi esclava. Luego, más adelante, ya veremos.

Nameyo ni dijo nada, se limitó a asentir con la cabeza. Estaba seguro que esa era la baza que el Lanista se guardaba para asegurarse que él seguiría en la escuela como jefe de instructores. Bueno, lo importante es que Cayo Junio, el Lanista, respetaba y mantenía la oferta que le había hecho. Terminados los combates sería un hombre libre y, de momento, no tenía pensado de ninguna manera abandonar la escuela de gladiadores, al menos mientras que Anneliese tuviese que estar en ella. Siguió contemplando cómo los instructores seguían al pie de la letra las instrucciones que les había dado respecto a la dureza de los entrenamientos y sonrió. Parecía que los dioses, sus dioses, no le habían abandonado, cosa que había pensado cuando vio cómo quedaba inútil su mano, y de nuevo estos parecía que le volvían a sonreír.

XLVI

Casio Longino, desde la tribuna preparada para altos cargos de la República, contemplaba el triunfo que se le dedicaba a Julio César por su victoria en las llamadas guerras alejandrinas. No podía por menos de admirar los valiosos tesoros que los legionarios romanos habían traído de Egipto, sin lugar a duda, uno de los países más ricos vecino de la República romana. Frente a él, en la tribuna preparada para los altos cargos extranjeros que habían acudido al desfile, podía contemplar a Cleopatra, la reina de Egipto. Todo el mundo hablaba maravillas de ella, de su don de gentes, de su simpatía, de su inteligencia… pero a él desde aquella distancia no le parecía gran cosa. Quizá en las distancias cortas la reina de Egipto ganase mucho, pero en aquellos momentos, desde allí, la reina se mostraba seria y ni siquiera la había visto esbozar una pequeña sonrisa, que sin lugar a duda iluminaría su cara.

—¿Qué, amigo Casio? ¿Contemplando a la soberana de Egipto? —oyó decir a sus espaldas. Casio Longino se volvió y se encontró frente a él a Marco Junio Bruto que le contemplaba con una sonrisa irónica reflejada en su rostro.

—Pues sí, estás en lo cierto. Me estaba preguntando qué es lo que ve la gente en la soberana egipcia que les hace caer rendidos a sus pies.

—¿No la conoces personalmente? —preguntó Bruto.

—Pues no. Los dioses no me han otorgado ese placer, pues sin duda sería un placer, al decir de los que la conocen, que quedan subyugados ante ella.

—Yo tampoco la conozco en persona, pero sí, algo debe de tener pues nuestro general demoró su estancia en Alejandría por culpa de ella, cayó rendido a sus pies y hasta le proporcionó un hijo, si hemos de creer lo que dice la gente.

.¿Tú crees que Cesarión, creo que así se llama el hijo de Cleopatra, es hijo también de Julio César? —preguntó Casio Longino.

—No lo sé, pero puedes comprobar tu mismo si tiene algún parecido con el general. Es el pequeño que está al lado de su madre contemplando el desfile.

—Mi vista ya no es tan buena como cuando era joven. No sabría decirte.

—Si realmente es su hijo y el general lo reconoce, dará la razón a todos aquellos que dicen que su intención es casarse con la reina y convertirse el mismo en rey, de esa manera su hijo heredaría dos grandes reinos, los más poderosos de la faz de la tierra.

—Pssss… calla —exclamó Casio Longino—. Este no es el lugar más apropiado para hablar de esa cuestión. Hay ojos y oídos por todas partes. Esta noche hablamos en casa de Casca.

En aquel momento se hizo el silencio entre todo el público que contemplaba el desfile. Precedida por unos legionarios que la conducían, sobre una carroza y cargada de grilletes apareció una hermosa joven con una belleza deslumbrante que ni siquiera la tristeza de su mirada podía hacerla palidecer. Se trataba de la princesa Arsinoe, que ataviada con las mejores galas que había podido agenciarse, con el cuello erguido, miraba orgullosa al pueblo que la contemplaba. Su mirada, triste y apagada, se detuvo en un punto concreto del recorrido y entonces se transformó, dejando de estar apagada y triste para volverse cálida y fulgurante, a la vez que una lágrima desbordó sus ojos y se deslizo mejilla abajo. El público que había permanecido en silencio al aparecer la princesa, empezó a gritar enfervorizado, primero en algunos puntos concretos del recorrido y luego en todo él: ¡Libertad, libertad, libertad…!

—¡Es muy hermosa! —exclamó Casio Longino.

—Sí lo es —corroboró Brutus—. Sería una pena que alguien tan hermosa muriese ajusticiado.

—Parece que el populacho es de tu misma opinión. Escucha como se desgañitan pidiendo su libertad.

Efectivamente, el pueblo seguía gritando libertad para la princesa Arsinoe, cada vez con más fuerza. La reina Cleopatra no daba crédito a lo que estaba viendo y escuchando. No entendía por qué aquel pueblo, que hasta entonces apenas si había oído hablar de su hermana, ahora gritara a coro pidiendo su libertad. Julio César desde su cuadriga miraba molesto al pueblo que, ensordecedor, gritaba pidiendo la libertad de la princesa. Uno de los legados de sus legiones se adelantó hasta la cuadriga del general.

—Señor, el populacho está cada vez más enfurecido. Si no les concedéis lo que piden corremos el riesgo de un enorme motín. Son miles y miles y nuestros legionarios están desarmados, como es preceptivo. Puede producirse un baño de sangre y ni siquiera vuestra persona podemos asegurar que se encuentre a salvo. Perdonad a la princesa y os apuntareis un importante tanto de cara al pueblo y a vuestros enemigos, que sin duda son los que han promovido este alboroto.

Julio César asintió con la cabeza y, alzando el brazo, dio orden para que se acercasen al carro que transportaba a la princesa y la liberasen de sus cadenas. La multitud guardó silencio mientras observaba como rompían las cadenas de la hermosa joven y esta, escoltada por varios legionarios, se colocaba detrás de la cuadriga del general. Entonces cuando la princesa, sonriente, saludó a la multitud, esta prorrumpió en vítores hacia la princesa y hacia Julio César, continuando el desfile.

Cleopatra no daba crédito a lo que acababa de ver. El general le había prometido que sería ajusticiada y, sin embargo, caminaba libre detrás de la cuadriga de Julio César, saludando al populacho que la aclamaba. Olimpo observaba la escena, satisfecho y feliz. Había conseguido salvar a su amada, que le dirigía calurosas miradas de agradecimiento, mientras acompañaba al desfile cerca de su amada. Había gastado una fortuna, que no era suya, sino de los extranjeros partos y ahora tenía que conseguir la segunda parte del trato que había hecho con ellos. ¡Y eso no iba a ser tampoco nada sencillo! Casio Longino y Marco Junio Bruto, terminado el desfile, se despidieron hasta la noche cuando volvieran a encontrarse en la casa del senador Gasca. Los dos hombres tenían bastantes diferencias entre ellos, pero había una cosa en la que coincidían: no podían permitir que Julio César se hiciese con todo el poder de la República, terminando así con esta. Si lo hacía, sería también, no solo el final de la República, sino de ellos mismos, pues no podrían aspirar a nada. Serían unos segundones sin poder de decisión, sujetos a la voluntad del general. No, no podían permitírselo.

* * *

El invierno estaba llegando a su fin y la primavera ya anunciaba su llegada con cálidas temperaturas y un despertar de colores en la naturaleza, sobre todo en la Bética, donde las temperaturas hacía ya días que eran más suaves. Quineto Escápula y su amigo Aponio habían cabalgado hasta una loma en las extensas llanuras de Munda, para tener una mejor perspectiva de la situación de los dos ejércitos que, frente a frente, estaban a la espera de que sus comandantes en jefe diesen la orden de iniciar la batalla, la batalla decisiva que supondría la sublevación definitiva de las fuerzas hispanas frente a Julio César o la victoria definitiva de este sobre los sublevados. Y es que durante el invierno del año 46 a. C. la situación en Hispania se había vuelto insostenible para las legiones fieles al gobierno de Julio César. Los sublevados habían conseguido el apoyo de buena parte de la población y habían dejado de ocultarse, mostrándose abiertamente ante el poder de los gobernadores romanos. Uno de los hijos del general Pompeyo, Sexto Pompeyo, había conseguido hacerse con el control de las Baleares y se le había unido su hermano Cneo. Los dos habían dado el salto a la Península, uniéndose a las fuerzas sublevadas que habían conseguido traer en jaque a las fuerzas de los gobernadores cesarianos. La sublevación de varias de las legiones afines al gobierno de Julio César y las tropas conseguidas por Tito Labieno, que también se había unido a los insurrectos, hacía que, en aquellos momentos, las tropas sublevadas formasen un total de trece legiones. El propio Julio César había abandonado su estancia en Roma y desplazado a la Bética, recorriendo en un menos de un mes los más de dos mil kilómetros que separan Roma de *Corduba*, para hacerse cargo personalmente de sofocar la rebelión, ya que Quinto Fabio

Máximo y Quinto Pedio, sus lugartenientes en Hispania, se habían visto sobrepasados.

—¡Formamos un gran ejército! —exclamó Aponio al contemplar los aproximadamente setenta mil hombres que formaban el ejército rebelde. Ante el silencio de su amigo Quineto Escápula, le preguntó— ¿No estás de acuerdo?

Este siguió guardando silencio durante unos momentos, hasta el punto de que Aponio pensó que no le había oído o que no quería contestar.

—No sabría decirte —respondió por fin—. De esas trece legiones ¿cuántas tienen verdaderamente valor militar? —preguntó a su vez.

—No entiendo... ¿Qué quieres decir? —preguntó Aponio, un tanto desconcertado por la pregunta de su amigo.

—Julio César tiene ocho legiones, unos cuarenta mil hombres, pero son tropas con una gran experiencia. Legionarios curtidos en las diferentes batallas que han disputado y ganado hasta llegar aquí: en la Galia, Ilerda, Farsalia, Tapso..., mientras que nuestras tropas están formadas por soldados de segunda categoría: celtíberos, lusitanos, iberos, libertos, desertores del ejército cesariano, esclavos fugitivos... No es que yo los menosprecie y agradezco que podamos contar con ellos, pero veo difícil que puedan vencer a los experimentados legionarios de Julio César.

Quineto Escápula guardó silencio por unos momentos contemplando la magnífica puesta de sol que se observaba desde aquel lugar elevado.

—¿Qué experiencia tenemos tú y yo en la guerra? —preguntó a su amigo, pero no esperó la respuesta. —Sí, hemos conseguido sublevar a toda una provincia, lo que ya de por sí tiene su mérito, pero nunca hemos dirigido tropas en una gran batalla.

—Tito Labieno y los hermanos Pompeyo sí lo han hecho. Ellos sí tienen experiencia —respondió Aponio.

—Sí, y Julio César los ha derrotado. Han llegado hasta aquí después de haber sido vencidos por el general. Sin embargo este sí tiene una gran experiencia en batallas. Ha salido victorioso en todas ellas y, seguramente, su error ha sido ser demasiado benevolente con los vencidos.

Aponio se encogió de hombros sin dejar de contemplar la llanura donde se asentaba el ejército cesariano.

—No seas tan pesimista. Nadie daba nada porque consiguiésemos deshacernos del gobernador romano, Quinto Casio Longino, y le dimos su merecido; de la misma manera que nadie nos consideraba capaces de organizar una rebelión y aquí estamos con trece legiones, seis mil jinetes y otros seis mil auxiliares. Ten confianza en los dioses. Ellos nos permitirán alcanzar la victoria.

Quineto Escápula no dijo nada. Veía muy entusiasmado a su amigo y no quería desmoralizarle, pero estaba seguro de que en aquellos momentos nadie sería capaz de derrotar a Julio César. Tenían que haber maniobrado con más inteligencia. Julio César estaba lejos de sus lugares de suministro por lo que, aprovechando su mayor número de efectivos, tenían que haber cortado las líneas de suministro del ejército cesariano, impedir que recibiera suministros y refuerzos y haber practicado una política de tierra quemada, de manera que Julio César no se pudiese abastecer de suministros de los lugares que le rodeaban. Pero claro, eso significaba arrasar los campos de cultivo y los dueños de esos campos, apoyo incondicional de los pompeyanos, no estaban por la labor. Nadie quería arrasar sus campos. Confiaban en su mayor número de efectivos y jugárselo todo haciendo frente al ejército cesariano en una confrontación directa. Quineto Escápula había presentado sus objeciones, pero los hermanos Pompeyo y Tito Labieno, los comandantes en jefe de aquel heterogéneo ejército, no habían hecho caso de sus indicaciones y allí se encontraban, ejército frente a ejército, esperando el momento adecuado para iniciar la batalla.

El sol ya se había ocultado sobre el horizonte y las tinieblas estaban empezando a adueñarse del paisaje. En los campamentos de los dos ejércitos se habían encendido hogueras que los iluminaban, de manera que no pudiesen ser sorprendidos por sus enemigos. Se habían reforzado las guardias y las rondas alrededor de los campamentos y una calma tensa se había adueñado de los hombres.

—Vamos a descansar, amigo —dijo Aponio—. Tengo la sensación que ya no tardaremos en entrar en combate y vamos a necesitar todas nuestras fuerzas.

—Sí, yo también tengo la misma sensación —contestó Quineto Escápula. Y los dos amigos se fundieron en un fuerte abrazo. No sabían qué les depararía el futuro.

—Si no nos volvemos a ver quiero que sepas que ha sido un verdadero honor ser tu amigo y espero que los dioses nos acompañen y guíen nuestros caminos para que podamos seguir disfrutando de esa amistad —dijo Aponio.

—Para mí también ha sido un gran honor contar con tu amistad. Yo no confío tanto en los dioses como tú, pero espero que la suerte nos acompañe y podamos seguir siendo amigos muchos años más.

Los dos hombres volvieron a abrazarse y, tras separarse, se dirigieron cada uno a su destacamento. Iba a ser una larga noche pues no creían que pudiesen conciliar el sueño. Aún no había salido el sol el día 17 de marzo cuando el ejército de Julio César comenzó a moverse. A nadie le sorprendió pues, después de varios días de calma, tras unas pequeñas escaramuzas, todo el mundo estaba esperando ese momento. Los dos ejércitos se encontraron en las llanuras de Munza y comenzó el choque. Sin embargo las fuerzas parecían estar muy igualadas pues ninguno de los dos ejércitos conseguía una ventaja significativa sobre su oponente. Las horas transcurrían y las fuerzas comenzaban a flaquear. Julio César decidió dejar su posición de mando en la cima de la colina, desde la que había estado observando cómo se desarrollaba el combate y decidió incorporarse a la misma, pidiendo que hiciesen lo mismo todos los legados de sus legiones. Tomó el mando personalmente del ala derecha, donde se batía duramente la *legio X Equestris*. La presencia de su general elevó el ánimo de los soldados que comenzaron a avanzar. Cneo Pompeyo, que había observado la maniobra, desplazó una legión del ala derecha para reforzar el ala izquierda. Pero el movimiento de la *legio X Equestri* resultó ser una maniobra preparada, pues en cuanto Cneo Pompeyo debilitó el ala derecha, la caballería de Julio César inició un furibundo ataque por ese lado que desequilibró el hasta entonces igualado desarrollo de la batalla. Al mismo tiempo el rey Bogud de Mauritania, aliado de Julio César, atacó el campamento pompeyano desde la retaguardia. Tito Labieno, comandante de la caballería pompeyana, se percató del ataque al campamento y se desplazó a este para responder al ataque. Los legionarios pompeyanos, sometidos al fuerte ataque de la *legio X Equestri*, comandada por Julio César y al ataque al mismo tiempo de la caballería cesariana, creyeron ver en el desplazamiento de Labieno una retirada de este y, temiéndose lo peor, rompieron el frente y huyeron. Fueron muchos los legionarios pompeyanos y los soldados hispanos que murieron durante la retirada, otros cayeron intentando defender la ciudad de Munda del ataque de las fuerzas cesarianas. El comandante de la caballería pompeyana, Tito Labieno fue uno de ellos, mientras que los hermanos Sixto y Cneo Pompeyo consiguieron huir refugiándose en la ciudad de Corduba, con nueve de las trece legiones que en principio tenían. Aun así, la victoria no fue nada sencilla. Julio César comentaría más tarde que en todas las batallas había luchado, pero que en esta ocasión había tenido que luchar por su vida.

Quineto Escápula, cubierto de sangre enemiga, miraba a su alrededor. Todo era muerte y desolación. Buscaba entre los cuerpos a su amigo Aponio, con la esperanza de no encontrarlo. Deseaba con todas sus fuerzas que fuese uno de los miles que habían huido hacia *Corduba*, pero tenía que cerciorarse. Había localizado el destacamento de Aponio, pero allí no quedaba nadie con vida que le pudiese dar noticias de su amigo. De pronto, al mover un cadáver, lo vio, con la mirada perdida, solo los dioses sabían dónde, y un profundo tajo en el cuello por el que se le había escapado la vida. Escápula se arrodilló y cogió a su amigo entre sus brazos llorando su pérdida. No, los dioses no habían escuchado sus plegarias y lo habían llevado a los campos celestiales.

—Lo siento amigo, pero pronto nos encontraremos en el más allá.

Depositó con cuidado en el suelo el cuerpo de su amigo. No podía quedarse a darle sepultura, pues corría el riesgo de caer en manos de los legionarios cesarianos que recorrían el campo de batalla, asegurándose de que nadie quedase con vida y cogiendo los objetos de valor de los caídos. Escápula montó en su caballo y, después de echar una última mirada al cuerpo de su amigo, se alejó a galope tendido del campo de batalla procurando evitar a las patrullas de legionarios cesarianos. No se dirigió como el resto de los supervivientes a *Corduba*... ¿Para qué? La batalla ya se había perdido... y la guerra también. Seguir ofreciendo resistencia sería únicamente retrasar lo irremediable: la derrota final y...la muerte, pues en esta ocasión Julio César no se estaba comportando con la benevolencia y la generosidad que había demostrado hasta entonces hacia los vencidos. ¡Nadie sería perdonado!

Escápula no se equivocó. Los distintos grupos que llegaron a *Corduba* terminaron enfrentándose entre ellos y los habitantes de la ciudad, temerosos que los recién llegados terminasen entregando la ciudad a Julio César, prendieron fuego a la misma. Cuando las tropas victoriosas, con su general a la cabeza, llegaron a la ciudad, se encontraron solo con un montón de ruinas y el general se vio incapaz de detener a sus soldados que, contrariados por no encontrar qué saquear, masacraron a los veintidós mil habitantes que en ella había, sin hacer distinción de edad ni de sexo. Los pocos que consiguieron sobrevivir serían subastados como esclavos, y solo unos pocos consiguieron escapar, pero ¿dónde ir? Las ciudades de Hispalis, Carteya y Gades fueron sometidas por la fuerza y se les exigió fuertes tributos, pidiendo elevados rescates por todos aquellos que se habían visto involucrados en la rebelión. Pompeyo el joven, con su flota intentó huir desde Carteya, pero Cayo Didio le salió al encuentro, hundiendo la flota pompeyana. Cneo Pompeyo huyó refugiándose en el interior de la provincia, pero para entonces las tropas cesarianas ya la controlaban por completo y fue traicionado por unos naturales del lugar, siendo entregado y ajusticiado. En esta ocasión no había perdón para los vencidos. Su cabeza, igual que había ocurrido anteriormente con la de Tito Labieno, las águilas romanas de las legiones sublevadas y las armas de estos fueron llevadas ante Julio César. Sexto Pompeyo había conseguido huir de *Corduba* y había conseguido la protección de los *lacetani* por el respeto que tenían a la memoria de su padre. César castigó a las ciudades *filopompeyanas* convirtiéndolas en *Municipium Civium Romanorum* y recompensó a las pocas que le habían sido fieles con el estatuto de *Coloniæ Civium Romanorum*. Con la campaña finalizada, la Hispania Citerior quedaba sometida y el general decidió regresar a Italia en la segunda mitad de julio para recibir su quinto y último triunfo.

Quineto Escápula cabalgaba de noche y se ocultaba durante el día en su camino hacia su villa, intentando, de esa manera, eludir a las patrullas de legionarios que controlaban y vigilaban la provincia en busca de soldados pompeyanos huidos. Por fin, ya a punto de amanecer, consiguió llegar a su villa donde sus familiares estaban ansiosos de noticias. La alegría de estos fue grande al comprobar que se encontraba con vida. Escápula mandó a sus esclavos que organizasen una espléndida comida para todos sus familiares y, al término del banquete, distribuyó todas sus riquezas entre ellos, ante la sorpresa y el estupor de todos que no entendían a qué venía aquel ceremonial. Terminada la distribución, se despidió de sus familiares abrazándoles uno a uno y se dirigió a la zona más alta de la villa, desde la que se divisaban todos los campos que la formaban. El sol estaba empezando a ocultarse en el horizonte en aquel atardecer primaveral y corría una ligera brisa. En lo alto de la pequeña colina Escápula había ordenado con antelación a sus esclavos que formasen una pira de madera seca. Subió hasta allí acompañado de un esclavo y de su liberto, el que había sido su concubino y al que había amado durante mucho tiempo y le había sido completamente fiel. Después de ungirse con una mezcla de resina y esencia de nardos, dejó instrucciones a su liberto para dar la libertad a todos sus esclavos. Ordenó al esclavo que los había acompañado que le degollase y al liberto que lo colocase sobre la pira de madera, una vez que su espíritu hubiese abandonado su cuerpo y se dispuso a seguir a su amigo Aponio hacia los campos celestiales donde, a buen seguro, le estaría esperando. Durante toda la noche la pira estuvo ardiendo ante los ojos de sus esclavos y familiares, que no podían apartar los ojos de aquel resplandor que iluminaba la campiña cordobesa y, más de uno, creyó vislumbrar a Quineto Escápula cabalgando por el cielo dirigiéndose a los campos celestiales.

XLVII

Marco Cayo Gayo pasaba los días ocioso y desesperado en su villa, sin saber qué hacer. Julio César le había pedido que esperase en ella, antes de tomar la decisión de si lo readmitiría como tribuno en una de sus legiones, ante la petición que le había hecho. Pero los días habían transcurrido sin tener noticias del general y, lo último que había sabido de él, es que se había tenido que trasladar a Hispania a sofocar personalmente la sublevación que había tenido lugar en aquella alejada y remota provincia de la República romana. Esa situación le tenía exasperado pues no le permitía tomar ninguna iniciativa. Había paralizado los intentos de deshacerse de la villa, pues el hecho de que el general se hubiese marchado a Hispania sin decirle nada ni contar con él, no lo consideraba un buen presagio. Quizá Julio César se hubiese olvidado de su petición y esa era la razón de no obtener respuesta y el que se hubiese ido a sofocar la sublevación de los hispanos sin contar con él ni con su ofrecimiento. Los días se le hacían lentos y ociosos. No le apetecía dedicarse a las reformas que la casa de la villa precisaba, ni a mejorar las condiciones de ella; los esclavos se volvieron perezosos y holgazanes, al no tener un amo que se preocupase de estar encima de ellos para que se esforzasen y rindiesen, por lo que la villa no presentaba su mejor aspecto cuando aquella mañana del mes de septiembre recibió un correo. El esclavo que se lo trajo le dijo que el legionario que lo había traído no había esperado respuesta y ya se había ido. Marco Cayo reconoció el sello lacrado del general. Lo había visto demasiadas veces como para no reconocerlo. Pero ¿desde dónde lo enviaba? ¿No estaba en Hispania? ¿O es que acaso ya había regresado? Las últimas semanas había permanecido encerrado en su villa, ajeno a lo que pasaba fuera de ella; en realidad, también a lo que pasaba en ella y desconocía qué era lo que ocurría fuera de las paredes de su casa. Rompió el lacre y desplegó el documento. Efectivamente, no se había equivocado, el correo era del general. Lo leyó ansioso, casi saltándose las palabras, por lo que tuvo que volver a leerlo con más calma. Una vez más, Julio César había resultado victorioso de su última batalla, la batalla de Munda e Hispania había quedado pacificada. Tito Labieno y Cneo Pompeyo, contra los que él también había combatido y ayudado a vencer en varias ocasiones, habían muerto y les habían entregado sus cabezas. Sixto Pompeyo había conseguido huir y se había refugiado entre las tribus hispanas que todavía permanecían fieles a la memoria de su padre, el general Cneo Pompeyo. Pero nada que pudiese inquietarle. Ya se encargaría Marco Emilio Lépido, al que había nombrado gobernador de la Hispania Citerior, de poner orden en aquella provincia y acabar con la resistencia de Sixto Pompeyo. Él tenía mejores cosas de las que ocuparse y para eso había regresado. Le sería otorgado su último triunfo y se encargaría de poner orden en las instituciones de la ciudad, dejándolo todo resuelto y organizado, antes de emprender su nueva campaña, mucho más ambiciosa y exigente y a la que tendría que dedicar todas sus energías.

Marco Cayo releyó otra vez aquella parte del correo que había leído a toda prisa saltándose casi las palabras. El general estaba preparando otra nueva campaña. No le cabía ninguna duda contra quién sería, pues ya se lo había oído comentar en otras ocasiones y, si no lo había hecho con anterioridad, había sido por los enfrentamientos, primero con Cneo Pompeyo y luego con sus seguidores. Pero, ahora que había puesto fin a esas guerras, tenía las manos libres para iniciar la campaña contra los partos, que había sido su gran anhelo.

Marco Cayo prosiguió la lectura. El general le indicaba que no había olvidado su petición, realizada antes de tener que partir aceleradamente hacia Hispania y le convocaba a su residencia, al día siguiente a la hora quinta. El día amaneció caluroso a pesar de que los primeros síntomas del otoño ya se hacían notar. Las hojas de los árboles habían empezado a amarillear y en algunos casos a teñirse de rojo, dando un colorido especial a la campiña romana. Pero el joven Marco no estaba aquella mañana para contemplar la maravilla de la naturaleza que, como todos los años, estaba empezando a desarrollarse. Antes de la hora quinta del día señalado ya estaba en la residencia del sumo Pontífice que, como tal, ocupaba Julio César, junto al templo de Vesta. Nervioso e intranquilo paseaba por la estancia donde un legionario le había dicho que esperase. Se frotaba las manos una y otra vez, sin dejar de observar el dintel de la estancia por donde imaginaba que aparecería el general. El sonido producido por unos pasos al chocar con las baldosas del suelo le indicó que alguien se acercaba, pero eran unos pasos pequeños que correteaban sin casi tocar el suelo. Indudablemente no debían pertenecer al general. Bajo el dintel de la puerta apareció un pequeño que apenas levantaba dos palmos del suelo y al que le costaba mantener el equilibrio. Al ver a Marco Cayo se detuvo, indeciso y perplejo, sin saber qué hacer. Pero más era la perplejidad del antiguo tribuno que esperaba ver llegar al general y se encontraba con aquel pequeño, que, sin embargo, le resultaba ligeramente familiar. ¿Dónde había visto él a aquel pequeño que le miraba asombrado sin saber qué hacer?

* * *

Olimpo estaba contento, muy contento. Había conseguido con el dinero entregado por los extranjeros partos, y que él sabiamente había distribuido, que Julio César no tuviese más remedio que hacer caso al pueblo, a los gritos y voces que este había dado, durante el desfile del último triunfo que se le había otorgado al general pidiendo la liberación de la princesa Arsinoe. Sí, no había tenido más remedio que hacer caso al pueblo. Sin embargo, Olimpo no estaba satisfecho, pues, aunque había conseguido que la princesa salvase la vida, no había sido puesta en libertad, ya que había sido desterrada al templo de Artemisa, en la ciudad de Mileto. Julio César no quería perder totalmente el control sobre la princesa, pues seguía siendo una heredera al trono de Egipto y no sabía si, en un momento determinado, podría servirle. Olimpo sabía que, en aquellos instantes, las relaciones entre el general y la reina Cleopatra no pasaban por sus mejores tiempos. La reina permanecía en Roma, seguramente atendiendo a la petición que le había hecho Julio César, mientras este se había trasladado a Hispania para poner fin a la sublevación que allí había surgido y cuyos gobernadores no eran capaces de sofocar. Pero la reina Cleopatra no había conseguido el propósito fundamental de su viaje a Roma, que no era otro que conseguir el reconocimiento de su hijo por parte de Julio César. Este había partido para Hispania sin haberlo reconocido, lo que había hecho enfadar a la reina Cleopatra, que, sin embargo, permanecía en Roma a la espera de que regresase el general. Ahora, lo que preocupaba a Olimpo era cómo trasladarse a Mileto en cuanto la princesa Arsinoe, que todavía permanecía en Roma, fuese llevada a la antigua ciudad griega de la costa occidental de Anatolia.

—Como siempre, vas ensimismado, griego, sin fijarte por dónde vas y eso, en una ciudad como esta, es muy peligroso.

Olimpo se sobresaltó al oír la voz que le había hablado detrás de él. Se volvió y vio a los tres extranjeros partos.

—No te detengas y sigue caminando. Ya te he dicho en varias ocasiones que es la mejor forma de hablar —le dijo el que parecía ser el jefe de los extranjeros, mientras le cogía del brazo y caminaba junto a él, en tanto que sus dos compañeros se habían situado a sus espaldas.

—Nos has decepcionado, griego. —le dijo.

—¿Por qué os he decepcionado? —preguntó Olimpo intentando soltarse del brazo que le sujetaba el extranjero.

—Tu princesa ha salvado la vida, gracias a nuestro dinero, sin embargo el general —y al decir esto aproximó su rostro al del griego y bajo la voz —sigue vivo y ahora mismo muy lejos de aquí, fuera de nuestro alcance.

—No es tan fácil convencer a los senadores para que acaben con la vida del general —dijo Olimpo, observando a su alrededor y cerciorándose de que no había nadie cerca que pudiese escuchar la conversación que mantenían—. Eso lleva su tiempo y las diferencias entre los senadores son muchas. Necesito más tiempo… y dinero.

448

—El tiempo se te está acabando y el dinero también. Se habla de que el general, cuando vuelva de Hispania, y según nuestros informes ya está de camino de regreso, emprenderá una gran operación. Lo queremos muerto antes de que la inicie, así que tu margen se está reduciendo. Toma —y al decirlo le introdujo en la túnica una bolsa de monedas—. Esta es la última cantidad que recibes. Y no se te ocurra irte detrás de tu princesa a Mileto, antes de haber finalizado aquí tu trabajo, pues sería lo último que hicieses. Recuérdalo griego, es la vida del general… o la tuya.

En esta ocasión Olimpo si vio cómo se alejaban los tres extranjeros, perdiéndose entre la multitud.

* * *

Nameyo había salido a caballo de la escuela de gladiadores y se había dirigido hacia una de las colinas desde la que se divisaba a lo lejos toda la ciudad de Roma, rodeada de las murallas servianas que se habían quedado pequeñas, pues la ciudad había ido extendiéndose, superándolas. Detuvo su caballo y, apeándose de él, se sentó en una gran piedra dejando que su caballo pastara libremente. Sí, libremente, al igual que él. Por primera vez había abandonado la escuela de gladiadores en solitario, en total libertad, disfrutando de la brisa que corría y que hacía flotar su larga cabellera rubia. Era extraña la sensación que tenía. Siempre había imaginado que, si algún día conseguía la ansiada libertad, sentiría algo especial. En su cabeza sonarían trompas y timbales y el mundo le parecería de otro color.

Sin embargo, allí estaba, contemplando la ciudad que se extendía a sus pies, sin oír ni sentir nada excepcional, tan solo un ligero hormiguillo que le recorría por todo el cuerpo, excepto por su mano muerta. ¡Había conseguido la libertad! El Lanista, Cayo Junio, había cumplido su palabra y lo había emancipado, a cambio de la promesa de que seguiría como jefe de instructores en la Escuela mientras lo necesitase. El precio que había tenido que pagar no había sido excesivo, una mano inutilizada. Comparado con todos aquellos compañeros que habían perdido la vida, no parecía que hubiese sido un precio demasiado alto. Cuando despertó en aquel carromato que le trasladaba a Roma para que lo vendieran como esclavo y después de que lo compraran para adiestrarlo como gladiador, no pensó en ningún momento que pudiese llegar a vivir tanto, que conociese el amor y que se sintiese feliz, inmensamente feliz. Bien es verdad que la felicidad completa había aprendido que no existía y, en este caso, el hecho de que el Lanista no hubiese concedido la libertad a Anneliese, hacía que su felicidad no fuese completa. Pero entendía que era la garantía que Cayo Junio se guardaba para asegurarse que no le abandonaría una vez que fuese libre. Los gladiadores de la escuela habían vencido en los combates que se habían desarrollado con motivo de los triunfos otorgados a Julio César, en especial su protegido, el gladiador galo, Lucio, que se había convertido en la nueva estrella emergente de los gladiadores. Nameyo veía en él su sucesor y, si los dioses le protegían, llegaría lejos, para alegría de Nameyo y del Lanista, que veía como sus emolumentos aumentaban vertiginosamente con los nuevos contratos que firmaba. Nameyo miró a lo lejos, hacia el norte, pensando que muy lejos de allí se encontraba su tierra, la tierra que le había visto nacer y en la que había combatido desde muy niño a aquellos romanos con los que ahora convivía. Le gustaría volver a visitarla, aunque, a buen seguro que ya nada quedaría de aquella tierra virgen, salvaje e inhóspita que él había conocido. Quizá un día decidiese regresar para descansar definitivamente en la tierra de sus antepasados, pero, de momento, su patria era aquel lugar en el que tenía su vida y la mujer que quería y que le hacía inmensamente feliz. Silbó a su caballo que, trotando alegremente, regresó a donde estaba. Montó en él y al trote descendió de la colina hacia la ciudad, su ciudad.

* * *

El sol ya se había ocultado tras el Campo de Marte y las sombras habían comenzado a adueñarse de la ciudad. Cayo Casio Longino, con la cabeza cubierta por la toga para no ser reconocido, caminaba presuroso hacia la casa del senador Casca donde, una vez más, tendría lugar una nueva reunión clandestina. Deberían ir pensando en cambiar las reuniones a otra casa pues ya eran muchas las que se habían realizado en el mismo lugar y terminarían descubriéndoles. El general tenía muchos enemigos y detractores, pero no pocos amigos y estos parecían tener ojos y oídos en todas partes. Además, deberían decidirse de una vez, pues el tiempo corría en su contra. Julio César ya había regresado de la lejana Hispania y recibido el triunfo correspondiente, comportándose, cada vez con más empeño, como un verdadero rey y, por las decisiones que tomaba, parecía que lo estaba preparando todo para cuando dejara Roma e iniciase la campaña de la Partia. De hecho, había nombrado nuevamente a Marco Emilio Lépido *magister equitum* y también gobernador de la *Galia Narbonensis* y de la *Hispania Citerior*, aunque en realidad no había abandonado Roma y gobernaba mediante legados. De hecho, después de Julio César, Lépido se había convertido en el hombre más poderoso de Roma. Sin embargo él, Cayo Casio Longino, seguía esperando la vaga promesa del general de que le asignaría el gobierno de Siria, aunque ya desesperaba de que cumpliese su palabra. De hecho, ya habían comenzado los preparativos para la enorme empresa que todos los indicios presuponían que tendría lugar pasados los *Idus de marzo*. Para ello se había empezado a concentrar un numeroso ejército de dieciséis legiones y diez mil jinetes en Apolonia de Illiria. En total, un fabuloso ejército de más de noventa mil hombres. Pero nadie había contado con él, ni le habían dicho la menor palabra y el enfado y encono de Casio Longino ya no iba solo contra su general, sino que se extendía a sus hombres más cercanos a él, como eran Lépido y Marco Antonio. ¡Era preciso acabar también con ellos!

Ya estaba llegando a la casa de Casca cuando advirtió una sombra que se deslizaba pegada a las casas para evitar que lo reconocieran, intentando evitar las escasas luminarias que alumbraban las entradas a las posadas, fondas o lupanares. Aún así fue capaz de reconocer a quién pertenecía aquella sombra. Se trataba del médico Olimpo, el hombre que más empeño ponía en que aquella conspiración llegase a buen puerto. No entendía qué interés tenía el médico griego en que aquella causa se llevase a cabo, pero lo cierto era que no otro sino él era quien estaba pagando a los alborotadores que imprecaban a César cuando este se dejaba ver en público y el que había conseguido, no sabía cómo, que un buen número de senadores se uniesen a esa causa. Había intentado por todos los medios averiguar el pasado del médico griego, pero todos sus esfuerzos habían sido en vano. Nadie conocía el pasado del tal Olimpo. Era como si no hubiese tenido pasado hasta que se dejó ver por Roma, granjeándose pronto la amistad de un buen número de senadores, que hablaban de él maravillas, de sus dotes profesionales y de su generosidad para apoyar económicamente los proyectos económicos de ciertos senadores. Pero Casio Longino no alcanzaba a comprender el interés que el médico griego tenía en acabar con el dictador y convertirse en el más enfervorizado partidario de esa causa. Algún senador había dicho que el médico había aprendido su oficio en la ciudad griega de Alejandría. Quizá la reina Cleopatra, que continuaba en Roma, tuviese conocimiento del médico, pero no había forma de saberlo pues la reina permanecía encerrada en la villa que el general tenía en las afueras de la ciudad y no recibía visitas de ningún tipo. Ni siquiera las del general, que según decían algunos hacía mucho tiempo que no la visitaba, aunque a decir de otros, las visitas se sucedían a escondidas, fuera de miradas ajenas y ese era el motivo por el que la reina permanecía todavía en Roma. A decir de estos, la reina esperaba que el general fuese proclamado rey para poder así casarse los dos y dejar heredero de los dos reinos, el egipcio y el romano, al hijo de ambos, Cesarión, al que Julio César todavía no había reconocido, pero que no tardaría en hacerlo una vez que fuese proclamado rey. Rumores, rumores... tan solo rumores que corrían de un extremo a otro de la ciudad y que cada vez se iban inflando y aumentando.

Cuando Casio Longino entró a la reunión esta ya había comenzado y se mantenía una agria discusión entre los partidarios de no esperar más y acabar cuanto antes con el dictador y los partidarios de esperar a ver cómo se desarrollaban los acontecimientos.

—Esperar... ¿a qué? —gritaba uno de los senadores mientras que el dueño de la casa le recriminaba las voces que daba.

—Nos van a terminar deteniendo a todos. Todos los vecinos de la calle deben estar al tanto de lo que aquí se dice por los gritos que dais —exclamaba el propietario de la casa, pero en un tono casi tan alto como el senador que gritaba. Marco Junio Bruto alzando las manos se situó en el centro de la sala, intentando imponer silencio en aquel gallinero de voces, pues tanto los partidarios del primer senador que había hablado, como los de opinión contraria, discutían todos a la vez, de manera que así no había quién se entendiese. Casio Longino no se había percatado que ya estaba en la reunión Marco Junio Bruto hasta que no lo vio situarse en el centro de la sala y pedir silencio. Había estado observando al griego Olimpo. Este nunca hablaba en público, pero cuchicheaba con los senadores que tenía a su lado e iba de un lado a otro de la sala musitando a un buen número de senadores, que luego levantaban la voz pidiendo acabar cuanto antes con el dictador o apoyando a los que hacían esta propuesta. Casio Longino volvió a preguntarse qué interés tendría el griego en acabar con Julio César. Él no era senador y no parecía que tuviese negocios o intereses que se viesen beneficiados con la muerte del general. Tampoco parecía que fuese un republicano convencido o un antimonárquico declarado. Entonces…¿qué le llevaba a mover los hilos de todos aquellos que eran favorables a la muerte del dictador? Casio Longino lamentó no haberse interesado antes por el médico griego y así haber descubierto qué intereses le movían para dedicar tanto esfuerzo, tiempo y, sobre todo, dinero a conseguir ese propósito. Por fin, no sin esfuerzo, Marco Junio Bruto había conseguido que se guardase silencio en la sala y todos estaban pendientes de lo que pudiese decir.

—En primer lugar, coincido con el senador Casca que si seguimos dando estas voces todos los vecinos de esta calle estarán al tanto de lo que aquí se habla. De hecho, no sé cómo todavía no han llamado a la puerta los legionarios de Lépido para detenernos a todos por conspiradores. Lo que no tardarán en hacer si seguimos hablando a voces. Por eso yo voy a proponer dos cosas antes de empezar a dar mi opinión sobre lo que aquí nos tiene reunidos. La primera es que procuremos hablar en un tono mucho más bajo, de uno en uno y sin gritar, respetando los turnos de palabra. La segunda es que demos por finalizadas las reuniones en casa de Casca y elijamos otro sitio para reunirnos. Nuestro anfitrión ya se ha arriesgado bastante y le deberemos nuestro agradecimiento eterno. ¿Os parece bien? ¿Estamos de acuerdo en estas dos propuestas?

Todos los asistentes asintieron con la cabeza mostrando su conformidad, menos Casio Longino que alzando el brazo se dirigió al centro de la sala manifestando que quería hablar. Todos los presentes volvieron sus ojos hacia él esperando a ver qué es lo que tenía que decir.

—Estoy de acuerdo con la primera propuesta, pero permitirme que disienta de la segunda. El tiempo se nos echa encima y no podemos posponer más la decisión que vayamos a tomar. Y yo también voy a dar varias razones. La primera es que se acercan los *Idus* de marzo, fecha en la que Julio César tiene previsto presentar ante el Senado sus nuevos proyectos de ley, antes de partir para la Partia a iniciar su campaña y, por lo que nosotros sabemos, el más importante es que el *quindencenviro* Lucio Aurelio Cotta, tío de Julio César, va a proponer al Senado que su sobrino sea nombrado rey. En los libros Sibilinos, aquellos que habían sido pasto de las llamas en la época de Lucio Cornelio Sila, se decía que las legiones romanas no podrían vencer a los partos hasta que no fuesen mandados por un rey.

Casio Longino hizo una pausa para observar el efecto que sus palabras estaban causando entre los senadores allí presentes. La mayoría movía la cabeza mostrando su conformidad con lo que estaba diciendo.

—¿Y cómo se puede saber eso sí, como todos estamos al tanto, los libros sibilinos fueron pasto de las llamas? —preguntó uno de los senadores menos propensos a intervenir— Además, de todos es conocido que esos libros que hay en la actualidad son copias falsas de los que había antes.

—Eso es solo un rumor. No podemos saber si en realidad son copias espurias o no —contestó Casio Longino—. Además, hay otra razón a considerar. Nuestro proyecto no debe de haber pasado tan desapercibido como nosotros pensamos. Algunos rumores le deben haber llegado al general pues últimamente ha aumentado el número de legionarios que forman su guardia personal, además de los lictores que normalmente le acompañan allí donde va.

—Sí, eso es verdad —exclamó otro de los senadores—. Alguien le puede haber informado que se planea un asesinato contra él, pues las vísperas de las Saturnales acudió a pasar unos días con el suegro de su sobrino nieto, Gayo Octavio, en la residencia que aquel tiene en Puteoli y lo hizo protegido por una escolta de unos dos mil hombres.

—Sin embargo —comentó otro de los senadores—, a finales de enero, en las fiestas latinas, César regresó del monte Albano, donde habían tenido lugar y una gran multitud empezó a aclamarlo llamándolo *Rex*, mientras que otra multitud le silbaba, protestando por ese hecho. César zanjó la discusión exclamando que su nombre era César y no *Rex*.

—No creo que podamos acusarlo de querer proclamarse rey, pues esa habría sido una ocasión perfecta. —dijo otro de los senadores.

—No creas, el general es muy inteligente y sabía que ese no era el momento —dijo un nuevo senador—. Lo mismo ocurrió el día de las fiestas Lupercales. El general ocupó el sitial de oro situado en medio de la tribuna de las arengas, delante del cual debía pasar la procesión dirigida por Marco Antonio. A ambos lados se encontraban todos los magistrados en ejercicio, encabezados por su mano derecha Marco Emilio Lépido.

El senador que estaba hablando hizo una pausa para tomar aire y observar si el resto de los asistentes escuchaban con atención su relato. Estos parecían realmente muy interesados en lo que estaba diciendo, aunque algunos ya lo conocían pues habían estado presentes. El senador prosiguió con su relato.

—Mientras desfilaba delante de la tribuna el colegio de sacerdotes julianos, uno de ellos, Licinio, depositó a los pies de Julio César una corona de laurel entrelazada con la cintilla de la diadema real, momento que prorrumpieron en aplausos todos los asistentes. Entonces Licinio subió al estrado y colocó la corona sobre la cabeza del general. Este se quitó la corona, pero Licinio la colocó sobre las rodillas del general. Entonces Marco Antonio, que acababa de llegar, recogió la corona y la volvió a colocar sobre la cabeza de Julio César, mientras que parte de la multitud gritaba «salud, oh rey» y otros silbaban y protestaban. César se volvió a quitar la corona y ordenó que la llevaran al templo de Júpiter donde estaría mejor y mandó al redactor de los actos públicos que hiciera constar en ellos que, habiéndole ofrecido el pueblo la realeza, él la había rechazado.

¿Qué mejor prueba queréis de que no aspira a convertirse en rey? —preguntó el senador.

—Tampoco era ese el momento. Había demasiados gritos en contra —exclamó Casio Longino—. El general espera a exponer sus directrices los *Idus* de marzo en el Senado y que sea el propio Senado el que lo proclame rey ese día. Esa es su jugada.

Un griterío de opiniones a favor y en contra ensordeció la sala donde estaban. Casio Longino guardó silencio observando las diferentes discusiones que se habían establecido entre los distintos grupos de senadores. Marco Junio Bruto guardaba silencio, al igual que él, y sin embargo, era de todos los que estaban allí el más próximo a Julio César y el que quizá pudiese tener alguna idea de las intenciones del general.

XLVIII

El calor se iba volviendo por días más sofocante. Estaban casi a mediados de marzo y los días que, paulatinamente iban creciendo, también se volvían más calurosos. El Rey de Reyes, Orodes II, se había desplazado hasta la frontera con Siria para comprobar el estado de las fortificaciones fronterizas y reforzarlas. Las noticias que le llegaban de Roma es que esta estaba concentrando tropas en Apolonia de Illiria destinadas a comenzar la invasión del territorio parto. Y las noticias que le hacían llegar sus informadores eran preocupantes, pues el número de legiones era cada vez más elevado, así como las tropas de caballería. Orodes se paseaba inquieto por la tienda real, intentando refrescarse de alguna manera del intenso calor. Pero el aire que movían los enormes abanicos que los esclavos balanceaban continuamente no refrescaba para nada el ambiente y el humor del rey iba empeorando por momentos.

Un soldado le trajo la noticia que el príncipe Pacoro había llegado y pedía ser recibido por el rey.

—¡Por fin! —exclamó el rey— ¡Ya era hora!

Hacía tiempo que le había mandado llamar, en vista de que no recibía informes suyos y las noticias que llegaban de Roma cada vez eran más alarmantes. Un soldado apartó la cortinilla de entrada de la tienda real y el príncipe Pacoro, ataviado con sus mejores galas, penetró en ella. Se inclinó ante su padre poniendo la rodilla en tierra a la espera que este le diese permiso para incorporarse. Una vez que este, con un leve movimiento de la mano, le autorizó a hacerlo, el príncipe se acercó hasta donde estaba su padre que había ido a sentarse sobre los cojines que había en un extremo de la amplia tienda, a la vez que con un movimiento de la mano indicaba a los esclavos que les sirviesen una copa de vino.

—Los dioses cuidan de ti, padre y velan por tu salud —exclamó Pacoro sumiso.

—Los dioses pueden que lo hagan, porque desde luego tú no haces que me sienta feliz, llevando a buen puerto lo que te encargo.

—Hemos hecho todo lo que hemos podido. Confiamos en el médico griego para levantar al pueblo romano contra su general y lo consiguió. Hoy en día una buena parte del pueblo romano está contra Julio César.

—¡Eso no nos sirve de nada! —exclamó el rey—. El dictador romano sigue vivo, a punto de ser coronado rey y formando un poderoso ejército para atacarnos y acabar con nosotros.

—En eso consistía la última parte del plan —respondió el príncipe Pacoro—. Acabar con la vida de Julio César. Pero nadie puede acercarse a él. Tiene una poderosa guardia que lo vigila noche y día. Los únicos que pueden acercarse a él son los senadores, pero estos parece que no terminan de decidirse.

—¡Esa era tu misión! ¡Conseguir que se decidiesen y acabasen con su vida!

—Ese era el encargo que le habíamos hecho al médico griego y por el que le habíamos pagado muy bien —contestó Pacoro que ni siquiera había probado la copa de vino que un esclavo le había servido—. Pero fracasó en el intento. ¡No volverá a fracasar!

—No sé en qué he podido ofender a los dioses para que me hayan castigado con un hijo tan inútil como tú. Pero eso ya no tiene remedio. Ahora hay que hacer frente a lo que se nos viene encima: las legiones romanas, y esta vez parece que decididas a acabar con nosotros.

Pacoro no dijo nada y por primera vez dio un sorbo a la copa que el esclavo le había servido. Como siempre el vino era excepcional. Su padre desde luego sabía elegir bien, claro que no tenía mucho mérito pues ya se encargaban otros de proporcionarle los mejores caldos.

—¿Y qué vamos a hacer? —se atrevió a preguntar el príncipe en vista de que su padre guardaba silencio.

—Yo voy a intentar conseguir aliados entre los pueblos que nos rodean, aquellos que no teman a las legiones romanas y sean capaces de enfrentarse a ellas, aunque me temo que cada vez son menos. Tú te vas a quedar aquí, vigilando todas las fortificaciones de la frontera, procurando que estén todas en excelentes condiciones y reforzando aquellas que lo necesiten. Cuando tengamos noticias ciertas de por dónde iniciarán los romanos la invasión, la reforzaremos especialmente. Procura que no quede ni una sola fortificación fronteriza sin reforzar.

Pacoro fue a protestar. No le apetecía pasarse todo el tiempo en aquel maldito desierto, sofocado de calor, sin ninguna diversión a la vista, rodeado de rudos soldados, sin otra cosa mejor que hacer que revisar las fortificaciones y recorrer la frontera. Pero lo pensó mejor. No era cuestión de irritar más a su padre. Ya bastante enfadado estaba con él por no haber cumplido con éxito la misión que le había encomendado. Así que Pacoro apuró su copa de vino y se incorporó de los cojines en los que había estado sentado y, después de pedir permiso a su padre, abandonó la tienda real. En exterior, el calor era insoportable. El príncipe miró a lo alto donde el sol brillaba con fuerza y pensó tristemente que aquel iba a ser el único compañero que le guiaría en los próximos meses.

* * *

El pequeño se había detenido bajo el dintel de la puerta y le miraba con cara de perplejidad. Marco Cayo también miraba sorprendido al pequeño. ¿Se trataría del hijo que, según se rumoreaba en la ciudad, el general había tenido con la reina Cleopatra? ¿Pero qué iba a hacer en la residencia oficial del sumo pontífice? ¿Acaso Julio César había reconocido oficialmente al pequeño? Y Calpurnia, su esposa, ¿lo habría aceptado? Sin embargo, lo que más le llamaba la atención era el rostro del pequeño, que, indeciso, seguía bajo el dintel mirándole asombrado. Juraría qué él había visto esa cara en algún sitio, pues le resultaba familiar. En ese momento se oyeron voces de una conversación y pasos de varias personas que se acercaban a la sala en la que se encontraban. El pequeño también las había oído y se volvió justo en el momento en que el general y la joven Pompeya hicieron su aparición. El pequeño, al verlos, salió corriendo hacia ellos y se arrojó en brazos de la joven Pompeya que lo recogió cariñosa y lo alzó en sus brazos

—Mario, ¡estás aquí! —exclamó el general dirigiéndose hacia él y saludándole con el brazo extendido—. Ya veo que el pequeño Marco ha hecho las veces de anfitrión y te ha hecho compañía.

En el rostro de Marco Cayo se veía reflejado el estupor y la sorpresa que aquel encuentro le producían. ¿Qué hacía la sobrina de Pompeyo en casa del general que había sido el causante de la muerte de su tío? Hasta hacía nada él era el responsable de que los dos jóvenes no hubiesen podido ser felices. Ahora ya recordaba de qué le resultaba familiar la cara de aquel pequeño. Era el hijo de Pompeya, pero… ¿qué hacían allí?

—Veo en tu cara la sorpresa que te embarga, mi joven amigo, —le dijo el general—, pero todo tiene una explicación. Como bien sabes, antes de tomar una decisión, sea de la naturaleza que sea, procuro informarme bien y en este caso no iba a ser menos, aunque pareciese una cosa más trivial. Pero que uno de mis tribunos, quizá el que mejor me ha servido y en el que más puedo confiar, me pidiese dejar el puesto, dedicarse a la vida civil y a los pocos días me pidiese volver a incorporarse, después de que había comprado una villa y adquirido un buen número de esclavos, es para pensar que algo extraño ocurría. Así que procuré informarme bien, y así supe que habías pensado casarte con la noble Pompeya, pero que vuestro amor, quizá por mi causa, se había enfriado y no llegaba a buen puerto. Y puesto que yo, en cierta medida, era el culpable de vuestra separación, decidí hacer algo al respecto.

Marco Cayo fue a decir algo, pero el general alzó la mano pidiéndole con ese gesto que guardase silencio. Pompeya permanecía callada, con su hijo en brazos, escuchando atentamente las palabras del general.

—Déjame que termine de hablar y luego ya podrás decir lo que piensas —dijo Julio César. Nadie se atrevería a llevarle la contraria y desobedecer sus órdenes y lo que acababa de dar el general era una orden, así que Marco Cayo guardó silencio.

—Cuando regresé de Hispania mandé llamar a Pompeya para pedirle perdón por la muerte de su tío y de su primo, aunque directamente no había sido culpa mía, pero sí indirectamente. Le dije que de buena gana hubiese mandado llamar a su tía para pedirle también perdón, pero que estaba seguro de que esta no querría verme ni aceptar mis disculpas. De todas formas, yo iba a hacer lo que mi conciencia me dictaba. Voy a restituir todas las posesiones y su fortuna a la familia de Pompeyo y estoy dispuesto a perdonar al hijo que queda con vida del general, Sixto, si este renuncia a seguir guerreando contra mis legiones. Más tarde o más temprano estas terminarían acabando también con su vida si se empecina en seguir la lucha. Ahora eso ya depende únicamente de él. Yo, por mi parte, esperaba que con estas medidas Pompeya fuese capaz de perdonar el que tú hayas estado a mi servicio y poder así reanudar vuestra relación.

Julio César hizo una pausa y se acercó a una jarra sirviéndose un poco de agua. La bebió despacio, observando el efecto que sus palabras habían causado en su antiguo tribuno. Terminó de beber el agua y prosiguió hablando.

—Sin embargo, la sorpresa me la llevé yo cuando Pompeya me dijo que ella ya había perdonado todo eso, pero que tú, al ver a su hijo, no le pediste nada, te diste media vuelta y te alejastes de ella.

En esta ocasión Marco Cayo sí interrumpió al general, sin esperar a que este terminase de hablar y le diese permiso.

—Era evidente, señor, que en mi ausencia Pompeya se había casado y tenido un hijo. No iba a ser yo quien me entrometiese en su matrimonio. Consideré, con todo el dolor de mi corazón, que lo mejor era intentar olvidarla y alejarme de ella para siempre.

—Craso error, joven amigo. En muchas ocasiones las apariencias nos llevan a juzgar erróneamente.

—¿Qué queréis decir, señor? —preguntó Mario Cayo sin saber a qué se estaba refiriendo el general.

—Este pequeño *diablejo*, Marco, que es la felicidad de su madre, no es fruto del matrimonio de Pompeya con algún patricio romano. Tu amada joven tiene un corazón de oro y decidió hacerse cargo de un pequeño que había perdido a sus padres en un desafortunado accidente y que no tenía a nadie. Es una historia enternecedora y que, cuando la conocí, hizo que se me escapase alguna que otra lágrima, a mí, que no he tenido hijos varones, hasta el punto de que si no lo hubiese hecho ella lo habría acogido yo mismo.

Mario Cayo pensó que, si realmente eran ciertos los rumores que corrían por la ciudad, Julio César sí tenía un hijo varón, fruto de su relación con la reina Cleopatra, pero en aquel momento eso a él le daba igual. Lo que realmente importaba es que Pompeya, su amada Pompeya, no se había casado con nadie y aquel diablillo de pelo encrespado no era fruto del amor de Pompeya con ningún patricio. Pompeya era libre y por la expresión de su cara, probablemente le seguía queriendo. Mario Cayo se acercó a Pompeya, que en aquel momento dejaba en el suelo a su hijo, que ya se había cansado de los brazos de su madre y quería volver a corretear por aquella casa tan grande y llena de lugares por explorar. Revolvió el cabello del chiquillo al pasar junto a él y, mirando a la joven a los ojos, la cogió de las manos.

—¿Me sigues queriendo? —le preguntó.

—Con toda mi alma, igual que antes, igual que siempre —respondió Pompeya y los dos jóvenes se fundieron en un largo y sensual beso ante la mirada sonriente del general que se acercó a una mesita que había dispuesta en un rincón y cogiendo tres copas las lleno de vino.

—Ejem, ejem, ejem… —carraspeó Julio César haciéndose oír—. Bien está lo que bien acaba y esto tiene todo el aspecto de acabar muy bien. Por eso me he permitido la libertad de llenar estas tres copas de vino para brindar por vuestra felicidad y por vuestro próximo matrimonio, que me permito vaticinar que ocurrirá no tardando mucho. Y por supuesto, doy por hecho que seré el encargado de conducir a la novia ante los dioses que santificarán vuestra unión, si es que para entonces no han acabado conmigo —y al decirlo soltó una estruendosa carcajada.

Los dos jóvenes se miraron sorprendidos y miraron a su vez a Julio César que sonreía abiertamente.

—¿De qué estáis hablando, señor? ¿Quién quiere acabar con vos? —preguntó Mario Cayo.

—¿Es que no estáis al tanto de los rumores que corren por la ciudad? Se habla de que se está organizando una conspiración para acabar con mi vida. Y sin ir más lejos, esta mañana al volver del Foro, un vidente ciego, al notar que era yo el que se aproximaba, me dijo: «Cuídate de los Idus de marzo».

El general al ver la cara de estupor de sus jóvenes amigos y el miedo reflejado en sus rostros trató de tranquilizarlos.

—No os preocupéis. Solo son rumores y estos llevan circulando por Roma desde que crucé el Rubicón. Ya estoy acostumbrado. Los dioses están de mi parte y estaré sano y salvo el día de vuestra boda, si es que llegas a pedírselo —dijo dirigiéndose a Mario Cayo.

—¿Estás dispuesta a casarte conmigo? —preguntó Mario Cayo a Pompeya.

—No te casarías conmigo solamente, sino que conmigo vendría el pequeño Marco. ¿Estás dispuesto a aceptarnos a los dos? —preguntó la joven.

—Estoy encantado. Ya me ha caído bien y creo que no tardaré en empezar a quererlo como si fuese mi propio hijo —contestó Mario Cayo.

Y los dos jóvenes volvieron a fundirse en un sensual y ardoroso beso.

—Vamos, vamos, jovencitos. Ya tendréis tiempo para vuestras efusiones. Una cosa es que me haya convertido en un casamentero y otra muy diferente que tenga que ser testigo de vuestros ardorosos amores. Vamos a brindar por vuestra felicidad.

Y los tres, después de haber cogido las copas que el general tenía dispuestas, las alzaron y las hicieron chocar suavemente.

* * *

La reunión en casa del senador Casca proseguía, aunque ya eran altas horas de la madrugada. Los allí presentes se habían dividido en dos grupos. El primero encabezado por Marco Junio Bruto era partidario de acudir a la reunión prevista en el Senado los Idus de marzo y oponerse directamente a todos los proyectos que propusiese el dictador, entre ellos, principalmente, el de ser elegido como rey, tal y como se temían que intentaría hacer. El segundo grupo, encabezado por Cayo Casio Longino, era partidario de acabar en el Senado con la vida del dictador. Los dos grupos discutían acaloradamente sin ponerse de acuerdo. El médico griego, Olimpo, no tenía voto, pues no era senador, ni siquiera ciudadano romano, pero se movía entre ambos grupos tratando de influir con sus opiniones, que eran favorables a la idea de acabar con la vida del general. Pero no parecía que ambos grupos pudiesen llegar a un acuerdo y podían pasarse allí discutiendo toda la noche, cosa a la que no estaba dispuesto Casio Longino, que hizo una seña a Marco Junio Bruto para que le siguiese. Los dos hombres abandonaron la estancia y se dirigieron a otra de las salas de la casa del senador Casca.

—No podemos continuar así —comentó Casio Longino—. Los *Idus* de marzo se nos echan encima y tenemos que haber tomado una determinación para actuar ese día.

Marco Junio Bruto movió la cabeza en sentido afirmativo demostrando que estaba de acuerdo con lo que decía Casio Longino. Este prosiguió hablando.

—Si en los *Idus* de marzo el general sale del Senado convertido en rey, habremos perdido la oportunidad de devolver a Roma su libertad, la República habrá desaparecido y ya no habrá ocasión de volver atrás. Dejará todo atado y bien atado, a cargo de sus lugartenientes, Lépido y Marco Antonio, para poder acudir a conquistar la Partia.

—Tienes razón, por eso creo que lo mejor es que nos pongamos todos de acuerdo en votar en contra de esas decisiones…

—No serviría de nada —le interrumpió Casio Longino—. Somos una minoría de senadores los que pensamos así. Saldría aclamado por el resto de los senadores.

—Entonces yo no acudiré al Senado ese día. No quiero ser cómplice del fin de la República.

Casio Longino movió la cabeza en sentido negativo mostrando su desacuerdo.

—No podemos negarnos en acudir el día quince al Senado. Tú y yo somos pretores y pueden obligarnos a acudir a la reunión del Senado ese día.

—En tal caso, si eso ocurre, me negaré en apoyar con mi voto el fin de la República y me daré muerte allí mismo —contestó Marco Junio Bruto.

—No es con tu muerte con lo que se salva a la República, sino con la muerte del dictador. La única solución viable para evitar que sea coronado como rey y poder salvar a la República es darle muerte allí mismo, en el propio Senado.

—Pero la figura de Julio César es inviolable. Nadie, absolutamente nadie puede tocarle ni un pelo —contestó Marco Junio Bruto.

—Salvo si con ello se salva a la República de desaparecer. En ese caso, nosotros, los padres de la patria, sus servidores y guardianes, estamos obligados a hacerlo, aunque para ello tengamos que dar muerte a quien trata de acabar con ella.

Marco Junio Bruto guardó silencio. En ese momento no sabía qué contestar, pues los argumentos de Casio Longino eran incontestables.

—Tenemos que hacerlo, no nos queda más remedio por mucho que nos moleste cometer un sacrilegio de esa índole. Caerá sobre nuestras conciencias y ese será el peso que tendremos que soportar el resto de nuestras vidas. Pero habremos salvado a la República y la libertad y la supervivencia de esta está por encima de todos nosotros.

Marco Junio Bruto asintió con la cabeza. Parecía que las últimas palabras de Casio Longino le habían convencido.

—Está bien. Hablemos con los demás para convencerles y que los dioses se apiaden de nosotros —dijo al final.

Los dos hombres volvieron a la sala donde se encontraban el resto de los conspiradores y, mientras Marco Junio reunía a su grupo, Casio Longino tomó la palabra y expuso los mismos argumentos que momentos antes había expuesto a Marco Junio. En esta ocasión, ya con el consentimiento del grupo de Bruto, la idea de acabar con la vida de Julio César en los Idus de marzo salió adelante. Todos los allí presentes estuvieron de acuerdo. Todos a la vez se comprometieron a acabar con la vida del dictador en el Senado, para que no pareciese una emboscada sino un acto para la salvación de la patria, arrastrando luego su cuerpo hasta el Tíber donde lo arrojarían, adjudicarían todos sus bienes al Estado y derogarían todas las leyes que el dictador había aprobado. Confiaban que todos los senadores allí presentes les otorgasen su solidaridad y poner de esa manera fin a la situación calamitosa de la República.

—¿Y qué hacemos con Marco Antonio y Marco Emilio Lépido? Ellos no permitirán que acabemos con Julio César —exclamó uno de los senadores.

—¡Pues acabemos con ellos también! —exclamó otro de los senadores.

—¡No somos asesinos! —exclamó otro de los senadores—. Lo que vamos a hacer es un sacrificio para salvar a la Patria. Marco Antonio y Lépido, aunque hombres de confianza de Julio César, no son un peligro para la patria. Podemos aislarlos del general y así no lo podrán evitar.

Todos estuvieron de acuerdo y decidieron hacerlo de esa manera. Ya estaba decidido. En esta ocasión también los dados ya estaban echados *(Alia iacta est)*. De dos en dos y con intervalos de tiempo fueron abandonando la casa del senador Casca cuando un resplandor en el horizonte indicaba que ya estaba comenzando a amanecer. Había sido una larga e intensa noche y aquellos padres de la patria, sin saberlo, iban a poner fin a la República romana, tal y como la entendían y a la que querían salvar.

Olimpo abandonó solo la casa. Se encontraba satisfecho. Le había costado, pero al final se había salido con la suya. Había logrado salvar a su amada Arsínoe y, si los dioses no lo impedían y no parece que estuviesen por la labor, cumpliría con el encargo que le habían hecho los extranjeros partos. Ahora ya solo le quedaba trasladarse a Mileto, la antigua ciudad griega de la costa occidental de Anatolia, en donde Julio César había confinado a la princesa Arsínoe, en el templo dedicado a Artemisa. Indudablemente el general no debía de fiarse mucho de la reina Cleopatra y de la aceptación que esta podía tener de su pueblo. Por eso el dictador quería guardarse la baza de la princesa real egipcia, por si era necesario utilizarla. Pero eso a él ya le daba igual. Estaba viva, que era lo importante y, una vez que él estuviese en Mileto, ya verían la manera de desaparecer. Era curioso en lo que se había convertido su vida y lo que había cambiado desde que su maestro lo sacó del

Museum y de la Biblioteca para que se hiciese cargo del cuidado de los príncipes egipcios. Desde luego, los dioses eran caprichosos y jugaban con las personas como si fuesen marionetas, pero no se arrepentía de nada de lo que había hecho y estaba esperanzado en el futuro, aunque no sabía dónde sería ese futuro.

Al doblar una calle dos cuerpos se chocaron con él. Sintió una fuerte punzada en el estómago y cuando se llevó la mano al lugar vio con horror que le salía la sangre a borbotones. Cayó de rodillas, y al alzar los ojos vio a los dos extranjeros partos. Fue a decir algo, pero sintió otra punzada en el cuello y la vista se le nubló. Todo se volvió oscuro y cayó en un inmenso pozo negro.

XLIX

El quince de marzo amaneció un día gris, con el cielo totalmente cubierto y un viento que soplaba con fuerza. Parecía que el invierno se quería despedir esgrimiendo todavía sus armas ante la naciente primavera que, unos días antes, había empezado a despuntar. Esa mañana había sesión en el Senado y se presumía que sería una sesión importante por las decisiones que se habían de tomar. Marco Antonio pasó por la residencia del pontífice máximo, pues había quedado que aquella mañana le acompañaría a la sesión del Senado. El asistente del general le dijo que este no estaba todavía listo. La anoche anterior había cenado con Marco Emilio Lépido y la velada se había prolongado hasta muy tarde.

—Creí que Lépido nos acompañaría al Senado —le dijo Marco Antonio al asistente.

—Parece ser que no. Irá directamente allí.

Calpurnia, le esposa de Julio César, entró en la sala donde Marco Antonio y el asistente conversaban. A pesar de su edad, todavía podía decirse que era una mujer hermosa que se conservaba bastante bien. Marco Antonio la admiraba pues, a pesar de los dimes y diretes que circulaban por toda la ciudad e incluso por toda la República, Calpurnia se había mantenido fiel al lado del general, sin importarle todos los rumores que circulaban, aún a sabiendas que muchos de ellos eran ciertos. Sin embargo, esa mañana Calpurnia no tenía buen aspecto. Se encontraba pálida y ojerosa, marcándose de manera especial las arrugas de su rostro y unas grandes bolsas bajo los ojos. Saludó a Marco Antonio y al asistente de su esposo.

—¿Todavía no ha salido Julio? —le preguntó al asistente de su esposo.

—No señora, aunque no creo que ya se retrase. Él es siempre muy puntual y ya está aquí esperándole Marco Antonio.

Calpurnia se acercó a Marco Antonio y le cogió de las manos.

—¡Tienes que convencerle para que no acuda esta mañana al Senado! —le pidió a Marco Antonio.

—¿Y eso por qué, señora?

Esta noche he tenido un mal presentimiento. Mis sueños han sido trágicos y en todos ellos Julio era la víctima. Tienes que impedir que acuda esta mañana al Senado. A ti te hará caso —le suplicó al joven.

—Efectivamente, no tenéis buena cara. Habéis debido pasar mala noche, pero… señora, yo no puedo hacer eso que me pedís. El general no me lo permitiría de ninguna manera.

—¿Qué es lo que no te permitiría de ninguna manera? —se oyó decir a sus espaldas. Los tres se volvieron y vieron a Julio César que, ya con la toga puesta, se acercaba hasta ellos.

—Señor, vuestra esposa me estaba pidiendo…

Julio no vayas esta mañana al Senado —interrumpió Calpurnia a Marco Antonio.

—¿Y eso por qué? —preguntó el general colocándose bien la toga— Es mi obligación y además hoy es un día importante. No puedo faltar.

—He tenido malos sueños y un mal presentimiento. ¡No vayas hoy al Senado!

—Sí, no tienes buen aspecto esta mañana. Indudablemente no has descansado bien. Vuelve a tu aposento y reposa. Cuando regrese del Senado pasaré a verte. Ya verás como entonces te encuentras mejor y esos malos presentimientos ya habrán desaparecido. Mujer, solo hay que temer al miedo.

Y sin esperar a más, Julio César abandonó la estancia seguido de Marco Antonio que, con un leve movimiento de cabeza, se despidió de Calpurnia. Afuera la escolta y los lictores del general ya estaban dispuestos, esperándole, poniéndose todos en camino del teatro de Pompeyo, donde todavía tenían lugar las sesiones del Senado. Formaban una numerosa comitiva. Por el camino Julio César se fijó en el vidente que días atrás le había dicho que se cuidase de los Idus de marzo. Acercándose a él le dijo.

—¡Eh!... ¡Anciano! ¡Ya han llegado los Idus de marzo y no ha ocurrido nada!

El vidente detuvo su caminar buscando de dónde le llegaba la voz y, cuando creyó localizarla, se dirigió hacia allí.

—El anuncio sigue siendo válido. ¡Todavía no han pasado los Idus de marzo! —exclamó y continuó su camino.

* * *

En la villa que Julio César tenía al otro lado del Tíber, una hermosa villa con unos extensos y cuidados jardines y adornada con frescos y mosaicos que eran la admiración de toda Roma, la reina Cleopatra, alojada en ella por expreso deseo del general, se había levantado muy pronto aquella mañana del día quince. Tampoco había dormido bien y sus sueños habían estado plagados de extrañas pesadillas que la reina no era capaz de descifrar. Ella lo achacaba al estado de nerviosismo e intranquilidad por los que estaba pasando las últimas semanas. Julio César le había pedido que continuase en Roma, cuando Cleopatra se enteró que partía hacia Hispania a poner orden en aquella lejana provincia de la República y le había dicho que regresaban a Egipto. Ya faltaban de su reino desde hacía mucho tiempo y era necesaria su presencia allí. Ningún mandatario podía estar demasiado tiempo alejado de su pueblo sin que se resintiesen las relaciones entre ellos. Sin embargo, Julio César le había pedido que esperase en Roma su regreso de Hispania. Seguía sin reconocer a su hijo y, aunque no había dicho que lo fuese hacer, sin embargo, la reina Cleopatra había querido entender que a su vuelta tratarían el asunto. Pero ya hacía bastante tiempo que el general había regresado victorioso de Hispania, había celebrado el triunfo correspondiente y seguía sin entrevistarse con ella.

Por la ciudad corría el rumor, entre otros muchos, que en los *Idus* de marzo habría una importante reunión en el Senado, algunos hasta se atrevían a aventurar que Julio César sería coronado rey y, una vez que esto ocurriese, partiría hacia la Partia para iniciar su conquista. Hasta la reina también había llegado el rumor que corría por la ciudad que, según los libros sibilinos, solo un rey podría conquistar ese lejano e inhóspito territorio, pero alguno de sus consejeros le habían indicado que esos libros eran copias falsas y que no debía de hacerse caso de ellos. De todas maneras ella seguía allí, esperando una visita que no se producía, y su paciencia había llegado a su límite. Si transcurridos unos días, después de la reunión del Senado, no recibía la visita del general y este reconocía a su hijo, fuese o no rey, regresaría a Egipto. De hecho, el día antes ya había dado órdenes a sus esclavos que fuesen recogiendo todas las cosas para regresar. Pero aquella mañana su ánimo estaba como el día, gris y nublado, seguramente debido a la mala noche que había pasado. Les iba a costar trabajo a sus esclavas tonificar aquel cuerpo y aquella piel esa mañana. Preguntó por su hijo, Cesarión, y le dijeron que seguía durmiendo. Mejor, así se podría dedicar a revisar qué tal iba el embalaje de sus cosas, sin tener al niño revoloteando a su alrededor y haciendo una y mil preguntas.

* * *

Julio César llegó al foro acompañado de su escolta y de los lictores que le acompañaban. El general, escoltado por Marco Antonio, se dirigió hacia el Senado donde un grupo de senadores lo estaban esperando para entregarle una petición que habían redactado pidiéndole que devolviera al Senado el poder efectivo que este antes tenía. Varios senadores se acercaron a Marco Antonio procurando entretenerle, mientras que el resto con Julio César pasaron a una sala anexa al pórtico este del teatro de Pompeyo donde todavía se seguían realizando las reuniones de la Curia. Mientras el general recibía la carta, el senador Tulio Cimber se acercó al general pidiendo clemencia para su hermano que estaba desterrado. Julio César se disponía a leerla mientras varios senadores cerraron la puerta de la sala para impedir que alguien pudiese entrar. El senador Tulio Cimber tiró de la túnica del general, que se revolvió contra él echándole en cara que actuase de aquella manera. Julio César, al contar con la *tribunicia potestad* y ser *Pontifex maximus,* era totalmente y jurídicamente intocable. Esa era la señal convenida y en ese momento el senador Casca, sacando una daga, le lanzó un golpe que hirió a Julio César en el cuello, pues este, como intuyendo la agresión, se había vuelto rápidamente. Era un sacrilegio portar armas en el Senado y, por lo tanto, de lo único que disponía el general era de su punzón de escritura, utilizándolo contra su agresor y clavándoselo en el brazo. El agresor gritó pidiendo ayuda a sus compañeros y estos, sacando de sus mantos las dagas que ocultaban, se lanzaron contra el general, que al sentirse herido y atacado por un buen número de senadores trató de huir, pero, cegado por la sangre, tropezó en las escaleras del pórtico y cayó, siendo rematado por sus agresores. No menos de sesenta senadores participaron en la agresión y según declararía más tarde su médico había recibido veintitrés puñaladas, de las cuales la recibida en el tórax era la que le había producido la muerte. No se sabe a ciencia cierta lo que Julio César exclamó mientras era apuñalado, pero lo cierto es que los asesinos huyeron en desbandada del Senado dejando en las escaleras, a los pies de la estatua de Pompeyo, el cuerpo del general, donde lo descubrió Marco Antonio que había visto salir corriendo a los senadores de la estancia y se temió lo peor.

Una vez que hubo comprobado que el general estaba muerto buscó varios esclavos que en una litera trasladaron el cuerpo hasta su casa. En la ciudad, la noticia de la muerte del general se extendió rápidamente y se temían altercados. De hecho, Marco Emilio Lépido se presentó con un buen número de legionarios en casa de Julio César, decidido a comprobar el rumor que corría por toda la ciudad de que el general había sido asesinado y de ser así, pasar a cuchillo a todos los culpables y a todos los que les hubiesen apoyado.

—Si haces eso, casi tendrías que pasar a cuchillo a medio Senado, pues son muchos los senadores que están implicados en la conjura directa o directamente —comentó Marco Antonio—. Eso sería el inicio de otra guerra civil y no creo que sea lo mejor ahora que acabamos de salir de una.

Lépido asintió con la cabeza sin dejar de mirar el cuerpo sin vida del general.

—¿Y qué podemos hacer? No podemos quedarnos sin hacer nada —comentó.

—Tiempo tendremos para hacer pagar su crimen a los culpables —contestó Marco Antonio—. De momento creo que lo mejor es desplegar la legión a tu mando por la ciudad para evitar desórdenes y venganzas, mientras preparamos los funerales de César.

Lépido asintió con la cabeza.

—Voy a desplegar a mis hombres y evitar así que corran ríos de sangre.

Los legionarios de la décimo tercera legión, a las órdenes de Lépido, consiguieron mantener el orden y la calma. Expusieron el cuerpo del general en una pira mortuoria a la que prendieron fuego y los habitantes de la ciudad desfilaron ante ella, con lágrimas en los ojos y mesándose los cabellos, mientras se rasgaban las vestiduras clamando venganza y arrojaban toda clase de objetos para avivar el fuego. Los legionarios de la décimo tercera, no sin grandes esfuerzos, consiguieron mantener el orden y la incineración de Julio César, sin mayores contratiempos convirtió el cuerpo del general en cenizas.

* * *

La reina Cleopatra se encontraba en la residencia del general supervisando el embalaje de todas sus cosas, cuando unos sirvientes le trajeron la noticia que corría por toda Roma: Julio César había muerto asesinado por una parte de los senadores. Una lágrima desbordó sus ojos y se deslizó mejilla abajo. Con él desaparecía el sueño de un gran imperio que formarían dos grandes reinos: Egipto y Roma, y en su lugar quedaba… ¡No se sabía qué quedaba en su lugar! Había querido a aquel hombre como no había querido a nadie, aunque no sabía si César había correspondido de la misma manera. Pero tenía lo que nadie más tendría de él: su propio hijo, sangre de su sangre y eso nadie se lo podría arrebatar.

—¡Volvemos a casa! —gritó a sus esclavos— ¡Daos prisa!

Glosario

Agur: Sacerdote de la Antigua Roma que practicaba oficialmente la adivinación por medio del vuelo, canto o alimentación de determinadas ave.

Agusticlavia: Especie de toga o de túnica con bandas estrechas que indicaban su condición de tribuno agusticlavio.

Arúspice: Adivino de origen etrusco que examinaba las entrañas de un animal sacrificado para obtener presagios en cuanto al futuro.

As: Moneda romana, la primera de forma circular y cuyo valor fue variando.

Atrium: Fue el patio de la casa rica romana y de algunos templos. Consistía en un patio cubierto y con una abertura central (el *cumpluvium*) por la que entraba el agua de lluvia que se recogía en el *impluvium*. El atrio constituía el centro de la vida doméstica, en él se exhibían las estatuas de los antepasados y se hacían ofrendas a los dioses protectores de la domus. También tenía lugar en el atrio el saludo matutino de los clientes vinculados al dueño de la casa.

Atriense: Esclavo de mayor rango y confianza en la casa romana.

Augur: Sacerdote de la Antigua Roma que practicaba oficialmente la adivinación.

Basílica Porcia: Sede de los tribunos de la plebe. Fue la primera basílica civil construida en la Antigua Roma. Construida por orden de Marco Porcio Catón en el año 184 a. C. y recibe su nombre de él. La construyó como un espacio para administrar la Ley y para que se reunieran los comerciantes, a pesar de la oposición que tuvo. Se alzaba en el lado Oeste de la Curia, sobre tierra que compró Catón y previamente lo ocupaban tiendas y casas particulares. Se encontraba en el noroeste del Foro romano, entre la cárcel del *Tullianum* y la Curia Hostilia, sobre tierras adquiridas por Catón el Viejo y ocupadas por tiendas y mansiones particulares. Dado lo exiguo del espacio disponible, el edificio debió ser de dimensiones modestas, una decena de metros de largo.

Basílica Sempronia: Fue una de las cuatro basílicas que formaron el Foro Romano original junto con la basílica Porcia, la basílica Emilia, y la basílica Opimia, y fue la tercera construida, a principios del siglo II a. C. La basílica está bordeada por un lado por el *vicus Tuscus* que se une con el Foro romano y por otro rodeada por el templo de Saturno y el de Cástor y Pólux. Está precedida a lo largo de toda su longitud por las *tabernae veteres*, las tiendas abiertas sobre la plaza del Foro.

Bigas: Carros tirados por dos caballos.

Bona Dea: Bona Dea era una diosa asociada con la virginidad y la fertilidad femenina. También estaba asociada con la curación: muchos enfermos eran tratados en su templo con hierbas medicinales. Era venerada con gran reverencia por plebeyos, esclavos y libertos y mujeres. Se la invocaba para pedir por la salud y la liberación de la esclavitud o las mujeres por su fertilidad. Su culto era muy antiguo e incluía ritos reservados exclusivamente a las mujeres.

Buccinator: Soldado que toca la trompeta.

Calcei: Zapatos de color rojo con hebilla de plata en forma de media luna que utilizaban los senadores romanos.

Catafractos: El catafracto era una unidad de caballería pesada en la que tanto el jinete como el caballo portaban armadura. Si bien es cierto que su poder de choque era más que significativo y su invulnerabilidad casi total, adolecía de defectos notorios: tanto el jinete como el caballo se cansaban pronto, se movían más lentamente que otras caballerías y eran poco aptos para una lucha prolongada en el desierto.

Centurión: Oficial con un mando táctico y administrativo, siendo escogido por sus cualidades de resistencia, templanza y mando. Comandaba una centuria, formada por ochenta hombres, en función de las fuerzas en el momento dado y de si la centuria pertenecía o no a la Primera Cohorte.

Cohorte: Una cohorte romana era una unidad táctica constituida en general de un solo tipo de soldados en el ejército romano. Una legión romana constaba de diez cohortes numeradas del I al X. Una cohorte (en latín: *Cohors*) estaba compuesta de tres manípulos; cada manípulo estaba formado por dos centurias. En cambio, la cohorte I estaba compuesta de cinco centurias dobles.

Comitium: Espacio público de reunión a cielo abierto de la Antigua Roma, y tuvo un enorme significado religioso y profético. El *Comitium* fue el lugar donde se desarrollaba gran parte de la actividad política y judicial de la Roma republicana. Allí se reunía la asamblea curiada, las primeras asambleas populares de divisiones de voto organizado de la República. La asamblea tribal y la asamblea plebeya de la República se reunían aquí. El *Comitium* quedaba enfrente de la casa de reunión del Senado romano —la aún existente Curia Julia y su predecesora, la Curia Hostilia.

Concilius Plebis: Asamblea del pueblo

Cónsul sine collega: Cónsul sin compañero. Los cónsules se elegían de dos en dos. *Cónsul sine collega* era tanto como ser elegido dictador.

Cornicem: Jinetes encargados de transmitir las órdenes a los diferentes cuerpos del ejército.

Corpore: En conjunto.

Cubiculum: (castellanizado cubículo) Es la palabra latina para designar las habitaciones de la *domus* (casa romana) que se disponían en torno al *atrium* y cuya función era de dormitorio.

Cuestor: Es una clase de magistrado de la antigua Roma. Los primeros cuestores fueron jueces encargados de los casos de asesinato y de insurrección o alta traición. Se encargaba de la administración del erario público y de la recaudación de impuestos. Eran nombrados para cada caso y no constituían una magistratura permanente.

Curator: En la Tradición romana era el encargado de organizar el triunfo que se le otorgaba a un general victorioso, aunque también tenía otras funciones.

Curia: Apócope de *Curia Hostilia*, es el palacio del Senado. Recibe su nombre de Tulio Hostilio que mandó construirlo.

Curia Pompeli: Lugar dónde se reunía el Senado en el teatro mandado construir por Cneo Pompeyo después que se prendiese la Curia Hostilia.

Cursus honorum: Era el nombre que recibía la carrera política o escalafón de responsabilidades públicas en la Antigua Roma. Se instauró durante la República y siguió existiendo durante el imperio, sobre todo para la administración de las provincias dependientes del Senado. El *cursus honorum* establecía el orden y la jerarquía por la que se regían las magistraturas romanas, así como el modo de cumplirlas.

Decurión: En los primeros tiempos de Roma decurión equivalía a cabo o jefe de diez soldados. La decuria era un pelotón de diez soldados y a su jefe lo llamaban decurión. Más tarde, ya en el Imperio, el decurión comandaba un contingente de treinta jinetes.

Domus: Típica vivienda romana de la clase más acomodada.

Equites: Formaban una clase social de la antigua Roma, conocidos allí como *Ordo equester* (clase ecuestre). A través de la historia este estatus social fue cambiando en dignidad y costumbres. En la época de la República Romana, después de la Segunda Guerra Púnica, el grupo de los équites, llamado *Ordo Equester*, fue configurándose como el de un conjunto de personas emprendedoras, dedicadas a los negocios, y que, a través de las *societates publicanorum* iban controlando los contratos estatales de abastecimiento y obras públicas, y la recaudación de impuestos en las provincias, tareas que estaban vetadas a los senadores. En el último tercio del siglo II a. C., los *équites* y los senadores mantenían serias diferencias, derivadas de la ambición de los gobernadores provinciales senatoriales, que dificultaban los intereses de las *societates publicanorum*.

Espelta: La espelta o trigo espelta (*Triticum spelta*), también conocida como escaña mayor o escanda mayor, es una especie de cereal del género *Triticum* (trigo). Es un cereal adaptado a climas duros, húmedos y fríos.

Estadio: El estadio era una unidad de longitud de la Antigüedad, principalmente en Grecia y Egipto, cuya medida exacta era variable dependiendo de la época y del lugar. En Grecia un estadio siempre tenía seiscientos pies, pero la medida del pie no era la misma en todas las *polis*. El más usado era el estadio Olímpico. Puesto que se atribuía al Partenón unas medidas de cien pies y cada uno de ellos tiene 0,308 m, se considera que tenía aproximadamente ciento ochenta y cinco metros (pese a que en realidad el estadio de Olimpia medía 192,27 metros).Por otro lado, el estadio ático medía 177,6 m. También existía el estadio egipcio, que en el siglo III a. C. tenía 157,5 m. Un estadio egipcio estaba compuesto por trescientos codos egipcios.

Fasces: Haz de varas que portaban los lictores, en el que se encontraban insertas una o dos hachas lo que simbolizaba la facultad del magistrado para castigar y ejecutar.

Factio: Facción o sección.

Farro: Es un cereal, un género de gramínea estrechamente relacionado con la espelta y la escanda —con las cuales suele ser confundido— y con el trigo.

Forum Holitorium: Mercado de las verduras.

Fuscina: Tridente.

Gladius: Espada de doble filo de origen ibérico que fue adoptada por los legionarios romanos.

Glasto: Hierba pastel, isatide, añil o glasto, son los nombres comunes para la especie fanerógama *Isatis tinctoria* de la familia *Brassicaceae*. Ocasionalmente conocida como «áspide de Jerusalén es también el nombre del colorante azul producido por esta especie.

Gubernator: Timonel o piloto de una nave.

Gustatio: Degustación.

Hispania Citerior: Parte de la Península ibérica convertida en provincia romana que se extendía al norte del río Ebro y por todo el levante.

Hispania Ulterior: Parte de la Península ibérica convertida en provincia romana que se extendía al sur del río Guadalquivir.

Idus de marzo: En el calendario romano correspondían al decimoquinto día del mes de Martius. Los idus eran días de buenos augurios que tenían lugar los días 15 de marzo, mayo, julio y octubre, además del decimotercer día el resto de los meses del año.

Ientáculum: Desayuno o primera comida del día.

Imperatur: General romano con mando efectivo sobre una o varias legiones.

Imperium: Poder que tenían los investidos como cónsules, y en algunos casos los *pretores* de las provincias, que conlleva el mando de un ejército consular compuesto de dos legiones completas y sus tropas auxiliares.

Impluvium: Pequeña piscina o estanque que, en el centro del atrio, recogía el agua de la lluvia.

In absentia: En ausencia.

Insulae: Las *insulae* (en latín significa «islas»; en singular, *insula*) eran bloques de viviendas —normalmente en régimen de alquiler— de varios pisos. Eran utilizadas por los ciudadanos que no podían permitirse tener viviendas particulares En la parte inferior se instalaban tiendas y talleres. Las *insulae* se construían de ladrillo argamasa, similares a los edificios de apartamentos actuales.

Lacetani: Los *lacetanos* eran la tribu íbera que habitaba en los Pirineos centrales desde, aproximadamente, el siglo VIII a. C. hasta finales del siglo I a. C. Tenían por vecinos a los bergistanos al norte (Berga), los ausetanos al este (Osona), los ilergetes al oeste (Lérida) y a los layetanos y cossetanos al sur (Barcelona y Tarragona).

Lanista: Un lanista era un hombre que compraba y cuidaba gladiadores. Pueden ganar muchas riquezas en la compra y venta de gladiadores, pero su estatus social se considera bajo. Cuando se compra un gladiador, se forman compañías llamadas casas. El lanista es también el encargado de la formación de los gladiadores.

Latus clavus: Las dos franjas de color púrpura que adornaban las túnicas de los senadores.

Legado: Era un general del ejército romano, equivalente a un moderno oficial general o lugarteniente. Siendo de rango senatorial, su superior inmediato era el gobernador provincial y tenía mayor rango que todos los tribunos militares.

Legio XIII Gémina: Fue una legión romana, creada en el año 57 a. C. por Julio César. El último registro de la actividad de esta legión está fechado a principios del siglo V, cuando se encontraba estacionada en la Dacia. El símbolo de esta legión era el león y el águila.

Legio X Equestris: La Décima legión «montada» fue una legión romana, creada por Julio César en el año 61 a. C. cuando era gobernador de Hispania Ulterior. La Décima era la primera legión reunida personalmente por César, y fue en la que más confiaba. El nombre *Equestris* no se refiere al tipo de unidad que era, pero se cree que recibió este «mote» después de que legionarios montaran sobre caballos procedentes de la Décima como un truco para parlamentar con el rey germano Ariovisto en el año 58 a. C. La Décima legión era famosa en su época y a lo largo de la historia, debido a su retrato en los *Comentarios* de César y el papel destacado que la Décima tuvo en sus campañas galas. Sus soldados fueron licenciados en el año 45 a. C.

Legiones urbanas: Eran las tropas que permanecían en la ciudad de Roma acantonadas como salvaguarda de la ciudad. También actuaban como milicia de seguridad o como tropas militares en caso de guerra.

Legua: Antigua medida de longitud romana equivalente a 4,4 km o a tres millas romanas.

Lictores: Los lictores eran funcionarios públicos que durante el periodo republicano de la Roma clásica se encargaban de escoltar a los magistrados. Los lictores debían ser ciudadanos romanos de pleno derecho, aunque el sueldo y la condición social del cargo debieron de ser más bien escasos.

Lucernas: Antiguas lámparas romanas, eran pequeños utensilios, hechos en piedra o de terracota, usados desde la prehistoria, aunque fueron los antiguos romanos quienes explotaron su producción masiva y su uso generalizado para tener luz artificial.

Macellum: Un *macellum* (plural: *macella*) es un mercado cubierto perteneciente a la antigua Roma; en este se vendían, principalmente, provisiones, especialmente frutas y vegetales.

Magister equitum: El *magister equitum* (traducido como jefe de caballería o mariscal de la caballería) fue un cargo político y militar de la antigua Roma.

Durante la monarquía fue un cargo político que actuaba a las órdenes del rey al frente de la reducida caballería del ejército. Al desaparecer la monarquía, el cargo pasó a la República romana. Aunque el sistema romano de magistraturas ordinarias utilizaba siempre el principio de colegialidad, cuando se producía una emergencia que hacía necesario tomar medidas extraordinarias, designaban a un dictador, con mando único, y este nombraba a su vez como lugarteniente a un *magister equitum*. En teoría, este se encargaba de dirigir la caballería del ejército romano, mientras que el dictador mandaba la infantería.

Magister navis: Capitán de la nave.

Mappae: Servilletas utilizadas por los comensales en Roma.

Milla: La milla, es una unidad de longitud heredada de la Antigua Roma y que equivalía a unos 1481 metros.

Mirmillón: Una clase de gladiador. Su arma era la espada corta y recta del legionario, casco de bordes amplios con una alta cresta, que les daba aspecto de pez; llevaban túnica corta, cinturón ancho, armadura en su pierna izquierda y en su brazo derecho y el clásico escudo rectangular curvado del legionario romano.

Mulsum: Mezcla de vino con miel, que tanto apreciaban los romanos.

Municipium civium romanorum. Coloniae civium romanorum: Para adoptar las instituciones romanas, las ciudades debían recibir antes el estatuto de *municipium*, lo que permitía a sus ciudadanos notables, tras el ejercicio de alguna magistratura, optar a la ciudadanía romana. De entre estas, algunas eran declaradas colonias romanas, es decir, parte integrante de la ciudad de Roma, y sus habitantes tenían por sí mismos el reconocimiento y los derechos de ciudadanía romana. Ser ciudadano de una colonia implicaba ser sujeto de derecho (con todos los derechos). En las colonias se aplicaban las mismas formas e instituciones de gobierno que en Roma.

Museion: El Museion (en griego antiguo, Μουσεῖον) o Museo de Alejandría fue una parte del Palacio Real de Alejandría dedicado a las Musas donde se había dispuesto de lo necesario para que los mejores poetas, escritores y científicos del Mundo Antiguo vivieran y trabajaran. Fue fundado por Ptolomeo I Sóter y cerrado en el 391 por el patriarca Teófilo, que estaba sujeto a las órdenes del emperador Teodosio.

Nulla causa: Sin justificación.

Optimates: Facción aristocrática conservadora del senado romano.

Osco: El osco fue una lengua indoeuropea, perteneciente al grupo de las lenguas itálicas, hablada en la parte centro-meridional de la península itálica durante parte de la Antigüedad.

Paludamentum: Manto que distinguía al general en jefe de un ejército romano.

Parmula: Escudo rectangular.

Peristilium: amplio patio porticado, abierto y rodeado de habitaciones, con un suntuoso jardín con flores en el centro.

Pomerium: En la Roma clásica hacía referencia al corazón sagrado de la ciudad, en donde estaba prohibido portar armas. Una línea de mojones que recorría el interior de la ciudad marcaba el límite sagrado. En términos legales, Roma solo existía dentro del *pomerium*, por lo que todo lo que estaba en el exterior eran tierras que pertenecían a Roma (pero no eran Roma).

Pontifex maximus: En la Antigua Roma, el título de pontífice máximo se otorgaba al principal sacerdote del colegio de pontífices y era el cargo más honorable en la religión romana. Inicialmente solo podían aspirar los patricios, hasta el 254 a. C., cuando un plebeyo logró hacerse con el título.

Populares: Representaban la facción reformista del Senado que apostaba por expandir la ciudadanía a los nuevos súbditos de Roma y dotar de una mayor democratización a las instituciones, mediante el incremento del poder de las Asambleas.

Porta triunphalis: Puerta especial de la muralla por la que se entraba en la ciudad de Roma para celebrar el triunfo.

Praetorium: Tienda o edificio del comandante de una fortificación romana en un *castrum* o *castellum*.

Prefecto ecuestre: Comandante de la caballería.

Pretor: Un pretor (del latín *praetor*) era un magistrado romano cuya jerarquía se alineaba inmediatamente por debajo de la de cónsul. Su función principal era la de administrar justicia.

Primae mensae: Plato fuerte de una comida romana.

Puerta Capena: La Porta Capena era una puerta de las Murallas Servianas, cerca de la Colina de Celio, en Roma. Fue uno de los principales accesos a la Antigua Roma ya que se encontraba sobre la Vía Apia. Aunque se desconoce el origen del nombre, es posible que se refiera al hecho de que el camino lleva a Capua, una ciudad importante de Campania, al sur de Roma.

Puls: Plato paupérrimo elaborado con unas especies de gachas hervidas que con el tiempo y sobre todo en las clases altas se fue sofisticando con alimentos más exquisitos, con huevos, queso y miel, y ocasionalmente, carne y pescado.

Puticuli: Fosa común donde se depositaban los cuerpos de los indigentes y más desfavorecidos de la ciudad.

Quinquerreme: Barco de guerra propulsado por remos, desarrollado a partir del trirreme. Fue usado por los griegos del periodo helenístico y, luego, por la flota cartaginesa y por la romana, desde el siglo IV a. C. hasta el siglo I d. C.

Reciarios: Clase de gladiador. Vestía túnica corta o faldilla con cinturón y llevaba el brazo izquierdo cubierto con una manga. Iba con la cabeza descubierta y armado de una red, un tridente (*fuscina*) y un puñal.

Remigis: Remeros.

Rudis: Rudis (Latín) o rudio, era el nombre dado por los romanos a la espada de madera que usaban los gladiadores para ejercitarse en su oficio que después de haber servido algún tiempo en anfiteatros, teatros, etc. la recibían de manos del empresario de los juegos públicos o del maestro de gladiadores como señal de su licencia absoluta y su libertad individual. Desde aquel momento, no se les podía obligar a pelear a menos que voluntariamente se presentasen en la arena. Pero si el gladiador era esclavo de condición entonces debía pelear cuando se lo pidiera su amo a menos que éste le emancipase también, en cuyo caso le regalaba una especie de sombrero significando que se podía cubrir en su presencia.

Samnita: Clase de gladiador. Tomaba el nombre del armamento utilizado por el pueblo homónimo, con un gran escudo oblongo, casco con visera, cresta y cimera de plumas, una ócrea o greba metálica en la pierna izquierda, una especie de brazal de cuero o metal que cubría en parte el hombro en el brazo derecho y una espada corta.

Scutum: Escudo largo utilizado por la infantería romana.

Sella: El más sencillo de los asientos romanos. Equivale a un sencillo taburete.

Senaculum: Lugar en el que los senadores se reunían y deliberaban; estaba frente al edificio de la Curia. Un segundo Senaculum lo empleaban para recibir a los embajadores extranjeros a los que no se permitía la entrada en la ciudad y estaba frente al templo de Bellona.

Sica: Espada muy corta con hoja ligeramente curva.

Solium: Asiento de madera con respaldo recto.

Tabernas veteres: Tiendas en el sur del Foro ocupadas por cambistas de monedas.

Tabernae novae: Filas de tiendas construidas enfrente de las anteriores.

Tablinum: En arquitectura romana, un *tablinum* o *tabulinum* (que proviene de tabula, tabla) era una sala generalmente situada al fondo del atrium y opuesta al vestíbulo de la entrada; abierta a la parte trasera del peristilo, mediante una gran ventana o con una antesala, celosía o cortina, que pasaría después al mundo romano.

Talento (de plata): Moneda utilizada. Un talento de plata equivale a 24,3 kg de plata.

Testudo: Formación de tortuga utilizada por las legiones romanas durante el combate y muy particularmente en los asedios. En la *testudo*, los infantes se cubrían con sus *scutum* solapándolos a modo de caparazón.

Tituli: Tablillas que se exhibían durante un triunfo en donde se mostraban diferentes imágenes en las que se ilustraban las hazañas del general que recibía el triunfo.

Tracio: Gladiador que llevaba un pequeño escudo rectangular o *parmula* y una espada muy corta con hoja ligeramente curva o *sica*, con el objeto de atacar la espalda desarmada de su oponente; su indumentaria incluía armadura en ambas piernas, necesarias dado lo reducido de su escudo, protector para el hombro y brazo de la espada, túnica corta con cinturón ancho y casco con pluma lateral, visera y cresta alta.

Tribunus plebis: El tribuno de la plebe era elegido por los ciudadanos que componían la plebe. Los tribunos de la plebe surgieron para defender a los plebeyos de los cónsules, del Senado y del poder de los patricios en conjunto. Al principio eran dos y aumentaron con los años hasta alcanzar un número de diez.

Tribunicia potestas: Autoridad y prerrogativas concedida a los tribunos de la plebe.

Tribunos agusticlavis: Eran tribunos militares, de rango ligeramente inferior al *tribuno laticlavio*. Hombres de clase ecuestre y que ya habían participado en acciones militares.

Tribuno laticlavio: Hombre joven de rango senatorial, adscrito al legado del que era su segundo, para observar y aprender de él.

Triclinium, triclinia: (Singular y plural) Diván sobre el que los romanos se recostaban para comer. Frecuentemente había tres pero podían añadirse más.

Trirreme: Embarcación que tiene tres filas paralelas de remos a cada lado.

Triunfo: Desfile militar de parte de las legiones victoriosas con su general a la cabeza, con gran boato y parafernalia.

Tubicines: Los que tocaban las tubas, una especie de trompeta de un metro de largo, construida por secciones y con una pieza desmontable para la boca.

Tullianum: Prisión subterránea, húmeda y maloliente de la Roma Antigua, excavada en las entrañas de la ciudad. Las condiciones eran terribles y prácticamente nadie salía con vida de allí.

Turma: Pequeño destacamento de caballería romana formado por tres decurias de diez jinetes cada una.

Uraeus: El *uræus*, o *ureus*, es una representación de la diosa Uadyet. La imagen del *uræus* constituyó el emblema protector preferente de muchos faraones, quienes eran los únicos que podían portarlo como atributo distintivo de la realeza. Uadyet, originaria del delta del Nilo, simbolizaba al Bajo Egipto, diosa protectora del faraón, era una serpiente que actuaba como protección de dioses y faraones en la mitología del antiguo Egipto y se le atribuía la característica de ser muy poderosa. Encarnaba a las diosas solares.

Velabrum: Barrio entre el Foro Boario y la colina capitolina, junto a la Cloaca Máxima.

Vestibulum: En la casa romana no se entraba por una puerta situada inmediatamente junto a la calle. La puerta estaba situada en la mitad de un corredor que desde el exterior conducía al atrio y en el cual se distinguían dos partes: la primera era el *vestibulum*, antes de la puerta y la segunda las fauces, o tramo del corredor que va hasta el atrio.

Vía Apia: La Vía Apia fue una de las más importantes calzadas de la antigua Roma, que unía Roma con Brindisi, el más importante puerto comercial con el Mediterráneo oriental y Oriente Medio.

Vía Ostiensis: Vía que comunicaba el puerto de Ostia con Roma.

Vía Sacra: Avenida que conectaba el Foro de Roma con la Vía Tusculana.

Vicus Jugarius: Avenida que conectaba el mercado de las verduras (Forum Holitorium) junto a puerta Carmenta con el foro del centro de Roma, rodeando por el este con el monte Capitolino.

Vicus Tuscus: Avenida que transcurría desde el Foro Boario hasta el gran foro del centro de la ciudad.

Vicus Victoriae: Avenida que transcurría paralela al Vicus Tuscus y que finalizaba frente al templo de Vesta.

Agradecimientos

Una novela histórica como esta no habría sido posible sin la colaboración de un buen número de personas que de una u otra manera han ayudado a su elaboración, especialmente a todos aquellos historiadores y escritores que estudiaron a fondo el periodo en el que transcurre esta novela y cuyas publicaciones me han permitido elaborar los diferentes acontecimientos y escenarios en los que se desarrolla. Publicar aquí la lista de autores y publicaciones consultadas sería exhaustivo y aumentaría innecesariamente el número de páginas de esta novela. Todos ellos cuentan con mi reconocimiento y agradecimiento más sincero.

También quiero agradecer a la editorial Almuzara el haber confiado una vez más en mi trabajo y darme toda clase de facilidades para que vea la luz.

A todos ellos muchas gracias.

Y para terminar una puntualización.

Todos los hechos históricos que se relatan en esta novela se ajustan al más estricto rigor histórico, pero en cualquier caso no deja de ser una novela que no ha de estar sujeta al rigor de una obra histórica y en la que al novelista se le permiten ciertas licencias que no alteren el discurrir histórico.

Este libro se terminó de imprimir en su primera
edición, por encargo de la editorial Almuzara, el 1
de julio de 2022. Tal día de 1016, concluye el asedio
de Córdoba por las fuerzas de Alí ben Hamud al-
Násir, quien mandaría decapitar al califa Sulaimán
y se proclamaría sexto Califa de Córdoba